北京外国语大学王佐良外国文学高等研究院出品

外国文学通览 2022

金 莉 / 周 铭
主编

外语教学与研究出版社
北京

图书在版编目（CIP）数据

外国文学通览．2022 / 金莉，周铭主编．-- 北京 ：外语教学与研究出版社，2023.12
ISBN 978-7-5213-4997-9

Ⅰ．①外… Ⅱ．①金… ②周… Ⅲ．①外国文学－文学研究 Ⅳ．①I106

中国国家版本馆 CIP 数据核字（2023）第 252857 号

出 版 人 王 芳
责任编辑 李旭洁 李 鑫
责任校对 周渝毅
封面设计 高 蕾 曹志远
出版发行 外语教学与研究出版社
社 址 北京市西三环北路 19 号（100089）
网 址 https://www.fltrp.com
印 刷 北京盛通印刷股份有限公司
开 本 650×980 1/16
印 张 35.5
版 次 2023 年 12 月第 1 版 2023 年 12 月第 1 次印刷
书 号 ISBN 978-7-5213-4997-9
定 价 98.00 元

如有图书采购需求，图书内容或印刷装订等问题，侵权、盗版书籍等线索，请拨打以下电话或关注官方服务号：
客服电话：400 898 7008
官方服务号：微信搜索并关注公众号“外研社官方服务号”
外研社购书网址：https://fltrp.tmall.com

物料号：349970001

前 言

由北京外国语大学王佐良外国文学高等研究院策划的《外国文学通览：2022》即将面世。本书以论文集的方式，为读者提供上一年度世界各国文学发展的全景图，见证世界文学的发展进程。

进入新世纪以来，世界格局不断发生变化，作为民族智慧的代表和社会文化重要表现形式的文学，也及时反映了这种变化。

2022 年的世界文学向我们展示了当下世界的发展。一方面，各国文学家在继承民族文学传统的同时，呈现出新的特点和倾向，对于文学所表现的人类共性和民族个性在内容和形式上都进行了新的探索，展现了异彩纷呈、特色各异的文学成果，尤其是一些较小国家的优秀文学作品，更是为世界文坛吹进了一股清凉的新风；另一方面，当今世界的全球化发展态势，也在各国文学中得到了充分的显现，各国文学日益呈现出多元化的倾向，文学的越界现象十分明显。此外，2022 年各国文学中对于现实的反映与历史的反思更加显见，充分印证了时代的风云变幻以及文学的神圣使命。

习近平总书记曾深刻指出，“一个时代有一个时代的文艺，一个时代有一个时代的精神。任何一个时代的经典文艺作品，都是那个时代社会生活和精神的写照，都具有那个时代的烙印和特征。”《外国文学通览：2022》的作者们通过盘点和梳理过去一年中世界各国（区域）的文学成就和不足、意义及经验，及时概括总结了该年度世界各国的杰出文学作品，阐释了各国文学界在这一年中的重要事件和文学潮流变迁，探讨了各国作家的思想探索和艺术追求，为读者描绘了2022年的世界文学版图，做了一件具有积极现实意义的事情。

《外国文学通览：2022》是我们策划的“外国文学通览”丛书的第七本，收录了35篇关于世界各国与地区2022年度文学发展动态的文章，较为全面地反映了世界各国文学的面貌。其作者大多数为北京外国语大学的教师。北京外国语大学为我国教授外国语言最多的大学，具有多语种的优势和外国文学研究的优良传统。本书的作者也有不少是其他高校的教师，使得这本通览越来越成为我国外国文学学者研究成果的集成。随着论文集的陆续出版，许多年轻学者逐步走进外国文学研究队伍。

由于各国文学发展情况不同，我们这本通览在文体风格、内容形式，乃至文章字数方面只能尽量保持一致，因此这本论文集也存在文章之间的长短失衡状况以及内容安排方面的差异，恳请同行和读者谅解，多提宝贵意见。相信我们这一系列作品，会做得越来越好！

金　莉　北京外国语大学教授
王佐良外国文学高等研究院院长
2023年9月

目 录

2022年阿尔巴尼亚语文学概览

马　赛

内容提要：2022年阿尔巴尼亚语文学主要呈现出以下特点：反极权主义主题佳作频现，部分创作取材于作家的个人经历，兼具现实主义和现代主义特征；第二次世界大战、社会主义时期、社会转型时期、科索沃战争和新冠肺炎疫情隔离时期是最为常见的创作背景，对历史的反思和对当下的关注是作家以文学介入大众政治生活的共同路径；新生代作家和移民作家的涌现为阿尔巴尼亚语文学注入了活力，其中以科幻文学最为瞩目。在文学研究和译介领域，阿尔巴尼亚比较文学、文学中的情色主义研究填补了以往的研究空白。本文将从获奖作品、文学研究和作品译介三方面梳理2022年阿尔巴尼亚语文学发展概况。

一、文学奖项与获奖作品

（一）国内奖项

1. 卡达莱奖（Çmimi Kadare）[1]

卡达莱奖自创立以来就吸引了众多来自阿尔巴尼亚、北马其顿、

1　奖项具体介绍参见《外国文学通览：2016》。

瑞士、科索沃等国家和地区的阿尔巴尼亚语写作者。它作为阿尔巴尼亚语文学的风向标，向读者呈现了每年值得关注的创作主题与最新的发展趋势。有别于往年，2022 年的卡达莱奖评委会女性评委数量首次超过男性评委，占据 7 席中的 4 席。2 月 27 日，评委会宣布三度入围决赛的薇拉·贝克戴西（Vera Bekteshi，1946— ）凭借小说《黄色便笺纸》（*Pusulla të verdha*，2022）成为第七届卡达莱奖得主，她也是首位赢得该奖的女性作家。

贝克戴西以历史书写观照现实，以文学介入公共生活。她擅长以敏锐的观察力描绘大时代下小人物的生存际遇，创作多以特殊时期为背景。此前，她的长篇小说《古老的海》（*Deti i moçëm*，2011）、《两门别墅》（*Vila me dy porta*，2014）、《三门别墅》（*Vila me tri porta*，2018）和《再见，亲爱的》（*Bella Ciao*，2020）书写了冷战、社会转型和新冠肺炎疫情等时期的社会状况与个体困境。《黄色便笺纸》延续了贝克戴西对阿尔巴尼亚社会转型的关注，采用第一人称进行叙事，并使用了大量真实素材，透过主人公在地拉那和伦敦这两座城市间的辗转流离，展现了 30 年来阿尔巴尼亚大量人口迫于生计移民西欧的景象以及由此带来的创伤。贝克戴西同主人公马林有着相似的人生经历，父辈因政治原因受到牵连，全家人被迫远离故土，但他们在极端条件下守住尊严，顽强地抵抗不公，在日复一日的努力中学会了忍耐与包容，最终同家人、同自己和解。作者用人物群像的方式将现代社会常见的社会现象和心理问题逐一呈现，以个体在群体中的困境揭示出社会对于“异己”的冷漠和排斥。作者自述其作品介于虚构与非虚构之间，是社会现实与个体记忆的文学化表达。她希望通过小说向读者和全社会传达的信息是爱——给予那些与众不同的人以爱和真诚的关心。（“Pusulla të verdha”）

另外四部入围决赛的作品中有三部长篇小说和一部短篇小说集。小说家、翻译家杜里姆·塔齐（Durim Taçi，1964— ）的入围长篇小说《海中央的湖》（*Liqeni në mes të detit*，2022）采用了第二人称叙事和元叙事相结合的手法。小说人物在开篇便对叙事者阿戈的身份做了介绍——他是阿尔巴尼亚人，只用意大利语发表过一篇作品，意大利语不是他的母语。这与作家本人的经历融为一体：塔齐在意大利求学、定居，其创作深受意大利文学的影响。除了独特的叙述形式，小说对叙述的时间与事件发生的时间进行了巧妙的处理，通过叙事者与其他人物角色的不断对话，让读者与小说人物逐一碰面，从而得以拼凑出故事全貌，知晓两对意大利夫妻 18 年间的爱与纠葛。书名“海中央的湖”是对人生境遇的隐喻：大海宽阔而无常，不可捉摸的特质既吸引人前往，又将人置于危险之中；湖水象征着温柔平静的日常生活，位于海中央的湖代表了那些身处安宁之地却渴望逃离现实、寻求刺激的人。

科索沃地区新生代作家什普雷萨·切里奇（Shpresa Qeriqi，1991— ）入围的短篇小说集《雾》（*Mjegull*，2022）分为上下两部，前半部的四篇小说《矛盾》《雾》《母亲的手指》和《自白》讲述了科索沃战争对该地区和百姓的影响，其中《雾》以第一人称回顾、反思了战争。后半部的四篇小说《仪式》《果戈里》《尾巴》和《信号灯》则突破了历史和地域的限制，描绘了当代人的精神生活。

阿尔巴尼亚诗人、小说家兼翻译家安泰拉·卡西（Entela Kasi，1975— ）此次入围的长篇小说《回归》（*Rikthimi*，2022）被视作一部“社会和政治寓言”。故事发生在新冠肺炎疫情隔离期间，阿尔巴尼亚和科索沃地区在普里兹伦市共同举办了以战争为主题的摄影展。参加展览的摄影师、记者汉娜在从普里什蒂纳到海牙的旅途中不断回忆起过往的经历，预感到世界正失去平衡，东西方间的冲突将卷土重来。小说借助对战争的回忆，重新审视当下不同群体、国家间的对抗，思考人类能否摆脱过去的苦难，面对全新的现实。

科索沃地区的作家比塞尔·梅赫梅蒂（Biser Mehmeti，出生年份不详）本次入围的长篇小说《与死亡共生》（*Të jetosh me vdekjen*，2022）延续了作家一直以来的历史书写风格，他已出版的小说多以科索沃不同时期的历史、战争为主题。《与死亡共生》仍旧围绕上世纪末的科索沃战争展开，叙述者、故事主人公是曾经参与战争的老兵，他向读者讲述了战争对普通人的摧残：一家人为生存而不断妥协，历经磨难。

2. 国家文学奖（Çmimet Kombëtare të Letërsisë）

阿尔巴尼亚国家图书和阅读中心于2022年12月揭晓了年度国家文学奖最佳长篇小说、最佳短篇小说集和最佳诗歌作品奖。

阿格朗·图法（Agron Tufa，1967—　）的新作《无瑕的创造》（*Ngjizja e papërlyeme*，2021）以“精湛的叙事、丰富的人物形象，以及历史、奇幻和怪诞交织在一起”（“Ndahen çmimet”）的创作被评为最佳长篇小说。小说讲述了上世纪五六十年代阿尔巴尼亚与苏联决裂后，在苏联工作学习的阿尔巴尼亚男性被迫同俄罗斯妻子分开，孤立主义政策、阶级斗争以及对个人的奴役就此开始。《无瑕的创造》的核心人物是俄罗斯女演员柳芭，她的阿尔巴尼亚丈夫是一位地质学家，但因写了一本敌对的自传体小说而遭到枪决。柳芭在悲痛和震惊之余将小说手稿撕碎并吞下，却因此怀孕，诞下完美无瑕的、如耶稣一般的孩子。为了解释这一超自然现象，安全局利用特工进行调查，并委托遗传学家提供科学报告。这部七百余页的巨著细说了阿尔巴尼亚社会近半个世纪的变迁，被吞掉的小说手稿以零散的书页、笔记和少数读过它的人保有的记忆等形式出现，这也透露出作者对历史记录的态度，即历史被创造、被掩盖、被保留、被重构，历史以不同的方式被人知悉。

最佳短篇小说集颁给了杜里姆·塔齐的《自另一扇门》（*Nga një derë tjetër*，2021）。评委会高度赞赏作品中“现代的讲故事技巧，对当代文学编年史的概述，以及对与人相处的哲学思考”。小说集收录了塔齐近三十年来的创作，最早的一篇《起初》是他刚从文学系毕业时用打字机写下的。评论家称塔齐的创作是“一种电影化的或是贴近戏剧的写作，其中的元叙事和情绪起伏尤为出彩”（“Ndahen çmimet”）。

维萨尔·日迪（Visar Zhiti，1952— ）的诗集《狱中秘记》（*Dorëshkrimet e fshehta të burgut*，2021）荣获最佳诗歌作品奖。这是一部“在极端环境下完成的作品，其中闪耀着人文主义的光芒，具有极高的艺术价值”。日迪在 20 世纪 70 年代因创作中存在严重的意识形态错误而被捕，直至 1987 年才出狱。他的作品多与狱中经历相关，曾出版回忆录《地狱之路：监狱学》（*Rrugët e ferrit: burgologji*，2012）追忆青年时代的悲惨遭遇。此次获奖诗集中的作品同样创作于狱中，具有文学创作与历史记载的双重价值。著名的加拿大阿尔巴尼亚学研究者罗伯特·埃尔西（Robert Elsie）称日迪的诗歌记录了阿尔巴尼亚恐怖的历史，却没有展现任何仇恨与恶意。他的生平与创作或许最能反映阿尔巴尼亚民族的历史。（“Ndahen çmimet”）

3. 地拉那书展奖（Çmimet e Panairit të Librit Tirana）

地拉那书展由阿尔巴尼亚教育和体育部主办，自 1998 年至今已连续举办 25 届。2022 年 11 月，书展评委会把“最佳作家奖”授予了阿尔巴尼亚本土作家齐亚·切拉（Zija Çela，1946— ），以表彰其长篇小说《投诉银行》（*Banka e ankesave*，2022）“通过文学的智慧和经验揭示出人类精神的堕落及死亡，以及爱情在反乌托邦世界中的异化”（“Zija Çela”）。齐亚·切拉是阿尔巴尼亚当代最有影响的作家之一，已出版三十余部叙事文学作品。他擅长将怪诞和魔幻元素与神话传说熔铸在一起，用富有民族特色的意象和符号建构隐喻深刻的文学迷宫。《投诉银行》的核心角色是一个负责收集、审核投诉的机构，该机构部门繁多，一个被登记在册的投诉需要经过不同部门读取、审核、取消或通过，这一过程可长达十余年。投诉者在等待投诉结果中变老、生病、死去，他们至死都怀抱着用投诉解决问题的幻想。这部反乌托邦小说描绘了官僚主义和控制机制对人类造成的毁灭，以及监视机制的退化和身陷其中的受害者所承受的磨难，讲述了极权制度对人们情感、思想的冲击和改造。切拉在这部作品中一改往日的创作习惯，没有刻画人数众多的群体画像，而是在少数人物身上倾注了更多笔墨，力求塑造饱满的形象。不少评论家和读者喜欢将《投诉银行》与伊斯梅尔·卡达莱（Ismail Kadare）的《梦幻宫殿》（*Pallati i ëndrrave*）进行比较，不可否认的是，《投诉银行》中的隐喻具有原创性和不可复制性，但切拉比卡达莱的表现手法更进一步，他在创作中通过个体的觉醒和抗争揭示了监视机制的脆弱以及被摧毁的可能，展现了人类面对强权时坚韧不屈的力量。

4. 青年文学创作基金奖（Fondi i Krijimtarisë Letrare për të Rinj）

2022 年 5 月，阿尔巴尼亚国家图书和阅读中心在国家阅读日当天颁发了青年文学创作基金奖。该奖项每年颁发一次，旨在支持青年作家的创作。本届评委会从 17 位候选者中选出了 3 位优胜者。

贝哈尔·亚察伊（Behar Jacaj，1991— ）的短篇小说集《教堂边的酒店和一些黑暗的故事》（*Hoteli përbri kishës dhe disa tregime të errëta*，2022）广受赞誉，“他在当代年轻作家中脱颖而出，用令人印象深刻的艺术话语创造出惊人的叙事情景”（“QKLL”）。亚察伊从事心理学相关工作，对人的内心世界充满好奇。小说集中的 23 篇短篇小说多采用第一人称，试图揭示人类的日常心理活动。作者在采访中表示并不想用故事进行说教，而是希望鼓励读者思考生、死、自由等关于人的存在的问题。（“‘Hoteli’”）

另两位获奖者是弗萝盖尔塔·柯吕比（Flogerta Krypi，1993— ）和乔安娜·亚库（Xhoana Jaku，出生年份不详）。柯吕比现居德国波恩，从 11 岁开始写诗，已出版 1 部诗集和 6 部小说。她在长篇小说《28 下完美的数学心跳》（*28 rrahje zemre të përkryera matematikore*，2022）中展现出的“现代结构的叙事、高度的艺术敏感性和丰富的比喻”引人关注。亚库的科幻小说《光影，命运》（*Dritëhijet, fatet*，2022）是“光影”系列小说中的第一卷，作品“具有自由的想象和多层次的叙事，以及阿尔巴尼亚语文学中不多见的表达”。（“QKLL”）科幻小说在阿尔巴尼亚语文学中屈指可数，这部小说的先锋性不言而喻。

（二）国际奖项

1. 欧洲自由诗人文学奖（European Poet of Freedom）

欧洲自由诗人文学奖由波兰格但斯克市于 2008 年设立，每两年颁发一次，每届从 7 个欧洲国家的 7 部诗集中选出书写自由主题的优秀诗人诗作。2022 年 5 月 19 日，包括诺贝尔文学奖得主奥尔加·托卡尔丘克（Olga Tokarczuk）在内的评审团宣布，阿尔巴尼亚诗人露列塔·勒沙纳库（Luljeta Lleshanku，1968— ）凭借诗集《水与碳》（*Ujë dhe karbon. Woda i węgiel*，2021）和乌克兰诗人玛丽安娜·基亚诺夫斯卡（Marianna Kiyanovska，1973— ）共同获得该届欧洲自由诗人文学奖。

勒沙纳库是意象派诗歌的代表，也是阿尔巴尼亚诗坛最著名的诗人之一。英美文学批评家彼得·康斯坦丁（Peter Constantine）称勒沙纳库的作品具有独一无二的原创性，“她的意象和语言总是出人意料。她的诗歌与美国、欧洲或世界其他地区曾有过的或正流行的诗歌风格没有什么联系，也与阿尔巴尼亚诗歌传统没有太多关系”。勒沙纳库的诗歌主题多样，多数作品避开了对社会和政治的直接评论，这使得她的创作不是对当下简单直白的反映，而是超越了时间和文化的桎梏。2009 年，中国香港国际诗歌之夜曾邀请勒沙纳库朗诵诗歌，与其他诗人共同探讨诗歌在当下的功用。诗集《水与碳》是关于生存的故事，用精确的结构和简洁的语言描述了人们如何在被奴役的世界中争取自由。水和碳象征着人是化学元素的结合，在诗人看来，人对自由的渴望表明了人不再只是生物意义上的存在，而是道德和精神上的存在。勒沙纳库在创作中通过语法变化展现叙述者的不同，从第一人称、第二人称到第三人称，从单数人称到复数人称，为诗歌定下对话的基调，与读者建立起亲密联结。诗人自述道，诗集中最重要的诗歌《水与碳》直接揭示了独裁统治下阿尔巴尼亚人民的苦难，诗集中的自由关乎政治、个体与群体的身份以及人对自由的幻觉。（“Poetja në një rrëfim”）

2. 科索沃地区年度文学奖（Çmimet Vjetore për Letërsinë）

2023 年 3 月，科索沃地区公布了 2022 年度文学奖获奖结果。作家、学者泽伊努拉赫·拉赫曼尼（Zejnullah Rrahmani，1952— ）荣获阿泽姆·什克莱利（Azem Shkreli）终身成就奖。拉赫曼尼自 20 世纪 70 年代末开始在普里什蒂纳大学任教，是科索沃作家协会成员、阿尔巴尼亚笔会中心成员，2016 年当选科索沃科学与艺术学院院士。拉赫曼尼是先锋派作家，他将小说、诗歌、戏剧等不同体裁以及各种流派相融合，用实验的方式建构出一种合成体小说。他坚持求新，在创作中运用意识流小说、报告文学的写法以及反体裁、语言实验等诸多后现代主义手法，目前已出版 12 部叙事文学作品、11 部文学研究专著、6 部文学教材和 2 部文学研究译著，是科索沃地区当代文学创作和研究领域鲜有的全能型作家。

维利・卡拉霍达（Veli Karahoda，1968— ）的长篇小说《伊戈尔・巴格利奇不光彩的结局》（*Fundi i palavdishëm i Igor Bagrickit*，2022）获得安东・帕什库（Anton Pashku）最佳小说奖。自 20 世纪 80 年代末起，卡拉霍达陆续发表了众多诗歌、小说、评论文章，涉及文学、美学、哲学、政治等多个领域，出版了 6 部叙事文学作品和 2 部诗集，还曾多次获科索沃作家协会颁发的年度最佳著作奖。《伊戈尔・巴格利奇不光彩的结局》的故事发生在第二次世界大战后处于混乱和重建中的巴尔干地区，伊戈尔・巴格利奇作为小说主人公和唯一的叙述者，以对话、独白的方式讲述了极权主义下社会制度的颠覆和重新确立。

3. 罗马尼亚米哈伊・爱明内斯库国际诗歌奖（Le Grand Prix de poésie）

2022 年 6 月，米哈伊・爱明内斯库国际诗歌节在罗马尼亚克拉约瓦举行，来自世界各地的 30 多名诗人参加了这一盛会。科索沃地区诗人耶东・凯尔门蒂（Jeton Kelmendi，1978— ）和阿尔巴尼亚诗人维萨尔・日迪应邀出席，后者荣获米哈伊・爱明内斯库学院颁发的诗歌奖、米哈伊・爱明内斯库奖章，并被宣布为该学院荣誉成员。20 世纪 80 年代末就定居国外的日迪认为，阿尔巴尼亚语言、文学和文化正在域外得到传承和复兴，但全球化对海外阿尔巴尼亚语创作者的威胁不应小觑，守护独具魅力的语言和身份将为远离故土的人提供不竭的创作灵感和精神食粮。（“Visar”）

二、文学研究

祖拉塔·谢赫里（Dhurata Shehri，1973—　）与佩尔西达·阿斯兰尼（Persida Asllani，1973—　）合著的《阿尔巴尼亚比较文学史》（*Për një histori të krahasuar të letërsisë shqipe*，2021）因“运用比较方法重新建立阿尔巴尼亚文学史的概念”（“Ndahen çmimet”），被评为阿尔巴尼亚年度最佳学术专著。该著作介绍了阿尔巴尼亚语文学与世界文学、各国作家、文学现象和趋势、诗学的接触和交流等。纵观阿尔巴尼亚语文学的发展历程，世界文学对阿尔巴尼亚语文学持续产生辐射和影响，两者间形成了共振的关系。两位作者认为《阿尔巴尼亚比较文学史》非常适合用作文学课教材，通过对比同时期的欧洲文学，帮助师生突破孤立的、狭隘的文学研究视角，在世界文学的潮流和背景下重新阅读、理解阿尔巴尼亚语名作。（“Mbi librin”）

布莱里娜·戈切（Blerina Goce，出生年份不详）的新作《阿尔巴尼亚文学中的情色主义》（*Erotizmi në letërsinë shqipe*，2022）是第一部研究爱情诗歌与情色诗歌的界限和区别的专著。作者全面地回顾了阿尔巴尼亚语文学中爱欲的存在——从恰佑比（A. Z. Çajupi，1866—1930）、库泰利（M. Kuteli，1907—1967）和米杰尼（Migjeni，生卒年不详）诗文中隐晦的爱欲，到现代作家阿果里（D. Agolli，1931—2017）和卡达莱小说中的流行情色主义，乃至最新一代创作者笔下的情色书写，梳理了情色文学的表现形式和变化，尝试给文学中的情色下定义。《阿尔巴尼亚文学中的情色主义》是近年来第二部以情色为主题的文学研究专著。

三、阿尔巴尼亚文学在中国的译介

在“中国–阿尔巴尼亚经典图书互译出版项目”的支持下，北京外国语大学阿尔巴尼亚语专业副教授陈逢华翻译的长篇小说《发罗拉黑人奥瑟罗》（*Otello, Arapi i Vlorë*，2022）由外语教学与研究出版社出版，这是阿尔巴尼亚著名作家、政治家、媒体人本·布鲁什（Ben Blushi，1969—　）的作品首次被译介到中国。独具特色的叙事风格、丰富的语言和深厚的学识令这部小说自 2009 年问世后便跻身最优美、最成功的阿尔巴尼亚语文学作品之列。布鲁什凭借该小说获得了更多的国际认可，并于 2014 年获欧盟文学奖。《发罗拉黑人奥瑟罗》的故事背景设定在 1300 至 1400 年间的两座中世纪名城威尼斯和发罗拉，主要人物取自莎士比亚的悲剧《奥瑟罗》。小说讲述了被贩卖到威尼斯的黑人奥瑟罗在寻找生命与爱情的途中经历的生死和成长。

结语

纵观 2022 年阿尔巴尼亚语文学，我们可以发现以下特点：首先，反极权主义仍是当代阿尔巴尼亚语文学的重要主题，一部分创作取材于作家、诗人的个人经历，兼具现实主义和现代主义特征，还有一部分作品采用了超现实主义写法；其次，第二次世界大战、社会主义时期、社会转型时期、科索沃战争和新冠肺炎疫情隔离时期是最为常见的创作背景，对历史的反思、对当下的关注是作家以文学介入大众政治生活的共同路径；再次，新生代作家和移民作家的涌现为阿尔巴尼亚语文学注入了活力，阿尔巴尼亚语文学中罕见的科幻小说令文学体裁更加多元；最后，阿尔巴尼亚语诗歌延续了2021年的回归势头，斩获多项国际诗歌奖。文学研究方面，阿尔巴尼亚比较文学专著、文学中的情色主义研究填补了以往研究的空白。在译介项目的支持下，越来越多的阿尔巴尼亚当代文学名家名篇走入了中国读者的视野。

参考文献：

Bekteshi, Vera. *Pusulla të verdha.* Tiranë: UET Press, 2022.

—. "'Pusulla të Verdha', Vera Bekteshi me një roman për njerëzit me aftësi ndryshe." 22 Apr. 2022. Web. 10 Mar. 2023. <http://www.panorama.com.al/pusulla-te-verdha-vera-bekteshi-me-nje-roman-per-njerezit-me-aftesi-ndryshe/>.

Biçaku, Nanila Allkja. "Mbi librin 'Për një histori të krahasuar të letërsisë shqipe'." Web. 10 Apr. 2023. <https://www.portalishkollor.al/news/mbi-librin-per-nje-histori-te-krahasuar-te-letersise-shqipe >.

Çela, Zija. *Banka e ankesave.* Tiranë: Onufri, 2022.

Dushi, Andreas. "Visar Zhiti, laureat i 'LE GRAND PRIX DE POÉSIE' , që ndan akademia 'Mihai Eminescu': Te gjuha shqipe kam flamurin dhe epitafin, kam poezinë e fjalës." 25 Jun. 2022. Web. 10 Apr. 2023. <https://exlibris.al/visar-zhiti-laureat-i-le-grand-prix-de-poesie-qe-ndan-akademia-mihai-eminescu-te-gjuha-shqipe-kam-flamurin-dhe-epitafin-kam-poezine-e-fjales/>.

Goce, Blerina. *Erotizmi në letërsinë shqipe.* Tiranë: Naimi, 2022.

"'Hoteli përbri kishës', Behar Jacaj rrëfen të pathënat e librit surprizues." 17 May. 2022. Web. 10 Apr. 2023. <https://bulevardionline.com/hoteli-perbri-kishes-behar-jacaj-rrefen-te-pathenat-e-librit-surprizues/>.

Jacajt, Behar. *Hoteli përbri kishës dhe disa tregime të errëta*. Tiranë: Albas, 2022.

Jaku, Xhoana. *Dritëhijet, fatet*. Tiranë: Albas, 2022.

Karahoda, Veli. *Fundi i palavdishëm i Igor Bagrickit*. Prishtinë: Buzuku, 2022.

Kasi, Entela. *Rikthemi*. Prishtinë: Buzuku, 2022.

Krypi, Flogerta. *28 rrahje zemre të përkryera matematikore*. Tiranë: Argeta LMG, 2022.

Lleshanaku, Luljeta. *Ujë dhe karbon. Woda i węgiel*. Gdansk: Europejski Poeta Wolności, 2021.

Nikolli, Fatmira. "Poetja në një rrëfim për poezinë, kujtimet dhe ëndrrat." 17 Dec. 2020. Web. 1 Apr. 2023. <http://gazetashqiptare.al/2020/12/17/luljeta-lleshanaku-ecce-homo-uje-e-karbon-dhe-nje-histori-mbijetese-2/>.

"QKLL shpalli sot fituesit e Fondit të Krijimtarisë Letrare për të Rinj." 17 May. 2022. Web. 10 Apr. 2023. <https://www.kultplus.com/libri/qkll-shpalli-sot-fituesit-e-fondit-te-krijimtarise-letrare-per-te-rinj/>.

Saracini, Klotilda. "Ndahen çmimet e letërsisë 2021, shpallen fituesit në 6 kategori." 24 Dec. 2022. Web. 20 Mar. 2023. <https://ata.gov.al/2022/12/24/ndahen-cmimet-e-letersise-2021-shpallen-fituesit-ne-6-kategori/>.

Shehri, Dhurata, and Persida Asllani. *Për një histori të krahasuar të letërsisë shqipe*. Tiranë: Albas, 2021.

Taçi, Durim. *Liqeni në mes të detit*. Tiranë: UET Press, 2022.

—. *Nga një derë tjetër*. Lezhë: Fishta, 2021.

Tufa, Agron. *Ngjizja e papërlyeme*. Tiranë: Onufri, 2021.

Zhiti, Visar. *Dorëshkrimet e fshehta të burgut*. Tiranë: Onufri, 2021.

"Zija Çela, autor i vitit me romanin 'Banka e ankesave'." 19 Nov. 2022. Web. 20 Mar. 2023. <https://www.koha.net/kulture/353358/zija-cela-autor-i-vitit-me-romanin-banka-e-ankesave/>.

本 · 布鲁什 . 发罗拉黑人奥瑟罗 . 陈逢华译 . 北京：外语教学与研究出版社，2022.

作者单位：北京外国语大学欧洲语言文化学院

2022年阿富汗普什图语文学概览

王　静　曾传香

内容提要：2022年阿富汗普什图语文坛虽不繁荣，却也没有沉寂。由于政治体制的变化，政府对新闻和出版业的限制和审查相较2021年8月之前更加严格，各地图书出版和销售行业在不同程度上面临困境。在这样的社会背景下，纯文学的普什图语原创作品出版数量不多，只有一部分是与文学写作研究相关的作品。翻译作品集中于翻译与阿富汗政治、社会现实密切相关的且在国际上引起较大反响的著作。普什图语作家和学者们没有放弃用文学文化引导大众的责任，一些地区的文化官员也积极推动文学活动和图书市场的发展。

近一年的网络资料显示，2022年阿富汗出版发行的普什图语小说中有2部受到了媒体推荐，有2部与戏剧和诗歌创作有关的文学作品出版，有4部不同题材的作品被翻译为普什图语并出版发行。此外，楠格哈尔香橙花赛诗会如期举行，金笔奖也在世界图书日公布了评选结果。

一、著作

《刺领》（د اغزیو گرېوان）是一本短篇小说集，作者是阿卜杜勒·瓦哈卜·莫曼德（عبدالوهاب مومند，出生年份不详）。全书只有 104 页，包含 21 个故事，诸如《罪恶》《血池》《孤独的夜晚》《蓝烟》《石头人》《睡眼》和《马拉德上校》等，故事主题包括不良风俗、恶劣环境、贫困、流亡和教育等社会问题和冲突，向读者展现了阿富汗社会的各个侧面。书名“刺领”与小说的内容密切相关，作者说：“在公布书籍封面时，书名引起了大家的关注，大家都在追问什么时候正式出版。可能，人们对于陌生词语的组合总是充满好奇，大家喜欢新事物，渴望一探究竟。选择‘刺领’，而不是直接使用‘刺’，一方面是因为我不想用这个名字，另一方面是因为‘刺领’不仅适合做其中一个故事的题目，而且与这本书的所有故事都相关。我保证，这本书的书名能给你留下多深的印象，书的内容就会给你带来多大的影响。”[1] 阿卜杜勒·瓦哈卜·莫曼德是一位学术作家和翻译家，这是他的第四部出版作品，也是他首部成功的文艺作品。该书由阿克素思书局发行。

阿克素思书局出版的小说《难民爱情》（مېين کډوال）的作者是纳马图拉·拉希米（نعمت الله رحيمي，出生年份不详），讲述了一对阿富汗年轻人从相识到因国家动荡而被迫逃亡国外，最后在国外的难民营中重逢，有情人终成眷属的故事。故事发生在 2019 年的喀布尔，男主人公阿里布（غالب）和女主人公胡赛（هوسی）是喀布尔大学的同学，阿里布对胡赛一见钟情，但刚开始胡赛并不喜欢阿里布，几经波折

---

1 د اغزیو گرېوان – Taand.net

后阿里布终于打动了胡赛。2020 年末，就在两家人准备订婚的时候，校园里发生了炸弹袭击，以为阿里布在爆炸中丧生的胡赛离开了阿富汗。2021 年塔利班接管喀布尔后，阿里布随家人乘坐美国人的飞机来到乌干达首都坎帕拉的难民营，之后辗转到达美国弗吉尼亚州，并在那里与胡赛重逢，两人在不同种族友人们的见证下举行了婚礼。小说使用了大量的对话描写，前半部分通过活泼有趣的对话体现年轻人的无忧无虑和校园爱情的纯真美好，在经历死里逃生后又通过对话和内心独白展现普通人面对国家政局更迭所经历的彷徨、挣扎与成长。小说在情节安排上并不是丝丝入扣，部分片段读起来甚至有些思维跳跃的感觉，但内容深刻，呈现了政权交替前后阿富汗知识青年的生活和思想状态。故事以 2019—2021 年的阿富汗为背景，涉及了校园恐怖袭击、新冠肺炎疫情及政府更迭等社会时事，语言情境也更贴近现实生活，比如在思想开明的大学校园里，年轻人们也使用手机社交软件交流，甚至可以自由恋爱，这颠覆了人们关于阿富汗的刻板印象。

迈万德文化协会出版的《戏剧写作实用技巧》（د ډرامي ليکلو عملي لارې چارې）是一本集戏剧写作理论和戏剧作品为一体的著作，全书共 272 页，分为两大部分，一是戏剧写作技巧，二是戏剧故事。书评人认为，该书“对于学习当代戏剧写作十分有益，特别是对戏剧创作者来说，是一本优秀的写作指南。此前，关于戏剧写作的普什图语书籍大多集中在戏剧理论、戏剧历史和戏剧作家生平介绍上。但本书专注于戏剧的具体写作方法，即应该怎样写，从何处入手，情节如何铺陈，在何处收尾等”[1]。本书作者为杰出记者和作家阿卜杜勒·纳菲·赫马特（عبدالنافع همت，出生年份不详），其在戏剧写作方面拥有丰

1 د ډرامي ليکلو عملي لارې چارې – Taand.net

富的经验，过去 20 年来曾为英国广播公司、德国之声、伊朗纳瓦音乐网和阿富汗自由之声撰写戏剧剧本。

《诗歌创作与苏非主义》（شاعري او تصوف）是青年作家、诗人尤努斯·坦维尔（يونس تنوير，出生年份不详）的著作，从诗人的角度阐述了苏非主义思想对诗歌创作的积极影响。阿富汗著名学者、诗人法则尔·瓦里·纳加尔（فضل ولي ناګار，1953— ）教授专门在 Taand 网撰文《诗歌创作与苏非主义——创新作家、诗人和批评家尤努斯·坦维尔的优秀作品》（شاعري او تصوف؛ د مبتکر لیکوال، شاعر او نقاد یونس «تنویر» ښکلابیزه کارنامه），对尤努斯及其新书给予了高度评价。

二、译著

《阿富汗战争秘史》（د افغان جګړې پټ تاریخ）译自《阿富汗文件：一部关于战争的秘密史》（*The Afghanistan Papers*：*A Secret History of the War*），此书由著名出版商西蒙与舒斯特于 2021 年 8 月末出版，恰逢阿富汗政局发生突变之时，作者为美国知名记者克雷格·惠特洛克（Craig Whitlock，1968— ）。本书披露了关于阿富汗战争的大量机密文件，其中包括美国阿富汗重建特别检察长办公室的“吸取教训”采访项目文件、弗吉尼亚大学的口述史采访项目文件及美国前国防部长唐纳德·亨利·拉姆斯菲尔德有关阿富汗战争的一万份“雪片”机密备忘录。作者在前言中写道：“写作本书的初衷是试图解释问题所在，以及连续三任美国总统和他们的政府为何没能说出真相。”普什图语版《阿富汗战争秘史》于 2022 年 1 月由阿克素思书局出版，译者为拉菲克·穆罕默德·哈乌林（رفیق محمد خاورین，出生年份不详）。

《真主之爱》（الهي مینه）是一本讨论对真主的爱、理解和忠诚的宗教文学作品，作者是印度著名伊斯兰学者、思想家瓦希杜丁·汗（Wahiduddin Khan，1925—2021）博士，他被美国乔治城大学列为伊斯兰世界500位最具影响力的人物之一。瓦希杜丁·汗著有200多本关于伊斯兰教的学术研究著作，内容主要集中于和平以及宗教感召两个方面。本书由米尔·艾哈迈德·亚德（میراحمد یاد，出生年份不详）翻译成普什图语，2022年10月由阿克素思书局出版发行。

《和解：伊斯兰、民主与西方》（مصالحه-اسلام، ولسواکي او لوېديځ）是巴基斯坦前总理、人民党领导人贝娜齐尔·布托（Benazir Bhutto，1953—2007）的遗作，在其遇刺身亡之前完成，书中阐述了布托对伊斯兰教、民主和西方的一些看法。阿富汗女作家、女权运动者茜拉·哈达伊（هيله هدايي，出生年份不详）将其译为普什图语，由阿克素思书局出版。由于内容涉及对伊斯兰教和西方民主的探讨，该书出版时受到了阿富汗当局的严格审查。译者曾说：“在我们的社会中，书籍的编写、翻译和出版要经历重重困难。在如此条件下，（继续）写书并将其出版，是整个国家的幸事。”

清晨出版社出版的《英语–普什图语文章精选》（د انګلیسي-پښتو غوره مقالې）是作家哈兹拉特·奥斯曼·努里（حضرت عثمان نوري，出生年份不详）为英语学习者编译的英语和普什图语双语对照读物。该书也可以作为外国文学读物来赏析。书中收入的均是2022年发表的优秀英文作品，题材广泛，既有文学类作品，也包含最新的科学类文章。作者介绍说：“本书内容中最有趣味性的一点是，在每篇文章的末尾都有几个与文章相关的问题，这些问题并不简单，（需要）学习者深入阅读之后才能回答，可以帮助读者更好地理解文章的根本含义。”

三、文学活动和奖项

1. 楠格哈尔香橙花赛诗会（په ننګرهار کې د نارنج ګل دودیزه مشاعره）

2022 年 4 月初，每年春天伊始举行的楠格哈尔香橙花赛诗会在贾拉拉巴德市的设拉兹体育场举行，各省诗人、作家和诗歌爱好者等参加了此次盛会。过去赛诗会上以吟诵宫廷诗为主，但是今年每个人都可以自由按照自己的文学喜好来选择诗歌。楠格哈尔省信息文化局局长努尔·穆罕默德·哈尼夫（نور محمد حنيف）说："过去青年诗人们虽然参加了诗会，却不能自由表达自己的真实想法。但是在此次赛诗会上，诗人、作家和文学家们可以畅所欲言。"诗人萨米乌拉·特伦（سمیع‌الله تړون，出生年份不详）说："在自由的氛围和自由的环境中，大家可以（用诗歌）安心地表达自己的想法。"

为使本届赛诗会更加热闹和丰富多彩，哈尼夫同时向巴基斯坦普什图赫瓦省的部分普什图语诗人发出了邀请，但是由于签证等原因，这些诗人未能参加。赛诗会上，文化局还借机宣布将设拉兹体育场改名为古尔·穆贾希德体育场。

2. 第 11 届金笔文学奖（د زرين کړکي د جايزو يوولسمه دوره）

金笔文学奖由阿富汗金笔学会于 2011 年发起，每年由社会公认的著名作家和评论家向当年优秀的作家和诗人颁奖。2022 年 4 月 23 日是世界图书日，第 11 届金笔文学奖也在这一天公布结果，优秀小说奖颁发给了作家阿萨夫·马沙尔（اصف مشال，出生年份不详）的小说《周遭》（*اطرافي*），优秀诗歌奖颁发给了诗人伊赫桑·尼亚齐（احسان نيازي，出生年份不详）的达里语诗歌集《无国之墓》（*مزار بی وطن*）。

此外，值得一提的是，12 月初在帕克提亚省会格尔迪兹市有一家大型图书市场开业。格尔迪兹市市长发表讲话称，市政府为图书市场的顺利开业做了很多努力。之前，由于经济和人权危机等影响，阿富汗图书市场遭受了严重冲击，进货和销售面临重重困难，书商们也因此多有抱怨。在此情况下，图书市场的开业无疑对书商、读者和作家都是利好消息。

四、网络文学作品

相较于正式出版所面临的复杂审批手续和不确定性，在网络上发表文学作品对作家来说无疑是更为省时省力的。在阿富汗一些比较有名的综合性网站的文学或文化版面，可以读到一些中青年作家最新的小小说和诗歌作品。这些作品通常篇幅短小，耐人寻味。其中，在综合性普什图语网站 Rohi（rohi.af）的文学版面，有一位署名穆罕默德·哈里斯·阿迪布（محمد خالص ادیب）的作家在 2022 年发表了四篇微小说，分别是《看不见的她》(نالیدلي)、《错误》(اشتبا)、《旅人》（مسافر）和《囚徒》(بندي)。

阿迪布的小说都以第一人称展开叙事，擅长人物、语言和环境描写，情感细腻。其故事的主人公都为普通人，通常不点明职业，故事可能发生在家中、医院里、出租车上……读者要一口气读到最后才会恍然大悟——原来如此。比如《错误》开篇就是“我”按照表格里的电话号码给一个男人打电话，男人始终说电话号码错了，不是他。挂掉电话后，“我”旁边的女人看着病床上的孩子不停地哭泣，通过哭泣的女人、旁边的护士及其他病人的叙述，事情逐渐清晰，原来是男人骗女人把孩子送进医院后就消失了，显然不想承担治疗费用。但是“我”除了打电话也无能为力，只能拿着“（报案）文件”快步走出医院，在亮起街灯的道路上“缓缓前行”。读到最后，读者可以推测出“我”应该是一名警察，但面对没有明确违法的无赖也束手无策。篇末“街灯亮起，我缓缓前行”让读者眼前浮现出一个心怀悲悯又倍感无力的小警察形象。

结语

虽然政局变化引起的经济危机、失业和人才流失给阿富汗图书出版业带来了严重损害，对作家创作和出版的严格限制和审查也导致了出版作品的减少，但是，阿富汗热爱写作并关心国家发展和人民生活的作家和学者们没有放弃撰写、翻译优秀文学作品，一些有远见卓识的文化官员们也没有放弃改进并发扬优秀民族文化传统的努力。也许青年作家的文字功力还不足以“力透纸背”或“振聋发聩”，但是透过他们或许青涩的表达，可以看到阿富汗现实社会的方方面面，也能体会到普什图人坚强、柔韧、不惧困难的性格特质。

参考文献：

د افغان جګړې پټ تاريخ. 17 Jan. 2022. Web. 1 May. 2023. <https://www.spogmairadio.com/37760/>.

د اغزيو ګرېوان. 25 Jun. 2022. Web. 20 May. 2023. <https://taand.net/?p=210853>.

مېين کډوال. 16 Oct. 2022. Web. 20 May. 2023. <https://aksosbookstore.af/product/مېين کډوال>.

الهي مينه. 16 Oct. 2022. Web. 1 May. 2023. <https://www.spogmairadio.com/54752/>.

د ډرامې ليکلو عملي لارې چارې. 26 Nov. 2022. Web. 6 May. 2023. <https://taand.net/?p=217329>.

مصالحه. 8 Nov. 2022. Web. 10 May. 2023. <https://taand.net/?p=216425>.

د انكليسي-پښتو غوره مقالي. 28 Dec. 2022. Web. 10 May. 2023. <https://www.spogmairadio.com/37760/ >.

د زري كركي د جايزو يوولسمه دوره. 22 Apr. 2022. Web. 31 May. 2023. <https://taand.net/?p=207868>.

په ننگرهار كي د نارنجگل دوديزه مشاعره تر سره شوه. 2 Apr. 2022. Web. 30 Jul. 2022. <په ننگرهار كي د نارنجگل دوديزه مشاعره تر سره شوه | طلوعنيوز (tolonews.com)>.

ناليدلي -لنده كيسه. 5 Jun. 2022. Web. 3 Jun. 2023. <https://rohi.af/news/91987>.

اشتبا (لنده كيسه). 1 Jun. 2022. Web. 3 Jun. 2023. <https://rohi.af/news/91984>.

مسافر (لنده كيسه). 24 May. 2022. Web. 3 Jun. 2023. <https://rohi.af/news/91979>.

بندي (لنده كيسه). 20 May. 2022. Web. 3 Jun. 2023. <https://rohi.af/news/91974>.

گردېز كي د كتابونو ماركېټ پرانيستل شو. 13 Dec. 2022. Web. 3 Jun. 2023. <https://taand.net/?p=218075>.

شاعري او تصوف؛ د مبتكر ليكوال، شاعر او نقاد يونس «تنوير» ښكلاييزه كارنامه. 21 May. 2022. Web. 3 Jun. 2023. <https://www.nunn.asia/203550/%d8%b4%d8%a7%d8%b9%d8%b1%d9%8a-%d8%a7%d9%88-%d8%aa%d8%b5%d9%88%d9%81%d8%9b-%d8%af-%d9%85%d8%a8%d8%aa%da%a9%d8%b1-%d9%84%d9%8a%da%a9%d9%88%d8%a7%d9%84%d8%8c-%d8%b4%d8%a7%d8%b9%d8%b1-%d8%a7%d9%88-%d9%86/>.

作者单位：国防科技大学

2022年阿拉伯文学概览[1]

杨婉莹　尤　梅

内容提要：2022年是阿拉伯文学喜获丰收的一年。随着新冠肺炎疫情的阴霾逐渐散去，阿拉伯文学创作再度焕发生机，优秀文学作品的情感价值和凝聚力量也愈发彰显。在这一年，书展、诗会、研讨会等文化活动逐步恢复线下举办，阿拉伯新老作家纷纷推出力作。其中海湾和北非地区的文学创作势头最为强劲，作品涵盖多种主题，不仅保持了一贯立足现实、批判现实的写作传统，还引入了不少值得关注与深思的当代元素，极大地拓展了阿拉伯文学的内容和样式。尽管阿拉伯作家的写作所涉题材众多，创作手法多元，切入视角丰富，呈现出多态势关注，但不难看出，在时局不稳、危机难渡的当下，他们的作品中存在着一个共同的母题，那便是呼唤爱与包容，传递美好期盼。

一、革命与战争的记忆

突尼斯女作家娜比哈·伊萨（نبيهة العيسي，1972—　）的中篇小说《交织的梦想》（أحلام متقاطعة，2021）荣获2022年卡塔尔卡塔拉小说奖

1　本文为2022年度教育部人文社会科学重点研究基地北京大学东方文学研究中心重大项目“东方文学与文明互鉴：全球化语境下的东方当代小说研究”（22JJD750004）的阶段性成果。

(已出版组)。小说描绘了一出后“革命”时代的爱情悲剧，通过刻画男女主人公多舛的爱情历程，展现了“革命”给人们的生活造成的深远影响。小说再现了2010年底“茉莉花革命”爆发的经过，呈现了“革命”带来的政治冲击和社会危机，涉及烈士遗属现状、前政治犯家属处境、暴力泛滥、失业率攀升等复杂的现实问题，由此暗暗传递出人民对“革命”结果的失望与质疑。作家将时间设定在2040年，以女主人公扎赫拉回忆录的形式展开叙述，重温了2011年前后突尼斯人民经历的动乱岁月。借扎赫拉之口，作家将那段充满暴力与压迫的苦难记忆娓娓道来。和其他反对突尼斯独裁政权的人一样，扎赫拉的父亲被当局冠上凭空捏造的政治罪名，不久便因时下政权滥用暴力而惨死狱中。父亲的遭遇给扎赫拉留下了心灵阴影，潜移默化地影响着她的性格。而在感情生活方面，由于“革命”期间时局动荡，她未能与深爱的恋人修成正果，得知爱人娶了故去兄长的遗孀后，扎赫拉心中产生了无法抑制的呐喊冲动。

关于这部小说的题目，作家本人如是解释：“梦想是我们可以成为的模样，是为明天赋予意义的事情，是促使我向前迈步的动力……至于‘交织’，这是填字游戏给我的灵感，两个词语可能因含有同一个字母而相遇，只看这个字母时，我们会说它俩是相似的，但是看向其他部分，我们会发现它俩有着截然不同的‘过去’和‘未来’，其中之一可能会认为这是背叛，但事实上另一方并没有做坏事。”[1] 作家认为，如同填字游戏中在一瞬交织又分道扬镳的词语一般，“革命”前后不同个体的梦想尽管有着相似之处，却绝非全然相同，人们理应认清并正视这一点，而非带着误解相互指责。

---

1 "ملخص اللقاء رقم 58 لجمعية عشاق الكتب بسوسة"، <https://www.goodreads.com/book/show/57692205>.

叙利亚女作家苏珊·哈桑（سوسن حسن，1957— ）的小说《我叫宰泽芙》（اسمي زيزفون，2021）入围了 2023 年阿拉伯布克奖长名单。作品采用回忆叙事的手法，借女主人公宰泽芙对前半生的回顾，重温了叙利亚过去近六十年的伤痛历史，在交织并行的两条时间线中，展现了战争和暴力带给叙利亚人民的苦楚与悲痛。“火”是统领这部小说的关键词，在阿拉伯文化中，“火”绝非吉兆，而是常与“地狱”等罪恶意象联系在一起。小说以艾布塔格神庙遭遇大火开篇，几年前，宰泽芙曾被迫于众目睽睽之下在这座神庙附近接受贞洁检验。这在她幼小的心灵中埋下了仇恨的火种，为了向曾经遭受的屈辱宣战，宰泽芙纵火焚烧了艾布塔格神庙，发起了属于自己的革命。在那整整四十年后，阿拉伯“革命”之火蔓延至叙利亚，人们纷纷涌上街头，举起“革命”的火把，高喊出“自由”的口号。然而，这把“革命”烈火很快演变成炙烤叙利亚的熊熊战火，连年的战争压垮了这个国家，人民长期生活于水深火热之中。如今的宰泽芙已年届六十，开始在死亡的边缘徘徊，她决定记录下自己前半生的经历，只为子孙后代能够知晓并铭记这段历史。可在小说的结尾，宰泽芙的房子突发火灾，她的人生故事似乎连同回忆笔记一起被焚毁。宰泽芙不禁扪心叩问：“心之火，生命之火，梦想之火，余生之火，谁来熄灭？”[1] 在采访中，作家对房屋遭遇火灾的情节设定做出如下解释：“这场房屋大火象征着叙利亚在熊熊燃烧，叙利亚受蛮力压制，但顽强地守护着其历史、土地和人民。宰泽芙讲述了她的故事，尽管笔记本被烧毁；她给出了她的证词，即使她的陈述化为灰烬，但为了子孙后代，必须尽可能地保留真相。”[2]

---

1 شام مصطفى، "احتراق المنزل أم سوريا؟.. رواية "اسمي زيزفون" والعنف الكامن في المجتمع والدولة"، <https://www.aljazeera.net/culture/2022/3/13>.

2 شام مصطفى، "احتراق المنزل أم سوريا؟.. رواية "اسمي زيزفون" والعنف الكامن في المجتمع والدولة"، <https://www.aljazeera.net/culture/2022/3/13>.

在这部以女性视角创作的小说中，作家除书写“革命”与战争记忆外，还深入探讨了阿拉伯女性遭到的边缘化对待。书中的女性迫于男性威权主义的要求与期待，不得不将好战主义等非自身个性强加于己，同时忍受着各种排挤与歧视，在多数事务中处于旁观者而非参与者的地位。作家巧妙地借女主人公的姓名反映了这一问题。当宰泽芙还在母亲腹中时，父亲就怀着对长子的期盼，准备好了一个男孩子的名字——吉哈达（جهاد），意为“圣战”；当得知是女孩时，父亲失望地将准备好的名字换成形似的词语——贾希妲（جهيدة），意为“努力者”，并将她排除在遗产继承行列之外。宰泽芙十分痛恨这个名字，在随后漫长的人生中一直试图忘记它，并用“宰泽芙”（زيزفون）——意为椴树或轻快的母驼——来称呼自己，以捍卫女性应受到的尊重与正视。

二、地方历史与文化遗产

阿尔及利亚作家伊兹丁·贾拉维吉（عز الدين جلاوجي，1962— ）的新作《蛇的拥抱》（عناق الأفاعى，2021）荣获2022年卡塔尔卡塔拉小说奖（已出版组）。这是作家“土地与风三部曲”（ثلاثية الأرض والريح）中的第三部作品。三部长篇小说共同铸就了这部近两千页的伟大史诗杰作，再现了阿尔及利亚从1830年法国入侵至19世纪末民众反抗侵占这一重要历史阶段。值得注意的是，作家刻意打乱了历史发展的时间顺序，前两部小说主要回顾了阿尔及利亚的民族运动与改革阶段，再现了阿尔及利亚解放革命的经过；第三部《蛇的拥抱》则回到最初阶段，还原了阿尔及利亚人民为反抗外来入侵所做的不懈努力。尽管这部长篇巨制被称作叙事史诗，但它并非局限于重现往昔，而是旨在通过书写历史来消弭冲突，呼唤爱意。作家在采访中称：“尽管小说由历史展开，但不会沉湎于此，而是面对当下与未来。小说试图揭露非法侵占者的野蛮行径，同时竭力呈现阿尔及利亚人为了守住对阿拉伯伊斯兰文化的归属感、为了在扭曲的污名中保留纯粹记忆而做出的牺牲。”[1] 小说着眼于人的维度，强调了身份的意义，期盼爱的复归。

阿联酋女作家梅颂·萨格尔（ميسون صقر，1958— ）的作品《里什咖啡馆：洞察埃及》（مقهى ريش عين على مصر，2021）荣获 2022 年谢赫·扎耶德图书奖。该作将叙事与纪实相结合，既是一部有据可查的历史传记，又是一部文辞优美的叙事小说。这部创作历时十年之久的作品回顾了开罗著名文化空间——里什咖啡馆的建成经过与经营历史，并通过咖啡馆窥视了知识分子的生活变迁。作家在书中展现了诺贝尔文学奖得主纳吉布·马哈福兹是如何在此进行创作的，知名歌星乌姆·库勒苏姆是如何在此放声歌唱的，《文化》杂志是如何在此创立起来的，女作家欧勒拜·鲁瓦尼与诗人艾麦勒·冬古勒是如何在此相爱的……小说通过数十个发生在咖啡馆里的美妙故事，追溯了埃及的时代变迁与社会变革，记录了埃及文化发展历程上的重要阶段。里什咖啡馆建成于 1908 年，是当之无愧的开罗“文化地标”，第一任店主——热爱艺术的希腊探险家米歇尔·波勒蒂斯——为咖啡馆选址于开罗市中心的解放广场。如今，阿卜杜·马来克家族经营着这家咖啡馆，这里常有文人墨客往来出入，他们与友人相约此处，一同品尝咖啡，议论时局。百余年间，里什咖啡馆见证过埃及人民浴血奋战抗击英国殖民者，也目睹了解放广场周边激烈的示威游行，成为洞察埃及社会，尤其是知识分子生活的一扇窗口，具有重要的文化意义。

---

1 نجلاء فوزي، "عز الدين جلاوجى: «عناق الأفاعى» ملحمة سردية تحكى تاريخ الجزائر"، <https://www.albawabhnews.com/4735289>.

阿尔及利亚著名小说家瓦希尼·阿拉志（واسيني الأعرج，1954— ）出版了新作《皮卡迪利演奏家》（عازفة البيكاديللي，2022），小说标题所指的皮卡迪利是一所坐落于黎巴嫩首都贝鲁特的剧院，由黎巴嫩工程师威廉姆·桑代维（وليم صيدناوي）于1965年建造。这座剧院占地2000平方米，可容纳约800人，其建筑风格借鉴了葡萄牙旧式宫殿，以红色天鹅绒座椅、典雅华贵的窗帘和巨大的水晶吊灯为特色。至于其命名，则是由剧院的最初拥有者伊坦尼兄弟（الشقيقان عيتاني）从伦敦西区那座著名的同名剧院（Piccadilly Theatre）借来的。自建造以来，皮卡迪利剧院便与黎巴嫩人的文化生活紧密联系在一起，作曲家拉哈巴尼兄弟、歌唱家菲鲁兹等许多来自黎巴嫩和其他阿拉伯国家的伟大艺术家都曾站在它的舞台上，奏响经典乐章，演绎现代作品。剧院因而成为黎巴嫩国内外剧作鉴赏家及艺术爱好者的归宿，即便是在战争年代都不会中止演出。直到2000年，剧院在一场大火中遭受重创，彻底失去昔日光彩，黎巴嫩人心中几十年间的"艺术殿堂"随之倾覆。

作家瓦西尼在小说中肯定了皮卡迪利剧院对黎巴嫩人的重要意义："我们热爱的地方，我们曾经的居所，即使所处时间短暂，也依然定格在我们的心灵和脑海中，皮卡迪利宫、法鲁兹剧院已不再是普通的剧院，而成为贝鲁特的记忆，成为黎巴嫩最绚烂的文化史记。"[1] 小说以皮卡迪利剧院突遭大火为背景，讲述了三十多年前摄影师马西和钢琴家莉娜之间的一段美丽爱情故事。二人于某夜相识，未来得及留下姓名便匆匆而别，所幸最终在雨中再次相遇。或许，这场雨中相会正预示着剧院将重新修缮，生活将重归美好。在小说的扉页上，作家引用了拉哈巴尼兄弟的戏剧《人》中的一句话："每个人

1 فاطمة عطفة، "«عازفة البيكاديللي» في «الملتقى الأدبي»"، <https://www.alittihad.ae/news/4357167>.

都有一段故事 / 每段故事亦有其故事 / 生命结束 / 故事却还未结束”（«كل واحد عنده قصة/ وكل قصة إلها قصة/ وبيخلص العمر/وما بتخلص القصة»），作家不仅借此表达了对剧院美好时光的追忆，也传递出对剧院修复如新、再焕生机的衷心期待。

三、移民与难民问题

埃及女作家玛利亚·阿卜杜勒·阿齐兹（مريم عبدالعزيز，出生年份不详）出版了其第一部长篇小说《那里是河流的尽头》（هناك حيث ينتهي النهر，2022）。故事发生在埃及的开罗、亚历山大和拉希德三座城市，其中拉希德又称罗塞塔，位于尼罗河三角洲西北部，是尼罗河支流——拉希德河汇入地中海前流经的一座小城，小说的标题即来源于此。在这部小说中，作家以沉重、灰暗的笔调讲述了与绝望斗争的故事，揭示了非法移民如何吞噬了拉希德市，使其居民“因等待而面容枯萎、心灵灼伤”[1]。在作家笔下，拉希德化作一座布满荫翳的城市，以及一块因民生艰辛、物质匮乏而难以生存其间的土地。生活在这里的居民似乎只有三个选项：要么被贫穷压垮，向死亡投降；要么为苛刻的生活条件所困，苟且过活，生不如死；再或者以非法移民的方式逃离这里。许多青年人选择了第三个选项，他们以为大海另一端的城市能够为他们提供容身之所，却没想到迎接他们的是背叛和死亡，即便他们有幸抵达彼岸也仍然难逃被捕坐牢的结局。作家本人将小说主题总结为“失败、折损与等待”，力图由小说多位主人公的个体失败投射出整座城市的集体失败，并指出其背后的政治挫败与社会失序等深层原因。

1 نضال ممدوح، "الثقافة«هناك حيث ينتهى النهر» لـ مريم عبد العزيز جديد «الكتب خان»"، <https://www.dostor.org/4167450>.

旅美埃及女作家米拉勒·塔哈维（ميرال الطحاوي，1968—　）出版了以移民为主题的又一力作《旭日东升的日子》（أيام الشمس المشرقة，2022）。故事发生在作家虚构的一个名为“旭日东升”的国家，这是一个位于美国西南海岸的小国，绵长的海岸每天都见证着许多偷渡和非法移民事件。小说聚焦于一群生活不如意的移民抵达此地后遭受的一系列苦难，由饱受身份认同困扰的青年贾迈勒自杀开篇，以在种族屠杀中幸存的非洲女孩米米自杀作结，真实展现了移民与难民在全新环境中的生活困境。他们或是为了逃离饥饿、贫困和战争，或是由于不合主流的思想与性取向而选择离开，再或者是因受极端主义思想牵连而被迫逃命。他们怀揣对美好未来的憧憬，赌上性命偷渡至新国度，却没想到这里的生活分外艰辛。由于移民群体中的绝大多数都是非法潜入的，他们没有合法身份，基本权利不受保障，普遍受到严重的压榨和剥削，在残酷现实面前难逃悲剧结局。

小说关注到了一个被主流社会边缘化的群体，即在西方社会苟且偷生的非法移民群体。尽管他们的人数并不少，但往往遭到大众的忽略和轻视；他们试图反抗这一不公现实，最终却只能适应并与这种残酷共存。作家试图在作品中刻画出移民及难民群体的两难处境，为这一群体提供发声的机会。与带有积极含义的标题截然相反，小说以充满暴力与挑衅意味的语言揭露了黑暗的现实和苦难的故事，使作品内部形成强烈的明暗冲击。在小说中，“永恒的天堂”并非真正的天堂，“旭日东升国”也不是美好的国度，而是阶级地狱与黑暗的象征；移民群体幻想中的“救生圈”实际是资本主义奴役他们所用的项箍，而所谓的“幸存者”也沦为梦想破灭的囚徒。作家有意通过文字技巧制造并突出这些矛盾关系，深刻揭示了移民群体遭受的梦想与现实间的矛盾冲击。

米拉勒·塔哈维尤其擅长书写移民与难民主题，其上一部小说《布鲁克林的高地》（بروكلين هايتس）同样关注移民群体，讲述了一位单身母亲带着 7 岁的孩子逃离家园，以难民的身份在布鲁克林高地谋生的故事。对于这一主题的文学创作，作家直言：“近年来，数以百万计的阿拉伯、非洲及其他种族的难民涌入欧美，这批移民大军中的每个人都有自己独特的故事，每个人本身就是一个故事。尽管已经有不少相关写作，但这段人类经历仍未被全然书写下来。我相信其悲剧与阴影会在未来很长一段时间内继续主导阿拉伯乃至世界文学创作，未来几代作家将从全新的角度描绘那段时期，战争、移民、流离失所、离散、种族迫害和文化冲突等经历是小说百写不厌的永恒话题。”[1]

四、性别议题与女性视角

埃及女作家法蒂玛·甘迪勒（فاطمة قنديل，1958— ）的小说《空笼子》（أقفاص فارغة，2021）荣膺 2022 年度开罗美国大学设立的纳吉布·马哈福兹文学奖。小说借助现实主义的笔触，再现了 20 世纪 60 年代民族危难的背景下，埃及普通中产家庭遭遇的多重危机。作家以年纪最小的家庭成员——女孩法蒂玛——的视角，揭露了家庭内部潜在的许多敏感问题，如经济状况堪忧、家庭暴力、儿童性虐待、婚姻危机以及家庭成员的酒精成瘾和精神障碍等问题。作家本人将这部作品视作一部自传体小说，将自己人生不同阶段的生活细节在书中悉数呈现，用文字谱写家庭悲剧的挽歌。为尽可能向传记文学靠拢，作家一改往日富有诗意的写作风格，用平实质朴的语言来叙述，以“揭露

1 عبد المجيد دقنيش، "الروائية ميرال الطحاوي: الكتابة الحقيقية حفر معرفي في التجارب الإنسانية"، <https://www.aljazeera.net/culture/2023/3/3>.

痛苦和羞耻，还原其最本来的面目，诚实地反映埃及中产阶级家庭生活中的暴力因素与性别权力关系”[1]。

《米拉德舅舅餐桌上的面包》(خبز على طاولة الخال ميلاد，2021) 获得2022年阿拉伯小说国际奖（又被称为“阿拉伯小说布克奖”），作者是来自利比亚的穆罕默德·阿尔纳斯（محمد النعّاس，1991— ），他也因此成为获此殊荣的作家中最年轻的一位。评选委员会称赞了这部小说聚焦于性别身份的独特视角：“小说回溯至20世纪下半叶的利比亚社会，深刻细致地批判了对于男性气质、女性气质的普遍观念，以及根据性别决定职责分工的刻板印象，并指出其带来的负面心理与社会影响。”[2] 主人公米拉德是家中独子，生活在利比亚一个传统且封闭的村庄里。受成长环境影响，他性格中少了几分所谓的“男子气概”，在成年后的婚姻生活中，他成为留在家中承担家务的那个人，妻子宰娜布则外出工作，供养家庭。村里人常常背地里揶揄他：“家里的舅舅叫米拉德（علية وخالها ميلاد）。”以此笑话他软弱无能，不是“真正的男人”。作家以细腻的笔触将米拉德刻画成一个具有温柔、敏感等特质的男性——他放弃参军，喜爱烘焙，一天中的大多数时间都在与面包打交道，这显然与传统眼光所认同的男子形象不符。与此同时，妻子宰娜布在其造型艺术家叔叔潜移默化的影响下，深受自由主义观念和西方价值观的触动，坚信女性不是丈夫、家庭和孩子的牺牲品，她们有权选择外出工作，掌握自己人生的主动权。二人缔造了不同于“男主外、女主内”传统的家庭结构，打破了利比亚社会男女两性身份定位和劳动分工的刻板印象。小说由此触及了阿拉伯世界重要且敏

1 مراسل الفنار، " «أقفاص فارغة» لفاطمة قنديل تفوز بجائزة نجيب محفوظ للأدب"، <https://www.al-fanarmedia.org/ar/2022/1>.

2 "رواية ليبية تحصد جائزة "البوكر" العربية لعام 2022.. ماذا تناولت؟"، <https://www.trtarabi.com/now>.

感的性别议题，对传统社会规训和性别文化观念提出了大胆质疑。

五、荒诞与隐喻

摩洛哥作家艾尼斯·拉法阿（أنيس الرافعى，1976—　）的作品《虚拟动物马戏团》（سيرك الحيوانات المتوهمة，2022）荣获 2021—2022 年第五届阿拉伯短篇小说奖。这是一部非典型短篇小说集，作家将其定义为“一册极简派的叙述独白与草图”[1]。作品由一段马戏团门卫的演说引起，第一章《免费的马戏团门票》呈现了搭配有简笔插画的 120 段碎片化文字，包括审思、心绪、梦想、脚注、幻觉、逸闻等。随后，在《按顺序进入马戏团帐篷的动物们》一章中，作家以驯养动物和野生动物的口吻写就了 30 段独白，每段内心独白可以被视作一则趣闻故事或寓言。作品涉及鲨鱼、犀牛、海狸、老鼠和猴子等各式各样的动物，并借助动物虚拟的主体身份，展现它们对生命、存在与超现实主义的奇思妙想：“马戏团里大多数动物都不喜欢镜子，他们不想感受时间流逝的严酷，也不想发觉自己只是作家笔下的幻象。”[2] 例如，在鳄鱼的独白片段中，我们会被作家的新奇想象带入一桩女郎谋杀案，跟随警员的调查与邻居的证言，最终发觉始作俑者竟是从床头油画中溜出的鳄鱼，它厌倦了单调不变的饮食，渴望品尝更多美味。马戏团因其带有的“狂欢性和象征性”而成为独特的隐喻意象。表面上看，其欢乐氛围和动态特征暗示着对悲观情绪和僵化思想的救赎可能，但实际上，表演结束后的马戏团呈现出混乱、失序、疲惫、惨淡的状态，待喧闹散去后便无法掩盖人与动物的伤痛。故事结尾处，马戏团

1　محمد عبد الرحمن، "سيرك الحيوانات المتوهمة.. تعرف على المجموعة الفائزة بجائزة الملتقى لعام 2022"، <https://www.youm7.com/story/2023/2/8>.

2　محمد الهادي الجزير،"تذكرة دخول لـ «سيرك الحيوانات المتوهّمة»لأنيس الرّافعي"، <https://www.atheer.om/archives/599383>.

突遭大火，一切都化为灰烬。在这部作品中，作家不仅实现了对短篇小说传统叙事结构和方式的大胆突破，还成功地将虚幻与真相、遮蔽与揭露、梦想与现实交织在一起。作家将人类与动物的角色互换，以荒诞不经的笔法调侃并讽喻生命的虚妄。

埃及作家塔拉勒·费萨尔（طلال فيصل，1985—　）的新作《森林与牢笼》（الغابة والقفص，2022）讲述了一位心理咨询师与患者间的诊疗故事。每位病人的故事均独立成篇，却又因为相似的负面情绪而联系在一起。书中所有人物都背负着沉重的执念、烦恼和孤独感，并且存在与他人沟通的障碍。尽管他们中的大多数可以将人际交往中的孤立转化为学术或事业上的卓越成就，却仍然无法排遣内心的孤寂，所以不约而同地向心理医生求助，以寻求释放焦虑、舒缓内心的方法。而实际上，医生本人和他们一样，内心也充满孤单、不安与空虚。在医生看来，世人其实根本“没有逃离监狱的出路，除非逃向另一座监狱。从贫穷的监狱逃向工作的监狱，从孤独的监狱逃向婚姻的监狱，从混乱的监狱逃向独裁的监狱，从服从父母的监狱逃向愧对父母的监狱。曾有位诗人说自己被困在三重监狱之中，三重？果真如此，那便是天堂！我会为他的监狱名单补充上基因的监狱、命运的监狱，对虔信者来说，有归属的监狱，对反叛者而言，有孤立的监狱，还有那最最重要的——厌倦的监狱。”[1] 此外，值得关注的是，小说中的多则故事提及知识分子与父亲的形象，具有发人深省的隐喻意味。例如，《回家的路》这则故事探讨了一位父亲与其年幼儿子间的关系，指出父亲承担着照顾者、监管者和指引者的角色；《老年痴呆症》这一故事是对长者权威的再次解构，同时揭示了心灵的脆弱性；《真相册子》

1 بلال رمضان، "بعد "سرور" و"بليغ" .. "الغابة والقفص" رواية جديدة لـ طلال فيصل"، <https://www.youm7.com/story/2022/8/26>.

这个故事揭露了知识分子的两面性，批判其刻意遮蔽事实。

疾病也是一种隐喻。2011 年埃及剧变落幕后，所有人都忙着幻想政治胜利，却忽视了革命烈属和穷苦大众的艰难处境。埃及青年记者、作家、医生穆罕默德·艾布·盖特（محمد أبو الغيط，1988—2022）在网络上发表了题为《喂，狗崽子！穷人优先》（الفقراء أوّلا يا ولاد الكلب）的帖子，坚持捍卫被边缘化的穷人和烈属的权利。11 年后，他在与癌症的抗争中去世，享年 34 岁。他给世人留下的最后一部作品是《光，我来了》（أنا قادم أيها الضوء，2022）。这是一部鼓舞人心的纪实作品，艾布·盖特将写作视为抵抗疾病的利器，用文字传递出他作为革命与疾病斗士的决心和坚毅。他在书中坦陈，自己的生活中发生过两次根本性变化，一个来自那生死攸关的时刻（剧变），另一个（疾病）则迫使他“吞噬”自己的身体。而疾病又恰似一种对剧变后现实的隐喻，成为“革命一代”摇摇欲坠的标志。在与病魔的顽强斗争中，他时常感到有一个更高的权威掌控并嘲弄着自己的命运，身体时而侥幸胜利，时而再度崩溃，他被束缚在疾病的牢笼中，努力寻找着忍受痛苦与等待死亡的意义，如同西西弗斯不断将巨石推向山顶，在一个永恒的循环中遭受反复折磨。但他并未因此丧失对疾病的抵抗意志，而是坚信“任何一次没有迷失自我的损失，都不过是暂时的损失”[1]，坚韧与抵抗构成了这部作品的主基调，这正是艾布·盖特渴望留给世人的宝贵精神财富。

结语

总而言之，阿拉伯文学在过去的一年里收获颇丰。从创作手法

1 إسلام السيد، ""أنا قادم أيها الضوء" لمحمد أبو الغيط: من سيرة الثورة إلى مجاز المرض"، <https://www.alaraby.co.uk/culture>.

来看，作家们不断突破固有的写作范式，大胆尝试新颖的体裁与技法，为文学创作提供了多种可能性。从写作内容来看，作家们或继承了对革命、移民等传统主题的关注，由真实事件出发，回顾地方发展历史，重现个体多舛命途；或汲取有关性别身份等重要议题的创作灵感，以虚构故事为隐喻，引导读者深入思考社会问题，传递集体美好期盼，共同谱写个体与时代共振的篇章。

参考文献：

"رواية ليبية تحصد جائزة "البوكر" العربية لعام 2022.. ماذا تناولت؟"، <https://www.trtarabi.com/now>.

"ملخص اللقاء رقم 58 لجمعية عشاق الكتب بسوسة"، <https://www.goodreads.com/book/show/57692205>.

إسلام السيد، ""أنا قادم أيها الضوء" لمحمد أبو الغيط: من سيرة الثورة إلى مجاز المرض"، <https://www.alaraby.co.uk/culture>.

بلال رمضان، "بعد "سرور" و"بليغ" .. "الغابة والقفص" رواية جديدة لـ طلال فيصل"، <https://www.youm7.com/story/2022/8/26>.

شام مصطفى، "احتراق المنزل أم سوريا؟.. رواية "اسمي زيزفون" والعنف الكامن في المجتمع والدولة"، <https://www.aljazeera.net/culture/2022/3/13>.

شام مصطفى، "احتراق المنزل أم سوريا؟.. رواية "اسمي زيزفون" والعنف الكامن في المجتمع والدولة"، <https://www.aljazeera.net/culture/2022/3/13>.

عبد المجيد دقنيش، "الروائية ميرال الطحاوي: الكتابة الحقيقية حفر معرفي في التجارب الإنسانية"، <https://www.aljazeera.net/culture/2023/3/3>.

فاطمة عطفة، "«عازفة البيكاديللي» في «الملتقى الأدبي»"، <https://www.alittihad.ae/news/4357167>.

محمد الهادي الجزير،"تذكرة دخول لـ «سيرك الحيوانات المتوهّمة»لأنيس الرّافعي"، <https://www.atheer.om/archives/599383>.

محمد عبد الرحمن، "سيرك الحيوانات المتوهمة.. تعرف على المجموعة الفائزة بجائزة الملتقى لعام 2022"، <https://www.youm7.com/story/2023/2/8>.

مراسل الفنار، " «أقفاص فارغة» لفاطمة قنديل تفوز بجائزة نجيب محفوظ للأدب"، <https://www.al-fanarmedia.org/ar/2022/12>.

نجلاء فوزي، "عز الدين جلاوجى: «عناق الأفاعى» ملحمة سردية تحكى تاريخ الجزائر"، <https://www.albawabhnews.com/4735289>.

نضال ممدوح، "الثقافة«هناك حيث ينتهى النهر» لـ مريم عبد العزيز جديد «الكتب خان»"، <https://www.dostor.org/4167450>.

作者单位：北京大学外国语学院；北京外国语大学阿拉伯学院

2022年爱尔兰文学概览

陈　丽

内容提要：2022年爱尔兰文学从疫情的短暂平淡期中恢复过来，再次焕发出蓬勃的艺术活力。纪念《尤利西斯》出版一百周年成为吸引作家与读者共同参与的一项文坛盛事，由此引发的出版和文艺活动不仅深化了当代读者对于乔伊斯经典的理解，也促进了作家对新都柏林、新爱尔兰文化的当代表达。纪实类作品大放异彩，成为年度文坛的突出特点。小说文类继续主导出版市场。在所有类型的作品中都出现了女性作家崛起和新生代浪潮汹涌的特点，指向当代爱尔兰文坛的整体活力的源头所在。

爱尔兰文学自新世纪以来爆发出的文学活力不断给全球读者带来惊喜，2022年的文坛活跃度再次印证了这一文学热潮的方兴未艾。由于2022年成名作家的出版物数量减少，新生代作家对爱尔兰文坛的贡献便格外凸显出来。雏凤清于老凤声，大量的新人新作出现在文化舞台上，新思想、新形式、新表达相互碰撞，新生代群体形成了一股不可忽视的文化力量。与之叠加的是，女性作者群体也日益崛起，发出更加清晰的女性声音。2022年见证了两位女性小说家提名布克奖竞选名单——奥黛丽·马吉（Audrey Magee，1966—　）入围布克奖长名单，克莱尔·吉根（Claire Keegan，1968—　）入围布克奖短名单，也见证了最终角逐爱尔兰本土文学最高奖项爱尔兰图书奖（Irish Book Awards）的年度最佳图书奖（Irish Book of the Year）的六人名单里有五位女性作家以及萨莉·海登（Sally Hayden，1989— ）的最终胜出。女性作家崛起和新生代浪潮汹涌这两个特点相辅相成，共同说明了当代爱尔兰文坛整体活力的源头所在。

文类方面，纪实类作品大受欢迎，凸显了近年来已经有所显露的潮流趋势，成为醒目的年度特色。纪实类作品的流行甚至还影响了虚构领域，虚构和非虚构作品之间的文类界线受到挑战，站在两者交叉地带的传记小说热度不减。小说文类继续主导出版市场，在长、短篇小说领域均有不俗表现。诗歌领域由于新鲜血液的注入也焕发出令人兴奋的青春活力。

一、纪念《尤利西斯》出版一百周年

2022 年是乔伊斯的巨著《尤利西斯》（*Ulysses*，1922）全书出版一百周年的庆典年。爱尔兰文学界围绕这一题材推出了许多庆祝活动，使之成为 2022 年度的一项重大文化盛事。这些庆典活动吸引了大批爱尔兰国内和国际的学者、作家投身其中，形成了一股围绕《尤利西斯》展开的爱尔兰文学热潮。

爱尔兰文学博物馆牵头创办了“《尤利西斯》百年庆”网站[1]。此外还有题为“U22：《尤利西斯》百年播客”（U22: The Centenary *Ulysses* Podcast）[2]的系列节目，吸引全球的读者参与到《尤利西斯》的章节诵读和访谈讨论等环节。该节目参与者众多且不乏知名人士。爱尔兰文学博物馆还与亚努剧团和里程碑剧院联手策划了“《尤利西

1 <https://ulysses100.ie/>.

2 <https://u22pod.com/>.

斯》2.2”（*Ulysses* 2.2）项目。项目从《尤利西斯》出版的百年纪念日当天（2022 年 2 月 2 日）开始启动，持续一整年，直到 2023 年 2 月 2 日结束。

在“《尤利西斯》2.2”项目期间，共有 18 位艺术家用文学、音乐、表演、建筑、食品等多种方式分别回应《尤利西斯》的 18 章。他们不是解读《尤利西斯》，而是以该书的某一章节为灵感的起点，进行新的创作。其中，前爱尔兰诗歌教授（Ireland Professor of Poetry，2013—2016）葆拉·米汉（Paula Meehan，1955— ）从《尤利西斯》第 6 章出发创作了新诗集《为了饥饿的鬼魂》（*For the Hungry Ghosts*，2022）。《尤利西斯》第 6 章里布鲁姆前去参加葬礼，这一过程同时也是他深入内心世界和感情生活黑暗面的过程——父亲的自杀、孩子的死亡、与妻子莫莉的脆弱关系等均是内心伤痛的来源。米汉在她的新诗集中以挽歌和哀悼诗等形式同样敞开了自己的心扉，再现了她所传承和经历过的死亡与创伤，并试图用诗歌令逝者安息，将“我的死者大军”从“对我们世界的依恋”中解脱出来（64—65）。著名小说家埃德娜·奥布赖恩（Edna O’Brien，1930— ）则选择用戏剧的形式致敬《尤利西斯》第 4 章。她写了一部新剧《乔伊斯的女人们》（*Joyce’s Women*，2022），于 2022 年 9 月都柏林戏剧节期间在阿贝剧院进行全球首演。奥布赖恩秉承她一贯的女性视角，将关注点投向乔伊斯身边的女性：他的母亲、妻子、女儿、赞助人和出版商，通过她们的眼睛来描写乔伊斯，并展示她们对这个大文豪的影响和帮助。在众多的纪念类和阅读指南类的相关出版物中，丹尼尔·马尔霍尔（Daniel Mulhall，1955— ）的《尤利西斯：一位读者的奥德赛》（Ulyssess*: A Reader’s Odyssey*，2022）脱颖而出。马尔霍尔是爱尔兰退休外交官，曾任爱尔兰驻英国大使（2013—2017）和驻美国大使（2017—2022）。他从一位普通读者（非专业研究人士）的角度带领读者畅游了《尤利西斯》一书，向世人证明它并非一本令人胆寒的难读天书，对普通读者来说它同样深具阅读魅力。此外，剑桥大学出版社专门推出了《剑桥〈尤利西斯〉百年纪念》（*The Cambridge Centenary* Ulysses: *The 1922 Text with Essays and Notes*，2022），不仅原样重印了莎士比亚书店 1922 年版的《尤利西斯》，还提供了珍贵的地图、照片，资深乔伊斯学者所著的章节介绍和阐释性注解等，为这个百年来魅力不减的小说文本增加了更为丰富的层次和信息。

我国的纪念活动同样热闹。其中，译林出版社推出的《尤利西斯：出版百年纪念版》（2021）和上海译文出版社的刘象愚新译本《尤利西斯》（2021）代表了国内乔学研究和百周年纪念活动的两件最新盛事。前者采用萧乾、文洁若翻译版本，并收录布鲁姆漫游导览图、全书人物关系表等丰富资料。后者是翻译家刘象愚潜心二十年翻译的全译本，是国内第三个《尤利西斯》译本。其特色是在翻译之外提供了大量注释，或交代原文出处，或补充背景知识。例如，针对第十四章开头的 346 字中文译文，刘象愚撰写了近 4000 字的札记，详细注解了这一全书最难译、最难读的段落。这一全新译本，对喜欢《尤利西斯》的读者而言，意味着多了一个走进作者乔伊斯文学世界的途径。

二、大受欢迎的纪实类作品

2022 年的爱尔兰文坛刮起了纪实热潮，纪实作品在数量和质量上都成为文坛的亮点，格外鲜明地反映出近年来作家和读者对纪实类题材的偏爱。从主题来看，2022 年的纪实类作品主要围绕以下几个热点展开。

首先，人物传记是纪实类作品的一个集中热点。拳击运动员凯莉·安妮·哈林顿（Kellie Anne Harrington，1989— ）在布克奖获奖作家罗迪·多伊尔（Roddy Doyle，1958— ）的帮助下完成了自传《凯莉》(*Kellie*，2022)，讲述了自己如何从问题少女成长为东京奥运会拳击项目金牌获得者的成长历程，该书获得爱尔兰图书奖的年度最佳体育书籍奖（Sports Book of the Year)。肖恩·休伊特（Seán Hewitt，1990— ）继2020年出版首部诗集《火舌》(*Tongues of Fire*，2020）之后，推出的个人回忆录《沉入无边黑暗》(*All Down Darkness Wide*，2022）获得了奖励新秀的重要大奖爱尔兰文学鲁尼奖（Rooney Prize for Irish Literature)。这两位作者都很年轻，他们的回忆录里并没有复杂曲折的人生经历，也没有成功者的传奇故事，打动读者的是他们直面生活、展示真实内心的坦诚。哈林顿对折磨自己的精神问题的长期抗争、休伊特陪伴同性恋人应对抑郁症的心路历程使他们的自传对同样遭受过生活碾压的普通读者产生了吸引力，他们在生活重压之下的不屈不挠给读者带来了共鸣、安慰与希望。

此外，还有两部名人传记也值得关注：查理·伯德（Charlie Bird，1949— ）的《时光》(*Time and Tide*，2022，with Ray Burke）和基特·德瓦尔（Kit de Waal，1960— ）的《事发突然和偶尔为之》(*Without Warning & Only Sometimes*，2022)。伯德是爱尔兰家喻户晓的时事记者，罹患绝症之后在生命的最后时光里用写作来回顾和定格自己跌宕起伏的一生。该书获得2022年爱尔兰图书奖之年度最佳传记奖（Biography of the Year)。德瓦尔是女作家曼迪·特里萨·奥劳林（Mandy Theresa O'Loughlin）的笔名，她近年来佳作不断，小说《我叫里昂》(*My Name Is Leon*，2016）于2022年被改编为同名电影在英国广播公司 2 台（BBC 2）播出。德瓦尔在回忆录里谈到了她作为加勒比-爱尔兰混血后裔，在 20 世纪 60 年代于英国伯明翰的成长经历，勾画了三种不同文化（英国、爱尔兰、加勒比）对她的影响。

第二类大放异彩的纪实类作品是深度新闻报道，代表作品是荣获 2022 年度爱尔兰图书奖之年度最佳图书奖的《我的第四次，我们溺亡了：在全球最致命的移民路线上寻求庇护》（*My Fourth Time, We Drowned: Seeking Refuge on the World's Deadliest Migration Route*，2022）。利比亚是非洲人偷渡到欧洲的集中地，偷渡导致的死亡案件频频发生。记者萨莉·海登在书里记录了她在利比亚非法移民拘留中心的采访调查，揭露了这一人道主义危机的困境，并直指欧盟是资助利比亚武装组织的幕后黑手。

还有一类令研究者欢欣鼓舞的纪实类作品是知名作家的笔记与随笔。著名剧作家布赖恩·弗里尔（Brian Friel，1929—2015）的《排演笔记（〈信仰治疗师〉，1979）》（*Rehearsal Diary (*Faith Healer*, 1979)*，2022）的出版是一件大事。《信仰治疗师》是弗里尔的重要剧目，1979 年在纽约全球首演，但草草收场，次年回到爱尔兰阿贝剧院演出。这本笔记便是弗里尔当时在百老汇参与首演排练时的笔记，对于弗里尔研究者有着重要的史料价值。小说家科尔姆·托宾（Colm Tóibín，1955— ）的散文随笔《盛宴客人》（*A Guest at the Feast*，2022）既是极具可读性的个人故事，同样也提供了重要的托宾研究背景资料。

三、主导市场的小说作品

21 世纪的爱尔兰文学新繁荣是以小说文类为主导的，2022 年的爱尔兰文坛，小说继续强势流行。除了托宾和吉根两位成名作家的往年作品继续流行之外，绝大多数的新作品均来自刚刚崭露头角的新秀作家。

纪实类作品的流行影响了小说领域。托宾以德国文豪托马斯·曼为主人公的传记小说《魔术师》（*The Magician*，2021）在2022年度持续受到评论界关注，继大卫·科恩文学奖（David Cohen Prize，2021年）之后2022年又斩获英国弗里欧文学奖（Rathbones Folio Prize）这一重要文学奖项。该小说的中译本已于2023年4月出版（柏栎译，上海译文出版社）。托宾本人还出版了首部诗歌集《醋山》（*Vinegar Hill*，2022），并当选为“爱尔兰桂冠小说家”（Laureate for Irish Fiction，2022—2024）。

《魔术师》的广受欢迎一方面是托宾本人的艺术魅力，另一方面也说明了以真实历史人物为主人公的传记小说继续流行。2022年的重要传记小说还有马丁娜·德夫林（Martina Devlin，1961— ）的《伊迪丝》（*Edith*，2022）和麦琪·奥法莱尔（Maggie O'Farrell，1972— ）的《结婚肖像画》（*The Marriage Portrait*，2022）。前者的主人公是重要女作家伊迪丝·萨默维尔（Edith Sommerville，1858—1949），她与表妹以“萨默维尔和罗斯”（Somerville and Ross）的笔名发表的合著作品精准刻画了19世纪末爱尔兰社会生活的典型样貌。后者以16世纪中叶深陷政治漩涡中的美第奇家族的联姻女子卢克雷齐娅·美第奇（Lucrezia de' Medici，1545—1561）为主人公，生动展示了短暂不幸的政治婚姻给她带来的灭顶之灾。两部小说均表现出鲜明的女性视角。

女作家吉根的小说《像这样的小事》（*Small Things Like These*，2021）在2022年继续受到欢迎，获得奥威尔政治小说奖（The Orwell

Prize for Political Fiction，2022）并入围布克奖和弗里欧文学奖这两项重量级奖项的最终名单。小说虚构了揭开爱尔兰抹大拉洗衣房（Magdalen laundries）丑闻的一个起始事件。1985 年圣诞节前夕，小镇商人弗朗在给当地女修道院送炭的时候，偶然发现了在那里工作的女孩的悲惨处境。尽管修道院及其代表的宗教信仰是小镇生活的核心，尽管所有人都告诫或善意提醒弗朗保持缄默，但他仍然冒着自己和全家被迫害的危险采取了援助女孩的善意行动。小说的模糊结尾并未说明他的结局，但爱尔兰真实的社会历史——最后一个抹大拉洗衣房 1996 年才关停，爱尔兰政府 2013 年才向被强迫在洗衣房里劳作的受害者予以公开道歉——暗示了他的个人抗争可能给他带来悲剧。吉根以短篇小说见长，这本小说篇幅也不长，算是中篇小说，不仅通过虚构的情节深刻地揭示了爱尔兰的社会文化——民众为何能够长期对抹大拉洗衣房残酷剥削女性劳工的事实视而不见，而且也直面了个人在压迫性的制度下的脆弱和反抗的勇气。生活中“像这样的小事”很多，是保持沉默、闭眼不管，还是牢记善良本心、伸出援助之手？小说中弗朗的良心挣扎也拷问着读者的良知。

虽然托宾和吉根的成就令人赞叹，但 2022 年的爱尔兰小说的真正活力来自大量涌现的新生代作家。他们活力四射，表现出耀眼的才华，为爱尔兰文学的进一步繁荣打下了基础。

萨拉·鲍姆（Sara Baume，1984—　）的《七尖顶山》（*Seven Steeples*，2022）是最令人兴奋的年度新作之一。小说以诗一般的语言描述了两个年轻人贝尔（Bell，字面意为“铃声”）和萨恩（Sigh，字面意为“叹息”）在山脚的隐居生活。全书几乎没有情节，而是用流动的诗意语言再现两人的所见所思，洋溢着亲近自然的生态意识和大胆创新的实验精神。这是鲍姆的第三本小说，成功杀入了金史密斯奖（Goldsmiths Prize）最终名单。鲍姆用这本小说再次证明了她的写作才华，成功入选2023年4月宣布的《格兰塔》（*Granta*）杂志十年一度评选出的最具发展潜力的20位年轻作家名单（“Best Of”）。

多纳尔·瑞安（Donal Ryan，1976— ）亦引人瞩目。他已经获得多个重要奖项并两度入围布克奖长名单，早在2016年就被誉为“新生代爱尔兰作家之王”。2022年瑞安推出的第六本长篇小说《土岛女王》（*The Queen of Dirt Island*，2022）聚焦于艾尔沃德一家四代女性的日常生活，背景设在20世纪80年代爱尔兰南部蒂珀雷里郡的一个偏僻小镇。书名中的土岛是一块长期引发家族内部争吵的狭长土地，因而小说在描写家庭生活之外还间接地隐喻了北爱尔兰的政治纷争。瑞安写活了以母亲艾琳（“女王”）为首的四代女性强势、复杂的个性。小说在形式上亦有不少实验创新之处，例如用短小生动的章节来构建全书，每章均控制在500字以内，章节题目只有一个单词（如“心”“永远”“目击”等），开头章标以“结尾”而结尾章则是“开头”等。

奥黛丽·马吉继她颇受好评的处女作《事业》（*The Undertaking*，2014）之后又出版了第二部小说《殖民地》（*The Colony*，2022），将个人故事置于爱尔兰特定历史环境中展示。1979年夏，两位分别来自英国和法国的游客前往爱尔兰某偏僻岛屿采风旅行，小说对他们在岛上数周生活的描述间杂着关于北爱尔兰暴力冲突的新闻简报。两位外来游客的傲慢无礼在微观层面具现了历史上外来殖民者对爱尔兰的文化践踏。无独有偶，路易丝·肯尼迪（Louise Kennedy，1967— ）的《罪过》（*Trespasses: A Novel*，2022）也将对北爱尔兰政治问题的宏观审视与个人生活的微观层面有机结合起来，在20世纪70年代北爱尔兰暴力冲突高潮的背景下讲述了一个注定以悲剧收场的越界爱情故事。两部小说均展示了明显的女性视角，在殖民、暴力冲突等男性主导的传统题材内发出了新鲜的女性声音。小说的艺术性也颇得评论界赞誉，前者入围布克奖长名单，后者则获选爱尔兰图书奖之年度最佳小说奖（Novel of the Year）。

另两部反响较好的新小说则将视野投向世界历史，在国际舞台上展示人物命运：2022 年爱尔兰图书奖之年度作家奖（Author of the Year）获得者约翰·博因（John Boyne，1971— ）在新小说《所有破碎的地方》（*All the Broken Places*，2022）中探讨了纳粹创伤的现代余毒；阿德里安·邓肯（Adrian Duncan，出生年份不详）的《几何学家罗巴切夫斯基》（*The Geometer Lobachevsky*，2022）则以 1950 年流亡爱尔兰的苏联专家为主人公，目前已经入围 2023 年沃尔特·司各特历史小说奖（Walter Scott Prize for Historical Fiction）的最终名单。

近年来颇为多产的简·卡森（Jan Carson，1980— ）今年又推出小说新作《灵魂出窍》（*The Raptures*，2022）。在 20 世纪八九十年代的北爱尔兰小镇，镇上的孩子接连染病死去。小镇居民被迫行动起来追查原因、拯救孩子。卡森用哀而不伤的细腻笔触描绘了悲剧是如何将小镇居民团结起来又撕裂开来的。小说背景正值北爱尔兰问题全面爆发时期，作品中虽然没有直接提及当时的政治冲突，但小镇的悲剧平行隐喻了造成更多死亡的北爱尔兰政治危机。卡森擅长心理和情绪描写，对主人公汉娜的刻画尤其令人难忘。但有些情节却似乎并无必要，例如死去的孩子们灵魂出窍（书名即来自于此），向唯一的幸存者汉娜显灵，讲述他们在另一个世界的生活。这样的情节虽然自有其宗教意蕴，但在多大程度上是深化主题之必需尚需商榷。

科林·巴雷特（Colin Barrett，1982— ）的短篇小说集《乡愁》

（*Homesickness*，2022）值得推荐。这是巴雷特的第二部小说集，共收录八篇作品，延续了之前备受好评的首部小说集《格兰贝的年轻人》（*Young Skins*，2013，中译本 2019）中对西部小镇生活阴暗面的严峻刻画。故事发生地主要设在巴雷特的故乡梅奥郡。书名中的乡愁感染的并非离乡的游子，而是那些虽然身处家乡却找不到自己社会位置的不合群者。巴雷特以他特别的黑色幽默、充满同情心的笔触和细腻的心理刻画描绘了这些不合群者在小镇令人窒息的熟人社会中的挣扎，用文字记录了小镇生活中死水微澜的瞬间。

温迪·厄斯金（Wendy Erskine，1968— ）自她大受欢迎的首部短篇集《甜蜜的家》（*Sweet Home*，2018）之后再次推出新集《舞步》（*Dance Move*，2022），集中共收录 11 篇短篇小说。小说背景多设在她生活的贝尔法斯特东区，宛如一幅幅快照，记录下现实生活中看似微小却意外地在记忆中长久留存的瞬间。厄斯金擅长对话描写，对于贝尔法斯特的方言有着敏锐的展现。此外，鲜活的人物刻画以及即使在最黑暗的时刻也能激起笑声的奇特幽默感使她的作品呈现出鲜明的个人特色。

值得推荐的还有国内出版的一个短篇小说选集《寻找救生艇：爱尔兰文学特辑》（2022）。里面收录的 14 篇作品均是首次译为中文，原文发表时间从 2015 至 2022 年不等，其中就包括上述巴雷特《乡愁》里的第一篇故事《拉思克里丹枪击案》（“A Shooting in Rathreedane”）和厄斯金《舞步》中的《格洛丽亚和马克斯》（“Gloria and Max”）。这个选集的出版突出地说明了当代爱尔兰文学的活力，也像《魔术师》的译介一样再次展示了当代爱尔兰文学译介到国内的惊人速度。选集的客座主编颜歌（1984— ）是近年来移居都柏林的中国作家，她不仅介绍了当代爱尔兰文学的活力，还用亲身经历拓宽了“爱尔兰作家”的当代定义（VIII-IX）。

或许是因为新冠肺炎疫情的原因，2022 年的爱尔兰文学新作中不断出现疾病关怀，体现出对疫情、疾病和病患的关心。短篇集《蹒跚登场：受痴呆症启发的新小说》（*A Little Unsteadily Into Light: New Dementia-Inspired Fiction*，2022）是其中的佼佼者，书名引自贝克特的独幕剧《克拉普最后的录音带》（*Krapp's Last Tape*，1958）中的舞台指示。书中共收录 14 篇小说，作者多为爱尔兰和英国的知名作家，创作主题虽然如副标题所示都与痴呆症有关，但在风格和内容上差异很大，表现出很强的多样性。开篇故事鲁娜·奥康纳（Nuala O'Connor，1970— ）的《这令人头晕的小日子》（“This Small Giddy Life”）以作家与罹患痴呆症的母亲同住的经历为基础创作，获得了 2022 年爱尔兰图书奖之年度最佳短篇小说奖（Short Story of the Year）。

四、活力四射的诗坛新秀

尽管大诗人保罗·马尔登（Paul Muldoon，1951— ）成为第 9 位爱尔兰诗歌教授（2022—2024）是 2022 年爱尔兰的诗坛盛事，但是本年度的诗坛主要靠新秀作家挑起大梁。新鲜血液的大量注入使得诗坛焕发出久违的新鲜活力，诗歌作为精神之锚帮助人们应对危机的文化作用被一再突出强调。

新秀诗人詹姆斯·康纳·帕特森（James Conor Patterson，1989— ）已在多本知名杂志上发表诗歌并获得学界赞誉，被认为是新一代诗人的领军人物。2022 年，他的首部诗集《盗匪之乡》（*Bandit Country*）出版。帕特森来自北爱尔兰边境城市纽里，当地因为处于南北暴力冲突最为激烈的交锋地带而在新闻媒体里有“盗匪之乡”的贬称。帕特森用该词充当诗集标题，正是以之为出发点来颠覆和解构这种他者化的简单概括，从而实现他的写作目的："描绘该镇居民真实而丰富的内心生活。我成长的故事、城市传奇、神话、笑话和方言，是它们界定了真实的纽里，而不仅仅是那些强加给我们的暴行和新闻头条里的纽里。"（"The Friday Poem"）在诗歌形式上，帕特森表现出新锐诗人的实验精神，用大量的方言俚语、标点符号和小写字母来强迫读者走出熟悉区域。帕特森凭借这部诗集获得奖励新秀诗人的埃里克·格雷戈里奖（Eric Gregory Award，2019）[1]，并被提名艾略特奖（T. S. Eliot Prize）和约翰·波拉德国际诗歌奖（John Pollard International Poetry Prize）。

此外，还有两位非常年轻的诗人值得关注。尼蒂·卡萨（Nithy Kasa，1998— ）出生于刚果，2011年移居都柏林，中学期间就在诗歌比赛中崭露头角。《棕榈酒采集工和杰里科的男孩》（*Palm Wine Tapper and the Boy at Jericho*，2022）是她的第一部诗集，用本民族民间故事的神话叙事方式，记录了一个小女孩离开故土、成长为一个内心丰富的成年人的精神历程。

莫莉·图米（Molly Twomey，出生年份不详）是位2019年刚刚硕士毕业的年轻诗人。她的处女作诗集《秃鹫中长大》（*Raised Among Vultures*，2022）获得广泛赞誉。诗集共收录58首诗，大胆地直面女性成长过程中的一些艰难经历，比如长期厌食、酒后乱性等，同时保持了健康向上的积极心态："触及社会的黑暗面并同时试图跨越它们。"（Twomey and Haynes）图米在采访中谈到了她的诗集题目，建议将"秃鹫"看作一种隐喻，指向如今年轻女性在成长道路

1 该奖接受未出版的诗集参评，是以帕特森有机会在诗集面世之前就参评并获奖。

上可能遇见的各种阻碍——“种种不同的或许具有厌女性质的东西”(Ibid.)。有评论称图米是“描绘新爱尔兰、描绘新冠肺炎疫情后的新世界的一位诗人”(McCarthy)，同样的赞誉也适用于帕特森和卡萨等其他新生代作家，他们的摸索实践指向的是未来，而非过去。这些新秀诗人或许尚还稚嫩，但他们的踊跃登场令人对未来的诗坛充满期待。

同时，难能可贵的是爱尔兰的文学机制为这些年轻作家的上升给予了极大的支持和帮助。《刺人虻》(*The Stinging Fly*) 文学杂志一向以扶植新作家著称，对爱尔兰的当代文学，尤其是诗歌发展做出了巨大贡献。2022 年，该杂志推出了“全部新作家专辑”，其中的 47 位作家全部是首次在该杂志上发表作品，文类涉及小说、诗歌和散文等，是编辑部从 2000 多份投稿中筛选出来的精华。这期杂志的策划和出版再次强有力地宣传了爱尔兰新生代作家的创作活力，也重申了杂志致力于“寻找、培育、出版和推广最棒的新作家和新作品”(Meade 6) 的初衷。爱尔兰艺术委员会刚刚宣布对帕特森、卡萨、图米、利兹·霍钦 (Liz Houchin，出生年份不详) 和鲁瓦森·凯莉 (Roisin Kelly，1990—) 等五位年轻诗人进行资助，支持他们在 2023 年内赴国外暂住并融入当地的文化环境，与成名诗人进行国际交流和学习。(“Recipients”) 有记者在分析爱尔兰作家为何频频获得布克奖时，也谈到爱尔兰的文化机构对 21 世纪“爱尔兰小说的新黄金期”的重要促进作用：“爱尔兰的文化共同体提供了很多帮助，有众多的杂志和活动，使得作家们感觉成功是可能的。”(Liu) 同时，像颜歌和卡萨这样的外来移民作家被很好地接纳，并融入本地文化市场，这也从侧面反映了当代爱尔兰文坛的包容程度。正是这种极具包容性、支持性的良好文化环境给新生代作家提供了重要的滋养，促使当代文坛新人新作不断，呈现出一派欣欣向荣的繁荣景象。

结语

2022年爱尔兰文坛前有《尤利西斯》文学经典开道，后有新人新作持续登台亮相，再次延续了爱尔兰文学的当代繁荣，尤其在纪实类作品、小说、诗歌等领域取得了令人瞩目的新成就。《尤利西斯》出版一百周年庆典的各项活动在全球范围内再次树立了经典爱尔兰文学作品的重要地位，并引发了全球文学爱好者对乔伊斯和整体爱尔兰文学的新关注。与此同时，女性作家和新生代作家占据了2022年爱尔兰文坛的重要位置。这些作家的群体性崛起提供了新鲜的视角来观察和再现爱尔兰快速转型的当代社会，在反思爱尔兰历史与传统文化的同时描画了一个崭新的、后民族主义时代的新爱尔兰。新作家锐意进取的语言和文本实验延续了乔伊斯的实验精神和文化遗产，使得当代爱尔兰文学作品继《尤利西斯》等经典文本之后同样以高度的实验精神和革新色彩闻名世界文坛。新人新作的不断涌现是2022年爱尔兰文坛活力的源泉所在，亦为未来爱尔兰文学的持续繁荣打下良好基础。

参考文献：

Barra, Allen. "Donal Ryan Heads Up Ireland's Throng of Literary Geniuses." *Daily Beast.* 17 Mar. 2023. Web. 8 May. 2023. <http://www.thedailybeast.com/donal-ryan-heads-up-irelands-throng-of-literary-geniuses>.

"Best Of Young British Novelists 5." *Granta.* Web. 7 May. 2023. <http:// www.granta.com/best-of-young/>.

Liu, Max. "How the Booker Prize has Reflected the New Golden Age of Irish Fiction." *The Booker Prizes*. 16 Mar. 2023. Web. 8 May. 2023. <http://www.thebookerprizes.com/the-booker-library/features/how-the-booker-prize-has-reflected-the-new-golden-age-of-irish-fiction>.

McCarthy, Thomas. "Raised Among Vultures." *The Gallery Press*. Web. 14 May. 2023. <http://www.gallerypress.com/product/raised-among-vultures/>.

Meade, Declan. "Publisher's Note." *The Stinging Fly: All New Writers Issue*. 47.2 (Winter 2022-23): 6-7.

Meehan, Paula. *For the Hungry Ghosts*. Dublin: Etym Press, 2022.

"'*My Fourth Time, We Drowned*' by Sally Hayden Named as the 'An Post Irish Book of the Year 2022'." *An Post & RTÉ*. 8 Dec. 2022. Web. 6 May. 2023. <http://www.irishbookawards.ie/news/my-fourth-time-we-drowned-by-sally-hayden-named-as-the-an-post-irish-book-of-the-year-2022/>.

"Recipients of International Residency Scheme Announced." *Poetry Ireland*. 15 Feb. 2023. Web. 6 May. 2023. <http://www.poetryireland.ie/news/recipients-of-international-residency-scheme-announced>.

"The Friday Poem in Conversation with James Conor Patterson." *The Friday Poem*. Web. 14 May. 2023. <http://www.thefridaypoem.com/james-conor-patterson/>.

"The 2023 Shortlist". *The Walter Scott Prize for Historical Fiction*. Web. 8 May. 2023. <http://www.walterscottprize.co.uk/the-2023-prize/the-2022-shortlist/>.

Twomey, Molly, and Jane Haynes. "On the Rise." *Independent Thinking: The University College Cork Magazine*. 13 Jun. 2022. Web. 14 May. 2023. <http://www.ucc.ie/en/magazine/summer22issue/on-the-rise.html>.

颜歌 . 故事里的世界 // 吴琦 . 寻找救生艇：爱尔兰文学特辑 . 上海：上海文艺出版社，2022.

作者单位：北京外国语大学英语学院

2022年澳大利亚文学概览

王雪峰　李建军

内容提要：2022年，新冠肺炎疫情的影响尚未完全消失，澳大利亚政府对文学领域的预算也大幅缩减，这虽然对澳大利亚国内的文学活动以及图书出版业造成一定影响，但是仍然有不少优秀作品问鼎国内各大文学奖项。这些作品有原住民作家的反抗之声，有移民作家的多元之声，更有许多作家深入人物内心世界，探讨人类普遍关心的议题。这不仅反映了澳大利亚独特的后殖民特性，更说明澳大利亚文学已然融入世界文学版图，成为其中重要一员。

2022年，新冠肺炎疫情的余波仍在，澳大利亚联邦政府对艺术和文化领域预算资金进行了大幅度缩减（赵琪1），这使得澳大利亚文学界与图书出版行业受到了一定影响。尽管如此，澳大利亚依然有不少优秀作品入围国内重要文学奖项并夺得桂冠。相较往年，女性作家、原住民作家与移民作家持续在澳大利亚文坛大放异彩，从各大文学奖项入围及获奖的名单便可见一斑。很多作品深入人物的内心世界，探讨包括家暴和性侵在内的创伤、疾病、死亡、家庭以及爱情等多个议题。澳大利亚作家不仅书写的主题更为深入与广泛，其作品在国际上也更加受到关注。本文将梳理2022年澳大利亚国内主要获奖作品以及国内外出版的文学评论等重要专著，以此为读者呈现澳大利亚文学与文学研究的最新动态。

一、小说

2022年获奖的小说多关注主人公在成长过程中所遭受的创伤，包括弃养、家暴、歧视、性侵等经历，也有作品通过主人公的成长轨迹来探讨文化、艺术、真理等深邃话题。受提名及获奖的作家背景多元，以少数族裔与女性作家居多，如入围迈尔斯·富兰克林文学奖(Miles Franklin Literary Award)的作品大多出自女性作家与移民作家之手，原住民作家受提名及获奖的人数也十分可观。

詹妮弗·道恩（Jennifer Down，1990— ）的第三部小说《光之体》(*Bodies of Light*，2021）在迈尔斯·富兰克林文学奖短名单中脱颖而出，夺得桂冠。[1] 如同道恩的其他小说一样，该作品“展现出人物在经历死亡或创伤之后无法进行沟通与处理真实人际关系的困境”(Shirm 1)。但是道恩并不会浓墨重彩地叙述这些极端事件，而是把笔墨放在之后发生的一系列故事上。《光之体》是一位女性回顾自己创伤经历的生命叙事，通过一个个相对独立的事件展开，融合了校园小说、悬疑小说、罗曼史等文类的特点。小说主人公玛吉·莎莉文的“多面人生”——从生活在美国并试图忘记过去的玛吉，到霍丽，再

1 今年的迈尔斯·富兰克林文学奖评委将约翰·休斯（John Hughes，1961— ）的小说《狗群》（*The Dogs*，2021）移出长名单，其原因是《卫报》在2022年6月10日的一项调查中发现，《狗群》有明显抄袭诺贝尔文学奖得主阿列克谢耶维奇的《我是女兵，也是女人》的痕迹。随后，休斯向阿列克谢耶维奇以及她的翻译者致歉，并说明自己在写作时没有意识到抄袭这件事，只是不小心将以前打印自这本书的几页内容与采访外祖父母的转录混在一起，久而久之便以为是自己的写作材料。同年6月15日，该报又调查发现，《狗群》与菲茨杰拉德的《了不起的盖茨比》、托尔斯泰的《安娜·卡列尼娜》等作品有明显相似。休斯在采访中不承认抄袭一事，并声称作家都会受前人影响，只是程度不同。

到移民至新西兰并改名为乔茜——给叙事增添了些许神秘色彩。莎莉文幼年时，母亲去世，父亲因吸毒而坐牢，她五岁时便被遗弃在维多利亚州的家庭护理机构里，之后便一直生活在迷茫、担忧与恐惧之中。中学期间，单身女性朱迪斯收养了她，给予她从未体验过的爱与安全感。随着小说叙事的逐步推进，读者知悉莎莉文有被父亲的朋友以及网球教练性侵等各种创伤经历，这些创伤影响了她的爱情观、婚姻观与人生观，每一阶段的命运安排都使她重新认识并建立自我。尽管莎莉文对于创伤经历的回忆看似不可靠，记录也稍显朦胧，但小说通过她不断更新自我认知的历程，发出独属于女性的坚韧之声。

尼古拉斯·罗克韦尔（Nicolas Rothwell，1950— ）的《红色天堂》（*Red Heaven*，2021）获得了总理文学奖（Prime Minister's Literary Awards）小说奖。小说通过一位青年叙述者的对话式口吻讲述了自己在成长过程中如何被两位女性——一位是苏联上将的女儿、受人尊敬的电影制作人，另一位是嫁给维也纳作曲家的演员兼歌手——领进了文学、文化、艺术、哲学以及真理的殿堂。罗克韦尔是一位艺术与文化评论家，他的《红色天堂》比起单纯的成长小说，更像是一本以十分前卫的手法写成的文艺评论。从 17 世纪法国拉法耶特夫人的著作《克莱芙王妃》、塔可夫斯基的电影，到卢梭的《忏悔录》，再到陀思妥耶夫斯基的《罪与罚》等，读者跟随着小说叙述者的成长轨迹逐步踏入文艺史与哲学思想的宏伟世界。总理奖评委称赞道："《红色天堂》讲述的是那些塑造了我们的人——他们走进我们的人生，影响我们，然后退出。该小说生动地展现了世上难寻的美好与悲伤，是罗克韦尔的上乘之作。"

梅丽莎·曼宁（Melissa Manning，1986— ）的短篇小说集《烟熏房》（*Smokehouse*，2021）获得了维多利亚州长文学奖（Victorian

Premier's Literary Awards）小说奖。该作品通过各自独立又相互联系的短篇小说讲述了以单身母亲诺拉与德国移民奥利为主线的一系列故事。《烟熏房》关注婚姻中的权利、家庭与两性关系，作者深入小说人物内心，生动且真实地展现出那些孤寂、痛苦、懊悔以及渴望爱与关怀等多种人生体验。原住民作家弗罗尼卡·古丽（Veronica Gorrie，1971— ）的《黑人与悲伤：一本关于种族歧视与反抗的回忆录》（*Black and Blue: A Memoir of Racism and Resilience*，2021）获得了该奖的原住民作品奖。古丽在这本书中回顾了家族历史与生平经历，揭示了原住民家族的代际创伤。正如前言所表明的，《黑人与悲伤》提醒读者故事以及讲述故事的重要性，但并不要求每位读者理解原住民的创伤经历，而是希望原住民能够切身体会到自己所处的世界。（Gorrie 3–4）

原住民作家托尼·伯奇（Tony Birch，1957— ）的短篇小说集《如昨夜般黑暗》（*Dark as Last Night*，2021）获得新南威尔士州长文学奖（NSW Premier's Literary Awards）小说奖以及昆士兰文学奖（Queensland Literary Awards）短篇小说集奖。伯奇擅长从儿童的视角来进行写作。《如昨夜般黑暗》叙述了 16 个不同的故事，绝大部分聚焦在儿童的视角与经历，探讨家暴、个人不幸、流浪等主题。正如评语所写："这些故事触及了当今生活的裂缝与疮痍，带领我们与小说中虽不完美但终究可爱的人物一起迈向希望，体会幽默，学会感恩。"黎巴嫩裔作家迈克尔·穆罕默德·艾哈迈德（Michael Mohammed Ahmad，1986— ）的第三部小说《你的另一半》（*The Other Half of You*，2021）获得了新南威尔州长文学奖多元文化奖以及昆士兰文学奖小说奖。该小说是《部族》（*The Tribe*，2014）与《黎巴嫩人》（*The Lebs*，2018）的续篇，以第一人称展开叙述，将巴尼·亚当 20 岁左右的生活铺陈开来，以此来探讨当今黎巴嫩移民混杂了家庭责任、伊斯兰文化以及宗教信仰的复杂爱情观。除此之外，黛安娜·莉德（Diana Reid，1996— ）的处女作《爱与善》（*Love & Virtue*，2021）获得了澳大利亚图书出版奖（Australian Book Industry Awards）[1]的年度书籍，该书是一本关于权利、暗恋以及校园性骚扰的成长小说。

二、诗歌

2022 年澳大利亚国内文学奖公布的诗歌获奖名单同样值得关注。这些作品大多将笔触深入人物内心，探讨人类如何面对疾病等一系列苦难，并在苦难中寻找自我在世界中的位置。安迪·杰克逊（Andy Jackson，1965— ）的《人类模样》（*Human Looking*，2021）获得了总理文学奖诗歌奖。杰克逊患有马方综合征，正因如此，他从博士论文开始便一直关注残疾主题，并在诗歌创作中以融合神话、艺术、历史等元素的高超写作技巧将这一主题呈现给读者。《人类模样》同样也是诗人对自身疾病进行的诗意探索，这部诗集充满了强大的力量，同时具有细腻的感情，客观对待自身疾病，丝毫没有透露出自怜自哀的情绪。

《落熊》（*Dropbear*，2021）是原住民诗人伊芙琳·阿拉伦（Evelyn Araluen，1993— ）的第一本诗集，获得了斯特拉奖（Stella Prize）与澳大利亚图书出版奖。阿拉伦是邦加隆族后裔，她在这本诗集中融入了《圣经》内容、澳大利亚民间故事以及对定居者殖民主义的批判，揭示出原住民在澳大利亚历史中受到的种族歧视与文化灭绝。“落熊”形象源自考拉，是当代澳大利亚民间故事里一种凶残的

1 澳大利亚图书出版奖于 2006 年在悉尼设立，是属于澳大利亚国内出版社与作者的奖项。

肉食性动物。阿拉伦以“落熊”为标题，以此来表达原住民对历史上白人殖民暴行的愤怒，正如她在《落熊诗学》（“Dropbear Poetics”）一诗中写道：“我们到这里 / 不是来听你们念诗 / 你们做错了事，那就是错了 / 就会被一口吞下。”（Araluen 22）《落熊》抓住当今澳大利亚主流文化的标志，并将其彻底颠覆，书写了历史不为人知的另一面。

芬兰裔作家玛丽亚·塔可兰德（Maria Takolander，1973— ）的《紧急警报》（*Trigger Warning*，2021）获得了维多利亚州长文学奖诗歌奖。塔可兰德如波德莱尔般将善与恶交织在字里行间，通过这两种极端之美展现出诗歌内部的张力，从而给读者的阅读体验带来强大冲击，在澳大利亚国内外赢得了良好的反响。《紧急警报》是塔可兰德的第四本诗集。诗集第一部分《坦白》（“Confessions”）深入一位诗人的内心世界。由于丈夫大卫·麦库伊病情加重，以及对父亲过往家暴形象的回忆，诗人心中压抑不已，开始向历史上著名的诗人袒露心声，包括美国诗人西尔维娅·普拉斯（Sylvia Plath）、英国诗人特德·休斯（Ted Hughes）等。诗集随后便开始关注日常生活并探寻其背后的意义，却又不将这意义展露给读者。这也自然过渡到最后一部分——这位诗人放火烧了房子，“我们”却在房子外面无能为力，这意义也就永远无从得知。如诗集的标题所示，《紧急警报》是一本十分危险的书，它将残酷与诗韵美结合，探讨人类内心深处的创伤以及关于死亡的终极意义。

丹·迪士尼（Dan Disney，1970— ）的诗集《加速与惯性》（*Accelerations & Inertias*，2021）获得了新南威尔士州长文学奖诗歌奖。诗人以“我”作为观察者，视角随着一辆出租车在堵车时走走停停的节奏展开，形式上借鉴韩国文化里的时调，为读者绘出 21 世纪繁华喧嚣、纸醉金迷的首尔都市景象，以此来表达自己对资本主义的憎恶、对自然的敬畏以及对多元文化的敬重之情。如评委所说："诗集通过观察者式的探索，以激进的方式反思诗中的'我'，以及'我'在人类和超越人类的世界中的定位。"《加速与惯性》无疑是这个浮华时代的产物，但它同时也指明人性中责任与关怀的重要。

此外，帕姆·布朗（Pam Brown，1948— ）的诗集《停滞与移动》（*Stasis Shuffle*，2021）同样值得关注。该作获得了昆士兰文学奖诗歌奖，被评委会誉为一本时而警句犀利、时而滑稽可笑、时而妙语连珠的诗集。布朗关注政治与文化现象，并将现实以碎片化的形式写入诗中，对其进行质疑、批判与嘲弄。《停滞与移动》也是对疫情的回应，尤其是诗集中与标题同名的第三部分，作者将注意力转向人在隔离期间的孤寂，以及在各种防疫措施下行动与思想的停滞和对自由走动的渴望。

三、戏剧

2022年澳大利亚国内各大奖项一如既往地公布了不少优秀戏剧作品，其中以《牛奶》（*Milk*，2022）与《扔橙子的人》（*Orange Thrower*，2022）最具代表性。《牛奶》在街头剧院上演，是原住民剧作家迪伦·凡·邓·伯格（Dylan Van Den Berg，1993— ）的新作。该剧继2021年获得新南威尔士州长文学奖戏剧奖之后，又在2022年获得维多利亚州长文学奖戏剧奖。《牛奶》围绕被命名为A、B、C的三位帕拉瓦族（*Palawa*）[1]人物展开：A受尽白人殖民者的压迫，她的孙女B极力要忘记过去所遭受的苦难，C则一直在寻求能够解决内心

1 帕拉瓦族，又名帕卡纳族（*Pakana*），指生活在澳大利亚南部塔斯马尼亚岛上的原住民。澳大利亚社会长期以来错误地认为该族人早已灭绝。据不完全统计，当今仍有上万帕拉瓦族人生活在这片土地上，剧作家伯格便是帕拉瓦族的后裔之一。

种种疑惑的答案。A 与 B 的形象都来自作者原住民家族的口述历史，在剧作中以灵魂的形式出现——前者源自塔斯马尼亚岛上第一位与白人接触的原住民，后者是众多老一辈帕拉瓦族人的缩影。《牛奶》通过一位年轻原住民后代与这两位祖先的灵魂的跨代对话，以这种看似“非自然”的代际合作叙事，逐步揭开了包括“被偷走的一代”在内的历史悲剧，进一步探讨了年轻一代原住民的历史使命、身份归属以及种族越界等诸多问题。

黎巴嫩裔剧作家柯斯蒂·马里莉尔（Kirsty Marillier，1990— ）的处女作《扔橙子的人》获得了新南威尔士州长文学奖戏剧奖，并在帕拉马塔市河畔剧院上演。在该剧作中，两位南非青年人扎迪与维姆希在珀斯市一处充满种族歧视的白人郊区里寻找自我与身份，而和他们一样的南非移民也必须面对并且克服一切形式的种族主义，不管是来自他人根深蒂固的偏见还是纯粹偶然的歧视行为，从而走出迷茫，寻得自我。评委会称赞道：“剧作的一大亮点在于它将平凡化为非凡这一迷人转变，以及对大千世界中自我的紧迫的敏锐展现以及魔法般的审视。”

四、文学评论及其他

近年来，澳大利亚文学在世界范围内持续获得关注。知名期刊《后殖民写作杂志》（*Journal of Postcolonial Writing*）于 2022 年推出特刊，主题为“澳大利亚文学的国际视野”。特刊一共有 10 篇论文，分别由中国、美国、日本、英国、法国、印度等国家以及澳大利亚国内的学者撰写，全面呈现了澳大利亚文学在世界范围内的研究情况。该特刊对于澳大利亚文学进一步融入世界文学版图有着里程碑式的意义。正如特刊前言所写，澳大利亚文学“走出去”需要一个双向进程：一方面，澳大利亚需要建立国际伙伴关系并开展双边合作项目，向世界其他国家和地区开放；另一方面，世界其他国家和地区也需要承认 21 世纪的澳大利亚已经拥有同样值得关注和尊重的成熟文化。(Vernay 2) 该特刊就是这个双向进程的体现，较为全面地总结了澳大利亚文学研究在世界范围内的发展历程、丰硕成果以及局限之处。

澳大利亚文学批评专著也紧跟学术热点，如伊利斯·拉尔夫(Iris Ralph，出生年份不详) 的专著《澳大利亚文学中的生态灭绝与生态面面观》(*Packing Death in Australian Literature: Ecocides and Eco-Sides*，2022) 从动物研究、生态批评、生态女性主义、环境史、植物研究以及后人类主义等批判性视角深入探究澳大利亚文学中动植物与生态灭绝的主题。此外，有学者将注意力转向澳大利亚国内个别著名作家，研究他们的生平与写作经历。如内森·霍比 (Nathan Hobby，1981—) 的《红色巫师：凯瑟琳·苏珊娜·普里查德的自传》(*The Red Witch: A Biography of Katharine Susannah Prichard*，2022) 对普里查德的一生做了较为全面的调查与研究；又如布里吉塔·奥卢巴斯 (Brigitta Olubas，1970—) 的《雪莉·哈泽德的写作人生》(*Shirley Hazzard: A Writing Life*，2022)，该作的一大亮点是关注哈泽德文学创作生涯中对她写作风格影响深远的人物，包括诗人奥登 (W. H. Auden)、哈代 (Tomas Hardy)、莱奥帕尔迪 (Giacomo Leopardi)、维吉尔 (Virgil) 等。

原住民文学研究在近几年内越发受到国内外学界的关注。2021 年，德国学者多罗西·克莱恩 (Dorothee Klein，出生年份不详) 的专著《澳大利亚原住民小说中的诗学与关系政治》(*Poetics and Politics of Relationality in Australian Aboriginal Fiction*，2021) 首次运用爱德华·格里桑特（Edouard Glissant，1928—2011）等学者对于“关系”的论述以及新形式主义、叙事学等相关理论来研究澳大利亚的原住民小说。今年，米凯拉·桑德斯（Mykaela Saunders，出生年份不详）汇编的《现在一切都回来了：澳大利亚原住民推理小说选读》（*This All Come Back Now: An Anthology of First Nations Speculative Fiction*，2022）是迄今为止第一部专门收集原住民推理小说的专著，该书的出版进一步填补了澳大利亚原住民文学研究的空白，为澳大利亚国内外学者了解原住民文学创作以及原住民书写中所探讨的故乡、身份、文化以及政治等问题提供了又一个平台。

结语

2022 年出版的澳大利亚文学作品一如既往地体现了澳大利亚社会的多元化：原住民作家、移民作家与女性作家持续发声，各自书写着无比精彩的故事。这些故事关注家庭暴力、先天残疾、种族歧视等各种形式的个体或集体创伤，最终都审视了自我在这个国家乃至世界的定位。澳大利亚文学呈现出这个国度自身独特的后殖民特性，虽然相比于欧美文学来说还较为年轻，但发展至今，借用文学评论家内蒂·帕尔默（Nettie Palmer）的话，可以说是“受干旱威胁的土地上却处处有着充满希望的绿洲”（Vernay 2）。

同时，2022 年的作品更加体现出越来越多的澳大利亚作家“重建一个没有傲慢殖民、更加关注自然和他者以及和谐安居的世界”（王腊宝 35）的努力。作家们书写着社会上因疾病、家暴、性侵、种族歧视以及疫情等创伤经历而没能得到足够关注的他者，深入这些边缘人物的情感与记忆，从而思考人类共同面临的困境，并试图在文本中给予读者以答案。这表明澳大利亚已有越来越多的作家深入人物内心世界，探讨人类生存问题，这也意味着澳大利亚文学已然进一步融入了世界文学版图，并成为其不可或缺的一部分。

参考文献：

"*Accelerations & Inertias*." NSW Premier's Literary Awards. Web. 3 Jul. 2023. <https://www.sl.nsw.gov.au/awards/kenneth-slessor-prize-poetry/2022-winner-accelerations-inertias>.

Araluen, Evelyn. *Dropbear*. Brisbane: University of Queensland Press, 2021.

Craven, Peter. "This 'very Strange' Book Will Fascinate the Literary Seeker." *The Sydney Morning Herald*. 1 Oct. 2021. Web. 27 Jan. 2023. <https://www.smh.com.au/culture/books/red-heaven-is-a-very-strange-book-20210927-p58v4j.html>.

Cummins, Joseph. "*Dark as Last Night* by Tony Birch review – 16 New Vignettes from a Master of the Short Story." *The Guardian*. 8 Jul. 2021. Web. 27 Jan. 2023. <https://www.theguardian.com/books/2021/jul/09/dark-as-last-night-by-tony-birch-review-16-new-vignettes-from-a-master-of-the-short-story>.

"*Dark as Last Night*." NSW Premier's Literary Awards. Web. 3 Jul. 2023. <https://www.sl.nsw.gov.au/awards/christina-stead-prize-fiction/2022-winner-dark-last-night>.

Fry, Declan. "*Dropbear* by Evelyn Araluen Review – a Stunning Scalpel Wielded Through Australian Myths." *The Guardian*. 25 Mar. 2021. Web. 28 Jan. 2023. <https://www.theguardian.com/books/2021/mar/26/dropbear-by-evelyn-araluen-review-a-stunning-scalpel-wielded-through-australian-myths>.

Gray, Madeleine. "Madeleine Gray on Jennifer Down." *Sydney Review of Books*. 14 Oct. 2021. Web. 26 Jan. 2023. <https://sydneyreviewofbooks.com/review/down-bodies-light/>.

Gorrie, Veronica. *Black and Blue: A Memoir of Racism and Resilience*. Victoria: Scribe, 2021.

Kenneally, Peter. "Maria Takolander's Fierce and Tender Warnings to us all." *The Sydney Morning Herald*. 22 Oct. 2021. Web. 29 Jan. 2023. <https://www.smh.com.au/culture/books/maria-takolander-s-fierce-and-tender-warnings-to-us-all-20211018-p590zd.html>.

Midalia, Susan. "Review of 'Smokehouse' by Melissa Manning." *Westerly*. Web. 27 Jan. 2023. <https://westerlymag.com.au/smokehouse/>.

"*Orange Thrower*." NSW Premier's Literary Awards. Web. 3 Jul. 2023. <https://www.sl.nsw.gov.au/awards/nick-enright-prize-playwriting/2022-winner-orange-thrower>.

Pryor, Sally. "Talking to Ghosts: Dylan Van Den Berg's Award-winning Play *Milk* Asks the Hard Questions." *The Canberra Times*. 24 May. 2021. Web. 3 Feb. 2023. <https://www.canberratimes.com.au/story/7256697/talking-to-family-ghosts-you-might-not-like-what-you-hear/>.

"*Red Heaven*." Prime Minister's Literary Awards. Web. 3 Jul. 2023. <https://www.arts.gov.au/pm-literary-awards/shortlist/red-heaven>.

Shirm, Gretchen. "Words Are Not Enough: Loss, Grief and Incommunicability in Jennifer Down's Short Stories 'Aokigahara' and 'Pulse Points'." *Australian Literary Studies* 37.2 (2022): 1-19.

Vernay, Jean-François. "International Perspectives on Australian Literature." *Journal of Postcolonial Writing* 58.1 (2022), 1-5.

Verney, Anna. "Miles Franklin Prize Removes Novel from Longlist after Author Apologises for Plagiarism." *The Guardian*. 10 Jun. 2022. Web. 26 Jan. 2023. <https://www.theguardian.com/books/2022/jun/10/miles-franklin-prize-removes-novel-from-longlist-after-author-apologises-for-plagiarism>.

—. "Parts of John Hughes' Novel *The Dogs* Copied from *The Great Gatsby* and *Anna Karenina*." *The Guardian*. 15 Jun. 2022. Web. 26 Jan. 2023. <https://www.theguardian.com/australia-news/2022/jun/15/parts-of-john-hughess-novel-the-dogs-copied-from-the-great-gatsby-and-anna-karenina>.

李尧 . 迈克尔・穆罕默德・艾哈迈德：澳大利亚文坛的一颗新星 . 文艺报 .（2023-2-8）.［2023-7-3］. <http://wyb.chinawriter.com.cn/Pad/content/202302/08/content68642.html>.

王腊宝 . 世界英语文学的大洋洲谱系 . 中国比较文学，2023（1）：20-36.

赵琪 . 澳大利亚学界呼吁支持文学发展 . 中国社会科学报 .（2022-4-11）.

作者单位：北京外国语大学英语学院

2022 年巴基斯坦文学概览

李俊璇

内容提要：2022 年巴基斯坦文学呈现出文学节扩容及影响力增加，重要的文学奖项更加体系化、更加亲近大众以及优秀作品大量涌现等特点。文学作品反映的领域更加多样化，表现手法全域拓展。很多作品开始出现一种非显性的左倾趋势，抽丝剥茧地呈现巴基斯坦文学史上被忽视的左翼历史，体现出回归文学本体、还原巴基斯坦文学全貌的倾向。

2022 年巴基斯坦文学界硕果累累：一方面卡拉奇文学节的内容进一步增加、所颁奖项的含金量继续提高；另一方面这一年有大量优秀作品出版，图书出版推介会在国家图书出版日推荐了 14 本重要书籍。但这远非 2022 年巴基斯坦文学的全貌，除此之外还有很多好书涌现，很多优秀的作家逐步从巴基斯坦文学界走向南亚文学界，并进一步迈向国际舞台，大大提高了巴基斯坦在国际文学界的声誉，有助于更多人关注到巴基斯坦及其处境。

一、卡拉奇文学节扩容

2022 年，巴基斯坦第十届文学节在卡拉奇万豪酒店举行。本届文学节共颁发了十类奖项：乌尔都语小说奖与非小说奖（包括英语和乌尔都语）、乌尔都语诗歌奖、翻译文学奖（包括乌尔都语和地方语言）、儿童文学奖（包括英语和乌尔都语）、首发作品奖（包括英语和乌尔都语）、地区语言文学奖、网络文学奖、乌尔都语戏剧奖、英语世界文学卓越奖和文学终身成就奖等。

相比于往年，2022 年的文学奖项更加多样化及成体系化。以往由巴基斯坦国家文学院颁发的文学终身成就奖今年改在卡拉奇文学节上颁发，这大大增加了卡拉奇文学节在巴基斯坦国内文学界的权重。同时，卡拉奇文学节在奖项设置中增加了乌尔都语戏剧奖，成为巴基斯坦文学艺术领域设立奖项最为全面的庆典，未来该文学节计划增加音乐、表演、歌唱等方面的奖项，向表演乃至艺术领域进一步纵深发展。

二、重要文学奖项

巴基斯坦文学节颁发的奖项以往都是 UBL 文学奖，但在 2022 年做了两个重大调整：一是 UBL 文学奖奖项更加全面，几乎涵盖了文学的各个领域，这使得更大范围内的文学人士及爱好者都能参与文学盛典并沉浸于文学节的欢乐之中；二是将原先的由巴基斯坦国家文学院颁发的文学终身成就奖放到卡拉奇文学节上颁发，不仅提高了卡拉奇文学节的奖项分量，又将原本阳春白雪、高居文学殿堂的文学大奖引入为广大文学爱好者带来享受与欢乐的文学盛典，令该奖项和获奖者的知名度更广，影响力更大。

1. 乌尔都语小说奖

获得第十届 UBL 文学奖乌尔都语小说奖的是作家马哈穆德·阿赫米尔·格兹（Mehmood Ahmer Qazi，1950—2010）的小说《水井》（کنواں，出版时间不详）。

2. 乌尔都语非虚构小说奖

获得 2022 年 UBL 文学奖乌尔都语非虚构小说奖的是作家艾哈迈德·瑟莱姆（احمد سلیم，1966— ）的《当眼中不再滴落》（جب آنگھ سے نہ ٹپکا: سیف خالد，2020）。该小说是关于赛义夫·哈立德（سیف خالد，1929—1988）的纪实小说作品。

《当眼中不再滴落》不仅关注赛义夫·哈立德的生平、经历等，还关注他与共产党、全国人民党相关的大量重要史料与细节。赛义夫·哈立德是巴基斯坦共产主义运动中的重要人物。他于 1929 年 1 月 7 日出生于联合旁遮普邦（英印时期）的纳巴村，于 1988 年去世。他一生中最为宝贵的 40 年都在致力于开展左翼运动，在动员共产党、全国人民党、民族民主党和国家进步党方面发挥了重要作用。在全球共产主义运动最为困难的时期，哈立德是费萨拉巴德（旧名莱亚尔普尔）共产党民间组织的领导人之一，为巴基斯坦政治书写了宝贵的左翼运动历史。哈立德早年在纳巴接受初级教育。当自由斗争运动席卷全球时，他还是一个学生，但心里已种下了为平等自由而斗争的种子。他和妹妹一起参加政治运动和各种集会游行，并因此被学校开除。在左翼运动期间，他认识了一位锡克教的左翼革命者，并接触到更多的革命思想。在布托时代，他所在的国家行动党与人民党针锋相对，哈立德还曾经因国家行动党针对人民党的爆炸计划被囚禁在拉合尔堡。此后他逐渐被共产党所吸引，根据旁遮普 1947 至 1952 年的解密材料[1]，他参加了 1949 年 2 月 28 日至 3 月 6 日在加尔各答召开的共产党第二次代表大会，以及 3 月 8 日东巴基斯坦和西巴基斯坦代表会议——该会议是巴基斯坦共产党提出新政治论点和起草宪法的第一次代表大会，会上赛义德·瑟嘉德·扎希尔（سید سجاد ظہیر，1899—1973）被任命为巴基斯坦共产党第一任总书记。

在文学界，进步作家协会是共产党的文学阵地。哈立德除了站在工人阶级第一线，还积极参与安朱曼的莱尔普里分支的文学活动。他于 1951 年加入利亚尔普尔政府学院，不久成为当地工人领导人。1950 至 1958 年，哈立德的工作重点开始转向学生政治，并参加工人、农民和进步作家协会的会议。在拉合尔，他还参加了巴基斯坦苏维埃文化协会的活动。

3. 乌尔都语诗歌奖

乌尔都语诗歌奖由诗人塞比尔·扎法尔（صابر ظفر，1949— ）的《遇见你真是奇迹》（جمال آپ سے وصال，出版时间不详）获得。

扎法尔是巴基斯坦著名的诗人和词作家。他曾为许多巴基斯坦电影、电视连续剧以及歌手、乐队创作歌曲，2010 年被巴基斯坦政府授予杰出勋章（تمغۂ امتیاز）。

4. 乌尔都语翻译作品奖

乌尔都语翻译作品奖授予了赛义德·纳格维（سعید نقوی，1959— ）从英语翻译而来的小说《四月未至》（دو نیم اپریل，出版时间不详）。纳格维是诗人、小说家和翻译家，著有《日记栏》（نامہ بر，2010）和《另一面》（دوسرا رخ，2011）等。

---

1 زاہدہ حنا، سیف خالد: رگوں میں دوڑتے پھرنے کے ہم نہیں قائل <https://columns.pk/2020/11/25/jab-ankh-he-say-na-tapka-hisa-awal/>.

《四月未至》（*Broken April*，1987）原本是伊斯玛尔·伊尔·卡德莱（اسماعیل کادار，1939— ）用英文写成的，讲述了一个关于部落血仇的故事。年轻的葛乔格射杀了谋杀其兄弟的凶手，因为根据宗教规定他必须要亲手惩罚凶手。此后他被宣判死缓30天，因此他活不过四月。为抵抗不合理的宣判，葛乔格走上了亡命之路。在逃亡途中，他无意中与一对正在度蜜月的夫妻相遇。经过短暂的相处，新娘倾心于葛乔格。由此，这对原本毫无瓜葛、来自文明城市的陌生人，也从此卷入了难以逃脱的、足以致命的仇杀之中。

5. 乌尔都语儿童文学奖

乌尔都语儿童文学奖是两个联合奖项，分别由德斯纳姆·婕菲瑞（تسنیم جعفری，出生年份不详）的《生命至美 & 挚友》（زندگی خبصورت ہے اور مخلیں دوست，出版时间不详）和《波波鲁鸟与金达·玛穆鸟》（بلبلو اور چندا ماموں，2019，出版时间不详）获得。

德斯纳姆·婕菲瑞是巴基斯坦著名的儿童科幻小说作家，迄今已出版15本书。她出生于拉合尔，父亲是政府雇员。由于父亲在不同的城市工作，她也在不同的城市接受教育，相继获得英语学士学位、教育学学士学位和硕士学位。

婕菲瑞在2004年创作了第一个故事，也是一部科幻小说，发表在著名的儿童月刊《花朵》（پھول）、《吸引眼球》（آنکھ مچولی）和《儿童文化》（تہذیب الاطفال）上。她出版的三本乌尔都语图书都是巴基斯坦国家科学委员会推荐的科学主题书籍，其中第一本《和环境做好朋友》（ماحول سے دوستی کیجئے تھی，2012）是关于环境污染的儿童小说，还是联合国教科文组织的一个特别项目成果，对孩子们的影响很大。

婕菲瑞获得过多个奖项，包括2019年和2020年的家乡建筑师文学奖（معمار وطن ایوارڈ برائے ادب）、2019年的兄弟情谊奖（اخوت دوست ایوارڈ）、

2020 年的兄弟情谊文学奖（اخوت ادبی ایوارڈ）和阿巴·比尔文学奖（ابابیل ادبی ایوارڈ）等。她还于 2020 年设立了德斯纳姆·婕菲瑞奖（تسنیم جعفری ایوارڈ）以鼓励儿童文学创作。

6. 乌尔都语首发文学奖

2022 年乌尔都语首发文学奖颁发给了文坛新秀伊尔凡·沙胡尔（عرفان شہور，出生年份不详）的首部作品《迷失方向的日子》（بے سمتی کے دن）。

7. 地方语言文学奖

地方语言文学奖是 2022 年新设的奖项，颁给了哈立德·艾赫塔尔（Khalid Akhter，1920—2002）的德语作品《游牧部落》（*Khana Badosh Qabeelay*，出版时间不详）。

艾赫塔尔儿时的梦想是成为一名海盗。他外表腼腆，甚至有点缺乏自信，但是内心却燃烧着熊熊烈火。他幼时广泛地接触了英国文学，但是后来选择地方语言作为自己的文学表达媒介，这与用方言思考却用英语表达的人恰好相反。他在给朋友的信中解释说，方言是自己的宝贝，但自己却惯用英语的思维方式，因此必须努力用方言来表达。

艾赫塔尔的作品充满了讽刺，揭示了社会中普遍存在的贫困和不公，他希望以自己的文字来提醒人们不要脱离社会现实。

8. 网络文学奖

网络文学奖是 2022 年新设的奖项，格兹·阿里·阿布尔·哈桑（قاضی علی ابوالحسن，出生年份不详）凭借《意蕴丰富的色彩》（زیکون سی بھرے رنگ，出版时间不详）斩获该殊荣。格兹·阿里·阿布尔·哈桑在拉合尔大学创意艺术学院教授传播学，同时还创作小说和诗歌。在《意蕴丰富的色彩》中，他通过食物讲述了不同地区的文化与人们心情之间的关联，指出食物是人类生活和生存的重要组成部分。

从柏拉图的“理想国”到古代故事，食物与色彩的关系匪浅。从希腊艺术史到埃及金字塔的内墙装饰，食物一直是艺术尤其是绘画艺术的重要主题。小说中的画家玛丽·阿尔斯兰作为艺术家的技能是在各种材质上绘制食物——不仅依靠画布，还依靠钢板、木材、玻璃和糖器等各种材料和器皿，她以此在自己的作品中展示出一场场食物的盛会。这些画作似乎是当代和现代食品的图画历史，而不仅仅是装饰。

9. 电视戏剧奖

电视戏剧奖是2022年新设的文学艺术奖项，由法西赫·柏里·汗（Fasih Bari Khan，出生年份不详）凭借作品《磨蚀之爱》（گھسی پٹی محبت，出版时间不详）获得。该小说在网络上引起巨大轰动，改编为电视剧后也取得了不错的收视率。

《磨蚀之爱》讲述了一个关于婚姻与背叛的故事。萨米亚是一个00后女孩，她古灵精怪，十分自我，在自信的同时又有着自负与过分的骄傲。她的婚姻观也不同于传统女性，并不认为女性的价值在于婚姻和家庭，反而下定决心绝不对命运低头，而是勇敢地直面女性悲惨的现实。她和利兹万坠入爱河，但是他们的家庭之间有着巨大的差距，为此他们俩相约逃婚。双方的家庭都不认可对方，尤其是利兹万的母亲和和妹妹责备萨米亚限制了利兹万的发展空间，坚决不接受萨米亚，于是故事在家庭中的琐碎与磨难以及对爱情的考验中徐徐展开。

10. 英语非虚构小说奖

2022年的巴基斯坦英语非虚构小说奖颁发给了伊福迪汗尔·H.

马利克（Iftikhar H. Malik，出生年份不详）的《丝绸之路及其超越》（*The Silk Road and Beyond*，2020）。

该书由牛津大学出版社出版，以自传体写成，聚焦于丝绸之路沿线的不同个体，描绘了中亚、伊朗、土耳其、西班牙、意大利、摩洛哥、芬兰、英国、美国、巴勒斯坦、瑞士和南亚次大陆穆斯林的生活现实，捕捉历史、文学、流动性、手工艺、建筑传统和文化景观等这些常常被作家和旅行家们忽视的方面，并尝试在更深层次上重构穆斯林历史和生活经历等，引导读者“触摸”到散布在四大洲的伊斯兰遗产，展示出一种超越狭隘的文明冲突论的发展趋势。

《丝绸之路及其超越》是伊福迪汗尔在四十多年跨越四大洲的人生阅历之上写成的，他不仅非常了解欧洲和美国的社会，还接触了布哈拉、耶路撒冷、伊斯法罕、菲斯、撒马尔罕、格拉纳达、巴勒莫、科尔多瓦和科尼亚等城市的穆斯林社区，因此该书被称为“一个穆斯林历史学家的叙述”。

11. 英语儿童文学奖

2022 年巴基斯坦英语儿童文学奖由女性作家萨曼·谢姆西埃（Saman Shamsie，出生年份不详）凭借《河流交汇之处》（*Where the Rivers Meet*，出版时间不详）斩获。萨曼·谢姆西埃创作过多部小说，包括《大懒惰的懒惰历险记》（出版时间不详）、《神奇的森林》（出版时间不详）等，她在卡拉奇文法学校任教，并在伦敦国王学院取得硕士学位。她在教授地理课程的过程中，受到学生的启发写下了该故事。

《河流交汇之处》是一个冒险故事，讲述了谭雅及其朋友在一条类似印度河的神奇河流之上，与试图控制河流的女王斗智斗勇的故事。谭雅和她的三个朋友生活在河边，然而河流被巨型鱼类女王希尔萨沙德控制。女王常常把孩子们拖下水，并威胁要把他们永远囚困在那里。谭雅和朋友们与会说话的盲海豚、邪恶的蛇鱼等河流及海洋生物成了朋友，并最终打败了女王。故事以奇幻而神秘的方式描写了河流沿线的生活，表达了儿童世界中关于抗争与成长的主题。

12. 文学终身成就奖

2022 年，文学终身成就奖在卡拉奇文学节上颁发给了当时已经 84 岁高龄的安瓦尔·马克苏德·哈麦迪（انور مقصود حمیدی，1939— ）。马克苏德是巴基斯坦著名的诗人、编剧和电视演员。他以幽默感和喜剧类电视节目而闻名，是巴基斯坦文学和娱乐界最知名和最受欢迎的人物之一。

马克苏德出生于海得拉巴市。1947 年巴基斯坦独立后，随家人于 1948 年迁至卡拉奇。马克苏德的教育都在巴基斯坦境内完成，是一位地道的本土作家。

1965 年，马克苏德开始在广播和电视领域工作，此后一直深耕这个行业。他以喜剧作品闻名，其中最著名的包括《五十五十》（ففٹی ففٹی，出版时间不详）、《文艺享受》（فینونی لطیفی，出版时间不详）和《纳斯里·加尼》（نصری گئے，出版时间不详）等。他的作品散发出无与伦比的幽默、睿智和洞察力，因而深受人们的喜爱，他也成为巴基斯坦文学界的灯塔及潮流引领者。

三、出版界推荐书籍

在文学节扩容的同时，2022 年巴基斯坦图书出版的步伐也在加快，出版了很多反响较大的书籍。巴基斯坦图书出版推介会共推荐了 14 本优秀书籍，其中包括乌尔都语著名作家慕斯坦瑟尔·侯赛因·德拉尔（مستنصر حسین تارڑ，1939— ）的旁遮普语书籍《我是德里之王》（میں بھناں دلی دے کنگرے，2022），印度作家吉丹贾丽·斯里（Geetanjali Shree，1957— ）的小说《沙中三摩地》（ریت سمادھی，2022），马赫茂德·艾尔·哈桑（محمود الحسن，1950— ）的《从过去的世界而来》（گزری ہوئی دنیا سے，2022），妮莎特·雅思敏·汗（نشاط یاسمین خان，1950—1999）的小说集《妈妈呀》（ماں ری，2022），著名畅销小说家穆罕默德·哈米德·沙希德（محمد حمید شاہد，1957— ）的再版小说《泥人吃饭》（مٹی آدم کھاتی ہے，2007），阿尔沙德·里兹维（ارشد رضوی，出生年份不详）的小说《黄色天气的记忆》（زرد موسم کی یادداشت，2022），著名小说家塔希拉·伊克巴尔（طاہرہ اقبال，出生年份不详）的代表作《蓝色酒吧》（نیلی بار）等。乌尔都语小说创作近年来发展氛围良好，优秀作品频出，包括米尔扎·艾迪哈尔·贝格（مرزا اطہر بیگ，1950— ）的《奴隶花园》（غلام باغ，2022）和他的第四部小说《隐藏秘密的梦想》（خفیف مخفی کی خواب بیتی，2022），著名的印度小说家及文学批评家拉赫曼·阿巴斯（رحمن عباس，1972— ）的长篇小说《曾迪克》（زندیق，2022，在印度和巴基斯坦同步出版），著名小说家希曼·葛林（سیمیں کرن，出生年份不详）的小说《一种绝迹的爱》（اک معدوم محبت，2022），穆罕默德·沃塞穆·沙希德（محمد وسیم شاہد，出生年份不详）的第三部小说《一个迟到却眷恋的月亮》（اک چاند دیر وحرم，2022），资深小说家穆罕默德·哈菲兹·汗（محمد حفیظ خان，出生年份不详）的小说《海德尔·哥特的宽恕》（حیدر گوٹھ کا بخش，2022），阿斯格尔·纳黛穆·赛义德（اصغر ندیم سید，出生年份不详）的小说《权力的荒漠》（دشتِ امکان，2021），希娜·捷姆希德（ڈاکٹر حنا جمشید，出生年份不详）博士的《绿色乌托邦》（ہری یوپیا，2022）等。

除上述图书之外，本年度还有很多优秀作品。包括伊芙兰·贾维德（عرفان جاوید，出生年份不详）的第一部小说集《咖啡屋》（کافی ہاؤس），该作品一经出版便十分畅销；分析评论家阿斯玛·谢拉兹（عاصمہ شیرازی，出生年份不详）的《大家族的故事》（بڑے گھر کی کہانی，1988）也备受追捧；巴基斯坦艺术委员会于2022年5月在卡拉奇举行的文学节庆典上还推出了巴基斯坦著名共产主义革命家菲兹·艾哈迈德·菲兹（فیض احمد فیض，1911—1984）的女儿曼妮扎·哈什米（منیزہ ہاشمی，1946— ）的《与我父亲的对话》（*Conversations with My Father*，2022）。

下面将具体介绍其中部分作品。

1.《我是德里之王》

慕斯坦瑟尔·侯赛因·德拉尔是当代巴基斯坦最受欢迎的作家之一，他以游记成名，同时还创作戏剧和小说，已经出版了五十多部作品。《我是德里之王》用慕斯坦瑟尔的母语旁遮普语写成，讲述了英属印度在独立斗争中的一位传奇人物——高举抗英旗帜的巴格特·辛格——的一生。

2.《沙中三摩地》

印度作家吉丹贾丽·斯里的小说《沙中三摩地》英译本（*Tomb of Sand*，译为《沙墓》）获得了布克奖国际，创下5天内销售3.5万余册的记录，是第一本赢得国际知名奖项并创下销售记录的印地语小说。该书于2022年被译为乌尔都语并出版。

小说探讨了如何于艰难之地修行、如何在复杂的大家庭中周全行事以及如何在艰难的国家处境和人类共同命运面前谋生存。祖母在八十岁那年成了寡妇，回到家里就卧床不起。家人试图让她恢复以往的生机，于是开始了一场把她拉回来的旅程。这是一个充满爱意却又充满矛盾的复杂大家庭。祖母原本说她从此不会再起床，然而在大家的努力下她的态度发生了变化。她开始说要重新站起来，此后就天天起来，开启了一段全新的生活——新的童年时期，新的青年时代，摆脱社会禁忌和限制，在新关系和新态度中实现完全自由。该书描绘了日常生活和不朽之爱，塑造了很多令人难忘的女性角色，呈现了每个平凡女人身上的不凡之处。小说的核心是对“沙中三摩地”的探索——“三摩地”是印度教和佛教的重要修行方式，即达到无遮无漏的圆明之境，然而如果是在沙漠中修行，则更为艰难。

该小说的突出特色是使用了一种全新的写作手法，在时间顺序、感觉烘托、故事构建等层面打破了常规的框架和界限，构建出一个人们既熟悉又感到神奇的世界，并有意无意地虚化了两者之间的界限。时间以其连续性可以将人们带到每一个点，每个存在都是时间的印迹，每一刻都可以发生任何事，例如每天晚上在边境上都发生着印度和巴基斯坦民族主义抗议活动，这些事件与“大屠杀的声音”相呼应。老式大家庭的日常生活仍然是时间轴上必然经过的、难以避免的一个点，世间的框架与界限的存在或虚化都影射着那些无可避免的冲突与对抗，如男人和女人、青年与老年、身体与思想、爱与恨、沉睡与醒觉、复杂或单一的家庭，甚至印度与巴基斯坦、人类与动物等。

该小说的另一大特点是故事的讲述主体会发生某种神奇的转换，有时是人，有时是祖先，有时是某些动物，如蝴蝶、乌鸦、野鸡等，还有时甚至是街道。行文文体也不是固定不变的，有时是故事，有时是散文，有时是诗歌。

3.《从过去的世界而来》

马赫茂德·艾尔·哈桑的《从过去的世界而来》出版后也引起了较好的反响，并吸引了大量读者。该书讲述了萨达特·哈桑·明都的婚姻和家庭生活，通过大量细节展示了明都与妻子萨菲亚·明都的生活及其中的痛苦与郁闷。明都称自己的生活有三大悲剧——出生、结婚和成为小说家。很多评论家认为，正是与萨菲亚及其他家人的相处中产生的感受逐步塑造了抑郁不得志的明都，作品中展示的那些压抑、愤懑和痛苦就是作家哈桑自身生活的真实写照。

4.《泥人吃饭》

畅销小说家穆罕默德·哈米德·沙希德的小说《泥人吃饭》于2022年再版。该小说立足于东巴基斯坦/孟加拉国的现实并使现实与想象融汇，以独特的风格和构图似的画面呈现令读者印象深刻。

沙希德是乌尔都语小说家和评论家。他于1957年3月23日出生于巴基斯坦旁遮普邦的阿托克区。他的父亲古拉姆·穆罕默德（Ghulam Muhammad）是当地一位博学的社会政治人物，在家里建了一个图书馆，这让年少的沙希德非常着迷，从此他在父亲的图书馆里孜孜不倦地读书。后来，他由于父亲重病去世而被迫中断大学学业，去织布厂开始了谋生之路。穆罕默德·哈米德·沙希德有着非常强烈的故事意识和小说敏感度。他的小说虽然线索很多、结构复杂，但是清晰分明。其小说的另一个主要特征是主题的多样性。

《泥人吃饭》是一部非常独特的小说，根据已有的框架无法为其分类，因为从题材上说它既非政治又非社会题材小说，主题上既非浪漫又非宗教历史小说，表现方式上既非现实又非魔幻，艺术手法上既非真实又非抽象。作者的叙事有着多重来源，而且史观独特，意识形态上甚至没有固定的观点，小说的一切固有要素都无法概括其价值。小说讲述了叙述者试图猜测和补全一份在豪宅废墟中发现的残破手稿内容的故事。他是富人头领的马匹养护工的儿子，他厌倦父亲的工作，讨厌父亲的为人，被自私自利的父亲所忽视，内心充满痛苦，能治愈他的只有母亲。然而这些残酷的现实却在结尾处有了超级反转，头领承认他是自己的私生子，最终他成了合法子女。他零碎的记忆被反复回忆，那些不完整的残破叙事折射出自私而残酷的现实环境。在那些只注重物质的世界里，人类得到的关爱甚至不如动物和植物。这种悲剧发生在这个世界的每个角落，发生在每个个体身上。另外人类身份的扭曲也是该小说的重要元素。

5.《奴隶花园》

《奴隶花园》的作者米尔扎·艾迪哈尔·贝格是一位优秀的巴基斯坦小说家、剧作家。他在拉合尔政府学员大学担任哲学系主任，定居于拉合尔郊区的沙克布尔小镇。他的专业是理工科，却一直倾心于哲学和文学。从 1970 年起，他把自己研究的哲学及其教学作为写作的来源，以创作短篇小说和喜剧为娱乐，有很多剧本都被搬上了荧幕。他的短篇小说多发表在《花瓣》(اوراق)、《青年月刊》(ماہِ نو)、《清晨》(سویرا) 等刊物上并获得读者欢迎。作品热卖以后，他开始向南亚作家群体迈进，不再花时间写乌尔都语小说，而是用英语写作，以期迅速扩展全球知名度。

《奴隶花园》这部小说长达 878 页，而出版社同意将如此长篇巨作付诸出版，也从侧面证明了该书的价值。该小说的写作手法完全不同于传统的乌尔都语小说，也不同于英语小说，反而与欧洲尤其是法国后现代小说有所契合。这本书本身可被视为一本哲学著作，它将哲学辩证作为叙事的有机部分，并打破了传统的句子结构和单词的固定含义，创造了一个全新的、非常规的词汇和意义世界。米尔扎·艾迪哈尔·贝格的作品不仅仅是提供信息，而更像是在读者大脑中创造体验，让读者从信息走向体验，并超越直观体验建立一个想象的世界。该书在年轻人中很受欢迎，尤其受到在文学、语言学和社会学方面有所造诣的年轻学者的追捧。

结语

总体来看，2022 年巴基斯坦文学作品有两个明显趋势。一是作品更加多样化，小说写作手法全域拓展；作家不再囿于传统的叙事对象、方式、题材和主题，叙事角度也更加多样化，这些全新的视角与手法为读者打开了一个文学的新世界。二是作品开始出现一种非显性的左倾趋势，巴基斯坦文学史上被隐藏的左翼历史通过各种渠道得到搜集、整理并呈现于人们的视野中，无论是荣获大奖的纪实文学，还是受到推荐的回忆录，都说明巴基斯坦文学界开始重视其左翼文学历史，以往被尘封及忽视的左翼文学以及共产主义作家重新进入人们的视野，文学界开始从还原全貌的角度对本国文学史进行审视与反思。

参考文献：

احمد سلیم، جب آنکھ ہی نہ ٹپکا: سیف خالد احمد سلیم، ناشر: حوری نورانی، مقام اشاعت: کراچی، پاکستان، سن اشاعت: 2020-
Web. 6 Nov. 2022.
<https://www.rekhta.org/ebooks/detail/jab-aankh-hi-se-na-tapka-saif-khalid-ahmad-saleem-ebooks?lang=ur>.

اسماعیل کادارے، دونیم اپریل،
Web. 20 Jun. 2023.
<https://www.linkshop.pk/do-neem-april>.

تحریر شبیر احمد ڈار، تسنیم جعفری : ایک عہد ساز ادبی شخصیت / تحریر شبیر احمد ڈار، ۲۰۲۲، Jul. 4, 2021
4 Jul. 2021. Web. 20 Jun. 2023.
<https://pressforpeace.org.uk/tasneem>.

ادبمیراز، ''مٹی آدم کھاتی ہے'' بیانیہ میں ایک نیا تجربہ - شہناز رحمن،
15 Sept. 2020. Web. 10 May. 2023.
<https://adbimiras.com/mitti-adam-khaati-hai-shahnaz-rahman>.

تسنیم، بلبل اور گلاب، تسنیم جعفری کی کہانیاں، ۲۳،۰۴،۲۰۱۹
23 Apr. 2019. Web. 23 Jun. 2023.
<http://www.tasneemjafri.com/rose-and-the-nightingale/>.

جب آنکھ سے ہی نہ ٹپکا تو پھر لہو کیا ہے ـــ سعدیہ سلیم بٹ، مکالمہ، ۲۰۱۶ء
22 Sept. 2016. Web. 20 Jun. 2023.
</https://www.mukaalma.com/6762>.

زاہدہ حنا،، سیف خالد: رگوں میں دوڑتے پھرنے کے ہم نہیں قائل، ۲۰۲۱،
3 Feb. 2021. Web. 10 Nov. 2022.
<https://www.express.pk/story/2138212/268/>.

سعید نقوی، سعید نقوی کا تعارف rekhta،
Web. 10 Jun. 2023.
<https://www.rekhta.org/authors/saeed-naqvi/profile?lang=ur>.

سعید نقوی ، سعید نقوی ، روشنائی، ۲۰۲۳ء
5 Jul. 2023. Web. 20 Jul. 2023.
<https://roshnai.com/saeed-naqwi>.

سیف اللہ خالد، مولانا سمیع الحق شہید ـــ سعادت کی زندگی، شہادت کی موت، روزنامہ پاکستان، ۲۹،۱۱،۲۰۱۸،
29 Nov. 2018. Web. 20 Jun. 2023.
<https://dailypakistan.com.pk/Columnist/1536>.

سعدیہ سلیم بٹ، جب آنکھ ہی سے نہ ٹپکا (حصہ اول)، ۲۵،۱۱،۲۰۲۰،
25 Nov. 2020. Web. 10 Dec. 2022.
</https://columns.pk/2020/11/25/jab-ankh-he-say-na-tapka-hisa-awal>.

شہناز رحمن، "مٹی آدم کھاتی ہے" بیانیہ میں ایک نیا تجربہ، ادبی میرا،
15 Sept. 2020. Web. 20 Jun. 2023.
</https://adbimiras.com/mitti-adam-khaati-hai-shahnaz-rahman>.

صادق صبا، ''دو نیم اپریل'' البانیہ کی بلوچستانی تصویر، ہم سب ،
24 Jan. 2022. Web. 22 Jun. 2023.
<https://www.humsub.com.pk/440419/sadiq-saba-32/?preview_id=440419>.

علی ابوالحسن، ذائقوں سے بھرے رنگ- کھانے کی پینٹنگز، ہم سب ، ۰۵،۰۴،۲۰۲۰
5 Apr. 2020. Web. 21 Jun. 2023.
</https://www.humsub.com.pk/309026/qazi-ali-abul-hasan-3>.

علی ابوالحسن، ذائقوں سے بھرے رنگ- کھانے کی پینٹنگز، ہم سب ، ۰۵،۰۴،۲۰۲۰
5 Apr. 2020. Web. 11 Jun. 2023.
</https://www.humsub.com.pk/309026/qazi-ali-abul-hasan-3>.

عماد احمد، 'گزری ہوئی دنیا سے' ۔۔۔ یادوں کی ایک کہکشاں،
27 May. 2022. Web. 15 Jun. 2023.
<https://www.urdunews.com/node/672091>.

مکالمہ، جب آنکھ سے ہی نہ ٹپکا تو پھر لہو کیا ہے ۔۔۔ سعدیہ سلیم بٹ، ۲۲، ستمبر ۲۰۱۶ء
22 Sept. 2016. Web. 20 Jun. 2023.
</https://www.mukaalma.com/6762 September 2016 22
hai-%d9%85%d9%b9%db%8c-%d8%a2%d8%af%d9%85-
%da%a9%da%be%d8%a7%d8%aa%db%8c-%db%81%db%92>.

مٹی آدم کھاتی ہے، مصنف: تعارف .rekhta،
Web. 23 Jun. 2023.
<https://www.rekhta.org/ebooks/detail/mitti-aadam-khati-hai-mohammad-hameed-
shahid-ebooks?l
-۱۶ang=ur>.

محمد حمید شاہد، مٹی آدم کھاتی ہے، بوک کورنر، ۲۰۲۲،
15 Sept. 2022. Web. 24 Jun. 2023.
<https://booksvilla.com.pk/products/mitti-adam-khati->.

ہوریا قوریشی، "گزری ہوئی دنیا سے، منٹو کا صفیہ سے رشتہ (ایک اقتباس)، مصنف: محمود الحسن، ۲۸،۰۳،۲۰۲۳،
28 Mar. 2023. Web. 20 Jun. 2023.
</https://pni.net.pk/book-shelf/447241>.

Desk, You. "IN PRAISE OF OUR LITERARY GEMS..." *The News*. Nov. 2022. Web. 21 Jun. 2023. <https://www.thenews.com.pk/magazine/you/1014016-in-praise-of-our-literary-gems>.

"Khalid Akhtar: The Man That He Was." *DAWN*. 2 Feb. 2009. Web. 21 Jun. 2023. <https://www.dawn.com/news/921369/khalid-akhtar-the-man-that-he-was>.

Kadare, Ismail. "*Broken April* Summary." *Grade Saver*. Web. 21 Jun. 2023. <https://www.gradesaver.com/broken-april/study-guide/summary>.

Lange, David. "Anti-Zionist-Not Antisemite of the Day: Khalid Akhter." 27 Dec. 2022. Web. 20 Jun. 2023. <https://www.israellycool.com/2022/12/27/anti-zionist-not-antisemite-of-the-day-khalid-akhter-chicago-illinois/>.

"Picture Story: *Where The Rivers Meet*." Web. 20 Jun. 2023. <https://kitaabnow.com/product/where-the-rivers-meet/>.

"Sabir Zafar Poetry Books List – Sabir Zafar Ki Kitaben." Web. 20 Jun. 2023. <https://www.urdupoint.com/poetry/sabir-zafar-books.html>.

"UBL celebrates 10th Literature and Arts Awards." 19 Nov. 2022. Web. 20 Jun. 2023. <https://www.biztoday.news/2022/11/19/ubl-celebrates-10th-literature-and-arts-awards/>.

"*Where The Rivers Meet*." Web. 20 Jun. 2023. <https://harbordandkhan.com/portfolio/saman-shamsie/>.

作者单位：国防科技大学

2022 年巴西文学概览

张剑波

内容提要：2022 年，巴西文坛在新冠肺炎疫情结束后爆发出更大活力，所有线下文学活动全面恢复，这也刺激了广大作家的创作热情，在各大文学奖项中涌现出了众多关注现实、批判现实、呼吁解决现实问题的优秀作品。本文将介绍 2022 年重要文学奖项的获奖作家及作品，并回顾年度重要文学事件，总结本年度巴西文学的特点。

一、重要文学奖项

（一）雅布提奖（Prêmio Jabuti）[1]

2022 年，新冠肺炎疫情基本结束，巴西最重要的文学奖项雅布提奖再次迎来盛况，参加角逐的作品数量与上一年相比增长了 25%。

米歇里妮·维纶斯史克（Micheliny Verunschk，1972—　）的《美洲豹的吼叫声》（*O Som do Rugido da Onça*，2021）在"文学小说"类中胜出。这是维纶斯史克的第五部长篇小说。2004 年，她的诗集

1　奖项介绍详见《外国文学通览：2018》中的《2018 年巴西文学概览》（张剑波，2019：103）。

《沙漠的亲密地理》(*Geografia Íntima do Deserto*，2003）获得葡萄牙电信文学奖[1]提名，作家本人也成为当年唯一的女性新秀作家。2015年，她凭借长篇小说《我们的特蕾莎——一个自杀圣徒的生与死》(*Nossa Teresa – Vida e Morte de Uma Santa Suicida*，2014）获得圣保罗文学奖的40岁以上“新人新作”奖项。

在《美洲豹的吼叫声》这部充满抒情色彩的作品中，作家从19世纪两名巴西原住民儿童被带到德国的真实故事出发，讲述了他们离奇、悲惨的一生。1817年，德国生物学家、探险家施皮克斯（Johann Baptist von Spix，1781—1826）和马蒂乌斯（Carl Friedrich Philipp von Martius，1794—1868）前往巴西探险。他们购买了两位印第安原住民孩童——尤里、伊涅-伊，将他们与数以千计的动植物和人类学样本一起带回慕尼黑，呈献给巴伐利亚国王马克西米利安一世。尤里和伊涅-伊完全是被当作动物样本带到欧洲的，他们远离故土和亲人，由于语言障碍陷入无尽的孤独与恐惧中，最终因为免疫力低下在抵达欧洲数月后便夭折了。

这部作品的叙事铿锵有力，绕过传统历史学中的霸权主义视角，通过非线性的历史书写，让19世纪的巴西与当代巴西在基于史实的虚构中交汇。作家通过平行结构，让同样拥有印第安血统却已具备欧洲社会文化属性的巴西当代青年若泽法讲述19世纪两名印第安原住民儿童的故事，逐渐完成自我身份的认同。在这样的平行叙事中，读者可以深刻体会殖民主义的残酷，意识到它在当今社会依然会侵犯弱势族群权益、否定其文化归属。可以说，作家对巴西原住民面临的民族身份遭到抹除、族群濒临灭绝的问题深怀忧惧，这也是该作品的创

1 2015年更名为“海洋葡语文学奖”，奖项介绍详见《外国文学通览：2017》中的《2017年巴西文学概览》(张剑波，2017：116)。

作支点。此外，作家还清晰地表达了对霸权主义历史书写中歪曲和伪造内容的谴责，认为其目的只是为了“掩盖所有卑鄙的行为，伪造高贵的传记”（Garcia，2021）。探险家马蒂乌斯将自己描述为原住民儿童的救世主，称自己将他们从野蛮的黑暗带入文明的光辉，其实他努力隐藏的只是绑架儿童这一事实而已。（Verunschk，2021）殖民主义的创伤在作家笔下的当代巴西依然清晰可见，一如美洲豹的怒吼：“邪恶从未停止。”（Ibid.）

这部作品的着力点是语言，因此被称为“一部关于失语的作品”（Garcia，2021）。对被殖民者的语言和传统的剥夺是殖民主义抽象暴力的直接体现，因为“否定语言会直接抹杀身份，并重新构建权力关系”（Ibid.）。该作品的语言呈现出丰富的语域特征：从所援引的史实记录的正式语言，到巴西腹地居民的方言土语，以及印第安原住民繁杂的部落语言，甚至由作家个人创造、需要读者根据语境判断其含义的新词等，均被广泛采用。但作品最大的特征依然是充满诗意的抒情性，特别是在最后部分，当化身美洲豹的伊涅-伊说出大量独白并发出怒吼时，小说探讨身份记忆、殖民主义的历史与残留、土地所有权、原住民与自然的关系、人类对自然资源的过度开采等社会问题的立意得以彰显，并在诗意中升华。这不是一部单纯的历史小说，更是一部富含政治寓意的佳作——美洲豹的吼叫是对任何形式的暴力与权力滥用的控诉与抗争。

通俗小说类的获奖作品是青年作家卢卡斯·莫塔（Lucas Mota，1989— ）的长篇小说《像素之眼》（*Olhos de Pixel*，2021）。莫塔是一名青年独立作家，曾在亚马逊自费发行长篇小说《所有的骗子》（*Todos os Mentirosos*，2016），并通过众筹出版了长篇小说《好女孩从不提问》（*Boas Meninas Não Fazem Perguntas*，2018）。

长篇小说《像素之眼》是一部赛博朋克[1]风格的作品，主要讲述了不久的将来发生在帕拉纳州首府库里提巴市的故事：一个庞大、神秘的宗教组织控制了这座城市，甚至克隆了耶稣的肉身，再造了救世主；而人类出生时大脑即被该组织植入芯片——“智能本我”，该芯片可以在无须任何硬件设备的情况下，瞬间处理电邮、检查定位或观看电影等。但人们必须将个人资料向教会公开，接受教会基于个人情况投放的广告和宣传。“重生”的耶稣出现在城市各处的广告牌上，神性沦为了教会攫取利益的工具。在这样一个科技发达但社会结构极度扭曲错位的世界里，生活着能够破解芯片、不受控制的黑客——“根用户”(root)。然而，自由的代价是他们只能成为生活在地下世界的边缘人，需终日躲避权力机构的抓捕。主人公尼娜·桑特莱斯是位特立独行的女同性恋，也是技术高超的根用户。为了修复与儿子的糟糕关系，并一同逃往可以真正享受自由的太空居住地“嫦娥”，她和团队不得不与警察莉迪亚合作，以抓捕宗教组织最强大的对手——黑客卡兰古。然而，卡兰古也提供了条件诱人的合作计划：如果联合对抗教会，就无须再躲避追捕了。妮娜·桑特莱斯将如何选择？警察莉迪亚代表了腐败势力中的正义力量，恪守并捍卫法律，试图解决理想主义与自由精神之间的冲突。究竟哪一方才是正确的呢？

在充满反转的剧情和开放性的结尾中，作品不断引发读者的思考：我们如何在世间审视并定位自己？我们将如何面对自身持有的种种偏见？作家莫塔是狂热的极客迷，可以轻松驾驭科技语言，在作品中创造了许多怪诞却合理的概念与剧情。小说的语言与节奏更贴近影

1 “赛博朋克”是英语 cyberpunk 的音译，由 cyber（网络）和 punk（朋克）组成。最早作为以信息技术为主体的科幻故事出现，起源于上世纪六七十年代的新科幻小说潮流，经过长期发展成为一种亚文化，目前已经不再仅限于科幻小说，而是充分渗透到小说、动漫、电影、游戏、艺术和建筑等多个领域中。

视语言，充满扣人心弦的动作场景描写和匪夷所思的情节安排。作品抨击了在宗教狂热的外衣下追求权力的贪婪，并引发人们对科技两面性的审视：带来便利的同时，也会催生精神控制。此外，作品还探讨了巴西社会持续存在的问题，如社会、经济、文化等多重维度的不平等和对性别多元化的低容忍态度等。披上赛博朋克外衣的现实主义思考依然能够触动人心，因为“在社会不公、社会压迫和野蛮的资本主义方面，巴西仍有很多问题值得批评，并需要解决”(Vinicius, 2021)。

短篇小说类的获奖作品是短篇小说集《婚纱》(*A Vestida*, 2021)，作者是伊莲娜·阿尔维斯·克鲁兹（Eliana Alves Cruz, 1966— ）。克鲁兹在巴西文坛颇有声望，此前已有多部长篇小说出版，如《碱水》(*Água de Barrela*，2018)、《瓦隆古码头犯罪案》(*Crime do Cais do Valongo*，2018)、《我不会说出在你身上没有看到的任何东西》(*Nada Digo de Ti Que em Ti Não Veja*，2020）和《孤独的女性》(*Solitária*，2022）等。其所有作品的主要人物均是黑人女性，且以奴隶制时代的巴西为创作背景，其间严肃的历史调研与激进的文学想象完美结合。(Sousa，2022)

本次获奖作品《婚纱》是克鲁兹的首部短篇小说集，收录了她近年创作的 15 篇短篇小说，这些作品延续了作家一贯的创作风格。凭借敏锐的洞察力，作家从多个维度细致刻画了一个反种族主义政策虽已取得长足进步，但种族主义暴力却与日俱增的时代，对巴西社会的结构性种族主义问题进行了辛辣讽刺。作品中的所有故事都聚焦于当代巴西的黑人问题，但也不乏对非洲的祖先崇拜。(Mellone，2023) 作品告诉读者：生命并没有随着死亡而结束，先人的灵魂会回到后辈身边，庇护着他们。

克鲁兹并没有构建典型人物顽强抗争、最终逆袭的叙事，而是另辟蹊径，向读者展示了处于弱势地位的生命的脆弱性：有些人会疲倦、屈服、疯狂，乃至死亡。比如《铁胸膛》（“Peito de Ferro”）中的女主人公，她“总是踩在钢索上，上面还有其他目睹并感受人世间所有痛苦的人们，他们在努力保持着平衡”（Cruz，2021）。在《铁、雾和时间》（“Ferro, Bruma e o Tempo”）中，人们相信祖先并未远离，渴望过往的祥和景象也能在当下重现，而不是所有的历史都充斥着奴隶时代的酸楚。在与小说集同名的短篇小说《婚纱》中，作家采用拟人手法，以二手服装店的一件婚纱的视角展开叙事。虽然被不同女性穿过，婚纱仍坚称自己是“礼服”；而其沾染的由于粗暴的占有欲而溅射的血渍，则影射了使无数巴西女性成为受害者的家庭暴力，甚至是更为严重的性别戕害。（Cruz，2021）当婚纱梦想着出现在嘉年华的舞台上或者在舞会上旋转，而不再是一件只能出现在婚礼上的服装时，它是向往自由和快乐的。这似乎是让整部小说极富于活力的原因之一：即便带着无法弥补的暴力伤痕，也永远有渴望、讲述并感受其他故事或梦想的时候，作品的立意也因此得以升华。

青年女诗人、斗诗会[1]选手、演员路易莎·罗芒（Luiza Romão，1992— ）创作的《我们这里也保存石头》（*Também Guardamos Pedras Aqui*，2021）在诗歌类作品中一鸣惊人，获得最高荣誉——雅布提“年度作品”。这是罗芒的第三部作品，此前她出版了两部诗集《莫托洛夫的鸡尾酒》（*Coquetel Motolove*，2014）[2]和《血流成河》

---

1 英文名为 poetry slam，是起源于美国的诗歌朗诵比赛形式，其目的在于推广诗歌的美，使其成为一种人人皆可参与的平民艺术。竞技元素的引入让诗歌创作和朗读更有挑战性与趣味性。在斗诗会上，选手需要朗读自己创作的诗歌，并加入肢体语言，由评委现场评分，最后决出胜负。

2 作品名称是一个文字游戏，是诗人对 Coquetel Molotov（燃烧瓶，俄语意为“莫洛托夫的鸡尾酒”）的改写。将 Molotov 改为 Motolove，意在指出语言也可以成为反抗压迫的武器，作为武器的“燃烧瓶可由唾沫制成”（Romão，2014）。

（*Sangria*，2017）。获奖作品从更广的时间维度上重述了古希腊诗人荷马的名著《伊利亚特》中的历史，正如诗人伊瓦诺娃（Ivánova）在诗集勒口上的评价："诗人对我们当下所处的现实所做的恰如其分的点评吸引了我们，而同时她又将我们带进一段陌生的历史。"（Inváanova，2021）

诗集中的诗歌均以《伊利亚特》中的人物形象为标题，并采用第一人称展开叙事。这种主题鲜明、节奏明快的创作方式可以让读者快速清晰地捕捉到诗歌传递的信息。诗集以德国作家克里斯塔·沃尔夫（Christa Wolf，1929—2011）的长篇小说《卡珊德拉》（*Cassandra: A Novel and Four Essays*，1983）的题记开头："我愿意永远当作证人，哪怕从没有人会向我索要证词"。她的作品创作缘起是重述并颠覆一段并不被人怀疑的历史。诗人的这一创作意图与克里斯塔·沃尔夫在《卡珊德拉》中的重述神话是相通的。在诗歌《伊菲革涅亚》（"Ifigênia"）中，罗芒就开门见山地指出："西方文学发端于一场战争。"（Romão，2021）将特洛伊战争与西方文学史关联在一起是她重述历史的一大创见。诗人罗芒在希腊神话与巴西社会现实之间构建了一种互文关系。特洛伊城不但代表了抵抗之地，也象征了一个世纪以来无数经受殖民暴力的土地。（Navarro，2021）在她看来，当下的巴西也暴露出贯穿整个西方文学史的霸权暴力问题。读者不难发现，罗芒将诗歌当成了抵抗所有压迫的阵地。石头正如在特洛伊战争中的用途一样，是用于自卫与抵抗的工具，诗集的名称就是对诗人立场的完美诠释。而通过对卡珊德拉命运的反思，诗人还指出了西方文学长期以来对女性地位的打压。（Navarro，2021）另外，诗集中不乏对男权和父权的讽刺，诗人笔下的战争只是男性谋取权力的工具而已。

杂文类的获奖作品是《水箱里的月亮》（*A Lua na Caixa d'Água*，

2021)，作者是马塞洛·莫蒂尼奥（Marcelo Moutinho，1972— ）。莫蒂尼奥曾于 2017 年凭借短篇小说集《铁锈》（*Ferrugem*，2016）获得国家图书馆文学奖的克拉丽丝·李斯佩克朵奖。这部作品是为纪念于 2020 年因感染新冠肺炎而病逝的作曲家、杂文家奥迪尔·布兰科（Aldir Blanc，1946—2020）而创作，作品名称就取自布兰科的杂文集《伊莎贝尔小镇，童年的清单》（*Vila Isabel, Inventário da Infância*，2017）中描绘的景象：一轮明月投映在伊莎贝尔小镇上的那个水箱里的斑驳镜面上。作家习惯将里约热内卢当作文学创作的背景城市，在本次的获奖作品中同样如此。作家以细腻、轻盈、优雅的笔触，以一个长期生活在里约城郊的"外人"的视角，细致观察里约这座"神奇之城"[1]，展示那些容易被人忽视的薄物细故。虽是"外人"，作家却对这座城市饱含深情，这里的歌舞诗文、街巷酒肆、人物风貌，无一不是他笔下的书写对象：像卡托拉[2]的桑巴舞曲、皮辛吉尼亚[3]的长笛、影院里的牵手与初吻、看向初生儿的第一眼、黄昏的那一缕斜阳、咖啡厅里飘出的芬芳、新鲜出炉面包的麦香等。家庭记忆是这部杂文集的文眼。在整部作品中，作家首先回忆了自己在里约北部街区——马杜雷拉的童年与少年时光、年幼女儿丽雅的日常生活，以及从事文学创作的一些思考；随后将触角延伸到城市的其他角落，描写了都市的其他故事；最后是写给女儿的一封信，她将在 50 岁时收到。可以说，这部作品是作家为女儿创作的，以让她留存关于这个城市的记忆。

1 神奇之城是巴西人对里约热内卢的昵称，用来表达对这座城市的喜爱。这个称呼也多次出现在作品中。

2 卡托拉（Cartola），原名安热诺尔·德·奥利维拉（Angenor de Oliveira，1908—1980），巴西歌唱家、作曲家、小提琴家、诗人，被认为是巴西音乐史上最伟大的桑巴词曲作家。

3 皮辛吉尼亚（Pixinguinha），原名阿尔弗雷多·达·罗查·维安娜·菲略（Alfredo da Rocha Vianna Filho，1897—1973），巴西作曲家、指挥家、长笛演奏家、萨克斯演奏家，被认为是伟大的天才流行音乐家。

莫蒂尼奥在作品中引用了巴西诗人曼努埃尔·德·巴洛斯（Manoel de Barros，1972—2014）的诗句："我家的庭院大过整个世界。"作家立足于寻常生活的细微点滴，通过讲好小故事来折射大世界。对文学创作的热情也是这部杂文集的主题，作家将对创作的思考、对文学的想象、文人间交往的琐事等诉诸笔端，娓娓道来，读者听来宛如人们在酒吧里恣意跳脱的闲聊。在觥筹交错间，流转的是"我们对时光永恒的小小幻想"（Moutinho，2021）。与"酒吧"一样，"街道"也是杂文集的关键词，新冠肺炎疫情让曾经热闹喧嚣的街道归于平静，但作家相信，只要认真面对生活，街道一定会焕发生机。

青少文学类的获奖作品是绘本《罗密欧与朱丽叶》（*Romieta e Julieu*，2021），改编作者是安娜·埃莉莎·里贝罗（Ana Elisa Ribeiro，1975— ）。这部作品将莎士比亚笔下广为流传的故事挪到当下的数字技术背景下，利用现代网络语言重述经典，其中许多精妙的构思和荒诞的情节让人忍俊不禁，让青少年读者耳目一新。蒙泰基奥和卡普莱托两个家庭矛盾重重、龃龉不断。生活中他们相互泼脏水，包括在社交网络上散播虚假新闻。在网络无处不在的时代，任何人都没有秘密。里贝罗力求精准描写人物交流的过程，并引发读者反思社会和语言及其与科技的关系。精巧的图形、符号、涂鸦为绘本的叙事增添了助力，使改编后的经典作品逸趣横生。

由席尔瓦娜·塔瓦诺（Silvana Tavano，1957— ）创作的《梦》（*Sonhozz*，2021）获得了儿童文学类别的奖项。作品通过充满想象力的图画与文字，引导儿童读者思考梦境与现实、具体与抽象的关系，如：梦会飞吗？为什么白天发生的事情会在梦里重复？在入睡之前，两只小绵羊开始思考当晚的梦境，做起了"白日梦"。这部作品设计精巧，封面上的小绵羊与几何图形既符合入睡前"数绵羊"的习惯，又能吸引儿童的注意力。阅读作品的体验也充满新意：文字和图像与读者的互动创造了一场感官游戏。这部作品既拓展了儿童读物的外延，又丰富了儿童读者的想象力。

苏艾莉·卡尔内罗（Sueli Carneiro，1950— ）被评为雅布提"年度文学人物"。这是雅布提奖第一次将这一称号授予并不从事文学创作的人，因为卡尔内罗是一位哲学家、社会活动家，一生致力于捍卫黑人，特别是黑人女性的权益。由她创立的热莱德斯——黑人女性协会（Geledés – Instituto da Mulher Negra）是巴西第一个反对种族主义和性别歧视的黑人妇女民间组织，主要目标是消除普遍存在的针对黑人族群的歧视，同时也致力于打击所有其他形式的歧视，如对同性恋的歧视，还有基于地区、信仰和社会阶层偏见的歧视等。该组织开展了多项重要的反对种族主义的运动，在巴西影响深远，特别是在包容性的公共政策制定方面，为保护黑人妇女的权益发挥了重要作用。卡尔内罗同时还是"猴面包树"种族平等基金会（Fundo Baobá para Equidade Racial）的主席。这是一个非营利组织，是第一个也是唯一一个致力于促进巴西黑人种族平等的基金会，其目标是动员巴西国内外的人力、物力，支持有利于黑人种族平等的项目和行动。

（二）海洋葡语文学奖（Oceanos-Prêmio de Literatura em Língua Portuguesa）[1]

海洋葡语文学奖面向所有葡语国家的文学作品，不单设奖项，而是统一评审诗歌、长篇小说、短篇/杂文和戏剧作品。值得一提的是，今年的颁奖仪式不再于巴西或葡萄牙举办，而是首次走进非洲大

1 奖项介绍详见《外国文学通览：2018》中的《2018 年巴西文学概览》（张剑波，2019：107）。

陆，众多杰出葡语作家欢聚莫桑比克首都马普托，参加这一葡语文学盛事。

葡萄牙女作家亚历山德拉·卢卡斯·科埃略（Alexandra Lucas Coelho，1967— ）凭借杂文集《黎巴嫩，迷宫》（*Líbano, Labirinto*，2021）夺得第一名，这是非虚构文学作品首次获得海洋葡语文学奖。莫桑比克作家若昂·保罗·博尔赫斯·科埃略（João Paulo Borges Coelho，1955— ）的《革命博物馆》（*Museu da Revolução*，2021）获得第二名。获得第三名的是今年在雅布提奖中获得最佳“文学小说”的《美洲豹的吼叫声》。

（三）卡蒙斯奖（Prêmio Camões de Literatura）[1]

2022 年的卡蒙斯奖颁给了 87 岁高龄的巴西作家、文学评论家希尔维雅诺·圣地亚哥（Silviano Santiago, 1936— ）[2]。他的文学著作赢得了多个国际与国内奖项：长篇小说《关于自由》（*Em Liberdade*，1981）、《家族的一段历史》（*Uma História de Família*，1993）和《马查多》（*Machado*，2017）曾获得雅布提奖；长篇小说《一千朵玫瑰被盗》（*Mil Rosas Roubadas*，2014）和《马查多》分别获得海洋葡语文学奖第一名和第二名。

卡蒙斯奖评委会一致认为，圣地亚哥“是一位在文化与公民意识领域具有深远影响力的思想家，对葡萄牙语作为一种具有批判性思维的语言在巴西乃至国外（伊比利亚美洲、非洲、欧洲和美国）的传播做出了令人瞩目贡献”。他的学术生涯以巴西为起点，学术兴趣主要在于法国文学与文化，曾赴法国索邦大学攻读博士学位，并曾在美国

1 奖项介绍详见《外国文学通览：2017》中的《2017 年葡萄牙文学概览》（金心艺，2018：439）。

2 作家曾于 2017 年获得雅布提奖，具体介绍详见《外国文学通览：2017》中的《2017 年巴西文学概览》（张剑波，2018：115）。

多所大学任教。20 世纪 60 年代，圣地亚哥在美国期间与法国哲学家雅克·德里达（Jacques Derrida，1930—2004）过从甚密，并受其影响逐渐形成了自己的文学思考与主张。作为文学批评家，圣地亚哥是最早将殖民时期的巴西历史文献纳入本土文学分析的学者，主张将巴西文学研究纳入后殖民主义研究的范畴。20 世纪 60 年代初，他就开创性地指出，必须在比较文学的理论原则和跨学科的视角下考察巴西文学，这极大地拓展了巴西文学的内涵与外延，扩大了巴西文学史的范畴。他关于巴西文学的思考及对后殖民主义理论的研究都浓缩在他的 30 余部著作之中。在杂文《拉丁美洲话语的中间地带》（*O Entre-lugar do Discurso Latino-americano*，1978）[1] 中，圣地亚哥提出了著名的“中间地带”的概念，主张同时立足于西方的内部和外部，站在一个中间地带，解构欧洲殖民主义的遗产，批判欧洲中心主义，以后殖民主义视角观察文学文本，找寻巴西本土文学的独特性。受后殖民主义理论影响，他对国际政治经济领域的依附理论也有所涉猎。为表彰圣地亚哥在文学批评与创作领域的贡献，伊比利亚美洲文学奖（Prémio Iberoamericano de Letras José Donoso）评委会于 2014 年授予其何塞·多诺索伊比利亚美洲文学奖，他是巴西唯一获此殊荣的作家。

圣地亚哥近年颇为关注与衰老相关的主题，从其长篇小说《马查多》中可见一斑。该作品糅合了虚构、传记和评论等多种写作方式，展现了巴西文学巨匠马查多·德·阿西斯（Machado de Assis，1839—1908）生命中最后四年的时光，表达了作家对人生的思考。同年出版的文学评论《凶猛的谱系》（*Genealogia da Ferocidade*，2017）是对巴西作家吉马良斯·罗萨（João Guimarães Rosa，1908—1967）的杰作《广阔的腹地：条条小路》（*Grande sertão: Veredas*，1956）的

1　该文最初用法语写成，随后被译成英语和葡语。

最全面的批评，几乎颠覆了巴西文学届此前对这一名著的解读。在自传体新作《没有过去的孩童》（*O Menino Sem Passado*，2021）中，作家回顾了自己在 1 岁半时失去母亲后的童年时光，以及对电影与漫画杂志的热爱。

（四）国家图书馆文学奖（Prêmio Literário Biblioteca Nacional）[1]

国家图书馆文学奖中比较重要的有短篇小说类的克拉丽丝·李斯佩克朵奖、诗歌类的阿尔丰苏斯·德·吉马良斯奖和长篇小说类的马查多·德·阿西斯奖。

安东尼奥·杰拉多·菲格雷多·费雷拉（Antônio Geraldo Figueiredo Ferreira，1965—　）凭借长篇小说《连体儿》（*Siameses*，2021）获得马查多·德·阿西斯奖。费雷拉十年磨一剑，这是继其上一部长篇小说《我们今天的探访》（*As Visitas Que Hoje Estamos*，2012）之后的又一力作。这一超过 1300 页、分成两册出版的巨著甫一面世就引起文坛关注。作品以碎片化的结构，通过 1981 至 2005 年间一对夫妇的生活细节和幕后故事，探讨巴西城市与乡村的语言、文化与惯习的多样性，并言说国家的历史。作品打破线性叙事的框架，话题不断转换，促成了作家的不断离题。充满怪诞、抒情的情节与语言也让作品别具一格。小说主要的情节在一对友人——奥斯马尔和普罗科皮奥的长谈中开展，奥斯马尔是全书唯一开口说话的人物，而后者与读者一样只是一个倾听者。通过奥斯马尔的叙述，我们知道了托马斯和妻子护士瑞贝卡以及女售货员阿泽琳娜的三角恋。阿泽琳娜年轻貌美，令人垂涎，激起了托马斯的征服欲望，却也让他踏上了真正的厄运之旅。这个故事看似纷乱琐碎，费雷拉却在其中不断通过隐

1　奖项介绍详见《外国文学通览：2017》中的《2017 年巴西文学概览》（张剑波，2018：115）。

喻、象征手法凸显一个细节：这部作品是巴西这个庞大国家过去四十年的历史缩影。他一方面结合现代主义思潮下的巴西食人主义，分析了美学视角下的“巴西性”，另一方面观照欧洲现代主义发展脉络，对乔伊斯的《尤利西斯》和《芬尼根的守灵夜》、艾略特的《荒原》中独树一帜的百科全书式的创作情有独钟。

费雷拉的这部新作和上一部作品《我们今天的探访》差异明显，却又保持了一种连贯。在上一部作品中，我们可以了解巴西乡村和城市的全景。这个全景是扁平的，而在《连体儿》中，我们可以看到作家的垂直化处理，他将叙事焦点收缩到圣保罗内陆的一个宁静的小镇，小镇的人物故事则承载了整个国家的伤口与伤疤。上一部作品中巴西面临存在主义危机，在新作中作家又叠加了政治、道德、经济，甚至性爱方面的问题：这一切都可以被称为“谎言的传染”。（Estadão，2021）而谎言已经彻底锈蚀了整个巴西。在《连体儿》中，无尽的谎言让现实变得虚幻，真实与虚假之间的界限变得模糊，就像连体儿一样，一切都密不可分，但让人望而生畏。

在短篇小说类别中胜出的是《东北部的哥特故事》（*Gótico Nordestino*，2021），作者是克里斯蒂亚诺·阿基阿尔（Cristhiano Aguiar，1981— ）。这是一部由 9 则恐怖故事构成的短篇小说集，颇具巴西地方特色，故事的发生地都集中在巴西东北部地区，时间覆盖了从东北腹地土匪横行的年代[1]到军政府独裁时期，乃至不久的将来。作品受到恐怖小说大师斯蒂芬·金（Stephen King）的《神秘火焰》（*Firestarte*，1980）的启发，但显示了作家高超的本土文学叙事

1 1889 年，巴西宣布成立共和国，而同时社会、经济问题日益加重。特别是在东北部地区，暴力、饥饿和贫困加剧，出现了大量行踪不定的武装力量，靠打劫为生。他们在很长一段时间内几乎统治着东北腹地，与各大农场主形成利益联盟，充当其派系斗争和利益争夺的工具，以获取支持。

能力和更大的野心：9 篇短篇故事涵盖了超现实主义、哥特式与本土民俗文学的风格，且无一不紧扣恐怖题材与叙事，舍弃了血腥暴力的元素，将想象力的多样性发挥到极致。在开篇故事里，小男孩被妈妈委派，在清晨去给土匪头子送信，一路的所见、所闻、所想让他内心的恐惧无以复加。结果他发现，看似强大的匪首也有自己的恐惧。作家在后面的故事里，通过对人物生活的描述，展示了一个个看似寻常却让人胆寒的故事。阿基阿尔对恐怖故事这一类型的创作情有独钟，曾于 2012 年被《格兰塔》（*Granta*）杂志评选为巴西 20 位最佳年轻小说家之一。《东北部的哥特故事》成书于新冠肺炎疫情在巴西肆虐，而政府的应对措施杂乱无章的时期。这部作品告诉我们：恐怖文学不再是一种被低估的文学类型，而是对生命、来世和当代诗学的游戏规则进行批判性思考的重要工具。（Mendes，2022）

诗人阿列克谢·布埃诺（Alexei Bueno，1963— ）凭借诗集《卑微者的沉睡》（*O Sono dos Humildes*，2021）获得诗歌类奖项。布埃诺的诗歌创作以古典主义风格著称，在当代巴西文坛享有盛誉，其诗集《建成的遗产》（*Patrimônio Construído*，2001）、《汇集的诗》（*Poesia Reunida*，2002）分别获得 2002 年、2003 年的雅布提奖。布埃诺的诗歌评论《卢济塔尼亚人之歌》（*Os Lusíadas*，1993）为葡语世界最伟大的诗人卡蒙斯的经典之作《卢济塔尼亚人之歌》（1572）添加了超过 1200 条的注释和大量插图，并在不改变阅读节奏的前提下澄清了可能存在的神话和历史误读，向读者呈现了这部伟大葡语经典最完整的版本。

在本次的获奖作品中，诗人再次将古典风格与自己独特、复杂的诗歌美学特征相结合，主要展现古希腊形而上的抽象诗性与思考，让读者想象、审视人与周围一切事物的关系。诗人渴望用有形的眼睛、无形的想象，以及敏锐的情感来勾勒最细微的事物，乃至当代世界业已消失的整体性。（Almeida，2022）例如：在诗歌《插曲》（“Episódio”）中，一只细小的昆虫被碾死在吧台上，幻化成诗人的“一种感觉”，而“那是虚无，又是所有”（Kovacs,2022）；在《残缺》（“Incompleto”）中，诗人有感于人类命运的脆弱性，慨叹不已。诗人伊西尔·安德森·弗雷塔斯（Iacyr Anderson Freitas，1963—　）在诗集的封面勒口上写道：“时间的无情流逝、万物之间亘古不变的更迭，永远都是（布埃诺）创作中第一重要的主体。”（Freitas，2021）在构成诗集的 123 篇诗歌中，读者可以深刻感受到诗人在处理具体与抽象的关系方面，以及日常生活细节在哲学、诗学维度的升华方面，均有着无与伦比的洞察力和敏感度。

二、新人新作

圣保罗文学奖（Prêmio de São Paulo de Literatura）和商业社会机构文学奖（Prêmio Sesc de Literatura，一般简称 Sesc 文学奖）[1]是专为新锐作家设立的奖项。2022 年的圣保罗文学奖保留了上一年的奖项——“最佳新作”和“最佳作品”。导演、演员丽塔·卡雷利（Rita Carelli，1984—　）凭借《黑土地》（*Terrapreta*，2021）获得最佳新作奖；最佳作品奖则被安东尼奥·谢尔谢内斯基（Antônio Xerxenesky，1984—　）收入囊中，获奖作品是《一段无尽的悲痛》（*Uma Tristeza Infinita*，2021）。

《黑土地》的书名取自在亚马孙地区发现的、由美洲印第安人创造的黑色肥沃土壤，指的是南美洲原住民聚居地，也是故事的主要发生地。小说讲述了一位丧母的少女从都市前往偏远的原住民聚居地，

1　奖项介绍详见《外国文学通览：2018》中的《2018 年巴西文学概览》（张剑波，2019：116）。

与从事考古工作的父亲一起生活，从而拥有了全新人生经历的故事。印第安文化是巴西民族性的重要组成部分，也是许多文学作品创作的灵感源泉。在卡雷利的这部处女作中，印第安文明和发轫于欧洲的巴西都市文明之间的罅隙清晰可见。时至今日，巴西的主流都市文化与偏远的土著文化之间依然存在着巨大的鸿沟，后者并不被大多数都市人理解或接受。这部作品告诉我们：在面临生存问题时，印第安文明独有的智慧无论在物质维度上还是精神维度上都不比都市文明逊色，甚至更具优势，因为很多都市人并不具备与大自然和谐相处的能力。此外，作者还探讨了人们面对生命与死亡这个二元对立命题的态度，穿梭在大都市与原住民聚居地的主人公不断被原住民的智慧和豁达所震撼。

在出版《一段无尽的悲痛》之前，谢尔谢内斯基已有多部小说出版，如《问题》（*As Perguntas*，2017）、《F》（*F*，2014）和《齿间的砂砾》（*Areia nos Dentes*，2008）等，其中《F》曾入围圣保罗文学奖的"最佳作品"。本次获奖作品的背景在二战结束后，犹太裔精神科医生尼古拉斯与妻子将自己的诊所从法国搬到瑞士的一个小镇，接诊来自世界各地的精神病患者。尼古拉斯抵制使用当时主流的但却简单粗暴的电击治疗手段，而是选择精神分析与对话沟通等更加科学、更加人性化的治疗方法。与妻子貌合神离的婚姻、与精神病人的深入交流、战争带来的难以摆脱的梦魇，让尼古拉斯陷入了无尽的悲痛之中。此外，主人公遭遇的时代背景也与抗抑郁药物面世的时机相契合，但药物最多只能消除症状，对成因却束手无策，他深知病人的病因是由极权体制催生的群体伤痛，同时战争会让这样的伤痛更加具体和深重。（Quirino，2021）正如书名所说的，"悲痛"是谢尔谢内斯基这部新作的核心主题。形形色色的病人忍受着精神疾病的困扰，痛苦不堪。前卫的诊疗方法将精神科医生本人裹挟进了一场信任与疯狂之间的微妙游戏，医生也陷入悲痛之中，因为他发现科学的理智并不能完全抚平病人和自己的狂躁、不安与悲痛。时至今日，情况似乎依然如此，这是一部发人深省的“最佳作品”。

商业社会机构文学奖共分长篇、短篇小说两个类别，奖励从未发表过作品的巴西作者。今年在长篇小说类别中胜出的是泰雅尼·桑蒂·马尔丁斯（Taiane Santi Martins，1988— ）的《米凯亚》（*Mikaia*，2021），佩德罗·奥古斯多·巴伊亚（Pedro Augusto Baía，1987— ）凭借《重金属祝福的躯体》（*Corpos Benzidos em Metal Pesado*，2021）获得短篇小说类别的奖项。

在长篇处女作《米凯亚》中，马尔丁斯讲述了三位黑人女性共同生活，逃离莫桑比克内战的故事，主要探讨了如何面对过往的创伤这一问题。在小说中，芭蕾舞演员米凯亚突然失忆，所以迫切想找回丢失的记忆。与之形成鲜明对比的是，她的妹妹却渴望忘却过去，而她们的奶奶则选择了沉默。她们面对过去截然不同的态度与方式，暗示了人们对待过去创伤的不同反应。马尔丁斯曾在莫桑比克生活，她时常处于作为巴西人和莫桑比克人的身份困境中。在获奖作品里，作者以巴西视角，观察莫桑比克文化与战争，探讨了针对女性的暴力、记忆与文化身份构建等厚重话题。小说的语言也在身份构建的过程中发挥了重要作用，在巴西葡萄牙语和莫桑比克葡萄牙语之间切换，为人物的文学属性提供了更好的渲染。曾获得 2020 年雅布提最佳文学小说奖的作家伊塔马尔·维埃拉·儒尼奥尔（Itamar Vieira Junior，1979— ）在作品的封面勒口中给出了如此评价：“以我们爱怜并渴望聆听的黑人女性为主人公，这部小说在文学维度上再现了那些我们身边的、被残酷剥夺的故事。第一印象中，《米凯亚》似乎在讲述关

于沉默的故事，最后我们终于明白，这是一部关于发声与言说的作品。”（Junior，2021）

巴伊亚的《重金属祝福的躯体》由 11 篇短篇小说构成，富含地域特色：所有故事都发生在巴西北部，从森林砍伐、原住民部落、工业化进程、社会不平等、针对弱者的暴力等多个侧面勾勒出一个立体的北部。故事的主人公包括非法采矿导致重金属泄露而受到伤害的本地居民（这也是小说集饱含讽刺意味的题目的出处）、在被洪水淹没的城市中感到恐慌的摄影师、经历原住民村落一个投票站的屠杀事件的人、调查逃亡奴隶的记者等，每一个故事都充满冲突与暴力，但也不乏温情和坚韧的感人瞬间。作者深谙叙事技巧，通过明快的节奏和合理的结构将故事情节清晰地铺陈开来，读者可以在字里行间品味文字的留白，深有回味。

这部成书于新冠肺炎疫情期间的小说集，是作者对巴西糟糕的政治、社会和自然环境的不满情绪的宣泄，贯穿始终的线索就是“破坏我们的身体、情感和环境的所有进程”，尤其是因公共权力缺失而对环境造成严重破坏的非法采矿、森林砍伐，以及由此对原住民生活环境造成的毁灭性破坏。与这一进程相对抗的，则是“尝试重建情感和环境的努力”，比如文学书写的力量与呼声，振聋发聩的同时却不失文学的优美与魅力。（Rodrigues，2022）

三、文坛简讯

（一）帕拉蒂国际文学节（Paraty International Literary Festival）[1]

2022 年恰逢帕拉蒂国际文学节创办 20 周年，本届文学节也在连

1 文学节介绍详见《外国文学通览：2017》中的《2017 年巴西文学概览》（张剑波，2018：120）。

续两年线上举行之后首次回归线下，于 11 月 23 至 27 日在帕拉蒂市举行。捍卫声音、性别、种族的多元性，同时主张将文学视作社会斗争的一种形式是本届文学节的重要主题，而更多女性作家、学者的参与则是其显著特点。2022 年诺贝尔文学奖获得者、法国作家安妮·埃尔诺（Annie Ernaux，1940—　）的出席是本届文学节的另一亮点，埃尔诺为女性权利发声，呼吁女性应该拥有决定是否堕胎的自由。

本届文学节致敬的作家是玛利亚·费尔米娜·多斯·雷斯（Maria Firmina dos Reis，1822—1917）。雷斯出生于巴西东北部马拉尼昂州，被认为是巴西第一位黑人女性小说家。她还是当地公立小学的首位女教师，率先组建了男女混合课堂，同时为无力支付学费的学生免除学费，这在她生活的年代是史无前例的。

其代表作《乌尔苏拉》（*Úrsula*，1959）被认为是巴西废奴主义文学的开山之作，也是巴西第一部非裔文学小说。在作品中，雷斯从内部视角，以非洲后裔的身份审视、再现巴西黑人的生存状况，解构了以种族和男性为中心的巴西文学史。小说讲述了单纯的乌尔苏拉和贵族青年坦克雷多的爱情故事，但这个故事绝不简单，其中裹挟了多个三角恋。由三名黑人奴隶组成的三角恋也在小说中占据了举足轻重的地位，赋予了作品区别于同时期其他作品的基调。通过对黑人、女性和奴隶制度的描述，作家呈现出的思考有别于同时期的其他文学作品：其时巴西民族主义之风盛行，浪漫主义范畴的作品皆致力于构建巴西本土的民族文学。雷斯开创性地为浪漫主义小说指明了道路，赋予其批判不公正现象的政治态度，而几乎所有不公正现象的受害者都是奴隶和妇女，且这在巴西社会中早已根深蒂固。作为非裔女性作家，雷斯对巴西的非裔以及所有受压迫的群体表现出了极大的同情。

这种同情更有力量与影响，因为作家本人就属于这个群体，通过文学虚构她也表达了自己的文化归属。

由于历史和现实的原因，雷斯及其作品经历了多年的沉寂。时至今日，人们发现雷斯的职业生涯与作品象征了一个致力于走出殖民主义深渊的巴西。无论是教育者的无私，还是作家的深邃，她所展现的优秀品质都应该被铭记和纪念。2022 年恰逢巴西独立 200 周年，纪念这位伟大的非裔女性作家显得尤为重要。

（二）“现代艺术周”100 周年

2022 年是巴西“现代艺术周”举办 100 周年，圣保罗州举行了一系列文化、艺术活动来进行纪念。

20 世纪 20 年代，伴随着全国工业化进程的开始，圣保罗在经济和文化上都加快了现代化的步伐。在文学领域，虽然前现代主义作家对停滞不前的巴西文学有所推动，但在创作手法和语言等方面依然没有突破传统文学模式。巴西艺术的现代化正发轫于此时，作为巴西艺术史里程碑和分水岭的“现代艺术周”于 1922 年在圣保罗市政剧院举办，其中包含一系列丰富多彩的文化活动，主要参与者皆是努力寻求属于巴西本土的艺术表达方式的艺术家及作家，如马里奥·德·安德拉德（Mário de Andrade，1893—1945）与奥斯瓦尔德·德·安德拉德（Oswald de Andrade，1890—1954）等，他们的这一主张与当时欧洲大陆的先锋运动遥相呼应。“现代艺术周”打破了巴西文坛的沉闷局面，成为巴西文学正式进入现代主义时期的标志。

结语

在上一年初具规模的“疫情文学”在今年的巴西文坛虽然不如新

冠肺炎疫情期间惹人注目，但依然印迹分明。对灾难及其后果的想象与言说仍是今年巴西文学的重大话题之一，并且文学创作在时空维度上展现了更大突破：对历史的重述和对未来的假设，抑或平行结构下的非线性、半虚构叙事都彰显了文学书写的灵活性。与往年类似的是，2022 年的巴西文坛继续保持现实主义文学创作的态势，锁定现实、批判现实；但与前两年反思历史、追溯现实问题的根源的特点有所不同，今年的许多作品则对诸多根深蒂固的现实问题，比如殖民主义对本国文化属性和民族身份的剥夺、性别和种族歧视与迫害、社会阶层分裂与对立、自然环境与经济发展的矛盾等，表现出极大的忧惧，同时也以不容置疑的方式发出了呐喊。文学书写在 2022 年成为表达现实主义诉求，并为之抗争的利器，这是巴西文坛在新冠肺炎疫情基本结束之后再次爆发活力的重要表现。

参考文献：

Almeida, Alexandra Vieira. “O mundo ao Redor.” *Rascunho*. 1 Dez. 2022. Web. 1 Jun. 2023. <https://rascunho.com.br/ensaios-e-resenhas/o-mundo-ao-redor/>.

Cruz, Eliana Alves. *A vestida*. Rio de Janeiro: Malê, 2021.

Garcia, Adriane. “O som do rugido da onça, de Micheliny Verunschk.” *Mirada*. 30 Jun. 2021. Web. 1 Apr. 2023. <https://www.miradajanela.com/2021/07/o-som-do-rugido-da-onca-de-micheliny.html >.

Kovacs, Alexandre. “Alexei Bueno – O sono dos humildes.” *Mundo de K*. 1 Mar. 2022. Web. 2 Jun. 2023. <https://www.mundodek.com/2022/03/alexei-bueno-o-sono-dos-humildes.html>.

Mendes, Rogerio. “O gótico nordestino como ‘tradição de si’.” *Revista Continente*. 1 Apr. 2022. Web. 2 Jun. 2023. <https://revistacontinente.com.br/edicoes/256/o-gotico-nordestino-como--tradicao-de-si-# >.

Moutinho, Marcelo. *A Lua na Caixa d’Água*. Rio de Janeiro: Malê Editora, 2021.

Navarro, Laura Redfern. "A palavra munição – Também guardamos pedras aqui, de Luiza Romão." *Medium*. 6 Oct. 2021. Web 17 Jun. 2023. <https://matryoshkabooks.medium.com/destrua-n%C3%A3o-%C3%A9-destroia-tamb%C3%A9m-guardamos-pedras-aqui-de-luiza-rom%C3%A3o-7a02b0aef5f7>.

Quirino, Matheus Lopes. "Nos limites da razão." *Rascunho*. 1 Dez. 2021. Web. 1 Jun. 2023. <https://rascunho.com.br/ensaios-e-resenhas/nos-limites-da-razao/>.

Rodrigues, Maria Fernanda. "Conheça os vencedores do Prêmio Sesc de Literatura 2022." *Estadão*. 20 May. 2022. Web. 3 Jun. 2023. <https://www.estadao.com.br/cultura/literatura/conheca-os-vencedores-do-premio-sesc-de-literatura-2022/>.

Romão, Luiza. *Coquetel Motolove*. São Paulo: Selo doburro, 2014.

—. "Em 'Siameses', escritor Antonio Geraldo Figueiredo Ferreira prova ser mestre." *Estadão*. 12 Dez. 2021. Web. 1 Apr. 2023. <https://istoe.com.br/em-siameses-escritor-antonio-geraldo-figueiredo-ferreira-prova-ser-mestre/>.

Sousa, Fernanda Silva. "Tempo de vestir sonhos e se olhar em outros espelhos: narrando vidas em risco em A vestida, de Eliana Alves Cruz." *Literafro*. 27 Dez. 2022. Web. 18 Jun. 2023. <http://www.letras.ufmg.br/literafro/resenhas/ficcao/1746-eliana-alves-cruz-a-vestida>.

Vinicius, Paulo. "Resenha: 'Olhos de Pixel' de Lucas Mota." *Ficções Humana*. 17 Nov. 2022. Web. 23 Jun. 2023. <https://www.ficcoeshumanas.com.br/post/resenha-olhos-de-pixel-de-lucas-mota>.

作者单位：澳门大学人文学院葡文系

2022 年波兰文学概览

许湘健　李怡楠

内容提要：2022 年波兰文坛异彩纷呈，杰出作家笔耕不辍，一些新兴作家也带来优秀的处女作。今年共有百余部文学作品问世，体裁涵盖小说、诗歌、散文、报告文学等。这些优秀文学作品重在追忆历史，揭露社会现状以及反映女性权利等问题。奥尔加·托卡尔丘克出版了获得诺贝尔文学奖后的首部小说。波兰政府和文化机构以波兰民族诗人亚当·密茨凯维奇的作品《歌谣和传奇》问世 200 周年为契机，举办了形式多样、影响广泛的“波兰浪漫主义年”文化和教育活动。

一、题材广泛、主题多样的文学创作

成立于 1997 年的尼刻文学奖（Nagroda Literacka NIKE）是波兰文学最负盛名的奖项之一，授予该年度的优秀文学作品。波兰最大的图书购买门户网站 EMPIK 以及书评网站 NAJLEPSZE-KSIĄŻKI 会根据每年的书籍销量及读者调查问卷评选出年度最受欢迎的图书。结合这三个标准，笔者共选出八部能反映波兰文坛创作情况的代表性作品，这些图书的主题多为反映女性权利、反思历史与社会制度、思考哲学等。

(一)女性生存与成长问题

奥尔加·托卡尔丘克（Olga Tokarczuk，1962— ）是当代欧洲重要作家，2018 年诺贝尔文学奖得主。她曾凭借《云游》(*Bieguni*)和《雅各布之书》(*Księgi Jakubowe*) 两次荣获尼刻文学奖。《女巫之林》(*Empuzjon*) 是托卡尔丘克获得诺贝尔文学奖后出版的第一部小说，受到波兰文坛广泛关注。

与认为男性代表理性、逻辑和道德，而女性代表欲望和非理性的世俗观念不同，托卡尔丘克认为女性是独立的个体，她们的价值不应由男性赋予。[1] 她在写作《女巫之林》时参考了托马斯·曼的《魔山》，作品通篇没有出现女性角色，也未直接出现女性的声音，但却是以女性作为创作主题——在男性角色中找到女性的生存空间。小说中的故事发生在第一次世界大战之前下西里西亚省的戈尔伯斯多夫（今索科沃夫斯科），这里自 19 世纪以来就是波兰著名的疗养胜地。故事的主人公米奇斯瓦夫·沃伊尼奇是一名来自利沃夫的水利管道工程专业的学生，他由于身患肺结核来此休养。在此期间，他遇到了一些不同职业、不同身份背景的男性患者，每一个人都企图影响他的性格和世界观。他们在散步和用餐时谈论世界的本质和构造，但他们的谈话中没有女性的在场。作者在附录中列举了大量知名人物的名言，其中表露出厌女本性，揭露了父权制社会下妇女的尊严和自决权被剥夺的实质。但是随着故事的展开和谈话的深入，每一次谈话的落脚点最终都落在女性身上，其本质是“女性化”的，让人陷入思考之中。小说题

---

1 <https://www.miesiecznik.znak.com.pl/empuzjon-olgi-tokarczuk-czyli-wolanie-o-wielosc/#: ~ :text=%E2%80%9EEmpuzjon%E2%80%9D%20Olgi%20Tokarczuk%2C%20czyli%20wo%C5%82anie%20o%20wielo%C5%9B%C4%87%20Ale%C5%BC,znajd%C4%85%20ich%20owi%20pasjonaci%20literackich%20powinowactw%20ca%C5%82%C4%85%20mas%C4%99>.

目“Empuzjon”指古希腊神话中女巫居住的地方，也是阿里斯托芬在《蛙》中对女巫的称呼。在故事中，它指的是戈尔伯斯多夫附近的森林，在宗教审判期间，被指控使用巫术的妇女逃到此处并居住至今，从此开启了她们对男性的复仇。

除女性主义之外，托卡尔丘克同时针对她一直关注的自然主义、宗教等问题展开书写，体现了其一贯的自然世界客观化、世界整体化的观点以及对宗教的解构力。波兰《时尚》杂志评论员玛利亚·弗雷德罗–斯摩棱斯卡（Maria Fredro-Smoleńska）认为“《女巫之林》是一部引人入胜的隐喻性小说，讲述了男人们，甚至是病入膏肓的男人们陶醉在凌驾于女性之上的时代的故事”。[1]

（二）对历史的回眸与反思

1. 多罗塔·马斯沃夫斯卡（Dorota Masłowksa，1982— ）的小说《鲍伊在华沙》（*Bowie w Warszawie*）

小说家兼戏剧家马斯沃夫斯卡是波兰最受关注的新生代作家之一。2002 年他凭借处女作《白红旗下的波俄战争》（*Wojna polsko-ruska pod flagą biało-czerwoną*）获得政治护照奖（Paszport Polityki），2006 年凭借《女王的孔雀》（*Paw królowej*）获得尼刻文学奖。

《鲍伊在华沙》首先于 2021 年以戏剧形式在工作室剧场上映，2022 年书籍出版。故事发生在 1973 年波兰人民共和国时期。大卫·鲍伊乘坐从莫斯科前往柏林的火车，在路过华沙的格但斯克站时，他选择下车参观，并以此为契机在未来专辑中创作出了作品《华沙》。与此同时，排长沃伊切赫·克兰泰克正在紧密追踪在华沙街头

1 <https://www.vogue.pl/a/empuzjon-nowa-powiesc-olgi-tokarczuk>.

流窜的、来自莫科托夫区的强奸犯杜西达梅克。小说的主人公里贾纳是一名女同性恋，她努力想摆脱母亲因战争年代物质损失而备受打击从而投射到她身上的梦想，勇敢地去寻找自己独立的身份和禁忌的爱情。马斯沃夫斯卡以鲍伊这位在个人形象以及音乐改革中充满争议的传奇人物为出发点，借他之口来讲述 20 世纪 70 年代波兰的故事，揭露战争给人们带来的心理创伤以及对人的精神造成的影响，书写女性生活环境的艰难。正如波兰《政治》周刊评论员、文学评论家尤斯蒂娜·索博莱夫斯卡（Justyna Sobolewska）所言："马斯沃夫斯卡利用鲍伊的参观来穿越时间和语言，但她讲述的不是鲍伊，而是沉浸在过去的波兰，其不断重复着同样愚蠢的舞姿。"[1]

独特的幽默感和破碎的语言是马斯沃夫斯卡作品的一贯风格，《鲍伊在华沙》延续了这一特点，以喜剧的形式从历史角度审视波兰人民共和国，探讨了女性在当时历史环境下的生存现状。整部小说故事流畅精彩，读起来有些荒诞、悲伤，但也不乏风趣。马斯沃夫斯卡试图通过这部小说来揭示女同性恋者在 20 世纪 70 年代话语缺失的社会地位，展示社会对人类（主要是女性）的各种束缚，以及摆脱束缚的不可能性。

2. 什切潘·特瓦尔多赫（Szczepan Twardoch，1979— ）的小说《寒冷》（*Chołod*）

什切潘·特瓦尔多赫是波兰近年来红极一时的畅销小说作家，出生于与德国接壤的西里西亚地区。特瓦尔多赫的创作以小说为主，《吗啡》（*Morfina*，2012）获得 2012 年《政治》周刊颁发的政治护照奖，《国王》（*Król*，2016）获得格丁尼亚文学奖提名。其创作具有两

1 <https://www.polityka.pl/tygodnikpolityka/kultura/2149954,1,klatwa-i-nawiedzenie-czyli-polska-z-przeszlosci-wedlug-maslowskiej.read>.

大鲜明特色：政治性和艺术性。政治性体现为对西里西亚少数民族身份和波兰复杂的民族身份认同问题的深度关注，艺术性体现为作品非常复杂却又异常清晰的逻辑结构。特瓦尔多赫曾表示自己对写作的技艺性非常重视，他创作的故事达到了现实与幻想、真实历史与另类历史之间的平衡。小说中的世界拥有自身的逻辑自洽，同时又映射着现实世界，引发人们对所处现实的反思。

《寒冷》采用“小说中的小说”这一嵌套式结构展开。在故事的开头，作家特瓦尔多赫本人踏上前往北极水域的旅程，在去斯匹次卑尔根岛的途中偶然获得了本书主人公康拉德·维杜赫在 20 世纪 50 年代留下的笔记，维杜赫戏剧性的人生经历便随着笔记的叙说慢慢展开。维杜赫是来自波兰上西里西亚地区的一战老兵，他怀着共产主义理想加入苏联红军，参加了 1919—1921 年的苏波战争。后因在 1937 年苏联的肃反运动中被定罪，被送往古拉格劳改营。后来，维杜赫从古拉格逃脱，穿越冰雪和苔原后，来到了一个被当地居民称之为“霍沃德”[1] 的地方。位于极地的霍沃德几乎与外界隔绝，当地遵行奴隶制，居民们按照极地的自然节奏生活，说着自己的语言，从不知有苏联的存在。维杜赫逐渐融入了霍沃德的生活。可是，这里的平静终有一天被打破了，霍沃德原有的秩序和传统受到威胁，主人公决定开展反对破坏霍沃德的斗争。

《寒冷》拥有复杂的叙事结构和较长的时间跨度，小说中充斥着各种语言和民族元素，是一部内涵丰富、黑暗辛辣，又不乏讽刺和幽默的作品。与特瓦尔多赫其他作品中的主人公一样，康拉德·维杜赫反复质疑自我身份。他自离家后在多地流亡，写作时使用的是混合

1 该地名与俄语“寒冷”一词发音相近。

了西里西亚方言、德语和俄语的蹩脚波兰语，虽然成年后生活在俄罗斯，但当法国人询问他时，他却说自己是德国人。此外，维杜赫的政治立场显然也经历了复杂的变化，他自称老布尔什维克，但最终只剩下了幻灭感。在当前的国际政治背景下，波兰读者对本书不乏与时事相结合的评论。尤斯蒂娜·索博莱夫斯卡如此评价这部作品："《寒冷》虚构了一个国度和一个等待着吞噬它的庞然大物，虽然这是作者的想象，却能够与当下的现实产生共鸣。"[1]

3. 格热戈日·皮昂泰克（Grzegorz Piątek, 1980—　）的小说《福地——格丁尼亚》（*Gdynia Obiecana*）

2022年获政治护照奖的格热戈日·皮昂泰克是波兰建筑师、文学评论家，2005—2011年担任《建筑博物馆》月刊编辑，2011—2019年担任波兰建筑中心基金董事会成员。

《福地——格丁尼亚》是皮昂泰克继《世界最佳城市》（*Najlepsze Miasto Świata*）之后出版的第二部小说。他在这部最新著作中重新审视了格丁尼亚的历史。小说讲述了1918年波兰重获独立后，人们在一战后动荡的社会环境中重建一座城市的故事。1920年，波兰议会通过了一项在格丁尼亚建立大港口的提案，港口的建设于1922年完成，这也标志着格丁尼亚替代了格但斯克成为波罗的海最繁忙的城市之一，同时也成为企业家、投资者和淘金者的圣地。身为建筑师的皮昂泰克非常细致地描述了这座城市的建筑，以及这片土地上与政治、经济、心理学和社会学等相关的问题。作品展现出视觉与城市设计、混乱和自由市场等相冲突的元素，也刻画了那些热情、具有创业精神、足智多谋的人，他们为了城市发展和个人生存努力消除地区差

1 <https://www.polityka.pl/tygodnikpolityka/kultura/2188412,1,kiedy-przychodzi-rosja-cholod-nowa-powiesc-szczepana-twardocha.read>.

异，摆脱农村落后、贫困局面，降低城市失业率，避免错误的城市规划和历史因素阻碍城市发展。评论家阿加塔·特瓦尔多赫（Agata Twardoch）评价说："现代和混乱，野心和苦难，华丽的现代主义建筑和空间混乱，格丁尼亚就是这一切——一个充满反差、成功和缺陷的城市，皮昂泰克成功书写了一部关于它的引人入胜的书。"[1]

（三）反映社会现实问题

1. 拉多斯瓦夫·科塔尔斯基（Radosław Kotarski，1986— ）的小说《打孩子的男人和其他故事》（*Mężczyzna, który uderzy dziecko i inne opowiadania*）

在发表首部短篇小说集《打孩子的男人和其他的故事》之前，拉多斯瓦夫·科塔尔斯基更为知名的身份是波兰电视节目主持人和一个视频网站《波兰气候》（*Polimaty*）频道的创始人。科塔尔斯基利用媒体分享涉及历史、语言学、生物学、心理学、艺术和医学等领域的知识和观点，在长期的电视、社交媒体工作中积累的经验为他的文学写作提供了灵感。

《打孩子的男人和其他的故事》讲述了 15 个引人入胜的故事，所有故事主人公的生命轨迹交汇在 2022 年 2 月 24 日，即俄乌冲突爆发当天的华沙弗里德里克·肖邦机场。这些看似随机拼凑的故事实则隐含着内在的逻辑顺序，在充分激起读者阅读兴趣的同时，给人或感动、或幽默、或恐惧、或引人沉思的回味。波兰记者、电视工作者马尔钦·普罗科普（Marcin Prokop）如此表达对本书的喜爱："我喜欢那些从第一句话开始就引我投入其中，并保证在投入时间阅读后会很

1 <http://sklep.muzeumgdynia.pl/product/gdynia-obiecana-miasto-modernizm-modernizacja-1920-1939/>.

快有所收获的书籍。而这本书超出了我的预期。”[1]

开篇第一个故事《打孩子的男人》的主题并非标题所暗示的家庭暴力问题，相反，它以一位父亲的视角描述了飞机上父亲处理儿子呕吐问题时的言行和细致的心理活动，展现了为人父母的艰辛，探讨了人类忍耐力的极限。故事用日常而生动的语言展现了生活中往往容易被忽略的人的情绪和行为问题。

科塔尔斯基想要通过故事提醒人们，每个人都是自己生活的主角。有的人与我们在同一家餐厅用餐，与我们同乘一架飞机，抑或是共同融入夜晚公寓窗户透出的光亮之中；他们或许看起来微不足道，每天与我们擦肩而过，各自奔忙，但他们每个人都拥有复杂的生活经历和生命体验，有自己的愿望、需求、怪癖、抱负和担忧，有必须要处理的各种事务。他们或许是我们生活的配角，却一定是自己生活的主角，而我们也会成为他人生活的背景板。如果仔细观察这些“路人”，了解他们的故事，那么我们将有机会从中获得一些对自己生活有益的感悟。

2. 维克多利亚·别容斯卡（Wiktoria Bieżuńska，出生年份不详）的小说《跨过门槛，吹起口哨》（*Przechodząc przez próg, zagwiżdżę*）

别容斯卡是一名艺术评论家，曾在《循环》（*Obieg*）、《噪声》（*Szum*）等杂志上发表过有关当代艺术的评论文章。《跨过门槛，吹起口哨》是作家的处女作，讲述了一个小女孩被推入成人世界并被卷入家庭事务和成为勒索对象的故事。小女孩没有名字，也无权支配自己的身体，她的意见无关紧要，只在成人（父母）需要时充当一个道具。别容斯卡将叙事建立在主人公的个体觉醒上。一个没有名字的九

1 <https://alt.pl/mezczyzna-ktory-uderzy-dziecko-radoslaw-kotarski/>.

岁小女孩，她的父亲年轻时立志成为漫画家，但由于在通往梦想的道路上遭遇了种种挫折，成了一个酗酒的人。她的母亲为人非常严厉，只专注于挽救自己的婚姻，这意味着女儿成了她坏情绪的宣泄对象。在这个最亲密的家庭圈子里，女孩是最不起眼，也几乎是透明的那一个。虽然有母亲和祖母的陪伴，但是父亲仍经常对她施以体罚，甚至有时为了培养出一个礼貌、顺从、品行良好的波兰妇女，母亲也会对她进行体罚——这是波兰社会通行的做法。别容斯卡描述了一个典型的波兰天主教家庭，这种充满暴力、无情的家庭关系是一种病态的边缘关系，而波兰的社会状况正是由这种边缘关系支配的。

作者在接受采访时说："小说的内容与我最初的构思完全不同。起初我想写一个发生在家庭后院的关于孩子的故事，成年人的世界只是小说的背景。但当我开始写作时，我发现文章把我引向了一个不同的方向。我承认在很大程度上，女主人公的经历正是以发生在我身上的事情为参照的。"

教育历史学家马丁·白乌扎（Marcin Bełza）如此评价这部小说："这篇小说的容量不大，但极其细腻且充满张力，叙述紧凑且呈线性。尽管小说有许多隐藏的结构，但我们也能在作者描述的黑暗中找到隐藏的光亮。这是近年来最精彩的处女作之一，波兰文坛又涌现出一位非常有前途的作家。"

（四）对哲学问题的思考

1. 报告文学：马里乌什·什契格乌（Mariusz Szczygieł，1966— ）的《事实必须起舞》（*Fakty muszą zatańczyć*）

记者、作家、文学批评家什契格乌出生于兹沃托雷亚，是波兰报告文学的代表人物之一，2013 年曾获安杰伊·沃伊切赫夫斯基奖（Nagroda im. Andrzeja Woyciechowskiego）[1]。其作品《哥特兰》（*Gottland*，2006）获得2007年尼刻文学奖和读者选择奖及2009年欧洲图书奖（Europejska Nagroda Książkowa），《缺席》（*Nia ma*，2018）获得2019年尼刻文学奖和读者选择奖。他的作品被译为英语、捷克语、爱沙尼亚语、希伯来语、西班牙语、德语、乌克兰语和意大利语等21种语言在多国出版。

什契格乌于2022年出版的最新散文集《事实必须起舞》被波兰评论界认为是深爱报告文学的人才能写出的作品，也是一本关于报告文学写作的指南。在解释本书的书名时，什契格乌表示，文学作品的意义并不来自它所叙述的事件，而来自它对事件的解释方式。事实本身并不足以被称为文学，为了使文学的叙事成立，事实就必须处于运动的状态中，就像在跳舞一般。舞蹈越轻松，给观众留下的印象也越深刻，报告文学亦如此，因此“事实必须起舞”。[2]全书共七章，每一章都由一个有趣的题目展开。书中提出并回答了一系列问题：什么是报告文学？为什么没有细节就没有整体？什么是报告文学中的真实？事件本身的事实和呈现给读者的事实有什么区别？谁是报告文学中的作者，作者又扮演了什么角色？能否为了更好的文学效果干扰事件本身？在什契格乌看来，“报告文学是使人深思的真实故事，它与新闻不同，新闻是信息，而报告文学是叙事”。本书的主题之一是真实和责任，“报告文学是见证者，但证人也可能歪曲事实，尽管他发誓不会撒谎”[3]。因此，如何把握好报道真实和虚构情节之间的界限，就成

1 安杰伊·沃伊切赫夫斯基奖是波兰新闻界最负盛名的奖项之一，2005年由波兰ZET电台设立，主要表彰有杰出贡献的记者。

2 <https://wyborcza.pl/ksiazki/7,154165,28358188,fakty-musza-zatanczyc-mariusz-szczygiel-napisal-ksiazke-o.html>.

3 <https://lubimyczytac.pl/ksiazka/5013390/fakty-musza-zatanczyc>.

了报告文学的作者们不得不思考的问题。什契格乌在书中别出心裁地诠释了坚持事实真相这一报告文学的原则，讲述自己的创作原则和基调，细致地揭示创作报告文学的方法，还探讨了波兰国内外的各种新闻潮流和知名报告文学作家及其作品，如雷沙德·卡普钦斯基（Ryszard Kapuściński，1932—2007）、汉娜·克拉尔（Hanna Krall，1935— ）、杜鲁门·卡波特（Truman Capote，1924—1984）等，既分享这一行业中最珍贵的经验，也提出尖锐的批判性意见。

书中还展示了作者本人鲜活的生活剪影，讲述了他如何在这个行业立足和深耕，可以说该书是作者作为记者和报告文学作者的自传。此外，每章末尾列出的文献资料形成了极具价值的报告文学书目汇编，有助于该领域的深入研究。本书语言生动，情节鲜活，轻松易读，且不乏幽默感[1]，在波兰读者中广受欢迎，受到评论界的好评。

2. 散文集：托马斯·斯塔维辛斯基（Tomasz Stawiszyński，1978— ）的《混乱时期的规则》（*Reguły na czas chaosu*）

斯塔维辛斯基是波兰哲学家、散文家、编辑、电台主持人，代表作有《与弗洛伊德的小冲突：心理治疗的神话、诱惑和陷阱》（*Potyczki z Freudem. Mity, pokusy i pułapki psychoterapii*，2013）、《世界末日前做什么》（*Co robić przed końcem świata*，2021），诗集《没有这样的名字》（*Nie ma takiego imienia*，1999）和《黑暗事物》（*Rzecz ciemna*，2002）等。

斯塔维辛斯基的新书《混乱时期的规则》为这个缺乏稳定性和确定性的时代提出了恢复内心安宁与平衡的哲学建议，是对“哲学理论如何在现实生活中发挥作用”这一问题的回答。作者抱着写一本有明

1 <https://moznainaczej.edu.pl/fakty-musza-zatanczyc/>.

确功能的书的心态，以哲学和文化文本为基础，向读者展示如何将高深复杂的哲学大家的理念运用到日常生活中，教人们如何反思内心，如何不被操纵，如何面向死亡，如何识别虚假信息，如何理性思考，如何避免落入由恐惧和不确定性支配的思想陷阱，如何面对自身内部的“冲突”，而不是将其投射到外部世界。[1]作者认为，在这个脱离框架的世界中，没有绝对的处方，没有显而易见的解决方案，也无法对困难的问题做出简单的解答，只有在理解的基础上，才能进行有意义、有所益的行动。正如作者所指出的，这本书是他多年来思考和处理各个主题和问题的综合功能性大纲，是一位哲学家对当前时代的观点集合。[2]本书并不能解决所有的问题，却能够增加人与人之间的联系，创造更为开放、包容和有同情心的世界。

《混乱时期的规则》共列出了 11 条规则，例如“不要被某些行为诱惑”“限制社交媒体的使用”“不要寻求确定性”“多阅读书籍”等。作者将哲学理念融入对日常事物和生活困境的解释中，但并没有因理念的繁复难懂增加阅读的难度，反而为当下周围正在发生的事情提供了准确的看法，为读者理清思路指明了道路。例如，在第二条规则“限制社交媒体的使用”中，作者论述了荣格的无意识理论与社交媒体机制及其带来的情绪的关系。每个章节的最后，斯塔维辛斯基还为读者列举了一系列读物和播客，构建了深入思考的思想框架，有利于读者更清晰地自我审视，以及建立起更为广阔的哲学网络。本书在波兰颇受欢迎，波兰图书行业最受欢迎的电子商店之一 TaniaKsiazka.pl 将这本书列入“地球公民的必读书目”[3]。

1 <https://lubimyczytac.pl/ksiazka/5025700/reguly-na-czas-chaosu>.

2 <https://bonito.pl/produkt/reguly-na-czas-chaosu>.

3 <https://www.taniaksiazka.pl/reguly-na-czas-chaosu-tomasz-stawiszynski-p-1691809.html>.

二、波兰浪漫主义文学年

2021 年 11 月 17 日，为纪念波兰浪漫主义诗人亚当·密茨凯维奇（Adam Mickiewicz，1798—1855）的著作《歌谣和传奇》（*Ballady i romanse*）问世 200 周年，波兰共和国议会决定将 2022 年定为“波兰浪漫主义年”。议会在决议案中写道：“一个时代诞生了，才华横溢的艺术家、思想家和政治活动家创造了一个精神自由的国家，他们制定了独立的规则，同时将波兰文学、音乐和绘画艺术提升到欧洲文化领先的行列。”

波兰的波兹南密茨凯维奇大学为纪念这一特殊年份开展了一系列文化活动，以更好地让人们了解《歌谣和传奇》这部伟大作品对波兰和欧洲文学的意义，以及浪漫主义时代本身及其伴随的社会、政治和艺术变革。此外，波兰一些文化机构以亚当·密茨凯维奇为文化名片，策划了诸多文化活动，将波兰文学中的浪漫主义延展到艺术领域。

1. “44 * 密茨凯维奇”

2022 年，隶属于波兰文化与国家遗产部的密茨凯维奇学院[1]发起了“44* 密茨凯维奇”征集提案的活动。该项活动的标题引用了关于密茨凯维奇的最神秘的数字——44。他曾写道：“诗歌（指《歌谣和传奇》）的名字将是四十四。”这位 19 世纪的天才诗人给世界留下了一些独特而神秘的东西，时至今日，密茨凯维奇的口号仍象征着某种不确定的东西，是伟大的、神秘的、启示录般的国家秘密。“44* 密茨凯维奇”并不是要解开这个数字的秘密，相反，它是一种邀请，

1 密茨凯维奇学院（Instytut Adama Mickiewicza）设立于 2001 年，是一个隶属于波兰文化与国家遗产部的国家文化机构，其任务是通过国际合作和文化交流来建设和传播波兰文化。

旨在深化和重新激活人们对当代文化和艺术项目中浪漫主义遗产的感情。

该项目鼓励世界各国组织申报关于密茨凯维奇浪漫主义主题的提案，最后评选出来自日本、克罗地亚、法国、意大利等国的涉及音乐、戏剧、舞蹈、文学和历史领域的 7 个获奖提案。这些获奖提案的目的是让波兰浪漫主义的思想重新成为多种文化、观点和艺术趋势的交叉点。这项活动通过艺术语言和艺术表达号召，为受到浪漫主义传统影响的艺术家们创造对话的机会。在筹备活动时，艺术家们重新燃起了浪漫主义思想，同时提到了浪漫主义的某些独特元素，使得波兰浪漫主义时代成为现代性的载体。

2. 索尔 · 萨鲁提斯–数字语言展

该活动由跨学科艺术家、设计师、策展人雅各布 · 沃伊纳罗夫斯基（Jakub Woynarowski）和密茨凯维奇研究所共同策划，设计了一个名为"索尔 · 萨鲁提斯–数字语言"的多媒体装置，旨在将密茨凯维奇的作品转化为非凡的视听体验。雅各布的想法源于对密茨凯维奇作品中数字意义的深入分析，尤其是诗人从未出版的未来主义作品《未来故事》（*Historia przyszłości*）中包含的那些数字，这些数字只能从一些信件和通信片段中得知。该活动在巴黎、罗马、维尔纽斯、伊斯坦布尔等四个与密茨凯维奇生活有关的城市举办。

3. 其他活动

波兰浪漫主义年最重要的活动之一是参加在米兰举行的第 23 届装饰艺术与当代建筑国际三年展（2022 年 5 月 20 日至 11 月 20 日，三年一度），这是有关设计和建筑的最重要的国际活动之一。在展览期间，密茨凯维奇研究所和弗罗茨瓦夫建筑博物馆展出了一个名为

“无声迪斯科温室”的作品，旨在重新唤起对自然的浪漫主义理解和态度。

波兰著名摄影师米克瓦伊·巴利舍夫斯基（Mikołaj Baliszewski）以“密茨凯维奇的《浪漫主义》——波兰浪漫主义两百周年”为主题的摄影展在欧洲举办巡展，同时密茨凯维奇研究所出版社以巴利舍夫斯基的摄影作品作为插图出版了密茨凯维奇的诗集《浪漫主义》（*Romantyczność*）。

波兰年轻一代最杰出的作曲家和编曲家之一尼可拉·科沃杰伊赤克（Nikola Kołodziejczyk）以密茨凯维奇的《歌谣和传奇》为灵感创作了当代爵士乐并进行世界巡演。

结语

纵观 2022 年的波兰文坛，波兰作家在小说、散文、报告文学等领域均有不俗表现。波兰杰出作家及新生力量各放异彩，为读者们带来了诸多思想深邃、主题鲜明的文学作品。本年度的文学创作基本延续了前几年的创作格局，以追溯历史、反映社会现实、追求女性权利等主题为主，但其中也有作家将笔触伸向了很少被人注意到的成人与孩童关系的问题上。许多文学作品表现出颠覆和解构的趋势，一些小说还具有散文式的叙述风格，又如同自传，包含了作者对一些个人私密问题的自述。

波兰具有深厚的文学传统，较早就形成了具有独立民族品格的文学。浪漫主义对波兰文学影响深远，常与现当代文学创作产生互文、碰撞和呼应。2022 年波兰“浪漫主义年”深度推广波兰伟大的浪漫主义诗人及其作品，重新唤醒人们对浪漫主义思想的思考，为当代文坛创作提供了历史溯源，注入了新的动力。

参考文献：

Bełza Marcin. “Przejść przez próg cudzymi słowami. Recenzja „Przechodząc przez próg, zagwiżdżę” Wiktorii Bieżuńskiej”. 16 Mar. 2023. Web. 9 Aug. 2022. <https://kulturaliberalna.pl/2022/08/09/marcin-belza-recenzja-przechodzac-przez-prog-zagwizdze-wiktoria-biezunska-debiuty/>.

“Fakty muszą zatańczyć.” 4 May. 2022. Web. 10 Apr. 2023. <https://lubimyczytac.pl/ksiazka/5013390/fakty-musza-zatanczyc>.

Fredro-Smoleńska Maria. “„Empuzjon”: Nowa powieść Olgi Tokarczuk.” 1 Jun. 2022. Web. 3 Apr. 2023. <https://www.vogue.pl/a/empuzjon-nowa-powiesc-olgi-tokarczuk>.

Lis Daniel. “„Fakty muszą zatańczyć.” Mariusz Szczygieł napisał książkę o tym, jak napisać dobry reportaż.” 26 Apr. 2022. Web. 5 May. 2023. <https://wyborcza.pl/ksiazki/7,154165,28358188,fakty-musza-zatanczyc-mariuszszczygiel-napisal-ksiazke-o.html>.

“Mężczyzna, który uderzy dziecko i inne opowiadania – Radosław Kotarski.” Web. 18 Mar. 2023. <https://alt.pl/mezczyzna-ktory-uderzy-dziecko-radoslaw-kotarski/>.

Mikołajczuk Magda. “„Przechodząc przez próg, zagwiżdżę.” Debiutancka powieść Wiktorii Bieżuńskiej.” 16 Jun. 2022. Web. 6 May. 2023. <https://jedynka.polskieradio.pl/artykul/2981193>.

“Patroni roku 2022.” 24 Jan. 2022. Web. 2 Jun. 2023. <https://www.gov.pl/web/edukacja-i-nauka/patroni-roku-2022>.

“Reguły na czas chaosu.” Web. 4 Jun. 2023. <https://lubimyczytac.pl/ksiazka/5025700/reguly-na-czas-chaosu>.

“Reguły na czas chaosu.” Web. 4 Jun. 2023. <https://www.taniaksiazka.pl/reguly-na-czas-chaosu-tomasz-stawiszynski-p-1691809.html>.

“Reklama: Gdynia obiecana. Miasto, modernizm, modernizacja 1920-1939.” 12 Dec. 2022. Web. 25 May. 2023. <http://sklep.muzeumgdynia.pl/product/gdynia-obiecana-miasto-modernizm-modernizacja-1920-1939/>.

Sobolewska Justyna. “Kiedy przychodzi Rosja... „Chołod”, nowa powieść Szczepana Twardocha.” 11 Sept. 2022. Web. 10 Jan. 2023. <https://www.polityka.pl/tygodnikpolityka/kultura/2188412,1,kiedy-przychodzirosja-cholod-nowa-powiesc-szczepana-twardocha.read>.

—. “Klątwa i nawiedzenie, czyli Polska z przeszłości według Masłowskiej.” 22 Jan. 2022. Web. 2 Aug. 2022. <https://www.polityka.pl/tygodnikpolityka/kultura/2149954,1,klatwa-inawiedzenie-czyli-polska-z-przeszlosci-wedlug-maslowskiej.read>.

Sulkiewicz Krystyna. “Fakty muszą zatańczyć.” 9 Mar. 2023. Web. 6 Jun. 2023. <https://moznainaczej.edu.pl/fakty-musza-zatanczyc/>.

作者单位：北京外国语大学欧洲语言文化学院

2022年德语文学概览

史　良

内容提要：战火连绵、能源危机、通货膨胀——这些焦点议题占据了2022年度的日常生活话语。但在这一严峻现实之下，德语文坛依然有着不俗表现，闪现出诸多亮点。一方面，本年度德语文坛延续了近年来的发展趋势，继续观照社会现实。另一方面，与以往不同，在继移民题材、欧洲问题之后，多元性别观进入德语文学创作的关注视野。同时不容忽视的是，大批女性作家、少数群体作家崛起，为当代德语文坛注入活力。而在通俗文学领域，科幻主题与人工智能所带来的影响不容小觑。

2022年，新冠肺炎疫情尚未全然消散，以俄乌冲突为导火索的世界局势动荡接踵而至，由此引发了包括能源短缺、通货膨胀、失业率攀升等在内的一系列复杂问题。可见，“危机”一词或许是刻画2022年世界格局最为贴切的关键词，同时也显而易见地构成了德语文学图书市场所面临的挑战——莱比锡书展连续三年屡遭取消便是最有力的明证。然而，恰如“危机”一词所蕴含的“危”与“机”的一体两面，现实世界中的困境同时意味着文学重新焕发活力的可能。

2022 年，德国各地书店自新冠肺炎疫情以来首次能够保证完整的全年正常营业，而十月份的法兰克福书展也基本恢复了往年的热闹景象，可以算得上是全球疫情过后德国第一场真正意义上的书展。因此，尽管受到一系列不确定性因素的影响，该年度德语文学市场依然精彩如故，文学作品继续对处于危机体验之中的阅读个体起着不可替代的疗愈功效。

一、文坛奖项：多元文化趋势

毕希纳文学奖与德国图书奖堪称当代德语文坛最具分量的奖项。2022 年度的两部获奖作品《幽暗天地》（*Ein von Schatten begrenzter Raum*，2021）与《血榉》（*Blutbuch*，2022）不约而同地将视线转向了被遮蔽在西方社会主流话语之下的边缘群体：移民人群与多元性别群体。对于多元文化潮流中弱势群体与边缘人群的探讨成为该年度德语文学中一条突出的主线。

（一）毕希纳文学奖：多元视角下的新移民史诗

毕希纳文学奖是当代德语文坛最负盛名的奖项，每年表彰一位对德语文学具有突出贡献的作家。根据评奖章程，获奖者必须“凭借作品与创作以独特的方式脱颖而出”，并且“对塑造当下德国文化生活发挥重要作用”。(„Emine Sevgi Özdamar erhält den Georg-Büchner-Preis 2022“)

纵观毕希纳文学奖的历届获奖作家，可谓名家云集、星光熠熠，其中不乏多位日后的诺贝尔文学奖得主，如 1965 年得主君特·格拉斯（Günter Grass，1927—2015，1999 年获诺贝尔文学奖）、1967 年得主海因里希·伯尔（Heinrich Böll，1917—1985，1972 年获诺贝尔文学奖）、1973 年得主彼得·汉德克（Peter Handke，1942—　，2019 年获诺贝尔文学奖）、1998 年得主艾尔弗丽德·耶利内克（Elfriede Jelinek，1946—　，2004 年获诺贝尔文学奖）等，这也使得毕希纳文学奖获得了“诺贝尔文学奖风向标”的美誉。被视为继里尔克之后最具影响力的世界级德语诗人保罗·策兰（Paul Celan，1920—1970）亦曾于 1960 年获此殊荣。

2022 年摘得此桂冠的是德籍土耳其裔女作家、戏剧导演兼演员埃米娜·塞夫吉·厄兹达马尔（Emine Sevgi Özdamar，1946—　）。厄兹达马尔是第十二位获得该奖项的女性，也是继 2020 年女诗人埃尔克·埃尔布（Elke Erb，1938—　）荣膺毕希纳文学奖之后，近三年间又一位问鼎该奖项的女性作家，女性作家群体在当代德语文坛中的斐然成就可见一斑。负责颁发毕希纳文学奖的德国语言文学院将厄兹达马尔的获奖理由总结如下：“她是一位杰出的女作家，为德语语言与文学增添了崭新的视野主题以及高度诗意的言说方式。她的多元视角作品以异乎寻常的文学修辞手法和具有土耳其风格的语言表达著称，这些作品在触及个体私密经验的同时，也勾勒出一幅广袤的德国-土耳其历史全景画卷——从一战开始，再到 20 世纪六七十年代一触即发的紧张氛围，直至当下。埃米娜·塞夫吉·厄兹达马尔的作品在不同语言、文化与世界观之间搭建起了一场智性诗意的对话。”（„Emine Sevgi Özdamar erhält den Georg-Büchner-Preis 2022“）

潜藏在这一突出的文学表现力背后的是厄兹达马尔敏锐的洞察力以及丰富的人生阅历。厄兹达马尔 1946 年生于土耳其东部小城马拉蒂亚市，童年在伊斯坦布尔与布尔萨两地度过。1965 年，她来到彼时处于两德夹缝之中的西柏林，曾在一间工厂做了两年女工，随后返回伊斯坦布尔，进入一所戏剧学校学习，成为一名戏剧演员，在此期间她曾出演过布莱希特的戏剧作品。1975 年，因国内政治气氛紧张，她踏上流亡之途，再次来到西柏林，并在柏林人民剧院为布莱希特的学生本诺·布列松担任助手。1979 至 1984 年，她曾是波鸿剧院的演员，也正是在这里，她正式成为一名剧作家，开启了戏剧创作生涯。演员与作家的双重身份拓宽了厄兹达马尔的观察视角与反思能力，使她在文学创作时得以不断拓展语言与叙事的新空间。

继 1982 年出版了第一部戏剧作品《黑眼睛卡拉格兹在德国》（*Karagöz in Alamania*，1982）之后，厄兹达马尔又于 1992 年发表了长篇小说处女作《生活是一座荒漠客栈——它有两扇门——我从一扇门进入从另一扇门走出》（*Das Leben ist eine Karawanserei, hat zwei Türen, aus einer kam ich rein, aus der anderen ging ich raus*，1992）。这些作品不仅受到广大读者的欢迎，也在文学评论界激起了热烈反响，接连获得多个文学奖项。

2021 年，在经历了长达数年的沉寂之后，厄兹达马尔出版了带有浓烈自传色彩的长篇小说《幽暗天地》。在这部长达 760 页的史诗型巨作中，作者以亲身经历为素材回溯了从二战延续至今的社会变迁史，并以此为背景展现了 20 世纪 70 年代土耳其政变后，身为不知名演员的女主人公在故乡土耳其、柏林、巴黎等地流离漂泊，追寻艺术理想的人生经历。小说的时间跨度长达 70 余年之久，详细记述了欧洲现代戏剧史中的核心事件，生动再现了包括布莱希特在内的多位戏剧巨擘。

值得注意的是，尽管厄兹达马尔是一位具有移民背景的作家，而《幽暗天地》也的确延续了她一贯热衷于探讨的移民主题，却并不能简而化之将其归入“移民文学”或“流亡文学”之列。《幽暗天地》以一位移民女演员的人生经历为坐标，却并未止步于此，而是更进一步将笔触延伸至对自我与他者、语言与权力等深层问题的追问，探讨了何为家乡、何为客乡，以及二者之间的辩证关系，整部作品充分浸染了德意志文化中注重内省思辨的智性底色。在这个意义上，正如文学评论者希尔克·霍斯特科特（Silke Horstkotte，1972— ）所说，相较于“移民文学”，《幽暗天地》更应当被归入自歌德《威廉·迈斯特的学习时代》以来的德国修养小说传统脉络。(„Emine Sevgi Özdamar: Ein von Schatten begrenzter Raum.Die Hölle legt eine Pause ein“)

此外，《幽暗天地》的突出美学特征还在于语言风格与文学内涵之间具有的不容忽视的紧密交互关系：正如叙述视角在宏大史实与个体经历之间转换挪移，小说的语言同样在冷静克制与奇幻诡谲之间来回切换，内容与形式水乳交融，浑然一体，而这一独特美学风格显然也对读者的阅读接受构成了不言而喻的挑战。

（二）德国图书奖：聚焦多元性别观认知者

德国图书奖由德国书业协会颁发，旨在评选出该年度最为优秀的德语长篇小说。相较于毕希纳文学奖的精英姿态，德国图书奖更接地气。评审委员会成员中不乏自由评论家、独立书店运营人以及报纸专栏作家等，他们在考量作品文学价值的同时，也颇为关注其社会影响力与读者号召力。

德国图书奖的评选过程分为长名单与短名单两个阶段，评审委员会首先从全部参选作品中初选出20部长篇小说进入长名单，并在此基础上进一步遴选出6部作品入围短名单，而最终赢家则会于每年十月份举行的法兰克福书展开幕典礼上揭晓。在2022年度德国图书奖评选中，长篇小说《血榉》从众多候选作品中脱颖而出，最终折桂。该书作者吉姆·德里·霍里森自称“地平线的吉姆”（Kim de l’Horizon），乃名副其实的德语文坛新秀。他 1992 年生于瑞士首都伯尔尼，曾在苏黎世学习日耳曼文学与电影戏剧学，目前在苏黎世艺术大学攻读跨学科专业硕士学位，曾担任多家新锐文学杂志编辑，此外还是多个文学团体成员。出版社官网上对该书作者的官方介绍可谓标新立异：“地平线的吉姆，2666 年生于‘冬星’（Gethen）[1]。在《血榉》之前，吉姆曾凭借多项新生代文学奖项引起公众关注——包括‘未写出诗作的文本擦除竞赛’（Textstreich-Wettbewerb für ungeschriebene Lyrik）以及‘女士处理器’（Damenprozessor）[2] 等奖项。”（„BLUTBUCH，Ausgezeichnet mit dem Deutschen Buchpreis 2022 und dem Schweizer Buchpreis 2022“）

从这一离经叛道的履历中即可看出，作者拒绝被贴上某一固定标签，试图打破陈规俗约。而这一点恰与其获奖作品所聚焦的多元性别主题不谋而合。《血榉》的主人公吉姆是一位多元性别认知者，反对传统二元性别观，认为自己既不属于男性也不属于女性。吉姆自幼生长于瑞士郊区，后搬到苏黎世生活，从此不再受制于穷乡僻壤的世俗偏见。然而，随着祖母罹患老年痴呆症、陷入失智失语状态之后，吉姆平静的独居生活一去不复返，他踏上了探求家族过往的溯源之旅。标题中的“血榉”一词实则一语双关：一方面揭示出“山毛榉”（Blutbuche）这一小说中的核心意象；另一方面，其字面意思“血书”则更进一步暗示了小说中流露出的对文学语言与书写的反思。

1 美国科幻小说《黑暗的左手》（*The Left Hand of Darkness*，1969）中的情节发生地，是一个气候寒冷、生存条件恶劣的行星。冬星上的居民为双性同体之人，在生理特征上并无男女之分。

2 “戏剧处理器”（Dramenprozessor）本为瑞士一个剧本创作工作坊的名字，吉姆亦是该工坊成员，简介中却将其戏谑地称为仅一字之差的“女士处理器”（Damenprozessor），暗示作者为多元性别观认知者。

对小说主人公来说，生长于庭院里的榉树不仅象征了他生命的源头——榉树是在他祖母出生当天种下的，同时也构成了他视野尽头视线交汇的灭点（Fluchtpunkt）。主人公的祖母堪称小说中最关键的人物形象。按照伯尔尼德语的语言惯例，“祖母”（Großmutter）也被称为“祖海”（Großmeer）。面对这片浩瀚无垠的海洋，身为孩童的吉姆如着魔一般，沉溺于祖母的魅力之中不可自拔。直至“祖海”的智慧与决断因失智而消失殆尽，吉姆不得不重新构建自己的语言体系：“这语言关乎性别身体，关乎身份认同，亦关乎自身的来处与特质。”（„Künstlerische Unbedingtheit“）对家族历史的追溯同时意味着主人公自我探寻之旅的开启。一系列疑问从叙述者的过往记忆之中浮现出来：为什么自己对童年的记忆支离破碎？为什么祖母几乎无法将自己与早年离世的姊妹区分开来？那位年轻时下落不明的大姑姑又是怎么一回事？这一系列追问围绕作者家族史中形形色色的女性形象蔓延开来，打破了多元性别者自我言说的禁忌与沉默，向根深蒂固的二元性别传统观以及构筑于其上的传统语言理念发起了进攻。

除了前卫新颖的主题之外，《血榉》在语言风格与叙述形式上同样具有不容忽视的先锋性。小说放弃了传统的线性叙事，语言风格在粗俗狂暴与温柔细腻之间来回切换，充满实验色彩。作者将这一言说方式称为“流动的书写”（„Buchpreis für Kim de l’Horizon: Es ist ein Buch der Angst“）。正如小说的核心意象“祖海”一词所昭示的，作者在书中践行的是一种冲破界限束缚、开放奔涌的书写。流动的书写与流动的性别，二者互为表里、彼此呼应，凸显出作者对传统文学程式规约的反思与颠覆。在这个意义上，《血榉》这部小说在内容风格与语言形式两个层面都堪称一次独特的解放。

尽管《血榉》聚焦于多元性别观这一极富争议性的话题，为少数群体发声固然是其重要的诉求，但究其内核，这部作品真正关注的依然是自我探寻这一经典的文学命题。正如作者坦陈的那样，“社会加诸个体之上的自我形成模式所遵循的是童年、青春期和成年的线性发展过程，而对多元性别观者来说，这一切纯属胡扯。事实上，即使对那些持传统性别观的人而言，这一模式也是值得商榷的，我们的自身发展历程是流动不居的，并非一成不变。”（„Buchpreis für Kim de l‘Horizon: Es ist ein Buch der Angst“）自 2022 年出版以来，《血榉》已被翻译成 16 种语言，在世界范围内引发了广泛讨论。

除最终获得大奖的《血榉》之外，进入德国图书奖短名单的作品还包括《镇尼》(*Dschinns*，2022)、《左邻右里》(*Nebenan*，2022)、《那些关于母亲的谎话》(*Lügen über meine Mutter*，2022)、《愚人》(*Trottel*，2022）和《施皮茨韦格》(*Spitzweg*，2022）等。评委会发言人、来自德意志文化广播电台的米里亚姆·泽（Miriam Zeh，1988— ）就六部小说的美学风格进行了如下总结：“长篇小说有其内在秩序，但无疑又与写作和阅读的当下相关联。2022 年入围短名单的六部作品均以其独一无二的美学价值令我们心悦诚服。它们通过精湛的语言和创新的形式，描绘了社会现实与幻象，丈量了中心与边缘，在忧伤与诙谐间循环往复。由此，被提名的作家映射出当代德语文学在主题和风格上的多样性，而其共同点在于艺术上的不羁。借由书籍这一媒介，他们表明立场、展现各自的论争能力，同时也保持开放的对话姿态。因此，通过阅读这份短名单中的入围作品，我们诚邀读者参与交流、重新调整自己看待世界的方式。”（„Künstlerische Unbedingtheit“）泽此言亦可视作对 2022 年度德语文学图景的绝佳概括。

二、畅销图书市场与大众阅读旨趣

2022 年，德语国家的大众阅读旨趣相较于过去一年并没有太大的变化，大都集中于消遣文学领域，且主要聚焦于几部常年雄踞畅销书榜单作者的新作。在《明镜周刊》公布的 2022 年年度畅销书排行榜中，邦妮·加穆斯（Bonnie Garmus，1957— ）凭借处女作《这是一个化学问题》（*Eine Frage der Chemie*，2022）的德文译本占据榜首 9 周，一举接替了去年朱莉·泽（Juli Zeh，1974— ）的位置。作品围绕极具天赋的化学家伊丽莎白·佐特展开，讲述了她 20 世纪 50 年代在加利福尼亚化学研究领域艰难立足并获得短暂幸福的过程。她与相貌平平但才华横溢的化学家卡尔文·埃文斯发生了关系，后者被认为是诺贝尔奖的有力候选人。两人曾在同一个研究所工作，但为了保持独立，伊丽莎白拒绝嫁给卡尔文。在卡尔文发生意外后，伊丽莎白却发现自己已经怀孕，并在同事的阴谋下失去了工作。1961 年，这位在各个意义上跌入人生谷底的单身化学家却因烹饪技巧而被电视台发掘，成为电视节目《六点钟晚餐》的电视明星，她在节目中从自然科学的视角为观众讲解烹饪食谱，并由此迎来了生活上的转机。加穆斯以幽默、睿智的笔触勾画出了一个独立而自信的女性形象。从这部小说的风靡中不难看出，女性话题依然是德语国家大众读者的首要关注点。

与去年一样，心理悬疑惊悚大师塞巴斯蒂安·菲采克（Sebastian Fitzek，1971— ）依然以微弱的劣势占据了第二名的位置，但鉴于此次上榜的作品《表情》（*Mimik*，2022）（占据榜首 8 周）于 2022 年 10 月份才发行，其实际畅销程度已然超越了《这是一个化学问题》。如题名所示，此次菲采克将“表情”要素在惊悚小说中的应用发挥到了极致。小说讲述了德国资深微表情专家汉娜·赫布斯特所遭遇的危急时刻。仅仅凭借嘴角的微微抽搐、瞳孔的细微变化就足以读懂他人内心的汉娜，常年协助警方揭示案件秘密，并成功使得多位暴力罪犯被最终定罪。然而，正当她为自己所经历的术后失忆而苦恼时，却遇到了职业生涯中最可怕的案件：一个迄今为止毫无犯罪记录的女人供认自己杀害了全家，只有年幼的儿子保罗幸免于难。随后，这位母亲成功越狱。汉娜担心这位凶手会试图找到保罗，完成自己的“死亡任务”，只得通过简短的供述视频寻找凶手的线索，但她却意外发现视频中的凶手正是自己本人！至此，汉娜唯一的出路就是探索自己的内心世界。菲采克小说的继续风靡表明心理悬疑类依然是德语文学市场最受欢迎的体裁之一。

位列第三名的为畅销书作家多尔特·汉森（Dörte Hansen，1964— ）时隔多年后的第三部小说《去海上》（*Zur See*，2022）。小说讲述了在距离大陆一小时航程的北海小岛上桑德一家的生活。原本田园牧歌般的生活随着丈夫桑德放弃了家庭和航海事业而结束，汉娜只得独自养育三个孩子。长子因故失去了船长执照，女儿埃斯克深陷对外部世界的抵触中，只有最小的亨里克内心平静。小说详细描述了在一年的时间里，桑德一家所发生的翻天覆地的变化。汉森借助桑德一家的家庭故事，以睿智且充满温情的笔触，讲述了一个岛屿世界的变迁、旧法律的失效以及离别与解放。

同为著名畅销书作家的费迪南德·冯·席拉赫（Ferdinand von Schirach，1964— ）也在今年发表了《咖啡与香烟》（*Kaffee und Zigaretten*，2019）的续作《那些下午》（*Nachmittage*，2022），并最终占据了年度畅销榜的第四位。席拉赫延续了自己对于小小说的钟爱。这本小说集共收录了 26 篇篇幅极短的叙事短文，其中既包含随笔、速写、笔记，也有完整的短篇小说。这些故事发生在不同的季节、不同的地域（柏林、奥斯陆、东京、苏黎世、纽约、台北），涉及不同的话题（艺术与文化、生命与死亡、信仰与知识），记录的却都是改变生活的瞬间以及转瞬即逝的幸福。

三、德语文坛新趋势：超自然要素、人工智能与政治反思

（一）超自然要素

2022 年度德语文学图书市场依然延续了自传体小说、回忆录以及基于个体经验的“经历小说”的出版传统，许多作品的所谓新意也无非是在这个规定动作之内的推陈出新。这一点从《血榉》获得德国图书奖中便不难看出。对于此类作品的钟爱表现出德语读者对“真实体验”以及“现实主义”作品的普遍兴趣。这一阅读市场的“现实”倾向几乎构成了 2022 年德语文学图景的底色。值得注意的是，在整体文学创作基于“真实”的同时，2022 年的德语小说却呈现出另一种难以忽视的转变趋势——超自然与超现实要素的复归。

托比亚斯·吕特（Tobias Rüther，1973— ）在为《法兰克福汇报》撰写的 2022 年度德语文坛总结中便指出，在该年度出版的德语新书中，一个容易被忽视的重要趋势便是通灵要素的兴起：动物、植物、魔鬼、水妖、影子均获得了被言说的权利。这些超自然事物首先包括获得言说能力的动物：斯文·普菲岑迈尔（Sven Pfizenmaier，1991— ）的处女作《人们在外庆祝》（*Draußen feiern die Leute*，2022）讲述了一只会说话的猫头鹰的故事；海伦·布考斯基（Helene Bukowski，1993— ）的创伤暴力小说《女战士》（*Die Kriegerin*，2022）中屡次出现具有预言功能的粉红色鹦鹉；等等。除却会说话的

动物之外，约书亚·格罗斯（Joshua Groß，1989— ）以阿尔卑斯山为背景的小说《极限班纳》（*Prana Extrem*，2022）中出现的不明飞行物（UFO）和陨石，法特玛·艾德米尔（Fatma Aydemir，1986— ）以当代德国-土耳其家庭为背景的社会小说《精灵》（*Dschinns*，2022）中出现的恶灵均可被纳入这一框架之中。类似的例子还可以在本年度引起轰动的英译德小说《黑海螺的美人鱼》（*Meerjungfrau von Black Conch*，2022）中找到。小说详细描述了美人鱼艾卡伊亚在 1976 年被人从海中捞起带上岸之后发生的改变，并以她的视角讲述了加勒比地区的殖民主义征服历史。

这一文学现象引发了文学批评与文学研究界的广泛关注，众多学者纷纷撰文探讨这种超现实主义要素在文学作品中的复归及其背后潜藏的动因。来自明斯特的文学学者、莱比锡书展奖评委会成员莫里茨·巴斯勒（Moritz Baßler，1962— ）在他的新书《大众现实主义》（*Populärer Realismus*，2022）中以丹尼尔·凯尔曼（Daniel Kehlmann，1975— ）的畅销书《测量世界》（*Die Vermessung der Welt*，2005）为例研究了这种现象，并将其视为一种对平庸现实主义的超越。巴斯勒写道，凯尔曼之所以运用魔幻现实主义元素进行创作，是因为“仅仅是魔幻的存在就足以确保某种意义的深度，超越平庸的现实主义”。巴斯勒认为，对读者来说，文学作品中的这些超自然时刻具有“唤醒”功能：“突然间，你被唤醒了。你必须重新振作起来。有些事情不对劲。接下来会发生什么？”（„Wenn die Eule Drogen vertickt“）

（二）人工智能

技术革新对人类社会的深刻影响毋庸赘言，如何与技术共存共生，如何利用技术实现自我增持，是每一个当代个体都应习得的功课，亦是整个人类社会必须共同面对的课题。而文学创作更是天然包含着技术的维度与视野，技术发展一方面为文学的更新提供了媒介与动力，同时也构成了文学进行自我反思与突破的契机。由美国人工智能实验室 Open AI 研发的聊天机器人程序 ChatGPT，于 2022 年底发布之后旋即引爆社交网络。作为一款由人工智能技术驱动的语言处理工具，ChatGPT 不仅能模拟人类语言进行对话，甚至能完成诸如撰写代码、翻译、写论文等多项文字处理工作。这一革命性的技术进步不免引发了文学从业者的诸多焦虑：文学创作是否将要被人工智能所取代？一个普遍共识是：基于算法逻辑和大数据演算的人工智能并不具有审美判断力。因此，当我们试图论及人工智能时代技术对文学的影响时，与其关注能否以现有技术代替文学创作，更为值得追问的问题或许在于：技术的底层逻辑如何形塑文学创作者和读者的感知与想象，并在此基础上深刻改变他们对文学与叙事的理解。

对此，2022 年度德语图书市场中涌现的多部相关作品为加深我们对这一问题的思考提供了丰富而有益的视角。在 2022 年 10 月举办的法兰克福书展上，人工智能专家李开复与科幻小说作家陈楸帆合著的科幻类非虚构作品《AI 未来进行式》（*KI 2041: Zehn Zukunftsvisionen*，2022）从十本进入短名单的候选作品中脱颖而出，获得了德国最佳商业图书奖（Deutscher Wirtschaftsbuchpreis）。评委会在总结这部作品的获奖原因时指出，这本书“比其他任何图书都更具前瞻性”，为社会与经济做了重要注脚，加深了人们对人工智能及其影响的认知理解。在这本书中，陈楸帆以李开复设计的一幅幅“技术蓝图”为基础，创作出了十个虚构短篇故事，主题涉及 AI 养老、自动驾驶、元宇宙等多个人工智能领域的核心话题。在每个故事之后，李开复都详细分析、阐释了故事涉及的技术，并揭示了每项技术的明暗利弊两个侧面。

值得注意的是，在中国文学作品外译领域，以科幻和武侠为主题的通俗类型小说同样表现不俗。在科幻小说赛道上，刘慈欣的作品基本都已出版了德语译本。乘着网飞版《三体》即将上映的东风，大型出版集团兰登书屋旗下的海恩出版社于 2022 年 11 月底推出了精装版《三体》(*Trisolaris*，2017，2022)，该版本集合了三本小说的内容，厚达 1740 页。而在武侠小说领域，2022 年 9 月《射雕英雄传》德语版第三部的面世标志着这一出版计划的最终完成，德语读者们也就此拥有了第一部完整的中国经典武侠小说译本。担任该书德语版翻译的是曾译介过麦家及莫言作品的汉学家白嘉琳（Karin Betz，1969— ）。这些小说所择取的时代背景与风格主题各不相同，为读者提供了极大的选择空间，也使得德国读者能够在政治经济新闻之外，跳出刻板印象，对遥远的中国形成更为多元、丰富、鲜活、立体的想象。

（三）政治反思

2022 年度德语文坛的第三大趋势便是政治反思热潮。这种热情对德国人而言由来已久，2022 年度独特的国际形势则为其赋予了崭新的内容与表现形式。过去一整年，整个德国最为关注的政治事件莫过于俄乌战争。谢尔盖·格拉西莫夫（Sergei Gerasimow，1964— ）在《新苏黎世报》上连载的《哈尔科夫战争日记》(*Kriegstagebuch aus Charkiw*）将这种对时事的关注推向了高潮，激发了德国民众对欧盟体制的政治反思。

在 2017 年凭借小说《首都》(*Die Hauptstadt*，2017）荣获德国图

书奖之后，沉寂五年的罗伯特·梅纳塞（Robert Menasse，1954— ）在2022年推出了该书续作《扩张》（*Die Erweiterung*，2022），并在接受《时代周刊》专访时表示，这将是其“欧盟三部曲”中的第二部。《首都》的核心主题是欧盟机构的失败。为此，作者在布鲁塞尔生活了五年，其间对欧盟体制进行了深入研究。《扩张》延续了前作的基本构想，进一步探讨了欧洲政治对个体生活的影响。小说故事在两兄弟之间展开，详细描述了他们从冷战期间在波兰政治改革斗争中并肩作战，直至政权垮台后最终分道扬镳的过程。哥哥马特乌斯后来成为波兰总理，弟弟亚当在波兰加入欧盟后，任职于欧盟委员会，在布鲁塞尔负责制定欧盟扩张政策。当在波兰波兹南举行的西巴尔干会议的筹备工作如火如荼地进行之时，亚当向马特乌斯寻求支持，但马特乌斯却开始破坏阿尔巴尼亚的入盟申请。曾经深厚的情谊演变成了不可调和的政治敌意。随后，两人在阿尔巴尼亚总理组织的“斯坎德培格号”游轮上再次会面，这次会面邀请了巴尔干半岛所有政府首脑、欧盟外长以及欧盟的所有代表。但接下来发生的事情却全然超出了兄弟二人的控制，小说也由此抵达了情节层面的高潮。

在小说中，梅纳塞借助精巧的情节架构，对关乎欧盟体制的根本性问题发出了尖锐诘问：如果欧盟不止是一个经济联盟，那它究竟是什么？欧盟是否在不断远离其创始者的最初理想？欧盟委员会为何变得如此软弱，而欧盟理事会又为何变得如此强大？梅纳塞借此描绘了一幅发人深省的政治景观全图。

这种对政治反思文学的热情还进一步蔓延到公共领域。2022年为德国著名作家海因里希·伯尔获得诺贝尔文学奖50周年，值此之际，《南德意志报》专栏作家希尔马·克鲁特（Hilmar Klute，1967— ）将伯尔与同年度获得诺贝尔文学奖的安妮·埃尔诺

（Annie Ernaux，1940— ）并列，借此探讨两位作家在政治文学方面的差异，“伯尔和埃尔诺，两位诺贝尔文学奖得主，一位拥有手无寸铁的公民的胆识，而另一位则如同沙龙保护下的老左派，只具有惠而不费的胆识”，并借此质疑如今在“政治正确”庇护之下有限度的政治反思，在克鲁特看来，伯尔才是那个为了政治反思“引颈就戮”的人。(„Vermisst:Was ist politische Literatur?“)

结语

综上可见，尽管饱受政治动荡、经济低迷、消费不足等一系列现实因素困扰，2022 年度德语文学创作与出版却信心不减，依然保持了良好发展势头。一方面，德语文坛延续了近几年的发展趋势，继续观照当下现状，从若干迥异视角出发，对诸如移民问题与多元文化等话题进行了思考与演绎。另一方面，女性作家群体继续保持了以往的强盛势头；而除了成名作家以外，新生代作家的表现也不遑多让，2022 年度德国图书奖获得者即是个中翘楚。此外，在数字时代的浪潮席卷之下，科幻文学与人工智能主题也构成了不容忽视的亮点。中文科幻与武侠文学的德语译介工作亦有不俗表现。

参考文献：

Aydemirs, Fatma. *Dschinns*. Hanser: 2022.

Bartels, Gerrit. „Bonnie Garmus' Roman Eine Frage der Chemie: Formeln und Feminismus.“ 31 Mai. 2022. Web. 12. Jul. 2023. <https://www.tagesspiegel.de/kultur/formeln-und-feminismus-4334512.html>.

„BLUTBUCH，Ausgezeichnet mit dem Deutschen Buchpreis 2022 und dem Schweizer Buchpreis 2022.“ Web. 12. Jul. 2023. <https://www.dumont-buchverlag.de/buch/l-horizon-blutbuch-9783832182083/>.

„Buchpreis für Kim de l'Horizon: Es ist ein Buch der Angst." 18 Okt. 2022. Web. 12. Jul. 2023. <https://www.ndr.de/kultur/buch/Deutscher-Buchpreis-fuer-Kim-de-lHorizon-Ein-Buch-der Angst,blutbuch104.html>.

D l'Horizon, Kim. *Blutbuch*. Dumont: 2022.

„Das sind die SPIEGEL-Jahresbestseller 2022." 28 Dez. 2022. Web. 12. Jul. 2023. <https://www.buchreport.de/news/das-sind-die-spiegel-jahresbestseller-2022/>.

Düker, Roland. „Die Erweiterung von Robert Menasse: Kreuzfahrt auf Albanisch." 11 Dez. 2022. Web. 12. Jul. 2023. <https://www.zeit.de/2022/51/die-erweiterung-robert-menasse-roman-buchrezension>.

„EFEU-Die Kulturrundschau." Web. 12. Jul. 2023. <https://www.perlentaucher.de/efeu/2022-12-12.html?highlight=Literaturjahr+2022#a90024>.

„Emine Sevgi Özdamar erhält den Georg-Büchner-Preis 2022." 9 Aug. 2022. Web. 12 Jul. 2023. <https://www.suhrkamp.de/nachricht/emine-sevgi-oezdamar-erhaelt-den-georg-buechner-preis-2022-b-3717>

Fitzek, Sebastian. *Mimik*. Droemer: 2022.

Hansen, Dörte. *Zur See*. Penguin: 2022.

Horstkotte, Silke. „Emine Sevgi Özdamar: Ein von Schatten begrenzter Raum. Die Hölle legt eine Pause ein." Web. 12 Jul. 2023. <https://nachtkritik.de/buecher/buechnerpreistraegerin-emine-sevgi-oezdamar-ein-von-schatten-begrenzter-raum>.

Klute, Hilmar. „Vermisst:Was ist politische Literatur? Und was der Unterschied zwischen der diesjährigen Literaturnobelpreisträgerin Annie Ernaux und Heinrich Böll, dem Preisträger von 1972?" 2 Dez. 2022. Web. 12 Jul. 2023. <https://www.sueddeutsche.de/kultur/literaturnobelpreis-boell-ernaux-1.5703195?reduced=true>.

„Künstlerische Unbedingtheit." 20 Sept. 2022. Web. 12 Jul. 2023. <https://www.boersenblatt.net/news/verlage-news/shortlist-fuer-den-deutschen-buchpreis-2022-254331>.

„Literatur des Jahres 2022" Web. 12 Jul. 2023. <https://www.was-war-wann.de/2000/2020/literaturjahr-2022.html>.

Menasse, Robert. *Die Erweiterung*. Suhrkamp: 2022.

Rüther, Tobias. „Wenn die Eule Drogen vertickt." 11 Dez. 2022. Web. 12 Jul. 2023. <https://www.faz.net/aktuell/feuilleton/buecher/neue-uebersinnliche-literatur-im-jahr-2022-18521912.html?archiv=71104gr0-b0zlk>.

Schirach, Ferdinand von. *Nachmittage*. Luchterhand: 2022.

„Von Blutbuch bis Bratwurstbude: Das war das Literaturjahr 2022." 3 Dez. 2022. Web. 12 Jul. 2023. <https://www.ndr.de/kultur/buch/Buecher-2022-Literaturjahr-von-Blutbuch-bis-Bratwurstbude,jahresrueckblick2110.html>.

顾牧 . 2022 年德国文学市场回顾：多元文化共生的文学现场 . 文汇报 . (2023-5-26). [2023-7-12]. <http://www.chinawriter.com.cn/n1/2023/0526/c457611-32695257.html>.

作者单位：北京外国语大学德语学院

2022 年俄罗斯文学概览

沈文君　孙　磊

内容提要：2022 年的俄罗斯文坛喜忧参半。在文学活动上，一方面，在复杂的国际局势影响下，文学活动的活跃度大大降低，让这一年的俄罗斯文坛稍显空寂；另一方面，仍有许多文学纪念活动和节日顺利开展，俄罗斯作家和出版商联盟协会的创立成为俄罗斯文坛一个引人注目的亮点。在文学创作层面，纪实性文学依然热度不减，传记作品取得了亮眼成绩，斩获不少文学奖项。与此同时，有多部在题材和形式上颇有新意的长篇小说佳作出版，使一度被冷遇的虚构文学在今年有所回暖。

一、喜忧参半的俄罗斯文坛

俄罗斯文学评论家安娜·努日金娜（Анна Нуждина）用“空寂”一词来形容 2022 年的俄罗斯文坛，称去年是一个恍惚、失落与陌生的文学年。她说：“谈到 2022 年的俄罗斯文学（甚至不止文学），首先感觉到的是空，空间的消失。一些奖项被取消和杂志停刊，具有里程碑意义的多位诗人离世，让我想起了童年时的一段经历——我从山上滑下来，在雪地里迷路了。四周仿佛只有无边无际的雪，不知为何，我想起了格·伊万诺夫那首著名的诗，‘俄罗斯是幸福，俄罗斯是光明；也许并没有俄罗斯？’” 首先，许多文学奖项取消了本年度的评奖与颁奖活动，例如，国家畅销书奖（Национальный бестселлер）和“莫斯科账户”（Московский счёт）诗歌奖都仅公布了入围的名单，而后没有宣布获奖者名单和举行颁奖仪式。塔季亚娜·莫斯科温娜（Татьяна Москвина，1958—2022）、戈尔曼·维特科（Герман Витке，1968—2022）、列夫·卡丘科夫（Лев Котюков，1947—2022）、弗拉基米尔·波亚利诺夫（Владимир Бояринов，1948—2022）等作家和诗人的离世也给俄罗斯文坛带来了些许伤感。此外，动荡不安的国际局势波及出版行业，书刊审查力度有所加强，致使一些应对风险能力较弱的小型出版社相继倒闭。与 2021 年大型文学庆典活动应接不暇的热闹相比，2022 年的俄罗斯文坛似嫌清冷、落寞。

不过，俄罗斯文坛依旧成功举办了一系列文学活动。比如，纪念白银时代著名诗人玛·伊·茨维塔耶娃（М. И. Цветаева，1892—1941）130 周年诞辰活动、纪念马克西米利安·亚历山德罗维奇·沃洛申（М. А. Волошин，1877—1932）145 周年诞辰活动，“红场”图书节、“白色六月”图书节、莫斯科国际书展、国际非虚构作品书展等。在这一年的文学活动中，有两个重要的事件值得特别提及：著名出版社青年近卫军成立 100 周年，作家和出版商联盟协会（АСПИ）成立。青年近卫军出版社出版的书籍曾多次获得大书奖、年度图书奖、亚斯纳亚·波良纳文学奖（Ясная Поляна）等重要奖项，它也是当今俄罗斯历史最为悠久的文学出版阵地之一。诗人拉苏尔·加姆扎托夫（Расул Гамзатов）说，该出版社“不是一个书的出版社，而是一个爱的出版社”，它包含着对人民及其历史的爱，同时关注青年的成长，帮助他们实现自我价值、掌握生活的科学。出版社前总经理瓦连金·尤尔金（Валентин Юркин）在接受访谈时说，“尽管政治环境发生了变化，但出版社仍致力于对青年在人生价值观的形成和职业选择上有所帮助”。作家和出版商联盟协会旨在“联合所有的人，共同继承俄罗斯文学的优秀传统，弘扬对文学和俄语的热爱”。该协会一成立，便积极开展各种文学活动，如举办全俄文学研讨会，设立新的文学奖项，为年轻作家举办讲座和大师指导班等。该协会还致力于促进俄罗斯各民族语言翻译事业的发展、加强翻译学校的建设、帮助不同民族的作家出版作品。该协会的成立、举办的相关活动与组织的各种项目为俄罗斯文坛注入了不少活力，是这一年俄罗斯文坛中的忧中之喜，显示出俄罗斯文学顽强而旺盛的生命力。

二、传记小说大获丰收

2022 年俄罗斯纪实文学创作热度不减，颇受作家和读者的一致青睐。根据 2022 年 12 月 1 日 LiveLib 网站公布的投票结果，本年度最受读者欢迎的前三部作品分别是古泽尔·雅辛娜（Гузель Яхина，1977— ）的《撒马尔罕专列》（Эшелон на Самарканд，2021）、帕维尔·巴辛斯基（Павел Басинский，1961— ）的《安娜·卡列尼娜正传》（Подлинная история Анны Карениной，2022）和安娜·马特维耶娜（Анна Матвеева，1972— ）的《每逢百年：日记小说》（Каждые сто лет，2022）。另外，这三部小说均入围了第十七届大书奖的短名单。值得注意的是，虽然最终入选该项文学奖的十部作品中有七部是虚构作品，但前三名却均属非虚构作品，而是同为人物传记的纪实性创作。它们分别是巴辛斯基的《安娜·卡列尼娜正传》、阿列克谢·瓦尔拉莫夫（Алексей Варламов，1963— ）的《罗扎诺夫之名》（Имя Розанова，2022）和谢尔盖·别利亚科夫（Сергей Беляков，1976— ）的《巴黎孩子在斯大林时代的莫斯科》（Парижские мальчики в сталинской Москве，2022）。2022 年是传记小说的丰收之年，此说不妄。

托尔斯泰研究专家帕维尔·巴辛斯基的年度新作《安娜·卡列尼娜正传》获得如潮好评，斩获大书奖桂冠。评论家尤利娅·斯克雷列娃（Юлия Скрылёва）在谈到这部作品时说："你不仅能用理智，还能用心灵来感知理解它。作者似乎牵着你的手，让你参与到一场令人兴奋的文学冒险中。"《安娜·卡列尼娜正传》的确是一场文学冒险，不同于一般的人物传记，其新颖之处在于为托尔斯泰的长篇小说《安娜·卡列尼娜》里的主人公安娜这一虚构人物立传，在题材与体裁上均别出心裁。作为世界文学中最经典的人物形象之一，安娜·卡列尼娜的复杂性、矛盾性和深刻性至今还让人争论不休。帕维尔·巴辛斯基独辟蹊径，将安娜这个书中之人当作现实中存在过的鲜活之人，结合托尔斯泰的信件，追溯安娜的人物原型，关注人物的细节描写，对安娜的形象进行见解独到的补充说明，力图向读者展现安娜完整的一生，赋予她真实而鲜活的生命。另外，《安娜·卡列尼娜正传》的体裁也引发了诸多热议。作者在谈及该书的体裁时说："大家总是问我，这本书到底是什么体裁？这本书的体裁就是对《安娜·卡列尼娜》的爱。"对安娜的挚爱让巴辛斯基在《安娜·卡列尼娜正传》中实现了对传统传记体裁的大胆创新。传统的传记创作多基于日记、信件、访谈、生平、作品等对传主进行历时性和纪实性书写，但《安娜·卡列尼娜正传》打破了这一规则。一方面，书中充满了大量的纪实性资料，如国立列夫·尼古拉耶维奇·托尔斯泰博物馆的资料，作家的儿子谢尔盖·利沃维奇·托尔斯泰的回忆录片段，众多作家、导演和演员对这部俄罗斯经典伟大小说的评价等；另一方面，书中也充满了作者对安娜这一形象的文学性阐述，语言生动、情感丰沛，主观色彩浓郁、虚构色彩鲜明。由此，巴辛斯基将传记创作的纪实性和小说创作的虚构性巧妙结合在一起，创造了传记体裁的变体——传记小说。

《罗扎诺夫之名》是在传记领域深耕多年的作家阿列克谢·瓦尔拉莫夫的又一部力作。该书刚一问世便受到非虚构文学图书市场的特别关注，获得2022年大书奖第二名可谓众望所归。瓦西里·罗扎诺夫（Василий Розанов，1856—1919）被公认为俄罗斯白银时代最具神秘性和争议性的作家、哲学家。瓦尔拉莫夫选择为这样一位颇具争议的作家立传，十分具有挑战性和冒险性。虽然罗扎诺夫个性乖张，后人对他也多有争议，但是瓦尔拉莫夫依然克服重重阻碍，秉持客观冷静的原则书写罗扎诺夫的不幸与挣扎、肯定与非议、成就与影响，力图向读者展现罗扎诺夫光与影同在的完整人生。正如瓦尔拉莫夫本人所强调的那样，“如果想真正理解罗扎诺夫，我们必须准备好接受任何形式的坦诚。传记作者别无选择。要写出一本500页的没有‘尴尬瞬间’的、光鲜亮丽的罗扎诺夫传记是根本不可能的。”书中我们看到的罗扎诺夫是自私的、厌世的，其作品中充斥着对周遭人与事矛盾的、情绪化的、冷酷的言论；但他又是真实的、坦诚的、深刻的，不屑于用文学取悦世人、愚弄读者、粉饰太平。瓦尔拉莫夫用心良苦地选择从传主的家谱开始讲述罗扎诺夫的一生，力图从童年创伤入手，逐渐化解后人对罗扎诺夫的成见。传记作者顺着罗扎诺夫的生平线索，从出生到生命的终点，追根溯源，讲述了他童年的创伤、青年的困顿、极端的性格和过人的天赋，让读者全面、客观地看到了一个伟大思想家可悲又可敬的一生。评论家亚历山大·森科维奇

(Александр Сенкевич)说:“与传统传记不同，瓦尔拉莫夫的《罗扎诺夫之名》像是一部侦探小说，情节曲折且引人入胜，分阶段讲述了罗扎诺夫戏剧性的人生和生活中遭遇的重大命运转折。”

《巴黎孩子在斯大林时代的莫斯科》是谢尔盖·别利亚科夫创作的关于俄国侨民后裔的新作，它不仅是一部人物群像传记，更是对一段特定历史的书写。该书关注的对象是一群生活在法国的俄裔流亡者的后裔。在声势浩大的流亡浪潮中，他们自小跟随父母离开俄国，流亡海外，在异国的巴黎长大，多年后又跟父母返回苏联，却因为异国流亡经历与祖国的一切显得陌生且疏离，而被称为“巴黎孩子”。这些“巴黎孩子”中有著名女诗人茨维塔耶娃的儿子乔治·埃夫隆（书中称为莫尔）、哲学家瓦西里·赛泽曼之子德米特里·赛泽曼（书中称为米佳）等。这本传记围绕莫尔的日记展开，通过日记、信件、照片、报纸等材料，别利亚科夫不仅讲述了这些流亡二代青年的命运悲剧，并且以独特的孩子视角向读者展示了20世纪三四十年代莫斯科的生活图景。以莫尔为代表的“巴黎孩子”因为无可选择地经历了流亡的命运，所以成了出生于莫斯科却成长于巴黎的双重“异乡客”，流亡带来的身份认同也不幸地始终伴随着莫尔。他身上流的是俄罗斯人的血，却成长在巴黎，当他带着在法国养成的品格和为人做事的习惯回到苏联时，与一切都显得格格不入。他竭力想成为一名“苏联公民”，却一直被戏谑地称为“巴黎孩子”。为了摆脱这种身份的撕裂，他义无反顾地奔赴战争前线，献出了自己仅19岁的年轻生命。在描写“巴黎孩子”坎坷命运的同时，《巴黎孩子在斯大林时代的莫斯科》还以高度浓缩的细节再现了那个年代莫斯科的真实生活图景。对莫斯科生活场景过于详尽的描写也招来了非议，有评论评价这本书不过是一本“日常生活的说明书，不比留存号码的电话簿更有意义”。但是另一方面，大量的细节描写呈现了最大的真实，读者从这本传记中可以看到一个与以往描述不同的莫斯科。20 世纪 30 年代的莫斯科通常被描写为充斥着饥荒与贫困、动乱与镇压的城市，但在书中却能看到出现在餐桌上的螃蟹、鱼子酱这些奢侈的美食。作家和科学家等知识分子依旧思想活跃，人民的文化生活依旧丰富多样。通过这本传记，别利亚科夫试图说明 20 世纪 30 年代的莫斯科与十月革命前的莫斯科之间虽有差别，但并没有发生根本性的断裂，莫斯科不仅是苏联人民的莫斯科，也是俄裔流亡者的莫斯科，是所有俄国人的故乡。《巴黎孩子在斯大林时代的莫斯科》是在为俄裔流亡者、时代灾难的牺牲者立传，别利亚科夫这一弥合时代创伤的努力体现了俄罗斯文学传统中始终如一的人道与仁慈。

三、虚构文学的热度回升

毫无疑问，这一年俄罗斯文坛的主流当属非虚构创作。在非虚构创作丰硕成果的映衬下，虚构文学创作略显黯淡，但俄罗斯文坛在这一年推出了几部在题材和形式上颇有新意的虚构小说，斩获了颇具分量的文学奖项，这让一度遭到冷遇的虚构文学在热度上有所回升。

2022 年，俄罗斯读者对虚构文学的阅读兴趣较去年明显上升，侦探、幻想、爱情、喜剧等题材尤受喜爱。塔季扬娜·乌斯季诺娃（Татьяна Устинова，1968— ）的爱情侦探小说《变化之书的命运》（Судьба по книге перемен，2021）在 2022 年福布斯公布的新书榜上销量排名第一，维克多·佩列文（Виктор Пелевин，1962— ）的神秘小说《KGBT+》（2022）次之。而本年度最受瞩目的虚构小说当属德米特里·丹尼洛夫（Дмитрий Данилов，1969— ）的《萨沙，你好！》(Саша, привет!，2022) 和叶卡捷琳娜·马诺伊洛（Екатерина Манойло，1988—　）的《父亲望着西方》(Отец смотрит на запад，2022)。

《萨沙，你好!》不仅入围大书奖的短名单，还斩获了 2022 年度亚斯纳亚·波良纳文学奖中的“现代俄罗斯小说”奖，获得了全国年度图书大赛（национальный конкурс Книга года）中“年度小说”的提名。丹尼洛夫的这部作品无疑是本年度的热评对象，小说的新奇构思引起了评论家们浓厚的兴趣和激烈的讨论。安娜·朱奇科娃(Анна Жучковая）认为这部小说是丹尼洛夫所有作品中“最松散、飘渺”的作品，原因是该小说中的艺术现实不仅是在作者头脑中构建的，而且是在接受者头脑中构建的，是由作家和读者共同创造的。安东·奥萨诺夫（Антон Осанов）也指出，小说是“通过空心技术建构的”，文本充满了许多思想空隙，留有让读者自己去填补的巨大解读空间。

丹尼洛夫本人认为，“这部小说就像一部电影。摄像机瞄准了一个人，我们正在观察他”。被置于摄像机镜头中的主人公是大学语文教师谢尔盖·彼得罗维奇·弗罗洛夫。他因与 21 岁（按社会规定未成年）女学生发生性关系而被判处死刑，但谢尔盖没有被立刻处决，而是被安置在环境类似于酒店的综合监狱里。在监狱里他的生活还跟平常一样，继续上课、在社交媒体上发帖等。但是他每天早上必须经过一条走廊，走廊上有一把机关枪，它随时可能开枪，因此，谢尔盖的死亡时间由机枪决定。这把机枪也有一个名字，就是本书标题中的“萨沙”。谢尔盖经过机关枪时，会向它说一句“萨沙，你好”。而我们也能看到主人公日复一日路过机枪时的心理变化，由最初的害怕到勇敢，再到冷漠，似乎麻木地在等待死神的到来。直到小说结尾作者也没有给出一个明确的答案——谢尔盖是否被“萨沙”射杀。

小说通过描写谢尔盖被禁锢的生活、乏善可陈的精神日常反映了现代社会中人们精神生活的机械、麻木与贫瘠。此外，小说中的死亡主题描写不仅是丹尼洛夫对自己以往作品［《黑与绿》（Черный и зеленый，2010）、《水平线》（Горизонтальное положение，2011）、剧作《谢廖沙很蠢》（Сережа очень тупой，2018）］中死亡主题的呼应，也体现了与诸多经典文学作品中死亡主题的互文，如雨果的《死刑犯的最后一天》（Последний день приговоренного к смерти，1829）和《克劳德·格》（Клод Ге，1834），纳博科夫的《斩首之邀》（Приглашение на казнь，1938）等。评论家米哈伊尔·赫列布尼科夫（Михаил Хлебников）将该作品定义为“舒适的反乌托邦，一部典型的后现代小说”。与传统意义上的反乌托邦小说不同，这部具有反乌托邦特征的后现代小说反对的并不是极权社会，而是极度舒适的现代社会。小说揭露了现代社会中人物质生活和精神生活的畸形倒挂怪相，其中对现代社会的荒诞乱相、现代人病态的精神和心理状况的讽刺性批判引人深思。

叶卡捷琳娜·马诺伊罗的处女作《父亲望着西方》位居精英文学奖（Лицей）小说类榜首。评论家帕维尔·巴辛斯基称其为一部“社会心理小说”，并将该小说与雅辛娜的《祖列依哈睁开了眼睛》相比，认为两部作品都呈现出一种非女性化的硬朗，“文字客观冷静，既不多愁善感，也不刻意制造怜悯”。

小说讲述了出生在俄罗斯与哈萨克斯坦交界地带的女孩叶卡捷琳娜·阿巴托娃的坎坷人生。卡佳（女主人公的昵称）的人生悲剧起源于其家庭的不幸，她的母亲是一个饱经苦难、善良软弱、以夫为纲的传统俄罗斯妇女，父亲是一个专横、暴力的酒鬼，曾经失手杀死了自己的儿子。原生家庭给卡佳留下了难以摆脱的童年阴影和成长创伤，让她拼命想要逃离这个边陲小村，逃离与家有关的一切，到大城市莫斯科去寻找新的生活。而莫斯科的寻梦之旅构成了卡佳人生中的第二重悲剧。偏远的边疆小村和繁华的首都莫斯科形成了十分尖锐的对比。对卡佳来说，相较于处于父权制统治下封闭、愚昧、落后的边疆小村，繁华、自由、开放的莫斯科简直像天堂一样美好。然而事实上莫斯科也充满矛盾和困难，卡佳对故乡的叛逃和对大城市的追梦之旅注定也要历经千难万险。故乡和莫斯科两种截然不同的文化对卡佳产生了几乎同样重要的影响，两种迥异的文化对抗让她陷入了另一种复杂的思想冲突和精神矛盾中。

大书奖官网将《父亲望着西方》描述为“一部关于暴力和自由、幸福和依赖、死亡和生活的小说。该书的真谛是爱”。作为80后新生代作家，叶卡捷琳娜将自己真实的人生经历赋予了小说中的主人公卡佳，让不少同时代人对卡佳的命运感同身受。新生代女作家不仅在讲述她个人的故事，也在讲述当代年轻人正在经历或即将面临的普遍问题，即俄罗斯文学中经典的“父与子”代际差异问题、自由与爱等时代命题。对当代社会中青年人的艰难处境和心灵困惑的关注、刻画与反思让《父亲望着西方》具有了针砭时弊的迫切现实意义。

结语

2022年的俄罗斯文学虽然经历了些许波折，但整体上还在平稳向前。面对当今复杂紧张的国际政治局势，俄罗斯文学表现出自普希金时代以来的自由与批判传统，文学用“唯艺术”对抗“政治化”的倾向明显。文坛虽然稍显冷清，但作家仍持存着自己的文学认知，不断有佳作问世。非虚构创作仍然是俄罗斯文坛的主流，其中传记创作的成果尤为丰硕。虚构小说既有新作、佳作出现，亦有题材和形式的创新。

参考文献：

Александр Сенкевич. “«Дваждырожденный» Розанов.” *Независимая газета*. 6 Jul. 2022. Web. 25 May. 2023. <https://www.ng.ru/ng_exlibris/2022-07-06/13_1133_rosanov.html?ysclid=li6s3ywg9h900727215>.

Александр Славуцкий. “За рамками приличий. Книга Алексея Варламова «Имя Розанова» .”*Дзен*. 9 Jul. 2022. Web. 25 May. 2023. <https://dzen.ru/a/Yslp5_-zezUEsTxh>.

Аля Шевлякова. “Жизнь, которую никто бы не хотел прожить: «Отец смотрит на запад» Екатерины Манойло.” *ЖЗ*. 17 Feb. 2022. Web. 29 May. 2023. <https://prochtenie.org/secondplan/31161?ysclid=libfzmwvve727168716>.

Антон Осанов. “Парижские мальчики, которых нет.” *Год литературы*. 30 Aug. 2022. Web. 25 May. 2023. <https://godliteratury.ru/articles/2022/08/30/parizhskie-malchiki-kotoryh-net>.

Антон Осанов. “«Саша, привет!» и ямы, из которых не выбраться.” *Год литературы*. 12 Sept. 2022. Web. 28 May. 2023. <https://godliteratury.ru/articles/2022/09/12/sasha-privet-i-iamy-iz-kotoryh-ne-vybratsia>.

АСПИ. 12 Apr. 2022. Web. 2 Jul. 2023. <https://aspi-russia.ru/about/>.

Борис Кутенков. “Литературные итоги уходящего 2022 года.” Формаслов. 15 Dec. 2022. Web. 20 May. 2023. <https://formasloff.ru/2022/12/15/literaturnye-itogi-2022-goda-chast-i/?ysclid=ljl69x6ca9572144365.html>.

Вадим Левенталь. “Вопрос психоаналитику.” *Литературная газета*. 23 Nov. 2022. Web. 28 May. 2023. <https://lgz.ru/article/-47-6861-23-11-2022/vopros-psikhoanalitiku/?ysclid=libe2tlly0418449435>.

Василий Костырко. “«Отец смотрит на запад» Екатерины Манойло.” *ЖЗ*. Jul. 2022. Web. 29 May. 2023. <https://magazines.gorky.media/library/otecz-smotrit-na-zapad-ekateriny-manojlo?ysclid=liaxufd6w8600520385>.

Елена Сафронова. “Когда Сережа встретил Сашу.” *Литературная газета*. 2 Oct. 2022. Web. 28 May. 2023. <https://lgz.ru/neformat/kogda-serezha-vstretil-sashu/?ysclid=lib59ua471114835674>.

“Жизнь Мура, «Одиссея» в Древней Руси и «Бабелон». Какие романы вышли в финал «Большой книги» .” *Фотанка.ру*. 15 Jun. 2022. Web. 23 May. 2023. <https://www.fontanka.ru/2022/06/15/71409188/?ysclid=li0b5c1dei5642002>.

“Книжный рынок – 2022: смена приоритетов.” *Университская книга*. 23 Oct. 2022. Web. 26 May. 2023. <http://www.unkniga.ru/bookrinok/knigniy-rinok/14010-knizhniy-rynok-2022-smena-prioritetov.html>.

“Когда книги снова стали большими.” *Год литературы*. 6 Dec. 2022. Web. 23 May. 2023. <https://godliterature.ru/articles/2022/12/06/kogda-knigi-snova-stali-bolshimi?ysclid=li6rxudlcs436421502>.

“Кто получит ‘Большую книгу’?” *RGRU*. 8 Dec. 2022. Web. 24 May. 2023. <https://rg.ru/2022/12/08/kto-poluchit-bolshuiu-knigu.html>.

“Лауреаты литературных премий — 2022.” *Год литературы*. 28 Dec. 2022. Web. 21 May. 2023. <https://godliterature.ru/articles/2022/12/28/laureaty-literaturnyh-premij-2022>.

Леонид Колпаков. “Столетие издательства любви.” *Литературная газета*. 11 May. 2022. Web. 20 May. 2023. <https://lgz.ru/article/-19-6833-11-05-2022/stoletie-izdatelstva-lyubvi/?ysclid=ljwvmtrgnj812651762 >.

“«Лицей» «... смотрит на Запад» .” *Год литературы*. 6 Jun. 2022. Web. 22 May. 2023. <https://godliterature.ru/articles/2022/06/06/licej-2022>.

Наталья Ломыкина. “Пелевин, Стивен Кинг и Татьяна Устинова: какие романы читали в 2022 году.” *Forbes*. 26 Dec. 2022. Web. 27 May. 2023. <https://www.forbes.ru/forbeslife/483058-pelevin-stiven-king-i-tat-ana-ustinova-kakie-romany-citali-v-2022-godu?ysclid=liabqh9p1n817208834>.

«НГ-EL». “Добровольные охранники стрекоз.” *Независимая газета*. 28 Dec. 2022. Web. 20 May. 2023. <https://www.ng.ru/ng_exlibris/2022-12-28/9_1158_dragonflies.html?ysclid=liabkvhjx2446394414>.

“Объявлены лауреаты премии «Большая книга» 2022 года.” *Год литературы*. 8 Dec. 2022. Web. 21 May. 2023. <https://godliterature.ru/articles/2022/12/08/obiavleny-laureaty-premii-bolshaia-kniga-2022-goda>.

Отец смотрит на запад. *Большая книга*. 27 Oct. 2022. Web. 3 Jul. 2023. <https://bigbook.ru/knigi/otets-smotrit-na-zapad?ysclid=ljmn5e2o97483777424>.

Павел Басинский. “Издательство «Молодая гвардия» отмечает 100-летие.” *Год литературы*. 10 Oct. 2022. Web. 20 May. 2023. <https://godliteratury.ru/articles/2022/10/10/izdatelstvo-molodaia-gvardiia-otmechaet-svoe-100-letie>.

Павел Басинский. “Итоги литературного года по версии Павла Басинского.” *Год литературы*. 26 Dec. 2022. Web. 20 May. 2023. <https://godliteratury.ru/articles/2022/12/26/pavel-basinskij-literaturnyh-sobytij-nesmotria-na-slozhnost-situacii-bylo-velikoe-mnozhestvo?ysclid=li09yu04rp359898796>.

Павел Басинский.“Финалист "Большой книги" Сергей Беляков рассказал о развитии цивилизаций и о парижских мальчиках в сталинской Москве.” *RGRU*. 29 Jul. 2022. Web. 26 May. 2023. <https://rg.ru/2022/07/29/lev-i-mur.html?ysclid=lia2zqc9gz397143791>.

“Юбилейная «Ясная Поляна» досталась Дмитрию Данилову.” *Год литературы*. 16 Sept. 2022. Web. 22 May. 2023. <https://godliteratury.ru/articles/2022/09/16/iubilejnaia-iasnaia-poliana-dostalas-dmitriiu-danilovu>.

Юлия Скрылёва. “Система зеркал.” *Литературная газета*. 7 Dec. 2022. Web. 24 May. 2023. <https://lgz.ru/article/-49-6863-07-12-2022/sistema-zerkal/?ysclid=lid60vcry9974112047>.

作者单位：北京外国语大学俄语学院

2022 年非洲文学概览

王亚男　聂品格

内容提要：2022 年对非洲和散居各地的非洲作家来说是不平凡的一年，作家们相继推出了多种形式的作品。津巴布韦作家腾达伊·休楚、尼日利亚作家佩米·阿古达和恩尼迪·奥科拉福荣膺诺莫奖，尼日利亚小说家奇玛曼达·恩戈齐·阿迪奇埃和短篇小说家佩米·阿古达斩获欧·亨利奖。是年，非洲文学对现实社会做出了直接迅速的反映，在广阔的历史背景下书写小人物的命运起伏，竭力打破人们对非洲大陆的刻板印象。诸多作品在主题上关涉流散、反抗压迫、科技异化、亲子关系、女权、文化和传统、家庭暴力、新殖民主义以及新时代的社会现实等。

一、重要文学奖项

1. 凯恩非洲文学奖（The AKO Caine Prize for African Writing）

肯尼亚作家伊扎·卢胡米奥（Idza Luhumyo，1993—　）以短篇小说《五年后的星期天》（“Five Years Next Sunday”，2021）斩获 2022 年凯恩非洲文学奖，他曾凭借该小说获得 2021 年非洲短篇小说日奖（Short Story Day African Prize）。该短篇收录于《中断》（*Disruption*，2020）一书，讲述了有关“选择和命运”的故事。评审团主席奥基·恩迪贝（Okey Ndibe）表示，小说用“精致的语言”描绘了一个“既被排斥又掌握着自己命运的主角”。女主角皮利拥有超能力，可以用头发召唤雨水，因此遭到家人和社会的排斥。随着皮利的头发越来越长，土地也愈发干燥——五年以来，该地滴雨未下。如果她剪掉头发，云层便会收到下雨的信号，但剪发后她会被放逐到女巫的领地。和白人男子赛斯相遇后，皮利的命运发生了改变，她最终决定剪掉头发。小说深刻触及了恐惧和迷恋、性和欲望、周期、时代、先知和祖先的召唤、自然和人工，以及现实如何影响环境和后殖民时期的恋爱关系等议题。马拉维作家亚米卡尼·姆兰吉扎（Yamikani Mlangiza）称，“小说短小有力……迫使读者思考宏大问题的答案，该问题甚至连我们自己都没有意识到，但通过阅读小说被问及：我们如何才能确保现在的选择是有意义且真正重要的？”

2. 布鲁内尔国际非洲诗歌奖（Brunel International African Poetry Prize）

布鲁内尔国际非洲诗歌奖旨在发展、鼓励和促进非洲诗人的创作。津巴布韦诗人兹布西索·姆波夫（Zibusiso Mpofu，出生年份不详）荣膺2022年布鲁内尔国际非洲诗歌奖，成为首个获得该奖项的津巴布韦人。姆波夫诗歌的背景置于“令人痛苦、窒息的后殖民时期”，主题主要关涉“移民、家庭、身份、艺术和穿越亚洲的冒险之旅”，以“令人惊讶的启示结束”。评委们认为姆波夫的诗歌“用修纳语和汉语描绘黑人在印度、菲律宾和中国的旅程，这些具有隐喻性、抒情性的诗歌为非洲诗歌开辟了一条新路线”。

3. 诺莫奖（Nommo Award）

诺莫奖设立于2017年，由非洲思辨小说协会颁发，是一个年度奖项，设有小说、中篇小说、短篇小说和图画小说四个类别，旨在表彰非洲艺术家创作的最优秀的奇幻或科幻作品。

津巴布韦作家腾达伊·休楚（T. L Huchu，1983— ）凭借《亡灵图书馆》（*The Library of the Dead*，2022）荣获最佳小说奖。小说将背景置于爱丁堡，时间是不远的将来，讲述了一段魔法历史。主人公罗帕是一个十几岁的女孩，具有超能力，可借助马林巴琴或拇指琴与鬼魂对话。为了照顾祖母和妹妹伊兹维，她选择了辍学，靠自己的魔法维持一家人的生计。一次偶然的机会，罗帕发现身边的许多儿童接连失踪。有些失踪者最后被找到，却诡异地丧失了自己的青春，变得年老体衰。为了寻找失踪儿童，她向朋友乔莫寻求帮助。乔莫的父亲在爱丁堡市中心墓地下的一家图书馆工作。通过该图书馆，罗帕获得了丰富的魔法知识，学会了隐身，也意识到自己的能力远远超乎想象。罗帕是休楚笔下一个多维、饱满的形象：作为一个即将成年的少女，她富有朝气；作为孙女和姐姐，她善解人意；虽然一家三口住在一辆破旧的拖车里，生活不稳定，但她竭力使家人在诡异的环境里保持身心健康。

最佳中篇小说奖授予了非裔美国小说家恩尼迪·奥科拉福（Nnedi Okorafor，1974— ）的科幻小说《遥控》（*Remote Control*，2021）。小说以 14 岁的桑科法来到一个村庄为开端。桑科法是死神的女儿，村里无人不知。她记得自己曾经有过一个温暖的家，对自己的本名却一无所知，更不知道自己强大的致死能力从何而来。小说闪回到 10 年前，当时的桑科法 4 岁，法名法蒂玛。该回忆片段将背景置于加纳北部的一个小村庄。有一天，一颗奇怪的绿色种子从天而降，正好落在法蒂玛的房子旁边，向她传递了可以取人性命的法力。她因而能够在发怒时如电视遥控器一般发出足以杀死害虫的绿光，此即小说名字的由来。她越愤怒，光芒波及的范围越大，此时，她自己也无法控制这种致死的力量。在一次发怒时，她竟杀死了所有的村民，包括自己的亲人。自那以后，她忘记了自己的本名，成了一个流浪儿，此即小说开篇的场景。然而，桑科法始终保持着人性。她虽拥有夺走他人生命的法力，但同时也是一个寻家的普通女孩。当她从一个村子流浪到另一个村子时，并没有如村民想的那样故意夺走人们的生命。实际上，只有需要帮助受苦者或已经垂死的人，以及有人威胁到她的生命时，她才会施法。

最佳短篇小说奖颁发给了尼日利亚作家佩米·阿古达（Pemi Aguda，1990— ）创作的小说《化装舞会季》（*Masquerade Season*，2021）。小说围绕儿子与母亲的关系展开。在一次回家途中，主人公保利没有按照母亲嘱咐的那样走大路，而是选择了灌木丛生的小路。保利不知道每年这个时候都会有化装舞会，没走几步就撞见了三个去参加舞会的人。这三人都个头高大，头戴面具，穿着花哨。保利跟他们说了几句话没有得到回应，于是继续赶路，却发现那三个面具人尾随自己。保利希望做个好儿子，便把三个美丽的面具人带回了家，期待母亲会为其自豪。保利的母亲是一名裁缝，因做衣服材料不足，便要求面具人取下自己身上的各种物件助其完成衣服的制作。保利开始产生道德上的疑虑，纠结是否应该让朋友们答应母亲的请求。最终保利意识到，做一个好儿子有时也意味着不服从。

入围 2022 年最佳图画小说奖的作品仅有两部，奖项最后授予了尼日利亚作家罗伊·奥库佩（Roye Okupe，1985— ）的《伊亚努：奇迹之子》（*Iyanu: Child of Wonder*，2021）第二卷。奥库佩受约鲁巴文化和神话启发，将故事背景置于约鲁巴兰。小说讲述了一个历史奇幻故事。主人公伊亚努是一个十几岁的孤儿，对过去一无所知，整日喜欢研究约鲁巴历史和古代艺术。有一天，她突然发现自己身上隐藏着可以与神明相媲美的超能力，这种神力自奇迹时代以来从未出现过。伊亚努于是与另外两名少年联手，挖掘自己身世的真相。在伊亚努冒险的过程中，她的超能力助其重现奇迹时代，拯救濒临毁灭的世界。

4. 欧·亨利奖（O. Henry Prize）

自 1919 年以来，欧·亨利奖每年颁发一次（2020 年中断）。该奖项以美国短篇小说家威廉·西德尼·波特（William Sydney Porter，1862—1910）的笔名欧·亨利（O. Henry）命名，表彰每年在美国或加拿大杂志上发表的最佳短篇小说，是美国历史上最悠久的短篇小说奖。创办之初，该奖项只对美国作家开放。随后的几十年里，这一规定逐步得到修订。2003 年，该奖项不再限制作家国籍，只要求作品在北美杂志上发表。

2022 年欧·亨利奖的获奖者是尼日利亚小说家奇玛曼达·恩戈齐·阿迪奇埃（Chimamanda Ngozi Adichie，1977—　）和佩米·阿古达，其中阿迪奇埃二度荣膺该奖项。阿迪奇埃的获奖短篇小说《齐科拉》（“Zikora”，2020）探讨了母女关系、年龄歧视、爱情、母性等议题。主人公齐科拉是一位在美国生活的尼日利亚女性，在告知男友自己怀孕时惨遭抛弃。齐科拉的母亲是一位在镇上负责接生的医护人员，理应更懂得如何照顾婴儿，但母女之间的分歧却因此逐渐显现。当感到离理想生活越来越远时，齐科拉开始反思母亲的成长经历以及自己和母亲的关系。小说揭示了黑人母亲在美国面临的特殊挑战，尤其是黑人母亲的高死亡率问题，以及作为职场妈妈的困境。

阿古达曾是阿迪奇埃的学生，凭借短篇小说《母乳》（“Breastmilk”，2021）获奖。故事将背景置于尼日利亚人口最多的城市——非洲第三大城市拉各斯，深刻探讨了女性身份、女权主义和出轨行为等议题。主人公阿杜克的丈夫蒂米刚出差回来就承认与前女友通奸。但阿杜克很快便原谅了他，因为他在其他方面是个合格的丈夫，尤其不搞性别歧视，这在尼日利亚很鲜见。38 周后，他们的第一个孩子出生了。不幸的是，阿杜克发现自己没有母乳，于是将问题归结于自己轻易原谅了出轨的丈夫。最重要的是，阿杜克认为自己的原谅背叛了从母亲身上继承来的女权主义价值观，对此忧心忡忡。

5. 非洲作家奖（Prix Les Afriques）

喀麦隆作家伊博洛·姆布埃（Imbolo Mbue，1981— ）凭借 2021 年出版的法语版小说《我们能长活于世吗？》（*Puissions-nous vivre longtemps*）摘得 2022 年非洲作家奖桂冠。这是一部有关反抗的小说。故事开始于 20 世纪 80 年代末，结束于 2020 年。科萨瓦村有大约百户人家，原本大家过着宁静祥和的生活。不幸的是，随着美国石油公司对当地石油的过度开采，村子里的土地和水遭到了严重污染，致命的疾病威胁着村民们的生命安全。面对被污染的生存环境，年轻人坎加发起了抗议。随着故事的发展，年轻女孩图拉也加入了反抗的行列，不惜牺牲一切来保护家人的生命安全。在这场漫长的战斗中，图拉失去了父亲，叔叔被关进监狱，弟弟也险些丧命。这些不公正的现象促使图拉加入了美国的社会抗议运动，并由此增加了自己的活动经验。在有关主人公与致命的环境污染做斗争的描述中，作者言辞激烈，深入探讨了多年来科萨瓦村忍受剥削、暴力反抗的问题。

6. 温德姆–坎贝尔文学奖（Windham-Campbell Literature Prizes）

2022 年温德姆–坎贝尔奖的获奖者包括三位非洲作家。津巴布韦女作家西费韦·格洛里亚·恩德洛武（Siphiwe Gloria Ndlovu，1977— ）和齐齐·丹加兰加（Tsitsi Dangarembga，1959— ）荣获 2022 年温德姆–坎贝尔文学小说奖，尼日利亚作家伊曼纽尔·艾杜马（Emmanuel Iduma，1989— ）荣获非小说奖。恩德洛武的作品《飞行理论》(*The Theory of Flight*, 2018) 和《人类的历史》(*The History of Man*, 2020) 广受好评。评委给她的颁奖词是:“[她] 既是编年史家,又是魔术师,想象力极为丰富,创造了一个由痛苦和希望、荣誉和绝望组成的津巴布韦的过去,书写了出生在国家历史十字路口的几代人的故事。”齐齐·丹加兰加的写作生涯跨越了三十年,她作品包括三部曲《不安状态》(*Nervous Conditions*, 1988)、《不是的书》(*The Book of Not*, 2006) 以及入围布克奖的《哀悼的身体》(*This Mournable Body*, 2018)。评委们称丹加兰加的小说具有“开创性”,“生动展现了非洲妇女面对殖民主义、种族主义和父权势力时争取权力的持续斗争”。伊曼纽尔·艾杜马的作品包括小说《未来的声音》(*The Sound of Things to Come*, 2016) 和纪实作品《陌生人的姿态》(*A Stranger's Pose*, 2018)。评委给她的颁奖词为:“伊曼纽尔·艾杜马的小故事语言优雅,内容充满哲思,融合了艺术批评、精明的观察和抒情的调度,邀请读者从物质和精神上观察世界的广阔和人民的广度。”

7. 尼日利亚文学奖 (The Nigeria Prize for Literature)

尼日利亚诗人罗密欧·奥里奥贡 (Romeo Oriogun, 出生年份不详) 凭借诗集《游牧者》(*Nomad*, 2021) 斩获 2022 年尼日利亚文学奖。该诗集共收录了 67 首诗,由一个旅行主题串联,将非洲的过去、现在和未来连接在一起。《开始》(“Beginning”) 作为诗集的开篇,名字恰如其分,探讨了远离故土对人心理的深远影响。其中,奥里奥贡毫不掩饰自己的失望,因为移民不仅是搬运行李这么简单,还意味着过去的故事和记忆也将从此远离故土。在《迷雾》(“Mist”) 中,诗人叙述了与故乡分道扬镳的创伤性体验。《我爱的每个人今晚都活着》(“Everyone I Love Is Alive Tonight”) 营造了一种怪异的氛围。奥里奥贡坐在海边,怀念远去的朋友、母亲和兄弟姐妹,渴望向他们吐露衷肠。《科托努》（“Cotonou”）是该诗集中的长诗之一。诗人暗示自己对尼古丁上瘾，并对此无能为力。奥里奥贡写到了公共汽车上疲惫不堪的人们，写到了人贩子在巴马科、的黎波里和毛里塔尼亚的逃亡经历，还写到了一些可怜的女孩，她们为了在这个世界上获得一席之地，不得已出卖自己的身体和灵魂。正如评委所言，奥里奥贡的诗歌“语言鲜活，饱含对流散现实的关怀”。

8. 钦努阿·阿契贝文学奖（Chinua Achebe Prize for Literature）

为纪念钦努阿·阿契贝（Chinua Achebe，1930—2013），阿南布拉州政府设立了钦努阿·阿契贝文学奖，由尼日利亚作家协会负责管理。2022年，尼日利亚作家西尔瓦·恩泽·伊菲迪格博（Sylva Nze Ifedigbo，1984— ）凭借小说《信徒与骗子》（*Believers and Hustlers*，2021）荣膺该奖项。小说以尼日利亚拉各斯为背景，讲述了牧师尼克和妻子恩凯奇的故事。尼克年轻时失去了父亲，母亲历经千辛万苦把他送进学校读书。大学毕业后，他在一家公司找到了工作，但公司很快被吞并。进入新公司后，尼克发现自己没有晋升的希望。几经坎坷，他意识到自己应该寻求权力——不是政治权力，而是拥有和管理一个教会所带来的权力。于是尼克说服妻子买下一个教堂，在两人共同努力下，此处短期内发展成当地最大的教会。表面上，恩凯奇有着体面的工作、令人艳羡的丈夫，夫妻之间恩爱和睦，实际上，她发现丈夫有着不为人知的秘密，便开始调查他。这与毅恩纳调查的事情不谋而合。毅恩纳是一名年轻记者，负责教堂的报道工作。但他偏离了工作范畴，对教堂建造过程中一名牧师的死亡事件非常感兴趣，于是撰写了相关报道。文章发布后，尼克大怒，解雇了毅恩纳。后来，毅恩纳选择成为一名博主，继续揭露牧师的腐败和虚伪。这部大胆的小说讲述了这个时代的一些重要议题：对权力的追求、权力引发的恐惧、权力的虚伪，以及宗教如何被工具化以将权力笼罩在神秘之中。然而，从本质上讲，这是一个关于生命、爱情和权力的故事。

二、重要文学作品

尼日利亚著名女作家奇玛曼达·恩戈齐·阿迪奇埃于 2022 年 3 月 1 日发表了作品《我们都应该是女权主义者》(*We Should All Be Feminists*，2022)。该作品改编自 TEDx 同名演讲，开篇援引了作者的其他作品以及美国和全球女权主义历史性时刻的相关名言，最后几页附上了以提高妇女和女孩地位为中心任务的非营利组织名单。作者重申了“压迫具有多重性”的观点，阐述了女性面临种族、性别、民族血统等问题时的多重困境，打破了社会中维护父权制的思想禁锢，为女性提供了看待世界的新视角。虽然这本日志针对女性，但对任何想踏上自我发现之旅的人而言都具有启发意义。

加纳作家夸梅·塞纽·内维尔·道斯（Kwame Senu Neville Dawes，1962— ）和澳大利亚诗人约翰·金塞拉（John Kinsella，1963— ）合作过四本对话诗集，应时代要求他们又合作了第五本诗集《非历史》(*unHistory*，2022)。该诗集是两位诗人对近五年社会重要事件的记录，探讨的议题包括：世界范围内专制政府的崛起，特朗普推翻美国民主的努力，新冠肺炎疫情对各国贫富差距拉大的影响，以乔治·弗洛伊德（George Floyd）为代表的黑人被杀害后黑人对社会正义的诉求，以及保守的白人民族主义者有关种族主义和不平等现象的看法等。

尼日利亚作家本·奥克里（Ben Okri，1959— ）发表了小说《艺术大师最后的礼物》(*The Last Gift of the Master Artists*，2022)，故事背景置于大西洋奴隶贸易到来之前的尼日利亚，涉及邪恶、奴役、艺术和死亡等永恒主题。故事以两位主人公在非洲一条河边的相遇开篇。一位是国王的儿子，正努力寻找立足之地；另一位是来自神秘艺术大师部落的工匠的女儿。王子被女孩的美貌吸引，于是躲在灌木丛中偷偷观察。女孩则对他一无所知，但能听到他的说话声，两人约定次日于同一时间同一地点相见。但女孩第二天并没有如约出现，王子随即开始寻找她。最后他追踪到女孩所在的村子，伪装成一个学徒，在她父亲的作坊里谋得了一份差事。然而，这并非童话故事，也不是传统的爱情故事——他们丝毫没有意识到所处的世界正悄然崩塌，直至一股怪异之风吹遍世界，歌曲、故事、艺术作品等开始消失，最后连人类也荡然无存。小说最早发表于 2008 年，现经大幅改写后重新出版。作品首次发表时没有提及奴隶制问题，或仅有所影射，此次重版是一次机会，可根据当代的情况纠正这一问题。

尼日利亚作家乌卡玛卡·奥里萨克维（Ukamaka Olisakwe, 1982— ）主编的《伊瑟尔最佳文集》（*Best of Isele Anthology*）于 2022 年 11 月出版。该文集收录了 28 位不同作者的 46 篇短篇小说、散文和诗歌，涉及爱情、婚姻、自杀、警察暴行、黑人创伤、教育等主题。文集体裁多样，文字富有力量和美感，为人类提供了新的观察和认知方式。

曾屡次获奖的尼日利亚女作家契卡·乌尼圭（Chika Unigwe, 1974— ）发表了自己的第七部小说《离开梅沙克》（*Leaving Meshach*, 2022），这也是她继 2014 年发表《黑色弥赛亚》（*Black Messia*）后的第一部小说。小说以希腊神话为蓝本，灵感来源于冥王哈迪斯绑架珀耳塞福涅（宙斯的女儿）的故事。故事背景置于 2000 年的埃努古，部分故事发生在佐治亚州的亚特兰大。女主人公娜妮年幼时不幸被一个年长她很多、自称“上帝”的男人梅沙克诱奸。七年后，娜妮已是三个孩子的母亲。尽管生活充满了苦涩和悲伤，她最终还是鼓起勇气，摆脱了施虐狂丈夫的控制，为自己伸张正义。小说还探讨了父母与子女关系的问题。娜妮的父亲已经去世，母亲非常富有。但由于娜妮在婚育问题上违背了父母意愿，她遇到麻烦时无法向母亲求助，生活举步维艰。乌尼圭表示，“就像我写的每一本书一样，我首先希望讲述一个好故事。但这本书以我们不常提及的话题为中心：虽然父母很爱我们，但相比孩子的幸福，他们更在意外界的眼光。”

尼日利亚作家阿布巴卡尔·亚当·易卜拉欣（Abubakar Adam Ibrahim，1979— ）的《像这样的爱：一个短篇故事》（*A Love Like This: A Short Story*，2022）讲述了一个关于爱情和自我发现的故事。主人公亚里马·拉罗怀疑自己前世曾因爱情与人发生纠葛被谋杀过两次，并且一直无法摆脱这些记忆。为了弄清真相，他和自己的朋友兼爱侣阿兹扎从阿布贾来到卡诺，去见一个他前世可能认识的老妇人。阿兹扎起初持怀疑态度，对重温自己的痛苦记忆犹豫不决。但随着对往事了解得越来越多，历史的真相逐渐浮现。故事结尾，作者暗示了拉罗未来将会有新的旅程，开放式的结局令人回味。

尼日利亚作家克里斯·阿巴尼（Chris Abani，1966— ）发表了自传体诗集《吸食〈圣经〉》（*Smoking the* Bible，2022）。该诗集以在尼日利亚长大的两兄弟的情谊为中心，主题关涉流散、家庭暴力、内乱和新殖民主义。两兄弟的父亲是伊博人，母亲是英国人。阿巴尼结合伊博语和西非仪式，宣扬了兄弟姐妹之间的亲情和奉献精神。诗集尝试阐释死亡的深刻内涵，从过去的记忆中获得灵感，可粗略地归类为挽歌。阿巴尼强调祖先语言和仪式惯例的重要性，提醒读者阅读诗歌的乐趣首先是语言的体验。

结语

回顾2022年非洲作家获奖和新作发表情况，我们可以看到，尼日利亚文学持续繁荣，津巴布韦和肯尼亚文学也呈不甘示弱之态。一代代非洲作家不仅在作品中延续着文学传统，更传递着他们对现实生活的持续关怀。让人欣慰的是，肯尼亚作家伊扎·卢胡米奥、津巴布韦作家西费韦·格洛里亚·恩德洛武和齐齐·丹加兰加的获奖说明女性文学继续保持了强劲的势头。一些新生代作家也推出了高质量的作品，在广阔的历史背景下书写小人物的人生起伏。就文类来说，小说较为丰产，诗歌亦有佳作出现，而戏剧创作仍不见起色。本年度非洲文学关注的主题大则极大，小则至微，涵盖了流散、压迫、女性主义、科技异化、亲子关系、文化、传统、家庭暴力和新殖民主义等。我们有理由相信，作为世界文学的重要一角，非洲文坛会持续欣欣向荣，摆脱"边缘"角色。

参考文献：

"Award-winning Author, Chika Unigwe, Set to Publish New Novel." *Punch Newspapers*. 21 Mar. 2021. Web. 11 Jan. 2023. <https://headtopics.com/ng/award-winning-author-chika-unigwe-set-to-publish-new-novel-punch-newspapers-19299292>.

Bhopla, Rhony. "SMOKING THE BIBLE by Chris Abani." 4 Oct. 2022. Web. 11 Jan. 2023. <https://harvardreview.org/book-review/smoking-the-bible/>.

Bocandé, Anne. "«Puissions-nous vivre longtemps» : Imbolo Mbue Signe un Second Roman Engagé." 25 Jan. 2021. Web. 1 Mar. 2023. <https://www.jeuneafrique.com/1107180/culture/puissions-nous-vivre-longtemps-imbolo-mbue-signe-un-second-roman-engage/>.

Chiemeke, Jerry. "In 'Nomad', Romeo Oriogun Earnestly Converses with Time And History". 20 Sept. 2022. Web. 10 Jan. 2023. <https://olongoafrica.com/in-nomad-romeo-oriogun-earnestly-converses-with-time-and-history/>.

Delgado, Anjanette. "*We Should All Be Feminists: A Guided Journal*." Web. 12 Jan. 2023. <https://www.nyjournalofbooks.com/book-review/feminists-guided-journal> .

"Eswatini Writer Kota Wins Overall Commonwealth Short Story Prize." *Books and Publishing*. 22 Jun. 2022. Web. 3 Jan. 2023. <https://www.booksandpublishing.com.au/articles/2022/06/22/216143/eswatini-writer-kota-wins-overall-commonwealth-short-story-prize/>.

Hamto, Maileen. "*We Should All Be Feminists: A Guided Journal*." Web. 12 Jan. 2023. <https://sanfranciscobookreview.com/product/we-should-all-be-feminists-a-guided-journal/>

Heller, Jason. "In 'Remote Control', Drones Fly over the Yam Fields of a Near-Future Africa." 20 Jan. 2021. Web. 3 Jan. 2023. <https://www.npr.org/2021/01/20/958499168/in-remote-control-drones-fly-over-the-yam-fields-of-a-near-future-africa>.

Ibeh, Chukwuebuka. "Chimamanda Ngozi Adichie and Pemi Aguda Win 2022 O. Henry Prize." 20 Apr. 2022. Web. 10 Jan. 2023. <https://brittlepaper.com/2022/04/chimamanda-ngozi-adichie-and-pemi-aguda-win-2022-o-henry-prize/>.

—. "Romeo Oriogun Wins the $100,000 Nigeria Prize for Literature." 17 Oct. 2022. Web. 10 Jan. 2023. <https://brittlepaper.com/2022/10/romeo-oriogun-wins-the-100000-nigeria-prize-for-literature/>.

—. "Sylva Nze Ifedigbo Wins the 2022 Chinua Achebe Prize for Literature." 2 Nov. 2022. Web. 10 Jan. 2023. <https://brittlepaper.com/2022/11/sylva-nze-ifedigbo-wins-the-2022-chinua-achebe-prize-for-literature/>.

Jayne. "Joint Review: Remote Control by Nnedi Okorafor." 21 Jan. 2021. Web. 24 Mar. 2023. <https://dearauthor.com/book-reviews/overall-c-reviews/c-plus-reviews/review-remote-control-by-nnedi-okorafor/>.

Malec, Jennifer. "'You Have Changed My Life!' Three African Writers Among the Winners of the 2022 Windham–Campbell Prizes." 30 Mar. 2022. Web. 10 Jan. 2023. <https://johannesburgreviewofbooks.com/2022/03/30/the-jrb-daily-you-have-changed-my-life-three-african-writers-among-the-winners-of-the-2022-windham-campbell-prizes/>.

Marcus, Richard. "Book Review: The Library of the Dead by T. L. Huchu." 29 May. 2021. Web. 10 Jan. 2023. <https://www.seattlepi.com/lifestyle/blogcritics/article/Book-Review-The-Library-of-the-Dead-by-T-L-16213308.php>.

Mlangiza, Yamikani. "The Illusion of Choice: A Review of 'Five Years Next Sunday' by Idza Luhumyo – AKO Caine Prize Shortlist 2022 Reviews." 8 Jul. 2022. Web. 3 Jan. 2023. <https://africainwords.com/2022/07/08/the-illusion-of-choice-a-review-of-five-years-next-sunday-by-idza-luhumyo-ako-caine-prize-shortlist-2022-reviews/>.

Otto, Megan. "The Complicated Nature of Justice and Power in *Remote Control*." 18 Jan. 2021. Web. 24 Mar. 2023. <https://chireviewofbooks.com/2021/01/18/the-complicated-nature-of-justice-and-power-in-remote-control/>

Ruh, Austin. "Review: *The Library of the Dead*." 2 Jul. 2021.Web. 24 Mar. 2023. <https://www.bookreporter.com/reviews/the-library-of-the-dead>.

Shaffi, Sarah. "Caine Prize Goes to 'Incandescent' Short Story by Idza Luhumyo." *The Guardian*. 18 Jul. 2022. Web. 3 Jan. 2023. <https://www.theguardian.com/books/2022/jul/18/caine-prize-goes-to-incandescent-short-story-by-idza-luhumyo>.

Yishau，Olukorede S. "Navigating a Labyrinth of Lies and Scandals in Sylva Nze Ifedigbo's *Believers and Hustlers*." Web. 27 Mar. 2023. <https://thelagosreview.ng/navigating-a-labyrinth-of-lies-and-scandals-in-sylva-nze-ifedigbos-believers-and-hustlers-olukorede-s-yishau/>.

作者单位：上海师范大学外国语学院；北京外国语大学外国文学研究所

2022年非洲葡语国家文学概览

余沛霖

内容提要：2022年非洲葡语国家文学的关键词是收获、多样和创新。这三个关键词分别体现在三个不同维度上：奖项和荣誉的丰收；创作群体的多样性；文学主题和形式的推陈出新。一方面，透过莫桑比克和佛得角的文学动向，我们可以观察到非洲葡语国家文坛总体呈现出百花齐放、硕果累累的景象；另一方面，东帝汶、几内亚比绍等国家的文学新动态则向读者展现出其文学富有生机、潜力和可能性的一面。对非洲葡语国家中坚和新生的文学创作群体的关注，使我们得以整体把握2022年非洲葡语国家文坛的面貌，亦能够成为我们预测其文学未来发展和走向的出发点。

2022年，非洲葡语国家文学的作品在奖项荣誉、创作群体和主题形式三个维度上呈现出丰富、多样和创新的特质。其一，无论是在国际荣誉还是国内殊荣上，莫桑比克和佛得角作家都收获颇丰；其二，以几内亚比绍为代表，异军突起的年轻创作群体为非洲葡语文坛注入了一股新鲜的血液；最后，虽然回忆和历史依旧是主流的文学主题，但令人惊喜的是，在今年，涌现了一批以私人情感为着力点或针对文学创作、出版和市场化本身进行探讨的文学作品。此外，文学形式的多样性也是今年的亮点之一，涵盖了小说、戏剧和诗歌等不同领域。总之，无论是文学主题的深度，还是文学形式的广度，2022 年的非洲葡语国家文学都值得我们以全新的视角进行考量。按照非洲葡语国家葡文国名的首字母排序，我们将依次介绍安哥拉、佛得角、几内亚比绍、莫桑比克、圣多美和普林西比以及东帝汶的具体情况。

一、安哥拉

2022 年的安哥拉文学承袭过往的一贯特质，展现出新旧交织、风格混杂、独树一帜的面貌。殖民历史与记忆、当下社会现实以及非洲女性情感仍然是安哥拉文学创作者持续关注的主要领域。然而，对文学创作和生产、出版的市场化及全球化、非洲文学的未来等现实问题的思考也是今年安哥拉文学的焦点之一。可以说，2022 年安哥拉文学主题的异质性向国际读者传递了一种全新的信号，即在未来的安哥拉文学园地中，将会有更加丰富的创作可能性，而其创作亦将摆脱陈旧的欧美中心主义的刻板印象，探索出兼具文学性、哲思性和在地性的新空间。

安哥拉著名作家雅克·阿尔林多·多斯·桑托斯（Jacques Arlindo dos Santos, 1943—　）2022 年出版了新作《圣芭芭拉共和国：关于首都的特殊报告》（*República de Santa Bárbara – Relato Particular sobre a Cidade Capital*）。他出生于安哥拉南宽扎省，是安哥拉著名文化和出版协会“柠檬草茶”（Chá de Caxinde）的创办者之一，亦是安哥拉当代文学史中不可忽视的重要人物。桑托斯已出版多部文学作品，如《卡塞卡（卡鲁洛城生活即景）》[*Casseca (Cenas da Vida em Calulo)*, 1993]、《雨落在巨大的小卖铺》（*Chove na Grande Kitanda*, 1996）等。

小说透过不知其父为何人的主人公恩里古·里佐·达·维森西亚·达·博阿·莫尔特的视角，向读者徐徐展开了一幅画卷：以首都卢安达及圣芭芭拉街区的复杂面貌为背景，各色人物依次登场，在疑惑、质问及追寻中，他们缓缓吐露出对社会现状的愤怒与不安，对殖民及反殖民历史的追忆和感怀，以及对未来的迷茫。在前言中，作者借主人公之口预先为读者阐释了这部作品无法被定义的特质和想要抵达的境地："我将以一种不同的、近乎不合适的方式来揭露的事物，和梦或现实毫无关联，无法被作为故事、小说或罗曼司来阅读。它们既非什么原始主义的历史叙述，更谈不上是什么现代的回忆录。实际上，它们是对各个震动人心的时期的记录。较之宣泄，这些文字更是一种谴责的、复调的号叫，针对的则是邪恶与放浪。我们很清楚，这是两件多么不同的事物。"

安哥拉著名女诗人伊莎贝尔·费雷拉（Isabel Ferreira，1958—　）笔耕不辍，于2022年推出了第六本诗集《酸甜的奇桑夸汁》（*Kissângua*[1] *Agridoce*）。

伊莎贝尔·费雷拉出生于安哥拉，曾加入安哥拉人民解放军（FAPLA）并参与其辖下的音乐组织"人民"（FAPLA-POVO），是一名坚韧的安哥拉反殖民战士和杰出的安哥拉民俗音乐传播者。她的文学创作涉足多种体裁，包括诗歌、小说等，已经出版的六本诗作在安哥拉和葡萄牙都拥有众多读者，其中《裸词之岸》（*A Margem das Palavras Nuas*，2006）和《寂静河床》（*O Leito do Silêncio*，2014）知名度最高。

在《酸甜的奇桑夸汁》中，伊莎贝尔·费雷拉延续对非洲民俗传

1　本文译作"奇桑夸汁"，是安哥拉南部奥文本杜人（Ovimbundu）的一种传统手工饮料，通常以玉米、菠萝或大米发酵制作而成。

统、欧洲离散经验及个人历史记忆的体认和考察，从细腻丰盈的女性感受出发，将数十篇主题多样的诗歌浓缩于此。在这本诗集中，读者不仅可以感受到作者对女性、力量和抵抗之间的联结的重视与呼吁，对非洲大陆及文明的温情四溢的告白，亦可以观察到她对当代政治的不屑和轻蔑，以及对底层人苦痛经验的共情。毫无疑问，作为一名参与过安哥拉民族解放斗争的女战士、女作家和女音乐人，伊莎贝尔·费雷拉以如今的文学视野向旧日和今时的读者宣告，她的文学生涯已开启新的一幕。她的诗歌将在国际与非洲经验、女性与战斗历史、传统文化与现代文明之间游弋，探索后殖民身份的复杂性，试图抵达霍米·巴巴（Homi Bhabha）所言的“中间性”。

安哥拉当代最重要的小说家之一若昂·梅洛（João Melo，1955— ）暌违两年之后重返文坛，为读者带来一本在各个维度都堪称新颖的作品《这本书会是一部小说吗？》（*Será Este Livro um Romance?*）。若昂·梅洛出生于安哥拉首都卢安达，其文学创作主要集中于诗歌和小说领域，尤其关注独立以后安哥拉的社会现实、民族政治生态以及两性亲密关系等问题。其小说如《对萨特和西蒙娜·波伏瓦的拟仿》（*Imitação de Sartre & Simone de Beauvoir*，1998）和《祖国之子》（*Filhos da Pátria*，2001）等在国际社会中评价极高。

《这本书会是一部小说吗？》以叙述者“我”的独白和与“作家”的对话开始，以小说写作、非洲文学和世界文学、当代网络文学以及文学出版界的诸多问题为中心，向读者展现了一场激烈的争辩。在这本新作中，小说的形式被彻底打破，不存在所谓的时间、事件和人物等传统小说的基本要素，而内容似乎也完全指向了自身，仿佛作者恰恰是要以这种方式开启一种小说元叙事的可能性。小说中，“我”不仅一再质问世界文学经典化过程中的不平等，亦将矛头指向了渐趋消费主义的文学出版市场，揭露其中的浮躁、功利以及严重的资本入侵。在作者看来，这些问题以巨大的力量影响着小说这一文学体裁的创作、出版和生存；而在非洲文学的领域内，这类影响无疑更是限制了非洲本土作家对传统民族文化和非洲大陆文明的探索，迫使他们日渐面临文学出版标准化和资本市场决定论的创作危机。

二、佛得角

佛得角知名女作家迪娜·萨卢斯蒂奥（Dina Salústio，1941— ）于今年荣获格拉·容凯罗葡语文学奖（Prémio Literário Guerra Junqueiro Lusofonia）。该奖评委会高度赞扬迪娜·萨卢斯蒂奥为非洲女性的文学之声所做出的贡献，肯定她挑战传统与权威的勇气，认可她为非洲葡语文学注入的持久而温柔的女性力量，以此强调女性艺术创作者在社会、经济及文化等各个层面带来的意义非凡的影响力，并希望此届奖项的颁发能够促进非洲葡语女性写作的繁荣。迪娜·萨卢斯蒂奥是佛得角第一位出版文学作品的女作家。1994 年，她以《温柔的夜色》（*Mornas Eram as Noites*）在佛得角文坛崭露头角，并一举获得佛得角儿童文学奖（Prémio de Literatura Infantil de Cabo Verde）。此后，她笔耕不辍，创作时间跨越数十载，硕果累累，其小说《色拉诺的疯女人》（*A Louca de Serrano*，1998）享誉国际。近几年，迪娜·萨卢斯蒂奥屡推新作。在 2018 年出版的短篇小说集《天主的孩子们》（*Filhos de Deus*）中，她将目光投向当代佛得角较为尖锐的社会问题，鼓励青少年对自己所处的社会环境进行批判性反思；在 2019 年出版的小说《薇若玛尔城》（*Veromar*）中，她以魔幻现实主义的笔触，生动描摹了一座危机重重的虚构城市，再现并探讨了诸多与儿童、青少年及女性相关的社会问题，如针对这些弱势群体的社会性暴力、遗弃、冷漠态度等。可以说，迪娜·萨卢斯蒂奥长期以来特别关注的性别、儿童和青少年问题已经成为其文学创作和社会参与的主要命题，这也解释了为什么她在当代非洲葡语文坛有着不可或缺亦不可替代的重要地位。

佛得角混血作家若阿金·阿雷纳（Joaquim Arena，1964— ）荣获2022年第五届阿尔纳多·弗朗萨文学奖（Prémio Literário Arnaldo França）。该奖项由葡萄牙货币之家·国家出版社和佛得角国家出版社共同创立，旨在鼓励和推动佛得角葡萄牙语文学的创作和传播。该奖评委会表示，若阿金·阿雷纳的新作《雨水的味道和完美友人的其他回忆》（*O Sabor da Água da Chuva e Outras Memórias da Amiga Perfeita*，2022）之所以能够在13部文学作品中脱颖而出，是因为其颇具海岛特色和原创性的书信体裁，以及在探索佛得角社会现实时独具一格的视角。

若阿金·阿雷纳出生于佛得角圣文森特岛，父亲是葡萄牙人，母亲是佛得角人。20世纪八九十年代，他求学并旅居欧洲，曾从事律师、记者等职业，还是音乐家。如此丰富多彩的人生经验也塑造了他的小说创作观。此次的获奖作品讲述了两名佛得角女性长达数十年的友谊，揭露并批判了殖民主义的残酷剥削以及父权制对女性的无情压迫。13岁之前，茱莉亚和康斯坦西娅幸福地生活在佛得角，两人是好朋友。然而，由于干旱和贫穷，康斯坦西娅不得不举家迁至圣多美，在殖民者的暴力压榨下辛苦劳作。另一边，虽然茱莉亚家境优渥，甚至能够支付后代在葡萄牙宗主国接受高等教育的费用，但她被长辈选为照管大家族的女人，因此成为家中唯一未受过教育的人。尽管相距遥远，境况相异，茱莉亚和康斯坦西娅却从未停止过通信和倾诉。两个女人跨越数十年的相互剖白，时而充满温情，时而满是痛苦，向读者展现了身处葡萄牙殖民末期的非洲女性的处境，以及她们淳朴的热情和深远的悲哀，揭露了历史和个人命运的必然性。

被非洲葡语文学研究专家皮勒斯·拉兰热拉（Pires Laranjeira）誉为“或许是后独立时期非洲葡语国家文学中最不同寻常的诗人”的若泽·路易斯·塔瓦雷斯（José Luiz Tavares，1967— ）于 2003 年以首部诗作《一场惊雷抹去天堂》（*Paraíso Apagado por um Trovão*）惊艳非洲葡语诗坛后，数十年间已出版十余部作品。暌违四年之后，诗人于今年推出了又一部文笔更为细腻、风格更为铿锵、主题更为广阔的新品《一枚掷向苍穹的石子》（*Uma Pedra Contra o Firmamento*）。这部作品长达六百多页，收录了诗人近年来关于佛得角的演讲、访谈、文学论战、人类学笔记及社会政治观察等，此外，还包含关于作品本身的研讨文章以及一首讨论诗歌边缘性与社会边缘性二元关系的长诗。若泽·路易斯·塔瓦雷斯生于佛得角圣地亚哥岛，该岛隶属于旧殖民流放地塔拉法尔，葡萄牙统治者曾于此设立迫害非洲反殖民人士的集中营。毫无疑问，这种家乡的地理历史特殊性使得塔瓦雷斯的文学创作也向殖民历史、后独立政治和社会现实等层面投射了持久的关注。他的双语诗集《一场惊雷抹去天堂》就包含了葡萄牙语诗篇和由作者本人翻译的克里奥尔语诗篇，独具语言与文化特色，并于 2004 年获得由卡洛斯特·古本江基金会颁发的马里欧·安托尼奥文学奖（Prémio Literário Mário António）。

三、几内亚比绍

相较于往年，2022 年的几内亚比绍葡语文学绽放出不同且多样的光彩，在诗歌和小说领域皆硕果颇丰。被誉为“几内亚文化的活传奇”的厄尔内斯托·达布（Ernesto Dabo，1949— ）出生于几内亚比绍南部城市布拉玛，其艺术创作横跨多个领域，包括文学、音乐、戏剧和摄影等。他的两部重要诗集《混杂的海》(*Mar Misto*，2011)和《蜗牛》(*Olonko*，2018) 均以葡萄牙语和克里奥尔语写成，并迅速在海外离散的几内亚比绍社群中引发热烈反响。在音乐领域，达布于2013年发表的专辑《纪念》(*Lembrança*) 被视作几内亚当代民族音乐文化的重要成果之一。他的摄影作品亦广受国际好评，已在葡萄牙及巴西举办多场摄影展。此外，我们有必要提及达布在几内亚民族解放斗争中的贡献。作为参与几内亚比绍和佛得角民族解放斗争的老兵，他被两国政府授予"祖国自由战士"军事勋章。继《蜗牛》后，2022年，达布为几内亚比绍文坛带来了一部温情脉脉的诗集《叶中爱》(*Amor em Folhas*)。这部新诗集不仅延续了旧作中对故乡和离散等主题的关注和思考，而且将视野投向内省和情感等愈加私人化的层面。在清新天然、简朴纯粹的文字中，读者既能捕捉到诗人技艺的日臻纯熟，亦能感受到其心灵的返璞归真。达布尝试让他的诗歌文字在形式和内容上皆拥有一种协调、平和且治愈的特质，从历史和家族的深渊中呼唤远古时期的美好人性，力图抚平和修复个人和集体的创伤印记。

青年几内亚比绍作家阿玛杜·达非 (Amadu Dafé，出生年份不详) 在2017年和2019年分别推出两部小说《玛迦利亚斯》(*Magarias*) 和《大比绍》(*Ussu de Bissau*)，向葡萄牙语文学世界展现了几内亚比绍当代青年文学创作者的勃勃野心。这两部作品聚焦于几内亚比绍内部的社会和民族问题，探讨传统迷信和现代文明的局限性，以及两者之间的冲突为当代非洲社会埋下了何种忧患。《大比绍》中，阿玛杜·达非以严苛的现实主义手法，直指故乡社会中所存在的普遍现象，试图揭露大部分独立后的非洲民族国家中最难为外人道的悲惨根源。这一特点亦在其新作《尽噬之城》(*A Cidade Que Tudo*

Devorou，2022）中得以延续。小说以混乱的比绍都城为背景，以神秘莫测、背负历史和罪恶的各色人物为载体，揭露了几内亚比绍的另一处阴暗角落：战争和毒品毫无廉耻地栖居于此，恶之花肆意生长，最终渐渐吞噬和同化整个国度及人民。伴随着一系列极端暴力事件，小说的主要情节在一团团关于谋杀、腐败、毒品交易、抗议、性暴力的疑云中徐徐展开，而承载这一切的是两个叙述者的声音，分别来自恩苏娜和斯佩兰萨。他们交替讲述，却未能让碎片化的故事和历史变得清晰，反而逐渐加重了读者的迷惑：现在是谁在讲述？他们真的是小说里的角色吗？我们听到第几个故事了？哪个是真实的，哪个又是虚构的？最终，读者可以发现，恩苏娜的声音实际上是由斯佩兰萨创造出来的，而这种叙述方式的双线混杂性也和小说内容的虚实复杂性缠绕在一起，逐渐吞噬话语、阅读甚至历史本身——正如小说标题所揭示的那样。小说结尾，在运用现实主义色彩对存在主义命题进行涂抹并企图召唤某种超现实主义后，阿玛杜·达非用“希望”一词为这场属于几内亚比绍，同时也超越几内亚比绍的盛大悲剧画下了句号，正如主人公斯佩兰萨的名字所隐喻的那样。作者无疑在呼吁另一种社会变革，一种远离仇恨与疯狂、血与武器，重现几内亚比绍革命之父阿米尔卡·卡布拉尔（Amílcar Cabral，1924—1973）的爱国之梦的真正意义上的变革。

四、莫桑比克

2022 年的莫桑比克文坛迎来小说领域的奖项丰收。无论是享誉盛名的经典作家，还是创作力旺盛的中生代作家，都在葡萄牙语文学疆域内确认并巩固了自己的位置。其中，最引人注目的文学奖项莫过于若泽·克拉韦里尼亚文学奖（Prémio de Literatura José

Craveirinha）。值莫桑比克著名民族诗人若泽·克拉韦里尼亚百年诞辰之际，此奖最终颁发给了当代最重要的莫桑比克作家米亚·科托（Mia Couto，1955— ）。这一颁奖结果不仅肯定了米亚·科托的文学价值，更对其在莫桑比克文学史上的地位赋予了极高的意义。奖项评委会表示，米亚·科托本应在许久以前就承此光荣，因其文学作品中所表现的人性之伟大并不局限于莫桑比克，更向世界读者展现了普遍与特殊共存的非洲文明特质。米亚·科托生于莫桑比克第二大城市贝拉，从小热爱写作，于1983年出版了第一本诗集《露水之根》（*Raiz de Orvalho*）。其后，他创作了大量优秀文学作品，包括诗歌、小说和散文等。数十年间，米亚·科托揽获各类海内外大奖，其中能够奠定其地位的要数2013年的葡语文坛最高奖项卡蒙斯奖（Prémio Camões）。米亚·科托的小说颇受读者青睐，其中以《梦游的大地》（*Terra Sonâmbula*，1992）、《耶稣撒冷》（*Jesusalém*，2009）和《母狮的忏悔》（*A Confissão da Leoa*，2012）最负盛名。近年来，米亚·科托亦是诺贝尔文学奖的热门候选人之一。

和往年相比，2022年的海洋葡语文学奖（Oceanos-Prêmio de Literatura em Língua Portuguesa）亦多了一份不同的意义。自2003年创办以来，今年是第一次在非洲大陆上举办颁奖仪式。更值得一提的是，颁奖仪式在莫桑比克首都马普托举行，而奖项的第二名正是莫桑比克知名作家若昂·保罗·博尔赫斯·科埃略（João Paulo Borges Coelho，1955— ）。这也是历史上莫桑比克作家第二次斩获此奖项。若昂·保罗·博尔赫斯·科埃略凭借小说《革命博物馆》（*Museu da Revolução*，2021）在众多竞争者中脱颖而出，其获奖原因主要在于对记忆、历史和现实之关系的高超艺术处理手法。小说讲述了“我”和主人公杰杰在革命博物馆之内的历史探索之旅，同时刻画了博物馆之外正在发生的躁动不安的现实。透过平行双线，作者将不同时期的莫桑比克历史拼凑、关联在一起并进行对比，以此强调一种开阔的历史观之于我们理解当下社会的重要性。小说对博物馆的功能、私人记忆和身份问题的深入探讨及批判，成为其摘得桂冠的主要原因之一；而其对战争命题各个维度的独特阐释，亦是近年来非洲葡语文学中罕见的闪光点。若昂·保罗·博尔赫斯·科埃略在作品中挖掘并考察了各种形态的"战争"以及人类对此的理解，突出并对照了两种主要的战争类别，即更具形而上学特质的抽象的生命战争以及相互关联、更加具体的战争群，后者涵盖殖民战争、国族冲突、性别倾轧等。这些对战争的思考超越了具体的历史维度，立足于更悲怆的命运之巅，凝视整部人类战争史，慨叹其终将徒劳的结局和无意义。

2022 年，由葡萄牙货币之家·国家出版社主办、卡蒙斯葡语文化中心马普托分部协办的奖项国家出版 / 尤吉尼奥·里斯本文学奖（Prémio Imprensa Nacional/Eugénio Lisboa），最终颁发给了莫桑比克青年作家若弗雷蒂尼奥·费埃非（Jofredino Faife，1987— ）。若弗雷蒂尼奥·费埃非以娜塔莉娅·欧·冈波斯（Natália O. Campos）为笔名，创作了小说《木偶剧场（或散记人类荒漠化的描述性机制）》[*Teatro de Marionetes (ou Ensaio sobre a Mecânica Descritiva da Desertificação dos Homens)*，2022] 并参与奖项评选。该奖项评委会高度赞扬了这部作品，认为其新颖独特，复杂却不失轻巧，在反乌托邦题材和科幻小说间保持了绝妙的平衡。若弗雷蒂尼奥·费埃非出生于莫桑比克南部的加扎省，十岁后搬至马希谢城。这位作家的文学生涯与普通文学青年并不相同，他坦陈自己从小并未受到任何文学传统的系统性影响，甚至在童年时期只阅读漫画作品。少年时期他开始学习写作，这一时期的笔记逐渐构成了其第一部小说《一名邮差的记忆》（*Memórias de um Carteiro*）的雏形，然而这部小说最终未能问世。此后，在意大利短暂居住的几年里，费埃非出版了第二本小说《一位小神的女儿》（*Filha de um Deus Menor*，2012），并获得由莫桑比克作家协会颁发的 TDM 文学奖（Prémio TDM）。

五、圣多美和普林西比

在持续数年的诗歌创作后，圣多美和普林西比知名女诗人欧琳达·贝雅（Olinda Beja，1948— ）于今年为读者带来了一本独特、私密且清新的短篇故事集《月桂之地》（*Chão de Canela*）。本书共 17 篇故事，一如贝雅所熟稔的诗歌创作，风格精巧，语言亲昵，将非洲女性独有的感官美学和海岛世界的人文风情完美结合，为读者勾勒出一幅能够触碰到心灵深处各个角落的热带画卷。炽热而轻柔的感官性是这本小书最不容忽视的特点之一：读者可以从五感和通感的角度体会到每一篇文字的隐晦意味。此外，这本小书也呼应了女诗人漫长的诗歌创作历程，如同一次与其诗歌主体性之历史的轻盈对话。从各个维度上来说，这本书都可以被视作欧琳达·贝雅对自我、诗歌以及这片深爱的海岛的一次温柔回望。

2022 年，另一位在葡语文学世界名气不虚但在更广阔的世界文学市场中鲜少受到关注的圣多美诗人卡洛斯·卡多佐（Carlos Cardoso，1974— ）荣获“无界之网”（RSF）颁发的“2022 年荣誉纪念作者”（Troféu Autor Homenageado de Honra 2022）称号。“无界之网”是巴西的一家独立文化机构，旨在关注和传播巴西和其他葡语国家的语言、文化及艺术成果，常年与各葡语国家的大学、基金会、图书馆及学院机构保持密切合作。该奖项的独立性和小众性使得其在推广葡萄牙语语言及文化艺术方面起到了非同寻常的作用，能够帮助大众发现并了解更多非主流的作家和艺术家。卡洛斯·卡多佐出生于圣多美博博河流域，是一名多才多艺的艺术从业者，被誉为“人民诗人”(Poeta do Povo)，著有《给所有人的诗》(*Poesia para Todos*, 2015)、《我们都是表兄弟——一次情感的对话》(*Somos Todos Primos – Um Diálogo de Emoções*，2016）和《向南的诗路——圣多美和普林西比》(*Rota Poética Ao Sul – São Tomé e Príncipe*, 2021）等三部诗集。

六、东帝汶

因地理、文化与历史的特殊缘由，东帝汶的葡语文学一直以来都呈现出略为匮乏且边缘化的特点。2021 年，在路易斯·卡多佐(Luís Cardoso，1958—　）凭借小说《种南瓜的人》(*O Plantador de Abóboras*，2020）成为首位获得海洋葡语文学奖的东帝汶作家后，东帝汶葡语文坛受到了外界更多的关注。受疫情影响，本该于 2020 年和 2021 年举办的格拉·容凯罗葡语文学奖推迟颁奖。2022 年 4 月 26 日，评审组委会宣布，2021 年获奖的东帝汶作家是夏纳纳·古斯芒(Xanana Gusmão，1946—　)。夏纳纳·古斯芒成为第一位获得此奖项的东帝汶作家，实至名归。夏纳纳·古斯芒是政治家、社会活动家和诗人，亦是率领东帝汶农民抵御印度尼西亚殖民的重要民族领袖之一。他致力于东帝汶文化艺术的发展，已出版多部作品，其中早期的诗画集《吾海：诗与画》(*Mar Meu: Poemas e Pinturas*，1998）和自传《抵抗就是胜利！》(*To Resist is to Win!*，2000）颇受对文学、绘画及政治感兴趣的读者的关注。

结语

2022 年，非洲葡语国家文学作品在奖项荣誉、创作群体和内容形式上的异质性呈现出令人欣喜的成果。和往年不同，今年的非洲葡语国家文学展现出万花筒般的形态，其多变且细腻的总体特质让人耳目一新，令读者和研究者积极思考这一文学领域其后的走向。殖民历史、后殖民境况和非洲文明传统仍然是恒常如新的主题，但对记忆、文学创作新颖性的考察也逐渐进入非洲葡语作家的关注视域。综上所述，本年度的非洲葡语国家文学不仅能够延续书写集体历史和传统的道路，而且可以在文学市场、非洲文学和非洲社会等当代的敏感主题间建立起特殊的联系并寻找全新的出口。

参考文献：

Arena, Joaquim. *O Sabor da Água da Chuva e Outras Memórias da Amiga Perfeita*. Lisboa: Imprensa Nacional Casa da Moeda, 2023.

Beja, Olinda. *Chão de Canela*. Vila Nova de Famalicão: Editorial Novembro, 2022.

Bhabha, Homi. *The Location of Culture*. Abingdon: Routledge, 1994.

Coelho, João Paulo Borges. *Museu da Revolução*. Alfragide: Editorial Caminho, 2021.

Dabo, Ernesto. *Amor em Folhas*. Vila Nova de Famalicão: Editorial Novembro, 2022.

Dafé, Amadu. *A Cidade Que Tudo Devorou*. Portugal: Nimba Edições, 2022.

Ferreira, Isabel. *Kissângua Agridoce*. Luanda: Edições Kujiza Kuami, 2022.

Melo, João. *Será Este Livro um Romance?* Lisboa: Editorial Caminho, 2022.

Santos, Jacques Arlindo dos. *República de Santa Bárbara: Relato Particular sobre a Cidade Capital*. Lisboa: Editora Guerra & Paz, 2022.

Tavares, José Luiz. *Uma Pedra Contra o Firmamento*. Praia: Livraria Pedro Cardoso, 2022.

作者单位：科英布拉大学文学院（FLUC）/ 科英布拉大学葡萄牙文学研究中心（CLP）

2022年韩国文学概览

金京善　朱　卿

内容提要：2022年韩国文坛呈现出顺应时代潮流、稳中求新的景象。“文学的未来”越来越成为学界关注的重要议题。未来文学，尤其是作为重要组成部分的科幻文学的发展突飞猛进。此外，在生活的挑战下逐步实现自我价值的成长小说，以及唤醒和治愈人们心灵的现实主义小说受到韩国广大读者的青睐。

一、韩国国内重要文学奖项

1. 李箱文学奖（이상문학상）

自2020年“李箱文学奖事件”[1]之后，奖项主办方文学思想社（문학사상사）一直致力于修正和完善评选标准及合约条款等相关事宜。2022年第45届李箱文学奖以更加公平、真诚和纯粹的姿态面世。文学思想社官方发表声明表示，为提高评选的公正性和可信度，决定废除由专家推荐候选作品的资格预评审规则，实行新的预评审

1 “李箱文学奖事件”指获得优秀奖的3名作者拒绝将自己的作品收录在获奖作品集中出版，并要求奖项主办方文学思想社修正合约中的不合理条款。详细信息可参见《2020年韩国文学概览》（金京善、朱卿，2020：199—200）。

规则。新的评选过程主要分为收集整理2021年1—12月在主要文艺杂志上刊载的所有中短篇小说、委任预评审委员和对所有作品展开共同审议、选定候选作品三个阶段（이민우，2022）。基于此，第45届李箱文学奖大奖（이상문학상대상）颁给了作家孙宝渼（손보미，1980— ）。

孙宝渼在2009年凭借短篇小说《沉默》（침묵）获二十一世纪文学新人奖，2011年其短篇小说《毛毯》（담요，2011）入选《东亚日报》（동아일보）的《新春文艺》（신춘문예）专栏，由此正式踏上文学创作之路。之后她佳作迭出，相继获得第3届文学村青年作家奖大奖（2012 년 제 3 회 문학동네 젊은작가상 대상）、第4届文学村青年作家奖（2013 년 제 4 회 문학동네 젊은작가상）、第46届《韩国日报》文学奖（2013 년 제 46 회 한국일보 문학상）、第21届金埈成文学奖（2014 년 제 21 회 김준성 문학상）等诸多文学奖项。此次获奖作品为短篇小说《玩火》（불장난，2022）。作品从“成长维度”出发，讲述了进入青春期后的主人公“我”在一次又一次试图撕掉父亲贴在“我”身上的“大人的世界”“禁止靠近”的标签后的成长经历。文学评论家权晟右（권성우，1963— ）指出，“对任何作家而言，都会有暗示其为什么注定会成为作家的作品，而孙宝渼的《玩火》就是这样的一部作品。小说通过对青春期的伤痛和打击、矛盾和回忆、羞耻心和屈辱感、孤独感和热情以及打破禁忌的欲念等高密度的形象化叙事，深刻而切实地回顾了写作的起源与欲望。”（영광도서，2022）小说中讲述的青春期少女成长经历展现出深刻的教育意义。正如评论家禹燦济（우찬제，1962— ）所言：“作家这次点燃了火。那是不祥之火，也是恩惠之火。破坏之火与创造之火如恶作剧般在作乱。摆脱童年时的羞耻心和屈辱感，这束孤立和伤痛的火焰是产生具有炼金术

的作家的原动力。”（영광도서，2022）整体而言，《玩火》文笔精练、内心描写细腻，“有节制的情感表达与紧凑的叙事节奏之间相辅而行的、卓越的叙事技巧，可谓小说美学的典范”（이해준，2022）。

2. 今日作家奖（오늘의 작가상）

第 46 届今日作家奖授予了作家郑殷宇（정은우，1989— ），他是一位凭借创批新人小说奖（2019 년 창비신인소설상）步入文坛的新人作家。此次获奖作品为其首部长篇小说《国子传》（국자전，2022）。小说以政治严酷的韩国近现代为背景，以能够用“手艺”改变人的想法的“超能力者”国子与她的女儿美智（미지）为中心，讲述了在韩国近现代生活的超能力者们的爱情和斗争，从而诞生了前所未有的、独特的韩国型女英雄，并由此揭示了韩国政治、社会的曲折、复杂。（교보문고，2022）

今日作家奖评委团在阐述评选理由时表示：“小说的优长之处在于它对政治上两分化的韩国现实社会之外的整个现代史进行了细致考察，以及具有压倒性的叙事规模与史传形式，而且体裁新颖。”（이은정，2022）此外，小说以女英雄的视角展开也广受好评。小说家片惠英（편혜영，1972— ）对此评论道：“很高兴看到充满活力和生气的韩国版女英雄登场，毫无顾忌地讲故事的口才非常有魅力。”（이세아，2022）从这一点来看，小说《国子传》之所以受到读者关注，其中不容忽视的缘由之一便在于在黑暗扭曲的时代，一个具有超能力的、英雄般的女性揭开了现实的假面，从而引起广大读者的反思与共鸣。

3. 东仁文学奖（동인문학상）

作家赵海珍（조해진，1976— ）凭借长篇小说《完美人生》（완벽한 생애，2021）获得 2022 年第 53 届东仁文学奖。赵海珍在

2004年凭借中篇小说《向女子问路》（여자에게 길을 묻다）获《文艺中央》（문예중앙）新人文学奖，而后亮相韩国文坛。此后她又相继斩获申东晔文学奖（신동엽문학상）、李孝石文学奖（이효석문학상）、无影文学奖（무영문학상）、统营文学奖（통영문학상）、白信爱文学奖（백신애문학상）和大山文学奖（대산문학상）等诸多文学奖项。赵海珍是位高产的作家，她长于描写大时代中的琐碎日常与小人物，并以独特的视角观察平凡人的生活。

此次的获奖作品《完美人生》为赵海珍2021年的新作，讲述的是像岛屿一样相距遥远的人们相互给予温暖和安慰的故事。在职场遭到无法忍受的侮辱后辞去工作前往济州岛的允珠（윤주），到首尔出差去找寻昔日恋人并借住在允珠家的诗征（시징），为了放弃梦想移居到济州岛的美静（미정），三人的故事如亲密的书信般接踵而至。她们因伤痛而选择离开自己生活的地方，停留在了“他人的房间”，并在那里为彼此“完美”的人生增添光彩。

关于《完美人生》的创作目的，赵海珍解释道：我想写那些追随自己的信念、对爱情越是真心投入越会受伤和彷徨的人们的故事。我一直好奇为什么信念和爱情这类词所包含的美丽会不时让我们的心变得更加艰难。……人生不可能完美，也没必要完美。它的不完美又会以另一种投入、挫折和希望再次走向完美，受伤、破碎、在无法判断对错的情况下动摇……相信即使革命结束，革命的方式也会留下来。我认为不顾他人和自己的信念很容易变成空洞的执念，我知道爱情会留下回忆，但那些回忆也会带来更大的孤独。……在不知是从何时开始的，也不确定要去哪里的人生中，希望我们能成为彼此“活着”的见证人。（창비，2021）

明乎此，我们便不难发现，作者用温柔的文笔探索着在压抑的环境中平凡人身上散发出的温暖和善意。

4. 现代文学奖（현대문학상）

2022 年第 67 届现代文学奖小说部门大奖获得者是郑昭岘（정소현，1975— ），诗歌部门的获奖者是李济尼（音译）（이제니，1972— ），文学评论部门的得主是朴惠贞（박혜진，1986— ）。获奖作品分别为《那时，那心》(그때 그 마음，2021)、《从被发现的舞蹈开始》(발견되는 춤으로부터，2021)、《成为根的梦想——金息的艺术家，叫金息的艺术家》(뿌리가 되는 꿈 — 김숨의 예술가，김숨이란 예술가，2021)。

小说家郑昭岘于 2008 年通过在《文化日报》(문화일보)、《新春文艺》专栏上发表作品亮相文坛，斩获第一届和第三届青年作家奖 (제 1 회 젊은작가상，제 3 회 젊은작가상)，亦成为第 20 届金埈成文学奖、第 52 届《韩国日报》文学奖得主。本次获奖作品《那时，那心》为 2021 年新作，一经问世便好评如潮。文学评论家苏荣炫（소영현，1970— ）评价道："20 多岁时准备留学的两位女性挚友在 20 年后相遇，追踪她们生活痕迹的《那时，那心》向女性提出了在家庭关系中能否只为自己而活的问题。她们的悲剧生活似乎是从 IMF 外汇危机开始的。但是事实果真如此吗？……当然，没有什么新鲜感，但是可以捞回当时那份即便遗忘了也美好的心，能够发现女性那张即使被称作窘迫的、上了年纪的、形同废墟的脸仍旧美好。在手抓不到、眼看不见的内心故事中，我们看到的不是她们的内心，而是小说传递出来的不能揣摩她们内心的迟钝的视线和语言。"（현대문학，2022）此外，小说家片惠英表示：纯情（순정）和彗星（혜성）时隔 23 年后重逢，从名字上就能猜到她们是被生活消耗的中年女性。想要花钱买"最没用、最漂亮的东西"的纯情和从事废纸回收工作的彗

星，与其说她们是因为努力生活而处在那种处境的人，不如说她们是决心那样生活的人。特别是彗星，她想像修道僧一样不给世界带来任何麻烦安静地活着，却在某一天无可奈何地陷入画家的回忆，浸没在陌生的感情之中。当我们意识到经历废墟和悲剧，接受孤独是因为曾有过爱，是因为曾拥有过能带我们去远方的爱的瞬间，那么“那时的那心”到现在依旧是那份心。如果观察人物内心这平静的波动和失败的话，你便会无奈何接受这看似无情且粗糙的叙述中留下的孤独与悲伤的残留物。这亦是评委们无须费心便可轻易产生的共鸣。（현대문학，2022）

可见，在小说中作者将目光投注到“那心”上面，这是被我们“丢掉的心”——一颗有着“不知适度的热情、走了一整夜路的愤怒、不表露就无法忍受的憎恶、不可理解的孤独又充满爱”（현대문학，2022）的心。

二、国际文学奖项

1. 朴景利文学奖（박경리문학상）

土地文化财团为纪念韩国近代女作家朴景利而设立的国际文学奖项朴景利文学奖创办于2011年，是韩国创立的首个国际文学奖项。2022年第11届朴景利文学奖获奖者为黎巴嫩裔法国小说家阿敏·马卢夫（Amin Maalouf，1949— ）。阿敏·马卢夫至今出版了以《阿拉伯人眼中的十字军东征》（*The Crusades Through Arab Eyes*）为代表的十余部著作，他基于敏锐的历史意识，将博爱、同情、客观等态度渗透到字里行间，成为少数以中东为写作题材的作家之一。评委团对此表示：“阿敏·马卢夫的作品以相互理解的、和谐的精神向我们展示了追求人类共同价值的世界文学方向。”（진달래，2022）

2. 李浩哲统一路文学奖（이호철통일로문학상）

李浩哲统一路文学奖创办于 2017 年，是恩平区为纪念统一文学代表作家李浩哲（이호철，1932—2016）在恩平区从事 50 多年文学活动而设立的文学奖项。获奖者无关乎语言和国籍，但必须是正在进行文学活动的作家，致力于通过文学实践来克服因纷争、性别、难民、种族、歧视、暴力、战争等引发的诸多问题。（이호철통일로문학상，2022）2022 年第六届李浩哲统一路文学奖得主是中国作家阎连科。

3. 韩国文学作品与国际奖项

2022 年 3 月 21 日，韩国图画书作家、插画家苏西·李（이수지，1974—　）获得国际安徒生奖插画家奖（Hans Christian Andersen Award），成为首位获得该奖项的韩国作家。1956 年，由国际少年儿童读物联盟创立的国际安徒生奖是国际公认的儿童文学作家和插画家的最高荣誉奖项。该奖项每两年评选一次，分为作家奖和插画家奖两部分，且获奖人并非是凭借某部作品获奖。原因在于该奖项表彰的是获奖人一生的文学造诣和建树，且一生只能获得一次。因此，对儿童文学工作者而言，获得此殊荣弥足珍贵。

苏西·李 1996 年在首尔大学获得美术学士学位，2001 年进入伦敦艺术大学坎伯韦尔艺术学院攻读硕士学位，并由此步入国际舞台。此后她佳作迭出，2003 年获瑞士最美书籍奖（The Most Beautiful Swiss Books）；2008 年凭借《海浪》（파도야 놀자，2008）获美国插画家协会原创艺术金奖（The Original Art Awards），该书同时被《纽约时报》评为年度儿童图书；2016 年曾入围国际安徒生奖插画家奖六人短名单；2019 年获得第 60 届韩国出版文化奖（제 60 회 한국출판문화상）；2020 年其作品《小江》（강이，2018）入选国际儿童读物

联盟（IBBY）年度荣誉榜；2021年与我国作家曹文轩联手创作的图画书《雨露麻》（우로마，2021）获得博洛尼亚童书展最佳童书奖虚构类特别提名奖（BolognaRagazzi Award）；2022年凭借新作《夏天》（여름이 온다，2021）获得博洛尼亚童书展最佳童书奖虚构类特别提名奖等。

国际安徒生奖颁奖词中说，苏西·李认为图画书是一种快乐的游戏，她以最精巧的方式讲述最严肃的故事，将自己化为与读者共同玩耍的人，通过图画让一个个小故事焕发生命力。（澎湃新闻，2022）毫无疑问，苏西·李用绘画的方式以儿童的眼光、儿童的趣味来展现对生活的思考，她从未失去小孩子的“赤子之心”，正如颁奖词中写到的那样“她的内心一定住着一个长不大的儿童，整日玩耍，充满朝气”。

此外，小说家朴相映（박상영，1988—　）的系列小说《大都市的爱情法则》（대도시의 사랑법，2019）和郑宝拉（정보라，1976—　）的小说集《被诅咒的兔子》（저주토끼，2022）入围2022年布克国际文学奖长名单。可见，2022年韩国文学作品在国际舞台上依旧绽放光芒。

三、2022年韩国文学界重要事件

1. 第八届中韩人文学论坛（제 8 회 한·중 인문학포럼）举办

2022年9月22至23日，由中国社会科学院与韩国教育部、韩国研究财团共同主办的“第八届中韩人文学论坛”以线上、线下相结合的方式于北京和韩国光州举行。中韩两国约40位专家学者围绕“未来社会与人文学”（미래사회와 인문학）主题展开对话。论坛设有主旨发言环节与四个平行分论坛。韩国研究财团人文社会研究部部

长、首尔大学教授李康奇（이강재），中国社会科学院哲学所研究员赵汀阳分别以“中韩人文学的现在与未来”和“人工智能提出了什么哲学问题”为题进行主旨发言。在分论坛中，两国学者就“未来社会与文学：中韩文学交流的指向”“未来社会与历史：时代的转变与新动力”“未来社会与哲学：人工智能与元宇宙时代的中韩哲学”和“未来社会与语言·教育·文化：全球时代的语言、文化研究与教育”等议题展开了深入交流。(한·중 인문학포럼，2022)

本次论坛聚焦“未来”，而未来又具有不确定性。缘此，中韩两国学者以期通过探索文学、史学、哲学、语言学、教育学和文化研究等人文学科在今天发挥的巨大作用，来增强两国共同应对人类未来社会之种种挑战的信心。

2. 2022 首尔国际作家节（2022 서울국제작가축제）举办

2022 年 9 月 23 至 30 日，由韩国文学翻译院（한국문학번역원）与仁川国际机场公司（인천국제공항공사）等联合主办的 2022 年第十一届首尔国际作家节于首尔和仁川顺利举行。此次活动是自全球新冠肺炎疫情暴发以来，时隔三年首次在线下举办。本届作家节以“越垒：超越叙事”（월담 : 이야기너머，Beyond Narrative）为主题，共邀请 35 位海内外作家（包括海外作家 12 位、韩国作家 23 位）参与，其中包括 2019 年普利策诗歌奖得主弗罗斯特·甘德（Forrest Gander）、2016 年芥川奖得主村田沙耶香（Sayaka Murata）、2016 年雨果奖最佳短篇小说奖得主娜奥米·克雷泽（Naomi Kritzer）等诸多优秀作家。

本届作家节主题包孕多重信息，既有超越不同文学体裁之间的壁垒之意，又含有超越国家间的壁垒之意。韩国文学翻译院院长郭孝焕（곽효환）指出，“越垒”有“翻墙”和“超越故事”双重含义，本届

作家节旨在重新思考在面临新冠肺炎疫情所造成的世界壁垒时，文学的本质是什么，作家们应发挥何种作用，从而超越界限和打破壁垒)。(이후남，2022；이영관，2022)

3. 2022 年中韩作家对话会举行

2022 年 12 月 9 日，中国作家协会与韩国大山文化财团以中韩两国建交 30 周年和 2021—2022 年中韩文化交流年为契机，联合举办了 2022 年中韩作家对话会。此次对话会采用线上、线下相结合的方式以“文学的未来，未来的文学”为主题，话题聚焦于“科幻文学”。与会成员包括中国作家、学者陈楸帆、陈曦、飞氘、吟光等和韩国作家、学者李起昊（이기호）、徐河辰（서하진）、赵礼恩（조예은）、禹多荣（우다영）、黄仁灿（황인찬）、李政勋（이정훈）等。对话共分为三个部分：第一部分以“文学的未来，未来的文学”为主题，小说家陈楸帆、李起昊、徐河辰参与讨论；第二部分以“诗的未来，未来的诗”为主题，诗人陈曦与黄仁灿展开对话；第三部分以“小说的未来，科幻小说的可能性”为主题，小说家飞氘、吟光、禹多荣、赵礼恩及首尔大学中文系教授李政勋共同参与对话。(이은정，2022)

四、年度文学市场概况

如前所述，我们对文坛重要事件和重要文学奖项进行了爬梳，然而，文学市场作为最为直观的反映社会大众阅读兴趣的媒介亦是我们在了解和把握韩国文学时不容忽视的重要一环。

根据韩国最大的综合性连锁书店教保文库（교보문고）以 2022 年 1 月 1 日至 12 月 4 日为基准发布的《2022 年图书销售动向及畅销书》(2022 년 도서 판매 동향 및 베스트셀러)，韩国最具代表性之一的线上书店 YES24 基于平台全年图书销售量、关注度、搜索关键词

等信息发布的《2022 年畅销书趋势与图书销售动向》(2022 년 베스트셀러 트렌드 및 도서 판매 동향)，韩国国立中央图书馆（국립중앙도서관）基于图书借阅量公布的“年度之书”(올해의 책）的分析结果显示，无论是在销售量方面还是在借阅量方面，2022 年韩国最畅销书籍均指向作家金浩然（김호연，1974— ）的长篇小说《不便利的便利店》(불편한 편의점，2021)。据树旁者出版社的数据显示该小说自 2021 年 4 月上市至 2022 年 8 月份销售量突破 100 万册。(이은정，2022)

小说中经营便利店的严女士某天在首尔站丢失了装有重要物品的包，联系她返还包的正是在首尔站的露宿者独孤。身型健硕的独孤讷口少言，因患有酒精性痴呆症而不记得过去的事情。于是他被严女士拉去自己的便利店做起了夜班店员的工作，而前提条件是戒酒。

这家便利店叫“always”，因店内商品短缺、人手不足，被社区居民吐槽是“不便利的便利店”。出乎意料的是独孤在便利店干得很好并且给予了其他人许多帮助。他帮助白天边打工边准备公务员考试的时炫找回自信成为便利店界网红；步入文坛后陷入彷徨的五名作家在与独孤的交谈中写出了非常不错的剧本；虎视眈眈盯着母亲便利店的儿子想把独孤打发走，却开始不知不觉与母亲谈心；厌倦了职场生活的家长每晚坐在便利店外喝酒，不经意间戒了酒，回到了有两个女儿在等他的家里。事实上，独孤并没有特别之处，只是为那些辛苦的、孤独的、疲惫的人让出温暖的电热器，或是给他们刚刚过期的便当而已。但就是在这看似平凡举动的背后，独孤“打捞起了一个又一个下坠的灵魂”(聂晨静，2018)。

结语

回顾2022年韩国文坛，不难发现韩国文学呈现出主题鲜明的两个面向：一为“未来”，一为“治愈”。2022年的韩国文学界目注心营于本国和世界文学趋势及时代精神，越来越多的学者开始将目光投向未来文学，共同探索并期望文学能够发挥其巨大的潜力和独特的魅力来应对如盛夏的大雨般“在我们还不及撑开伞时就扑面而来”的未来。通过各种文学论坛的举办，我们不难发现，在未来文学日益引起韩国学者重视的趋势下，科幻文学显然成为未来文学重要的组成部分，并愈发得到学界的关注和探讨。文学是时代的产儿，同时也是反映时代的镜子。在世界大变局下，人们愈加追寻能够治愈心灵的文学，“情感”或是“人情味”依旧是文学创作的重要原动力。无论是从获奖作品还是年度畅销书来看，能够拉近文学与读者距离、温暖和治愈人们内心、唤起人们注意和正视现实的文学作品更容易受到读者的青睐。此外，女性作家一如既往地在各大文学奖项中脱颖而出，其作品大都聚焦于现实社会问题，从而唤醒读者对现实世界的思考。

参考文献：

교보문고 , “ 책소개 .” Web. 26 Jun. 2023. <https://product.kyobobook.co.kr/detail/S000061694259>.

이민우 , “2022 년 제 45 회 이상문학상 선정작 발표 . 심사 제도 개선 이루어져 .” 5 Jan. 2022. Web. 25 Jun. 2023. <http://www.news-paper.co.kr/news/articleView.html?idxno=76600>.

이은정 , “SF 와 현대시 , 문학의 미래는 … 내달 9 일 ‘ 한 · 중 작가들의 대화 ’.” 29 Nov. 2022. Web. 25 Jun. 2023. <https://www.yna.co.kr/view/AKR20221129150800005>.

이은정 , " 제 46 회오늘의작가상에정은우 ' 국자전 '." 28 Nov. 2022. Web. 26 Jun. 2023.
<https://www.yna.co.kr/view/AKR20221128048500005>.

이은정 , " 김호연 ' 불편한 편의점 '100 만부 돌파 …'2020 년대 들어 세번째 '." 14 Nov. 2022. Web. 27 Jun. 2023.
<https://www.yna.co.kr/view/AKR20221114114500005>.

이영관 , " 퓰리처상 갠더 , 휴고상 크리처 등 文人 35 명 ' 서울 국제작가축제 '." 19 Sept. 2022. Web. 25 Jun. 2023.
<https://www.chosun.com/culture-life/culture_general/2022/09/19/XYIKILVQ2BDLBHAR2JPRG4E53Y/ >;

이세아 , "' 오늘의작가상 ' 에 정은우 작가 ." 2 Dec. 2022. Web. 26 Jun. 2023.
<http://www.womennews.co.kr/news/articleView.html?idxno=230308>.

이승렬 , " 제 6 회 이호철통일로문학상 선정 경위 ". 29 Sept. 2022. Web. 26 Jun. 2023.
<http://llpp.kr/llpp/theme/new/_images/03/(2022)%20 제 6 회 %20 이호철통일로문학상 %20 자료집 .pdf>.

이후남 , " 서울에 모여 ' 월담 ' 하는 작가들 ... 2022 국제작가축제 열린다 ." 14 Sept. 2022. Web. 25 Jun. 2023.
<https://www.joongang.co.kr/article/25101588#home>.

이해준 , " 이상문학상 , 올해 대상 손보미 ' 불장난 '." 3 Jan. 2022. Web. 25 Jun. 2023.
<https://www.joongang.co.kr/article/25037755#home>.

이호철통일로문학상 , " 이호철통일로문학상 개요 ". Web. 26 Jun. 2023.
<http://llpp.kr/llpp/bbs/content.php?co_id=01LLPP_01&lang=1>.

영광도서 , " 책 소개 ." Web. 25 Jun. 2023.
<https://www.ykbook.com/shop/item.php?it_id=9999761788>.

진달래 , " 박경리문학상 수상자 아민 말루프 ' 조화로운 세계 위해 , 문학은 필수 '." 12 Oct. 2022. Web. 25 Jun. 2023.
<https://www.hankookilbo.com/News/Read/A2022101210410003204>.

창비 , " 완벽한 생애 ." Web. 26 Jun. 2023.
<https://www.changbi.com/BookDetail?bookid=3690>.

한・중 인문학포럼 , "2022 포럼 ." Web. 25 Jun. 2023.
<http://koreachinahumanities.or.kr/>.

현대문학 , " 심사평 ". Web. 26 Jun. 2023.
<https://www.hdmh.co.kr/front/book/bookDetail?idx=2776>.

聂晨静 . 刘慈欣获克拉克基金会"想象力服务社会"奖 . (2022-11-9). [2023-6-25] .
<http://www.xinhuanet.com/politics/2018-11/09/c_1123689943.htm>.

2022 国际安徒生奖揭晓，韩国图画书作家苏西 · 李获此殊荣 . (2022-3-22). [2023-6-25].
<https://baijiahao.baidu.com/s?id=1727973849581369747&wfr=spider&for=pc>.

作者单位：北京外国语大学亚洲学院

2022年荷兰语文学概览

林霄霄

内容提要：2022年，荷兰语文学在强势的翻译文学包围下艰难发展，传记等非虚构文学作品普遍比虚构文学作品更受读者欢迎。虽然没能像2021年那样有数位本土新人作家出现，但书券文学奖和利布里斯文学奖的获奖者均是在职业生涯中首次赢得重要的文学奖项，也可谓是为荷兰语文学界注入了一些新生力量。本文将从文学奖项、年度好书和文学事件三个角度入手，介绍2022年荷兰语文学界的整体情况。

一、2022年荷兰语文学界主要文学奖项得奖情况

1. P. C. 霍夫特奖

P. C. 霍夫特奖是荷兰语文学界最重要的文学类别奖，2022年的获奖者为叙事散文作家阿尔农·格伦贝格（Arnon Grunberg，1971— ）。格伦贝格人生阅历丰富，作品题材多样，自成风格，代表作有小说《蓝色星期一》（*Blauwe maandagen*，1994）和《提尔莎》（*Tirza*，2006）等。

按照惯例，该奖在2022年12月宣布了2023年的获奖者——散文作家泰斯·戈尔德斯密特（Tijs Goldschmidt，1953— ）。评委会

称他为“纯粹的散文家”，其“表述优雅而深思熟虑，是轻讽刺大师，精心构思的作品线条清晰，语言具有流畅的音乐性”。（P. C. Hooft-prijs 2023）

戈尔德斯密特毕业于荷兰莱顿大学，是演化生物学博士，成名作《达尔文的梦幻池塘：维多利亚湖上的悲剧》（*Darwins hofvijver: een drama in het Victoriameer*，1994）源自他的博士论文，讲述了坦桑尼亚维多利亚湖由于引进大批尼罗河鲈而导致当地物种发生了可怕变化这一事件。在叙述中，他巧妙地把对维多利亚湖生态的观察、对达尔文进化论的讨论和与当地不同阶层人士（渔夫、官僚、传教士等）打交道的亲身经历融为一体，使得生物学与社会文化交织下的作品如小说般精彩，并引发读者的思考。这部作品一经推出便大受好评，并被翻译为多种文字。该书在 2007 年被引入中国。

从 1993 年起，戈尔德斯密特成为全职作家，进行科普文章的创作，但他从不盲目追随流行，而是始终将科普与对社会和人性的探讨相结合，进行“沉思散文”的书写。自 2008 年起，他成为荷兰皇家视觉艺术研究院的顾问。2001 年，他的散文集《跳跃：对文化和自然的观察》（*Oversprongen: beschouwingen over cultuur en natuur*，2000）获得了扬 · 汉洛随笔奖（Jan Hanlo Essayprijs，为纪念荷兰诗人扬 · 汉洛而设，每两年颁发一次）。2022 年，他的散文集《马道上的狼：关于人类和其他群居动物》（*Wolven op het ruiterpad: over mensen en andere roedeldieren*，2022）赢得了让 · 沃克斯奖（Jan Wolkers Prijs，为纪念荷兰作家、雕塑家和画家让 · 沃克斯而设的自然类图书奖，每年颁发一次）。戈尔德斯密特的最新作品是散文和书信集《像海鸥一样舞蹈》（*Dansen als de meeuwen*，2023），涉及动物行为、音乐和视觉艺术等多个主题。

2022 年，P. C. 霍夫特奖也将旗下的马克思 · 菲尔忒斯奖（Max Velthuijs-prijs，三年一度的插画师奖）颁给了插画家菲利普 · 霍普曼（Philip Hopman，1961—　）。霍普曼曾为包括安妮 · M. G. 施密特（Annie M. G. Schmidt, 1911—1995）[1] 等在内的多位青少年文学作家的作品配过插图，他此前已多次获得青少年绘本方面的奖项。该奖评委会认为他的绘画"带有巧妙的细节，插图本身已充满故事性"，也"敢于在绘画技术上挑战诸如细节、抽象、色彩、深度和三维等方面的难度"。（Max Velthuijs-prijs 2022）霍普曼的最新插图作品是《农夫鲍里斯》（*Boer Boris*）系列。

2. 书券文学奖（Boekenbon Literatuurprijs）

书券文学奖的奖励对象为年度最佳荷兰语文学类书籍（往往也是畅销书），2022 年度的获奖者和往年一样，是出版后便占据畅销榜高位多日的《鹳和单峰驼之歌》（*Het lied van ooievaar en dromedaris*, 2022）。这本小说的时间始于 1847 年，故事发生在英国约克郡，但主人公艾丽莎在开篇就已经去世。在接下来的 11 个章节中，作者安排了 11 位讲述者，从他们的视角（口述、书信、回忆录、传记等）叙述艾丽莎的生平。每一章的时间都更接近我们现在所处的时间点，最终让全书完结于当下。艾丽莎生前曾创作了一部小说，但这部作品在当时饱受抨击，却在她死后的 100 多年里愈加为人所欣赏。世人对她知之甚少，甚至她的死亡也是一个谜，因为除了这本小说，她只留下了一个满是神秘的图画、诗歌和图表的笔记本。这部小说的灵感来自《呼啸山庄》及其作者艾米莉 · 勃朗特。评委会对这部作品的评价是："本书在充满可读性之余也尊重读者，精心设计的互文性、令人

1　安妮 · M. G. 施密特为最著名的荷兰语青少年文学作家之一，曾获得国际安徒生奖。

钦佩的文风变化，体现出对作者身份的反思。全书的每一个章节都像一块金块，共同搭建起这座文学的堡垒。”（Boekenbon Literatuurprijs 2022）

《鹳和单峰驼之歌》的作者安涅特·丹尼耶（Anjet Daanje，1965— ）本名安涅特·德·布尔（Anjet den Boer），是一位作家和编剧。她从1993年起开始发表作品，目前已出版了十部小说，但2022年的书券文学奖是她获得的第一个重要文学奖项。相比之下，她作为编剧的成就更高，其参与创作的影视作品已获得了十多个国际奖项，其中包括2007年的柏林电影节金熊奖[1]。

3. 利布里斯文学奖（Libris Literatuurprijs）

2022年利布里斯文学奖的获奖作品是玛丽肯·海特曼（Mariken Heitman，1983— ）的小说《蠕虫之月》（*Wormmaan*，2021）。在这部小说中，作者将两条乍看之下相距甚远的故事线交织在一起。一条是在九千年前的黎凡特，一位雌雄同体的神秘人物拉带来了豌豆种植技术，这令当地人十分震惊。另一条故事线则发生于当下，主人公埃尔克是一名种子培育师，由于培育一种高级南瓜品种失败，她前往荷兰的瓦登海地区寻找原始的豌豆。在此过程中，她也在探索原始的“自我”，探索谁是真正的她。作者通过对豌豆的栽培，成功地将两次重大的文化动荡联系在一起，彰显了非凡的文学想象力。这是一部关于自我认同，特别是性别认同的小说，作者借由生物多样性和人类与生态系统的关系，发表了对人类多样性关系的看法。评委会认为，这部小说具有荷兰文学中不常见的“原始魅力和勇气”，是“非传统的，具有挑战性，既具有现实意义，又具有永恒性”，展示了作

1 《切中要害》（*Raak*）获得最佳影片金熊奖（短片）。

者的“勇气、文学造诣和巨大的创造力”。(JURYRAPPORT LIBRIS LITERATUUR PRIJS 2022)

玛丽肯·海特曼毕业于乌特勒支大学生物学系，此后从事有机蔬菜种植，并在中等农业职业教育学校担任教师。2019 年，她以小说《水猿》(*De wateraap*，2019) 出道，并获得了让·沃克斯奖和铜猫头鹰奖 (De Bronzen Uil，荷兰–比利时的联合文学奖项，奖励对象为前一年的最佳荷兰语处女作) 的提名。《蠕虫之月》是她的第二部小说，曾连续 11 周登上畅销书榜。受教育背景的影响，海特曼的两部作品都与生物学有关，同时都拥有共同的主题，即对自我认同的探讨。

4. 比利时法兰德斯区文化类综合奖乌提马斯奖 (de Ultimas van de Vlaamse cultuur)

乌提马斯奖是比利时荷兰语区政府设立的文化类综合奖项，以促进文化发展、提高民众文化意识为目标，每年颁发一次。评委会由文化行业各领域的专家组成，颁奖者由法兰德斯政府[1]的文化部部长担任。2022 年度该奖文学类别的奖项授予了作家、诗人、插画家和演员约克·范·丽文 (Joke van Leeuwen，1952—)，以表彰她在多个文学体裁上所取得的成绩，以及对文学推广所做的贡献。

范·丽文出生于荷兰海牙，现居住在比利时安特卫普。她曾在安特卫普的比利时皇家艺术学院和布鲁塞尔自由大学分别学习平面艺术和历史。她的出道作品是绘本《苹果酱大街变样了》(*De Appelmoesstraat is anders*，1978)，第二部作品《七个房间的房子》

1 比利时国内按地域划分为法兰德斯大区、瓦隆大区和布鲁塞尔大区，按官方语言划分为荷兰语区、法语区和德语区，每个区域都有自己的政府，但法兰德斯大区和荷兰语区为同一个政府。自 2014 年 1 月起，比利时联邦政府进一步向地方政府下放权力，各大区和语言区的政府实际上掌握了该国绝大部分权力，例如比利时联邦政府已不再设文化和教育部部长。

（*Een huis met zeven kamers*，1979）便获得金画笔奖（Het Gouden Penseel，荷兰语区最具影响力的绘本奖之一）和银石笔奖（De Zilveren Griffel，荷兰语区最具影响力的青少年文学奖之一）。此后她创作了大量的青少年文学作品，并多次赢得国内外的青少年文学奖项或获得奖项提名。另外，她在诗歌和面向成年读者的散文方面也斩获不少奖项，并于2012年赢得了荷兰文学界的终身成就奖惠更斯奖（Constantijn Huygens-prijs）。

除了创作，范·丽文也积极投身于文学推广活动。她曾担任安特卫普的城市诗人，为推广该城市的文化创作长诗；也曾担任比利时作协的主席，积极地为移民背景的作者争取更大的发表空间。她很关注青少年群体文学兴趣的培养，曾于2009年到访北京外国语大学，为该校荷兰语专业的师生做了荷兰语文学的系列讲座。她的最新作品是为荷兰2023年哲学月活动所创作的哲学主题绘本《这就是我的意思，三文鱼说》（*Dat bedoel ik, zei de zalm*，2023）。

5. 博恩奖（De Boon literatuurprijs）

博恩奖是比利时荷兰语区于2021年新设立的文学奖项，奖名“博恩”（Boon）本意为“豆子”，同时也致敬了已故的比利时荷兰语作家路易斯·保罗·博恩（Louis Paul Boon，1912—1979）。该奖由法兰德斯政府资助，直接管理方为非营利组织法兰德斯文学奖组织，每年颁发给用荷兰语创作的书籍，下设两个类别：虚构和非虚构文学类，以及儿童和青少年文学类。该奖项旨在向世界推广比利时荷兰语区的文学，让比利时的荷兰语作家和插画家受到更多认可，并提高民众对书籍和阅读的兴趣。由于主办级别和奖金金额较高（5万欧元），所以尽管该奖设立时间较短，但已成为荷兰语文学界的重要奖项之一。

2022年博恩奖第一届获奖作品如下：玛利克·卢卡斯·利内

维尔德（Marieke Lucas Rijneveld，1991— ）的小说《我亲爱的挚爱》（*Mijn lieve gunsteling*，2020）赢得了虚构和非虚构文学类奖，彼得·豪德萨博斯（Pieter Gaudesaboos，1979— ）的绘本《爱之海》（*Een zee van liefde*，2021）赢得了儿童和青少年文学类奖。而且这两部作品同时赢得了当年博恩奖的“公众选择奖”（Publiekprijs）。

《我亲爱的挚爱》是荷兰首位布克国际文学奖得主玛利克·卢卡斯·利内维尔德的第二部作品。该书依然以荷兰农村为背景，借一段畸形的恋情讲述荷兰（农村）的种种社会矛盾以及青春的困惑和挣扎。[1] 博恩奖评委会赞赏本作“主题丰富，重点突出，文风朴实而感性，兼具深邃与轻盈，引人沉思”。（Juryrapport de Boon 2022 fictie en non-fictie）利内维尔德的最新作品是为 2022 年荷兰图书周所写的短篇小说《热堡》（*Het warmtefort*，2022）。

《爱之海》的主角是一只企鹅，他爱上了好友熊。评委会认为本书的亮点在于简单，“文字精练，没有一个词是多余的，每一个细节都很到位，精简和怀旧的插图有时甚至无须文字，便足以讲述故事”，堪称“新时代的经典”。（Juryrapport de Boon 2022 kinder-en jeugdliteratuur）作者彼得·豪德萨博斯从 2000 年起从事插图和平面设计工作，2003 年独立创作了第一部绘本作品《红毛》（*Roodlapje*，2003），并赢得了比利时的图书羽饰奖（Boekenpluim，比利时荷兰语区的绘本新秀奖）和金猫头鹰青少年文学奖（de Gouden Uil Jeugdliteratuur，存在于 1995—2012 年期间的比利时荷兰语文学奖）提名。此后他多次获得比利时的青少年文学奖。

6. 欧洲文学奖（Europese Literatuurprijs）

欧洲文学奖是一个翻译文学奖，2022 年度的获奖者为西班

1 关于作者和这部作品的详细介绍，请参阅《2020 年荷兰语文学概览》。

牙作家奥古斯丁·费尔南德斯·马洛（Agustín Fernández Mallo，1967— ）的系列小说“诺西拉三部曲”的荷兰语译本（“Nocilla-trilogie”，2021）。马洛出生于西班牙拉科鲁尼亚，本职是一位物理学家，最新作品是小说《所有的爱之书》（*El libro de todos los amores*，2022）。“诺西拉三部曲”的背景为21世纪数字时代的美国和全球，用无数个空虚而孤独的小故事揭示了当代生活的本质。荷兰《绿色阿姆斯特丹人》（*De groene Amsterdammer*）杂志以“孤独的杨树”这一三部曲中反复出现的意象代指本书的内核。该书评认为马洛在这部非传统作品中用一种“没有感情的报告文学风格”向读者发起挑战，读者在多个看似彼此无关的小故事中，被推到了“解谜者”的位置。（De groene Amsterdammer）该三部曲被视为西班牙文学的一个里程碑，引发了西班牙当代文学的变革，以马洛为代表的一批作家也被称为“诺西拉一代”。

“诺西拉三部曲”的荷兰语译者是阿德里·博恩（Adri Boon，1961— ），他“流畅的译文”增加了本书的阅读乐趣。博恩是一名资深的西班牙语、葡萄牙语和加泰罗尼亚语译者，目前已出版了60多部译作，曾把西班牙作家贝尼托·佩雷斯·加尔多斯（Benito Pérez Galdós，1843—1920）、葡萄牙作家埃萨·德·克罗斯（José Maria Eça de Queiroz，1845—1900）、西班牙加泰罗尼亚语作家约瑟·普拉（Josep Pla，1897—1981）等人的作品译为荷兰语。

二、2022年度好书

依据荷兰雅典娜神殿书店的统计，2022年最受媒体（共计13家主流媒体）推崇的年度好书依次是：安涅特·丹尼耶的小说《鹳和单峰驼之歌》（10次推荐）、尤蒂斯·库勒麦耶（Judith Koelemeijer，

1967— ）的传记《艾提·希乐苏姆传》（*Etty Hillesum: Het verhaal van haar leven*, 2022）（8次推荐）、安德烈娅·武尔夫（Andrea Wulf, 1972— ）的传记类作品《叛逆的天才们》（*Rebelse genieën*, 2022）（7次推荐）、爱德华·路易斯（Édouard Louis, 1992— ）的自传体小说《改变：方法》（*Veranderen: methode*, 2022）（7次推荐）、伊娃·梅纳塞（Eva Menasse, 1970— ）的小说《暗花小镇在沉默》（*Dunkelblum zwijgt*, 2022）（5次推荐）、麦吉·施普施戴德（Maggie Shipstead, 1983— ）的小说《伟大的循环》（*De grote cirkel*, 2022）（5次推荐）、克莱尔-路易丝·贝内特（Claire-Louise Bennett, 出生年份不详）的小说《19号收银台》（*Kassa 19*, 2022）（5次推荐）、彼得·特林（Peter Terrin, 1968— ）的小说《事件》（*De gebeurtenis*, 2022）（5次推荐）和大卫·格雷伯（David Graeber, 1961—2020）与大卫·温格罗（David Wengrow, 1972— ）合著的历史类著作《一切的开始：人类的新历史》（*Het begin van alles. Een nieuwe geschiedenis van de mensheid*, 2022）（5次推荐）。

《艾提·希乐苏姆传》展现了在奥斯威辛集中营被杀害的荷兰籍犹太女子艾提·希乐苏姆［Esther (Etty) Hillesum, 1914—1943］的感人故事。这位年轻而热情的犹太女性从1941年3月9日起开始记日记，1981年，她生前的日记被整理出版，展现了二战的动荡、大屠杀的荒谬以及她的自我觉醒。她的日记不仅是一份强有力的个人记述，也让现代的读者得以了解这位伟大的女性即使在艰难的环境下也能坚守理想和本心，尽己所能地帮助其他犹太人的事迹，同时，作品深刻展现了那段时期的反犹太政策、对犹太人的驱逐以及这些对犹太人自身产生的影响。尤蒂斯·库勒麦耶曾是一名记者，为《人民报》（*de Volkskrant*）、《绿色阿姆斯特丹人》杂志等纸媒撰稿，从

2000年起成为全职作家，擅长人物传记类的非虚构文学创作。她的首部作品《玛利亚·萨奇亚的沉默》（*Het zwijgen van Maria Zachea – Een ware familiegeschiedenis*，2001）是基于家族史而创作的，曾连续33周登上荷兰图书畅销榜，并赢得2002年度的荷兰图书公共奖（NS Publiekprijs）[1]和2003年度的新人奖金折页奖（het Gouden Ezelsoor）。此后她的多部传记文学作品均为荷兰的畅销书。

《叛逆的天才们》和《改变：方法》都是翻译文学作品。由芬妮·斯坦豪斯（Fennie Steenhuis）担任第一译者的《叛逆的天才们》是德裔英国历史学家和作家安德烈娅·武尔夫的作品，她曾在2018年凭借《创造自然：亚历山大·冯·洪堡的科学发现之旅》（*The Invention of Natur*，2015）荣获首届中国自然好书奖年度思想奖。《叛逆的天才们》聚焦于一个辉煌的天才群体：一群在18世纪的德国耶拿引领浪漫主义风潮的学者，包括歌德、席勒、黑格尔和神秘的卡罗琳·施莱格尔（Caroline Schlegel，1763—1809）等人。这本书不仅介绍了这些历史上的天才的生平故事，也讲述了人类是如何产生以自我为中心的意识的，个体自由是如何出现的，以及自私和自由意志之间的细微差别。

莱恩彻·古斯（Reintje Ghoos）翻译的《改变：方法》是法国作家爱德华·路易斯出版的第五部小说。他以无情的方式揭露了自己的内心：关于逃离在法国北部度过的令人窒息的童年的渴望、为了进入巴黎精英阶层而抛弃旧友的决绝、对童年复仇的执念……路易斯出生于法国北部，在他少年时期，家庭贫困、种族歧视、宗教信仰和性取向等方面的困扰令他倍感压抑，成年后他进入巴黎的大学学习，改了

1 奖项的详细介绍参见《2019年荷兰语文学概览》。

名字，并以写作的方式释放内心的压力。他的作品深受法国著名哲学家、社会学家和人类学家皮埃尔·布迪厄（Pierre Bourdieu，1930—2002）的影响。

在获得5次推荐的作品中，《暗花小镇在沉默》《伟大的循环》《19号收银台》和《一切的开始：人类的新历史》都是翻译类作品。

《事件》是这一组中唯一以荷兰语创作的作品。作者彼得·特林是一位比利时荷兰语作家，目前已发表四部小说和两部短篇故事集，小说《守卫》（*De bewaker*，2009）曾赢得欧盟文学奖（European Union Prize for Literature），《验尸》（*Post Mortem*，2012）获AKO文学奖（AKO Literatuurprijs，书券文学奖的前身），并多次获得荷兰语地区的文学奖提名。《事件》描述了一个异想天开的爱情故事。女主人公朱丽叶是男主人公威廉的忠实助手，威廉是一位年迈失明的作家，依靠向朱丽叶口述进行创作。在取得职业生涯中最大的成功后，威廉遗憾离世，死后他的妻子却对遗嘱提出异议。这部小说有丰富的"戏中戏"，现实与故事巧妙交错，读起来仿佛是朱丽叶和情人威廉一起创作了小说的最后一章——他们在现实中虽然因死亡而分离，但在故事里却永远在一起。作者娴熟的笔法让书中的人物跃然纸上，为读者带来阅读的乐趣。

三、2022年荷兰语文学界重要事件

1. 威廉·弗雷德里克·赫尔曼斯百年诞辰纪念活动结束

威廉·弗雷德里克·赫尔曼斯（Willem Frederik Hermans，1921—1995）是荷兰20世纪的著名作家、"战后三巨头"之一。他的作品以衔接紧密的文学结构，叙事风格、情节和主题之间的连贯性为特点，代表作《达摩克利斯的暗室》（*De donkere kamer van*

Damokles，1958）和《难以入眠》（*Nooit meer slapen*，1966）已被译为中文。2021 年，荷兰启动了赫尔曼斯百年诞辰纪念活动，举办了书展、影展等一系列展览活动，制作了专题电视节目，同时出版了一系列相关书籍，包括纪念册、影集等。2022 年 9 月 1 日，纪念活动在阿姆斯特丹新教堂正式结束，出席活动的荷兰国王威廉–亚历山大·克劳斯·乔治·费迪南德为赫尔曼斯的新纪念碑揭幕，并宣布《赫尔曼斯文集》（*Volledige werken van W. F. Hermans*）24 卷已全部出版。

2. 荷兰图书公众奖（NS Publiekprijs）宣布 2022 年没有获奖者

荷兰图书公众奖是荷兰语区重要的文学奖项之一，一向因拥有大众读者投票环节而被视为荷兰语区普通读者喜好的风向标。但在 2022 年 10 月 24 日，该奖组委会突然在网站上发出声明，宣布由于投票存在舞弊行为，本年度的评奖停止，奖金将被平分给 6 本进入推荐短名单的图书。据悉早期已有人发现自己的邮箱被盗用进行投票，组委会随即也发现大量选票涌向荷兰右翼党派民主论坛党的党魁蒂埃里·博岱（Thierry Baudet，1983— ）的书《新冠骗局》（*Het Coronabedrog*，2022），在数次暂停投票无果后，该奖不得不遗憾地宣布停止本年度的评奖。

结语

2022 年的荷兰语文坛貌似一切已恢复正常，和新冠疫情发生前无异，但细观之下，疫情的影响仍无处不在。利布里斯文学奖的评委会在谈及提名选择时，认为 2021 年的疫情让这一年的文学产出尤为丰富。疫情也间接导致荷兰图书公众奖被迫终止。从最终获奖和年度好书推荐结果来看，自我身份认同、性别认同等仍是荷兰语读者喜爱的主题；在虚构文学领域，结构别致、设计精巧、具有较高阅读性的作品则较受欢迎。总体而言，这一年的荷兰语文学作品仍然普遍缺乏对外界宏观主题的关注，依旧在国际文学奖方面颗粒无收。比利时博恩奖的设立展现出比利时荷兰语区在推广本土文学作品方面的雄心，但如何让荷兰语文学更好地走向世界，显然不是一两个文学奖项的增设便能轻松解决的。

参考文献：

"Anjet Daanje wint Boekenbon Literatuurprijs 2022 met 'Het lied van ooievaar en dromedaris'." Boekenbon Literatuurprijs. 10 Oct. 2022. Web. 28 Jun. 2023. <https://www.boekenbonliteratuurprijs.nl/boekenbonliteratuurprijs-2022/>.

"DE BESTE BOEKEN VOLGENS DE EINDEJAARSLIJSTJES 2022 VAN WEEKBLADEN EN KRANTEN." Athenaeum Boekhandel. Web. 28 Jun. 2023. <https://www.athenaeum.nl/nieuwe-boeken/beste-boeken-2022-media>.

"Dit jaar geen NS Publieksprijs." Boeken over Boeken. 26. Oct. 2022. Web. 28 Jun. 2023. <https://boekenoverboeken.com/dit-jaar-geen-ns-publieksprijs/>.

"Eenzame populier." De groene Amsterdammer. 29 Jun. 2022. Web. 28 Jun. 2023. <https://www.groene.nl/artikel/eenzame-populier>.

"Max Velthuijs-prijs 2022." Max Velthuijs-prijs. 7 Jul. 2022. Web. 28 Jun. 2023. <https://literatuurmuseum.nl/nl/ontdek-en-beleef/museum/literatuurprijzen/max-velthuijs-prijs>.

"MOTIVATIETEKST ULTIMA Letteren 2022." Ultimas. 16 May. 2023. Web. 28 Jun. 2023. <https://www.ultimas.be/sites/ultimas/files/2023-05/motivatietekst_ultima_letteren_2022.pdf>.

"P. C. Hooft-prijs 2023." P. C. Hooft-prijs. 21 Dec. 2022. Web. 28 Jun. 2023. <https://literatuurmuseum.nl/nl/ontdek-en-beleef/museum/literatuurprijzen/pc-hooft-prijs>.

"Pieter Gaudesaboos en Marieke Lucas Rijneveld winnen de Boon 2022." De Boon. 23 Mar. 2022. Web. 28 Jun. 2023. <https://www.deboon.be/nieuws/pieter-gaudesaboos-en-marieke-lucas-rijneveld-winnen-de-boon-2022>.

"'W. F. HERMANS 100 JAAR' – 2021 / 2022." Boeken over Boeken. Web. 28 Jun. 2023. <https://boekenoverboeken.com/hermans-100-sept-2021-tot-sept-2022/>.

"Winnaars 2022!" Europese Literatuurprijs. 22 Sept. 2022. Web. 28 Jun. 2023. <https://www.europeseliteratuurprijs.nl/2022/winnaar.php>.

"Winnaar Libris Literatuur Prijs 2022." Libris Literatuur Prijs. 9 May. 2022. Web. 28 Jun. 2023. <https://libris.nl/fictie/libris-literatuur-prijs/archief/2022/winnaar>.

"WINNAAR LIBRIS LITERATUUR PRIJS 2022 & JURYRAPPORT." Libris Literatuur Prijs. 9 May. 2022. Web. 28 Jun. 2023. <https://www.librisprijs.nl/winnaar-libris-literatuur-prijs-2022-juryrapport/>.

作者单位：北京外国语大学欧洲语言文化学院

2022年柬埔寨文学概览

卢　军

内容提要：2022年，面对新冠疫情的不利影响，柬埔寨文学界力图在坚持民族传统的同时，顺应时代变革进行创新。一年一度的因陀罗黛维王后奖和佛学院文学奖评审依然将作品的意义、形式与内容具有鲜明的民族特征作为主要评判标准。以“阅读有利于提升数字社会的生活质量”为主题的国家读书日通过“线上＋线下”的形式举行，传统与现代的融合为培养全民阅读文化和提升民族文学素养注入了新动力。第五届高棉文学节与第九届国家图书展恢复线下活动，作家、艺术家、文学爱好者以及社会各界人士的广泛参与和支持使柬埔寨文学界见到了民族文学复兴的曙光。

2022年，柬埔寨文学界在新冠疫情的影响下奋力前行，柬埔寨文化与艺术部（下文简称“文艺部”）和教育、青年与体育部（下文简称“教育部”）作为政府部门全力恢复第七届国家读书日和第九届国家图书展等文艺活动的线下举办，柬埔寨作家协会（下文简称“作协”）和高棉文学节组委会作为民间组织积极筹备各类文学奖项的评选和第五届高棉文学节，努力在困境中坚持传统，寻求创新，不断扩展柬埔寨文学的生存和发展之路。本文将从文学奖项、文学界重要事件、重要作品和柬埔寨作协工作等方面来概述2022年柬埔寨文学的发展状况。

一、2022年文学奖及文学比赛

（一）因陀罗黛维王后奖（ពានរង្វាន់ព្រះនាងឥន្ទ្រទេវី）

第24届因陀罗黛维王后奖从2022年3月25日开始征稿，截止日期为6月30日。柬埔寨文艺部在征稿通告中强调：参赛作品在意义方面要蕴含真理、道德和美德，在形式方面要注重写作手法、作品结构和审美风格，在内容方面则要将教育、发展和保护民族价值融为一体。最终，组委会共收到104篇作品，其中短篇小说76篇，诗歌28首，相比于2021年的190篇，作品数量大幅下降。对此，柬埔寨文艺部书籍与阅读处处长高罗（កុក រស់）指出：2020年至2021年，由于疫情管控，作家们有充裕的时间在家创作，而2022年放开后，柬埔寨大多数作家需要谋生因此创作有所减少。

2022年11月25日，组委会举行了因陀罗戴维王后奖颁奖仪式，共有10人获奖，短篇小说奖和诗歌奖各5人。短篇小说一等奖是《社区诉讼》（បណ្ដឹងសហគមន៍），作者是来自菩萨省的胡伊·萨拉（ហ៊ុយ សារ៉ាត់，出生年份不详）；二等奖是《比拉尼之声》（សំនៀងប៊ិឡានី），作者是来自金边的索万·施里武（សុវណ្ណ សិរីវុឌ្ឍ，出生年份不详）；三等奖是《太阳升起来了，父亲》（ថ្ងៃរះហើយពុក），作者是来自金边的布·玛卡拉（ពៅ មករា，1994—　）；四等奖是《巴萨剧》（បាសាក់），作者是来自马德望省的东·占利（តុន ច័ន្ទរិទ្ធ，出生年份不详）；五等奖是《铁木卷轴》（ក្រាំងតាត្រាវ），作者是来自磅士卑省的西恩·春利（សៀង ឈុនលី，出生年份不详）。诗歌类一等奖是《劳动的恩惠》(គុណការងារ),作者是来自上丁省的皮隆·达拉(ភិរម្យ ដារ៉ា,出生年份不详);二等奖是《边境老师》(អ្នកគ្រូជាយដែន)作者是来自奥多棉吉省的孟·桑南(មឿន សំណាង,出生年份不详);三等奖《县长》(មេស្រុក),作者是来自西哈努克省的尊·克茂(ជួន ខ្មៅ,出生年份不详);四等奖是《姑娘拉斯梅生命的风暴》(ព្យុះជីវិតនាងរស្មី),作者是来自贡布省的琼兰·索帕(ចំរើន សុភ័ក្រ,出生年份不详);五等奖是《和平的露珠》(សន្សើមសន្តិភាព),作者是来自磅湛省的桑姆·索尼(សាម សុនិត,1985—2022),不幸的是索尼已于2022年10月逝世。

高罗称本年度获奖的短篇小说和诗歌作品风格各异,特色鲜明,具有较好的教育价值,反映了作者所处社会的现实。他认为小说的水平与往年无异,只是所反映的社会面不尽相同,没有太突出的作品。而诗歌作品在格律和押韵方面值得称赞,但内容和技巧方面还有待提高。为此高罗、诗歌评分分委会副主席圣·宋安(សេង សំអាន)和小说评分分委会成员余·索丕(យូ សុភា)提醒作者们要重视创作的三个核心原则,即意义、形式和内容。余·索丕希望作者们在完成作品后要多次审阅,检查是否符合组委会的要求。圣·宋安则要求诗人们严格遵守诗歌创作的规则,用词要反复推敲,避免使用自己不理解词义的新词或不能正确表达意义的词。

此外,高罗还表示政府和社会各界应采取八项措施:为有志于创作的人开设培训课程;政府部门、社会团体和私人机构应经常合作组织文学创作比赛;各类媒体,包括广播、电视等,特别是社交媒体要快速地向作家们发送信息,鼓励他们积极创作新作品,作家们要通过参加培训和研修班提升创作能力；举行隆重的写作比赛颁奖仪式，促进和鼓励作家们创作更多新的作品；每年举办全国书展，使之成为年轻人享受阅读，进而促进创作的动力；文艺部为优秀作家提供参加部委举办的大型节目的机会；为新老作家印刷和出版作品提供便利条件；保证知识产权、著作权及相关法律法规的有效实施，以此来促进和鼓励作家们的创作。

（二）佛学院文学奖（ពានរង្វាន់អក្សរសិល្ប៍ពុទ្ធសាសនបណ្ឌិត្យ）

2022年第五届佛学院文学奖的主题是“生活中的道德”（សិលធម៌នៃការរស់នៅ），收稿日期从2021年11月8日至2022年5月31日，参赛作品体裁为短篇故事和短篇叙事诗。评审委员会共收到21篇短篇小说和16首诗歌，相比于2021年的35篇短篇故事和35首诗歌，数量有所减少。2022年8月30日，柬埔寨宗教部公布了佛学院文学奖获奖名单。

获得短篇故事类一等奖的是东·占利的《这个社会》（សង្គមនេះ）；获得二等奖的是布·玛卡拉（ពៅ មករា, 1994— ）的《病难》（នរតី）；获得三等奖的是普·腊塔纳（ភុយ រតនា，出生年份不详）的《家中的灯》（ចង្កៀងក្នុងផ្ទះ）。

获得短篇叙事诗类一等奖的是尊·克茂（ជួន ខ្មៅ，出生年份不详）的《蛇王之子》（កូននាគ），2021年他曾凭借作品《镜子》（កែវ）获得该奖项三等奖。孟·比瑟（មឿង ពិសិត，出生年份不详）获得二等奖，作品是《母亲的土地》（ដីម៉ែ）。三等奖作品《恒河潮汐》（ជំនោរគង្គា）的作者是皮隆·达拉（ភិរម្យ ដារ៉ា，出生年份不详），2021年其作品《镜子啊》（កែវអើយ）曾获得该奖项二等奖。

来自马德望省的职业作家东·占利近年来多次获奖，他在介绍自己的写作经验时说，作家要有自我创新意识，要与社会形势与时俱进，并且从老一辈的作品中总结经验，吸取教训，才能创作出受欢迎的新作品。菩萨省作家孟·比瑟分享个人经验时也表示，要密切关注前辈的作品，阅读的作品越多，获得的经验也越丰富，阅读可以为我们展现创作之路，从而促使我们迸发新的思想，创作新的作品。与此同时，佛学院公布了 2023 年第六届佛学院文学奖的参赛主题“贪婪带来毁灭”（ការលោភលន់នាំមកនូវសេចក្ដីវិនាស），收稿截止日期是 2023 年 4 月 30 日。

二、文学界重要事件

（一）2022 年国家读书日（ទិវាជាតិអំណានឆ្នាំ២០២២）

每年的读书日都是柬埔寨国内重要的官方文化活动，尽管近两年受到新冠疫情的影响，但柬埔寨教育部仍然坚持举行线上活动，在全民尤其是青少年当中推广阅读文化，培养阅读习惯，提高民众阅读、朗诵诗歌和写作的能力。2022 年初，教育部开始恢复线下活动。2022 年 3 月 11 日，柬埔寨第 7 届国家读书日以“线下 + 线上”的方式在国家教育学院现场举行，并通过网络直播。为了实施教育部 2019—2023 年教育领域战略计划，提升教育质量，本届国家读书日将活动主题定为“阅读有利于提升数字社会的生活质量”(អំណានជួយលើកកម្ពស់គុណភាពជីវិតក្នុងសង្គមឌីជីថល)。教育部大臣洪尊·纳伦（ហង់ជួន ណារ៉ុន）表示，该主题旨在强调阅读在数字社会演变进程中的作用及与生活质量的相关性。尽管受到疫情影响，但读书日活动的规模仍然越来越大，活动也越来越受欢迎，吸引了社会各界人士参加。

读书日期间，教育部联合相关部门与合作伙伴举行了各种活动来宣传和鼓励阅读，如通过各种媒体进行宣传，召开新闻发布会，举行教育专家与公众参加的重要主题讨论会，开办图书展，举行主题演讲等。与此同时，教育部组织了中小学校地方级和国家级的阅读、诗歌朗诵和写作比赛，在各省小学 4 至 6 年级举行阅读比赛，中学举行诗歌朗诵比赛，高中则举行诗歌和散文写作比赛，省级比赛的前三名将参加全国比赛，从而培养青少年阅读和写作的兴趣。此外，教育部还举办了主题为“后吴哥时期佛教主义文学的作用”（តួនាទីអក្សរសិល្ប៍ពុទ្ធនិយមនៅសម័យក្រោយអង្គរ）的文学讨论大会。

（二）第五届高棉文学节（មហោស្រពអក្សរសិល្ប៍ខ្មែរ，Khmer Literature Festival）

高棉文学节是当前柬埔寨举行的最大规模的民间文学活动，活动的组织者倡导在全国推广和复兴柬埔寨文学，因此每年在不同的省份举行，以此使公众对柬埔寨文学有更多的了解。2023 年第五届高棉文学节于 2022 年 10 月 21—23 日在菩萨省菩萨市举行，主题是“文学中的活遗产”（មរតករស់នៃអក្សរសិល្ប៍），以此纪念在民主柬埔寨时期幸存的老一辈作家，使其作品及其中所反映的价值观为后人所尊重和铭记。本届高棉文学节活动丰富，有文化参观、阅读之夜、阅读菩萨省、作家研讨会、文学遗产展览、诗歌艺术公园、文学奖颁奖等活动，以及当地的采豆蔻舞、孔雀舞、话剧、歌曲和长臂琴表演等文艺节目。

文学节组委会主席恩·萨玛纳（ឥន្ទ សម៉ាណាក់）称文学节首次在菩萨省举行别具特色，尤其受到举办地菩萨中学的师生们的热烈欢迎。恩·萨玛纳希望金边和各省的文学爱好者前来参加活动，了解高棉文学的价值理念和活遗产。高棉文学节创始人索·丕娜（សូ ភីណា）表示，文学节在自己的故乡举办意义非凡，可以让人们领略到菩萨省所蕴藏的独特文化与艺术潜力。柬埔寨新闻部大臣乔·干那烈（ខៀវ កាញារីទ្ធ）在 10 月 22 日出席文学节活动时表示，老一辈作家为柬埔寨文学事业做出了巨大的贡献，他们的作品描述了柬埔寨动荡时期的社会面貌，反映了普通百姓的思想和价值观念，不仅向社会和民众传播了文学和知识，为饱受苦难的民众带去慰藉，而且也是连接新旧两代文学的纽带，能够促进后代作家推动柬埔寨文学事业不断发展。他还希望文学节能每年举行，不断提升柬埔寨文学的价值。

此外，本届文学节还设立了文学奖。文学节组委会在为期 50 天的赛期中收到了近 200 篇作品，经过评委会评审选出了 133 篇作品参赛，其中包括短篇故事 54 篇，诗歌 79 篇。最终短篇故事类评选出二等奖 1 名、三等奖 2 名、荣誉奖 2 名（一等奖空缺），诗歌类评选出一等奖 1 名、二等奖 1 名、三等奖 1 名、荣誉奖 2 名，并在 11 月 20 日举行了颁奖仪式。其中故事类二等奖获奖作品是伊姆·迪西哈（អៀម ទិត្យសីហា，出生年份不详）的《水流》（ខ្សែទឹក），三等奖获奖作品是孙·维杰吉德拉（ស៊ុន វិជ័យចិត្រា，出生年份不详）的《谁在床上》（អ្នកណានៅលើគ្រែ）和谢东海（ជា តុងហៃ，1993— ）的《雨后》（ក្រោយភ្លៀង），荣誉奖获奖作品是胡乐·丽娜（ហ៊ាល លីណា，出生年份不详）的《一盒银针粉》（លតឆាមួយប្រអប់）和盖姆·占波帕（កែម ចន្ទបុប្ផា，出生年份不详）的《心灵》（ដួងព្រលឹង）。诗歌类一等奖获奖作品是万·萨莱（វណ្ណ សារ៉េត, 1970—　）的《寺院琴声》（សំឡេងទ្រកំដរប្រាសាទ），二等奖获奖作品是勒·所提（ឡឹក សុធារ，出生年份不详）的《虎》（ល្បើកសត្វខ្លា），三等奖获奖作品是胡德·威斯纳（ហ៊ួត វាសនា，出生年份不详）的《咖啡桌讲坛》（វេទិកាតុកាហ្វេ），荣誉奖获奖作品是恒·棉棉（ហេង មៀនមៀន，出生年份不详）的《文学之殇》（ទំនួញអក្សរសាស្ត្រ）和棱姆·潘娜（លឹម ផាន់ណា，1990—　）的《伞》（ឆ័ត្រ）。获奖者们为能够参加文学节而感到自豪，认为文学节对于弘扬民族文学具有极高的价值。获奖者盖姆·占波帕称，她从社交媒体上获知比赛公告，于是立即报名，结果首次参赛便获得荣誉奖，她为能够推广柬埔寨文学而感到骄傲。文学老师万·萨莱参加过八次文学比赛，六次获奖，他表示自己参赛并非为了获奖，而是为了成为学生和青少年的榜样，吸引他们关注民族文学。

（三）2022 年柬埔寨图书展（ពិព័រណ៍សៀវភៅកម្ពុជានៅឆ្នាំ២០២២，Cambodia Book Fair 2022）

2022 年 12 月 9—11 日，因疫情暂停两年的第九届柬埔寨图书展在柬埔寨国家图书馆举行。本年度书展由教育部、文艺部和信息部联合组织，以“一日阅读，一日感悟”（មួយថ្ងៃអាន មួយថ្ងៃដឹង，A Day Reading, A Day More of Understanding）为主题，旨在培养柬埔寨民众尤其是青少年的阅读习惯，宣传柬埔寨作家的作品，并支持出版业发展。柬埔寨文艺部副国务秘书根姆·比农（គឹម ពីនន់）在新闻发布会上表示，重新举办书展主要有五个目的：一是出版各类新旧书籍以获得国内外市场；二是培养民众阅读习惯，同时向年轻人传达一个信息，即读书对于增长知识与见识，对未来学习和工作具有重要价值；三是通过讲故事和绘画的方式，让孩子从小喜欢阅读；四是支持柬埔寨和世界的出版业；五是鼓励诗人、作家、学者、艺术家们创作更多新作品。协助举办书展的柬埔寨 Sipar 机构负责人指出，柬埔寨年轻人已逐渐开始对阅读书籍感兴趣，但与邻国相比还有差距。

本次书展主要包括书展、电子图书出版论坛、柬埔寨文学演讲、电影剧本创作、知名作家与艺术家见面会、儿童阅读与学习游戏、音乐会等七项活动。主办方还组织了免费赠书、绘画活动、舞台剧表演、写作经验分享会、阅读研讨会等以吸引更多的民众参加书展。书展共设 198 个展位，虽然约 11 万人的参展人数少于 2019 年的 18 万人，但它依然唤起了不同年龄段的柬埔寨人对阅读的热情，并增进了年轻一代对写作的热爱。

三、重要作品

（一）柬埔寨文版《摩诃婆罗多》再版

柬埔寨文版《摩诃婆罗多》（មហាភារតៈ）由柬埔寨作协成员吞・恒（ធន់ ហ៊ិន，1945—2019）翻译自英文版的印度史诗《摩诃婆罗多》。吞・恒不仅是作家，还是著名的翻译家、教育家和外交家，他在印度工作期间阅读了《摩诃婆罗多》的各种英文译本，决心将其翻译成柬埔寨文。《摩诃婆罗多》柬文版共 9 章 1200 多页，是吞・恒 20 余年努力的结晶，第一版于 2018 年 5 月正式出版。吞・恒在序言中称，将《摩诃婆罗多》翻译成柬埔寨文旨在再现睿智的先贤们的杰作，同时为了教育后世子孙尤其是各级领导人要遵循世间法则，建立一个和平、幸福的社会。另外，作者希望当代柬埔寨社会依然能了解这一伟大的史诗，因为自吴哥时期以来它一直是柬埔寨民族认同的一部分。尤为重要的是这部史诗展现了领袖应具备维护公平和正义这些伟大和必要的品质。《摩诃婆罗多》是宣扬正义的故事，是财富的海洋，是领导力的指南。由于学者和读者对该作品需求巨大，吞·恒的家人决定再版此书。在柬埔寨作协的率领下，加上高棉文献出版社的支持以及社会各界的资助，该书得以再版。这既是为了纪念吞·恒，同时柬埔寨作协也希望读者和学者能够充分理解故事的内容，并将这部史诗中好的经验尽可能地运用到家庭和社会生活之中。

（二）毛·桑南（ម៉ៅ សំណាង，1959— ）发布新作《天空》（នភាល័យ）

毛·桑南是柬埔寨当代著名女作家，至今已创作了 100 多部小说，并有多部作品获奖。20 世纪 80 年代她开始以兔子（ទន្សាយ）作为笔名发表作品，其作品以情节扣人心弦、人物刻画形象生动、情感描绘真实细腻而深受柬埔寨民众喜爱。直至 90 年代中期柬埔寨国内形势稳定后，毛·桑南才以真名出现在公众视野中。她的代表作品包括获得 1995 年西哈努克文学奖一等奖的小说《浪淘沙》（រឿងរលកបោកខ្សាច់），1998 年获得西哈努克文学节五等奖的小说《月光》（រឿងពន្លឺចន្ទ），2000 年在吴哥艺术节上获得五等奖的小说《罪恶天堂》（រឿងឋានសួគ៌សាងបាប），2010 年获得柬埔寨、老挝、越南三国联合组织的湄公河文学奖[1]一等奖的短篇故事《一心一意》（រឿងចិត្តមួយថ្លើមមួយ）等。2008 年和 2014 年，毛·桑南因为在提

1 系现由中国、柬埔寨、老挝、缅甸、泰国、越南等六国轮流主办的湄公河文学奖的前身。

升柬埔寨文学和文化方面所做出的巨大贡献，分别获得洪森首相和西哈莫尼国王授予的勋章。2021 年 8 月，她出版了情感系列小说《天空》的第一部，并分别在 2022 年 3 月和 10 月出版了第二部和第三部。《天空》三部曲以三个爱情故事教育年轻人对待感情要真诚，不要暧昧不清，摇摆不定，因为这样做害人害己，只有付出真心，才能收获爱情。毛·桑南的作品通俗易懂，还有多部小说被拍摄成影视作品，深受柬埔寨民众喜爱。

四、柬埔寨作家协会的主要活动

2022 年 1 月 22 日，柬埔寨作协召开了第十届特别会议，会议由王国政府顾问兼作协理事会主席杰乍（ជ័យ ចាប）主持。作协主席布棱·布劳内（ព្រឿង ប្រណិត，1979—　）汇报了第十届作协四年来的工作进展和成就。特别会议批准了作协章程修正案，任命布劳内继续担任第十一届作协主席，同时增设了 3 名理事会成员，并指派了 18 名作协顾问。2022 年，柬埔寨作协主要配合政府部门和民间团体组织各项文学奖的征稿、评审及颁奖活动，以及读书日、世界诗歌日、文学节、书展和赴各省开展讲座等活动。2022 年 7 月初，作协开办了第 34 期作家培训班，培训内容主要有文学理论，小说、诗歌、短篇故事和歌词的创作技巧，作家与创作者的道德规范，作品中的哲学观，电影剧本创作等。

结语

2022 年的柬埔寨文坛在继承传统与谋求创新的道路上艰难发展。虽然国家读书日、高棉艺术节、国家图书展等重要文化活动得以恢复线下举行，但活动参与人数和 2019 年的顶峰时期相比仍有差距。疫情管控放松后作为创作主力军的作家们忙于生计而减少了文学创作，致使各种文学比赛的参赛作品大幅减少，优秀作品乏善可陈，作品质量提升缓慢。此外，与世界文坛的合作与交流也受到了一定的影响，湄公河文学奖也因故推迟。但柬埔寨文学界面对重重困难，在政府和社会各届的支持下成功举办了第五届高棉文学节。与此同时，近年来越来越多的年轻人开始形成阅读习惯，青年作家的逐渐成长给柬埔寨文学的复兴带来一线曙光。

参考文献：

ខឿន សាឃាង. ស្នាដៃចូលរួមប្រកួតដណ្ដើមពានរង្វាន់ឥន្ទ្រទេវី បំបែកកំណត់ត្រា ៣ ឆ្នាំជាប់គ្នា. 12 Oct. 2021. Web. 31 Dec. 2022. <https://news.pnn.com.kh/news/8529>.

ដេប៉ូ.ពិព័រណ៍សៀវភៅលើកទី៩កំពុងបានទទួលការចាប់អារម្មណ៍ពីអ្នកអានគ្រប់ទិសទី. 10 Dec. 2022. Web. 15 Mar. 2023. <https://www.rasmeinews.com/archives/728128>.

ធឿន វ៉ាន់សុង.លោក ឃុត សុខឿន៖ ការប្រកួតស្នាដៃអក្សរសិល្ប៍ គឺជំរុញលើកទឹកចិត្តយុវជនក្នុងការបញ្ចេញស្នាដៃតែងនិពន្ធ. 21 Nov. 2022. Web. 25 Feb. 2023. <https://www.kampucheathmey.com/local-news/416705>.

ប៉ាន់ រិទ្ធា. មហោស្រពអក្សរសិល្ប៍ខ្មែរលើកទី៥ ស្ដីពី «មរតករស់នៃអក្សរសិល្ប៍» នឹងរៀបចំធ្វើនៅខេត្តពោធិ៍សាត់ នាចុងសប្ដាហ៍ក្រោយ. 13 Oct. 2022. Web. 11 Mar. 2023. <https://www.postkhmer.com/lifestyle/2022-10-13-1819-242240.html>.

ប៉ាន់ រិទ្ធា. ការប្រឡងស្នាដៃតែងនិពន្ធពានរង្វាន់ព្រះនាងឥន្ទ្រទេវីឆ្នាំ ២០២៣ ចាប់ផ្ដើមទទួលបេក្ខជនប្រកួតប្រជែង. 19 Dec. 2022. Web. 20 Feb. 2023. <https://www.postkhmer.com/lifestyle/2022-12-19-1131-244872.html>.

ប៊ុង សុភារី. ទិវាជាតិអំណានលើកទី៧ឆ្នាំនេះ ធ្វើឡើងក្រោមប្រធានបទ «អំណានជួយលើកកម្ពស់គុណភាពជីវិតក្នុងសង្គមឌីជីថល». 11 Mar. 2022. Web. 30 Jan. 2023. <https://www.information.gov.kh/articles/70279>.

រស្មី. ក្រសួងវប្បធម៌ និងវិចិត្រសិល្បៈ ប្រកាសទទួលស្នាដៃប្រលោមលោកខ្នាតខ្លី និងកំណាព្យរឿងពីបេក្ខជនចាប់ពីថ្ងៃនេះ. 25 Mar. 2022. Web. 31 Oct. 2022. <https://domneng.news/2022/118514>.

ហ៊្សុន ស៊ីឡុន. ពានរង្វាន់ព្រះនាងឥន្ទ្រទេវី ឆ្នាំ២០២២ ទីបំផុតរកឃើញម្ចាស់ហើយ. 26 Nov. 2022. Web. 21 Jan. 2023. <https://ams.com.kh/central/detail/907127>.

រិទ្ធី. រដ្ឋមន្ត្រីក្រសួងព័ត៌មានសង្ឃឹមថា មហោស្រពនឹងរៀបចំធ្វើឡើងជារៀងរាល់ឆ្នាំ ដើម្បីលើកកម្ពស់តម្លៃនៃ អក្សរសិល្ប៍ខ្មែរ ឱ្យកាន់តែរឹងមាំ. 23 Oct. 2022. Web. 31 Jan. 2023. <https://www.information.gov.kh/articles/89554>.

作者单位：广西外国语学院

2022年克罗地亚文学概览

彭月函

内容提要：2022年，世界开始逐渐走出新冠肺炎疫情带来的冲击，克罗地亚文学也重新蓬勃发展，且势头强劲。在充满不确定性和困难的当下，众多克罗地亚作家发表新作品，提供看待世界的多样视角；各大文学奖项的颁发也激励着优秀作家坚持创作并思考、面对当今时代的挑战。克罗地亚重要的图书展、文学节都回归线下，读者与本土和国外作家的交流也逐步恢复至疫情前水平，并在2022年秋季达到高峰。

一、重要文学奖项和获奖作品

1. 克萨韦尔·尚多尔·雅尔斯基文学奖（Nagrada Ksaver Šandor Đjalski）[1]

2022年，路德维希·鲍尔（Ludwig Bauer，1923— ）的小说《爱娃·布劳恩的双重生活》（*Dvostruki život Eve Braun*，2022）摘得克萨韦尔·尚多尔·雅尔斯基文学奖桂冠。

小说讲述了爱娃·布劳恩、她的丈夫博扬·布劳恩和她儿时的

1 奖项具体介绍参见《外国文学通览：2017》。

好友埃米尔·米勒的成长经历。三位主人公都出生在 20 世纪 60 年代，在同一个工业小镇长大，共同经历了克罗地亚政局动荡、社会剧变和战争时期。小说的主人公原名为玛丽亚，她的男朋友用《圣经》里的夏娃称呼她（“夏娃”的克罗地亚语名为“爱娃”），而她嫁给博扬·布劳恩后随夫姓，成了爱娃·布劳恩，与希特勒的情人同名同姓。她把这一巧合视为命运的暗示，认为自己肩负历史使命，于是开始从事政治活动，成为克罗地亚战争遗孀协会主席。

《爱娃·布劳恩的双重生活》秉承了鲍尔的新历史小说写作传统，大部分篇幅都用来描写人物的日常生活，从普通人的视角展示历史事件，试图还原历史的真实面貌。但该小说不像鲍尔以前的新历史小说那样放眼整个 20 世纪，而是聚焦于对克罗地亚而言尤其动荡和痛苦的 20 世纪 80 年代初到 90 年代克罗地亚战争结束这一时期。主人公们在困难时期和生活压力下表现出不同的特质，有的富有同情心，有的贪婪，有的左右逢源，有的抛弃道德原则。鲍尔具有敏锐的眼光，他捕捉到时代特征和社会氛围，细致地描写了一个社会体系的崩坏和另一个社会体系的建立，让许多读者从中找到共鸣。

2. 米罗斯拉夫·克尔莱扎基金会奖（Nagrada Fonda Miroslav Krleža）[1]

2022 年，米罗斯拉夫·克尔莱扎基金会奖的获奖作品是伊戈尔·集迪奇（Igor Zidić，1939—　）的评论与演讲集《我们活着吗？》(*Jesmo li živi?*，2022)。集迪奇是艺术史学家、文学家，也是克罗地亚中心出版社、现代画廊的负责人，还是多本社会、艺术与文学杂志的编辑。作为克罗地亚 20 世纪中叶起重要变革的参与者和

1　奖项具体介绍参见《外国文学通览：2017》。

见证人，他经常讨论当代社会、文化和政治问题，如当代克罗地亚艺术、“克罗地亚之春”期间的民族问题、克罗地亚独立后出现的社会问题与危机等。《我们活着吗？》收录了集迪奇1968—2014年的文章，分为5个章节，分别是“法庭上的人”“在克罗地亚中心出版社”“讨论、短评与告别”“我们为什么而战？”以及“最后的话”，集中呈现了集迪奇对克罗地亚20世纪下半叶重要历史事件、人物、社会文化与艺术的思考，同时也体现了他的博学强识和修辞技巧。

2022年，米罗斯拉夫·克尔莱扎基金会奖的特别奖章颁给了博里斯·多马戈伊·比莱蒂奇（Boris Domagoj Biletić，1957—　），他的获奖作品为诗歌选集《抓住空气》（*Hvatanje zraka*，2021）。本诗集收录的诗共分为7章，分别为“正好抵达顶峰”“无论去向何处”“纯粹的疲惫”“善意的结晶”“描述我如何书写毕尔巴鄂”“我们话语周围的一切”以及“攀登”。比莱蒂奇诗歌的主题多为死亡和爱，以及在当下和反叛中坚守传统。他的诗中经常出现孤独、空虚、心怀恐惧却关心个人和人类命运的人物。此外，家乡和语言、失败和探索、现在和过去、时间和空间在诗里结合并交替出现。比莱蒂奇善于使用独特的隐喻创造不寻常的文字组合，用最柔和、轻快的笔调探索黑暗、死亡和神秘。他的诗有时被悲伤和阴影笼罩，有时充盈着欢快的音调、孩童的玩闹和生活的赞歌，有时还暗含讽刺。比莱蒂奇的创作无法简单归到任何一个文学流派，因为他受到多重影响，如复调理论、赫耳墨斯主义、结构主义语言学、超现实主义、表现主义等，形成了自己独特的风格。

3. 弗拉迪米尔·纳佐尔奖（Nagrada Vladimir Nazor）[1]

2022年度的弗拉迪米尔·纳佐尔奖颁给了戴尼斯·佩里契奇

1　奖项具体介绍参见《外国文学通览：2017》。

(Denis Peričić，1968— ）的小说《关于克里让尼奇的梦》（*San o Križaniću*，2022）。这部作品是关于克罗地亚天主教神父、神学家和博学家尤拉伊·克里让尼奇（Juraj Križanić，1618—1683）的传记小说，介绍了他的人生轨迹和经历。克里让尼奇在克罗地亚出生，于卢布尔雅那、格拉茨和罗马接受教育，后来回到克罗地亚担任牧师。他曾到君士坦丁堡旅行，去莫斯科为沙皇服务，之后却被流放到西伯利亚的托博尔斯克，最终加入波兰国王扬三世·索别斯基的军队，在与奥斯曼军队的战斗中身亡。

小说取名为《关于克里让尼奇的梦》，一是因为作者通过梦一般的想象补充了克里让尼奇生平故事的细节。小说先用十几页的篇幅简短地介绍了克里让尼奇的经历和他所处的时代，而后用梦幻般的笔调描绘他的故事，并用大量虚构的细节填充了历史事件的骨架。例如，描写克里让尼奇在克罗地亚瓦拉日丁市担任牧师的经历时，佩里契奇充分发挥想象力，以戏剧化的方式生动地描绘了这位聪明机智的牧师与当地道德领袖的冲突。二是因为克里让尼奇的政治构想被视为不切实际的梦想。他是泛斯拉夫主义思想的奠基人，试图使东正教和天主教合一，以及统一所有斯拉夫民族。为此，他创造了通用的斯拉夫语，还向当时的权贵们宣传自己的设想。然而，从主教到农奴、从富人到乞丐，所有人都嘲笑他的想法。

本小说的价值在于没有将克里让尼奇理想化，而是在事实依据的基础上从不同的角度描绘他，没有回避他酗酒、赌博等不良嗜好，同时展现了他作为理想主义者、狂热人士、天才、先知的多面形象。如小说简介所说："佩里契奇为了写这部小说阅读了整个图书馆的书籍。"他大量引用多样的历史文献和传记材料，详细描绘了一系列历史人物、事件、战争和宗教分裂运动等。此外，尽管克里让尼奇的人生经历本身就能构成一部激动人心的小说，但作者将主人公的角色与虚构和奇幻元素相结合，并且通过许多互文增添趣味性，如加入了克罗地亚和南斯拉夫的流行娱乐文化元素，引用了流行摇滚歌手马尔科·佩尔科维奇·汤普森（Marko Perković Thompson）、作曲家与歌手阿尔森·戴迪奇（Arsen Dedić）和摇滚组合“偶像”（Idoli）的歌曲等，使这部小说成为他迄今为止最有野心、最复杂的作品，也成为克罗地亚最有趣的传记小说之一。

2022年度的弗拉迪米尔·纳佐尔奖的终身成就奖颁给了克罗地亚诗人和社会学家伊万·罗吉奇·奈哈耶弗（Ivan Rogić Nehajev，1943— ）。奈哈耶弗的诗歌受克罗地亚现代派诗人的影响，如西尔维耶·斯特拉希米尔·克拉尼切维奇（Silvije Strahimir Kranjčević，1865—1908）、扬科·波利奇·卡莫弗（Janko Polić Kamov，1886—1910）、安顿·布兰科·希米奇（Antun Branko Šimić，1898—1925）和米罗斯拉夫·克尔莱扎（Miroslav Krleža，1893—1981）等，同时还体现了后现代主义风格，如互文性、元文本性、具象主义和视觉主义等。他的代表作有诗集《离开帕特莫斯岛》（*Odlazak s Patmosa*，1971）、《玛拉的皇冠》（*Marina kruna*，1971）、《海港诗歌与其他难懂的诗》（*Lučke pjesme za pjevanje i recitiranje i druge nerazumljive pjesme*，1980）、《关于名字、女性和其他事物的诗》（*Pjesme o imenima, ženama i drugom*，1985）、《天体测量基础》（*Osnove uranometrije*，1994）、《落穗和一些诗歌》（*Pabirci i po koja pjesma*，2003）等。2021年，奈哈耶弗凭第11本诗集《扭曲的诗》（*Rapave kajde*，2019）获得米罗斯拉夫·克尔莱扎基金会奖。基金会主席伊维察·马蒂切维奇（Ivica Matičević）在颁奖时评论道：“奈哈耶弗不愿言之无物，也不愿说教，他是一位擅长演讲的、出色的分析家，对社会和文化现象进行深思熟虑后做出有理有据的批评。他幽默而简单，是克罗地亚诗坛少有的人才，与他交谈总能丰富思想。”

除了诗歌创作，奈哈耶弗的主要研究领域包括城市社会学、环境社会学和发展社会学，曾发表论文《短评与零碎》（*Ogledi i pabirci*，1988）、《第五级传输》（*Peti stupanj prijenosa*，1992）、《萨格勒布是谁？》（*Tko je Zagreb?*，1997）、《翡翠峰》（*Smaragdni brid*，1998）等。

4. 丁·乌耶维奇诗歌艺术奖（Nagrada Tin Ujević）[1]

2022 年获丁·乌耶维奇诗歌艺术奖的是克雷希米尔·巴吉奇（Krešimir Bagić，1962— ）的诗集《暗河》（*Ponornice*，2021）。这部诗集收录了巴吉奇过去几年创作的 105 首诗歌。“暗河”即地下河，它在地理意义上将不同地区连接在一起。而在诗歌意义上，巴吉奇用暗河比喻暗含的、深层次的联系与分离，传递出隐秘的、需要细心感知的信息。

巴吉奇的诗歌极具创新性和个人风格，体现了他对诗歌和语言的深刻理解，以及对诗歌形式的大胆探索。《暗河》用自然隐喻人类的生存状态，描绘社会文化环境和家庭境况，还化用了众多作家和思想家的作品，形成生动的互文。诗集中的想象比以往更发散，文字更跳跃，各种风格碰撞融合，还包含许多字谜，在多样的文体游戏中探索表达的极限。

二、重要文学活动

1. 图书展

萨格勒布国际图书展（Interliber）以推动克罗地亚阅读文化为使

---

1 奖项具体介绍参见《外国文学通览：2021》。

命，聚集了克罗地亚最重要的出版商和书店，多年来已成为克罗地亚规模最大的书展之一，是宣传书籍、作家、阅读、知识和科学的中心活动。

第44届萨格勒布国际图书展于11月8—13日举办，共有来自15个国家的296家参展商，包括克罗地亚、奥地利、波黑、法国、爱尔兰、意大利、匈牙利、荷兰、德国、美国、塞尔维亚和英国等，共展出约5万本书籍，在6天内吸引了10万多人前来参观。除图书展览、促销活动外，书展期间还举办了作者见面会、涂鸦工作坊、知识测试等活动。

本届图书展重点关注乌克兰和塞尔维亚文学。“聚焦乌克兰”项目强调了跨文化交流的重要性，邀请了乌克兰作家参与活动，介绍了新出版的克罗地亚语–乌克兰语词典，还举办了主题为“性别与乌克兰”的论坛，探讨女性在乌克兰社会中的角色。精品项目中还有塞尔维亚当代作家和作品的推广活动，包括小说、诗歌和政论等。

克罗地亚文化部部长妮娜·奥布莲·科尔日奈克（Nina Obuljen Koržinek）在开幕式上宣布，政府计划从国家复苏计划中拨款2.5亿库纳（约合人民币2.45亿元），用于支持文化和创意产业，提高公共借阅的服务质量，还计划在2024年推出新的书籍购买模式。

克罗地亚历史最悠久的书展之一——“梦见图书”（Sa[n]jam knjige）书展于2022年11月25—12月4日在伊斯特拉省举办，主题为“回归”。本届书展是第28届，共有约100个活动项目，约300家出版商展出了约2.5万本图书。

2. 文学节

第21届欧洲短篇小说节（Festival europske kratke priče）于2022年6月5—10日在萨格勒布市和扎达尔市举办，除克罗地亚本土作家外，还有来自英国、西班牙、法国、意大利等十多个国家的作家参与。活动以“变化”为主题，其间组织了多场讲座和朗读会，最后一天公布了第 21 届短篇小说比赛的结果。塞尔维亚作家帕弗莱·阿莱克西奇（Pavle Aleksić，1993— ）凭短篇小说《某事之终》（“Kraj nečeg”）获得一等奖，他在小说中探讨了死亡的主题，风格幽默平实，充满了诗歌的韵律；获二等奖的是克罗地亚作家妮娜·巴伊西奇（Nina Bajsić，1994— ），她的获奖作品《泰国罗勒花开放》（“Tajlandski bosiljak u cvatu”）有着典型的短篇小说结构，节奏紧凑，巧妙地使读者保持紧张感并在结尾呈现了经典的转折；获三等奖的是克罗地亚作家米尔塔·马斯拉奇（Mirta Maslać，1993— ），获奖作品《此刻就在这》（“Be here now”）以精美的文风和对心理健康与性别转换主题的深入探讨脱颖而出。一到三等奖的奖金分别是 5000 库纳、3000 库纳和 2000 库纳，其他进入决赛的参赛者都能获得价值 1000 库纳的购书券。

克罗地亚世界文学节的创办目标是将欧洲和世界重要作家汇集到克罗地亚，与克罗地亚本土作家对话，并吸引广大读者参与活动。2022 年 9 月 4—9 日，第十届克罗地亚世界文学节（Festival svjetske književnosti）在萨格勒布举办，共有来自 14 个国家的作家参与，包括英国布克奖得主伯娜丁·埃瓦里斯托（Bernardine Evaristo，1959— ）、科斯塔图书奖得主莫妮克·罗菲（Monique Roffey，1965— ），以及法国龚古尔文学奖和德国莱比锡图书奖等奖项的获奖者，还有以色列著名犯罪与恐怖小说家德诺尔·米沙尼（Dror Mishani，1975— ）、斯洛文尼亚小说家埃里卡·约翰逊·德贝利亚克（Erica Johnson Debeljak，1961— ）、荷兰作家恩斯特·凡德奎斯特（Ernest van der Kwast，1981— ）等。克罗地亚世界文学节期间共举办了27场活动，包括“艺术与文学”绘画展、诗歌论坛、关于“约西普·布罗兹（Josip Broz）是谁？”和“两个作家与四次流放，关于达尼罗·基什（Danilo Kiš）”的圆桌讨论等。

克罗地亚中心出版社于9月15—18日举办了第一届图书节（Prvi festival knjige u Matici hrvatskoj）。活动口号为“出好书的中心出版社”，活动期间共展出40多本新出版的图书，举办了音乐会和展览，还组织了庆祝克罗地亚历史最悠久的文学、艺术与文化杂志*Kolo*（意为圆圈、车轮或科罗舞[1]）创刊180周年的纪念活动。除克罗地亚中心出版社外，还有克罗地亚言辞出版社、克罗地亚历史研究所、克罗地亚大学出版社、克罗地亚作家协会、克罗地亚研究学院以及克罗地亚中心出版社的28个分社参与活动。

第四届世界克罗地亚文学节（Svjetski festival hrvatske književnosti）于11月15—18日在萨格勒布举办。参与活动的有生活在美国、澳大利亚、加拿大、黑山、匈牙利、意大利和波黑的克罗地亚作家、学者等。他们介绍了克罗地亚作家在世界其他国家的地位，在英语国家的作品和活动，以及与克罗地亚主流文学、文化的关系和前景。每年世界克罗地亚文学节的闭幕式都选在11月18日，即1991年克罗地亚战争中武科瓦尔和什卡布尔尼亚受害者纪念日。

结语

2022年的克罗地亚文学界展现出充沛的活力和蓬勃的发展势头。作家们坚持不懈地以丰富的主题和多样的视角创作、探索、反思和表达，回顾历史的风云变幻，探讨现实的多重挑战，揭示人类复杂的内

1 一种民间舞蹈。

心。各种图书展、文学节活动一如既往广受欢迎，在推介书籍、鼓励阅读方面发挥着重要作用，也为文学爱好者与国内外作家提供了交流的平台。克罗地亚文坛在受新冠肺炎疫情影响两年后表现出的盛况，彰显了文学的强大力量，鼓舞着作家们继续用作品推动文学的发展，为世界带来更多的启示与思考。

参考文献：

Derk, Denis. “Distopijske opsesije Jurja Križanića aktualnije su nego ikad.” 22 Feb. 2023. Web. 21 Jun. 2023. <https://www.vecernji.hr/kultura/distopijske-opsesije-jurja-krizanica-aktualnije-su-nego-ikad-1659005>.

Fraktura. “Programski letak FSK 2022.” 12 Aug. 2022. Web. 20 May. 2023. <https://magazin.fraktura.hr/hr/programski-letak-fsk-2022-0>.

Hina. “Predstavljena knjiga Borisa Domagoja Biletića ‘Hvatanje zraka’.” 28 Feb. 2023. Web. 29 Jun. 2023. <https://www.glasistre.hr/kultura/2023/02/28/predstavljena-knjiga-borisa-domagoja-biletica-hvatanje-zraka-848810>.

I. B. /Hina. “Krešimir Bagić jednoglasnom odlukom osvojio nagradu ‘Tin Ujević’.” 5 Jul. 2022. Web. 16 Jun. 2023. <https://www.tportal.hr/kultura/clanak/kresimir-bagic-jednoglasnom-odlukom-osvojio-nagradu-tin-ujevic-20220705/print>.

I. P. – MV. “Krešimir Bagić osvojio Nagradu ‘Tin Ujević’ 2022.” 6 Jul. 2022. Web. 29 Jun. 2023. <https://mvinfo.hr/clanak/kresimir-bagic-osvojio-nagradu-tin-ujevic-2022>.

Kolar, Mario. “Konačno dosanjan Križanić.” Web. 27 Jun. 2023. <https://www.matica.hr/vijenac/755/konacno-dosanjan-krizanic-34251/>.

Mićanović, Miroslav. “Hvatanje zraka.” Web. 29 Jun. 2023. <https://www.matica.hr/knjige/hvatanje-zraka-1364/#: ~ :text=%C2%BBIzbor%20iz%20 poezije%20Borisa%20Domagoja%20Bileti%C4%87a%20Hvatanje%20zraka,je%20rasulo%20nosiva%20stvarnosna%20i%20simboli%C4%8Dna%20odrednica.%20%28%E2%80%A6%29>.

MLP/Regionalni. “Roman ‘San o Križaniću’ Denisa Peričića tiskan ekskluzivno za Interliber.” 19 Nov. 2022. Web. 10 Jun. 2023. <https://regionalni.com/roman-san-o-krizanicu-denisa-pericica-tiskan-ekskluzivno-za-interliber/>.

"Proglašenjem dobitnika natječaja za kratku priču završen 21. FEKP." Web. 25 May. 2023. <https://europeanshortstory.org/proglasenjem-dobitnika-natjecaja-za-kratku-pricu-zavrsen-21-fekp/>.

"Program Svjetskoga festivala hrvatske književnosti." 14 Nov. 2022. Web. 25 May. 2023. <https://www.hkv.hr/vijesti/hrvatska/40665-program-svjetskoga-festivala-hrvatske-knjizevnosti.html#: ~:text=Program%20Svjetskoga%20festivala%20hrvatske%20knji%C5%BEevnosti%20Zagreb%2C%2015.%20%E2%80%93,hrvatskoj%2C%20Dru%C5%A1tvu%20hrvatskih%20knji%C5%BEevnika%20i%20Hrvatskoj%20matici%20iseljenika. >.

"Prvi festival knjige u Matici hrvatskoj (15–18. rujna 2022)." Web. 25 May. 2023. <https://www.matica.hr/zbivanja/prvi-festival-knjige-u-matici-hrvatskoj-1518-rujna-2022-3451/>.

Rogić Nehajev, Ivan. "Hrvatska enciklopedija, mrežno izdanje. Leksikografski zavod Miroslav Krleža, 2021." Web. 29. Jun. 2023. <http://www.enciklopedija.hr/Natuknica.aspx?ID=53204>.

—. "Jesmo li živi?" Web. 29 Jun. 2023. <https://www.matica.hr/knjige/jesmo-li-zivi-1411/>.

"San o Križaniću." Web. 27 Jun. 2023. <https://shop.skolskaknjiga.hr/san-o-krizanicu.html>.

Stančić, Dino. "'San o Križaniću': trivijalan roman od čuvenog hrvatskog svećenika napravio karikaturu koja se čudi obrijanim genitalijama." 4 Apr. 2023. Web. 29 Jun. 2023. <https://www.telegram.hr/kultura/san-o-krizanicu-trivijalan-roman-od-cuvenog-hrvatskog-svecenika-napravio-karikaturu-koja-se-cudi-obrijanim-genitalijama/>.

Vlahović, Gea/Hina. "Književna scena u 2022.: Snažna godina unatoč izazovima i krizama." 29 Dec. 2022. Web. 20 May. 2023. <https://www.tportal.hr/kultura/clanak/knjizevna-scena-u-2022-snazna-godina-unatoc-izazovima-i-krizama-20221229?meta_refresh=1>.

V. Ba. /Hina. "Na Interliberu 296 izlagača iz 15 zemalja, osim Ukrajine u fokusu je ove godine i Srbija." 4 Nov. 2022. Web. 21 May. 2023. <https://www.tportal.hr/kultura/clanak/na-interliberu-296-izlagaca-iz-15-zemalja-osim-ukrajine-u-fokusu-je-ove-godine-i-srbija-20221104?meta_refresh=1>.

—. "Na zagrebačkom Velesajmu svečano otvoren 44. Interliber, pogledajte kakva je atmosfera." 8 Nov. 2022. Web. 21 May. 2023. <https://www.tportal.hr/kultura/clanak/foto-na-zagrebackom-velesajmu-svecano-otvoren-44-interliber-foto-20221108?meta_refresh=1>.

V. M. /Hina. “Priznanja Fonda Krleža Rogiću Nehajevu i posthumno Anočiću.” 7 Jul. 2021. Web. 27 Jun. 2023. <https://magazin.hrt.hr/kultura/priznanja-fonda-krleza-rogicu-nehajevu-i-posthumno-anocicu-2291384>.

V. M. /Hina /HRT. “DHK: Zidiću nagrada, a Biletiću povelja Fonda Miroslav Krleža.” 5 May. 2023. Web. 22 Jun. 2023. <https://magazin.hrt.hr/zabava/dhk-zidicu-nagrada-a-bileticu-povelja-fonda-miroslav-krleza-10758323>.

“28. Sa(n)jam knjige u Istri.” Web. 21 May. 2023. <https://kritika-hdp.hr/dogadjaji/28-sanjam-knjige-u-istri/>.

作者单位：北京外国语大学欧洲语言文化学院

2022年老挝文学概览

陆慧玲　陆蕴联

内容提要：疫情的阴霾渐渐消散，受疫情影响的老挝文坛慢慢恢复生机和活力。2022年，老挝作家协会评选出2021年度两项区域重要文学奖项：长篇小说《爱到地老天荒》获东南亚文学奖；回忆录《回顾生命之路》和短篇小说《军人叔叔》获湄公河文学奖。当前，老挝文学新作出版实现量的突破，其中青年作家表现突出，为老挝文坛的发展注入强劲动力。此外，2022年老挝文学界发生了两件重要事件，即老挝首位东南亚文学奖得主逝世和信赛青年作家俱乐部成立。

一、重要文学奖项出炉

2022年4月22日，老挝作家协会举行了2021年度东南亚文学奖和湄公河文学奖评选结果发布仪式。经评审，在提交参评东南亚文学奖的5部长篇小说中，缇帕格荪·杜昂扎[1]（ທິບພະເກສອນ ດວງຈັກ，1955—　）的长篇小说《爱到地老天荒》（ຮັກນີ້ນິລັນດອນ，2018）以315分胜出；而在提交参评湄公河文学奖的13篇作品中，坎熙·占

1　关于缇帕格荪·杜昂扎的详细介绍，参见《外国文学通览：2016》。

塔维通（ຄໍາສີ ຈັນທະວົງທອງ，1953—　）的回忆录《回顾生命之路》（ຫວນຄືນເສັ້ນທາງຊີວິດ，2021）以及烨 · 匹拉贡[1]（ແທຍງ ພິລາກອນ，1959—　）的短篇小说《军人叔叔》（ອາວທະຫານ）分别以 303 分和 296 分获奖。

1. 缇帕格苏 · 杜昂扎与《爱到地老天荒》

《爱到地老天荒》是缇帕格苏 · 杜昂扎的第一部长篇小说，讲述的是缇妲和瓦优两位医学生的浪漫爱情故事。他们在大学期间相互支持，直到完成学业，然而他们的爱情并不是一帆风顺的，甚至经历了死别，但是瓦优爱着缇妲的心永远陪伴着缇妲。小说里既有热恋的甜蜜，也有离别的忧愁伤痛，此外，还有为帮助改善农村卫生条件而选择下乡的坚毅决心以及医者仁心。小说情节紧凑，人物形象丰满，内容引人入胜。作家鸿恒 · 坤皮塔（ຫົງເຫີນ ຂຸນພິທັກ）在该书序言中评价道："故事描写十分真实，仿佛就像昨天刚刚发生的事一般。"

2. 坎熙 · 占塔维通与《回顾生命之路》

坎熙 · 占塔维通，笔名红占芭（ຈໍາປາແດງ），1953 年出生于华潘省桑怒县（当时的老挝解放区和革命根据地）康廓村，1968 年初中毕业后离开家乡参加革命，在华潘省宣传部工作三个月后进入中央的职业学校（位于今万赛县）学习新闻媒体相关知识，1987 年在越南河内取得政治经济专业本科学位，现为万象市印刷厂总经理。截至目前，坎熙 · 占塔维通已出版了《革命之火熊熊燃起》（ໄຟປະຕິວັດລຸກເປັນແປວ，1979）和《回顾生命之路》等作品。《回顾生命之路》记录了作者的生平事迹以及老挝历史上真实发生的事件，包括解放前后的真人真事。坎熙撰写该书的目的是为了通过手中的笔

1　关于烨 · 匹拉贡的详细介绍，参见《外国文学通览：2019》。

记录下战争年代的历史，包括当时老挝所面临的艰难险阻和老挝领导人率领老挝人民进行反帝国主义侵略斗争的英勇事迹等，让后人了解到与现今完全不同的历史并铭记历史。

3. 烨 · 匹拉贡与《军人叔叔》

《军人叔叔》被收录在烨 · 匹拉贡的短篇小说集《爱在紫铆花开时》（ສັນຍາຮັກເມື່ອດອກຈານບານ，2021）中，这则短篇小说还曾在2015年庆祝老挝人民革命党成立六十周年、老挝人民民主共和国成立四十周年征文比赛中获二等奖。小说用精练的语言讲述了十三岁少年坎彭运用自己的智慧帮助三位军人叔叔脱离险境的故事。坎彭的父亲被万象王国政府军杀害，这让他爱恨分明，看清了敌友。一天，正在林中放牛的他突然听到一阵枪声，而后看见三名伊沙拉革命战士朝他放牛的地方跑来，其中一名是身负重伤的越南专家。最后，坎彭利用熟悉地形的优势成功地帮助三名革命战士摆脱敌人的追击，顺利脱险。

二、青年作家为文坛注入新动力

2022年，老挝的文学新书发行有了量的突破，一些资深作家整理自己早年发表的作品，编辑成书重新与读者见面，如《星光灿烂》（ລາຕີລ້ານແສງ）、《爱需要拼搏》（ຮັກຕ້ອງສູ້）、《短篇小说两则——九月浪花和用粽子劫枪》（ຟອງເດືອນ 9 ແລະ ກົບເຂົ້າຕົ້ມຈີ້ເອົາປືນ）、《出生不由己》（ເມື່ອເລືອກເກີດບໍ່ໄດ້）等。

《星光灿烂》由2002年东南亚文学奖得主维瑟 · 萨翁色莎（ວິເສດ ສະແຫວງສຶກສາ，1953—　）从自己于1982—2002年间撰写、发表的作品中选出的13篇短篇小说汇编而成。《爱需要拼搏》收录的是2011年东南亚文学奖得主奔塔侬 · 颂赛彭（ບຸນທະນອງ ຊົມໄຊຜົນ，

1953—　）于 1970—1979 年间发表在报刊上的部分短篇小说。《短篇小说两则——九月浪花和用粽子劫枪》则是将老挝著名革命家坎玛·彭贡（ຄຳມາ ພົມກອງ，1926—2003）发表的以革命时期为背景的两则短篇小说编辑后出版，这两则短篇小说被收入老挝多本教材中，其中的《九月浪花》又名《湄公河浪潮》。长篇小说《出生不由己》的作者是湃奔·塔娜布阿席（ໄພບູນ ທະນະບົວສີ，1986—　），其笔名为诺朵咔岛（ນ້ອຍດອກກະເດົາ）。这本小说曾获 2015 年信赛文学奖，此次是作品获奖后正式出版，因此该小说也是她本人出版的第一部作品。上述作品内容引人入胜，各有特色，深受老挝读者喜爱，如《短篇小说两则——九月浪花和用粽子劫枪》曾在 2022 年 4 月和 5 月荣登 D Book 书店销售榜第三名。

除了老一辈作家的作品外，不断涌现的文坛新生力量在前期积累的基础上，也纷纷出版自己的成果。比如老挝最年轻的东南亚文学奖和湄公河文学奖得主帕湃湾·玛拉翁[1]（ພຣະໄພວັນ ມາລາວົງ，1990—　）于今年出版了自己的第一本短篇小说集《当你归来时……》（ເມື່ອເຈົ້າກັບມາ…）。帕湃湾自高中起便开始创作短篇和长篇小说，截至目前已创作了大约 150 篇短篇小说。此次出版的图书收录了 23 篇，以其中的一篇《当你归来时……》命名。这则短篇小说的主人公是一只在乡村与朋友水牛相互陪伴生活了多年的林八哥，它厌倦了乡村单调无趣的生活，想要到城市中感受繁华的气息。林八哥到了城市后确实看到了与乡村完全不一样的风景：这里人头攒动，霓虹灯闪烁，但这里的天没有乡村的蓝，这里的人也不像村里人那般热情友爱、互帮互助。它想，或许城市只是有钱人的天堂，对于需要早出

1　关于帕湃湾·玛拉翁的详细介绍，参见《外国文学通览：2017》。

晚归打拼的穷人来说，城市只是地狱。后来，林八哥在树梢上休息时被人类用气枪击中翅膀，受了轻伤。最后，失望的林八哥决定离开这片伤心之地，回归乡村天堂。这篇作品于2010年首次刊登在《新万象》报上，可以看出作者的文笔稍显青涩。但故事短小精练，以到城市探访的林八哥的视角，描绘了作者眼中城市与乡村的巨大差异，反映了当初作者从故土来到城市生活后的所见所闻、所思所想。

此外，两位青年女性作家苏萨达·素提赛（ສຸກສະດາ ສຸດທິໄຊ，1994— ）和乌拉·彭玛苏卡（ອຸລາ ພິມມະສຸກຂະ，1997— ）也分别出版了诗集《心中碎片》（ເສດແກ້ວກາງໃຈ）和《采菌》（ເກັບເຫັດ）。

苏萨达·素提赛笔名梅姑娘（ສາວເມີ້ຍ，梅族是老挝的少数民族之一），出生于波里坎赛省坎葛县彭溪村，2019年在老挝国立大学取得文学硕士学位，目前在该大学攻读博士学位。她于2015年开始从事文学创作，2016年加入青年作家营，2020年加入老挝作家协会。她的多篇作品被收录在多本诗歌、短篇小说集中，包括文集《突破新冠危机 走向新常态》（ບຸກທະລຸວິກິດໂຄວິດ-19 ກ້າວສູ່ແບບແຜນດຳລົງຊີວິດໃໝ່，2020）、《来自桃李的赞颂：致敬时代诗人》（ໂຮມຜົນງານສະດຸດີຈາກສິດຍານຸສິດ: ກະວີເອກແຫ່ງຍຸກ, 2022）等。《心中碎片》是她的首部独立出版的作品，其中收录的多首诗歌曾参评信赛文学奖、征文比赛等评选活动，如《湄公河之子》（ລູກແມ່ຂອງ）、《关系永存》（ສຳພັນນິລັນດອນ）等。这些诗篇有的表达了对家乡的赞美，有的则是对国家历史的叙述，还有的反映了作者个人对生活和社会问题的思考。如《心中碎片》这首诗对比了身体之伤和心灵之伤的不同，指出肉体的伤痛用药物治疗即可痊愈，而心灵所受的创伤，则需要时间来慢慢治愈，更重要的是，自己需要坚强起来，处理好所面对的问题，这样产生的效果或许比药物更好。老挝优秀文学艺术家欧铜·康般苏（ໂອທອງ ຄຳອິນຊູ）评论道，她的诗歌内容贴近生活，以叙述的口吻缓缓述说所见所闻和个人思考，相信读者在阅读的过程中定会受到启发。2021 年湄公河文学奖得主烨·匹拉贡评论道，她的诗歌均是精心雕琢、锤炼而成，尤其是她常将地方或家乡的韵语融入自己的诗文中，独具一格。在她的诗歌中还能感受到浓厚的情感。2016 年湄公河文学奖得主盛发·霍拉努帕（ແສງຟ້າ ໂຫລານຸພາບ）评论道，这本诗集中有的诗篇是对她担任志愿者教师清苦生活的记载，有的诗篇承载了她对家乡的思念，还有的诗篇记录了她独自一人来到大城市求学的艰苦。她的诗语言优美，能够用诗言诗语将所见所思传达给读者。

乌拉·彭玛苏卡出生于沙湾拿吉省维拉布里县侬嘎德村，2020 年在沙湾拿吉大学取得学士学位。她在 18 岁时就开始创作，并于 2016 年加入老挝作家协会。其作品被收录在多本作品集中，包括诗集《百种爱百种文字艺术》(ຮ້ອຍຮັກຮ້ອຍອັກສອນສິນ，2017)、《赠予敬爱的父亲》(ມອບແດ່...ພໍ່ຜູ້ມີພະຄຸນ，2018)，文集《突破新冠危机 走向新常态》、《来自沙湾拿吉省作家协会的礼物》(ຂອງຝາກຈາກສະມາຄົມນັກປະພັນສະຫວັນນະເຂດ，2021）等。2021 年，她出版了自己的短篇小说集《希望的河流》(ສາຍນ້ຳແຫ່ງຄວາມຫວັງ，2021)，而《采菌》则是她以笔名岚雅娘崂（ຫຼານຍ່ານາງລາວ，意为“老挝妇女雅奶奶的孙女”）出版的第一本诗集。该诗集收录了她从开始执笔创作到现阶段的大多数诗歌，其中有多篇作品曾刊登在《新万象》报等报刊上。这些诗歌反映了作者对社会问题的独特见解，形式多样，内容丰富，主要植根于作者本人的生活经历、体验和思考。比如曾于 2020 年获环保主题征文比赛二等奖的小诗《我们的呼吸》(ລົມຫາຍໃຈຂອງເຮົາ)首先描述了从前老挝绿水青山的美好景象，接着笔锋一转，勾勒出当前严峻的环境问题：森林被破坏、多处河流干涸、塑料等废弃物被乱扔，动物丧失栖息家园和气候异常等，最后呼吁大家一起行动起来，保护森林，停止贩卖野生动物，共同爱护人类赖以生存的家园。

除此以外，席通·台根（ສີທອນ ໄທແກ່ນ，1993— ）和玛尼翁·彭玛霖（ມະນີວອນ ພິມມະລິນ, 1997— ）的诗集《非二·一四的花朵》（ບໍ່ແມ່ນດອກໄມ້ໃນ 14 ກຸມພາ）以及萨吴安萨·万赛雅德［ສະຫງວນສັກ ວັນໄຊຍະເດດ, 1993— ，笔名索·湃冈郭（ສ. ໄຜ່ກາງງາ)］的诗集《鹊鸲》（ນົກແຕ້ມປູນ）也于今年面世。

三、老挝文坛大事记

2022年，老挝文坛举办了形式多样的活动，呈现出生机勃勃的景象。一方面，《文艺》杂志社主办的文学创作培训班如期举办，助力文学创作爱好者提高写作能力和水平；另一方面，受疫情影响延迟举办的第三届万象市阅读推广节于11月举行，成为宣传文学新作、鼓励阅读写作的有力阵地。另外，本年度老挝文坛还有如下重要事件。

1. 诗歌日活动

2022年2月20日，由老挝优秀文学艺术家杜昂德安·本雅冯（ດວງເດືອນ ບຸນຍາວົງ）发起的诗歌日活动，在万象市塞塔尼县板亥村的千竹园中顺利举办。达拉·甘拉雅（ດາລາ ກັນລະຍາ)、欧铜·康股苏、苏班·鲁昂腊德（ສຸບັນ ຫຼວງລາດ）等著名作家、诗人以及一些青年作家、诗人汇聚一堂，朗诵诗歌，并就老挝文学大家马哈西拉·维拉冯（ມະຫາສິລາ ວິຣະວົງ）的诗歌风格、老挝韵文以及写作经验等内容进行交流探讨。

2. 第三届新书展会顺利举办

2022 年 3 月 10—12 日，第二届新书展会在老挝国立大学孔子学院礼堂开展。新书展诞生于疫情期间，第一届新书展已于 2021 年成功举办。展会组委会主席宋麦・彭玛占（ສົມໄໝ ພົມມະຈັນ）称，此次展会的目的在于促进文学创作，鼓励老挝作家产出更多高质量的文学作品，同时还将展出疫情期间出版的一些新书。展会期间还举办了诗集《毛过山龙叶》（ໃບຕອງກຸງ，2022）、老挝和泰国历史文化研究成果《熙勐寺娘娘》（ເຈົ້າແມ່ສີເມືອງ，2022）、文学批评著作《我知道的文学作品》（ວັນນະຄະດີທີ່ຂ້ອຍຮູ້ຈັກ，2022）等新书的发布会。

3. 老挝国家级文学艺术家通坎・温马尼苏与世长辞

2022 年 5 月 19 日，通坎・温马尼苏[1]（ທອງຄຳ ອ່ອນມະນີສອນ，1949—2022）逝世，享年 73 岁。作为老挝文坛颇有建树的作家、领航人，他的辞世是老挝文坛的巨大损失。通坎是老挝的大诗人、大文豪，他的一生充满传奇色彩，对老挝文学的发展做出了重大贡献，因而被老挝政府授予“国家级文学艺术家”称号。通坎于 1949 年 9 月 5 日出生在老挝南部的占巴塞省。占巴塞可能是东南亚古国陆真腊的都城所在之地，这里文化底蕴深厚，风景秀丽，有著名的世界文化遗产瓦普神庙、老挝最大的瀑布等。这样的历史和地理环境孕育出通坎过人的文采。通坎在世时，曾大力支持老挝文化保护和发展事业，积极推动老挝–德国、老挝–法国贝叶经项目的开展。另外，他深耕文坛几十年，发表了许多优秀文学作品，如诗歌《为了爱，为了她》（ເພື່ອຮັກ ເພື່ອນາງ）获 1998 年东南亚文学奖，他也因此成为老挝历史上首位获此殊荣的诗人。通坎有着敏锐的洞察力和犀利的笔锋，

1　关于通坎・温马尼苏的介绍，参见陆蕴联：《老挝历史上第一位获东盟文学奖的诗人——谈谈通坎・温马尼苏及其诗作》，见《亚非研究》（第 6 辑），北京：时事出版社，2012 年。

他的作品内容深刻，语言流畅优美，用词准确，让读者深受触动。老挝 laopost 网站曾刊登文章如此评论通坎及其诗歌：“他的诗歌和著作深受国内外广大读者的欢迎，这些作品对老挝文学界具有很高的价值，他是新一代诗人的典范。不得不承认，至今没有几个人能超越他，因为他与生俱来的写作热情和天赋是他人无法与之匹敌的。”为纪念他的成就和贡献并表达悼念，桐柏·珀缇善（ທອງໃບ ໂພທິສານ）、烨·匹拉贡、苏班·鲁昂腊德、盛发·霍拉努帕、帕湃湾·玛拉翁等众多作家和诗人纷纷撰文，最终汇编成《来自桃李的赞颂：致敬时代诗人》一书，并在悼念日那天免费发放。老挝作家协会还联合 D Book 书店于 5 月 22 日举办了“颂扬通坎·温马尼苏”诗歌朗诵活动，以赞颂其为老挝文坛做出的重要贡献。

4. 信赛青年作家俱乐部成立

2022 年 7 月 29 日下午，老挝作家协会举行了信赛青年作家俱乐部（Sinxay Writers Club）成立大会。作家协会主席桐柏·珀缇善主持大会，新闻文化与旅游部文学与出版司和老挝青年团中央代表，东南亚文学奖、湄公河文学奖和信赛文学奖获得者以及信赛青年作家俱乐部成员等出席大会。俱乐部成立的目的在于助力老挝青年作家的发展，培养有写作天赋以及对写作感兴趣的青年作家、诗人，培养文坛新生力量。会上还宣布了俱乐部主席、副主席以及管理委员会委员名单。俱乐部成立后，积极开展了多项活动，如 2022 年 8 月 8 日为丰沙里省教育厅赠书，2022 年 11 月 6 日联合相关单位举行了敬献塔銮诗朗诵活动等。

5. 老挝作家参加“一路情长”老挝艺术家中老铁路采风创作活动

2022 年 11 月 8 日，由中国中央广播电视总台万象调频台与老挝作家协会联合主办的“一路情长”老挝艺术家中老铁路采风创作活动启动仪式在万象举行，老挝作家协会派出了桐柏·珀缇善、飘腊婉·鸾婉娜（ພີວລາວັນ ຫຼວງວັນນາ）、苏班·鲁昂腊德、欧铜·康殷苏、萨吴安萨·万赛雅德等 13 位作家、诗人参加活动，预计将产出 15—20 篇文学作品，体裁不限于诗歌、短篇小说等，这些成果最终将汇编成册于 2023 年面世。

6. 文学与写作交流会

2022 年 12 月 19 日下午，老挝国立大学礼堂举行了一场围绕文集《离去十年》(4)（ຈາກໄປແລ້ວ 10 ປີ ເຫຼັ້ມ 4，2022）开展的文学与写作交流会，该书汇编了乌庭·本雅冯（ອຸທິນ ບຸນຍາວົງ，1942—2000）于 1967—1999 年期间撰写的多篇作品。此次交流会由信赛青年作家俱乐部与朵吉书店联合举办，会上老挝国家级文学艺术家、东南亚文学奖得主达拉·甘拉雅，2020 年湄公河文学奖得主奔塔维·龚帕潘、2016 年湄公河文学奖得主盛发·霍拉努帕等作家和学者分别就乌庭·本雅冯的写作模式、宗教与文学、语言的使用等进行了分享与交流。

结语

拨开疫情的阴霾，老挝文坛慢慢焕发出蓬勃生机。虽然时代诗人的离去给人们带来了巨大的伤痛，但不断涌现的青年作家、诗人以及信赛青年作家俱乐部的成立必定会推动老挝的文学事业再上新台阶，相信未来的老挝文坛将会呈现出不一样的面貌。

参考文献：

"ກຸ່ມພິບກັບ ບຸນມະໂຫລານສົ່ງເສີມການອ່ານ ຄັ້ງທີ 3 ປະຈຳປີ 2022" ຂ່າວສານທົ່ວເມືອງລາວ. 4 Oct. 2022. Web. 10 Jun. 2023. <https://medialaos.net/2022/8116/>.

“ປະກາດຜົນລາງວັນຊີໄຣ ແລະ ແມ່ນ້ຳຂອງ ປະຈຳປີ 2021” *ໜັງສືພິມລາຍວັນລາວພັດທະນາ*. 22 Apr. 2022. Web. 20 Jan. 2023. <https://www.laophattananews.com/archives/129323>.

ຈຳປາແດງ. ຫວນຄືນເສັ້ນທາງຊີວິດ. ວຽງຈັນ: ໂຮງພິມນະຄອນຫຼວງວຽງຈັນ, 2021.

ສຸກສະດາ ສຸດທິໄຊ. ເສດແກ້ວກາງໃຈ. ວຽງຈັນ: ສຳນັກພິມນັກປະພັນລາວ, 2022.

ສິນສະຫວັນ. “ປຶ້ມຫວນຄືນເສັ້ນທາງຊີວິດ ໄດ້ພິມຈຳໜ່າຍສູ່ສັງຄົມ” *ວຽງຈັນໃໝ່*. 16 Dec. 2021. Web. 20 Jan. 2023. <https://v2.vientianemai.net/archives/31385>.

ລິດຈະນາ ງາມວິໄລ. ດຣ ທອງຄຳ ອ່ອນມະນີສອນ ກະວີຄົນເຂັ້ມ laopost. 1 Jun. 2014. Web. 13. Jul. 2023. <https://laopost.com/ດຣ-ທອງຄຳ-ອ່ອນມະນີສອນ>.

ທິບພະເກສອນ ດວງຈັກ. ຮັກນີ້ນິລັນດອນ. ວຽງຈັນ: ສຳນັກພິມນັກປະພັນລາວ, 2018.

ນ້ອຍດອກກະເດົາ. ເມື່ອເລືອກເກີດບໍ່ໄດ້. ວຽງຈັນ: ສຳນັກພິມດີບຸກ, 2022.

ບຸນທະນອງ ຊົມໄຊຜົນ. ຮັກຕ້ອງສູ້. ວຽງຈັນ: ສຳນັກພິມລາວດວງເດືອນ, 2022.

ພົງສະຫວັນ ພິມກອງ. ຟອງເດືອນ 9 ແລະ ກີບເຂົ້າຕົ້ມຈີ້ເອົາປີ້ນ. ວຽງຈັນ: ສຳນັກພິມດີບຸກ, 2022.

ລູກດອນກະເດັນ. ເມື່ອເຈົ້າກັບມາ.... ວຽງຈັນ: ສຳນັກພິມດີບຸກ, 2022.

ວິເສດ ສະແຫວງສຶກສາ. ລາຕີລ້ານແສງ. ວຽງຈັນ: ສຳນັກພິມນັກປະພັນລາວ, 2022.

ຫຼານຍ່ານາງລາວ. ເກັບເຫັດ. ວຽງຈັນ: ສຳນັກພິມມາຕຸພູມ, 2022.

ແຫຍງ ພິລາກອນ. ສັນຍາຮັກເມື່ອດອກຈານບານ. ວຽງຈັນ: ສຳນັກພິມໃບໂພ, 2021.

ໄຟຫຼ້າ ຄຳມະນີສອນ. ນັກປະພັນລາວໄດ້ຮັບລາງວັນ “ວັນນະກຳ”. ວັນນະສິນ, ສະບັບທີ 2 ປີ 2022.

陆蕴联 . 老挝历史上第一位获东盟文学奖的诗人 —— 谈谈通坎 · 温马尼苏及其诗作 //《亚非研究》. 北京：时事出版社，2012.

作者单位：北京外国语大学亚洲学院

2022年马来西亚文学概览

李庚润　傅聪聪

内容提要：2022年，马来西亚迎来第15届大选。随着安瓦尔·易卜拉欣当选总理，国家政治局势渐趋稳定，经济复苏，呈增长态势。进入后疫情时代的马来西亚社会形势发生变化，文学需要重新回答时代之问。文学创作方面，诸多作品继续关注女性、族群和历史的主题，同时也在思考未来和反思疫情。此外，名家传记和文学理论著作大量出版，成为年度亮点。文学奖项方面，国家文学奖和马来西亚首要文学奖的评选与颁授彰显了文学界的品味与态度。文学思潮方面，诚信危机折射出文坛动向。重大事件方面，文学名家扎哈娜的逝世是文坛的重大损失，东南亚文学论坛和民族口头文学论坛的举办凸显了传统的价值。

马来西亚《文学》（*Dewan Sastera*）月刊执行主编法德里·阿基提（Fadhli al-Akiti）指出，时代的问题并不容易回答，它们往往相互交织，受到社会、经济、政治和个人等多重因素影响。然而，每一个时代之问都触及人类共享的价值，左右着人们关于宗教、道德、文化和人性的观念。面对世纪挑战，我们必须交出答案。这些问题的回答者当是文学家，而无出其右。马来西亚文学家不仅为丰富马来西亚文学宝库做出了卓越贡献，更在国家文明建设方面发挥了重要作用。

2022 年，随着全球新冠疫情防控进入新阶段，第 15 届全国大选后安瓦尔·易卜拉欣成为新任总理并组建团结政府，马来西亚社会形势逐渐趋向稳定，人民生活恢复正常。过去的三年里，马来西亚人民主要在抗击新冠肺炎疫情。如今，“附近”的问题重新成为城乡大众的关切点——物价上涨、公共出行成本提高、交通拥堵、全国大选形势等无不牵扰着人们的神经。在这些平常问题的遮蔽下，重大的时代之问亟待思考与回应：大国战略竞争对南海地缘政治形势的影响持续上升；生活在算法操控的时代，人工智能在加速发展的同时也带来隐患和威胁；纠结于发展观念和眼前利益，马来西亚自然生态环境遭到破坏，难向子孙后代交代。在如此充满变化的一年里，以马来语为创作语言的马来西亚文学依然蓄力发展，许多新作都尝试回应社会关注的问题。本文拟围绕年度主要作品、重要文学奖项、文学思潮动态和文坛重大事件四个主题，阐述马来西亚文学的发展情况与趋势，描绘 2022 年马来西亚文学概貌。

一、文学作品

（一）长篇小说与传统文学

娜芝雅·娜芝丽（Naziah Naziri，出生年份不详）创作的小说集《女王之爱》（*Cinta Maharani*，2022）包含 20 个短篇故事，大多以爱情、爱国、宗教、教育和政治等为主题。其中，《女王之爱》围绕爱之坚贞，讲述了一位名为瓦妮的女性对丈夫哈迪尽职尽责、对儿子洛曼照料有加，在家庭生活中如仆人般任劳任怨却不求回报的故事。作者将女性作为妻子和母亲的爱高度概念化为高尚纯洁的女王之爱。在小说结尾，作者提出建议：停止对家庭中女性的压迫，因为女性也想被当作“女王”对待。

哈菲扎·伊扎哈妮德（Hafizah Iszahanid，出生年份不详）从创作政治小说转向女性文学，其小说《隆市的另一面》（*Kuala Lumpur di Sebalik Bulan*，2021）运用倒叙的手法，讲述了发生在裴、阿娜和法蒂三位女性身上的悲惨遭遇。裴、阿娜和法蒂在谈婚论嫁时，她们的父母都曾给出慎重选择人生伴侣的劝告。三人却置若罔闻，拒绝接受父母建议，最终自食其果。第一个是华人女性裴的故事。裴受过良好的教育，事业有成，嫁给了印度男子拉吉。由于夫妻间的教育水平、经济状况和族群身份不同，新婚的甜蜜很快被冲淡。不负责任的拉吉借债难还，催债人让家庭乱作一团。拉吉带着一岁半的女儿艾丽西娅远走他乡，杳无音信。失去女儿的裴整日郁郁寡欢，寻女无果后只好孤身一人前往吉隆坡。第二个故事则围绕阿娜展开。阿娜是印尼女佣，来到马来西亚，在卡马尔家工作。在卡马尔试图侵犯她后，阿娜换了一份在俱乐部的工作。在那里，阿娜很快爱上了有妇之夫哈里兹。两人坠入爱河并生子。哈里兹的原配妻子萨勒哈试图让执法部门逮捕在马来西亚没有有效证件的阿娜。第三个故事讲述了法蒂的经历。她嫁给了在吉隆坡经营餐厅的巴基斯坦人萨姆西尔。萨姆西尔经商成功，踏足服装、地毯和纺织等多个行业。他对法蒂并非真爱，而是为了利用其马来人身份来实现商业目标。实际上，萨姆西尔早已与哈娜·贝古姆结婚，并在巴基斯坦育有三个孩子。在谎言被戳穿后，他索性把哈娜带到马来西亚与法蒂一起生活，法蒂因为担心自己成为“二婚女”（janda）而无法下决心提出离婚。

扎伊德·穆罕默德·沙曼（Zaid Md Saman，1954—　）的《智

慧之都》（*Kota Pintar Ajan*，2022）聚焦未来，构想了丹斯里法赞志存高远，建设智慧城市哥打希大亚（Kota al-Hidayah），报效国家和社会的辉煌一生。作者在书中提出伊斯兰未来主义和现代农业的概念，表达了通过畜牧业和农业建设民族国家的主题。作品文笔流畅，逻辑清晰，贴近社会生活。

沙阿里·伊萨（Shaari Isa，1933— ）的《黯淡红林》（*Tersungkurnya Rimba Merah*，2022）以二战后的马来亚紧急状态为背景，讲述了马来亚共产党领导的马来亚民族解放军和英联邦军队之间的丛林游击战。在紧急状态期间，民生凋敝，民众伤亡无数，财产大量损失。沙阿里·伊萨将真实事件融入虚构写作，表达出自己对历史的理解，即以武力建立政府无法取代人民投票的心声。

《梅隆·马哈旺夏传》（*Hikayat Merong Mahawangsa*）是马来世界的古典文学著作，记述了吉打王朝的创建史和伊斯兰化的经过。前半部有关伊斯兰化以前的历史系神话传说，包括从竹子里生出的王子、从浪花中冒出的公主以及神象选王的故事等。尽管《梅隆·马哈旺夏传》存在众多虚构成分，但它至今仍是马来人理解吉打历史的关键著作。泽拉尼·哈伦（Jelani Harun，1962— ）和赛义夫里赞·雅哈亚（Saifullizan Yahaya，1975— ）新编的《梅隆·马哈旺夏传：吉打苏丹国史杰作》（*Hikayat Merong Mahawangsa: Karya Agung dalam Sejarah Kesultanan Kedah*，2022）重新审视了这部关于吉打起源的传奇。他们将以爪夷文（Tulisan Jawi）写作的原始手稿拉丁化，并展开批判研究，试图纠正将这部作品作为历史来源的有关分歧与观点，在科技时代解读古典文学的新意。

诺尔艾妮（Noraini Abd. Shukor，出生年份不详）和奴鲁尔·西达亚（Nurul Hidayah Yusof，出生年份不详）编写的《火之王：一项社会文化研究》(*Ratu Sanggorak Api: Kajian Sosiobudaya*，2022）在主题上亦推陈出新。两位作者根据 20 世纪 90 年代易卜拉欣·阿卜杜拉（Ibrahim Abdullah）的录音文本，整理和研究了这部口头文学作品。《火之王》原本以皮影戏的形式呈现，讲述了桑格洛·火王和拉·朱诺王两位统治者间因婚约而引发战争的故事。库斯纳·巴里女王迫于桑格洛·火王的淫威而答应了同他的婚事。然而，随着朱诺王征服了巴里女王，她对火王的承诺随之作废，冲突由此爆发。最后，火王被室利罗摩大王刺死，巴里女王和朱诺王则举行了长达四十个日夜的婚礼。《火之王》一书不但丰富了说唱文学的文本记载，还填补了民间文学的重大空缺，是繁荣传统口头文学的一部力作。

（二）诗歌文学

近年来，马来西亚文学家对新冠疫情的反思集中呈现在诗歌创作中。不过，这些诗歌散见于《文学》等杂志中。2022 年，拉赫曼·沙阿里（Rahman Shaari，1949—　）编纂的诗集《雨似刀刃刺汝心》(*Bilah Hujan yang Menikammu*，2022）正式出版，集中收录了拉赫曼·沙阿里、A. 拉希姆·阿卜杜拉（A. Rahim Abdullah，1948—　)、巴卢帕瓦蒂·乌塔玛珠（Barupawati Utamaju Baharum，出生年份不详)、拉扎里·穆罕默德（Razali Mohd Yussof，出生年份不详）和诺拉芝玛·扎卡利娅（Norazimah Zakaria，1979—　）等 6 名诗人的 107 篇诗作。诗集突出了新冠肺炎疫情主题，表达了诗人对席卷全球的新冠疫情之关注。例如，A. 拉希姆·阿卜杜拉的《玩弄数字时》(“Apabila Bermain Angka”，2020）以数字为创作灵感，指出数字“2020”在疫情肆虐之际成为这场灾难的牺牲品，满世界泛滥的“2020”让全人类陷入郁闷和痛苦之中。

普兹·哈迪（Puzi Hadi，1951— ）的《阅读命运》（*Membaca Nasib*，2022）同样聚焦于这场席卷人类的疾病危机。从2020年初疫情暴发到2022年4月马来西亚政府宣布进入地方性流行阶段，普兹·哈迪用162首诗歌记录下了新冠疫情期间马来西亚的社会动态。普兹·哈迪的诗歌情感丰富，传达了平静、失望、愤怒甚至是抗议等态度，这些情绪在一定程度上表达出当时马来西亚人的心声。

罗斯兰·玛敦（Roslan Madun，1952— ）的诗集《此诗莫读恐火辣》（*Jangan Dibaca Sajak Ini, Aksaranya Panas Berapi*，2022）别出心裁，对诗歌写作格式进行了大胆创新。他的诗作打破逐句分行的传统格式，以散文诗的形式进行写作，间或辅以辩论、演讲、陈述和祷告。作者认为形式变化是表达思想、感受、希望和愤怒情绪的有效手段，能够构建出一种寓言式叙事，诉说弦外之音。

（三）名家传记

2022年，马来西亚国家语文局出版了一系列关于国家文学家的传记作品。A. 拉希姆·阿卜杜拉为首位国家文学奖获得者克里斯·玛斯（Keris Mas，1922—1992）撰写了传记《克里斯·玛斯传：走过阴晴圆缺》（*Biografi Sasterawan Negara Keris Mas: Melepasi Gerhana*，2022）。这部传记讲述了克里斯·玛斯为推动马来文学发展历经风雨、苦乐参半的故事，能够帮助读者和研究人员近距离了解了这位知识分子和马来民族主义者的精神思想与奋斗历程。

第二位国家文学奖得主沙赫侬·艾哈迈德（Shahnon Ahmad，1933—2017）的传记《沙赫侬·艾哈迈德传：幸运之子》（*Biografi Sasterawan Shahnon Ahmad: Anak Nan Bertuah*，2022）由其密友——作家穆罕默德·尤索夫（Mohd. Yusof Hasan，1940— ）撰写。作者

在参考沙赫侬·艾哈迈德四部自传和文学作品的基础上，分阶段记述了沙赫侬·艾哈迈德的文学创作和生活历程。

第六位国家文学奖得主穆罕默德·哈吉·沙勒（Muhammad Haji Salleh，1942— ）继《首先，然后……我的自传》（*Sebermula, Maka Tersebutlah...Sebuah Hikayat Diri*，2021）后，出版了第二部自传《海上船坞》（*Padang Perahu di Lautan*，2022）。《海上船坞》书名取自“海纳百川，有容乃大”（padang perahu di lautan, padang hati di fikiran），书中记述了穆罕默德·哈吉·沙勒多年在外国的游学经历。1965 年，作者在马来西亚霹雳州怡保市教书，后来前往当时的新加坡大学（今新加坡国立大学前身）攻读硕士学位，毕业后到马来西亚彭亨州关丹市教书，之后又在马来亚大学和马来西亚国立大学先后从事教学与文学研究工作，后于 1970 年前往美国密歇根大学安娜堡分校攻读博士学位。穆罕默德·哈吉·沙勒的“人生如一叶扁舟般”跨越太平洋、印度洋和大西洋。此外，他还以短篇随笔的形式写作自传故事，在 2022 和 2023 年的《文学》月刊上连载。

S. M. 扎基尔（S. M. Zakir，1969— ）则为第七位国家文学奖得主努尔汀·哈桑（Noordin Hassan，1929— ）撰写了传记《嘉行戏剧，其路漫漫：努尔汀·哈桑精选作品与名家研究集》（*Siri Kajian Tokoh dan Karya Pilihan Noordin Hassan: Jalan Panjang Teater Fitrah*，2022）。该书先讲述了努尔汀·哈桑的生平事迹，之后则围绕其重要的文学概念“嘉行戏剧”（Teater Fitrah）展开，介绍了嘉行戏剧的概念、发展阶段和最终阶段。“嘉行”取自《古兰经》经文，意为人性自然地承认和接受对真主的信仰。在嘉行戏剧中，作家有责任用伊斯兰人文观念唤醒那些误入歧途的人，启发他们的信念与意识。

（四）文学理论

建构马来文学理论一直是当代马来文学的重大课题。2022年，有多部总结近年来文学发展经验与趋势的文学理论著作重磅问世。一般来说，马来文学理论主要讨论文学概念和创作原则等问题。通过梳理和提炼文学理论，人们可以知晓文学发展的路径和潮流，从而增进对文学的认识与理解。

卡玛里安·卡马鲁丁（Kamariah Kamarudin，1973— ）的《文学批评与理论：评估与讨论》（*Teori dan Kritikan Sastera: Penilaian dan Wacana*，2022）围绕文学理论与创新、伊斯兰文学与欣赏、文学著作与教育三个方面，爬梳与文学理论和批评相关的话语脉络，论证理论已被各类文学流派的作家应用于创作之中的趋势。

诺曼·尤索夫（Norman Yusoff，出生年份不详）、万·哈斯玛（Wan Hasmah Wan Teh，出生年份不详）和法德里·阿基提（Fadhli al-Akiti，出生年份不详）编著的《荧幕之言：文学与影视的联结》（*Layar Kata: Pertalian Sastera dan Filem*，2022）分析了近年来马来文艺界中越来越多的经典文学作品被改编为影视作品这一潮流，从文学改编的理论分析、文学文本与影视改编的比较以及当地作家对电影文化的反应这三个方面展开讨论。《荧幕之言》充分审视了当前文学与影视之间的密切联系，是马来西亚关于改编文学理论的开创性著作。

马纳·西卡纳（Mana Sikana，1945— ）编纂的《现代马来文学：1990—1999》（*Kesusasteraan Melayu Moden 1990—1999*，2022）是对《现代马来文学史研究：1940—1969》（*Penelitian Sejarah Kesusasteraan Melayu Moden: 1940—1969*，2008）、《现代马来文学：1970—1979》（*Kesusasteraan Melayu Moden: 1970—1979*，2010）和

《现代马来文学：1980—1989》（*Kesusasteraan Melayu Moden: 1980—1989*，2010）三部理论著作的延续，收录了由马来文学界权威学者撰写的 32 篇文学研究文章。这些文章回顾、研究和分析了 20 世纪 90 年代的诗歌、短篇小说、长篇小说、戏剧和评论文章。20 世纪 90 年代，马来本土作家正处在新千年的转型巨变之中，信息技术发展和全球化进程激发了马来文坛与文学全球化、后现代主义和文学理论的思想交锋，深刻影响了现代马来文学。在 1990 至 1999 这十年间，马来作家也试图对传统文学进行重新诠释，以激发出古典文本面向 21 世纪的全新价值。

二、文学奖项

当今马来西亚文坛，各种文学奖项由低到高可分为四类，分别是地方类文学奖（州级文学奖，如吉打州文学奖）、马来西亚重大文学奖（Hadiah Sastera Perdana Malaysia，也作“马来西亚首要文学奖”）、东南亚文学奖（S. E. A. Write Award）和国家文学奖（Sasterawan Negara）。一般来说，普通作家在获得地方类文学奖后，才有可能进入马来西亚重大文学奖的评选范围。2022 年，国家文学奖和马来西亚重大文学奖两大重量级奖项纷纷颁发，可谓精彩纷呈。

（一）第 15 届国家文学奖

国家文学奖是马来西亚政府对长期耕耘文坛、用马来语创作高质量作品、为马来文学发展做出卓越贡献、对社会产生重大影响的健在作家授予的最高荣誉。获得国家文学奖的作家可获得“国家文学家”的称号，自 1981 年始设该奖以来，马来西亚一共诞生了 14 位国家文学家。

2022年6月22日，马来西亚著名作家拉赫曼·沙阿里（Rahman Shaari，1949— ）荣获第15届国家文学奖。颁奖词评价说拉赫曼·沙阿里擅长诗歌创作，其诗篇思想深邃，值得深入品读。拉赫曼广泛涉猎包括诗歌、戏剧、短篇小说、长篇小说和文学批评在内的诸多文学体裁，提出了意义转移理论（Teori Anjakan Makna），并向马来文学界引介了艺术诗歌的表达技法。

拉赫曼·沙阿里于1949年出生在玻璃市州的贾尔村，曾于1973年在马来西亚国立大学学习，1977—1979年间在玻璃市州任教，后调任马来西亚教育部课程发展中心课程主任。1984年，拉赫曼·沙阿里回到马来西亚国立大学攻读硕士学位。1986年，他在英国华威大学修读教育戏剧课程，1991年在美国艾奥瓦大学修读国际写作课程。1988年起，拉赫曼·沙阿里开始在马来亚大学任教。他还担任过马来西亚国家语文局董事会成员，现为马来西亚诗人协会主席和布城作家协会主席。

拉赫曼·沙阿里的文学创作主要集中于诗歌，诗集包括《黄土地》（*Hamparan Kuning*，1978）、《访迹》（*Kesan Kunjungan*，1982）、《碎片》（*Serpihan Diri*，1987）、《黎明，你好》（*Selamat Pagi Fajar*，1989）、《茉莉与热气》（*Melati dan Bahang*，1996）、《朗读台》（*Anjung Deklamator*，2005）、《停泊处》（*Anjung Persinggahan*，2006）和《真相的骑士》（*Penunggang Kenyataan*，2015）。他创作的长篇小说有《离去》（*Mufarakah*，1992）、《许愿池》（*Takungan Hajat*，1995）、《火炬》（*Suluh Peraba*，1996）、《大师的帷幕》（*Tirai Tokoh*，1997）、《诺哈娜》（*Norhana*，2002）、《布洛克》（*Burok*，2002）、《冥界婚礼》（*Pernikahan di Lubuk Hantu*，2008）、《祝好》（*Semoga Molek*，2002）和《渴望之握》（*Cengkaman Hasrat*，2015）。他也出版过戏剧

集《婚姻箴言》（*Petua Perkahwinan*，2007）和短篇小说集《此间良久》（*Tersimpan Begitu Lama*，2018）。他还是一位评论家和文学研究者，著有《文学与批评》（*Di Sekitar Sastera dan Kritikan*，1981）、《作诗之准备》（*Persediaan Menulis Sajak*，1987）、《马来文学批评：方法与思想》（*Kritikan Sastera Melayu: Pendekatan dan Pemikiran*，1988）、《语言风格的理解》（*Memahami Gaya Bahasa*，1993）、《如何写作文学随笔》（*Persediaan Menulis Esei Sastera*，1996）、《文学与文学教育》（*Kesusasteraan dan Pendidikan Sastera*，1998）、《文学语言与教育》（*Bahasa Sastera dan Pendidikan*，2017）和《诗之精粹》（*Permata Puisi*，2020）等。

拉赫曼·沙阿里曾于 1976 年、1982 年和 1986 年获得马来西亚文学奖（Hadiah Sastera Malaysia），后于 2003 年获得马来西亚重大文学奖。2007 年，他获得东南亚文学奖，又于 2013 年获马来西亚全国作家联合会诗人奖。2014 年，他获得《马来使者报》文学奖（Hadiah Penulisan Esei Utusan Melayu），2022 年获得马来西亚全国作家联合会颁发的国家诗人奖（Tokoh Puisi Kebangsaan）。

（二）2019/2020 年马来西亚重大文学奖

2022 年 11 月 24 日，评选过程历时将近三年的 2019/2020 年马来西亚重大文学奖获奖名单终于公布。经过严格的评选程序，本次共评选出 47 部作品，分获成人文学书籍类、儿童文学书籍类、青少年文学书籍类和文章类四大类别的奖项。其中，成人文学书籍类获奖作品包括长篇小说、短篇小说、诗歌、戏剧、文学批评和传记等六种不同体裁，儿童文学书籍类获奖作品包括长篇小说、短篇小说、诗歌和图画书四部体裁各异的获奖作品，青少年文学书籍类获奖作品包括长篇小说和诗歌两部获奖作品，文章类获奖作品包括十篇短篇小说、三篇青少年短篇小说、十篇诗歌、五部戏剧和七篇文学评论。下文将对成人文学书籍类获奖作品做简要介绍。

马里姆·戈扎里（Malim Ghozali PK，1949—2020）创作的《查山》（*Gunung Cha*，2020）获得年度长篇小说奖，该书曾获东南亚文学奖。《查山》讲述了主人公默德的旅行历程。在英国留学期间，默德曾于假期前往法国旅行，在巴黎的火车站遇到了一位名为查的法国女孩。她能讲一口流利的马来语，拥有马来文学学士学位。两人一见钟情，于是在法国结婚。不久后，默德回到马来西亚，和朋友拉姆丁外出游玩时，拉姆丁不幸遭遇车祸而亡。拉姆丁弥留之际嘱托默德照顾他怀孕的妻子鲁西达。默德翻山越岭到查山找到了鲁西达，表示将替朋友照顾好他的遗孀。在鲁西达生下孩子六个月后，默德娶鲁西达为妻，而第一任妻子查全然不知。后来查来到马来西亚并察觉到丈夫和鲁西达之间的亲密关系。鲁西达也询问默德，查是否知晓她与默德的婚姻。之后，默德告诉查他已经和鲁西达结婚了。再次怀孕的鲁西达不幸因心脏病突然发作而倒下并导致流产，最终不治而亡。默德与查失去联系后，再次去攀登查山时得知有一个欧洲白人少女在寻找默德。默德匆忙回家见到这名女孩，女孩把母亲的信交给默德，默德才得知女孩是他和查的孩子。小说将查山隐喻为默德一生攀登的山峰，标题“查山”（“查”cha 与马来语的“寻找”cari 同音）揭示出人对自我的追寻，默德的一生都在寻找自我、追寻内心，作者意在以此故事启迪人们重新思考人生价值。

贾斯尼·马特拉尼（Jasni Matlani，1962— ）的《奇怪女人》（*Perempuan Aneh yang Meletupkan Diri di dalam Gelas*，2020）获得年度短篇小说奖。这是一部突破传统、极富后现代和现实主义色彩的

作品，关注了当下乌玛（Ummah）面临的重大问题。穆罕默德·哈吉·沙勒的《那座山谷，我的故土》（*Sebuah Lembah Kunamakan Tanah Air*，2019）获得年度诗歌奖。该作品饱含智慧，探讨了人类应该如何对待生命、爱护环境，以及如何和谐相处。诗歌语言通俗易懂，思想积极有趣。茜蒂·贾思米娜（Siti Jasmina Ibrahim，1976— ）的《新》（*Neo*，2020）获得年度戏剧奖。《新》在叙事呈现和主题表达上颇为新颖，每一篇剧目都具备引人入胜的冲突和高潮、富有变化的角色设置以及不断涌现的问题。此外，贾斯尼·马特拉尼的《变革之风：赋能沙巴马来文学》（*Angin Perubahan: Memperkasakan Sastera Melayu di Sabah*，2019）和《变革之风：贾斯尼·马特拉尼回忆录》（*Angin Perubahan: Memoir Jasni Matlani*，2019）分别获得年度文学评论奖和年度传记奖。

三、文学思潮：诚信危机

据《文学》月刊执行主编法德里·阿基提介绍，2022 年，马来西亚文坛的诚信危机愈演愈烈，剽窃、抄袭、评选黑幕和人工智能创作等问题冲击着文学界的创作底线和行业风气，引发文坛论战。《文学》月刊刊载的多篇文章表达了对当今马来文坛诚信日渐式微的批评与担忧。作家嘉扎里·拉勒（Ghazali Lateh，1961— ）指出，文学界从未对剽窃给予相应的惩罚，那些曾剽窃他人作品、损坏文学权威的人在抄袭风波过后并未淡出文坛。文学奖项的评选不公也令文坛怨声载道。

在 2022 年第 15 届国家文学奖颁奖典礼上，马来西亚教育部高级部长特别强调“政府没有干涉评选，尊重和同意所有评委会成员的专业知识”。这是因为在 2019 年评选第 14 届国家文学奖时，政治因素干预了评选流程。嘉扎里·拉勒认为，文学奖项的评委会成员都应具有令人信服的评选资质。文学稿件的审稿人也不应由作者本人选择。可以毫不夸张地说，近年来很多滞销的文学作品都是因为审稿方面监督不足。此外，每一次遴选教材课文时，也会产生旷日持久的争论，这种情况的产生是因为推选过程缺乏透明度。嘉扎里·拉勒希望文学界认真思考并建立机制来改善马来文学的诚信问题，要教育各方践行文学诚信，让文学界持续健康发展，不能因忽视文学诚信而困滞其中，迷失前进方向。

自由撰稿人林伟文（Lim Wei Wen，1999— ）也指出诚信是文学创作之根基。他建议仿照学术不端检测网站，建立文学查重系统，确保文学作品没有抄袭。例如，马来西亚国家语文局出版的所有文学作品都应导入系统数据库中，利用系统进行作品比对和查重。编辑可以将问题作品退稿甚至列入黑名单。当然，没有任何系统是完美的，解决抄袭问题的最佳办法是作家遵守创作道德。

在以ChatGPT为代表的人工智能技术迅速发展的大环境下，作家艾依迪·法尔米（Aidil Farmi Mohamad，出生年份不详）提醒马来作家必须严肃对待文学创作，对作品和读者负责，避免依赖使用任何形式的人工智能。人工智能只能成为提供材料和信息的工具，而不能代替人类创意。这也对文学编辑提出了更具挑战性的要求。编辑要慧眼识珠，鉴别是否存在抄袭、剽窃等问题，特别是那些运用人工智能耍小聪明创作的作品。

四、文坛重大事件

2022年，首届民族口头文学论坛（Seminar Sastera Lisan Kebangsaan）和第16届东南亚文学论坛（Seminar Antarabangsa

Kesusasteraan Asia Tenggara，SAKAT）相继成功举办，丰富了后疫情时代的文学活动。另外，文学名家扎哈娜·纳瓦薇（Zaharah Nawawi，1940—2022）不幸逝世，是马来文坛的重大损失。

（一）首届民族口头文学论坛

口头文学（sastera lisan）是马来文学的宝贵遗产。口头文学也被称为民间文学（sastera rakyat），以口述形式代代相传，是马来社会的重要财富。马来西亚国家语文局与马来西亚口头文学协会于 2022 年 9 月合作举办了民族口头文学论坛，主题为“数字时代的口头文学”，旨在向社会介绍口头文学的基本知识。此次论坛结合最新发展趋势，试图通过数字化传播方式向年轻一代传播口头文学的精神价值，同时呼应 2021 年马来西亚国家文学政策（Dasar Kebudayaan Negara，DAKEN），构建马来西亚族群和谐和国族认同的新型叙事。穆罕默德·哈吉·沙勒在论坛发言中指出，是文学而非科学技术塑造了人的品格。几千年前古人创造的口头文学提供了一种分享生命经验的途径，给马来社会赋予了高尚的生命意义，其中蕴含着马来民族的智慧和文脉。他还指出，是文学让我们看到人们如何相遇并成为更好的人。如果将文学搁置一旁，意味着马来西亚人民放弃了使自己不断进步、心绪平和与受人尊敬的美好希望。

（二）第十六届东南亚文学论坛等其他活动

2022 年 10 月 4—5 日，第十六届东南亚文学论坛在马来西亚成功举办，东南亚文学理事会的成员参加了此次论坛。此次论坛以“包容的文学：在协商与霸权之间”为主题，旨在促进东南亚区域文学和马来文学更上层楼。马来西亚国家语文局董事会主席阿旺·沙里延

（Awang Sariyan，1953— ）发表《包容性文学：为文学而文学，还是为其他而文学》的主题演讲。阿旺·沙里延认为，文学是人类文化和文明的分支，与人类生活紧密相关。文学是全体人民的共同财富，而不是文学精英的私有财产。他还提到文学要追求“美”，要与人类发展相协调。科学家也应熟悉文学世界，具备文学修养。

此外，马来西亚还举办了第39届吉隆坡国际书展（Pesta Buku Antarabangsa Kuala Lumpur，PBAKL）和第12届乔治城文学节（George Town Literary Festival，GTLF）。2022年乔治城文学节以“驯服野性”（Taming the Wild）为主题，探讨了野性与人性之间的复杂关系，审视野性如何塑造人类的创造力，兼涉暴力、战争和破坏自然的人性阴暗面。

（三）扎哈娜·纳瓦薇逝世

2022年5月31日，马来西亚著名作家扎哈娜·纳瓦薇猝然离世。她曾创立扎哈娜·纳瓦薇文学俱乐部，培养了许多年轻作家，是马来西亚文学界的名人。扎哈娜·纳瓦薇出生于柔佛，12岁开始写作。她在国内外文学界广受认可，曾获柔佛文学奖和东南亚文学奖。主要作品有长篇小说《谷雨之前》（*Sebelum Berhujungnya Musim Bunga*，1972）、《光下叶隙》（*Jalur Sinar Di Celah Daun*，1981）、《日月》（*Bulan dan Mentari*，2007）和《阴雨》（*Hujan Sudah Teduh*，2004）等。

结语

2022年的马来西亚文学继续迸发出蓬勃的活力，小说和诗歌仍然是主流创作体裁，传记文学和文学理论的集中出版成为年度亮点。

这些作品多为对社会的关注和对现实问题的思考。曾为马来西亚文学做出卓越贡献的老一代作家逐渐淡出文坛，留下许多优秀作品；新生代作家十分关注当下与社会现实，反思处于变迁时代的马来西亚政治、经济、社会和文学中存在的种种问题。百年未有之大变局下，世界之变、历史之变正以前所未有的方式展开，青年一代作家将承前启后，肩负起捍卫马来西亚文学作为国家文学核心的使命。

参考文献：

Aidil Farmi Mohamad. “Cabaran Kepesatan Kecerdasan Buatan Terhadap Penulisan Sastera Sekarang.” *Dewan Sastera*. 53.4 (2023): 4.

“Dato’ Rahman Shaari.” *Dewan Sastera*. 52.9 (2022): 0.

Fadli al-Akiti. “Hadiah Sastera Perdana Malaysia Tonggak Kemajuan Sastera Mutakhir.” *Dewan Sastera*. 53.1 (2023): 1.

—. “Sasterawan Negara Mendepani Cabaran Abad.” *Dewan Sastera*. 52.9 (2022): 1.

Ghazali Lateh. “Format Hadiah Sastera Perdana Malaysia Perlu Dikaji Semula.” *Dewan Sastera*. 53.4 (2023): 34-35.

Hani Salwah Yaakup. “Melihat Sisi Lain Suara Wanita di Kuala Lumpur.” *Dewan Sastera*. 52.7 (2022): 94.

Hashim Yaacob. “Rahman Shaari di Pentas dan di Kertas.” *Dewan Sastera*. 52.9 (2022): 9-12.

Ismail Hashim. “Suka duka wanita dalam Kuala Lumpur Di Sebalik Bulan.” 20 Feb. 2022. Web. 2. Jun. 2023. <https://www.utusan.com.my/gaya/sastera/2022/02/suka-duka-wanita-dalam-kuala-lumpur-di-sebalik-bulan/>

Jelani Harun. “Hikayat Merong Mahawangsa: Karya Agung Melayu dalam Sejarah Kesultanan dan Persuratan Kedah.” *Dewan Sastera*. 53.3 (2023): 15-19.

—. “Hikayat Merong Mahawangsa: Karya Agung Melayu dalam Sejarah Kesultanan dan Persuratan Kedah.” *Dewan Sastera*. 53.4 (2023): 14-18.

Kamariah Khalidi. “Rahman Shaari diumum penerima Anugerah Sastera Negara Ke-15.” 22 Jun. 2022. Web. 2 Jun. 2023. <https://www.utusan.com.my/nasional/2022/06/rahman-shaari-diumum-penerima-anugerah-sastera-negara-ke-15/>

"Laporan Panel Hadiah Sastera Perdana Malaysia 2019/2020." *Dewan Sastera.* 53.1 (2023): 16-23.

Lim Wei Wen. "Sistem Turnitin untuk Mengatasi Isu Plagiarisme." *Dewan Sastera.* 52.9 (2022): 4.

Mana Sikana. "Wacana Teori Sastera Melayu." *Dewan Sastera.* 52.7 (2022): 26-32.

—. "Wacana Teori Sastera Melayu." *Dewan Sastera.* 52.9 (2022): 21-25.

Mohamed Hadi Abd Hamid. "Menyingkap Sejarah Perjuangan Shahnon Ahmad." *Dewan Sastera.* 52.3 (2022): 96.

Mohd Haniff Mohammad Yusoff. "Penelitian Sosiobudaya dalam Cerita Lipur Lara." *Dewan Sastera.* 53.6 (2023): 96.

Muhammad Danial Mukhlis Salleh. "Gunung Cha: Sebuah Apresiasi Hijau." *Dewan Sastera.* 53.5 (2023): 18-25.

Muhammad Haji Salleh. "Ann Arbor, Michigan:Rumah di Tengah Kota." *Dewan Sastera.* 53.4 (2023): 38-42.

—. "Batu dan Bunga Mawar di Barat Benua." *Dewan Sastera.* 52.9 (2022): 43-46.

—. "California, Dunia di Barat Dunia." *Dewan Sastera.* 52.12 (2022): 39-42.

—. "Dari California, Jalan Pulang." *Dewan Sastera.* 53.2 (2023): 39-42.

—. "Dialek Amerika dan Kehidupan Asrama." *Dewan Sastera.* 52.7 (2022): 50-52.

—. "Menyeberang Dunia ke Ann Arbor, Michigan." *Dewan Sastera.* 52.5 (2022): 38-40.

—. "Michigan, Tasik yang Serba Luas." *Dewan Sastera.* 52.8 (2022): 44-47.

—. "Mula Mengajar di UKM." *Dewan Sastera.* 52.2 (2022): 40-55.

—. "Pantai dan Hutan Hawaii." *Dewan Sastera.* 52.4 (2022): 42-44.

—. "Pengembara Muda: *Go West, Go West Young Man.*" *Dewan Sastera.* 52.10 (2022): 51-53.

—. "San Francisco: Di Muara Pasifik." *Dewan Sastera.* 53.1 (2023): 40-43.

—. "Universiti Kebangsaan Malaysia 1970." *Dewan Sastera.* 52.1 (2022): 42-44.

Muhammad Qhidir Mat Isa. "Ginokritik yang Tumpul dalam Cinta Maharani." 6 Mar. 2023. Web. 2 Jun. 2023. <https://www.utusanborneo.com.my/2023/03/06/ginokritik-yang-tumpul-dalam-cinta-maharani>

Rahman Shaari. *Bilah Hujan yang Menikammu*. Kuala Lumpur: Dewan Bahasa dan Pustaka, 2022.

Roslan Madun. *Jangan dibaca sajak ini, aksaranya panas berapi*. Kuala Lumpur: Dewan Bahasa dan Pustaka, 2022.

Sakinah Abu Bakar. "Puisi Kini Kian Rencam dengan Pelbagai Pengaruh dan Tradisi." *Dewan Sastera*. 52.2 (2022): 58-64.

Suyuthi Yusuf and Rasul Manan. "Meraikan Karya Terunggul Negara." *Dewan Sastera*. 53.1 (2023): 6-8.

Zaidin Abadi. "COVID-19 dalam Puisi." *Dewan Sastera*. 53.2 (2023): 96.

梁立基 . 印度尼西亚文学史 . 广州：世界图书出版公司，2014.

作者单位：北京外国语大学中国马来研究中心；北京外国语大学亚洲学院

2022年美国文学概览

张晶晶

内容提要：2022年的美国文坛似乎波澜不惊，美国作家未能斩获国际大奖；然而，文坛老将创作势头依然不减，新人频出，新老作家角逐各项文学大奖。女性作家和少数族裔作家继续星光闪耀，包揽了多个大奖的全部奖项，显示了美国文学的多元化倾向。2022年美国文学创作的主旋律是老工业区、移民、女性和性少数群体。多部获奖作品关注美国中西部老工业区和"锈带"以及非裔美国人和移民群体，这些主题与女性主题交织出现。获奖作家中不乏性少数群体，首部关注性别转换和去性别转换的小说获得大奖，使得相关话题在文学上获得更多表现，引起更多关注。本文以2022年几个具有标志性的文学奖项评选结果等来概括该年度美国文学的发展状况。

一、国家图书奖（National Book Awards）

国家图书奖是美国出版界公认的最高荣誉，也是历年美国文坛的风向标。国家图书奖分为小说类、非小说类、诗歌类、青少年文学类和文学翻译类五大奖项。2022年11月16日晚，第73届美国国家图书奖获奖名单揭晓。根据国家图书奖评委会的数据，本届国家图书奖共收到各出版社推荐的1772本图书，其中小说类463本，非小说类 607 本，诗歌类 260 本，青少年文学类 296 本，文学类翻译 146 本。最终在这五类奖项中获得桂冠的作品分别为：《兔子窝》(*The Rabbit Hutch*，2022)、《向南到美国：梅森–迪克森线之下一趟寻找美国灵魂的旅程》(*South to America: A Journey Below the Mason-Dixon to Understand the Soul of a Nation*，2022，以下简称《向南到美国》)、《朋克》(*Punks: New & Selected Poems*，2021)、《七间空屋》(*Seven Empty Houses*，2022）和《我所有的愤怒》(*All My Rage*，2022）等。

2022 年度小说类获奖作品是《兔子窝》，作者是泰丝·贡蒂(Tessy Gunty，1992—　)。《兔子窝》是贡蒂的首部作品，于 2022 年 8 月 2 日由企鹅出版集团出版。小说一经问世便好评如潮，多次登上《出版商周刊》(*Publishers Weekly*）年度十佳好书排行榜，并获得巴诺书店小说奖（Barnes & Nobel Discover Prize)、首届水石处女作小说奖（The Waterstones Debut Fiction Prize）以及国家图书奖三项奖项。该小说同时还获得 2023 年约翰·伦纳德奖（John Leonard Prize）提名，并被授予美国国家书评人协会奖（National Book Critics Circle Award）首部作品奖。

《兔子窝》描摹了居住在虚构的美国中西部印第安纳州老工业城市维谷（Vaca Vale）的政府救济房“兔子窝”里的居民群像，“万花筒般地呈现了后工业化时代的中西部”，可谓是一幅当代美国生活的快照。小说讲述的是关于爱与疏离的故事。一群在寄宿家庭长大的青少年、一个患有产后抑郁症的年轻妈妈、一个网络讣告写作者等，这些人都是“兔子窝”的住户。17 岁的布朗蒂尼到了离开寄宿家庭的年龄，然而和学校剧团指导教师詹姆士之间的恋情给她带来难以愈合的创伤，导致她高中未毕业就退学。天生聪慧敏感的布朗蒂尼因母亲吸食毒品而被迫在一个个寄宿家庭中长大。童年缺爱让她内心深处极度渴望被爱与尊重。但她性格倔强，讨厌一切居高临下的帮助和感情，因此拒绝了大学的奖学金，也断然拒绝了詹姆士的道歉。大学的奖学金在她看来也只是强者对弱者的施舍，是那些具有“助人情结”的人为了内心的安宁所做出的小小善举，并非将受助者当作平等的一方来对待。而詹姆士的虚伪在于一边把她当作孩子，一边却肆无忌惮地伤害她。当看穿这世界的矫饰后，她把自己的内心完全封闭起来。贡蒂在一次采访中坦言，女性遭受到的性骚扰是这部小说着重处理的主题之一，小说主人公布朗蒂尼在面对这种伤害时的冷静和决绝是她自己所不曾拥有的。因为共享的地理空间，更因为同样孤独和疏离的内心世界，布朗蒂尼和邻居们的命运交织在一起，形成了经历和情感的共同体。

小说探讨的另一个主题是母性。摩西不是维谷的居民，本应在洛杉矶参加母亲葬礼的他却在这天来到维谷，并在当天夜里冲到布朗蒂尼的居所伤害了她。造成这场侵害案发生的罪魁祸首是网络空间上摩西和布朗蒂尼的邻居科瓦尔斯基的冲突。科瓦尔斯基作为网站管理员，删除了摩西在自己母亲讣告下面所留的不敬言论，从而激怒了摩西。已是不惑之年的摩西童年缺少母亲的关爱，成年后更是痛恨母亲，在临终之时母亲对他的歉意也没有换来他的谅解。虽年近半百，但他内心还是那个孤独无助的小男孩。命运使得摩西和布朗蒂尼的悲剧性相遇似乎只是一场有着荒唐结尾的闹剧，但是真正连接二人的是同样不幸的童年遭遇。他们在空间上的短暂相遇之前，早已共享了孤独的内心空间。至此小说中关于孤独和疏离主题的刻画达到了顶点，但也戛然而止，留给读者无尽的遐想和感慨。通过摩西和母亲的故事，作者探讨了横亘在人性深处的一个问题，即何为母性，是女性的先天习性还是社会的后天塑造。摩西的母亲承认自己没有母性，至死也不明白到底什么是母性，如何才能拥有母性。而摩西对母亲难以释怀的恨意其实是整个社会对那些所谓缺乏母性的女性的诘难。该主题也通过另一个人物——年轻的母亲霍普而被再次强化。霍普也是“兔子窝”的住户，独自一人照顾新生儿的她常常责怪自己不能全心全意地爱孩子，因为她发现了一个令自己感到害怕的事情，那就是她不敢直视孩子那双美丽的大眼睛，那双眼睛让她感到恐惧。霍普患有产后抑郁症，但她不仅得不到任何帮助，还不停地责难自己。作者将两个身份地位悬殊的母亲并置，是她自己的反省，也是对读者的提问，究竟何为母性，所谓的母性是否强加了太多的东西在女性身上。

贡蒂出生并成长于印第安纳州的南本市，现居住在洛杉矶。她本科毕业于圣母大学英语系创意写作方向，获得纽约大学创意写作艺术硕士（MFA）学位，在读期间曾获得弗农奖学金资助。她的作品曾发表于《爱奥瓦评论》（*The Iowa Review*）、《乐土》（*Joyland*）和《洛杉矶书评》（*Los Angeles Review of Books*）等媒体以及“无标志”（No Tokens）、“闪”（Flash）等著名文学网站。首部著作即获得国家图书奖，在外界看来可谓成就斐然，但这是作者花费了 7 年时间才完成的作品。功夫不负有心人，天分加努力的成功配方在贡蒂身上再一次得到验证。目前该作品的电影版权已由电视剧《美国众神》（*American Gods*）的制片公司弗里曼特尔购得。

非小说类的获奖作品是《向南到美国》，作者是伊曼尼·佩里

(Imani Perry，1972—)。佩里目前是普林斯顿大学非裔美国研究中心休斯-罗杰讲席教授。佩里出生于亚拉巴马州的伯明翰市，成长于马萨诸塞州的坎布里奇市以及芝加哥，于1994年获得耶鲁大学美国研究专业的文学学士，之后获得了哈佛大学美国文明史的博士学位，以及哈佛大学法学院的法学博士学位。加入普林斯顿大学之前，佩里曾在罗格斯大学法学院任教7年。她曾是宾夕法尼亚大学法学院的客座教授和哥伦比亚大学非裔美国研究机构的兼职教授。2009年佩里加盟普林斯顿大学非裔美国研究中心，同时加入法学和公共事务以及性别研究的项目。佩里著有多部获奖作品，她的传记作品《寻找洛林：洛林·汉斯伯里精彩而激进的一生》(*Looking for Lorraine: The Radiant and Radical Life of Lorraine Hansberry*)于2019年获得笔会专门奖励传记作品的笔会/杰奎琳·博格拉德·韦尔德奖（PEN/Jacqueline Bograd Weld Award)。此外，她还著有《呼吸：给儿子们的一封信》(*Breathe: A Letter to My Sons*，2019)、《令人恼怒的事：性别与解放》(*Vexy Thing: On Gender and Liberation*，2018)、《愿我们永世站立：一部黑人的国歌简史》(*May We Forever Stand: A History of the Black National Anthem*，2018）等作品。

《向南到美国》是一部游记，但不是一部通常意义上的游记，而是作者的一次寻根之旅。作为一名出生于亚拉巴马州的非裔美国人，她将个人的体验和美国南部的历史、风景、风俗交织于一体，带领读者深度了解美国南方的历史和文化，从而展现了南部对于理解美国之魂的重要意义。佩里从梅森-迪克森线出发，缓缓向南，经过具有历史意义的地方，邂逅各行各业的人，回忆起自己祖先的故事，将之与历史经纬中不同群体的遭遇和艺术家对此的描写进行了深度关联，将那些移民群体、机会主义者、被奴役的民族、被遗忘的英雄的故事摆在读者面前，编织成一幅独一无二的绚烂织锦。佩里深度剖析了美国南部的城市、森林、山脉和煤矿线的种种令人不安的历史，以及那里的人们所经历的种种喜悦和遭遇的无数耻辱。佩里洞见独特，思路清晰，笔触优美细腻。书中史料翔实、故事生动，是了解美国历史和精神的一部好书。国家图书奖评委称："《向南到美国》尽管是极具优雅的个人书写，但是具有载入史册的价值，前瞻、大胆、美好、深情，最重要的是真实。"

诗歌类的获奖作品是约翰·基恩（John Keene，1965— ）的诗集《朋克》。基恩曾独著、合著并翻译过多部作品。《朋克》获得 2022 年度出版三角（The Publishing Triangle）的托姆·冈恩奖（Thom Gunn Award）以及 2022 年度朗姆达文学奖（Lambda Literary Award），同时入围 2022 年布鲁克林公共图书馆图书奖（Brooklyn Public Library Book Prize）长名单。基恩出生于圣路易斯，本科就读于哈佛学院，硕士就读于纽约大学，获得纽约大学艺术硕士学位，就读期间曾获得《纽约时报》（*The New York Times*）奖学金。他早已是美国卓有成就的小说家、翻译家和麦克阿瑟奖（MacArthur Fellowship）获得者。他的短篇小说集《反叙事》（*Counternarrative*，2015）曾获得美国图书奖（American Book Award）、兰南文学奖（Lannan Literary Award）和温德姆–坎贝尔奖（Windham-Campbell Prizes）小说类奖。除以上所提获奖作品，基恩的作品还包括小说《注释》（*Annotations*，1995）、诗集《塞斯莫斯》（*Seismosis*，2006），他还翻译了巴西作家希尔达·希尔斯特（Hilda Hilst，1930—2004）

的小说《引诱者的来信》（*Letters from a Seducer*，2014）。基恩于2005年获得致力于奖励年度新锐作家的怀丁作家奖小说和诗歌类奖（The Whiting Award in Fiction and Poetry）。他还是罗格斯大学纽瓦克分校非裔美国研究和非洲研究中心的副教授，以及艺术硕士项目创意写作方向的核心成员。

《朋克》被称为一部里程碑式的诗歌选集。诗集分为七个部分，创作年代跨度达几十年，包括未出版过的旧作以及全新作品。诗集内涵丰富，兼具广度和深度，是对于失去、欲望和爱的历史性叙事。诗集中的多重声音来自一系列人物——从历史上著名的为人所知的黑人，到诗人自己的朋友和爱人，他们和着悲伤的歌曲“艰难求生”，涉及的议题包括欲望、压迫、艾滋病和悲伤等。《朋克》中的诗作唤起了流动的感觉，这种流动又不断被哲思和充斥着同性之欲的深度渴望所打扰。结尾处基恩回到了他那清晰的祝福——“爱”，他写道，“身体的失事，你的头脑的 / 盐碱化的花园”。美国作家里德（Ishmael Reed）对诗人和诗作都给出了极高的评价，他说：“大约十年前，我在哈佛第一次读基恩的小说，那时我就知道他是个天才。在《注释》问世后的多年间，他笔耕不辍，潜心创作，终于实现了多年前的承诺。这些对于个人生活和公共事件的诗意思考如此出众、优美又不乏深度。”

2022年度的国家图书奖终身成就奖（Medal for Distinguished Contribution to American Letters）颁给了作家、漫画家和编辑阿特·斯皮格曼（Art Spiegelman，1948—　）。斯皮格曼出生于瑞典首都斯德哥尔摩，1951年随父母移民美国，居住在纽约市的皇后区。他是获奖无数的漫画作家，所创作的漫画系列《鼠族》使漫画书晋升到严肃文学之列。《鼠族》系列共有两部，即《鼠族 I 幸存者的故事：我父亲的流血史》（*Maus I: A Survivor's Tale: My Father Bleeds History*，1986）和《鼠族 II 幸存者的故事：我的受难史》（*Maus II: A Survivor's Tale: And Here My Trouble Begins*，1991），后合定为《鼠族》出版，获得 1992 年普利策奖特别褒扬奖（Special Citations and Awards），也是历史上首次获得普利策奖的图像小说。迄今为止，《鼠族》已被翻译成 20 多种文字，风靡全球。漫画以鼠族的生存故事喻指人类社会，是揭示纳粹大屠杀血腥历史的纪实文学。斯皮格曼参与创建并担任编辑的漫画杂志《阿卡迪》（*Arcade*）和《生》（*Raw*）对人们产生了深远的影响，此外，1992 年至 2001 年他还是《纽约客》（*The New Yorker*）的签约艺术家。

2022 年度的国家图书奖青少年文学奖颁给了巴基斯坦裔女作家萨巴·塔希尔（Sabaa Tahir，出生年份不详）的小说《我所有的愤怒》。塔希尔是美国青少年小说作家，以奇幻小说《灰烬余火》（*An Ember in the Ashes*，2015）及其前传而为大众熟悉。该作是《纽约时报》畅销作品排行榜榜首之作，入选《时代周刊》（*Time*）评选的 2020 年最受欢迎的 100 部奇幻小说。塔希尔也曾在《纽约时报》《华盛顿邮报》（*The Washington Post*）和 Vox 网站上发表非虚构类文章。塔希尔是第一位获得国家图书奖的穆斯林女性和巴基斯坦裔美国人。《我所有的愤怒》还获得为美国本土出版的青少年图书专设的波士顿环球号角书奖（Boston Globe-Horn Book Award）和针对国内外青少年图书的迈克尔·普林兹文学奖（Michael L. Printz Award）。

塔希尔成长于加利福尼亚州的莫哈维沙漠附近，家中有两个哥哥。她的父母先从巴基斯坦移民到英国，后来到美国，经营一个有

18 间客房的汽车旅馆。少年时代的她阅读了大量的奇幻小说和哥哥收藏的动漫书籍，还喜欢弹吉他。塔希尔本科就读于加州大学洛杉矶分校，大学期间在《华盛顿邮报》实习，毕业之后入职该报，担任文字编辑。

《我所有的愤怒》是塔希尔创作的第一本青少年小说。小说围绕着努尔和沙拉胡丁的友谊重建、恋情发展而展开，叙述者不断在二者之间切换，同时还插入了沙拉胡丁的母亲米斯巴赫的倒叙视角。努尔出生于巴基斯坦，年幼时她的父母在一场地震中丧生，叔叔救下她并带她来到美国，要求她在自己经营的售酒商店工作，还禁止她申请大学。沙拉胡丁的父亲酗酒，母亲病情不断恶化，面对这些，他要力挽狂澜，将家庭旅馆扭亏为盈。这些对于还是青少年的他们都是沉重的负担。不仅如此，在本应是避风港的学校还要忍受黄皮肤带给他们的伤害。但二人心灵相通，互相帮扶，他们的友谊和潜在的恋爱对彼此来说是一个救生筏。最终，沙拉胡丁的母亲去世，他自己因贩毒入狱；努尔拿到了加利福尼亚大学洛杉矶分校的录取函，离开了小镇朱尼珀。故事的结尾，沙拉胡丁和努尔在米斯巴赫的墓前达成和解。

《我所有的愤怒》是年轻人的爱情故事，也是一个悲剧；是一场青少年对难以融入的家园的狂热梦想，也是巴基斯坦移民追求美国梦的缩影。一代移民为了生存只能顺势而为，活着就是成功。二代移民在美国接受教育，虽然成长道路上依然困难重重，但是比他们的父辈多了一些选择，正如塔希尔的获奖致辞所言："感谢我的父母，为了我的梦想而埋葬了他们的梦想。"塔希尔敏锐地捕捉到出生于别国却成长于美利坚合众国的主人公所遭遇的复杂的身份危机，贯穿小说始终的是黄皮肤的青少年对家园的渴望。她注重细节，关注青少年如何应对孤独，例如，他们如何在音乐中获得一种暂时的逃遁。同样是巴基斯坦后裔，同样在加州莫哈维沙漠的汽车旅馆长大，作者对主人公的喜怒哀乐是感同身受的。

2022 年度国家图书奖翻译文学奖的获奖作品是阿根廷新锐作家萨曼塔·施维伯林（Samanta Schweblin，1978— ）的小说《七间空屋》。她的小说《炙热梦魇》（*Fever Dream*，2017）、《小眼睛》（*Little Eyes*，2020）和《吃鸟的女孩》（*A Mouthful of Birds*，2019）都曾入围布克奖长名单。施维伯林还被《格兰塔》（*Granta*）评为 22 位 35 岁以下的最佳西班牙语作家之一。她的作品被翻译成 30 多种语言，出现在《纽约时报》和《哈泼斯杂志》（*Harper's Magazine*）上。施维伯林出生于布宜诺斯艾利斯，现居住在德国柏林。作为南美洲新一代的女作家，她乐于在语言、内容和形式方面进行实验，成为当今文坛最为有趣，也必然极具争议的声音。跟坚守魔幻现实主义领地的男性前辈不同，她们这一代女性作家更显活力，她们运用自我虚构（auto-fiction）、新闻报道和后现代主义的创作手法，旨在创造一种为我们这个时代提供独特批判视角的文学。《七间空屋》的译者是居住在智利圣地亚哥的梅根·麦克道威尔（Megan McDowell，出生年份不详），她是 2020 年美国艺术文学院颁发的文学奖项的获奖者，曾多次入围布克奖长名单和短名单。

《七间空屋》是施维伯林成为新一代拉丁美洲作家的奠基之作，作品包括七个独立的故事。麦克道威尔的英文版再次将施维伯林在文坛的偶像地位推到新的高度。《七间空屋》是进入一个富有超级创造力的头脑的入口，是进入施维伯林创造的动荡不安的、激动人心的文学世界的助推器。

施韦伯林从不走寻常之路，她不断地挖掘深层的肌理，揭示我们对于家、归属感和彼此之间连接的脆弱真相。小说集中的每个故事都在窥探着他人的故事，每个故事都关注一个家庭场所，探讨事物是如何构成我们最亲密的空间的，它们之间又是如何相互关联的，同时又是如何成为最不稳定的事物的。每一个故事中，意料之外的转折都令人紧张和惊喜。例如，《什么也不是》（"None of That"）是一个子为母隐的故事。疯癫的母亲经常带着女儿来到高档小区偷偷打理别人的花园。这天因为下雨，车陷在别人的花园里开不出来，于是母亲佯装生病，进入了别人的房间，走的时候还偷走了糖碗。人家追踪到家里索要的时候，女儿居然拒绝了对方。《一个不幸的男人》（"An Unlucky Man"）讲述了 8 岁的小女孩在生日这天跟一个陌生的男人来到超市偷了一条内裤的故事。因为这天她 3 岁的妹妹为了吸引父母的注意力而喝下了洗涤剂，送妹妹去医院时因为路上太堵，爸爸要求她脱下白色的内裤，手举内裤示意车辆让道。在医院的等候室里，一名陌生男子与女孩交谈起来，得知这天是她的生日而她没有穿内裤的时候，男子提议带她去买内裤。施维伯林尤其擅长刻画因自然事物失序而导致的痛苦，该小说集中多次出现父母要将死去的孩子的衣服扔掉的场景。故事中关注的多是家庭成员之间的关系，这些角色给了施维伯林空间，去演绎一些期望和禁忌。

二、普利策奖（The Pulitzer Prize）

除国家图书奖外，美国文坛的另一项权威大奖当属普利策奖。普利策奖历史悠久，其新闻奖设立于 1917 年，从 1918 年开始面向文学艺术界评奖。目前，普利策文学奖主要分为小说类、戏剧类、历史类、传记类、诗歌类和非小说类。2022 年 5 月 9 日，第 106 届普利策奖在哥伦比亚大学揭晓。

普利策小说奖是普利策文学奖项中最重要也是最受评论界和读者关注的奖项。由于是每年春季颁奖，该奖项时常会颁发给前一年出版的小说。本年度的普利策小说奖由犹太裔作家约书亚·科恩（Joshua Cohen，1980— ）的《内塔尼亚胡家族》（*The Netanyahus: An Account of a Minor and Ultimately Even Negligible Episode in the History of a Very Famous Family*，2021）获得。科恩出生于大西洋城，迄今为止已出版 6 部小说，7 部随笔集，并发表多篇短篇小说。他被《纽约时报》称作“一位主要的美国作家”，被《华盛顿邮报》称作“或许是当今在世的美国作家中最伟大的作家”，美国犹太裔文学评论大家哈罗德·布鲁姆（Harold Bloom）将他的小说《数字的书》（*Book of Numbers*，2015）、《安睡吧》（*Call It Sleep*，1934）、《寂寞芳心小姐》（*Miss Lonely Hearts*，1933）和《萨巴斯剧院》（*Sabbath's Theater*，1995）并称为美国犹太作家创作的最出色的 4 部作品。科恩曾获得 2013 年以色列玛塔内尔犹太作家奖（Matanel Prize for Jewish Writers）和 2021 年国家犹太图书奖小说奖（National Jewish Book Award for Fiction），于 2017 年入选《格兰塔》杂志评选的“最出色的青年美国作家”。《内塔尼亚胡家族》还是《纽约时报》2021 年度有影响力作品、《华尔街日报》（*The Wall Street Journal*），2021 年度最佳作品、《科克斯书评》（*Kirkus Review*）2021 年度最佳小说。

《内塔尼亚胡家族》是一部反映美国犹太人经历的小说。小说题献给布鲁姆，在后记中作者指出故事的原型正来源于布鲁姆讲授的亲身经历。小说情节并不复杂，叙述者是名叫布卢姆（Ruben Blum）

的犹太历史学教授。作者特意指出，之所以用布卢姆就是为了区别于布鲁姆，尽量隐去真实的人物。布卢姆在纽约上州的科尔宾学院任教，研究专长为美国二战时期经济史。由于犹太人身份，他被邀请担任历史系聘任委员会成员，对应聘者内塔尼亚胡教授进行资格审查和面试评审。他本人为此感到十分别扭，因为单凭犹太人身份他便天然地具有评委资格，这本身就是一种歧视。在布卢姆教授担任聘任委员会委员期间，内塔尼亚胡充斥着他的日常生活——阅读内塔尼亚胡的论文令他感到不安，阅读两封对他评价截然相反的推荐信更让他左右为难。而布卢姆教授的生活在内塔尼亚胡教授一家到访的时候被搅得鸡飞狗跳，小说情节也由此达到高潮。内塔尼亚胡夫妇及其三个儿子住在布卢姆教授家里，其妻要求布卢姆的女儿晚上照看她的三个孩子。当卢布姆和内塔尼亚胡教授结束晚宴回到家中时，发现内塔尼亚胡的大儿子对布卢姆的女儿做出了不轨之事。惊魂未定的大儿子赤身裸体跑出布卢姆家，内塔尼亚胡夫妇满校园找他。小说充满黑色幽默，令人忍俊不禁。主人公布卢姆教授的经历揭示了美国犹太人身份的尴尬境遇。正如普利策奖评奖委员会所说的，“这是一部辛辣的、语言娴熟的历史小说，讲述了美国犹太人经历的模棱两可、不可捉摸，书中作者表达的想法和纷争，正如其跌宕起伏的情节那样充满了变化”。

2022年普利策奖戏剧奖的获奖作品是《胖哈姆》（*Fat Ham*，2021），作者是詹姆士·伊亚梅斯（James Ijames，1980— ），一位来自北卡罗来纳州贝瑟默城的演员和剧作家。他居住在宾夕法尼亚的费城，本科毕业于佐治亚州亚特兰大的莫尔豪斯学院，还获得了天普大学表演方向的艺术硕士学位。

《胖哈姆》获得普利策奖戏剧奖仅三天后就开始预演，并在安斯帕奇剧场进行了纽约首演，由公共剧院艺术副总监、驻场导演塞西姆·阿里（Saheem Ali）执导。该剧从现代性和黑人视角改编了莎士比亚经典戏剧《哈姆雷特》，讲述了一名遭遇身份认同危机的同性恋黑人大学生乔西的故事。另外，该剧于 2023 年 4 月进驻百老汇。

《胖哈姆》是对《哈姆雷特》的改写，从乔西的视角出发，展示了当代黑人男性同性恋面临的身份困境和他们对自由的追求和向往。该剧照搬了《哈姆雷特》的情节，在南方生活的乔西在妈妈和叔叔的婚礼上面对父亲鬼魂要复仇的请求，感到困惑彷徨，并质疑以暴制暴的合法性。不同于哈姆雷特，乔西作为一名黑人男性，且是一名同性恋者，似乎在极力抗拒身份带来的创伤，无论这种创伤以何种方式出现——父亲的鬼魂抑或文学上的传统。伊亚梅斯将莎士比亚的悲剧转换成了一个关于黑人男性气概和性别越轨的一场狂欢，这既回应了哈姆雷特的主题，又是对其的超越。

2022 年普利策奖历史作品奖获奖作品有 2 部，分别是《黑夜覆盖：美国早期的谋杀与土著正义》（*Covered with Night: A Story of Murder and Indigenous Justice in Early America*，2021）和《古巴：一部美国历史》（*Cuba: An American History*，2021）。

《黑夜覆盖：美国早期的谋杀与土著正义》的作者妮可·尤斯塔斯（Nicole Eustace，出生年份不详）是纽约大学历史学教授。她还著有《1812：战争与父权制的热情》（*1812: War and the Passions of Patriotism*，2012）和《热情是狂风：情绪、力量和美国革命的到来》（*Passion Is the Gale: Emotion, Power, and the Coming of the American Revolution*，2008）。尤斯塔斯是 2021 年国家图书奖非小说类奖的获得者。此次的获奖作品深入解析了早期美国的正义问题。1772 年发生在宾夕法尼亚的土著猎人被白人商人杀害事件推动了早期美国对于犯罪的调查和跨文化协商的达成，从而改变了早期美国对于正义的定义。事实上，作者揭示出，易洛魁人将该杀人事件当作与殖民者和解的契机，是他们推动了双方之间的和解，达成了对于正义的共识。

《古巴：一部美国历史》的作者是艾达·费雷尔（Ada Ferrer, 1962— ），纽约大学拉美和加勒比研究领域历史学教授。其著作还有《起义的古巴：民族，国家和革命，1868—1898》（*Insurgent Cuba: Race, Nation, and Revolution*，*1868–1898*，1999），该作品曾获得伯克希尔女性史会议（Berkshire Conference of Women Historians）颁发的伯克希尔书籍奖（Berkshire Book Prize），这是奖励女性在历史研究领域的第一部作品的奖项。《自由的镜子：革命期间的古巴和海地》（*Freedom's Mirror: Cuba and Haiti in the Age of Revolution*，2014）曾获得耶鲁大学吉尔德·莱尔曼中心的弗雷德里克·道格拉斯图书奖（Frederick Douglass Book Prize），以及来自美国历史学会等的多个奖项。出生于古巴，成长于美国的费雷尔自 1990 年以来多次回到古巴旅行和做研究。

《古巴：一部美国历史》一书的时间跨度长达 500 年，带领读者了解这个现代国家经历的曲折变化：征服与殖民、奴隶制与自由、独立与革命。同时，费雷尔探讨了古巴与美国之间时而剑拔弩张、时而友好但问题重重的关系，揭示了美国对古巴的影响以及古巴在美国历史中若隐若现的存在。《华尔街日报》称赞该书为“一部充满鲜活洞见和光辉诗意的史诗，深度介绍了自哥伦布时代到当下的古巴历史及其与美国千丝万缕的复杂联系”。该作将为美国人了解自己的历史提供不可思议的洞见，帮助他们获得一种关于美国和古巴关系的新的想象，如《经济学人》(*The Economist*) 所说的那样，相信“读者在读完此书后一定会获得新的希望”。

2022 年普利策传记类获奖作品是《追我到坟墓：一位艺术家对吉姆·克劳法时代的南方的回忆录》(*Chasing Me to My Grave: An Artist's Memoir of the Jim Crow South*，2021，以下简称《追我到坟墓》)，该书由温弗雷德·伦伯特（Winfred Rembert，1945—2021）讲述、塔夫斯大学哲学教授艾琳·I. 凯利（Erin I. Kelly，出生年份不详）执笔。伦伯特是来自佐治亚州的画家，他在皮革上的绘画在美国多个博物馆和艺术馆展出，其作品与美国著名画家雅各布·劳伦斯（Jacob Lawrence，1917—2000）、罗玛尔·比尔登（Romare Bearden，1911—1988）和霍勒斯·皮平（Horace Pippin，1888—1946）的作品齐名。2015 年伦伯特获得公平司法倡导组织的表彰，2016 年获得美国艺术家巴尔奖金（United States Artists Barr Fellowship）。他还是两部获奖纪录片《都是我》(*All Me*) 和《尘归尘》(*Ashes to Ashes*) 的主角。

《追我到坟墓》将伦伯特的成长史和他的创作史结合起来，梳理其一生的重要时刻、艺术成就以及二者之间的潜在联系，为世人了解艺术家及其生活的时代提供了独特视角。伦伯特出生于佐治亚州的田间劳工家庭，青少年时期就参与到民权运动中。他曾在逃离游行后被捕，在执法部门手中差点被私刑处死，侥幸逃脱后在黑帮度过了 8 年。在此期间他结识了未来的妻子——顽强的佩茜，得以有勇气面对充满创伤的过去。多年以后，在佩茜的鼓励下，51 岁的伦伯特开始画画，创作灵感多源自年轻时的经历。在书中，伦伯特回忆了佐治亚州库斯伯特的汉密尔顿大道上黑人生活的生动场景，坦陈在那里他第一次看到了在棉花田之外生活的可能性。他在热情纪念库斯伯特的黑人社区和在那里生活的同胞的同时，也讲述了民权运动带来的希望和危险、监狱的残酷、对母爱的追寻，以及他和佩茜之间的爱情等。《追我到坟墓》是对黑人生活的热情赞颂，并且召唤读者直面美国历史和社会中令人痛苦、迫在眉睫的现实。

2022 年普利策诗歌类获奖作品是《弗兰克：十四行诗》（*Frank: Sonnets*），作者是戴安·苏斯（Diane Seuss，1956—　）。苏斯在密歇根州农村由一位单身母亲抚养长大，她一直把那里当作自己的家。目前，她已出版了 5 部诗集，其中《两只死孔雀和一个女孩的静物写生》（*Still Life with Two Dead Peacocks and a Girl*，2018）进入国家书评人协会奖和《洛杉矶时报》图书奖（*Los Angeles Times* Book Prizes），《四脚丫女孩》（*Four-Legged Girl*，2015）入围普利策奖，她还曾获得 2020 年古根海姆奖（Guggenheim Fellowship）。

“十四行诗，就像贫穷，教会你可以做什么 / 可以没有什么。”苏斯在这部精彩纷呈、真诚坦率的诗集里面如是写道，这也是迄今为止她最为个人化的一部诗集。诗集讲述了诗人丰富多彩的人生故事，从她在密歇根郊区的工人阶级家庭的童年经历到在纽约受到的各种危险诱惑，再到返回家乡。苏斯以其高超的写作技艺，巧妙地穿梭于思想和时间、诗歌和朋克、艾滋病和毒瘾、基督和母性之间，以此展示什么是我们可以做的，什么是我们可以不要的，以及我们在一无所有时，可以为彼此奉献什么。《弗兰克：十四行诗》的描摹就像一卷胶片，捕捉到了一个生命诚实地、不知疲惫地追寻某种“美或解脱”的诸多画面。在此，苏斯达到了创作的高峰期，其作品具有破坏性的敏锐、严厉和坦率。

本年度的普利策非小说类作品奖由《看不见的孩子：美国城市的贫困、生存与希望》(*Invisible Child: Poverty, Survival and Hope in an American City*，2021，以下简称《看不见的孩子》)获得，作者是安德里亚·埃利奥特（Andrea Elliott，1972— ）。埃利奥特是《纽约时报》的调查记者，曾经供职于《迈阿密先驱报》(*Miami Herald*)。她的新闻报道曾获得普利策奖、乔治·波尔克奖（George Polk Award）、斯克里普斯·霍华德奖（Scripps Howard Award），以及海外新闻俱乐部和美国新闻编辑协会颁发的奖项。她曾担任新美国基金会研究员，是罗素·塞奇基金会的访问记者、哥伦比亚人口研究中心访问学者和怀丁基金会奖金（Whiting Foundation Grant）的获得者。2015 年，她获得了哥伦比亚大学表彰 45 岁以下优秀校友的优秀校友奖。《看不见的孩子》是埃利奥特的首部作品，还获得了 J. 安东尼·卢卡斯图书奖（J. Anthony Lukas Book Prize）、纽约公共图书馆设立的海伦·伯恩斯坦奖优秀新闻奖（Hellen Bernstein Award for Excellence in Journalism）和笔会 / 约翰·肯尼思·加尔布雷思奖(PEN/John Kenneth Galbraith Award)。

在《看不见的孩子》一书中，埃利奥特聚焦于生活在纽约的黑人群体，展现了以女学生达萨尼及其家人为代表的城市贫困人口在繁华的大都市纽约与贫困和毒瘾不懈斗争。在书中，作者将达萨尼的童年故事与其祖先的迁徙历程相结合，展示了黑人在美国的曲折经历——从奴隶到城市的无家可归者，伴随着他们的始终是生活无情的鞭打。在一个充满饥饿、暴力、种族主义、毒品和随时送往寄养家庭的世界里，达萨尼不得不成为一名斗士。但当她最终逃离城市生活，进入一所寄宿学校时，却面临一个无法回答的问题：如果脱离贫困意味着放弃你的家庭和本来的自己，那么该怎么选择？

三、其他重要文学奖项

除国家图书奖和普利策奖这两项大奖之外，美国文坛还有几个奖项值得关注。

获得本年度美国国家书评人协会奖小说类奖的是《极乐蒙太奇》（*Bliss Montage: Stories*，2022），作者是华裔作家马玲（Ling Ma，1983—　）。该书是马玲的第二部作品，通过8个独立的故事呈现了集体谵妄中的疯癫与现实、爱与孤独、连接与占有，以及友谊、母性、家园等主题，入选了《纽约时报》必读书目。马玲出生于福建省三明市，成长于犹他州、内布拉斯加州和堪萨斯州。本科就读于芝加哥大学，获文学学士学位，后获得康奈尔大学艺术硕士学位，现任教于芝加哥大学艺术系。她的作品曾发表于《格兰塔》等杂志上，还曾获得怀丁奖。她的小说《断绝》（*Severance*）于2018年出版，后被翻译成五种语言，获得了科克斯奖（Kirkus Prize）、纽约公共图书馆青年狮子小说奖（New York Public Library Young Lions Fiction Award）、VCU卡贝尔第一小说家奖（VCU Cabell First Novelist Award），并入围笔会/海明威奖（The PEN/Hemingway Award）。在其芝加哥大学的主页上，马玲的自我介绍是“一名小说家，擅长推理和现实主义题材。关注的主题包括资本主义、身体、华裔美国飞散经历以及魔幻，因为魔幻言说着我们内心的幻想和投射。我的灵感来自多方，包括卡夫卡、恐怖题材和90年代乃至新千年以来的科幻杂志上的场景和博客传统、当代艺术、电视真人秀等”。

获得本年度笔会 / 福克纳奖（The PEN/Faulkner Award）的是小说《望远镜的错误一端》（*The Wrong End of the Telescope*，2021）。作者拉比·阿拉梅德丁（Rabih Alameddine，1959— ）出生于约旦，父母是黎巴嫩人，成长于科威特，在英国求学，后从英国来到美国加利福尼亚州。阿拉梅德丁曾获得加利福尼亚大学洛杉矶分校工学学士学位，又在旧金山获得商科硕士学位。《望远镜的错误一端》构思巧妙，带领读者进入一位变性的黎巴嫩裔美国医生米娜的生活中。米娜在莱斯沃斯岛的叙利亚人难民营工作。阿拉梅德丁创造性地使用第二人称叙事，将米娜与一个被称作“你”的角色对立起来，虽然“你”是一个资深的难民故事收集者，但他被自己在莱斯沃斯的经历所征服。这部小说没有给它的主题涂上任何道德色彩，却具有希腊神话的严肃性，探讨了难民生活的复杂性和米娜错综复杂的人际关系，并探究了人类被迫做出的改变生活的选择。评奖委员会对该小说做出了极高的评价：“语言精致，以至于时间仿佛暂停，小说从地缘政治冲突和个人生活模式两个方面探讨难民生活的诸多隐微之处。该书在众多佳作中脱颖而出，它让我们听到不为人知的声音，告诉我们故事能做的还很多。”

2022 年笔会 / 海明威奖的获奖作品是托里·彼得斯（Torrey Peters，1981— ）的首部小说《去性别转换，孩子》（*Detransition, Baby*，2021）。该书还入围了国家书评人协会奖、布鲁克林公共图书馆奖以及 2021 年女性小说奖（Women’s Prize for Fiction）的长名单。彼得斯本人是跨性别人士，在作品进入女性小说奖长名单提名阶段后，评奖委员会要求她提供自己是女性的合法证明，她拒绝了这个要求，认为这样的要求本身就是一种倒退。另外，彼得斯是艾奥瓦大学的艺术硕士和达特茅斯大学的比较文学硕士，其中篇小说《感染你的朋友和亲人》（*Infect Your Friends and Loved Ones*，2016）的修订版将于2023年由兰登书屋出版。

《去性别转换，孩子》是一部探讨跨性别人士及其婚恋、家庭的伦理小说。小说涉及了跨性别人群在完成性别转换后，又经历去性别转换的故事，以及与其性别相关的婚恋、家庭关系等话题。作为一名跨性别女性，小说主人公瑞希几乎拥有了所有她的前辈们可望而不可即的中产阶级生活。这样的生活虽然有点单调，但足够舒适。她有相爱的女友艾米、纽约的一所公寓楼和自己喜欢的工作。唯一美中不足的就是没有孩子。可是好景不长，艾米决定转换回以前的自己，变成了埃姆斯。于是为了排遣寂寞，瑞希便和已婚男士发生了关系。埃姆斯也过得不幸福。他以为去性别转换，变回男儿身会让生活变得简单，但这个决定让他失去了瑞希，也意味着他将失去他的家庭。尽管二人之间的恋情不复存在，他还是想回到瑞希身边。然而当他的上司和情人卡特里娜告知他怀了他的孩子，并且不确定自己是否要生下这个孩子时，埃姆斯觉得这就是自己一直以来在等的那个机会。那么三人是否可以处理好这个问题，成立一个不同寻常的家庭并且共同养育这个孩子呢？《去性别转换，孩子》可能是首部触及跨性别人士的现实主义小说，语言形象生动，笔触细腻，深入描述了跨性别人士的日常生活状态和心理状态，表现了他们在社会规训和性别角色压力下所面临的困境。彼得斯的个人网站上对这部小说的介绍如下："这部小说触及了任何陈词滥调和美好意图都不能触及的女性所经历的情绪化的、不堪的和脆弱的角落。彼得斯精彩绝伦、大胆无畏地对这些关于性别、性和亲密关系中最危险的禁忌进行探索，给予我们一部无比新颖、诙谐又让人倍受感动的小说。”

结语

纵观 2022 年的美国文坛，虽然美国作家未能斩获国际大奖，但文坛老将和新人均获得不俗成绩。美国文坛的多元化倾向依然明显，特别是女性作家、少数族裔作家以及代表性少数群体的作家表现尤其引人瞩目，纷纷斩获美国国内各项重要文学大奖。通过简单统计可知，在本文涉及的各大奖项共 15 位获奖者中，有 10 位是女性作家，3 位是非裔作家，2 位是犹太裔作家，1 位是巴基斯坦裔作家，1 位是华裔作家，1 位是约旦裔作家，而另外一些作家的族裔身份不明确，此外，还有 2 位作家属于性少数群体。

在美国当前的复杂社会背景下，审视文学奖项，我们会发现有些奖项的归属未尝不是一种较好的补偿机制。重要文学奖项对于“弱势”群体作家的褒奖旨在让更多的人听到少数群体的声音，从而了解他们的处境，以纠正美国长期以来存在的性别和种族不公，促进社会公平。

参考文献：

Allan, Nina. “*Seven Empty Houses* by Samanta Schweblin Review – Addictive Short Stories.” *The Guardian*. 30 Jul. 2022. Web. 16 May. 2023. <https://www.theguardian.com/books/2022/dec/09/seven-empty-houses-by-samanta-schweblin-review-addictive-short-stories>.

Brodesser-Akner, Taffy. “The One about Bibi Netanyahu’s Father and the Perils of Diaspora.” *The New York Times*. 2 Nov. 2021. Web. 5 Jun. 2023. <https://www.nytimes.com/2021/06/18/books/review/joshua-cohen-the-netanyahus.html>.

Desmond, Matthew. "Dasani Showed Us with What It's Like to Grow up Homeless. She Is Still Struggling." *The New York Times*. 30 Sept. 2021. Web. 5 Jun. 2023. <https://www.newamerica.org/fellows/in-the-news/dasani-showed-us-what-its-like-to-grow-up-homeless-shes-still-struggling/>.

Ditum, Sarah. "*The Rabbit Hutch* by Tess Gunty Review – A Riveting Debut about Love and Cruelty." *The Guardian*. 3 Aug. 2022. Web. 12 Feb. 2023. <https://www.theguardian.com/books/2022/aug/03/the-rabbit-hutch-by-tess-gunty-review-a-riveting-debut-about-love-and-cruelty>.

Gibson, Carrie. "Cuba Review: American History of Island Neighbor Is Telling and Timely." *The Guardian*. 4 Sept. 2021. Web. 5 Jun. 2023. <https://www.theguardian.com/books/2021/sep/04/cuba-american-history-review-ada-ferrer>.

Greenblatt, Leah. "One Apartment Building, Many Lives." *The New York Times*. 22 Aug. 2022. Web. 12 Feb. 2023. <https://www.nytimes.com/2022/08/02/books/review/tess-gunty-rabbit-hutch.html>.

Gyarkye, Lovia. "Ling Ma's Surreal Subersions." *The New York Times*. 9 Sept. 2022. Web. 27 May. 2023. <https://www.nytimes.com/2022/09/09/books/review/ling-ma-bliss-montage.html>.

Jacobs, Liska. "Peepholes into Private Lives, Dark and Unstable." *The New York Times*. 14 Oct. 2022. Web. 16 May. 2023. <https://www.nytimes.com/2022/10/14/books/review/samanta-schweblin-seven-empty-houses.html>.

Kambhampaty, K. Anna. "Sabaa Tahir's New Y. A. Novel Poignantly Explores the Meaning of Home." *The New York Times*. 1 Mar. 2022. Web. 12 Feb. 2023. <https://www.nytimes.com/2022/03/01/books/review/sabaa-tahir-all-my-rage.html>.

Lavery, Grace. "*Detransition, Baby* by Torrey Peters Review – A Comedy of Manners." *The Guardian*. 7 Jan. 2021. Web. 5 Jun. 2023. <https://www.theguardian.com/books/2021/jan/07/detransition-baby-by-torrey-peters-review-a-comedy-of-manners>.

Long, Crispin. "The Insider Insights of '*Detransition, Baby*'." *The New Yorker*. 31 Jan. 2021. Web. 5 Jun. 2023. <https://www.newyorker.com/books/page-turner/the-insider-insights-of-detransition-baby>.

Lorch, Danna. "Writer Joshua Cohen Talks to New Yorker Critic and Professor James Wood about Creation of His Pulitzer-winning Novel '*The Netanyahus*' at Hillel Event." *The Harvard Gazette*. 6 Mar. 2023. Web. 16 May. 2023. <https://news.harvard.edu/gazette/story/2023/03/author-shares-story-behind-pulitzer-winning-novel-the-netanyahus/>.

Lozada, Carlos. "An 'Exile' from the American South Finds the Nation's Soul There." *The Washington Post.* 20 Jan. 2022. Web. 12 Feb. 2023. <https://www.washingtonpost.com/outlook/2022/01/20/imani-perry-review/#: ~ :text=An%20%E2%80%98exile%E2%80%99%20from%20the%20American%20South%20finds%20the,Birmingham%2C%20Ala.%2C%20where%20author%20Imani%20Perry%20was%20born>.

Mahon, Thomas. "*Frank: Sonnets* by Diane Seuss." *Harvard Review Online*. 9 Aug. 2021. Web. 19 May. 2023. <https://www.harvardreview.org/book-review/frank-sonnets/>.

Mannion, Una. "*The Rabbit Hutch* by Tess Gunty: An Important American Novel about A Dying City." *The Irish Times*. 23 Aug. 2022. Web 12. Feb. 2023. <https://www.irishtimes.com/culture/books/review/2022/08/20/the-rabbit-hutch-by-tess-gunty-breathtaking-compassionate-and-spectacular/>.

Nayeri, Nina. "An Irreverent Novel Trains Its Gaze on Refugees and Their Rescuers." *The New York Times*. 21 Sept. 2021. Web. 5 Jun. 2023. <https://www.nytimes.com/2021/09/21/books/review/the-wrong-end-of-the-telescope-rabih-alameddine.html >.

Plett, Casey. "The Wrong End of the Telescope by Rabih Alameddine Review – Beyond Empathy." *The Guardian*. 9 Oct. 2021. Web. 5 Jun. 2023. <https://www.theguardian.com/books/2021/oct/09/the-wrong-end-of-the-telescope-by-rabih-alameddine-review-beyond-empathy>.

Preston, Alex. "'Tread the Book out to the Girls. It Was Really Tough': Andrea Elliott on Writing about New York's Homeless Children." *The Guardian*. 16 Jan. 2022. Web. 5 Jun. 2023. <https://www.theguardian.com/books/2022/jan/16/andrea-elliott-interview-invisible-child-dasani-coates>.

Remnick, David. "The Defiance of Salman Rushdie." *The New Yorker*. 6 Feb. 2023. Web. 29 May. 2023. <https://www.newyorker.com/magazine/2023/02/13/salman-rushdie-recovery-victory-city>.

Roboson, Leo. "The Netanyahus by Joshua Cohen Review – An Excess of Genius." *The Guardian*. 20 May. 2021. Web. 5 Jun. 2023. <https://www.theguardian.com/books/2021/may/20/the-netanyahus-by-joshua-cohen-review-an-excess-of-genius>.

Root, Jay, et al. "Salman Rushdie is Attacked Onstage in Western New York." *The New York Times*. 12 Aug. 2022. Web. 29 May. 2023. <https://www.nytimes.com/2022/08/12/nyregion/salman-rushdie-attacked.html>.

Schaub, Michael. "National Book Award Finalists Are Revealed." *Kirkus Reviews*. 3 Oct. 2022. Web 12. Feb. 2023. <https://www.kirkusreviews.com/news-and-features/articles/national-book-award-finalists-are-revealed-1/>.

Simon, Clea. “Transcending the Mundane in ‘*Rabbit Hutch*’.” *The Boston Globe*. 25 Aug. 2022. Web. 12 Feb. 2023. <https://www.bostonglobe.com/2022/08/25/arts/transcending-mundane/>.

Vanderhart, Han. “The Revolutions of A Sonnet: *Frank: Sonnets* by Diane Seuss.” *The Rumpus*. 6 Aug. 2021. Web. 5 Jun. 2023. <https://therumpus.net/2021/08/06/frank-sonnets-by-diane-seuss/>.

作者单位：北京第二外国语学院英语学院

2022年蒙古文学概览

刘娟娟

内容提要：2022年，蒙古国文坛开始走出新冠肺炎疫情带来的阴霾，出版社开展一系列新书发行活动，图书馆和书店重新启动，作家们的创作热情和读者旺盛的阅读需求更趋高涨，本土文学作品大量涌现。《我们心中的魔鬼》《你的祖国在召唤》等经典文学被译介到蒙古。由政府主导的国家图书节顺利举行，多项文学赛事如期举办，共同推动着蒙古文学向前发展。

2022年，蒙古国政府逐步取消疫情防控措施，新书发布会、图书节、文学奖项评选和学术研讨会等公众活动恢复线下举行。经历了前两年的沉寂期后，作家们的创作热情和读者们的阅读需求大幅反弹，使得2022年蒙古的文学事业重现欣欣向荣的景象。

一、本土文学

2022年12月31日，蒙古国大型阅读类门户网站unread按照惯例邀请各领域学者、专家和读者代表盘点2022年“精品图书”(шилдэг номууд)。在获得推荐的图书中，以下文学作品备受青睐。

（一）小说

长篇小说《我会爱到童话结束》（Үлгэр дуустал хайрлана，2022）由 Н. 宝勒尔额尔德尼（Х. Болор-Эрдэнэ，1975— ）创作。Н. 宝勒尔额尔德尼 2005 年凭借《心中制造》（Зүрхэндүйлдвэрлэв，2009）获得蒙古作家协会颁发的色尔奥德奖（Г. Сэр-Одын нэрэмжит шагнал），2010 年凭借《我，我们俩》（Би, бид хоёр）获得金羽毛杯年度优秀作品奖，除此之外，其代表作还有《红人》（Улаан хүн，2006）、《20 年后》（Хорин жилийн дараа，2010）、《我爱你 2》（Би чамд хайртай – 2，2010）、《坏小子》（Муу залуу，2010）和《幸运》（Хишигт，2011）等。作为女性作家，Н. 宝勒尔额尔德尼的作品更多聚焦于都市生活和人们的内心世界，深刻揭示出现实生活中复杂的矛盾，也因此与读者产生共鸣。《我会爱到童话结束》取材于现实生活，讲述了一个被家人抛弃的乡村女孩通过自己的努力终于成为一名美发师并定居城市的故事。与以时间为主线展开叙述的传统手法不同，作者在这本书中放弃了时间线，采取了一种非线性的叙事方法。在刻画主人公的过程中，作者的思绪会从一件事“飘到”下一件事上，但在这一过程中，可能突然又想到另外一件事，叙事线因此被打破。有些读者认为作者是在恍惚状态下写作的，因为蒙古文坛以前从来没有过这种表现方式。另一些追捧这本书的读者则认为，与其说这是一本书，不如说是一个挖掘自我的过程，作者想带给读者的并不是表面呈现出来的故事，而是引导读者面对更愚蠢、更天真、更笨拙、更缺乏经验的自己，然后连接思想中的断层，修复人格中的损伤，消除潜在意识中的恐惧，重新出发去爱、去感受、去领悟。

长篇小说《13 世纪》（Арван гуравдугаар зуун，2022）是作家 D. 恩赫包勒德（Д. Энхболд，1959—　）耗时 14 年完成的一部史诗级作品。对蒙古人而言，13 世纪成吉思汗和他的黄金家族通过武力建立横跨亚欧大陆的大蒙古国是他们永远的骄傲和自豪。为了纪念这段辉煌的过去，几乎所有蒙古裔作家都曾尝试过以这段史实为背景表达自己对历史的领悟和理解，歌颂和赞美成吉思汗和那个时代的英雄们的伟大功绩。与前人作品最大不同之处在于，《13 世纪》并未以统领战事的成吉思汗或某位英雄人物为线索展开叙述，而是以当时普通的蒙古战士和他们的家人为主人公，以蒙古人民这样一个群体性的视角来复述历史，引导读者思考蒙古民族的传统世界观和价值观，并希望借此启发人们反思现代社会中游牧文化的发展变化。D. 恩赫包勒德从 2007 年开始构思这部作品，前后耗时 14 年，先后游历了 4 个国家，直到 2022 年新年前才最终定稿。有读者认为，该部作品是 1990 年蒙古国民主改革后，继 S. 扎尔嘎勒赛汗（С. Жаргал сайхан）的长篇小说《成吉思汗秘史》（Чингис хааны нууц түүх）、T. 曼迪尔（Т. Мандир）的中篇小说《月痕》（Саран зэв）和散文集《二十一座雕像》（21 хөрөг）之后最好的历史题材小说。值得一提的是，作者刻意避免了过于夸张的艺术表达形式，紧紧依托客观现实来展现蒙古民族独特的历史文化。比如在谈到蒙古人对“滕格里”（тэнгэр，意为天空、长生天）的崇拜时，很自然地将其与游牧民族特有的生产生活方式联系在一起，指出图腾信仰是根植于现实的，不是为了追求艺术效果，用一些空洞、神秘的修辞性语言来列举表象。

中篇小说《远离喧嚣》（Анирт алсрах нь，2022）是青年作家 O. 安和扎雅（О. Анхзаяа，1995—　）的处女作。O. 安和扎雅因在网络平台上的作品而为青少年和年轻人所熟知，这是她首部以纸质形式出版的文学作品。作品讲述了一个穿着短裙和牛津鞋的年轻女孩，为追求艺术梦想来到国外求学，在缺少家人陪伴的日子里，她仍然执着地热爱生活，用自己微薄的力量、乐观的心态感动着周围的每一个人。在成长的过程中，她遇到过善良，也见到过邪恶，但始终不改初心，最终获得了事业和爱情的双丰收。与其他励志类作品不同，《远离喧嚣》并没有花大量笔墨去叙述生活的坎坷和社会的不公，而是通过内省式的独白和反思解读生命的真谛和青春的力量，因而得到青年读者的广泛好评。有评论认为，这本小说给人的感觉就像一片宽广的海洋、一片雄伟的森林、一道磅礴的瀑布，传递出力量和温暖。书中“感觉还为时过早，停下来却为时已晚……”已经成了网络流行语。

短篇小说集《蒙古军团》（Монгол Легионерийн өчил，2022）是B. 奥云巴特（Б. Оюунбат，出生年份不详）以故事集形式展现的自传体小说。B. 奥云巴特是一位在法国外籍军团服役 9 年的伞兵，他以自己在战场上的亲身经历为基础，运用艺术的手法细致地描写了雇佣兵的工作和生活现实，淋漓尽致地展现了战争的残酷。同时，作者还通过一个个小故事，不遗余力地歌颂海外蒙古人对祖国、民族、文化的热爱，以及蒙古人的亲情、友情和爱情。作者在作品简介中戏称，蒙古人最不喜欢做的事情之一就是写自传，或者是因为厌恶说一些“冠冕堂皇的话”，或者是为了掩盖发生在我们自己身上的事实，所以蒙古国回忆录式的文学作品并不多见；他希望用自己与众不同的经历吸引国内民众了解海外蒙古人的生活现状，特别是对雇佣兵这个职业。评论界认为，蒙古人对战争并不陌生，不论是历史上赫赫有名的《世界征服者史》，还是现实中近在咫尺、突然爆发的俄乌军事冲突，但作者雇佣兵的身份及其对外籍雇佣兵的真实记录给读者打开了一扇新的认知之窗，这是蒙古国文学在题材上的一大突破。

短篇小说集《梦的第几页》（Зүүдний ... дугаар хуудас，2022）由诗人 D. 索索尔巴拉姆（Д. Сосорбарам，1957—　）创作。作为一名以抒情诗见长的作家，D. 索索尔巴拉姆此次以叙事的方式讲述了他在世界各地旅行时的所见、所闻和所感。其中，在《记忆制造者》（Дурсамж урлаач）一文中，作者描写了他在印度游览泰姬陵、在埃及欣赏金字塔时对历史的追忆和对现实的反思，发出“旅行是历史为我建造的秋千花园”的感慨。在《书》（Ном）一文中，作者写道：“未来是由记忆构成的。没有人可以在不倾听某人记忆的情况下生活。否则，就没有未来。”在这本小说集中，大部分故事都与作者在澳大利亚的经历有关。作者在新书发布会上表示，如果没有文学，我可能一天都活不下去。我每天都会想一些事情，如果不这样做，那就毫无意义了。

（二）诗歌

《十六层楼》（16 давхрын аглан，2022）是当代蒙古文坛代表作家 G. 阿尤尔扎纳（Г. Аюурзана，1970—　）的最新诗歌集。作为以小说、故事等叙事体裁见长的作家，G. 阿尤尔扎纳此次虽然选择以诗歌为表现形式，但赞美和歌颂并不是他所要传递的重点，将对现实社会的客观描述和主观批判融会贯通才是《十六层楼》追求的目标。比如，在诗集中收录的《梦的背后》（Зүүдний цаана）、《梦与沉思》（Зүүдлэхүй, бясалгахуй）、《飞机上梦到的话》（Онгоцонд зүүдэлсэн үгс）等诗中，作者先是以梦境形式展现了自己所观察到的社会现实和经历体验，而后又以清醒后有所感悟的方式表达了做梦人的反思。

G. 阿尤尔扎纳对此的解释是梦想和诗歌非常相似。也许，人脑中对美好事物的向往是一样的，但它们肯定不是来自同一个方向，梦想只存在于心灵深处，我想通过诗歌的形式把它们表现出来。G. 阿尤尔扎纳向来对宗教题材情有独钟，在他此前的许多作品中都可以见到藏传佛教的身影，此次也不例外。《十六层楼》中的《放空》（өөрийгөө хоослоно）、《宁静》（нам гүм）等作品就用禅宗的语言表达了作者对善恶的认知。

（三）儿童文学

近年来，蒙古国儿童图书市场发展非常迅速，先后成立了数十家专业出版社。2022 年，蒙苏达尔出版社旗下的江格尔儿童图书出版部升级为独立的儿童图书出版社，并成功推出了绘本故事书《祖国》（Эх орон）和系列丛书“蒙古人”（Монгол хүн）等。其中，《祖国》讲述了蒙古从史前民族到现代民主社会的历史，“蒙古人”系列则主要聚焦于蒙古族历史长河中的奇人逸事。此外，江格尔儿童图书出版社还接续出版了以蒙古族民间故事为题材的系列丛书“星星的传说”（Одны домог），并以绘本形式重新编写了《伊利亚特》（Илиада）、《奥德赛》（Одиссей）和《西游记》（Баруунш зорчсон үлгэр）等经典文学作品。

《传奇》（Домог，2022）由儿童作家 U. 宾巴尼亚姆（У. Бямбаням，出生年份不详）和 L. 尼亚姆道尔吉（Л. Нямдорж，1973—　）创作，是一本关于蒙古族起源、发展、壮大的历史故事集，主要记述了大蒙古国时期成吉思汗等英雄人物的传奇经历。该书从内容上看并无明显新意，但作者在讲述故事的同时穿插了大量富有想象力的画作和图片，极大创新了童书的表现形式。作者在序言中表示，了解蒙古族创造者和蒙古英雄们的孩子越来越少，相当程度上是因为缺乏适合他们思维方式的解释蒙古人精彩传说的书籍，希望这本书能让孩子们在想象中认识世界、了解历史。正如评论家 S. 杜拉姆（С. Дулам）在推介语中提到的，传说是通过想象了解世界的一种尝试。

二、国外译著

蒙古国作家和学者历来重视外国著名文学作品的翻译和介绍工作。2022 年，蒙苏达尔、尼尔科、和平鸽和包勒尔等出版公司陆续推出了以下受到蒙古读者欢迎的外国译著。

2018 年诺贝尔文学奖获得者、波兰作家奥尔加·托卡尔丘克（Ольга Токарчук，1962—　）的《云游》（Хэсүүлчид）以人在世界中的移动这个主线展开，通过 116 个或长或短的章节讲述了不同的人在面对自由与安稳状态时的不同立场和选择，时间跨度从 17 世纪直至现在。蒙苏达尔公司邀请 R. 布尔干塔米尔（Р. Булгантамир）担任翻译，并在书签中评价说，作者和出版社都称这部作品为小说，但将它比作文学的"拼贴画"可能更恰当。

美国作家约翰·斯坦贝克（Жон штейбек，1902—1968）的《人鼠之间》（Хулганууд хийгээд хүмүүс）在 2022 年终于与蒙古读者见面。作品讲述了 20 世纪 30 年代美国经济大萧条时期，两个一贫如洗却相依为命的流动农业工人乔治和莱尼在加利福尼亚州从怀揣梦想、追逐梦想到接近梦想、梦想破灭的悲惨故事。这部作品由 N. 巴特图希格（Н. Баттүшиг）翻译，是蒙苏达尔公司 2016 年起推出的"蒙苏达尔文学"（Монсудар уран зохиол）系列的第 39 部译著。

尼尔科公司于2022年将中国作家余华（Үй Хуа，1960— ）从1986年至今创作的21篇短篇小说结集成册，推出了短篇小说集《我没有自己的名字》（Надад нэр үгүй）。整部小说集除《我没有自己的名字》外，还囊括了《现实一种》《黄昏里的男孩》等，由B.蒙克朝勒（Б. Мөнхцол）翻译。余华在蒙古读者中的知名度很高，他的作品《第十七天》（17 дахь өдөр）、《活着》（Амьдрахуй）、《十八岁出门远行》（Арван найман настайдаа зам дээр）等都曾被译成蒙古语。

美国著名传记作家沃尔特·艾萨克森（Уолтер Исааксон，1952— ）撰写的《破译密码的人》（Код тайлагч）在2022年春经尼尔科公司翻译后与蒙古国读者见面。该书记录了美国生物化学家詹妮弗·杜德纳的故事。詹妮弗小时候被低估，长大后被质疑，但终究凭执着的精神解开了生物学中令人费解的谜团，开发了一种基因编辑方法并获得2020年诺贝尔化学奖。译者T.阿尤尔萨纳（Т. Ариунсанаа）在序中表示，这是一本关于当今最具创新性的生物技术以及这些技术创造者的伟大著作，是我们这个时代的必备读物。

以翻译后现代文学名著而为读者所熟知的和平鸽出版社在2022年出版了意大利作家、文学评论家、符号学家翁贝托·埃科（Умберто Эко，1932—2016）48岁时发表的第一部小说《玫瑰之名》（Сарнайн нэр）。这是一部不可多得的集侦探、哲理、历史等元素于一体的小说，除了扣人心弦的故事情节外，还涉及神学、历史学、政治学、犯罪学等，已被译为35种语言，曾获意大利两个最高文学奖和法国梅迪西奖。蒙文译本由D.达希蒙克（Д. Дашмөнх）从英文翻译而来。

1988 年诺贝尔文学奖获得者、葡萄牙作家若泽·萨拉马戈（Хосе Сарамаго，1922—2010）的《失明症漫记》（Сохор）由金羽毛奖获得者 B. 苏布杜拉姆（Б. Сувддулам）翻译，并由尼尔科公司出版。故事从出租车司机等待红绿灯时发现自己意外失明开始。司机的妻子带他去医院检查，结果妻子、医生和周围的人也都相继失明了。慢慢地，被称为“白色眼疾”的失明症蔓延至整个城市，很快成为一种流行病。失明的人会因为恐惧而变得非常暴力，人性和欲望在一次次挑战道德、一次次冲破原则后迷失了。这本辛辣的讽刺作品是若泽·萨拉马戈最著名的作品之一，被认为是新世纪的少数经典。

2008 年，英国匹兹堡大学现代语言学院教授杰拉德·马丁（Жералд Мартин，出生年份不详）推出了拉丁美洲文学巨匠、凭借《百年孤独》获得诺贝尔文学奖的加西亚·马尔克斯的传记《加西亚·马尔克斯传：生活》（Гамрие Гарсиа Маркез: Амьдрал）。全书讲述了这位世界级魔幻现实主义大师孤独的童年经历、贫穷潦倒的青年创作时期、成名之后的文学写作态度，以及在时代和社会影响下他对于家庭、革命和文学的诉求等。该书是公认的迄今为止最优秀的马尔克斯传记，也是马尔克斯唯一正式授权的官方传记。包勒尔公司专门邀请了曾翻译过梅耶荷德、彼得·布鲁克、耶日·格洛托夫斯基、贝托尔特·布莱希特等经典作品和戏剧《浮士德》（Фауст）的著名翻译家 N. 普日布达格瓦（Н. Пүрэвдагва）担任译者。

三、文学研究

2022 年度蒙古文坛最为重要的文学研究成果要属文学教育中心

出版的《蒙古文学简史》（Монгол уран зохиолын түүхэн товч）的第二册《从王位到草席》（Хаан ширээнээс харцын олбогт）。该书是《蒙古文学简史》第一册《从石书到箴言》（Чулуун номоос Хөлгөн сударт, 2013）的延续，仍由知名作家、文学评论家 Ts. 博音扎雅（Ц. Буянзаяа）主编。早在第一册推出时，Ts. 博音扎雅就曾表示，整套《蒙古文学简史》将分为三个分册，包括远古时期文学、帝国时期文学和佛教文学。因此，在《从王位到草席》这一分册中，编者将时间线锁定在 20 世纪初到蒙古人民革命之前这一阶段，系统阐述了蒙古社会从封建专制制度转变为社会主义制度时期蒙古文学的主要情况和创作特点。与其他文学史和文学研究类著作相比，《蒙古文学简史》主要有以下几点不同之处。一是在行文中十分注重使用简洁、流畅且通俗易懂的语言，刻意避免不重要的理论引用和参考文献，绕开了语言文学研究者常说的“为同行写作”的窠臼。编者在新书发布会上强调，用术语手法来进行文学研究和艺术评论是可取的，但问题是学术语言往往在普通读者和那些试图更深地了解和体验文学的人面前竖起了一堵墙，过多的理论词汇会让读者在阅读时充满复杂的“理论恐怖”感，让文学这个本应灌输语言使用能力的重要学科变成了学生的地狱。二是在研究时尽可能不遗漏任何一部有代表性的作品，研究者在论述时兼顾了现代蒙古文学的时代性和艺术性，不仅从阶段划分上囊括了五个时期，即兴起期、成形期、稳定期、转型期、变革期，而且在体裁上包罗了诗歌、传记、故事、小说、戏剧等，详细探讨了不同文学流派、主要代表人物的创作风格及作品的艺术特征。不少评论人员认为，这本书对蒙古文学过去一百年的发展历程进行了丰富的艺术探索。三是在学术观点上立场鲜明。作为一本理论研究著作，书中专辟章节论述研究者对某一时期或某一流派文学作品的认识和分析，为其他文学研究者和文学爱好者快速了解蒙古文学提供了便利，极大拓展了蒙古语和蒙古文学研究的广度和深度，实现了“让任何使用现代蒙古语的人都可以清晰而深刻地认识有关民族文学的历史和重要作品信息”的研究目的，得到学界和读者的一致好评。

《蒙古史诗的起源与文化阶段》（Монгол туулийн үүсэл, соёлын давхрага）由 A. 阿其尔（A. Очир）和 B. 那吉德（Б. Нанжид）耗时多年完成，在 2022 年春天终于面世。研究者在书中提到，19 世纪以来，大量来自蒙古、俄罗斯和日本等国的学者对蒙古族史诗进行了专门的研究，并将田野调查中发现的口头文学形式转化为书面文学。据不完全统计，目前已总结梳理了 80 多部蒙古族史诗的 280 个版本。其中，最著名的主要有《格萨尔》（Гэсэр）、《江格尔》（Жангар）、《布姆额尔德尼》（Бум-Эрдэнэ）、《额伦扎因汗哈兰吉》（Эрийн сайн Хан харангуй）、《阿尔吉尔白发老人》（Аргил цагаан өвгөн）等，这些古代文学艺术展示了一个国家、一个民族的语言、文化和文学的发展历程。民族起源、国家兴衰、文化习俗、性格特征等都在史诗中得到体现，同时史诗在其自身的历史发展过程中又经历了不同阶段，因此有必要对蒙古史诗的起源及其所代表的文化发展阶段进行研究。有鉴于此，研究者从起源和文化阶段这两个维度对史诗进行解读，并提出研究史诗必须将文学与历史学、考古学与民族学融合在一起进行比较分析，这也为未来蒙古族史诗研究工作提供了新的方法。

四、文学奖项

2022 年，由于疫情管施陆续放开，蒙古国内较为权威的金羽毛（Алтан өд）年度优秀作品评选、“意之美”（Утгын чимэг）短篇小说大赛和水晶杯（Болор цом）诗歌大赛等均恢复线下进行。此外，2022 年度还进行了和平鸽（Тагтаа утга зохиолын шагнал）文学作品奖和“自由思想的赞歌 2022”（Чөлөөт сэтгэлгээний дуулал-2022）诗歌大赛等的评选。

1. 金羽毛年度优秀作品评选

2023 年 2 月 2 日，第 21 届金羽毛年度优秀作品评选大赛颁奖典礼隆重举行。O. 岑德–阿尤喜（О. Цэнд-Аюуш，1979— ）的中篇小说《冷》（Хүйтэн，2022）获得短篇叙事文学类年度优秀作品奖，Ts. 博音扎雅的长篇小说《闻者如是说》（Улаагчин ингэж хэлсэн，2022）获得长篇叙事文学类年度优秀作品奖，D. 额尔德尼祖赖（Д. Эрдэнэзулай，1985— ）的《迁徙者的定居点》（Авгалдайн суурин，2022）获得诗歌类年度优秀作品奖，N. 巴特策策格（Н. Батцэцэг，出生年份不详）的《诺日布班扎德的图画书》（Н. Норовбанзад зурагт ном，2022）获得儿童文学类年度优秀作品奖，Ts. 博音扎雅的《蒙古文学简史》第一册和第二册获得文学研究与评论类年度优秀作品奖，N. 乃达尔（Н. Майдар，出生年份不详）的电影剧本《教练员》（Дасгалжуулагч，2022）获得戏剧电影文学类年度优秀作品奖，M. 萨如拉额尔德尼（М. Саруул-Эрдэнэ，出生年份不详）翻译的亚历山大 · 道（Alexander Dow，1735 或 1736—1779）首次于 1769 年在伦敦剧院推出的悲剧《成吉思汗》（ЧИНГИС，2022）获得文学翻译类年度优秀作品奖，Sh. 巴特尔（Ш. Баатар，出生年份不详）的《爱情啊》（Хайрхаан，2022）获得推理文学类年度优秀作品奖，D. 扎尔嘎勒赛罕（Д. Жаргалсайхан，1973— ）的《倒映的佛像》（Тусаан бурхан，2022）获得讽刺文学类年度优秀作品奖。

2. “意之美”短篇小说大赛

2023 年 1 月 19 日，由蒙古作家协会、文化部、蒙古国家大众电视台共同组织的“意之美–2022”短篇小说大赛第二轮赛事暨颁奖典礼在蒙古儿童剧院举行。组委会从 82 部作品中精心挑选出了 10 部短篇小说进入第二轮角逐。蒙古国作家协会奖得主、文学评论员、作家 S. 巴特图勒嘎（С. Баттулга，1982—　）凭借《天堂的种子》（Тэнгэр үр，2022）摘得桂冠。除《天堂的种子》外，进入第二轮角逐的作品还有 N. 那森扎布（Н. Баасанжав，出生年份不详）的《金色马嚼环》（Алтан зуузай）、E. 冈包勒德（Э. Ганболд，出生年份不详）的《巴掌大的地儿》（Алгын чинээхэн газар）、H. 额尔德尼策策格（Х. Эрдэнэцэцэг，出生年份不详）的《发光的竹子》（Гэрэлтэгч хулс мод）、D. 岑德扎布（Д. Цэнджав，1954—　）的《白狗》（Цагаан нохой）、Ts. 朝吉楚龙策策格（Ц. Цоожчулуунцэцэг，出生年份不详）的《礼物》（Хишиг）、A. 伊维尔（А. Ивээл，出生年份不详）的《射箭比赛》（Буйд сумын наадам）、L. 达里玛（Л. Дайриймаа，出生年份不详）的《手锯》（Гар хөрөө）、N. 蒙克赛罕（Н. Мөнхсайхан，出生年份不详）的《印鉴》（Дардас）、B. 朝格尼木赫（Б. Цогнэмэх，1975—　）的《哦，我的松吉德玛啊》（Ай СҮНЖИДМАА минь ээ хөө）。

3. 水晶杯诗歌大赛

2021 年 11 月 24 日，由蒙古作家协会组织的第 40 届水晶杯诗歌大赛结果揭晓，颁奖典礼在乌兰巴托中央文化宫举行。此次大赛共有 100 余名来自全国各地的诗人报名参加，共收到 156 部参赛作品。经大会组委会评选，有 40 部作品入围第二轮的角逐。来自后杭爱省霍屯县的诗人 M. 阿玛尔胡（M. Амархүү，1970— ）拔得头筹；第二名是来自肯特省的 D. 嘎勒桑苏赫（Д. Галсансүх，出生年份不详）；第三名是来自扎布汗省的 O. 岑德-阿尤喜；来自前杭爱省的 L. 莫洛姆嘉姆措（Л. Моломжамц，出生年份不详）和来自库苏古尔省的 Ts. 贡其格（Ц. Гончиг，出生年份不详）获得优胜奖。冠军得主 M. 阿玛尔胡曾在 2017 年凭借《九重梦境中悄无声息的蝴蝶》（Ес дэх зүүдний анирғүй эрвээхэй，2017）获得金羽毛年度优秀作品大赛诗歌类年度优秀作品奖。

4. 和平鸽奖

2022 年 6 月 20 日，智慧鸟文学社举办了第四届和平鸽杰出文学作品评选大赛。作为两年一度的全国性盛事，和平鸽奖设立的初衷是支持青年在文学领域的创作和发展，向社会传播他们的作品，从而提升蒙古本土文学的价值和水平。本届大赛共吸引了 150 余位作家投稿。经过激烈角逐，B. 特日格勒（Б. Тэргэл，出生年份不详）、N. 乌兰扎尔嘎勒（Н. Уранжаргал，出生年份不详）、E. 朝格卓勒玛（Э. Цогзолмаа，2001— ）分别获得诗歌、小说和翻译类优秀作品奖。

5. “自由思想的赞歌-2022”诗歌大赛

2022 年 5 月 23 日，蒙古国立大学文学艺术系与文学联合会联合举办的“自由思想的赞歌-2022”诗歌节圆满结束。此次诗歌节共收到来自蒙古国立大学、蒙古国教育大学、科学技术大学等知名高校大学生的 160 多部参赛作品，是近年来蒙古国高等院校层面举办的最大赛事之一。经过激烈角逐，组委会共评选出 10 部优秀作品。其中，第一名由蒙古国立大学大二学生 E. 道尔吉苏伦（Э. Доржсүрэн，

2003— ）获得，第二名由蒙古国教育大学大四学生 E. 朝格卓勒玛获得，第三名由蒙古国立大学大三学生 R. 欧色赫巴亚尔（Р. Өсөхбаяр，2002— ）获得。该赛事 1993 年第一名获得者 B. 嘎勒桑苏赫（Б. Галсансүх，1972— ）、2006 年第一名获得者 S. 哈屯布维巴特尔（Ш. Хатанбүүвэйбаатар，1986— ）、2015 年第一名获得者 B. 阿拉坦布亚格（Б. Алтанхуяг，1995— ）和 2019 年第一名获得者 E. 洪戈尔祖勒（Э. Хонгорзул，1999— ）等均到场参加活动。

五、重大文学活动

1. 举办国家图书节

2022 年 9 月 16 日，由非政府组织“图书文化的世界”主办的第 32 届蒙古国家图书节（Үндэсний номын баяр）在首都乌兰巴托苏赫巴托尔广场举行开幕式。本次图书节以“让我们多读书”（Илүү их уншъя）为口号，主题是“支持全民阅读，丰富图书遗产，弘扬民族文化，提升儿童和青少年识字能力”。在为期 3 天的图书节上，主办方共组织了“民族文字文化和图书日–2022”、少儿图书展、新书展、专业图书出版和文化创意产品展等 15 项活动，吸引了数万名群众参与。与往年相比，2022 年的国家图书节有两大特点。一方面，本届图书节是 2022 年蒙古国家大呼拉尔修订《全国法定假期和纪念日法》后，首次以全国法定假期和纪念日形式庆祝“民族文字文化和图书日”，参与人数和覆盖范围明显扩大。除首都外，各地方省份也举办了丰富多彩的庆祝活动。另一方面，图书节的电子化、数字化水平大幅提升，图书节期间各大经销商不仅在活动现场布设展台，提供纸质图书展览和销售，而且依托各种电商平台在网络上开展促销活动。此外，在网络平台上购买电子书的读者数量也出现较大增长。

2. 举行文学和图书出版行业联合研讨会

2022 年 9 月 29 日，文学与图书出版行业联合研讨会（Утга зохиол, ном хэвлэлийн салбарын нэгдсэн хэлэлцүүлэг）在中央儿童图书馆举行。此次研讨会由蒙古国文化部、政府直属机构文化艺术局、蒙古国国家图书馆、中央儿童图书馆主办，蒙古作家协会、印刷工业协会、蒙古图书馆与书目创新发展研究所协办。除上述机构外，乌兰巴托中央图书馆和蒙古国立大学、蒙古国教育大学等高校图书馆，以及蒙古图书馆联盟、蒙古图书馆基金会、出版行业协会等均派出代表参加，许多支持阅读的民间人士也应邀参加了会议。近年来，为建设文化创意产业国家、实现可持续发展、培养创新人才，蒙古国政府先后出台了《国家文化政策》（Төрөөс соёлын талаар баримтлах бодлого，2012）、《国家奉行的产业政策》（Төрөөс аж үйлдвэрийн талаар баримтлах бодлого，2015）、《国家文化产业规划》（”Соёлын үйлдвэрлэл” үндэсний хөтөлбөр，2015）和《三大支柱发展政策》（Гурван тулгуурт хөгжлийн бодлого，2018），启动了“国家支持的龙头文化创意产业”（Төрөөс дэмжлэг үзүүлэх соёлын бүтээлч үйлдвэрлэлийн тэргүүлэх чиглэл，2021）。此次研讨会即在该活动框架下举行，目的在于为 11 月举办全国文化创意产业论坛奠定基础。

3. 与匈牙利政府展开合作

2022 年 4 月 20 日，匈牙利文学与文化理事会主席、伦敦欧洲学院院士萨博尔奇・苏罗米（Sabolch Suromi）作为匈牙利政府授权代表到访蒙古国家图书馆，并与馆长 B. 伊钦浩尔劳（Б. Ичинхорлоо）举行会谈。博尔奇・苏罗米强调，他代表匈牙利总理希望与蒙古国在文化领域建立新的合作关系，开展联合研究，进行出版、人员交流等活动，拓展两国在历史文化和文学研究方面的交流合作。B. 伊钦浩尔劳表示，愿在发展两国传统文化、艺术和科学关系框架内开展开放性合作，将文化和图书合作推向新水平。双方签署了合作备忘录，下一步将成立联合工作组，围绕图书出版、文学研究、人员交流、专业培训课程以及数字化等领域开展合作。

4. 蒙古国作家获得俄罗斯国家奖

2022 年 12 月 2 日，为蒙古国功勋文化奖得主、著名翻译家 Ts. 贡博苏伦（Ц. Гомбосүрэн，1943— ）颁发俄罗斯国家奖陀思妥耶夫斯基奖章的仪式在位于乌兰巴托的俄罗斯大厅举行。作为第 62 个蒙俄友谊日闭幕仪式的一部分，俄罗斯驻蒙古国特命全权大使伊斯坎德尔·库巴罗维奇·阿齐佐夫（Искандер Кубарович Азизов）对以 Ts. 贡博苏伦为代表的蒙古国文人群体为蒙俄建交 101 年做出的重要贡献表示感谢，希望蒙俄在教育、文化领域继续加强合作。Ts. 贡博苏伦曾将陀思妥耶夫斯基的《罪与罚》（Гэм зэм）、《卡拉马佐夫兄弟》（Карамазовын хөвүүд）、《白痴》（Солиот）、《鬼》（Албингууд）和《少年》（Хөвүүн заяа）等译介到蒙古国，他的译作不仅保留了作品的原意、意境和艺术品质，而且用精湛老道的方法和技巧弥补了作品中的文化差异，为蒙古人民认识和了解俄罗斯文学做出了重大贡献。

结语

总体来看，2022 年蒙古文坛相比于 2021 年大有复兴之势，这与新冠肺炎疫情及其防控措施常态化密切相关。从蒙古本土文学创作和国外经典作品翻译来看，作家们大多恢复了高昂的创作热情和较高的产量。从文学奖项评选来看，金羽毛年度优秀文学作品评选、“意之美”短篇小说大赛和水晶杯诗歌大赛等重现活跃之势。从重大文学活动来看，国家图书节等活动重新回到蒙古读者的视野和生活中。2023年，随着疫情结束后社会经济生活的全面回归，相信蒙古文学一定能够重振旗鼓，再次呈现出欣欣向荣的蓬勃发展之势。

参考文献：

“Алтан өд-2022 ёслол боллоо.” 2 Feb. 2022. Web. 25 Jun. 2023. <https://www.mnb.mn/i/284606>.

“БОЛОР ЦОМ-40: Болор цомын эзэн яруу найрагч тодорлоо. ” 25 Nov. 2022. Web. 25 Jun. 2023. <http://www.shuud.mn/a/544999>.

“‘ДАВЛАГАА-2022’ богино өгүүллэгийн наадам боллоо.” 4 Apr. 2022. Web. 25 Jun. 2023. <https://news.num.edu.mn/?p=88068>.

“Дуун хөрвүүлэгч Ц.Гомбосүрэнг Оросын төрийн шагналаар шагнана.” 1 Dec. 2022. Web. 15 Jun. 2023. <https://news.zindaa.mn/4feg>.

“Монгол туулийн үүсэл, соёлын давхрага.” 4 Apr. 2022. Web. 25 Jun. 2023. <https://unread.today/c/book-mongol-tuuliin-uusel>.

“Оны онцлох: Энэ онд уншсан хамгийн гоё НОМУУД.” 31 Dec. 2022. Web. 15 Jun. 2023. <https://ub.life/p/30462>.

“‘Tagtaa Prize-2022’ утга зохиолын уралдааны шилдгүүд тодорчээ.” 21 Jun. 2022. Web. 25 Jun. 2023. <https://ergelt.mn/news/99/single/22279>.

“Унгар улсын номын сангуудтай хамтран ажиллана.” 20 Apr. 2022. Web. 25 Jun. 2023. <https://nationallibrary.mn/2667/>.

“Утга зохиол, ном хэвлэлийн салбарын нэгдсэн хэлэлцүүлэг болно.” 28 Sept. 2022. Web. 25 Jun. 2023. <https://nationallibrary.mn/4896/>.

“‘Утгын чимэг-2022’ наадмын тэргүүн өгүүллэг Тэнгэр үр.” 20 Jan. 2022. Web. 15 Jun. 2023. <https://news.zindaa.mn/4hbp>.

"'ЧӨЛӨӨТ СЭТГЭЛГЭЭНИЙ ДУУЛАЛ-2022' яруу найргийн наадам боллоо." 24 May. 2022. Web. 25 Jun. 2023. <https://news.num.edu.mn/?p=89441>.

"2022 оны онцлох АРВАН ном." 4 Jan. 2022. Web. 15 Jun. 2023. <https://ub.life/p/30508>.

"2022 оны онцлох номууд." 31 Dec. 2022. Web. 15 Jun. 2023. <https://unread.today/c/books-2022bests>.

"2022 оноос хүлээх 30 шинэ ном." 1 Feb. 2022. Web. 25 Jun.2023. <https://unread.today/c/newbooks-2022>.

"32 дах удаагийн номын баярын онцлох зүйлс." 16 Sept. 2022. Web. 25 Jun. 2023. <http://www.shuud.mn/a/543173>.

作者单位：信息工程大学洛阳校区

2022 年缅甸文学概览

申展宇

内容提要：2022 年缅甸经历社会撕裂、治安和暴力问题，加上新冠疫情带来的持续冲击，文学事业发展严重受挫，文学书籍出版发行产业规模大幅缩减。参与本年度国家级文学奖评选的作品范围明显缩小，获奖作家大多是国家公职人员和军职人员。针对此种情况，政府积极举办多场文学活动以扭转文坛的沉闷态势，同时加大对文学团体和组织的介入，努力营造文坛团结氛围。本文从国家级文学奖与获奖作品、重要文学作品、文坛重大事件三个方面概述 2022 年缅甸文学领域的发展动态和创作情况。

引言

2021 年以来，缅甸因政治转型中断而经历持续性的社会撕裂和经济不振，由此造成的负面影响长期且深刻。私营报刊被勒令停止运营，文学发表平台和创作空间也遭到严重挤压。出版业和图书市场都一片萧条，文学生产和文学消费下滑明显。在这种情况下，政府通过各种途径团结文学界各方面力量，努力提振文学创作氛围。由政府主导的国家级文学奖的奖金金额有了大幅提高，受到表彰的作家的名额也大大增加，如本年度的国民文学奖终身成就奖奖金提高到 1000 万缅元，国民文学奖奖金提高到 300 万缅元，文学宫文稿奖一、二、三等奖奖金也分别提高到 150 万、100 万和 70 万缅元。2022 年 3 月 27 日，第 77 届建军节当天，政府向文学、音乐与电影等文化领域的文艺工作者颁发了奖章，以表彰他们在各自领域做出的巨大贡献。其中，钦貌纽（ဒေါက်တာခင်မောင်ညွန့်，1929—2022）、岱格多妙梭（တက္ကသိုလ်မြတ်စိုး，1931—　）、囊（နောင်，1933—　）、貌达农（မောင်သာနိုး，1934—2022）、吴丁貌敏（ဦးတင်မောင်မြင့်，1936—　）、岱格多·丁卡（တက္ကသိုလ် တင်ခ，1940—　）、坡觉（ဖိုးကျော်，1940—　）、都亚佐（သူရဇော်，1940—　）、莱敦达苏漆（လယ်တွင်းသားစောချစ်，1941—　）、貌钦敏·达努漂（မောင်ခင်မင်(ဓနုဖြူ)，1942—　）与玛珊达（မစန္ဒာ，1947—　）等 18 位作家获“功勋艺术家”荣誉称号[1]，本次获表彰的作家人数创缅甸独立后的新高。2022 年 11 月 17 日，在民族节 102 周年之际，政府颁布特赦令，释放了多位被关押的作家和诗人，并为曼丁（မန်တင်，1916—1997）、钦瑞乌（ခင်ရွှေဦး，1933—2019）、纽温（ညိုဝင်း，1924—2020）、岱格多温蒙（တက္ကသိုလ်ဝင်းမွန်，1939—2017）等 10 位作家颁发“杰出文学家”勋章。以上举措体现了政府对文学事业的重视，以及对文学界再现团结与发展景象的迫切期待。

一、文学宫颁发 2020 年度国家级文学奖

2022 年 11 月 23 日，缅甸国家级文学奖——国民文学奖终身成

1 “功勋艺术家”荣誉称号的颁发对象是在各自领域做出重要贡献且得到广泛认可的文艺工作者，自缅甸独立至今，共有 64 人获奖。

就奖、国民文学奖与文学宫文稿奖[1]颁奖典礼在内比都隆重举行，缅甸国家管理委员会主席、政府总理敏昂莱大将亲临会场参与颁奖典礼。岱格多妙都（တက္ကသိုလ်မြတ်သူ，1931— ）和敏幕貌南摩（မြင်းမ-မောင်နိုင်မိုး，1952— ）获得了2021年度国民文学奖终身成就奖获。岱格多妙都原名吴觉仁纽（ဦးကျော်ဇင်ညွန့်），是诗人、翻译家和知名媒体人。他从1946年开始创作诗歌，1948年在《盟兄弟》（သွေးသောက်မဂ္ဂဇင်း）杂志上发表诗歌《燕子与玫瑰》（ပျံလွှားနှင့် နှင်းဆီ），迄今为止，其诗歌创作生涯长达近80年，著有诗歌集77部，代表作《美妙的弯琴声》（ရွှေစောင်းသံကဗျာများ）获1995年国民文学奖诗歌集奖，2019年获帕库古吴翁佩文学奖终身成就奖。敏幕貌南摩原名吴翁貌（ဦးအုန်းမောင်），是著名诗人、作家，现任缅甸作家协会主席、缅甸新闻媒体委员会主席兼缅甸图书馆事业发展基金会理事长。他的创作以传统诗歌为主，目前创作诗歌约2000首，出版诗歌集8部，另外，还在各类杂志上发表长篇小说、短篇小说及散文约170余篇。敏幕貌南摩的部分诗歌还被翻译成马来语、朝鲜语、越南语和柬埔寨语等。他的诗歌集获得过7次国民文学奖。

2022年度国民文学奖评奖委员会从2021年首次公开出版的466部作品中评选出国民文学奖的9类奖项，但今年最具分量的奖项——长篇小说奖空缺。与参与2021年度国民文学奖评选的1122部作品相比，本年度的新书品种数严重下滑。新书供给数量的连年减少也反映了出版行业日趋保守的心态。另外，由24位资深作家和出版人组成的文学宫文稿奖评奖委员会从262部推荐文稿中评选出14类奖项，共有28部作品获奖。整体来看，2022年度国家文学奖和文学宫文稿

1 奖项具体介绍参见《外国文学通览：2020》。

奖呈现出两个明显特征：一是获奖作家大多要么是国家公职人员或军职人员，要么是身在文学相关部门的作家，如国民文学奖综合文集奖得主梭丁［စိုးတင့်(ဇရာဝတီ)，1976—　］、文学宫文稿奖长篇小说二等奖得主丹温吞·宿［(သန်းဝင်းထွန်း(ဆွာ)，1974—　］以及文学宫文稿奖青年文学奖一等奖暨综合文集奖三等奖得主努甘道［နွေကံ့တော်(မြို့လှ)，1987—　］等都是军旅作家，一些颇受读者欢迎的人气作家、网络作家和已有名气的海外作家无一人获奖，重视艺术创新的作家作品在本年度国家级文学奖中更是难觅踪迹；二是文学宫文稿奖评奖委员会秉持了一贯的评奖偏好，即作品要侧重宏大叙事、关注历史题材和弘扬传统文化，评委们青睐厚重的史诗性作品和彰显现实主义精神的作品，认为这些作品能够从多角度关注历史、社会和人生，可以更好地体现人文关怀。

二、重要获奖作家与作品简介

敏凯梭山(မင်းခိုက်စိုးစန်，1972—　) 的作品《邪恶》(ဂျစ်ကန်ကန်ဝတ္ထုတိုများ) 获 2022 年度国民文学奖短篇小说集奖，该书包括《魔鬼之眼》(ငရဲမျက်လုံး)、《黑暗中的人们》(အမှောင် ထဲမှ လူများ)、《邪恶的医生》(ဂျစ်ကန်ကန် ဆရာဝန်) 和《诛心者》(စိတ်သတ်သမား) 等 10 篇短篇小说。作者把医学工作者的经历和见闻作为创作素材，语言带有明显的去修辞化特征，在叙述上负审美化，其有关恶的书写包含了深刻的道德启示，展现了个人与时代的冲突和对立。敏凯梭山原名貌觉梭 (မောင်ကျော်စိုး)，另有笔名达都德沙 (သတိုးတေဇ)，是医生、小说家、诗人和电影剧本创作者，1999 年在《皇后》(မဟေသီ မဂ္ဂဇင်း) 杂志上发表处女作小说《阳光杀死病毒》(နေရောင်ခြည်သည် ရောဂါပိုးကိုသေစေသည်)。敏凯梭山创作了很多后现代主义小说，为缅甸后现代文学发展做出了很大贡献，截至目前已创作长篇小说近20部，另有短篇小说集、诗歌集与文学评论20余部。代表作有长篇小说《明日计划》（မနက်ဖြန်အစီအစဉ်，2010）、《咖啡之夜》（ကော်ဖီည，2017），短篇小说集《大明星》（မင်းသားကြီး，2017），诗歌集《因思念而死亡的树木》（လွမ်းလို့ သေသွားတဲ့သစ်ပင်，2020）等。

哥吞·杰岗［ကိုထွန်း(ကျယ်ဂေါင်)，1974—　］的作品《拭目以待吧 妙蒂达》（ကြိုလင့်နေပါ မြသီတာ）获2022年度文学宫文稿奖长篇小说奖一等奖。小说讲述了农村女青年妙蒂达扎根家乡热土，把自己的青春无私地奉献给乡村发展事业的故事。妙蒂达深爱着家乡的一草一木，将私利和私欲抛于脑后，凭着对家乡的无限忠诚和热爱，努力改变家乡的落后面貌，用赤诚之心照亮家乡。哥吞·杰岗原名吞吞温（ထွန်းထွန်းဝင်း），2016年，他创办了《国家记录》（ရွှေပြည်သာမော်ကွန်း မဂ္ဂဇင်း）杂志。他的代表作有诗歌集《不是诗歌的诗》（ကဗျာမဟုတ်တဲ့ကဗျာ，2018）和长篇小说《父母之爱 大爱无边》（အတိုင်းအတာမသိ နှိုင်းစရာမရှိသော မိဘမေတ္တာ，2018）等。

军旅作家丹温吞·宿的作品《坎坷人生》（ကြွေလုလုဝေ）获2022年度文学宫文稿奖长篇小说奖二等奖。该作品的素材来自作者军旅生涯中的一段见闻：有一位军人在丛林战中意外发现一个被遗弃的孩童，为了让这个孩子能够活下来并健康长大，他决定做孩子的养父。在养育孩子的过程中，军人失去了很多机会，但父子二人都认为对方给了自己心目中的完美人生。小说行文朴实，叙事视角与人物话语模式密切配合，通过细致入微的描写，讲述主人公对养子无私且尽心的养育，展现了含蓄深沉的父爱，人性的光辉跃然纸上，让读者感动至深。丹温吞·宿1994年在《人民军队丛刊》（ပြည်သူ့တပ်မတော်စာစဉ်）上发表了首篇短篇小说《乞求原谅》（ခွင့်လွှတ်ပါရန်），此后多次获得各类文学竞赛奖。目前著有长篇小说 5 部，代表作是《军犬蛟辛》(ကျော်ရှိန်း，2020)。他的作品大多描写军旅生活，文笔细腻，关注军人的命运和生活状态，以及军人群体的存在和价值，并对军人的生命意义进行思考。

著名女记者亚敏妙埃（ယမင်းမြတ်အေး，1979—　）的长篇纪实历史小说《真理惩罚中的欢愉》(အမှန်တရား၏ ဒဏ်ခတ်မှု၌ ပျော်မွေ့တတ်သော，2020）获 2022 年东南亚文学奖。这部作品以学生领袖哥妙山的个人故事为切面，讲述了一众革命者在参与 8888 民主运动后与爱人分离、家庭遭遇变故以及被囚禁的故事，以个人视角呈现了 20 世纪 90 年代前后缅甸国内政局剧变和社会动荡的历史，真实地表达和记录了作者在 8888 民主运动爆发 30 余年后对这场运动的感受。这部获奖作品的特别之处在于作者对冰冷的历史事实进行了艺术性加工，通过顽强的书写和硬朗的叙事，渲染了革命者在经历人生重大变故后直面苦难的乐观精神。亚敏妙埃的代表作报告小说《甜美的梦与苦涩的生活》(အိပ်မက်ချိုချိုဘဝခါးခါး，2016）曾获 2016 年国民文学奖青年文学奖。她的作品展现了媒体人的责任和使命，关注社会、记录民生，细腻真实的语言中饱含了对弱者的人文关怀和对自由公平的美好向往。

三、年度重要作品

岱岱努（သက်သက်နွယ်，1968—　）的短篇小说集《愿月光如水》(လမင်းစန္ဒာ လင်းပါစေနှင့် အခြားဝတ္ထုတိုများ）包括《归巢之时》(အိပ်တန်းဝင်ချိန်)、《让其发声》(နုတ်ထွက်ခွင့်ပြုပါ)、《不敢思念》(မလွမ်းရဲတော့ပါ）与《迟来的雨》(နှောင်းမိုး）等 16 篇短篇小说，《愿月光如水》是其中的一篇同名小说。作者曾在内比都女性事务委员会任职，专为遭受暴力的女性提供心理疏导，这部作品的素材即来自这些女性的不幸遭遇。在作品中，作者以细腻的笔触着重描写了遭受性侵、家庭暴力、网络暴力以及被贩卖的妇女和儿童的不幸经历，用简短精练的语句展现他们的内心世界。小说中的女性和儿童都遭受了不同程度的身心创伤，但他们中的大多数都默默承受着巨大压力，隐忍地生活。作者以自己的笔发声，向读者展示他们的生存困境，旨在为其争取公平的生存权利，提供社会支持。岱岱努曾在《感情泉水》(မေတ္တာစမ်းရေ မဂ္ဂဇင်း)、《国家荣誉》(နိုင်ငံ့ဂုဏ်ရည် မဂ္ဂဇင်း) 等杂志上发表过数十篇小说，《愿月光如水》还获得过 2019 年文学宫文稿奖短篇小说集二等奖。

当代著名女作家努努依・茵瓦 [နုနုရည်(အင်းဝ)，1957—] 的中篇小说集《待放的玫瑰》(နှင်းဆီလေ ... ဟုတ်ဖူး) 包括两篇中篇小说《待放的玫瑰》和《吉祥如意》(မင်္ဂလာပါရှင်)。《待放的玫瑰》讲述了残障女孩依图不甘屈服于苦难生活，在人生路上每次跌倒总能勇敢地爬起来的成长故事。依图是一个小腿严重萎缩的残疾女孩，她生活在一个不幸的家庭，哥哥丹吞沉迷于斗鸡赌博，经常输钱，偶尔赌赢就会买醉滋事。姐姐玛简与丈夫不合且性格执拗，即便身怀六甲也坚决要回到娘家生活。勤劳本分的父亲靠辛苦做工艰难地维持一家人的生活。面对家庭的不幸，依图这个残疾女孩展现出来的勇气远超健康人，表现出在逆境中自强不息的高贵品格。努努依・茵瓦用克制凝练而近乎白描的笔触摹写小说主人公经历的酸甜苦辣，将故事情节细腻铺展开来，基调温柔又不失坚韧，带给阅读者别样的情感体验。努努依・茵瓦 1984 年在《贝叶书》(ပေဖူးလွှာ မဂ္ဂဇင်း) 杂志上发表首篇短篇小说《一件女筒裙》(ထဘီလေး တစ်ထည်)，这篇小说后来被翻译成日语。她认为文学要为时代发声，创作了多部现实主义作品，目前共有 15 部长篇小说和 8 部短篇小说集问世，代表作《蓝绿色的甘马育》(မြစိမ်းပြာ ကမာရွတ်，1993) 获 1993 年国民文学奖长篇小说奖。长篇小说《虔诚的信仰》（ပြုံး၍လည်း ကန်တော့ခံတော်မူပါ၊ ရယ်၍လည်း ကန်တော့ခံတော်မူပါ，1994）被翻译成英语并入围 2007 年首届英仕曼亚洲文学奖评奖名单，其英文版（*Smile As They Bow*）于 2008 年在美国出版。其他代表作还包括长篇小说《一个二十八岁的女人》（၂၈ နှစ်ရှိပြီဖြစ်တဲ့ မိန်းမတစ်ယောက်，1991）、《矿井工人的生活》（သောက်တော့ ဒူးယား၊ နေတော့ ချုံကြား၊ ဝတ်တော့ မလေရှား，2000）和《在陌生人群之中》（သူစိမ်းတွေကြားမှာ，2014）等。

奈敏丹（နေမင်းသန်း，1945—　）的诗歌集《美好的夕阳 诗歌 100 首》（ဆည်းဆာရတနာ ကဗျာ ၁၀၀）收录了诗人近年来精心创作的 100 首抒情诗歌，记录了诗人对国家历史、人文风景的感悟以及对生活的理解。在其中的精华诗《真正的缅甸人 一定要去蒲甘》（မြန်မာမှန်လျှင် ပုဂံရောက်ဖူးရမည်）中，蜿蜒的伊江浩瀚壮阔，江畔的蒲甘古城幽谷深邃，漫步于佛塔群之中仿佛能感受到千年前蒲甘的辉煌灿烂，民族自豪感油然而生。诗人用诗歌连接历史和生活，从历史视角呈现国家多样的风景和意蕴丰富的文化。其诗歌情真意笃，极具力量和美感，赓续了缅甸传统文化的文脉。奈敏丹原名吴佩丹（ဦးဖေသန်း），是传统诗派代表人物。他的诗歌韵律严整、语言凝练、情感充沛、形象性强，以丰富的现象集中反映时代印象、社会生活和精神世界。代表作诗歌集《七十五年人生路——奈敏丹的诗歌》（(၇၅)ရပ်ပုံလွှာ နေမင်းသန်းကဗျာ，2019）获第 11 届湄公河文学奖。面对当前缅甸诗歌尤其是传统诗歌的发展困境，奈敏丹积极呼吁文学界努力营造良好诗歌氛围和文学市场，并且他本人长期坚持传统诗歌创作，以丰富的创作实践努力解决缅甸当代诗歌中继承与创新之难题。

散文集《比莫宁的生活与文学》（ပီမိုးနင်း၏ ဘဝနှင့် စာပေ）是为纪念缅甸现代著名作家、翻译家、媒体人比莫宁 140 周年诞辰而作。该书收录了貌廷（မောင်ထင်，1909—2006）、都卡（သုခ，1910—2005）、沙瓦纳（ဇဝန，1911—1983）和貌达农（မောင်သာနိုး，1934—2022）等59位现当代作家对比莫宁生平与作品的评介文章，是一部极具文学价值的资料集。这些文学资料从多个角度阐述了比莫宁对缅甸文学的贡献：倡导使用白话文创作小说，以西方小说为蓝本创作作品，积极探索缅甸现代小说形式，推动小说向纯白话文阶段发展等。比莫宁是缅甸第一位认为文学存在阶级性的作家，他指出文学作品具有教化功能，提倡用文学作品提升人民的思想认识高度，增强民众凝聚力。另外，比莫宁对缅甸电影事业和电影文学也有突出贡献，他曾创作了缅甸第一部电影剧本《钱包》(ပိုက်ဆံအိတ်ကြီး，1919)。

四、文坛简讯

1. 青年与文学节

为庆祝国家独立75周年，青年与文学节于2022年1月29—31日在内比都举行。文化部、教育部等多个政府部门和出版社设立了40多个文学书籍展馆，所展书籍包括作家传记、获奖文学作品及翻译文学作品等。政府视青年为国家的未来，举办该文学节的目的在于培养青年的阅读兴趣，开阔其视野，激发其热情，助力青年成为国家建设中的强大力量。

2. 第28届帕库古文学奖

受新冠疫情影响，原计划在2021年颁发的第27届帕库古文学奖停办。2022年7月8日，第28届帕库古文学奖颁奖活动在仰光市举行。帕库古文学奖由缅甸现代著名社会活动家兼作家帕库古吴翁佩（ပခုက္ကူဦးအုံးဖေ，1917—2008）出资设立，是当今缅甸国内颇具影响力的文学奖之一。1992年，帕库古吴翁佩向缅甸文学宫捐赠一笔巨款以设立一项文学奖，此举旨在鼓励作家投身文学创作、弘扬传统文化和激发民众爱国热情。1993 年，帕库古文学奖正式设立。1994 年，貌廷等作家获首届帕库古文学奖。如今，帕库古基金会资助的文学奖项包括帕库古文学终身成就奖、帕库古文学奖、帕库古吴翁佩知识杰出奖与帕库古图书奖。其中，帕库古文学奖包括诗歌集奖、长篇小说奖、经典文学奖和知识文学奖等五个奖项。帕库古文学奖还被视为国家级文学奖的风向标。迄今为止，共计有 105 部帕库古文学奖获奖书稿由文学宫资助出版，其中 12 部作品在出版后又获得了国民文学奖，如奈谬丹（နေမျိုးသန့်，1943—2017）的短篇小说集《贫瘠土地上的花儿芳香四溢》(ခရောင်းမြေမှာ ပန်းတွေကမွှေး，1998)、耶妙丁（ရဲမြတ်တင်，1961—　）的短篇小说集《猎油人》(ဆီမုဆိုးနှင့် အခြားဝတ္ထုတိုများ，2011）以及漆素昂（ချစ်စုအောင်，1953—　）的诗歌集《须弥山上的幻想》(မြင်းမိုရ်စိတ်ကူး ကဗျာများ，2020）等。

3. 缅甸作家协会第三次代表大会

2022 年 5 月 25 日，缅甸作家协会第三次代表大会在仰光举行。会上共选出 11 名中央执行委员会委员。前中校、著名诗人吴翁貌（ဦးအုန်းမောင်，即敏幕貌南摩）当选为作家协会主席，前中校、诗人吴敏吞［ဦးမျိုးထွန်း，出生年份不详，笔名貌盛囊莱威（မောင်စိမ်းနောင်-လယ်ဝေး)］当选为第一副主席。新一届缅甸作家协会中央执行委员会制定了未来六项工作计划，其中明确规定缅甸作家协会要远离政党政治，将协会建设成一个纯粹的社会性文学团体。缅甸作家协会前身是文学工作者组织，1988 年改称文学与期刊杂志组织，2011 年改称缅甸作家协会。该协会的宗旨是：(1）发展文学事业，服务国家利益；(2）团结凝聚文学工作者；(3）为全体文学工作者服务；(4）弘扬传统文学，发展当代文学。按照大会章程规定，每四年召开一次全会，每两年举行一次理事会会议。成立十多年来，缅甸作家协会举办了多次文学大赛和文学报告会，鼓励作家积极创作小说、诗歌和散文；开办写作培训班，提升会员写作能力；推选会员参加国际诗歌节以及湄公河文学奖、东南亚文学奖的评选，积极促进国内外文学交流；作为东道主，承办 2019 年第十届湄公河文学奖颁奖活动；参与国家文学奖评选工作，负责帕库古吴翁佩文学奖的评奖和授奖工作。截至目前，缅甸作家协会在全国 202 个镇区建有镇区级作家协会，共有 5151 名会员。

4. 重量级作家辞世

2022 年，缅甸多位国家级文学奖得主如玛努达觉温（မနုဿကျော်ဝင်း, 1945—2022）、貌宝吞（မောင်ပေါ်ထွန်း, 1935—2022）和貌达农（မောင်သာနိုး, 1934—2022）等相继去世。另外，本年度去世的著名文人还包括幽默大师阿基道（အကြည်တော်，1971—2022）和革命诗人基佐埃（ကြည်ဇော်အေး，1977—2022）等。

玛努达觉温原名觉温（ကျော်ဝင်း），另有笔名瑞欧雷（ရွှေအိုးလေး）、貌温努 [မောင်ဝင်းနွယ် （ရန်ကုန်တက္ကသိုလ်）] 和岱格多温都（တက္ကသိုလ် ဝင်းသူ）等，克钦邦密支那市人，人类学家、文化学者、作家，曾任缅甸联邦文学与杂志协会中央执行委员会委员，2016—2022 年任缅甸作家协会主席。他在杂志上发表小说、散文 1000 余篇，代表作《大学所在之处》（တက္ကသိုလ် ဘယ်မှာရှိတယ်）获 1975 年文学宫文稿奖长篇小说二等奖、《破瓦破罐片为证》（အိုးခြမ်းပဲ့များ သက်သေထား）获 1995 年帕库古文学奖长篇小说奖。

貌宝吞原名吴钦貌梭（ဦးခင်မောင်စိုး），另有笔名拉觉都（လှကျော်သူ）、貌觉东（မောင်ကျော်ဒွန်း）、岱格多梭温廷（တက္ကသိုလ်စိုးဝင်းထင်）、钦丹达漂

(ခင်သန္တာဖြူ) 等，若开邦东枸县曼昂镇区瑞篾瓦村人，著名翻译家、作家，曾担任《文学世界》(စာအုပ်လောက စာစောင်)、《樱桃》(ချယ်ရီ မဂ္ဂဇင်း) 和《经济杂志》(စီးပွားရေးမဂ္ဂဇင်း) 等的责任编辑、总编辑和编辑顾问，2010—2019 年先后担任国民文学奖评奖委员会委员、副主席。1958 年，貌宝吞在《文字图画》(စာပန်းချီ မဂ္ဂဇင်း) 杂志上发表首篇翻译作品——俄国故事《七岁的小姑娘》(ခုနစ်နှစ်အရွယ် သမီးငယ်)，后来陆续在多家杂志上发表翻译小说、散文等作品。貌宝吞生前共翻译了 78 部作品，他本人最满意的是《午夜的自由》(သန်းခေါင်ယံ လွတ်လပ်ရေး，2016)。其翻译小说《荒野泉湖》(ကန္တာရစမ်းရေအိုင်，1997) 获 1997 年国民文学奖翻译奖（文学类)，《命运的囚徒》(ကံကြမ္မာ အကျဉ်းသား，2006) 获 2006 年国民文学奖翻译奖（文学类)，2014 年获国民文学奖终身成就奖。2022 年，缅甸政府授予其“功勋艺术家”称号。他的代表作还包括翻译短篇小说集《一生的遗产》(တစ်သက်တာအမွေ，2004)，长篇小说《印第安人的生活》(မာယာ,2015)、《猎物与猎人》(သားကောင်နှင့် မုဆိုး，2019) 等。

貌达农笔名貌登噶 (မောင်သိင်္ဂါ)，实皆省实皆市人，著名翻译家、文学批评家、诗人，生前曾任《曼德勒人民报》(မန္တလေးလူထု) 编辑、上缅甸作家协会理事，2016 年获国民文学奖终身成就奖。在翻译诗歌集《松影》(ထင်းရှူးပင်ရိပ်，1968) 中，貌达农系统地介绍了西方现代诗歌理论和经典诗歌，对缅甸当代诗歌发展影响深远，他也因此部作品蜚声文坛。另外，其诗歌《写给尕礼仙子的思念诗》(ကာလီနတ်သမီးသို့ တမ်းချင်း) 曾在左翼作家中产生巨大影响。代表作包括诗歌集《亚洲之光》(အာရှတိုက်၏ အလင်းရောင်，1992) 和《红水渠之歌》(ရေနီမြောင်းတေးသံ ကဗျာများ，1999)、长篇小说《痴迷》(ဇာဟိဂ်，2018)、短篇小说集《偷来的水果》(ခိုးစားတဲ့ သစ်သီး(ဝတ္ထုတိုပေါင်းချုပ်)，2018）以及《外国诗歌鉴赏》(နိုင်ငံခြားကဗျာခံစားချက်များ，1994)、《缅甸古典诗歌》(ဂန္ထဝင်မြန်မာကဗျာ，2006）等。

阿基道原名苏基漂（စောကြည်ဖြူ)，是缅甸当代最杰出的幽默作家之一。他是位高产的作家，一生创作了 80 余部长篇小说和短篇小说集，其中有 9 部作品被改拍成电影，深受读者喜爱。代表作包括短篇小说集《妖魔》(ဘီလူး，2003)、《微笑》(ပြုံးတော်မူ，2011)，长篇小说《神驻之枝》(နတ်နေကိုင်း，2003)、《此情可待》(ကျွန်တော့်ချစ်သူပြောသော သူ့ချစ်သူအကြောင်း，2005）和《黑板搭建的房顶》(ကျောက်သင်ပုန်းတွေ မိုးထားတဲ့အိမ်，2023）等。

基佐埃是实皆省蒙育瓦市人，当代杰出诗人，生前与好友共同创办了《诗歌之声》(ကဗျာ့အသံ မဂ္ဂဇင်း）杂志。2000 年，基佐埃在《樱花》(ချယ်ရီ မဂ္ဂဇင်း）杂志上发表诗歌作品；2003 年，出版第一部诗歌集《普通的水果》(ရိုးရိုးသားသားသစ်သီး，2003)。他著有诗歌集 12 部，散文集 2 部，代表作包括自传体诗歌集《五十年》(နှစ်ငါးဆယ်，2013)、杂文集《一个人的笔记》(လူငယ်တစ်ယောက်ရဲ့ မှတ်စုများ，2013）和散文集《品味咖啡》(ကော်ဖီခံစားမှု，2022）等，还有部分诗歌作品被翻译成日语、英语和法语。2022 年 10 月 2 日，基佐埃发表了生前最后一首诗——《即将到来的冬天》(လာမယ့်ဆောင်းရာသီ)，此诗在网络上广为流传。基佐埃的诗歌极具现场感和想象力，用简练有力的语言抒发革命激情，是时代精神的有力回响，深受当代青年的认同和追捧。

结语

纵观 2022 年缅甸文坛的发展概况，国家级文学奖奖项和作品数量相较于往年有所减少，获奖作家不具广泛代表性，作品模式也较为单一。体制内的文学继续秉持一种精英和经典的固执，不愿给多流变的文学更大的空间，文坛整体表现在 2021 年已经明显下滑的基础上继续下探。为扭转文坛沉闷氛围，政府一方面加强对文学事业的介入和领导，另一方面加大对文学工作者的奖励和引导，试图打破文学事业发展的瓶颈，其效果如何还有待长期观察。尽管本年度文学书籍出版数量严重下滑，但仍有优秀文学作品出现，一些文学创作现象也值得关注，如缅甸当代小说对于残疾人的关注有了进步，残疾叙事的叙事语境表现出多元化发展态势，情感关注由单一的同情向多元的复合情感叙事转换，作家用文学的方式来传达残疾人生存的价值，显示出文学之于人性本真的褒扬。

参考文献：

နုနုရည်အင်းဝ၊ နှင်းဆီလေ ... ဟုတ်ဖူး၊ စိတ်ကူးချိုချိုစာပေ၊ ရန်ကုန်၊ ၂၀၂၂။

နေမင်းသန်း၊ ဆည်းဆာရတနာ ကဗျာ ၁၀၀၊ ချင်းတွင်းဂုဏ်ရည်စာပေ၊ မုံရွာ၊ ၂၀၂၂။

ပီမိုးနင်း၏ ဘဝနှင့်စာပေ၊ မိုးကျော်စာပေ၊ ရန်ကုန်၊ ၂၀၂၂။

သက်သက်နွယ်၊ လမင်းစန္ဒာ လင်းပါစေနှင့် အခြားဝတ္ထုတိုများ၊ စာပေဗိမာန်စာအုပ်တိုက်၊ ရန်ကုန်၊ ၂၀၂၂။

"ဂုဏ်ထူးဆောင်ဘွဲ့များ၊ ဂုဏ်ထူးဆောင်တံဆိပ်များ ချီးမြှင့်အပ်နှင်း "၊ ကြေးမုံ၊ မတ်လ ၂၇၊ ၂၀၂၂။

"ဆရာကြီးဦးခင်မောင်စိုး(မောင်ပေါ်ထွန်း)(၁၉၃၅–၂၀၂၂) ဘာသာပြန်စာပေကြယ်ကြီးတစ်ပွင့် ကြွေလွင့်"၊ ကြေးမုံ၊ ဩဂုတ်လ ၁၄၊ ၂၀၂၂။

"မြန်မာနိုင်ငံစာရေးဆရာအသင်း တတိယအကြိမ် ညီလာခံ"၊ ကြေးမုံ၊ မေလ ၁၅၊ ၂၀၂၂။

"လူငယ်နှင့်စာပေပွဲတော်တွင် ပြခန်းပေါင်း ၄၀ ကျော် ပါဝင်ပြသသွားမည်"၊ ကြေးမုံ၊ ဇန်နဝါရီလ ၂၈၊ ၂၀၂၂။

"အမျိုးသားစာပေဆုရ စာရေးဆရာ မနုသကျော်ဝင်း"၊ ကြေးမုံ၊ မတ်လ ၂၄၊ ၂၀၂၂။

"၂၀၂၁ ခုနှစ်အတွက် အမျိုးသားစာပေတစ်သက်သာဆု၊ အမျိုးသားစာပေဆုနှင့် စာပေဗိမာန်စာမူဆု ဆုနှင်းသဘင်အခမ်းအနား ကျင်းပ"၊ ကြေးမုံ၊ နိုဝင်ဘာလ ၂၊ ၂၀၂၂။

"(၂၉)ကြိမ်မြောက် ပခုက္ကူဦးအုံးဖေတည်ထောင်သော ပခုက္ကူစာပေဆု"၊ ရတနာပုံ၊ မေလ ၅၊ ၂၀၂၃။

"စစ်အရာရှိဟောင်းများ သတင်းနှင့် စာပေအဖွဲ့အစည်းများကို ဦးဆောင်မည်" 27 May. 2022. Web. 12 Jun. 2023. <https://burma.irrawaddy.com/news/2022/05/27/252190.html>.

“ကဗျာတွေအတွက် မွေးဖွားလာတဲ့ ကြည်ဇော်အေး” 5 Oct. 2022. Web. 15 Jun. 2023. <https://burma.irrawaddy.com/article/2022/10/05/255091.html>.

“အမျိုးသားစာပေတစ်သက်တာစာပေဆုရှင် ခေတ်ပေါ်ကဗျာဆရာ၊ စာရေးဆရာကြီးဆရာမောင်သာနိုး ကွယ်လွန်” 13 Jul. 2022. Web. 12 Jun. 2023. <https://news-eleven.com/article/233958>.

“စာရေးဆရာ အကြည်တော် ကွယ်လွန်” 9 Nov. 2022. Web. 15 Jun. 2023. <https://news-eleven.com/article/240139>.

作者单位：国防科技大学

2022 年墨西哥文学概览

周　维

内容提要：纵观 2022 年的墨西哥文坛，女性作家多年来为墨西哥当代文学发展做出的贡献得到了越来越多的肯定和认同。里维拉·加尔萨、弗洛雷斯、梅秋尔、格兰茨、博略萨等人的名字频繁出现在具有重要影响力的文学作品奖和终身成就奖获奖名单上，她们的作品也得到了墨西哥国内外的广泛关注。在本年度出版的叙事文学作品中，谋杀女性、家庭伦理、情感创伤、犯罪与历史等题材备受重视。此外，我国与墨西哥文学界的交流呈现出多层次、多形式的发展态势，越来越多的中国作家通过译作进入墨西哥读者的视野。

2001 年，联合国教科文组织启动“世界图书之都”项目，每年以世界图书日（4 月 23 日）为契机，对一座在推广阅读文化方面有卓越表现的城市进行表彰。2022 年被授予“世界图书之都”称号的是墨西哥哈利斯科州的首府瓜达拉哈拉。它是墨西哥第一个拥有该称号的城市，也是继西班牙首都马德里（2001）、哥伦比亚首都波哥大(2007)、阿根廷首都布宜诺斯艾利斯（2011）之后，全球西语国家文化名城中第四个享有这一荣誉称号的城市。瓜达拉哈拉是墨西哥乃至整个拉丁美洲的出版重镇，拥有深厚的文学文化传统和浓厚的阅读氛围。自2022年4月23日至2023年4月23日，为了庆祝瓜达拉哈拉成为2022年度“世界图书之都”，市政府举办了文学研讨会、阅读分享会、新书推介会、书展、戏剧演出等上千场与书籍相关的活动，给读者和观众带来了一场场高品质的文化盛宴。这些活动也是新冠肺炎疫情过后，墨西哥文坛和出版业逐步恢复活力的缩影。墨西哥国家出版业联合会的统计数据显示，2020年全国新出版发行图书的数量减少了31%，但2022年已经回到了每年2.4万册左右的正常水平。（Lambertucci）纵观2022年的墨西哥文坛，女性作家得到了越来越多的认可，其人其作频繁出现在具有重要影响力的文学作品奖和终身成就奖获奖名单上。在本年度出版的叙事文学作品中，谋杀女性、家庭伦理、情感创伤、犯罪与历史等题材备受重视，不同代际的作家均有佳作问世。

一、重要文学奖

2022年墨西哥文坛一个引人瞩目的现象是，几大重量级文学奖项的颁发延续了上一年度对女性作家及其创作的重视和青睐，罕见地出现了同一位女作家因同一部作品接连斩获不同年度多项国内外大奖的情况。克里斯蒂娜·里维拉·加尔萨（Cristina Rivera Garza，1964—　）凭借长篇小说《莉莉亚娜的不可战胜的夏天》（*El invencible verano de Liliana*，2021）获得了2021年度智利何塞·多诺索伊比利亚美洲文学奖（Premio Iberoamericano de Letras José Donoso）、2021年度墨西哥哈维尔·比利亚乌鲁蒂亚奖（Premio Xavier Villaurrutia）和2022年度马萨特兰文学奖（Premio Mazatlán de

Literatura)。[1] 2022 年 7 月 15 日，该书又获得了西班牙的鲁道夫·沃尔什奖（Premio Rodolfo Walsh）。该奖设立于 1988 年，专门授予用西班牙语创作的非虚构类犯罪题材作品。评委会认为，《莉莉亚娜的不可战胜的夏天》运用具有原创性的、现代的、与读者共情的叙事结构，通过全面梳理作者被男友杀害的妹妹莉莉亚娜留下的日记和书信等文字材料，细致入微地描绘了莉莉亚娜的心理感受，成功地让读者带着强烈的个人主观感受，去了解大西洋两岸人民都迫切需要关注的冰冷的社会现实，即针对女性的谋杀和暴力事件。里维拉·加尔萨在获奖感言中也表示，她相信本书的获奖能够引起更多人对蓄意杀害女性问题的重视，因为这是我们这个时代最可怕、最令人不安的悲剧之一。(Gutiérrez)

同样备受关注的还有玛尔瓦·弗洛雷斯（Malva Flores，1961— ）和她的《两角星：奥克塔维奥·帕斯与卡洛斯·富恩特斯间的友谊》(*Estrella de dos puntos: Octavio Paz y Carlos Fuentes: crónica de una amistad*，2020)。弗洛雷斯凭借该书获得了 2020 年度哈维尔·比利亚乌鲁蒂亚奖及 2021 年度马萨特兰文学奖。[2] 2022 年 10 月 11 日，弗洛雷斯又因在诗歌、散文以及文学批评领域的杰出成就加冕阿方索·雷耶斯国际奖（Premio Internacional Alfonso Reyes）。该奖设立于 1972 年，由墨西哥国家文化艺术协会、国家艺术文学院、阿方索国际协会与新莱昂自治大学等机构联合颁发，是拉美文坛最具影响力的终身成就奖之一，至今包括弗洛雷斯在内只有七位女性获奖者。2022 年还恰逢阿方索·雷耶斯国际奖设立五十周年。在颁奖仪式上，国家艺术文学院院长露辛娜·希梅内斯·洛佩兹（Lucina Jiménez López,

1　具体介绍参见《外国文学通览：2021》。

2　具体介绍参见《外国文学通览：2021》。

1959— ）表示，我们身处一个复杂的时代，在这因疫情导致人类前途充满不确定性的时刻，弗洛雷斯获奖既是因为她逾三十载严肃而充满激情的文学研究，也是因为她在作品中始终保持着批判的视角。这种视角不仅可以帮助我们理解文学的世界，更有助于我们理解当代社会。阿方索国际协会的主席费利佩·卡利多（Felipe Garrido，1942— ）也表示，弗洛雷斯继承了阿方索·雷耶斯文学创作的精神财富，并通过自己的作品将它传递给了更多年轻一代的读者。（INBAL）

因连续入围多个享有国际声誉的文学奖而格外引人关注的还有费尔南达·梅秋尔（Fernanda Melchor，1982— ）。她的长篇小说《飓风之季》（*Temporada de huracanes*，2017）[1] 曾入选 2020 年英国布克国际文学奖（International Booker Prize）短名单和 2021 年爱尔兰国际都柏林文学奖（International Dublin Literary Award）短名单。2022 年，梅秋尔的新作《天堂》（*Páradais*，2021）不仅出现在了布克国际文学奖长名单中，还获得了第八届西班牙圣克鲁斯市犯罪小说奖（Premio Ciudad de Santa Cruz de Novela Criminal）。该奖评委会由知名作家和学者组成，每年评选出一部上一年度出版的最佳西班牙语犯罪题材小说。评委会高度评价了梅秋尔在描摹不同阶层人物语言方面的精湛技艺并指出，《天堂》一书仅用寥寥数页就能让人置身于经典黑色小说和现代叙事营造的恐怖氛围之中，作品巧妙融合多种元素而不落俗套，行文流畅且富有节奏感，牢牢抓住读者的注意并使读者不得不直面残酷的现实。（Diario de Avisos）

《天堂》的主人公是两个样貌、性格和家庭境遇都截然不同的少

1 具体介绍参见《外国文学通览：2019》。

年。弗朗克身材肥胖，痴迷色情片，一心想诱拐隔壁漂亮的已婚女邻居。波罗的家人与当地的毒品交易有着复杂的关系，他的母亲控制欲极强，这些让波罗很想逃离自己的家庭。波罗比弗朗克年长，但弗朗克比波罗有钱，两人为了实现各自的目标而合作，结果事情的发展却失去了控制，最终酿成悲剧。本书的部分情节也有向何塞·埃米利奥·帕切科（José Emilio Pacheco，1939—2014）的经典名作《沙漠中的战斗》致敬之意。弗朗克爱上的女邻居玛丽安（Marián）太太与《沙漠中的战斗》里年轻小伙子卡洛斯爱慕的朋友的母亲玛丽安娜（Mariana）的名字非常相似。梅秋尔还引用了《沙漠中的战斗》里一段卡洛斯的内心独白作为题记："以后会发生什么呢？什么也不会发生。不可能出任何事。我该怎么办？……明知一切都完了，没有任何希望，也仍然去爱。"在接受采访时，梅秋尔表示自己深受帕切科的影响，他们都希望通过写作，还暴力行径以恐怖的面貌。(Domínguez Ríos）这看上去像是一个悖论，但梅秋尔认为，毒品犯罪和腐败已经严重影响了墨西哥人的生活。经历了那么多年的禁毒战争之后，人们对于种种罪恶已经司空见惯。善恶的界限开始变得模糊，特别是在那些暴力横行的地区，人们甚至已经麻木了。在《天堂》中，作家试图用文学的手法向读者揭露杀害女性等暴力行径那可怕的、令人作呕的一面，剖析产生暴力的环境和历史根源，展现暴力对社会造成的巨大伤害。

在终身成就奖方面，92 岁高龄的女作家玛尔戈·格兰茨（Margo Glantz，1930— ）于 2022 年 8 月 12 日获得卡洛斯·富恩特斯国际西班牙语文学创作奖（Premio Carlos Fuentes a la Creación）。该奖由墨西哥城文化局和墨西哥国立自治大学联合颁发，以墨西哥著名作家卡洛斯·富恩特斯的名字命名，旨在表彰用作品丰富人类文学遗产的作家。马里奥·巴尔加斯·略萨（Mario Vargas Llosa，1936—　）、塞尔希奥·拉米雷斯（Sergio Ramírez，1942—　）、路易莎·瓦伦苏埃拉（Luisa Valenzuela，1938—　）等国际知名作家曾获颁此奖。格兰茨是墨西哥文坛的常青树，曾于2021年瓜达拉哈拉国际书展期间获得卡洛斯·富恩特斯奖章（Medalla Carlos Fuentes）。[1] 本次授奖也是对格兰茨多年来笔耕不辍的致敬。评委会一致认为她具有先锋意义的作品为一代又一代的作家们开辟了新道路。（Cruz Soto）

捧得重要终身成就奖的还有50后墨西哥女作家中的代表人物卡门·博略萨（Carmen Boullosa，1954—　）。2022年11月12日，她在第十届何塞·埃米利奥·帕切科优秀文学奖（Premio Excelencia en las Letras José Emilio Pacheco）评选中成功折桂。该奖由墨西哥学者联盟和尤卡坦自治大学在尤卡坦国际书展期间颁发，每年评选出一位毕生为墨西哥文学事业做出卓越贡献的作家。本届评委会认为："博略萨的文学创作一直在探索不同文学体裁的边界，涵盖了许多文学史中持续受到关注的问题。她的作品是现代形式与文学传统的结合体，作品中的人物和结构挑战了父权秩序建立的规范和界限。她的文学创作基于严谨的历史研究，又提出了单纯复述历史无法解决的问题。她的诗歌和叙事作品风格多样且大胆创新，不断重新定义文学经典的内涵。"（FILEY）

博略萨曾于2021年因富有进取精神、在最广泛意义上对社会抱有承诺和担当而获得第四届豪尔赫·伊瓦古恩戈依蒂亚奖（Premio Jorge Ibargüengoitia）。[2] 同样因勇于突破已有范式、创造当代新经典而成为该奖2022年得主的是剧作家、戏剧导演、散文家大卫·奥尔

1　具体介绍参见《外国文学通览：2021》。
2　具体介绍参见《外国文学通览：2021》。

金（David Olguín，1963— ）。2022 年 3 月 25 日，在第 64 届瓜纳华多大学国际书展期间，奥尔金加冕第五届豪尔赫·伊瓦古恩戈依蒂亚奖。该奖历任获奖者分别在不同文学体裁上声名卓著，除擅长诗歌和长篇小说的博略萨外，纪实文学作家胡安·维略罗（Juan Villoro，1956— ）、散文家和文学批评家吉列尔莫·谢利丹（Guillermo Sheridan，1950— ）、短篇小说家安帕罗·达维拉（Amparo Dávila，1928—2020）等曾先后获此殊荣。

奥尔金是墨西哥当代戏剧届的翘楚，1963 年生于墨西哥城，曾就读于墨西哥戏剧大学和墨西哥国立自治大学的文学专业，后进入伦敦大学学习，专攻戏剧导演和舞台艺术。他追求具有时代和个人特色的戏剧表现手法，喜欢为深刻的社会批判主题融入新颖大胆的舞台表现形式，是墨西哥新戏剧（el Nuevo Teatro）的代表人物之一。主要作品有戏剧《表演》（*La representación*，1985）、《后门》（*La puerta del fondo*，1997）、《柏利兹》（*Belice*，2002）、《谈话者》（*Los habladores*，2006），文学评论《萨瓦托的踌躇》（*Sábato: ida y vuelta*，1986）以及长篇小说《死之黄色》（*Amarillo fúnebre*，1999）等。本届豪尔赫·伊瓦古恩戈依蒂亚奖评奖委员会高度评价了奥尔金为墨西哥当代戏剧发展做出的贡献，称他为墨西哥当今戏剧领域的核心人物，认为他的作品题材广泛，意义深远，多角度地探讨了人类具有的自然、政治和社会等多重属性。他是一个真正意义上的戏剧人，对戏剧的本质、舞台表演的象征意义以及现实与虚构之间的关系有着独到的见解。（Paul）奥尔金曾成功导演斯特林堡的《朱莉小姐》、契诃夫的《万尼亚舅舅》、伊瓦古恩戈依蒂亚的《袭击》（*El atentado*，1963）等经典名剧。他自己的作品也在国内外不断被出版、翻译和上演。

二、小人物与大历史：年度重要作品

2022年墨西哥文坛出现了不少可圈可点之作，它们有的聚焦于情感创伤与小人物生活，有的关注恢宏历史，探讨权力与欲望的关系，受到读者的欢迎和评论界的好评。70后女作家阿尔玛·德里亚·穆利约（Alma Delia Murillo, 1979— ）的《我父亲的头颅》（*La cabeza de mi padre*，2022）是一部通过旅行叙述、探讨家庭伦理与情感创伤的小说。四十岁的女主人公在母亲的授意下，仅凭着一张旧照片，踏上了从墨西哥城到米却肯的寻亲之旅。在这趟寻找多年未见的父亲的旅程中，她回顾了自己与七个兄弟姐妹以及独自抚养他们长大的母亲度过的艰难岁月。德里亚·穆利约的小说深刻反思了墨西哥文学的经典母题——父亲的缺席与被抛弃的孩子。但有别于其他同类题材的作品，作家突出了女性的视角和身份，着重诠释了在女性的成长过程中，父亲的缺位带来的深刻影响。小说带有自传色彩，德里亚·穆利约七岁时，父亲出门买烟后一去不返，让她和她的七个兄弟姐妹从此生活在被父亲遗弃的痛苦之中。作者在书中表示，从某种意义上看，他们都是佩德罗·巴拉莫的孩子，这部作品中寻找父亲的情节明显有向胡安·鲁尔福（Juan Rulfo，1917—1986）致敬之意。德里亚·穆利约写作《我父亲的头颅》既是为了替无数被父亲抛弃的女孩发声，也是为了放下心里关于父亲的种种困惑与怨恨，与自己和解。

80后女作家布兰达·纳瓦罗（Brenda Navarro，1982— ）同样出版了一部以旅行作为主要叙事载体的优秀作品——《口中灰烬》（*Ceniza en la boca*，2022）。纳瓦罗被誉为当代墨西哥文坛最有创造力和最大胆的作家之一，作品以家庭伦理题材见长，小说处女作《空房子》(*Casas vacías*，2019) 讲述了一个拐走别人的孩子，并把其当作自己孩子抚养的母亲的故事，涉及家庭暴力、贫富差距、孤独与陪伴等主题。该书曾获第 42 届西班牙蒂格雷·胡安奖 (Premio Tigre Juan)。而《口中灰烬》也是一个关于分离与抛弃、绝望与新生的故事。小说开头就是一幅令人心痛的画面：年轻的迭戈从五楼跳下，仅用了六秒钟，他的身体砰的一声坠地，生命戛然而止。从那时起，这个画面一直在他姐姐的脑海中挥之不去。为了寻找弟弟自杀的真正原因，她踏上了回忆与回乡的双重旅途。姐弟俩出生在一个并不富裕的家庭。年幼时，他们的单身母亲远走西班牙，两个孩子在墨西哥的外祖父家度过了童年。少年时姐弟俩移居马德里后发现，他们无法理解和融入这座城市，这座城市也不能真正理解他们。二人只能靠打黑工艰难度日。之后姐姐得到了一个在养老院做护工的机会，只身去巴塞罗那谋生，弟弟则继续留在马德里这个他并不喜欢的地方。最终，姐姐带着弟弟的骨灰，回到了一个与她记忆中完全不同的墨西哥。她意识到自己成了尤利西斯综合征患者，在常年的漂泊生涯中，无论在西班牙还是墨西哥她都无法获得真正的归属感。书中部分情节与纳瓦罗自身的求学及工作经历有着密切关联。纳瓦罗生于墨西哥城，曾在墨西哥国立自治大学学习社会学和经济学，在巴塞罗那大学进修关于性别、妇女和公民权利的硕士课程。她是作家，也是编剧、记者和编辑，并在多个与人权有关的非政府组织工作。作者试图通过《口中灰烬》这部小说探讨社会不公、性别歧视、仇外心理等当下墨西哥社会普遍关注的问题。

另一部值得重视的作品是 80 后女作家达莉亚·德拉塞尔达 (Dahlia de la Cerda，1985—　) 的短篇小说集《备用的母狗》(*Perras de reserva*，2022)。这部短篇小说集在 2019 年由地心出版社首次出版，曾获该年度科马拉青年作家短篇小说奖（Premio Nacional de Cuento Joven Comala）。但作家对这部作品并不满意，对已有小说进行了修改和调整，增加了新的篇目和内容，使这部作品呈现出全新的面貌。2022 年 6 月，该书由六层楼出版社重新推出，包含十三个以女性罪犯为主题的短篇小说。书中的主人公都是令人难忘的女性，无论是毒枭的女儿还是普通大学生，无论职场精英还是家庭主妇，无论虔诚的教徒还是妓女，在面临困难和危险时，她们都靠自己解决问题，因为她们知道无法指望上帝的帮助，宁愿将自己交给魔鬼。与其成为被利用、剥削甚至杀害的对象，她们更愿意选择让他人付出血的代价。德拉塞尔达使用第一人称叙述的方式向读者讲述这些另类女子的故事，让人们对她们的遭遇有身临其境之感，口语化的描述夹杂着被生活逼出来的黑色幽默，给人留下深刻印象。

如果说《备用的母狗》因聚焦女性犯罪者的独特视角而格外吸引读者，那么“爆裂”一代的领军人物豪尔赫·博尔皮（Jorge Volpi，1968— ）的长篇小说《战争的组成部分》则将读者的目光引向了青少年犯罪者。这是一部以墨西哥南部边境为背景的小说，采用的是博尔皮擅长的双线叙事模式。在乌苏马辛塔河畔的一个小村庄科罗萨尔，几名移民意外发现了一具 14 岁女孩的尸体。经过调查人们得知，她是被她 14 岁的表妹和表妹 15 岁的男友，当着另外两个 8 岁和 10 岁的小孩面杀害的。路易斯·罗斯是知名应用神经科学家，他着迷于这个案件，想知道当这些孩子犯下令人胆寒的罪行时，大脑究竟发生了什么样的改变。罗斯说服了他的朋友和合作者一起开展相关研究，并带着他的学生露西亚·斯皮诺西先行前往恰帕斯，调查为什么这些孩子会突然变成罪犯。但在途中罗斯突遭车祸，年轻的斯皮诺西只得独自继续开展调查和研究工作，在参与审讯杀人凶手、少女萨拉依的过程中，她也不得不揭开心底的伤疤，再次面对童年时的情感创伤。博尔皮的作品以拥有广阔的国际视野著称。他擅长在虚构故事中加入哲学、社会学、心理学乃至物理学、经济学、神经学等学科的元素，从不同的角度探究人性的复杂。《战争的组成部分》通过两个平行的故事探讨暴力的根源，引导读者思考生命中的爱与遗憾、友谊与嫉妒等。

值得关注的“爆裂”一代成员还有佩德罗·安赫尔·帕洛（Pedro Ángel Palou，1966— ）。他是一位勤奋而高产的作家，已出版小说、散文集四十余部，其关于拳击手生活的小说《把死亡攥在拳头里》（*Con la muerte en los puños*，2003）曾获 2003 年度哈维尔·比利亚乌鲁蒂亚奖。2022 年 4 月，帕洛出版了一部雄心勃勃的长篇历史题材小说——《墨西哥：小说》（*México: La novela*，2022）。该书讲述了瓜乌特雷、桑托贝纳、兰德洛和塞法米四个家族悲欢离合的故事。诸多人物行走在墨西哥城的街头，为读者展现这座城市跨越数百年的沧桑巨变。帕洛将虚构与真实巧妙结合，描绘了墨西哥城如小说般传奇的历史。它是帝国之都、宫殿之城，见证了皇帝的加冕、军队的欢呼和一座座宏伟建筑拔地而起，同时它也是现代化的国际大都市，还是洪水、地震、瘟疫等自然灾害的受害者。作家将墨西哥城比作浴火重生的凤凰，从特诺奇蒂特兰的陷落到 1985 年的大地震，墨西哥城仿佛被诅咒般不断重建，一次次焕发新的生机。

同样为经典历史题材注入新活力的是阿尔瓦罗·恩里克（Álvaro Enrigue，1969— ）的历史小说《你的梦已成为帝国》（*Tu sueño imperios han sido*，2022）。小说标题取自西班牙黄金世纪的戏剧家卡尔德隆（Petro Calderón de la Barca，1600—1681）的名作《人生如梦》（*La vida es sueño*）中的诗句。作家从西班牙殖民者埃尔南·科尔特斯带着他的部队、翻译和马匹进入阿兹特克的首都特诺奇蒂特兰写起。阿兹特克君主蒙特祖玛的妹妹兼妻子阿托托克特利公主设宴招待他们，随后蒙特祖玛本人接见了科尔特斯。表面上西班牙人在这座城市受到了热烈的欢迎，但西班牙人真正该担心的是进入特诺奇蒂特兰后如何全身而退。恩里克将1519年11月8日科尔特斯和蒙特祖玛的会面，看作两个世界、两个帝国、两种语言、两种世界观之间的相遇。通过重构科尔特斯与蒙特祖玛的会面，小说为这一改变了世界历史走向的重大事件提供了一个可能的文学版本，使得该书成为一部关于权力、欲望和帝国梦想的上乘之作。

三、中国与墨西哥的文学交流

2022年恰逢中国与墨西哥建交50周年。两国政府和民间举办了形式多样的活动，纪念半个世纪以来两国人民在沟通交往中结下的深厚友谊。其中特别值得一提的是墨西哥学院出版的《隔离期的阅读——中国短篇小说选》（*Los cuarenta de la cuarentena: Antología de cuentos*，2022）。2022年9月22日，墨西哥学院召开了以线上线下结合的方式进行的新书推介会，该书编者、主要译者和多位中国作家齐聚一堂，交流分享翻译和阅读此书的感受。该书诞生于疫情肆虐全球的艰难时刻，翻译团队由18位来自墨西哥和中国的译者共同组成。书中收录了代表中国当代不同代际、不同流派、不同风格的短篇小说43篇，原作者既有莫言、王蒙、冯骥才、毕淑敏等知名大家，也有陆源、鲁敏、董夏青青、郑小驴等新生代作家。该书是中国与墨西哥文学届的最新交流成果之一。译者们纷纷表示，在携手合作翻译中国文学作品的过程中获益颇多。这本选集在哲学、伦理和美学等方面都能给人以新的感受，是文学让身处不同国家的人们可以隔空对话。

同样为中国作家与墨西哥读者架起沟通桥梁的，还有中国文学读者俱乐部活动。2022 年 10 月 15 日，在第二十二届墨西哥城国际书展期间，由中国作家协会主办、中国图书进出口集团承办的中国著名作家迟子建作品分享会成功举行。本次分享会主要围绕迟子建的长篇小说《额尔古纳河右岸》和短篇小说《炖马靴》的西班牙语译本展开。迟子建本人通过视频的方式与读者远程分享了她在创作这两部作品过程中的所思所感，墨西哥知名汉学家、《炖马靴》的译者莉莉亚娜·阿索夫斯卡（Liljana Arsovska，1963— ）和墨西哥二十一世纪出版社编辑埃莱娜·巴赞（Elena Bazán，1987— ）等在会上做精彩发言，得到了现场读者的积极回应。迟子建特别指出，通过《炖马靴》的故事，她试图告诉读者，战争是如此残酷，但我们依然能在山林之间、在历史的缝隙里看见一缕缕人性的光。阿索夫斯卡表示，在翻译《炖马靴》的过程中，她被抗日战争严酷环境下抗联战士展现出的智慧和勇气深深打动，她希望通过译笔将这份宝贵的精神传递给墨西哥的读者。巴赞也表示，迟子建笔下人与自然的关系、人与动物在困境中同舟共济的柔情令人动容。尽管中墨两国相隔万里，但文学作品中打动人心的情感与信念是共通的。

2022 年度还有一位墨西哥女诗人值得特别关注，她就是第七届卡丘·沃伦诗歌奖（Culture Warren Poetry Award）翻译家奖的获得者珍妮特·L.克拉里昂（Jeannette L. Clariond，1949— ）。克拉里昂出生于奇瓦瓦，本科学习哲学，硕士学习西班牙文学，已出版《背过身去的女人》（*Mujer dando la espalda*，1991）、《水的时刻》（*Los momentos del agua*，2007）、《奇瓦瓦笔记本》（*Cuaderno de Chihuahua*，2013）等多部诗集和随笔集。她的最新诗集《我的血肉之躯》（*Cuerpo de mi sangre*，2022）因“诗句充满张力和情感，体现着女性对世界和自身的探索”而获得2022年西班牙皮拉尔·费尔南德斯·拉普拉多奖（Premio Pilar Fernández Labrador）。克拉里昂也是一位杰出的翻译家，曾翻译出版多部安妮·卡森、伊丽莎白·毕肖普、阿尔达·梅里尼等知名诗人的作品。克拉里昂还是碎玻璃杯出版社的创办者，由她担任主编和主要译者的诗集《金黄的稻束——中国当代女诗人》（*El brillo en las gavillas de arroz: Mujeres poetas de China contemporánea*）于2021年11月由该社在多个西语国家同步发行。该书共收录了郑敏、舒婷、翟永明、蓝蓝、余秀华、旦增白姆等66位诗人的作品，诗歌写作时间从1941年一直到2021年，全景式地展现了当代中国诗坛女性创作者的风采。

卡丘·沃伦诗歌奖由湖南省诗歌学会、湖南理工学院中文学院、《卡丘》诗刊等机构共同颁发。2019年，墨西哥诗人马加里托·奎亚尔（Margarito Cuéllar, 1956— ）[1]曾获第四届卡丘·沃伦诗歌奖诗人奖。克拉里昂是第二位获得该奖的墨西哥作家。评委会在授奖辞中特别指出，珍妮特·L. 克拉里昂首先是一位优秀的诗人，她的诗歌使纳瓦特尔原住居民的歌谣和阿兹特克神话与现实接通，比如晚间新闻报道墨西哥平均每天有十一位女性失踪，她为此写下一系列有关女性命运和月亮女神的诗篇。她还是西班牙语翻译界的佼佼者，她的翻译作品以诗性的语言和细致入微见长，每一本都是翻译中的精品。克拉里昂在获奖感言中表示：翻译应被视为一种桥梁，而不是一种谋生方

1 具体介绍参见《外国文学通览：2021》。

式；如果没有翻译，诗歌就会像一堆死书一样；译者不是生命的给予者，而是运动和视角的提供者。

结语

综合分析 2022 年墨西哥最引人瞩目的作家和作品可以发现，女性作家、批评家、翻译家、出版家多年来为当代文坛的发展做出的贡献得到了越来越多的肯定与认同。情感创伤、性别歧视、历史与虚构等成为该年度多部优秀叙事文学作品的关键词。作家们紧跟时代热点，围绕谋杀女性、青少年犯罪、移民等社会热点话题踊跃创作，给墨西哥文学注入了新的活力。多部中国优秀作家的小说和诗歌作品以译本的形式进入墨西哥读者的视野，为他们打开了一扇又一扇了解中国的窗，也为推动中国文化在西语世界的传播贡献了力量。

参考文献：

Arsovska, Liljana, et al. *Los Cuarenta de la Cuarentena: Antología de Cuentos*. Ciudad de México: El Colegio de México, 2022.

Clariond, Jeannette L. et al. *El brillo en las gavillas de arroz: Mujeres poetas de China contemporánea*. Madrid: Vaso Roto, 2021.

Cruz Soto, Aaron. "Margo Glantz recibió el Premio Carlos Fuentes a la Creación Literaria 2022." *Diario de México*. 13 Nov. 2022. Web. 21 Jun. 2023. <https://www.diariodemexico.com/andenes/margo-glantz-recibio-el-premio-carlos-fuentes-la-creacion-literaria-2022>.

De la Cerda, Dahlia. *Perras de reserva*. Ciudad de México: Sexto Piso, 2022.

Diario de Avisos. "Fernanda Melchor gana el Premio Ciudad de Santa Cruz de Novela Criminal." *Diario de Avisos*. 23 Mar. 2022. Web. 20 Jun. 2023. <https://diariodeavisos.elespanol.com/2022/03/fernanda-melchor-gana-el-premio-ciudad-de-santa-cruz-de-novela-criminal/>.

Enrigue, Álvaro. *Tu sueño imperios han sido*. Ciudad de México: Anagrama, 2022.

FILEY. "Carmen Boullosa, acreedora al Premio Excelencia en las Letras José Emilio Pacheco – FILEY." 13 Mar. 2023. Web. 22 Jun. 2023. <https://filey.org/blog/prensa/carmen-boullosa-premio-excelencia-en-las-letras-2023/>.

Gutiérrez, Alejandro. "'El invencible verano de Liliana', de la mexicana Cristina Rivera recibe el premio Rodolfo Walsh." *Proceso*. 15 Jul. 2022. Web. 19 Jun. 2023. <https://www.proceso.com.mx/cultura/2022/7/15/el-invencible-verano-de-liliana-de-la-mexicana-cristina-rivera-recibe-el-premio-rodolfo-walsh-289707.html>.

INBAL. "Malva Flores recibe el Premio Internacional Alfonso Reyes 2022 por su trayectoria y vocación como poeta, escritora e investigadora." 9 Nov. 2022. Web. 19 Jun. 2023 <https://literatura.inba.gob.mx/7704-malva-flores-recibe-el-premio-internacional-alfonso-reyes-2022-por-su-trayectoria-y-vocaci%C3%B3n-como-poeta,-escritora-e-investigadora.html>.

Lambertucci, Constanza. "El libro busca dar un nuevo impulso a Guadalajara." *El País*. 23 Apr. 2022. Web. 14 Jun. 2023. <https://elpais.com/mexico/2022-04-23/el-libro-busca-dar-un-nuevo-impulso-a-guadalajara.html>.

Leo, Domínguez Ríos. "Fernanda Melchor: 'La violencia contra las mujeres se justifica como un daño colateral'." *Milenio*. 26 Feb. 2021. Web. 21 Jun. 2023. <https://www.milenio.com/cultura/laberinto/fernanda-melchor-los-paraisos-sombrios-de-paradais>.

Melchor, Fernanda. *Páradais*. Ciudad de México: Literatura Random House, 2021.

Murillo, Alma Delia. *La cabeza de mi padre*. Ciudad de México: Alfaguara, 2022.

Navarro, Brenda. *Ceniza en la boca*. Ciudad de México: Sexto Piso, 2022.

Palou, Pedro Ángel. *México: La novela*. Ciudad de México: Editorial Planeta Mexicana, 2022.

Paul, Carlos. "Reconocen al dramaturgo David Olguín con el Premio Jorge Ibargüengoitia de la UG." *La Jornada*. 26 Mar. 2022. Web. 23 Jun. 2023. <https://www.jornada.com.mx/2022/03/26/cultura/a04n2cul>.

Redacción. "'Cuerpo de mi sangre' de la mexicana Jeannette L. Clariond, premio 'Pilar Fernández Labrador' de Salamanca." *Salamanca hoy*. 13 May. 2022. Web. 25 Jun. 2023. <https://www.salamancahoy.es/salamanca/ciudad/cuerpo-sangre-mexicana-20220512185516-nt.html>.

Volpi, Jorge. *Partes de guerra*. Ciudad de México: Alfaguara, 2022.

红网时刻．第七届卡丘·沃伦诗歌奖 | Jeannette L. Clariond（墨西哥）.（2022-11-7）.[2023-6-23]. <https://moment.rednet.cn/pc/content/2022/11/07/12020162.html>.

刘瑞林 . 墨西哥“中国文学读者俱乐部”成功举办迟子建作品分享会 . 中国作家网 .（2022-11-8）.［2023-6-23］. <http://www.chinawriter.com.cn/n1/2022/1108/c404090-32561606.html>.

中国作家网 .《隔离期的阅读——中国短篇小说选》推介会在墨西哥举行 .（2022-9-29）.［2023-6-23］. <http://www.chinawriter.com.cn/n1/2022/0929/c404090-32536958.html>.

作者单位：北京外国语大学中文学院/首都师范大学外国语学院

2022年葡萄牙文学概览

金心艺　陈怡冰

内容提要：2022年，葡萄牙文学主要聚焦于“历史与记忆”“生活与存在”“时代与个人”等主题。小说内容多为批判和反思历史错误、探索人与自然关系、思考孤独与衰老；多重叙事结构和精准的语言被用于修复记忆、重构历史，展现特殊环境下的个人情感和人际关系，传递了希望与信念。诗歌关注孤独、时间、生死等抽象主题，以简洁的语言描绘生活的瞬间和自然景象，探索死亡与生命的交互关系。传记及其他类型文学作品混合多种体裁，主观与客观相互补充，结合个体经历、家族历史和时代背景，为读者带来新的启发与思考。本文将从年度作家与小说作品、年度诗人与诗歌作品以及其他类型文学作品三个方面，介绍2022年葡萄牙文学概况。

一、年度作家与小说作品：记忆与历史，生存与希望

2022年，葡萄牙著名作家特欧琳达·热尔桑（Teolinda Gersão，1940—　）凭借长篇小说《茹利亚·曼回到帕拉蒂[1]》（*O Regresso de Júlia Mann a Paraty*，2021）进入葡萄牙作家协会长篇及中篇小说大奖（Grande Prémio de Romance e Novela da APE）决选名单。虽然该

1　帕拉蒂市位于巴西里约州。

奖项至2023年7月仍未公布评选结果，但同一时间，热尔桑已经从近200位候选作家中脱颖而出，凭借该作品夺得第28届DST文学大奖（Grande Prémio de Literatura DST）。

热尔桑现年83岁，从事葡语文学创作40余年，是葡萄牙当代文坛最重要且最活跃的女作家之一。她已发表长篇、中篇和短篇小说（集）20种，作品在20个国家翻译出版，代表作有长篇小说《马头屋》（*A Casa da Cabeça de Cavalo*，1995）、《尤利西斯之城》（*A Cidade de Ulisses*，2011），短篇小说集《看见与行走的故事》（*História de Ver e Andar*，2002）、《悲泣、爱情及其他呓语》（*Prantos, amores e outros desvarios*，2016）等；曾获葡萄牙国内外十余项重要文学奖项，包括马奎斯世界名人录终身成就奖（Marquis Lifetime Achievement Award，2018）。[1]

热尔桑具有大师级的叙事功力，擅长捕捉人物内心极为细微的情感变化和经历，同时能很好地驾驭深刻复杂的主题，如历史、文化、权力与压迫、性别、家庭与情感、人类存在的复杂性、身份与归属等。她的作品往往对城市、历史及当代社会进行深入而全面的思考，视野开阔，不局限于葡萄牙本土社会，且尤其突出艺术、文学和写作的本质，注重艺术与现实之间的交互性。作品语言生动、流畅、优雅，创作风格博学且内省。

《茹利亚·曼回到帕拉蒂》是热尔桑最新发表的长篇小说，也再一次向读者证明了以上特质。小说由三章既独立又相互关联的中篇故事组成。每一章都以一位真实的历史人物为主人公，分别是精神分析学之父弗洛伊德（Sigmund Freud，1856—1939），1929年诺贝尔文学

1 关于热尔桑具体获奖情况以及2022年之前的部分代表作介绍，详见《2016年葡萄牙文学概览》（张晓非，2017：275—290）和《2019年葡萄牙文学概览》（金心艺，2020：341—352）。

奖得主、德国作家托马斯·曼（Thomas Mann，1875—1955）以及曼的母亲茹利亚·曼（Julia Mann，1851—1923）。第一章中，热尔桑将弗洛伊德的真实生活与1938年纳粹占领奥地利、犹太人遭受迫害的历史背景相结合，以弗洛伊德为第一人称叙事者，回顾其人生以及工作，反思其创立的学科能否真正引领人类建立一个文明社会。第二章中，热尔桑以托马斯·曼为第一人称进行叙事，虚构了一场对弗洛伊德独白的回应。曼在叙述中认为弗洛伊德的精神分析理论受限于时代和特定文化，无法化解社会的复杂矛盾，而自己的艺术创作追求绝对，能够平衡所有对立。同时，热尔桑也借曼对其家庭关系和文学作品的评述，揭示了他在种族问题和多元文化认同方面的矛盾态度，最突出的例子就是曼对具有巴西血统的母亲的冷漠及否认。通过前两章，热尔桑试图向读者证明，即使是两位对西方现代文明有重大贡献的思想家，依然受到欧洲中心主义思想的影响，不能正视“他者”的异质性，这种错误在西方是如此普遍，以致造成了非洲与南美洲的苦难。而在小说第三章中，热尔桑用两倍于第一章和第二章的篇幅，描绘了茹利亚·曼——一位女性和母亲，一个“他者”，因具有南美洲血统而长期遭到德国社会排斥和边缘化——在20世纪初的生活与回忆，重建被压制甚至抹杀的声音。一个世纪前所存在的思想错误、种族主义、性别歧视、压迫与剥削，在当代社会依然普遍存在。对此，学者桑德拉·索萨（Sandra Sousa）一针见血地指出，《茹利亚·曼回到帕拉蒂》如同一个博物馆，供读者重新审视历史，同时借艺术创作之手，转化被忽略的记忆，用虚构的对话批判并修复过去、映照当下。

2023年4月，葡萄牙作家协会宣布将2022—2023年度维托尔·阿吉亚尔·伊席尔瓦文学生涯奖（Prémio Vida Literária Vítor

Aguiar e Silva 2022/2023）颁发给葡萄牙“后革命[1]一代”的代表性作家莉迪亚·若热（Lídia Jorge，1946— ）。该奖项以2020年卡蒙斯奖（Prémio Camões）获得者、著名文学评论家及学者阿吉亚尔·伊席尔瓦（1939—2021）[2]的名字命名，表彰受葡萄牙文化界认可的一流诗人、小说家或散文家，以感谢他们对葡萄牙当代文学及其在海内外的推广做出的卓越贡献。

莉迪亚·若热在葡语文坛素以独特的女性视角、复杂的叙事时空结构以及对时代与社会转型时期人类特殊生存境况的批判性思考而著称。2022年，她出版的最新长篇小说《仁慈堂》（*Misericórdia*）受到媒体、评论界和读者的广泛关注。

《仁慈堂》的创作源于若热母亲生前的请求。母亲长年居住在养老院，多次希望若热写一部小说，作为对那些受限于自身极度脆弱状态之人的见证，他们默默抵抗衰老，依然对生活抱有希望。若热最后一次听到这个请求是在2020年3月8日，此后新冠肺炎疫情席卷全球，母亲所在的养老院被封闭隔离，不久之后，母亲逝世，若热正是在这样的背景下进行创作的。（e-Cultura，2022）

《仁慈堂》是一部融合私人日记、回忆录、传记和纪实文学的虚构作品，以若热的母亲为原型，塑造了一位年迈的女主人公玛丽亚·阿尔伯塔。她居住在名为“天堂酒店”的养老院中，惧怕黑夜，身体每况愈下，却从未丧失好奇心和感受快乐、追求梦想的能力。同时，若热也围绕阿尔伯塔创造了一系列形象鲜活、跨越多个年龄段的人物。若热曾在媒体访谈中表示，在养老院这个特殊的封闭空间

1 指葡萄牙1974年爆发的石竹花革命，该革命终结了葡萄牙长达四十余年的独裁政权。革命成功后，葡萄牙迅速宣布放弃所有海外殖民地，数十万葡萄牙人从非洲返乡，对葡萄牙社会产生了深远影响。

2 详见《2020年葡萄牙文学概览》（金心艺，2021：289—298）。

里，一群老人面对所剩无几的时间所产生的强烈情感与人际关系，是很多读者难以想象的；另外，护理者与被护理者也在充满紧张压力的生存环境中共同经历恐惧、冲动、希望、热爱等复杂的内心体验。若热试图通过《仁慈堂》向读者传递一种坚强和乐观的力量，并提醒读者：希望是人类内心深处不朽的火花，在自然灾害、社会政治动荡、种族和文化矛盾频发的当下，我们依然需要对未来抱有热情和信念。(Martins，2022)

2022 年 10 月，享誉国际的葡萄牙文坛老将安东尼奥·洛博·安图内斯（António Lobo Antunes，1942—　）发表了他的第 32 部小说《世界的大小》(*O Tamanho do Mundo*)。

安图内斯是位高产的作家，自 1979 年开始发表小说，每 1—2 年出版一部作品。人与战争、人与历史是其最常见的书写主题。安图内斯的小说往往不按时间顺序展开，而是通过极为复杂的时空场景和人物声音的高频率切换来完成叙事。他擅长使用非自然叙事和多声部叙事手法，以此揭示个体对战争和暴力的恐惧、精神创伤以及混乱的记忆碎片，同时也探讨人与国家在历史和记忆的巨轮下看不到方向和终点的流亡状态。

然而，其新作《世界的大小》呈现出不同于以往的简洁和精练，以极富诗意、精准且流畅的语言探讨记忆、孤独、衰老、时间等抽象主题，令读者耳目一新，引发了媒体与评论界的热烈讨论。小说仅有四位叙事者：主人公是一位身患疾病的年迈企业家，他的记忆力正在衰退，却终日心怀悔恨，执着地追忆年轻时在里斯本一个贫穷社区的地下室里与情人和女儿共同生活的场景；女儿已长大成人，接替父亲成为公司的管理者；老人还有一位年轻的性伴侣，她与律师情人一起，觊觎着老人的财产。这四个人物在小说中轮流说话，各自成章，共同展现循环往复的记忆与过往。同时，《世界的大小》中也出现了安图内斯过去作品中的人物，早期作品中的主题也或多或少地在这部新作中得到回顾。小说标题取自作者 2011 年发表的同名文章。在文章里，安图内斯希望能从有限的叙事空间中寻找到与世界自身相契合的文学语言（Lucas，2022），而《世界的大小》中那些关于生活的抽象概念总是能在非常具体的空间内得到具象化，例如"用空酸奶盒来测量孤独，里面有一把小咖啡勺"或"死亡不过是外省的一座小教堂，外面还下着雨"（Antunes，2022）。如果说安图内斯的目标是"找到最好的方式说出尚未有人能够表达的东西"（Lucas，2022），那么《世界的大小》足以证明他是非常成功的。

2023 年 6 月 21 日，2022 年度葡萄牙作家协会系列大奖中的布兰基纽·达·丰塞卡短篇小说大奖（Grande Prémio de Conto Branquinho da Fonseca）授予了作家若热·雷斯–萨（Jorge Reis-Sá，1977— ），获奖作品为短篇小说集《盖亚假说》（*A hipótese de Gaia*，2022）。雷斯–萨自 1999 年起从事出版工作，是知名编辑和出版人。他从 20 世纪 90 年代末开始发表诗歌、小说、散文等多种体裁的文学作品，主题多涉及当代人类生存境况，关注现实，同时注重诗化写作。

《盖亚假说》一书集结了雷斯–萨多年来最具代表性的短篇故事。雷斯–萨具有生物学专业背景，选择此书名也有其深意："盖亚假说"最早由英国大气学家詹姆斯·洛夫洛克（James Lovelock）于 20 世纪 60 年代末提出，得到美国生物学家林恩·马古利斯（Lynn Margulis）的大力倡导。该理论以希腊神话中的大地女神盖亚命名，认为地球是一个能够自我调节、自我维持且具有整体性的生态系统。在这本短篇故事集中，雷斯–萨将那些漂泊于当代社会、寻觅自我或人生价值的孤立个体与他们赖以生存的土地、天空、水等自然元素紧密联系起来，以更广阔的视角描述人物生存状态与情感，重新发掘人与自身、人与社会、人与自然之间的关系。葡萄牙作家协会评审团一致认为，《盖亚假说》具有“出色的叙事结构”，展现了作者“成熟的诗性创作”与“小说家的美德”，为读者带来“不和谐世界中的生命新体验”，是一部难得的佳作。(MadreMedia/Lusa，2023)

二、年度诗人与诗歌作品：生活与存在，生命与死亡

2022年12月，葡萄牙《快报》(*Expresso*) 宣布第36届佩索阿奖 (Prémio Pessoa) 由诗人、翻译家及医生若昂·路易斯·巴雷托·吉马良斯 (João Luís Barreto Guimarães，1967—) 获得。佩索阿奖是葡萄牙最重要的年度奖项之一，每年表彰一位在艺术、文学或科学领域做出杰出贡献的葡萄牙公民。

吉马良斯是葡萄牙当代诗坛的重要代表人物，其作品既承袭葡萄牙抒情诗传统，又能体现欧洲新诗的现代性，既书写历史，也描绘个人内心情感。他尤其擅长用讽刺对抗世界的荒谬，且对简单的日常事物有着极强的观察力和感知力。他的诗歌不仅是对个人经历的重构，也折射出对同时代诗人作品的阅读和翻译体验，同时又深植于欧洲多元文化的土壤。(Lopes，2022)

吉马良斯从1989年开始出版诗集，代表作有《部落里有小提琴》(*Há Violinos na Tribo*，1989)、《地中海》(*Mediterrâneo*，2016)、《游牧民族》(*Nómada*，2018)、《时间沿音节前行》(*O Tempo Avança por Sílabas*，2019) 等。他多次获得葡萄牙国内重要文学奖项，两次进入意大利卡马约雷国际诗歌奖决选名单 (2019、2020)，作品在近20个国家翻译出版。2022年，诗集《生命的律动》(*Movimento*) 获得葡

萄牙第 27 届 DST 文学大奖。该书收录了诗人在葡萄牙北部、南部以及一些外国城市生活时写下的诗歌。从战乱地区的复活节到咖啡馆里的一把椅子，从古罗马诗人到墓地里的猫，吉马良斯通过观察和回忆，带领读者走进宏大的历史与微小的生活瞬间。在这些诗歌中，美和悲剧共存，生命的律动在细节中显现，为读者提供了一个反思时代、生活与存在的窗口。

2023 年 6 月 23 日，葡萄牙青年诗人若昂·莫伊塔（João Moita，1984— ）凭借最新诗集《田间何处寻荒冢》（*Que Túmulo em Que Talhão*，2022）斩获葡萄牙作家协会颁发的 2022 年度玛丽亚·阿玛利亚·瓦斯·德卡尔瓦略诗歌大奖（Grande Prémio de Poesia Maria Amália Vaz de Carvalho）。此前他已出版多部诗歌作品，如《风吹如血》（*O Vento Soprado como Sangue*，2009）、《瘴气》（*Miasmas*，2010）、《饥饿》（*Fome*，2015）等，受到评论界好评。

《田间何处寻荒冢》分为“村庄”和“田野”两个部分，以文字代替“黑白摄影”（Lusa，2023），冷静而赤裸地展现了葡萄牙内陆乡间腐烂、荒凉、肮脏、衰败的残酷景象。莫伊塔拒绝传统田园诗中对乡村的浪漫主义描写，甚至尽可能地消除个体主观视角，弱化人类在大自然面前的存在感，将极简的诗歌语言严格地运用在对自然景观的视觉化表达上，由此创造出许多颠覆性意象，例如“原野上黎明破晓，如蛆虫在裹尸布上蔓延”（Moita，2022：39）。然而，在莫伊塔笔下，腐烂和死亡并不是万物的终点，正如“吮吸果肉，吐出种子”（Ibid.，36）这样的诗句所描述的，死亡也孕育着生命，由此，大地在腐烂和复苏之间永恒循环。《田间何处寻荒冢》以极具视觉冲击力的诗性隐喻，带领读者重新审视自身存在与自然之间的关系，思考生与死的边界以及生命的意义。

三、其他类型文学作品：时代、个人与探险

2023年6月，由葡萄牙作家埃塞尔·菲尔德曼（Ethel Feldman，1954— ）与人类学家米格尔·瓦莱·德阿尔梅达（Miguel Vale de Almeida，1960— ）合著的传记《白石》（*Pedra Branca*，2022）击败另外20部参选作品，斩获葡萄牙作家协会2022年度米格尔·托尔加传记文学大奖（Grande Prémio de Literatura Biográfica Miguel Torga）。

《白石》的主人公是菲尔德曼的母亲、犹太裔钢琴家罗莎·菲尔德曼（Rosa Feldman，1931—2022），其家族于20世纪20年代从波兰移民到巴西。她在巴西出生长大，后结识逃离葡萄牙独裁统治的作家、政治活动家费尔南多·科雷亚·达席尔瓦（Fernando Correia da Silva，1931—2014），并与之结婚。1974年康乃馨革命爆发后，他们全家从巴西搬到葡萄牙。罗莎一生横跨20世纪最重要的历史时期。她与家人先后经历了欧洲反犹太主义、法西斯主义、社会主义和共产主义浪潮。当今世界，对少数群体的排斥和迫害卷土重来，从波兰到以色列，从巴西到葡萄牙，新专制主义和极端民族主义层出不穷。在这样的背景下，埃塞尔·菲尔德曼与德阿尔梅达决定在罗莎晚年时开展合作，通过直接采访传主、挖掘家族文献等方式，获取一手资料，以罗莎为中心，试图还原菲尔德曼家族在20世纪时代漩涡中所经历的跌宕沉浮。

《白石》具有家庭回忆录、传记以及人类学研究报告等多重体裁性质。全书分两个部分，分别由两位作者执笔。第一部分中，埃塞尔·菲尔德曼作为母亲家族的一分子，参与和聆听“回忆”，其文字

风格更个人化，主要以第一人称视角叙事，将访谈内容以对话形式原封不动地穿插于叙述文字之间。德阿尔梅达所著的第二部分则凸显了其作为人类学家的客观与严谨，以小见大。两种书写方式相互补充，带领读者先后以两种视角见证罗莎的个人经历和 20 世纪时代大背景下特殊族群的命运。葡萄牙作家协会评审团认为，这部作品“丰富、翔实且充满原创性”，是“时代传记与人生故事完美结合的典范”。(Câmara Municipal de Coimbra，2023)

2022 年 5 月，当代最重要的美国佩索阿研究者、葡语文学译者理查德·泽尼斯（Richard Zenith，1956— ）的葡语版传记作品《佩索阿：一部传记》（*Pessoa: uma biografia*，2022）由克察尔出版社出版。此前，该书英文原版已斩获普鲁塔克传记奖（The Plutarch Award，2021）并进入 2022 年度普利策奖（The Pulitzer Award）决选名单。葡萄牙主流媒体《快报》将该书葡语版评为“2022 年度最佳书籍”。

泽尼斯是一位十分高产的译者和学者。被他译介至英文世界的葡萄牙作家包括国宝级诗人卡蒙斯（Luís de Camões，1524 或 1525—1580）和费尔南多·佩索阿（Fernando Pessoa，1888—1935），另有安图内斯和索菲娅·安德雷森（Sophia de Mello Breyner Andresen，1919—2004）等著名作家和诗人。他为佩索阿作品的研究和传播所做的贡献尤为突出，由他编订的葡语散文巅峰之作《不安之书》（*Livro do Desassossego*，又译《惶然录》）丰富了国际学界对佩索阿的研究视角，也成为多个中文译本的翻译底本。因在相关领域的杰出成就，泽尼斯被授予葡萄牙国内外多项重要大奖，包括笔会翻译诗歌奖（PEN Award for Poetry in Translation，1999）、哈罗德·莫顿·兰登翻译奖（Harold Morton Landon Translation Award，2006）以及佩索阿奖（2012）等。

此次泽尼斯的最新力作《佩索阿：一部传记》长达一千多页，是1950年以来最全面的一部佩索阿传记。泽尼斯翻译和研究佩索阿作品近20年，积累了大量史料文献以及一些从未公开过的相片资料。他根据佩索阿在人生道路、文学创作以及精神生活等方面的分阶段特点，将其人生划分为"天生异乡人，1888—1905""变革者诗人，1905—1914""梦想家与教化者，1914—1925"以及"唯灵论者与人文主义者，1925—1935"四个时期。泽尼斯秉承尊重事实的原则，宏观上梳理时代变迁，微观上呈现佩索阿一生微妙的情感变化与内心挣扎。该作品有立场但不偏颇，有温度却不煽情，较为客观地展现了诗人复杂的多面性，对佩索阿争议性较大的人道主义立场问题与感情生活做出了较为合理的解释，将佩索阿的文学创作与其现实生活中的行为、人际交往及经历紧密结合起来，在呈现丰富史料的同时，也进一步拓宽了佩索阿研究的深度与广度。

2023年5月，葡萄牙资深记者若泽·佩德罗·卡斯塔涅拉（José Pedro Castanheira，1952—　）凭借新作《十五天重返亚速尔群岛》（*Volta aos Açores em Quinze Dias*，2022）获得由葡萄牙作家协会颁发的2022年度玛丽亚·翁迪纳·布拉加旅行文学大奖（Grande Prémio de Literatura de Viagens Maria Ondina Braga）。

卡斯塔涅拉自20世纪70年代起在《快报》工作近30年，积极投身于事实调查及报道工作，屡获国内新闻类大奖。他著有十余部报道文学及传记作品，如《若热·桑帕约：一部传记》（*Jorge Sampaio: Uma biografia*，2012/2017）、《萨拉查的败落》（*A Queda de Salazar*，2018）等。

《十五天重返亚速尔群岛》是卡斯塔涅拉的首部非报道类文学作品。该书由互动性极强、引人入胜的航海日记组成，几乎每篇日记都以“各位亲爱的朋友”开头，以“给你们一个拥抱”结束，令读者有种翻看老友来信的亲切之感。作者开篇就表达了在经历漫长的新冠肺炎疫情之后，希望即刻开启航海之旅的迫切心情，把同受疫情之苦的读者拉进那艘名为“前进号”的轻快白船。全书节奏明快，内容详略有致，不时穿插作者幽默的心理活动，以生动精彩的语言叙述了十五天航行中发生的各种惊险事件。亚速尔学者、散文家奥内西莫·特奥托尼奥·阿尔梅达（Onésimo Teotónio Almeida，1946—　）在本书序言中写道：“正是航行中的困难与挫折、数个彻夜未眠的夜晚以及一次次晕船体验，将一部悠闲出行、轻松愉快的旅行文学作品转化为一部远超普通报道文学的珍贵记录。”（Almeida，2022）

结语

综上所述，2022年的葡萄牙文坛整体呈现出以“历史与记忆”“生活与存在”“时代与个人”为关键词的聚焦态势。小说创作以对历史思想、错误的批判和反思、对人与自然关系的探索以及对孤独和衰老等存在状态的思考为核心，通过多重叙事结构和精准流畅的语言，修复记忆、重塑历史，展示了特殊环境下的个体情感和人际关系，并向读者传递希望和信念。诗歌创作尤其关注孤独、时间、生死等抽象主题，诗人们试图以简洁的语言准确描绘生活瞬间与客观自然景象，探索死亡与生命的交互关系。传记和其他类型文学作品则以混合多种体裁的方式，通过主观和客观视角的相互补充，紧密结合个人经历、家族历史和特定时代背景，为读者带来全新的阅读体验。

参考文献：

Adriano, Carlos. “Decifrando um poeta multipartido.” *Folha de S. Paulo*. 19 Mar. 2023. Web. 25 Jun. 2023. <https://quatrocincoum.folha.uol.com.br/br/entrevistas/literatura/decifrando-um-poeta-multipartido>.

Almeida, Onésimo Teotónio. “Prefácio.” *Volta aos Açores em Quinze Dias: Diário de Bordo de uma viagem para (Não) esquecer*. Lisboa: Tinta da China, 2022.

Antunes, António Lobo. *O Tamanho do Mundo*. Publicações Dom Quixote, 2022.

Câmara Municipal de Coimbra. “Pedra Branca vence Grande Prémio de Literatura Biográfica da APE e da CM Coimbra.” *Câmara Municipal de Coimbra*. 6 Jun. 2023. Web. 26 Jun. 2023. <https://www.coimbra.pt/2023/06/pedra-branca-vence-grande-premio-de-literatura-biografica-da-ape-e-da-cm-coimbra/>.

Castanheira, José Pedro. *Volta aos Açores em Quinze Dias: Diário de Bordo de uma viagem para (Não) esquecer*. Lisboa: Tinta da China, 2022.

E-cultura. “Misericórdia, o novo livro de Lídia Jorge.” Web. 23 Jun. 2023. <https://www.e-cultura.pt/artigo/30394>.

Feldman, Ethel. & de Almeida, Miguel Vale. *Pedra Branca*. Lisboa: Editorial Caminho, 2022.

Lucas, Isabel. “O esplendor de António Lobo Antunes.” *Público*. 9 Nov. 2022. Web. 8 Jun. 2023. <https://www.publico.pt/2022/11/09/culturaipsilon/critica/esplendor-antonio-lobo-antunes-2027027>.

Lusa. “João Moita vence Grande Prémio de Poesia APE com que túmulo em que talhão.” *Público*. 23 Jun. 2023. Web. 5 Jul. 2023. <https://www.publico.pt/2023/06/23/culturaipsilon/noticia/joao-moita-vence-premio-poesia-ape-tumulo-talhao-2054402>.

—. “José Pedro Castanheira vence Grande Prémio de Literatura de Viagens da APE.” *LUSA*. 25 May. 2023. Web. 25 Jun. 2023. <https://www2.lusa.pt/culture/article/2023-05-25/40846643/josé-pedro-castanheira-vence-grande-prémio-de-literatura-de-viagens-da-ape>.

MadreMedia/Lusa. “Jorge Reis-Sá vence Grande Prémio de Conto da APE com ‘A Hipótese de Gaia’.” *Sapo24*. 21 Jun. 2023. Web. 25 Jun. 2023. <https://24.sapo.pt/vida/artigos/jorge-reis-sa-vence-grande-premio-de-conto-da-ape-com-a-hipotese-de-gaia>.

Mário, Lopes. “Poeta João Luís Barreto Guimarães é o Prémio Pessoa 2022.” *Público*. 15 Dec. 2022. Web. 3 Jun. 2023. <https://www.publico.pt/2022/12/15/culturaipsilon/noticia/-premio-pessoa-2022-2031442>.

Martins, Maria João. “Misericórdia, o novo livro de Lídia Jorge sobre a imortalidade da esperança”. *Diário de Notícia*. 20 Nov. 2022. Web. 13 Jun. 2023. <https://www.dn.pt/cultura/lidia-jorgea-imortalidade-da-esperanca-15368934.html>.

Moita, João. *Que Túmulo em Que Talhão*. Editora Guerra & Paz. 2022.

Sousa, Sandra (2022). “Repairing History and the Wrongs of Its Agents in *O Regresso de Júlia Mann.a Paraty”. Comunicação e Sociedade*, 41: 25-42.

Zenith. Richard. *Pessoa: A Biography*. Liveright: New York. 2021.

金心艺 . 2019 年葡萄牙文学概览 // 外国文学通览：2019. 北京：外语教学与研究出版社，2020.

—. 2020 年葡萄牙文学概览 // 外国文学通览：2020. 北京：外语教学与研究出版社，2021.

张晓非 . 2016 年葡萄牙文学概览 // 外国文学通览：2016. 北京：外语教学与研究出版社，2017.

作者单位：北京外国语大学西葡语学院

2022年日本文学概览

曲　莉

内容提要：2022年的日本文学创作延续了近年来的现实关怀倾向，关注与人的生存处境和社会心理密切相关的时代话题，对社会现实进行应变性书写，传达出强烈的批判精神和历史思考意识。女性作家的活跃和叙事艺术形式的创新也是这一年值得关注的重要现象。

2022年，日本国内新冠疫情余威犹存，人们依旧未能从“非常态”的生活与精神的双重压力之下解脱出来，同时，经济的持续低迷加速了物价的上涨，民生问题日益突出。7月，前首相安倍晋三街头遇刺身亡打破了低犯罪率的治安良好神话，现代日本社会严重的阶层撕裂及长期以来政治人物与宗教团体的隐秘牵扯以极端暴力的形式迸发出来。国际上，俄乌战火愈演愈烈，和平、安全、能源等问题引发了更多的关注与担忧。在内外“阴霾”笼罩下，日本文学表现出强烈的现实关切，越来越多的作家将目光投向复杂多变的时代生活，表达和映照个体的生存处境与精神情感结构，对社会中各种显性或隐性的不公、压抑与暴力以及伦理价值危机等展开思考和批判。

一、重要文学奖项及获奖作品

（一）芥川奖[1]

1. 第 167 届芥川奖

第 167 届芥川奖于 2022 年 7 月 20 日在东京揭晓，本次有以下五部小说入围：小砂川千户（小砂川チト，1990— ）的《家用安心矿工》(「家庭用安心坑夫」)、铃木凉美（鈴木涼美，1983— ）的《天资》(「ギフテッド」)、高濑隼子（高瀬隼子，1988— ）的《为了能吃到可口的饭》(「おいしいごはんが食べられますように」)、年森瑛（年森瑛，1994— ）的《N/A》(「N/A」）和山下纮加（山下紘加，1994— ）的《恶态》(「あくてえ」）等。经评委会评议，最终，高濑隼子的《为了能吃到可口的饭》摘得桂冠。

高濑隼子 2021 年凭借《在水洼中呼吸》(「水たまりで息をする」）入围芥川奖，今年再次入围并获奖。《为了能吃到可口的饭》原载于《群像》2022 年 1 月号，3 月由讲谈社出版单行本。故事的主人公芦川、二谷和押尾同在一家食品标签印刷所工作。芦川的业务能力不强，又因曾遭职场欺凌，精神状态和身体状况都不大好，常称头疼早退。对此，从支店长到同事，虽内心对其颇为鄙夷，但碍于时下反霸凌的社会气氛，表面上不得不对其客气宽容，关爱有加。于是，本处于弱势的芦川一跃而成职场中常要享受优待的“强者”。女同事押尾也有偏头疼的毛病，然而芦川早已“示弱”在前，所以她不单要强忍病痛，还得时常加班替早退的芦川完成工作。日积月累，内心憋闷的押尾想对芦川搞个小恶作剧，发泄一下情绪，但运气不佳，计划败

1　奖项具体介绍参见《外国文学通览：2017》。

露，只得讪讪离职。二谷表面上对芦川也很不屑，私底下两人却是亲密的恋人关系。二谷的性格拧巴，尤其忍受不了芦川总嘱咐他“好好吃饭”。芦川虽身体不好，但擅长厨艺，常在称病早退的翌日给同事们奉上亲手烤制的点心。二谷每次都把点心捏得稀碎，在家吃完芦川上门做的饭菜后也一定要悄悄再来碗方便面压压，使得“好好吃饭”之意荡然无存才觉舒坦。小说通过“第一人称和第三人称的交替叙事……以立体的方式呈现人物关系”的方法得到了评论家的高度赞赏。(第 167 回芥川賞決定発表，277)

小说表面上写好好吃饭的问题，实则借由主人公对被关爱的反感、对美食的拒绝、对分享食物这一关乎人之基本社会属性的本能性行为的抵抗，映射出现代人作为生命个体的深度孤独与自我压抑。同时，看似温情的“关怀弱势群体”话语所引发的善恶、强弱关系的异变及由此衍生的新的职场暴力与压迫牺牲也是作品表现的另一重主题。正如评委松浦寿辉（松浦寿輝）所言，该小说“细致生动地描绘了封闭的小团体内部的人际关系的力学”。(第 167 回芥川賞決定発表，273)

2. 第 168 届芥川奖

2022 年下半年的第 168 届芥川奖于 2023 年 1 月 19 日在东京揭晓，补习学校语文教师井户川射子（井戸川射子，1987—　）和书店店员佐藤厚志（佐藤厚志，1982—　）分别凭借《这世界的喜悦》(「この世の喜びよ」）和《荒地的家族》(「荒地の家族」）摘得桂冠。本次入围的小说还有：安堂何塞（安堂ホセ，1994—　）的《杰克逊一人》(「ジャクソンひとり」)、格里高利（Gregory Khezrnejat，グレゴリー・ケズナジャット，1984—　）的《开垦地》(「開墾地」）和铃木凉美的《粗俗》(「グレイスレス」)。

与前一届芥川奖因入围作者史无前例地均为女性而备受瞩目相比，本届芥川奖同样颇具话题性。首先，井户川射子和佐藤厚志均是普通的上班族，利用业余时间进行文学创作；其次，格里高利是在日本取得文学博士学位的美国人，现任法政大学副教授，近年来他用日语创作的几部作品均获得了不错的口碑；最后，唯一两度入围的铃木凉美的个人经历富有传奇色彩。

《这世界的喜悦》使用第二人称叙事，“你”是某购物中心丧服卖场的营业员，有两个女儿，均已长大成人。一天，“你”偶然结识了常到美食广场来就餐的女中学生，在一次次交谈中，15 岁的少女向“你”倾诉关于父母生二胎、三胎的疑问和困惑，“你”也不由地忆起抚育两个女儿的旧时光。小说没有特别的事件或离奇的设定，只是以平淡的笔调描写寻常生活中的家长里短和母女关系。芥川奖评委川上弘美（川上弘美）认为，“相较于作品的主题和故事性，让读者感知和体味语言聚合下的生成物，如听音乐时的愉悦、观画时的惊叹、无关意义的感觉与情感等，正是井户川射子小说的（独到之处）。”（第 168 回芥川賞決定発表，274）

《荒地的家族》的作者佐藤厚志是日本著名书店丸善淳久堂仙台店的普通店员，他出生、成长、求学、工作都在仙台，从未离开过。小说聚焦于东日本大地震十年后仙台普通受灾民众的生活境况，展现灾民走出灾难阴霾、重建生活之艰难。主人公坂井祐治是一名园艺技师，刚出徒独立工作不久，“灾厄”就突然降临，汹涌的海啸卷走了他所有的工具，刚刚起步的事业毁于一旦。两年后，妻子又死于流感，坂井只得带着幼子回母亲家生活。又过了几年，坂井经人介绍再婚。再婚妻子不幸流产后离家出走，坚持要离婚，坂井则想方设法挽回，甚至还被妻子的同事当成变态跟踪狂。同时，与前妻所生的儿子也和他越来越疏离。震灾打破了生活，撕裂了家庭关系，也改变了人的心态。在灾后恢复重建的国家传播话语下被遮蔽的，无法“回到从前”的经济压力与情感困境依然深深地捆缚着普通灾民的日常。

多位评委对小说的写实主义技法和真诚的创作态度给予盛赞，吉田修一（吉田修一）称“读后，内心热流涌动。这里有虚构/谎话竭尽全力捕捉到的真实”。“谁也没有错。在主人公看来，那场天灾，那之后磨难重重的人生，谁也没有错。但说起来简单，真要接受它得要经历怎样的痛苦、懊恼与忧伤。这正是这部作品径直呈现给我们的。”（第168回芥川賞決定発表，275）

（二）直木奖[1]

1. 第167届直木奖

本届直木奖的入围小说有：窪美澄（窪美澄，1965—　）的《向夜晚发射星星》（「夜に星を放つ」）、河崎秋子（河崎秋子，1979—　）的《绞杀之树》（「絞め殺しの樹」）、吴胜浩（呉勝浩，1981—　）的《炸弹》（「爆弾」）、永井纱耶子（永井紗耶子，1977—　）的《女人开眼》（「女人入眼」）和深绿野分（深緑野分，1983—　）的《工作人员名单》（「スタッフロール」）。最终，三度获提名的中坚作家窪美澄凭借《向夜晚发射星星》摘得奖项。

《向夜晚发射星星》是一部小说集，由《半夜的牛油果》（「真夜中のアボカド」）、《锡箔纸色的心宿二星》（「銀紙色のアンタレス」）、《珍珠星角宿一》（「真珠星スピカ」）、《潮湿的海》（「湿りの海」）和《随星》（「星の随に」）等五个单独的短篇组成。不管是亡母化作幽灵

1　奖项具体介绍参见《外国文学通览：2017》。

对遭遇校园欺凌的女儿的守护，还是热爱大海的高中男生的一段夏日初恋，抑或因父亲再婚而和新妈妈一起生活的小学生的“人情世故”，或是分手，或是离婚，或是死别，五个故事的主人公虽都背负着不得不与生命中重要的人分开的情感伤痛，但均选择了勇敢面对，迎着新的希望努力生活。在每个故事中均有一位熟知天文星相的人物登场也使得小说集呈现出一种整体性，为故事覆上了一层浪漫色彩。

小说以疫情为背景，评选委员宫部美雪（宮部みゆき）认为作者“选择了最自然、最温柔的方式描绘新冠疫情下的生活百态，笔触温柔，但不温吞，既不回避前路中一连串的琐碎的苦难、辛酸与厌烦，又希冀每个人终能达成所愿。作者的这一意图（在作品中）得到了很好的呈现”。（直木賞 - 選評の概要 - 第 167 回）

2. 第 168 届直木奖

获第 168 届直木奖提名的五部小说分别是：一穗美智（一穂ミチ，1978— ）的《要待在有光的地方》（「光のとこにいてね」）、小川哲（小川哲，1986— ）的《地图与拳头》（「地図と拳」）、雫井修介（雫井脩介，1968— ）的《鳄鱼的眼泪》（「クロコダイル・ティアーズ」）、千早茜（千早茜，1979— ）的《白银之叶》（「しろがねの葉」）和凪良汐（凪良ゆう，1973— ）的《你，宛如星辰》（「汝、星のごとく」）。经评委会审议，小川哲的《地图与拳头》和千早茜的《白银之叶》双双摘得桂冠。

小川哲是入围作家中唯一的一位 80 后，这已是他第二次获直木奖提名。《地图与拳头》在 2018—2021 年连载于著名文艺杂志《昴》，2022 年由集英社出版单行本，是一部 600 余页的长篇巨制，也是本届直木奖夺标呼声最高的一部作品。“地图和拳头”具有多重含义，是近代日本对外侵略扩张野心和战争暴力的具象化表征。

《地图与拳头》在首轮投票中即获得评委会的一致推荐。三浦紫苑（三浦しをん）高度评价小说内在的战争记忆传承意义，指出“正因为是不了解战争的一代，所以，思考战争的真实面目，发挥想象力尤为重要，（我们从小说中）能够切实感受到作者的这一不凡的觉悟”。“然又不（居高临下）地做说教训导，愈读愈有滋味是这部作品的妙处。”角田光代（角田光代）亦“被征服”，在她看来，“小说呈现的不是战争本身，而是一步步走向战争的时代和生活在那个时代的人们”。（直木賞 - 選評の概要 - 第168回）

千早茜的《白银之叶》是一部历史题材小说，以日本战国时代末期的石见银山[1]开采为背景。主人公小梅是破产农民的女儿，流落到矿山，被天才探矿师喜兵卫收养。在跟着喜兵卫生活的过程中，小梅学习并掌握了一定的探矿技能。下到矿道与男性矿工一起参与开采是小梅的梦想。随着德川家康势力的不断增长，天下大势渐定。喜兵卫失意离去，小梅孤身留在矿山。小说从女性视角描写了矿山上的男人和女人的生存挣扎及强韧的生命样态——男人为养家忍受恶劣的工作环境，生命耗尽，患病早逝；女人提供性的慰藉，男人死后，一再改嫁，不停地生育以补充劳动力。评委伊集院静（伊集院静）肯定作者“发现日本土俗元素”“描写日本人”的创作态度。林真理子（林真理子）和桐野夏生（桐野夏生）对文章之美和对角色的深度塑造给予了高度评价。

二、重要文学主题

1. 战争记忆的传承与历史反思

小川哲的《地图与拳头》于2022年6月底出版单行本，到年底

1 石见银山是日本最大的银矿，1923年停止开采，2007年被列入世界遗产名录。

获直木奖前已增印多次，堪称 2022 年下半年最受瞩目的一部作品。无独有偶，2022 年度书店大奖也颁给了一部战争题材小说——《少女同志，向敌人开枪吧》(「同志少女よ、敵を撃て」)。与芥川奖、直木奖的同行评审不同，书店大奖是由作为作者和读者之媒介的书店店员评选出的奖项，全称为“全国书店店员票选最想卖的书第一名 书店大奖”，创立于 2004 年。该奖项在读者中具有极强的影响力和公信力，获奖作品均为年度畅销书。

《少女同志，向敌人开枪吧》是逢坂冬马（逢坂冬馬，1985— ）的处女作，曾在 2021 年获第 166 届直木奖提名。小说以二战时期的苏德战争为背景，描写一名普通的苏联少女受训成长为狙击手，在战场上目睹和经历了无数次死亡后，由当初单纯地想为家人复仇到逐渐反思战争是什么、敌人是谁的故事。小说以女性主义视角塑造角色，描绘战争。三浦紫苑评价说，“战争中没有女性的面孔，包括男性在内的所有性别的面孔也都不存在。作者试图呈现战争中没有人的面孔这一事实，立意高远，令人钦佩。”(2022 年本屋大賞受賞！）逢坂本人表示，他的创作动机亦在揭示战争的机制，促人警醒。(「回顧2022 文学」12 月 8 日 48 版）

石泽麻依（石沢麻依，1980— ）的《月之三相》(「月の三相」)是其继 2021 年获芥川奖后推出的第二部小说，故事地点依然设置在德国。这是一部带有幻想色彩的小说，借由肖像面具制作传统，以及面具中凝固的个体时间印记和青梅竹马的少男少女的离别来隐喻东西德的分裂历史与记忆传承。

日本的有识之士在每年 8 月都会举行不同规模和形式的演讲、集会和游行，以表达对战争的反省与警惕。《群像》9 月号推出了题为“战争的记忆、现在”(「戦争の記憶、現在」) 的特集，作家松浦寿辉，石泽麻依，文学研究者、评论家工藤庸子（工藤庸子，1944— ）等纷纷撰文参与。

2. 疫情下的人生百态

除直木奖获奖作品《向夜晚发射星星》外，金原瞳（金原ひとみ，1983— ）的长篇小说《美味变奏》(「デクリネゾン」) 也涉及疫情描写。主人公原子是一位单亲妈妈，职业是作家，离过两次婚，目前正和一个大学生交往。在被养育孩子、写作和恋爱填满的日常中，她的一大乐事是享受美食，并且不时会约上作家朋友们外出吃饭，聊聊近况。突如其来的疫情导致不能外出就餐，原子的状态非常不好；与此同时，她与女儿的关系也出现了裂隙。小说聚焦于单亲妈妈的孤独与欲望，在理想与现实的错位中展现追求家庭、事业与爱情的三丰收于失婚的单亲女性之不易。在书评家三宅香帆（三宅香帆）看来，外出就餐具有重要的隐喻意义，指向的是对自己无法独自生存的认知，即便简单的食物也要来自他者的供给。《美味变奏》巧妙地将"食物"与"他者"的关系叠合，展现了女性从出生一路走来是如何在与他者的关系中被塑造，在与人共生中为人母、为人妻、为人女友的。她们与不同的人邂逅，演绎不同的角色，同时也不断地"变奏"自己。(三宅香帆，370)

川上未映子（川上未映子，1976— ）的《春天的恐怖》(「春のこわいもの」) 的故事发生在疫情暴发的 2020 年初春。原因不明的传染病开始在日本蔓延，人们在感到紧张、焦躁不安的同时，又多少抱着不会落在自己头上的侥幸心理。作者将这种异常尖锐又飘忽不定的不安带入一个个因极度现实而令人细思极恐的小故事中，深度呈现了人与人之间关系的复杂微妙以及人心、人性的诡谲多变。

永井美实（永井みみ，1965— ）的《缝纫机与金鱼》(「ミシン

と金魚」）是一个患有痴呆症的老婆婆讲述自己一生经历的故事。母亲生下她就去世了，她在父亲和继母的棍棒下跌跌撞撞长大嫁人后，丈夫又失踪了，扔下身怀六甲的她和两个幼年的孩子。尽管命运多舛，她还是温柔善良地对待身边的人和事，靠踩缝纫机给人做衣服养活自己和孩子。到了人生的最后，即便连早晨独自起床都有困难，她还是坚持在家独居养老，偶尔接受看护人员或家人的帮助时，也不忘体谅年轻人的辛苦。面对疫情之下笼罩老年人的死亡阴影，她也能保持从容，拒绝过度医疗。斋藤真理子（斎藤真理子）高度称赞这部小说在疫情时代对死亡的积极想象，称"内心充满爱，也被爱、被温暖守护的人无畏死亡的样子堪称现代版接引图"（斎藤真理子，345）。

此外，绵矢莉莎（綿矢りさ，1984—　）的《讨厌的话，就别叫呀》（「嫌いなら呼ぶなよ」）也描绘了疫情下日常生活的悲喜剧。

3. 对职场公平与社会正义的审视

如前所述，芥川奖获奖作品《为了能吃到可口的饭》是一部以职场为背景的小说。作者高濑隼子敏锐地捕捉到在反霸凌话语的作用下，最弱者反转后，相对的次弱者沦为新的被牺牲和受压榨对象（平岡直子，208）这一吊诡现象，对现代社会的职场规则、行动原理和隐伏的新暴力进行了文学刻画，体察入微，读来令人动容。

石田夏穗（石田夏穂，1991—　）的《吝啬的你》（「ケチるあなた」）基于女性主义视角，结合主人公身体感觉的变化，形象展现了女性如何看待和处理职场中的性别歧视。主人公佐藤天生患有冷感症，手脚冰冷，她在一家工业罐制造厂的施工部工作。这是一个典型的男性占主导的行业，作为绝对少数的女性，佐藤常遭遇不公待遇和藐视。她内心愤懑，然又不得不笑脸相陪。在带训两位男性新职员期间，她无意中发现，当把多年的工作经验“宽容”无私地传给他们时，体温就会升上来。此后，她开始尝试接受既定的性别角色并不断“以德报怨”，健康的身体带来的舒适感让她愈发陶醉。然而好景不长，在结尾处，她被发现昏倒在公司的卫生间里。小说家、剧作家山下澄人（山下澄人）指出，《吝啬的你》反映了职场的性别偏见、女性蔑视等问题，但不给人刻意的感觉，故事非常自然，就好像真实存在和发生在哪家公司里似的。（長瀨海×森山恵×山下澄人「創作合評」第542回，578）

围绕劳动与职场生态，《昴》在4月号组织了长达百余页的特集“改变‘劳动’的启示”（「働く」を変えるヒント）。文章形式包括对谈、短篇小说、评论和访谈，内容充实丰富，回应了人们对疫情下异常突出的劳动就业、社会保障等问题的强烈关切。该杂志8月号还刊载了石田夏穗的一篇以公司人力资源部女职员为主人公，揭露招聘过程中性别歧视问题的小说《黄金比之缘》（「黄金比の縁」）。

吉村万壱（吉村萬壱，1961— ）的《CF》是一部带有科幻和讽刺寓言色彩的反乌托邦小说。CF是超级企业Central Factory的简称，它对外宣称其开发的新技术可以将加害者的犯罪责任消解为物质能量，无害燃烧后通过大烟囱排出，此外还能清除受害者的愤懑和痛苦。追名逐利的政治家，交通事故逃逸的权贵，徇私枉法、包庇犯罪的检察人员等，有钱有势的所谓上层国民不但无须担责，而且不会被问责，无论多重的罪责都可以被“科学地”处理。携此商机，CF在日本国内广设工厂，还大手笔地计划进军国际市场。围绕CF开发的新技术，不同职业、不同阶层的人出于不同的目的或试图利用，或试图揭发，或不惜搞恐怖袭击。一幕幕亦真亦假的故事被巧妙地串联在一起，CF 的无害处理技术也逐渐露出了真面目。文艺评论家酒井信（酒井信）高度肯定该小说对当代日本社会现实问题的深刻洞察与寓意表达并提醒读者，“在‘信息负荷’超标的后真相时代，于我们而言，感知寓于各‘故事’中的‘悲哀’，这样的‘文学感性’是最应珍视的人类情感”。（酒井信，309）

4. 物价飞涨下的生活苦与节约术

据日本广播协会援引日本总务省发布的统计数据，受俄乌战争和日元贬值引发的能源价格和食品价格上涨的影响，2022 年度日本全国消费者物价指数（CPI）同比增长 3.0%，创受第二次石油危机剧烈冲击的 1981 年以来的新纪录。

在“涨”声一片中，主妇们想尽办法开源节流，社交应酬和生活开支尽显节约之风。集理财知识与家庭小说为一体的《三千元的用法》（「三千円の使いかた」，2018）以对务实的存钱和花钱态度的描写在厉行节约的世风下引发共鸣。该小说在 2021 年推出了文库版，到 2022 年底累计销售超 70 万册，成为年度畅销书之一，还被富士电视台改编制作成电视剧，于 2023 年 1 月正式播出。

《三千元的用法》的作者原田妃香（原田ひ香，1970— ）在 2022 年 7 月又趁势出版新著《钱包舞动》（「財布は踊る」），此书也是一推出就销售火爆，迅速再版。这是一部短篇小说集，第一个故事的主人公叶月瑞穗是一位年轻的家庭主妇，她每月精打细算，从生活费中硬是省出 2 万日元用于私房储蓄。当她终偿所愿，将心心念念好久的路易威登钱包买回家后，发现丈夫竟然瞒着她借了外债，于是又不得不把还没暖热的钱包转卖出去。在拍卖网站拍下这个钱包的是兜售非法外汇汇兑信息的文夫，他也是第二个故事的主人公；接下来的第三个故事的主人公则是从第二个故事的主人公那里偷了钱包的人……小说集围绕钱包在不同的所有者处辗转展开了一个个有关金钱陷阱与人生的故事。

在文艺网站“好书好日”的专访中，原田妃香谈及创作动机时称，“钱包不单单是放钱的（容器），就像从前有一种说法‘事业有成的男士用长钱包’一样，它也是身份的表征。另外，又如在日语中有‘钱包的绳结牢固’（舍不得花钱的意思——笔者注）等固定表达，‘钱包’一词本身又可以指代金钱……（故而）我觉得以钱包为中心可以有各种各样的故事。”（原田ひ香さん「財布は踊る」インタビュー）

三、叙事实验和女性作家、越境作家活跃

在叙事艺术的实验与探索上，不单第二人称叙事作品《这世界的喜悦》斩获芥川奖，荣获第35届三岛由纪夫奖的冈田利规（岡田利規，1973—　）的小说集《西兰花·变革》（「ブロッコリー・レボリューション」）也以特别的叙事实验广受关注。叙述者虽是第一人称的“我”，但叙述内容却远超“我”的所见所识。小说家星野智幸（星野智幸，1965—　）称其为“非第一人称的‘我’”，认为正是“视点与人称之关系的失调带给读者极大的解放感”，小说由此呈现出“现实中难有的幻想性”。（「泣いてるのはたぶん」）金原瞳形容该作品集“捡拾了当我们被粗暴地框定于‘我’时之认知疏漏”，称赞此视角设置“消弭了‘人称’‘小说’‘物语’的边界，呈现了“虽不确定，然又似曾于何时感知过的世界”。（「ブロッコリー・レボリューション」書評）

创作者方面，女性作家表现活跃，167 届芥川奖的候选人史无前例地全部为女性。在海外，日本当代女作家的作品也日渐受到关注，村田沙耶香（村田沙耶香，1979— ）2019 年推出的有“文学史上最危险的短篇集”之称的自选集《生命式》（「生命式」）继 2021 年的中译本后，2022 年 7 月和 9 月又分别在美国、英国、意大利出版了英译本和意译本。川上未映子描写十四岁少年的校园欺凌遭遇的小说《天堂》入围 2022 年布克国际文学奖短名单。

非日语母语作者的日语文学创作势头强劲，延续和推进了近年来日本文学的“越界”特征和发展态势。168 届芥川奖入围作品《开垦地》的作者美国人格里高利是在日本执教的大学教师，小说描写了留日十年的美国青年在回国休假期间，与养大自己的伊朗继父的日常生活及所感所思，借由继父因敌对国出身而受歧视的半生和游走在母语和日语夹缝中的“我”的经历，对英语中心主义提出质疑并进行反思。

四、重要文学事件

1. 纪念森鸥外逝世 100 周年

森鸥外（森鴎外，1862—1922）是日本明治时代的文学巨匠，与夏目漱石并称近代文学双璧。7 月 3 日，为纪念森鸥外逝世 100 周年，他的母校东京大学举办了主题为“经得起不断阅读的鸥外”（読み継がれる鷗外）的研讨会，邀请当代著名作家平野启一郎（平野啓一郎，1975— ）做基调演讲。《昴》11 月号全文刊载该演讲及作家青山七惠（青山七恵，1983— ）等人的分组讨论发言。除前述研讨会外，包括东京大学鸥外文库的藏书展在内，相关纪念馆、文学团体和学会组织也开展了形式多样的纪念活动。

2. 悼念故人

继日本主要文艺刊物《新潮》《群像》《昴》和《文学界》同在2022年1月号刊文纪念一生颇富传奇色彩的女作家濑户内寂听（瀬戸内寂聴，1922—2021）逝世[1]一周年后，《新潮》和《群像》的3月号又分别刊文纪念有“内向的世代”的代表作家之称的古井由吉（古井由吉，1937—2020）的第三个忌辰。世界知名的日本研究者唐纳德·基恩（Donald Keene，1922—2019）在东日本大地震后移居日本，2019年病逝于东京，《新潮》《昴》和《文学界》杂志分别于2022年6月、7月和8月号刊载专文纪念其百年诞辰。

日本私小说作家西村贤太（西村賢太，1967—2022）在2月突发急病去世，享年54岁。《新潮》《群像》和《文学界》在4月号刊载了悼念文章，《文学界》7月号还组织了题为“西村賢太 活成私小说的男人”的小特集。西村贤太中学辍学后，长期靠干体力活在社会底层挣扎求生，曾因滋事被拘留，生活颓废不羁。2011年，他凭借以个人经历为素材创作的小说《苦役列车》（「苦役列車」）摘得芥川奖，从此步入文坛。其主要作品还有《暗渠之宿》（「暗渠の宿」）、《不花钱的里弄》（「無銭横町」）等，此外，西村于无赖派作家田中英光（田中英光，1913—1949）亦颇有研究心得，著有私家版《田中英光私研究》（「田中英光私研究」）。

3. 两部解读大江健三郎其人其文的文艺评论集受到关注

日本著名作家、诺贝尔文学奖获得者大江健三郎于2023年3月去世，享年88岁。大江健三郎是日本战后文学的旗手，一生著有几

1 相关介绍参见《外国文学通览：2021》。

十部长篇小说和大量短篇小说、文艺评论、随感、杂文等。他从小阅读鲁迅的作品，曾六次访华，推动了中日文学和文化的交流，其主要作品，《饲育》(「飼育」)《个人的体验》(「個人的な体験」)《万延元年的足球》(「万延元年のフットボール」) 等都早已被译为中文出版。作为左翼知识分子，大江一生秉持人道主义与和平主义立场，不仅在文学创作中始终坚持以“想象力”对抗时代逆流，反思历史，深度勾画和解析人与社会、边缘与世界的关系结构，还身体力行，走出书房，积极投身社会政治运动，组织、参与守护和平宪法的“九条会”活动，在晚年仍不辞辛苦，参加反核游行，并在 2013 年完成了以“福岛核电站爆炸事故”为背景的长篇小说《晚年样式集》(「晚年様式集」)，展现出老作家在巨大灾难面前身先士卒为人类寻找出路的社会担当和作为思想者的精神力量。

在他离世前的 2022 年，由法国文学研究者、文艺评论家工藤庸子和文艺评论家、早稻田大学教授尾崎真理子（尾崎真理子，1959—　）撰写的两部评论集《大江健三郎及“晚年的工作”》(「大江健三郎と「晚年の仕事」」)、《大江健三郎的“义”》(「大江健三郎の「義」」) 相继出版。《群像》杂志在 4 月、6 月、9 月和 12 月号分别刊载了相关文章、书评和出版对谈，大加推介，使得大江健三郎成为本年度文艺评论界受关注程度最高的作家。

4. 哲学家、文艺评论家柄谷行人获国际大奖

12 月，日本著名哲学家、文艺评论家柄谷行人（柄谷行人，1941—　）获颁 2022 年博古睿哲学与文化奖（Berggruen Prize for Philosophy & Culture），奖金 100 万美金，他也是该奖项的首位亚洲得主。柄谷行人本名柄谷善男，日本现代文学研究者出身，曾开创性

地从“风景的发现”“内心的发现”等角度对日本现代文学的诞生轨迹进行了梳理和分析，其力作《日本现代文学的起源》(「日本近代文学の起源」，1980）在日本国内再版多达二十余次，还被译成多国文字，在世界范围内的日本文学研究界享有极高的声誉。柄谷年轻时参加过左翼学生运动，钻研过马克思主义哲学。20 世纪 90 年代后，他的研究重心逐渐向社会哲学转移，并于 2001 年出版了《跨越性批判：康德与马克思》(「トランスクリティーク　カントとマルクス」)，该书 2003 年由麻省理工学院推出英译本。2010 年，他又出版了《世界史的结构》(「世界史の構造」)。至此，柄谷行人基本完成了对人类社会和历史发展机制的理论构建。2022 年，他推出了专著《力与交换样式》(「力と交換様式」）进一步推进和阐发其关于社会交换的四种样式理论，《文学界》10 月号刊载了柄谷所做的题为《关于〈力与交换样式〉》的演讲全文。

5. 新发现的作家文稿和通信资料

值得一提的是，在日本现代文学史上留下重要足迹的三位文学大师的文稿和通信资料在 2022 年被陆续发掘出来并得到介绍，它们分别是以基督教题材创作而闻名的小说家远藤周作（遠藤周作，1923—1996）未发表的戏剧手稿《好人们》(「善人たち」)，日本首位诺贝尔文学奖得主川端康成（川端康成，1899—1972）的小说《篝火》(「篝火」）的部分创作草稿和三岛由纪夫、横光利一写给川端康成的信笺，以及剧作家井上厦（井上やすし，1934—2010）生前未发表的戏剧《MA——骑马至世外》(「うま——馬に乗ってこの世の外へ——」)。

结语

2022 年的日本文学创作题材多样，既有对疫情、震灾、战争记忆传承以及英语中心主义等重大历史、文化、社会问题的关切，也有对日常的职场生态、个体处境的观察与描写。虽然倾向各异，但这些作品背后无不闪烁着写作者以人文主义为支点的对变动中的人与周遭世界关系的敏锐而细微的洞察与深刻思考。

此外，贫富差距、电信诈骗、社会隔阂等问题在 2022 年的日本文坛也都得到反映。随着第四代人工智能技术的横空出世，有关 AI 与文学的未来的议题也受到关注，《文学界》杂志于 2 月号和 6 月号分别组织了相关特集和座谈会进行探讨。

总体而言，如果说，2021 年的高频词是“连带”“共感”“关爱”，强调携手跨越和消除现实可见困难的情感纽带，那么，2022 年的日本文学表现更多的则是变动、隔阂、撕裂与暴力，创作者对当代日本社会积弊的深度洞察和犀利呈现让人印象深刻。

参考文献：

「第 167 回芥川賞決定発表　芥川賞選評　受賞者インタビュー」，载「文芸春秋」2022 年 9 月号

「第 168 回芥川賞決定発表　芥川賞選評　受賞者インタビュー」，载「文芸春秋」2023 年 3 月号

「回顧 2022　文学」，载「日本経済新聞」2022 年 12 月 8 日文化 48 版

「回顧 2022　文芸　エンタメ文芸」，载「読売新聞」2022 年 12 月 13 日文化 12 版

「回顧 2022　文芸」，载「朝日新聞」（夕刊）2022 年 12 月 21 日 4 版

アンケート特集「古井由吉の文　三回忌に寄せて」，载「新潮」3 月号

特集「「働く」を変えるヒント」，载「すばる」4 月号

特集「戦争の記憶、現在」，载「群像」9 月号

特集「「弱さ」の哲学」，载「群像」10 月号

特集「笑ってはいけない？」，载「文学界」1 月号

特集「AI と文学の未来」，载「文学界」2 月号

特集「西村賢太　私小説になった男」，载「文学界」7 月号

特集「声と文学」，载「文学界」9 月号

特集「JAZZ × 文学 ふたたび」，载「文学界」11 月号

「新発掘原稿 遠藤周作 善人たち」，载「新潮」3 月号

「川端康成没後 50 年　新発見 3 点　川端康成「篝火」草稿、三島由紀夫　川端康成宛書簡「一九七〇年 富士山麓の兵舎より」、横光利一　川端康成宛書簡「一九四七年　一番手紙を書かなければならぬ人へ」他二通」，载「新潮」5 月号

「未発表戯曲発見井上ひさし「うま——馬に乗ってこの世の外へ——」」，载「すばる」7 月号

井上文「あなたを許さない——高瀬隼子作品と弱さをめぐる捩れについて」，载「群像」10 月号

井上文「高瀬隼子「おいしいごはんが食べられますように」——ケアの倫理の（不）可能性」，载「すばる」6 月号

尾崎真理子「「万延元年のフットボール」のなかの「夜明け前」」，载「群像」1 月号

尾崎真理子「「万延元年のフットボール」のなかの「夜明け前」」②，载「群像」4 月号

川崎祐「石沢麻依「月の三相」——精妙な時間のモザイク」，载「文学界」12 月号

柄谷行人「「力と交換様式」をめぐって」，载「文学界」10 月号

工藤庸子「文学ノート・大江健三郎 I 敗戦と小説について——大岡昇平×大江健三郎」，载「群像」9 月号

斎藤真理子「永井みみ「ミシンと金魚」——コロナ時代に花開く死への想像力」，载「すばる」3 月号

酒井信「吉村萬壱「ＣＦ」——「ポスト真実」の時代の「悲しみ」」，载「文学界」9 月号

篠原雅武「岡田利規「ブロッコリー・レボリューション」——無力さに泣くことはいかにして可能か」，载「群像」10 月号

高瀬隼子「特別エッセイ　私の欲」，载「文学界」9 月号

鶴見太郎×尾崎真理子「「大江健三郎の「義」」刊行記念対談　大江健三郎と柳田国男の“夢のゆくえ”」，载「群像」12 月号

豊崎由美「小川哲「地図と拳」——地図と拳のロジックを五感をフル稼働させて考え抜いた傑作歴史戦争小説」，载「すばる」10 月号

長瀬海×森山恵×山下澄人「創作合評」第 542 回，载「群像」5 月号

長瀬海×森山恵×山下澄人「創作合評」第544回，载「群像」8月号

野崎歓「「女たち」による小説の再生——工藤庸子「大江健三郎と「晩年の仕事」」」，载「群像」6月号

東直子「川上未映子「春のこわいもの」——パンデミックに向かう世界の「わたし」」，载「文学界」5月号

平岡直子「透明な飲食の不可能性について——「おいしいごはんが食べられますように」論」，载「文学界」9月号

平野啓一郎「基調講演　鷗外を今読むこと」，载「すばる」11月号

平野啓一郎×青山七恵×平出隆×ロバートキャンベル「パネルディスカッション　読み継がれる鷗外」，载「すばる」11月号

松浦寿輝「小川哲「地図と拳」——フォルムとフォルス」，载「新潮」10月号

三宅香帆「金原ひとみ「デクリゾン」——関係という名の調理」，载「すばる」10月号

"直木賞－選評の概要－第167回｜直木賞のすべて" 14 Sept. 2022. Web. 28 Jun. 2023.
<https://prizesworld.com/naoki/senpyo/senpyo167.htm>.

"直木賞－選評の概要－第168回｜直木賞のすべて" 20 Mar. 2023. Web. 28 Jun. 2023.
<https://prizesworld.com/naoki/senpyo/senpyo168.htm>.

"2022年本屋大賞受賞！逢坂冬馬「同志少女よ、敵を撃て」" 文化通信 11 Apr. 2022. Web. 28 Jun. 2023.
<https://www.bunkanews.jp/article/prtimes_posts/264747/>.

"2022年度　消費者物価指数　前年度比3.0%上昇　41年ぶり水準" NHK 21 Apr. 2023. Web. 28 Jun. 2023.
<https://www3.nhk.or.jp/news/html/20230421/k10014044591000.html#: ~ :text=%E5%AE%B6%E5%BA%AD%E3%81%A7%E6%B6%88%E8%B2%BB%E3%81%99%E3%82%8B%E3%83%A2%E3%83%8E,%E5%B9%B4%E3%81%B6%E3%82%8A%E3%81%AE%E6%B0%B4%E6%BA%96%E3%81%A7%E3%81%99%E3%80%82>.

"原田ひ香さん「財布は踊る」インタビュー　お金で人生を諦めようとしているあなたに" 好書好日 15 Sept. 2022. Web. 28 Jun. 2023.
<https://book.asahi.com/article/14717639>.

"泣いてるのはたぶん、自分の無力さに対してだと思う、わかんないけど。【［第35回］三島由紀夫賞受賞作】" 新潮社 Web. 28 Jun. 2023.
<https://www.shinchosha.co.jp/book/304052>.

"「ブロッコリー・レボリューション」書評　「小説」の枠外れた世界そのもの" 好書好日 27 Aug. 2022. Web. 28 Jun. 2023.
<https://book.asahi.com/article/14703895>.

"村田沙耶香による衝撃の短篇集「生命式」英語版、2022 年 7 月にアメリカ、イギリスで発売！「コンビニ人間」、「地球星人」に続く話題作として、世界各国で注目！" 14 Jul. 2022. Web. 28 Jun. 2023. <https://prtimes.jp/main/html/rd/p/000000421.000012754.html>.

"「日本文学」女性作家が英語圏で躍進　背景に出版界の潮流変化" 産経新聞 29 Apr. 2022. Web. 28 Jun. 2023. <https://www.sankei.com/article/20220429-VLSES6NENBIWLPEQ6T2YWWEFVA/>.

作者单位：北京外国语大学日语学院

2022年塞尔维亚语文学概览

陈淑娴　洪羽青

内容提要：2022年，在塞尔维亚语文坛中影响较大、受关注度较高的主要是小说奖。获奖者基本是活跃已久的作家、文学家，获奖作品仍以观照和反思社会现实为主。汉德克与塞尔维亚语文坛各种形式的活跃互动表明，他对当地的影响仍在持续中。本文将以2022年塞尔维亚语文坛广受关注的重要文学奖项、主流媒体与文学评论家的评价与推介、文坛大事件为主要内容，概述2022年塞尔维亚语文学发展情况。

一、塞尔维亚语文坛的重要奖项及获奖作品

1.《通讯周报》奖（NIN-ova nagrada）[1]

第69届《通讯周报》奖由达尼察·武基切维奇（Danica Vukićević，1959—　）获得，获奖作品是长篇小说《内心之海》（*Unutrašnje more*，2022）。武基切维奇出生于塞尔维亚的瓦列沃，此前主要以诗人的身份活跃于塞尔维亚文坛，著有诗集若干。《内心之海》是她的第一部长篇小说，也是她的转型之作。武基切维奇由诗人

1　奖项具体介绍参见《外国文学通览：2019》。

向小说家的转变代表了时下文坛的一种趋势。

《内心之海》是一部试图超越体裁的充满诗意的小说，文字言简意赅，语言风格时而细腻机敏，时而紧张激烈。作者在语言和表达上进行了实验性探索，结合不俗的文体技巧，围绕“不为五斗米折腰”的不屈人格这一宏大而复杂的主题，将零散的碎片化世界联结成一个整体，传达了不向世界妥协、不向自己妥协的人生态度。正如评审团的颁奖词所言：“小说《内心之海》在形式上颇有创造性，在内容上以从个人到社会政治层面、从日常生活的物质面到当代个体的内心活动等多个视角探讨了生存的问题。作者用细腻的笔触和富有张力的文字将碎片化写作转变为一幅完整的世界图景。”[1]

《内心之海》最引人注目的是碎片化的写作方式。该小说没有传统意义上的故事情节和故事线，而是由取自作者日常生活的“思想、观念、观察、回忆、缅怀、短评、手记、印象、闪回、文字游戏、推文、批评、图片和小插曲”等组成。每个片段都由一个小标题和一句到三句话的内容组成，仅在小说近结尾处句式稍长。作品中暗示主题的小标题看似随机排列，实则暗含时间顺序。[2] 作为叙述者的强烈“自我”视角将这些细碎片段紧密联系在一起，使读者能够经由叙述者的内部视角观察和体验日常生活中的细碎瞬间。[3]

《内心之海》带有一种不受既定范式制约的、本真的女性视角。作者擅长捕捉生动鲜活的日常瞬间，以富有想象力和令人难忘的诗意景象描绘现实，呈现了一幅生动活泼且清晰的自画像，向读者传达了

---

1 摘自《通讯周报》奖评审团的颁奖词。
<https://www.politika.rs/scc/clanak/533844/Нинова-награда-Даници-Вукићевић>.

2 摘自奥布拉多维奇的评论。
<https://n1info.rs/kultura/unutrasnje-more-moj-zivote-zivoticu/>.

3 摘自尼科利奇的评论。
<https://www.mojapraktika.com/moj-zivot-stil/kultura/knjizevne-nagrade-u-srbiji-sa-njima-tesko-a-bez-njih-nikako/#NIN-ova_nagrada>.

世界突然丧失意义、土崩瓦解时的女性体验。这是一种同时展现嘲讽与同理心的对世界的批判性体验。作者曾在采访中坦言："我的体验是一种女性体验。在我的内在声音中，有儿童的、男性的、女性的、无性的声音，也有植物的、动物的、物体的非人类声音，而我选择了女性声音。当你在寻找自己的声音时，你仍然要从中做出选择。"[1] 这使得作品带有清晰的反思性——既质疑一切连续性和稳定性也不放弃它们。

该小说为武基切维奇同时带来了赞赏与质疑。评审团成员玛利亚·奈奈季奇（Marija Nenezić）认为："武基切维奇走出了狭隘的抒情视角，带来了更广阔的小说世界图景，这鲜少有人能做到。这部作品表明了小说实际上是无政府主义的、无序的，它在否定了小说所携带的文学规范性的同时，成为一部真正意义上的小说，因为现实世界本就具有高度的小说性，而这种小说性也通过作品中主人公的体验得以完全展现。"[2] 文学评论员佩贾·奥布拉多维奇（Peđa Obradović）做出了类似的评价："小说呈现的细碎片段恰恰是生活本身的映像。但也正是因为其简单却细碎、弱组织性的特征，令读者普遍感到文本意义的飘忽不定和难以捉摸。"[3] 作者还因观察世界的立场而受到指摘。克塞尼娅·尼科利奇（Ksenija Nikolić）指出，作者视自己为现实批判者，不够谦逊，急于对日常生活的矛盾之处提出质疑，却因此掩盖了许多与种族主义、女性主义等有关的立场问题。

---

1 摘自武基切维奇接受采访时的发言。
<https://www.telegraf.rs/pop-i-kultura/knjige-stripovi/3619476-ko-je-danica-vukicevic-dobitnica-nin-ove-nagrade>.

2 摘自《通讯周报》奖评审团成员奈奈季奇的评论。
<https://nova.rs/kultura/roman-koji-ne-daje-dusu-za-kikiriki-zasto-je-unutrasnje-more-dobilo-nin-ovu-nagradu/>.

3 摘自奥布拉多维奇的评论。
<https://n1info.rs/kultura/unutrasnje-more-moj-zivote-zivoticu/>.

2.“贝尔格莱德胜利者”奖（Nagrada “Beogradski pobednik”）

“贝尔格莱德胜利者”奖与贝尔格莱德市的标志性文化遗产“胜利者”雕塑同名，是该市市政于2022年设立和赞助的新奖项，旨在奖励每年的塞尔维亚语年度最佳长篇小说，由贝尔格莱德市图书馆颁发。2022年度贝尔格莱德胜利者奖的获得者是戈兰·佩特洛维奇（Goran Petrović，1961— ），获奖作品是小说《带水印的纸》（*Papir sa vodenim znakom*，2022）。

戈兰·佩特洛维奇出生于塞尔维亚的克拉列沃，是当今年轻一代非韵文作家中最重要、作品阅读量最高的作家之一。他曾斩获《通讯周报》奖、安德里奇奖、梅沙·塞利莫维奇奖（Nagrada Meša Selimovićza knjigu）[1]等多项重量级殊荣。

《带水印的纸》的故事发生在文艺复兴时期的意大利。当时，意大利阿马尔菲港的一家手工作坊因生产质量最上乘的纸张而声名远扬，同样给它带来名气的，是它对销售对象的挑剔。因此，那不勒斯女王乔万娜一世决定亲自带领随从和十位诗人前往这座地中海城市，以便为她写给心上人潘多夫的情书买到最优质的纸张。相传，这种带水印的纸张能够鉴别虚伪的价值观，而且会对不忠、通奸行为和谎言施以惩戒。随行的诗人们肩负着将女王的爱慕之情书写在这种特殊纸张上的重任。这个发生在文艺复兴时期的故事是针对当今时代的寓言，是关于生死、关于书写与创作奥秘的诙谐隐喻。佩特洛维奇在这部小说中“处理了两千多年以来文学以不同方式处理的主题，包括爱与背叛、生与死、勇气与谎言”[2]，并“探讨了复杂社会背景下艺术家

1 奖项具体介绍参见《外国文学通览：2020》。

2 摘自佩特洛维奇的采访稿。
<https://www.rts.rs/lat/magazin/kultura/vesti/5102108/roman-papir-sa-vodenim-znakom-gorana-petrovica-najbolji-roman-objavljen-u-prosloj-godini.html>.

及其文艺创作的地位、流行文化与高雅艺术的关系以及具有划时代性的政治运动的荒谬与虚伪等话题”[1]。作者的文笔富有诗意，在叙事上再现了以怪诞、滑稽、戏仿为特点的中世纪文学特色。

评审团认为，“这部小说在体裁上为塞尔维亚当代小说创作再现辉煌挖掘了新的可能性。”[2] 尼科利奇则将这部作品与获《通讯周报》奖的作品联系在一起，指出“文学评论员对《带水印的纸》和《内心之海》的文本评价与解读可能会引发读者的讨论和批评，因为两者在多个维度上表现出了微妙的差异——男性写作 / 女性写作、史诗 / 抒情、传统 / 现代、政府 / 反对派。”[3]

值得一提的是，佩特洛维奇凭借这部小说以 3 比 2 的微弱优势险胜他的对手——著名导演、作家埃米尔·库斯图里察（Emir Kusturica，1954— ）。库斯图里察此次与佩特洛维奇同台竞争的作品是长篇小说《你难道看不到我看不到吗》（*Vidiš li da ne vidim*，2022）。故事以虚构的“库斯图里察”和“汉德克”为主人公，沿三条线展开叙事：一是虚构主人公“库斯图里察”的游记，二是另一位虚构主人公“汉德克”在德里纳河上走钢丝不慎坠落的过程，三是汉德克为接受诺贝尔文学奖的斯德哥尔摩之行。作家泽利德拉格·尼克切维奇（Želidrag Nikčević）认为，“库斯图里察的叙事中包含一层难以言喻的、电影般的体验维度，生动逼真，情感充沛。故事糅合了大量纪实性细节和超越主旨的自由想象。”[4]

---

1 摘自武利切维奇的评论。
<https://www.politika.rs/sr/clanak/533100/beogradski-pobednik-nagrada-knjizevnost>.

2 同上。

3 摘自尼科利奇的评论。
<https://www.mojapraktika.com/moj-zivot-stil/kultura/knjizevne-nagrade-u-srbiji-sa-njima-tesko-a-bez-njih-nikako/#Beogradski_pobednik>.

4 摘自尼克切维奇的评论。
<https://rtv.rs/sr_lat/vojvodina/novi-sad/emir-kusturica-o-svom-romanu-vidis-li-da-ne-vidim-u-izdanju-srpske-knjizevne-zadruge-(audio)_1389034.html>.

对库斯图里察而言，奥地利作家彼得·汉德克（Peter Handke，1942— ）在获得2019年诺贝尔文学奖后所引发的争议“是政治上的，也是道德上的。汉德克通过文学写作，站在了被无故欺辱的民族一边”[1]。库斯图里察认为，汉德克不属于任何一派，他自始至终忠于他的文学，这种行为如同“走钢丝”。他表示，“在书中走钢丝的‘汉德克’从老布罗德坠入德里纳河的那一刻起，他就已经获得了诺贝尔文学奖。”[2]诗人、学者马蒂亚·贝奇科维奇（Matija Bećković）认为，库斯图里察用这本书挽救了塞尔维亚人的名誉。书名“你难道看不到我看不到吗”取自书中主人公之一童年时在电影院听到的一句话。当小主人公挡到了后方男人的视线时，男人愤愤道地：“你难道看不到我看不到吗？”库斯图里察称，“这句话反映了当今人们生活的特征之一——人们清楚表象背后有一个自己无法看清的本质，然而却无可奈何。”[3]

3. 安德里奇奖[4]（Andrićeva nagrada）

伊戈尔·马罗耶维奇（Igor Marojević，1968— ）凭借短篇小说《图像书写》（*Slikopisanje*，2021）摘得了2022年度安德里奇奖的桂冠。马罗耶维奇出生于塞尔维亚的弗尔巴斯，其创作以小说和戏剧为主，曾获包括2020年度梅沙·塞利莫维奇奖在内的多项大奖。他的作品以文学的实验性、丰富的想象力和思考的深刻性而闻名，内容涉及个人与社会的关系、历史与记忆、身份认同及人类存在等主

1 摘自库斯图里察的采访稿。<https://rtv.rs/sr_lat/kultura/predstavljena-nova-knjiga-emira-kusturice-vidis-li-da-ne-vidim_1349562.html>.

2 同上。

3 摘自库斯图里察的发言稿。<https://rtv.rs/sr_lat/vojvodina/novi-sad/emir-kusturica-o-svom-romanu-vidis-li-da-ne-vidim-u-izdanju-srpske-knjizevne-zadruge-(audio)_1389034.html>.

4 奖项具体介绍参见《外国文学通览：2019》。

题。他的创作风格独特，被文学批评界视为“脆弱现实主义”[1] 的开山鼻祖。

《图像书写》出自马罗耶维奇的短篇小说集《一切为了美》（*Sve za lepotu*，2021）。故事讲述了二战期间克罗地亚乌斯塔沙[2] 领袖安特·帕韦利奇（Ante Pavelić，1889—1959）在拉美和西班牙的晚年生活。二战结束后，帕维利奇先后前往阿根廷和西班牙继续活动。在阿根廷，他始终放不下对公开活动的强烈需求，时常以风度翩翩、魅力十足的面貌出现在克罗地亚独立国被称为《图像书写》（*Slikopis*）的电影杂志上，并招致了暗杀。后来在西班牙，佛朗哥（Francisco Franco，1892—1975）禁止他在公众面前曝光，这加速了他生命的终结。

塞尔维亚语言文学教授蒂亚娜·因季奇·米洛舍维奇（Dijana Inđić Milošević）评论道：“作者在短篇小说《图像书写》中以精巧的文学方式描绘了南斯拉夫时期有争议的历史人物，并呈现了对历史的荒谬性与滑稽性的独到见解。”[3] 这部小说凭借复杂的语义、精心的谋篇布局和略带惊悚元素的情节从参评作品中脱颖而出。在叙事风格上它以融合纪实与虚构为特征，在纪实性历史材料的基础上，巧妙地融入了创造性想象。对此作者表示，“文学如果不去左右历史学，则会任由历史学摆布。”[4]

---

1 “脆弱现实主义”是文学评论员对其作品的独特风格做出的描述，指一种介于现实主义与奇幻主义之间的风格。

2 克罗地亚的纳粹主义、极端民族主义组织，活跃于 1929—1945 年间，并于 1941 年上台，在纳粹德国的扶植下成立了傀儡政权克罗地亚独立国。

3 摘自米洛舍维奇的评论。
<https://www.danas.rs/kultura/igoru-marojevicu-andriceva-nagrada-za-slikopisanje/>.

4 摘自马罗耶维奇的采访稿。
<https://www.nezavisne.com/kultura/knjizevnost/Igor-Marojevic-za-Nezavisne-Ako-se-knjizevnost-ne-igra-povescu-povest-se-igra-njome/739717>.

4. 兹马伊奖（Zmajeva nagrada）

兹马伊奖是为纪念塞尔维亚著名诗人约万·约万诺维奇·兹马伊（Jovan Jovanović Zmaj，1833—1904）而设立的年度最佳诗歌文学奖，自1955年起由文化机构塞尔维亚马蒂查颁发。

2022年度兹马伊奖得主是文学家米奥德拉格·拉伊切维奇（Miodrag Raičević，1955— ），获奖作品是诗集《关于荷马遗漏的事物》（*O stvarima koje je Homer propustio*，2022）。拉伊切维奇出生于黑山的波德戈里察，现居于贝尔格莱德。这部作品同时为他赢得了2022年度久拉·亚克希奇奖（Nagrada "Đura Jakšić"）[1]，被认为是他的巅峰之作。

《关于荷马遗漏的事物》由40首诗组成，以死亡、爱为主题，以忧郁为情感基调，糅合了生命和美好的转瞬即逝感以及对逝去亲人的缅怀之情。它们在形式上有别于传统诗歌，兼具韵文和非韵文的特点，节奏时而沉稳凝重，时而松弛散漫。这部诗集是一部戏仿作品，解构意图明显。标题"关于荷马遗漏的事物"取自11世纪希腊修辞学家伊萨克一世（Ισαάκιος Κομνηνός）[2]用希腊文写作的同名论文，原意是对荷马的作品做补充与完善。然而拉伊切维奇在导言部分着重强调，他的用意并不在此。希南·古杰维奇（Sinan Gudžević）认为，作者的目的是要表达荷马之后的每本诗集都可以如此命名之意，因为自荷马之后，人们一直在传唱荷马未能歌颂之事物。正如久拉·亚克希奇奖评审团认为，"拉伊切维奇诗歌中的一切都带有一丝超形而上学的幽默意味，如同一味世间罕有的东方香料。这种幽默不是接受学院教育的结果，而是构成诗人生命本质的有机部分。他的个性化讽刺

1 该奖项自1986年起由久拉·亚克希奇国家图书馆颁发给年度最佳诗歌图书。

2 拜占庭帝国科穆宁王朝的第一位皇帝，1057—1059年在位。

背后不是纯粹的自我标榜，而是深厚的人文关怀和对自身不足之处的思考。”[1] 此外，每首诗歌都以一句其他诗人的诗句做楔子，并有一条山鲁佐德式的叙事线索在关键之处戛然而止，留下悬念。博热·科普里维察（Božo Koprivica）评价道，“他对诗歌传统有着敏锐的鉴赏力，能罕见地将其他伟大诗人的调性化为己用，在挪用诗人原句后，不着痕迹地走向自己的创作道路。”[2]

1. 金向日葵奖（Nagrada “Zlatni suncokret”）

金向日葵奖又叫维塔尔奖，由塞尔维亚维塔尔工厂赞助，自 1997 年起颁发给塞尔维亚语地区各类体裁的年度最佳作品。2022 年度金向日葵奖的获得者是弗拉迪米尔·凯茨曼诺维奇（Vladimir Kecmanović，1972— ）。凯茨曼诺维奇生于波黑萨拉热窝，是一位屡获殊荣的畅销书作家。此次他的获奖作品是长篇小说《当恶魔起飞时》（*Kad đavoli polete*，2022）。

小说讲述了腰缠万贯的美国人克里斯多夫从孤儿院收养塞尔维亚男孩姆拉登后发生的故事。最初姆拉登将克里斯多夫视作自己脱离苦海的救赎，但他很快发现，他与这位过着极度奢靡生活的监护人之间的关系有些反常，这个他曾经以为的天堂实则是另一个魔窟，两人逐渐发展成施虐者与受虐者的关系。长年在孤儿院生活的经历使姆拉登从未有过被爱的体验，木然地接受了眼前的一切。直到有第三者介入他的生活，才唤醒了他心底全然陌生的情感，这也使得事情更加复杂化。透过小主人公的叙事视角，伪善监护者的丑恶嘴脸逐渐暴露在读者面前。“他们是令人窒息的现代世界中怪诞而活生生的现实人物，

1 摘自久拉·亚克希奇奖评审团的评语。
<https://www.danas.rs/kultura/pesnik-miodrag-raicevic-dobio-nagradu-djura-jaksic/>.

2 摘自科普里维察的评论。
<https://www.vreme.com/kultura/u-osvit-bola/>.

一边用满嘴的仁义道德来标榜自我，一边行尽无耻之举，对金钱和权力索求无度。”[1]

这部小说围绕虐待、弑父主题展开，既是一部扣人心弦的人性戏剧，又是一部精彩绝伦的惊悚小说。遭受虐待的主人公是对受社会规则戕害之人的隐喻，是被现实所异化的“我们”的象征。评审团认为，“小说大胆涉足了当今世界结构与价值的复杂问题域。在这个世界中，社会角色是被预先设定好的，而责任在虚假却有效的必然性的作用下，则总是错位的。”[2] 弗拉迪米尔·塔巴舍维奇（Vladimir Tabašević）指出，小说促使读者开始反思，“我们究竟只是故事的旁观者，还是被残酷现实规则异化的帮凶”[3]。

二、塞尔维亚语文坛大事件

1. 第 65 届贝尔格莱德国际书展回归

贝尔格莱德国际书展在中断两年后，于 2022 年回归，为期一周。此次活动是 2022 年度参与人数最多的活动之一。书展开幕首日，展厅内熙熙攘攘、人头攒动的景象见证着公众对这位阔别已久的“老朋友”的思念。本届书展有来自众多国家的 1200 余名资深纸媒和网媒记者、摄影师与摄影记者负责跟踪报道。

本届书展的主题为“被书写之物的回归”（Povratak napisanih）。贝尔格莱德市文化秘书娜塔莎·米哈伊洛维奇·瓦西奇（Nataša Mihailović Vacić）表示，“今年书展的主题既涉及疫情导致的中断，

1 摘自金向日葵奖评审团的评语。
<https://www.laguna.rs/laguna-bukmarker-vladimir-kecmanovic-dobitnik-vitalove-knjizevne-nagrade-zla-unos-22577.html>.

2 同上。

3 摘自塔巴舍维奇的评论。
<https://www.laguna.rs/n5672_knjiga_kad_djavoli_polete_laguna.html>.

也涉及书展的整个历史，它强调了为使这场盛会顺利延续下去而进行的斗争。”[1] 除 400 多家国内外出版商外，还有特邀外宾作家、塞尔维亚 40 位本土作家参与亮相。按照惯例，书展配有一系列丰富的活动，包括书籍推广、讲座、圆桌会议和座谈会等，内容涉及文学、出版和文化等相关主题。活动分为七个单元，主题包括当代文学与出版、人文领域的前沿理论与批评思想、图书校对与插图，以及当代媒体对图书的态度等。2022 年还是多个文学周年纪念年，这也为与传统对话以及延续传统提供了契机。

2. 汉德克在塞尔维亚语地区影响持续

2019 年诺贝尔文学奖得主彼得·汉德克自获奖之日起，就非议不断。塞族人则因为汉德克作品中表现出来的辩护倾向而对其颇有好感。2022 年，值汉德克 80 周岁之际，波黑塞族共和国领导人米洛拉德·多迪克（Milorad Dodik，1959—　）代表塞族共和国公民向他致以生日祝贺，贺电中写道：“您是塞族人的朋友，感谢您为我们所做的一切，尤其感谢您在塞族人最困难的时刻与我们站在一起。”[2] 多迪克称，希望汉德克“继续勇敢地走自己的道路，因为这是一条真正的艺术之路，标志着非凡的创造力和顶尖知识分子所具有的无可置疑的勇气与尊严”[3]。

此外，2022 年底，汉德克的作品集《汉德克在塞尔维亚 2》（*Handke u Srbiji 2*，2022）正式出版，这标志着“塞尔维亚支持出版汉德克作品集”项目完满收官。此项目受到塞尔维亚共和国文化和信

1 摘自瓦西奇的发言。
<https://www.danas.rs/kultura/65-medjunarodni-beogradski-sajam-knjiga-sta-su-nam-sve-spremili-izdavaci/>.

2 摘自多迪克致汉德克的生日贺信。
<https://www.politika.rs/scc/clanak/527806/Додик-честитао-80-рођендан-Хандкеу>.

3 同上。

息部资助，由塞尔维亚文学翻译协会负责出版。汉德克也在 2022 年短暂地访问了塞尔维亚，就自己作品译本的出版问题与塞尔维亚的出版社进行了洽谈，并强调希望塞尔维亚读者能够接触到更多自己的作品。

结语

2022 年的塞尔维亚语文坛整体上表现出对创新的追求，作家们不同程度地在文学体裁上做出了突破性的尝试，并勇于进行文学语言的实验。小说仍是本年度备受关注的体裁。作家们从不同的叙事视角出发，以传统与现代、历史与现实为主题，用不同的写作方式、叙事风格和技巧，对现代社会的伦理与价值观进行了深刻反思，体现了深厚的人文关怀。汉德克在塞尔维亚语文坛的持续影响则表明身份认同仍是一个令当地人关心的议题。

参考文献：

"Beogradski sajam knjiga 2022. u brojikama." 1 Nov. 2022. Web. 24 Jun. 2023. <https://eventsinserbia.com/beogradski-sajam-knjiga-2022/>.

Cukić, Mona. "Roman koji ne daje dušu za kikiriki: Zašto je „Unutrašnje more" dobilo NIN-ovu nagradu." 23 Jan. 2023. Web. 24 Jun. 2023. <https://nova.rs/kultura/roman-koji-ne-daje-dusu-za-kikiriki-zasto-je-unutrasnje-more-dobilo-nin-ovu-nagradu/>.

Gudžević, Sinan. "O stvarima koje je Homer propustio." 2 Aug. 2022. Web. 24 Jun. 2023. <https://www.portalnovosti.com/o-stvarima-koje-je-homer-propustio>.

"Igoru Marojeviću Andrićeva nagrada za 'Slikopisanje'." 27 Sept. 2022. Web. 24 Jun. 2023, <https://www.danas.rs/kultura/igoru-marojevicu-andriceva-nagrada-za-slikopisanje/>.

Janković, Vladimir. "Илузије су опипљиве." 9 Dec. 2022. Web. 30 Jun. 2023. <https://www.politika.rs/scc/clanak/528214/Илузије-су-опипљиве>.

“Ko je Danica Vukićević i u čemu se radi u njenom romanu ’‘Unutrašnje more’, za koji je dobila NIN-ovu nagradu.” 23 Jan. 2023. Web. 24 Jun. 2023. <https://www.telegraf.rs/pop-i-kultura/knjige-stripovi/3619476-ko-je-danica-vukicevic-dobitnica-nin-ove-nagrade>.

Koprivica, Božo. “U osvit bola.” 28 Jul. 2022. Web. 24 Jun. 2023. <https://www.vreme.com/kultura/u-osvit-bola/>.

Kremenović, Mladen. “Додик честитао 80. рођендан Хандкеу.” 6 Dec. 2022. Web. 30 Jun. 2023. <https://www.politika.rs/scc/clanak/527806/Додик-честитао-80-рођендан-Хандкеу>.

Manojlović, Slobodan. “Marojević za ‘Nezavisne’: Ako se književnost ne igra povešću, povest se igra njome.” 10 Oct. 2022. Web. 24 Jun. 2023, <https://www.nezavisne.com/kultura/knjizevnost/Igor-Marojevic-za-Nezavisne-Ako-se-knjizevnost-ne-igra-povescu-povest-se-igra-njome/739717>.

Matijević, Tatjana. “Emir Kusturica o svom romanu ‘Vidiš li da ne vidim’ u izdanju Srpske književne zadruge (AUDIO).” 8 Nov. 2022. Web. 24 Jun. 2023. <https://rtv.rs/sr_lat/vojvodina/novi-sad/emir-kusturica-o-svom-romanu-vidis-li-da-ne-vidim-u-izdanju-srpske-knjizevne-zadruge-(audio)_1389034.html>.

Miletić, Una. “65. Međunarodni beogradski sajam knjiga: Šta su nam sve spremili izdavači.” 27 Sept. 2022. Web. 24 Jun. 2023. <https://www.danas.rs/kultura/65-medjunarodni-beogradski-sajam-knjiga-sta-su-nam-sve-spremili-izdavaci/>.

Nikolić, Ksenija. “Književne nagrade u Srbiji (sa njima teško, a bez njih nikako).” 9 Feb. 2023. Web. 24 Jun. 2023. <https://www.mojapraktika.com/moj-zivot-stil/kultura/knjizevne-nagrade-u-srbiji-sa-njima-tesko-a-bez-njih-nikako/#NIN-ova_nagrada>.

Obradović, Peđa. “Unutrašnje more: Moj živote, životiću…” 16 Feb. 2023. Web. 24 Jun. 2023. <https://n1info.rs/kultura/unutrasnje-more-moj-zivote-zivoticu/>.

“Pesnik Miodrag Raičević dobio nagradu ‘Đura Jakšić’.” 29 May. 2023. Web. 24 Jun. 2023. <https://www.danas.rs/kultura/pesnik-miodrag-raicevic-dobio-nagradu-djura-jaksic/>.

“‘POVRATAK NAPISANIH’: Sajam knjiga od 23. do 30. oktobra u Beogradu.” 18 Oct. 2022. Web. 24 Jun. 2023. <https://www.novosti.rs/kultura/vesti/1164332/povratak-napisanih-sajam-knjiga-23-30-oktobra-beogradu>.

“Predstavljena nova knjiga Emira Kusturice ‘Vidiš li da ne vidim’.” 5 Jun. 2022. Web. 24 Jun. 2023. <https://rtv.rs/sr_lat/kultura/predstavljena-nova-knjiga-emira-kusturice-vidis-li-da-ne-vidim_1349562.html>.

"Roman 'Papir sa vodenim znakom' Gorana Petrovića, najbolji roman objavljen u prošloj godini." 26 Jan. 2023. Web. 24 Jun. 2023. <https://www.rts.rs/lat/magazin/kultura/vesti/5102108/roman-papir-sa-vodenim-znakom-gorana-petrovica-najbolji-roman-objavljen-u-prosloj-godini.html>.

"Vladimir Kecmanović dobitnik Vitalove književne nagrade 'Zlatni suncokret'." 30 Jan. 2023. Web. 24 Jun. 2023. <https://www.laguna.rs/laguna-bukmarker-vladimir-kecmanovic-dobitnik-vitalove-knjizevne-nagrade-zla-unos-22577.html>.

Vulićević, Marina. "'Beogradski pobednik' Goranu Petroviću." 18 Jan. 2023. Web. 24 Jun. 2023. <https://www.politika.rs/sr/clanak/533100/beogradski-pobednik-nagrada-knjizevnost>.

—. "Нинова награда Даници Вукићевић." 23 Jan. 2023. Web. 24 Jun. 2023. <https://www.politika.rs/scc/clanak/533844/Нинова-награда-Даници-Вукићевић>.

—. "Нинова награда уручена Даници Вукићевић." 31 Jan. 2023. Web. 24 Jun. 2023. <https://www.politika.rs/scc/clanak/535109/Нинова-награда-уручена-Даници-Вукићевић>.

—. "Повратак написаних, повратак Сајма књига." 28 Sept. 2022. Web. 24 Jun. 2023. <https://www.politika.rs/scc/clanak/518848/Повратак-написаних-повратак-Сајма-књига>.

"Хандке жели да његова дела стигну до што већег броја српских читалаца." 8 Jul. 2022. Web. 30 Jun. 2023. <https://www.politika.rs/scc/clanak/511517/Хандке-жели-да-његова-дела-стигну-до-што-већег-броја-српских-читалаца>.

"Zmajeva nagrada Raičeviću za djelo 'O stvarima koje je Homer propustio'." 6 Feb. 2023. Web. 24 Jun. 2023. <https://www.glassrpske.com/lat/kultura/knjizevnost/zmajeva-nagrada-raicevicu-za-djelo-o-stvarima-koje-je-homer-propustio/454875>.

金莉，王丽亚 . 外国文学通览：2019. 北京：外语教学与研究出版社，2020.

作者单位：北京外国语大学欧洲语言文化学院

2022年斯洛伐克文学概览

南力丹

内容提要：2022年，斯洛伐克的文学创作呈现出多元发展的态势。国家一如既往地展现了对文学的重视，举行了各类文学奖项评选、文学比赛和活动，并授予多位作家国家级荣誉。多位成名已久的作家仍笔耕不辍，新一代作家们则以别开生面的文学主题和形式为文坛带来众多佳作。精巧、简洁的短篇小说受到作家和读者的一致欢迎，多部短篇小说集获得斯洛伐克国内外文学奖项。在后疫情时代，许多叙事类作品具有心理小说的特点，对生活和生命的反思成为普遍的文学主题，如对死亡、疾病、两性关系、家庭关系和人际交往等的关注。

一、国内文学奖项

（一）斯洛伐克共和国文化部部长奖（Cena ministerky kultúry Slovenskej republiky）

斯洛伐克共和国文化部部长奖旨在表彰在文化、艺术领域具有杰出贡献的人或机构，每年9月公布上一年的评选结果。2022年在文学领域获得此项荣誉的作家是雅娜·博德纳罗娃（Jana Bodnárová，

1950— ）与学者、文学评论家米兰·哈马达（Milan Hamada，1933—2023）。

博德纳罗娃涉猎领域广泛，兼有作家、翻译家、艺术史学家、出版人、编剧和艺术家等多重身份。得益于深厚的艺术修养，博德纳罗娃主张将视觉艺术融入文学创作，将故事比作“永恒的照片”。她的许多作品都带有色彩或与视觉相关联的元素，如小说《白光/黑光》（*Bleskosvetlo/Bleskotma*，1996）、《看不见的斯芬克司》（*Neviditeľná sfinga*，1991）、《蒙面女人》（*Závojovaná žena*，1996）、《蕨的影子》（*Tiene papradia*，2002）、《白色拼布》（*Patchwork v bielej*，2022）以及儿童文学作品《我的第一个画廊》（*Moja prvá galéria*，2005）等。她以细腻的笔触将感官体验倾入文字中并将之进一步放大，以此来表达对日常生活的思考，如人群中的孤独、心理疾病和女性主义等。在长达30余年的文学生涯中，博德纳罗娃以图像化的语言表达、诗意的氛围、后现代主义的风格受到众多读者的欢迎，多次获得文学奖项，作品也被翻译为波兰语等其他语言。

米兰·哈马达对斯洛伐克古代文学和现代文学均有深入的研究，他将文学批评与历史、哲学相融合，具有浓厚的人文主义意识，在斯洛伐克文学理论、文学史、文学批评史上都具有重要地位。他曾就职于斯洛伐克科学院、特尔纳瓦大学，担任过斯洛伐克作家社团的首任主席、学术期刊《斯洛伐克文学》（*Slovenská literatúra*）编委会成员等。著有《从巴洛克到古典主义》（*Od baroka ku klasicizmu*，1967）、《现代斯洛伐克文化的诞生》（*Zrod novodobej slovenskej kultúry*，1995，多卷本）和《批评评论》（*Kritické komentáre*，2012—2013）等。在2022年获得文化部部长奖后，这位被评价为“可能是战后斯洛伐克文学唯一不可或缺的批评家”于2023年2月溘然长逝。

（二）阿纳索弗特文学奖（Anasoft litera）

阿纳索弗特文学奖是由斯洛伐克民间文学协会 ars_litera 主办的文学奖项，名称来源于其长期的赞助伙伴 Anasoft 公司。该奖项创办于 2006 年，旨在表彰和鼓励斯洛伐克原创文学，所有在上一年出版的符合相关标准的文学作品都会自动提名参与评选。第一轮（3—4 月）评选出 10 部入围作品，第二轮（9 月）会将入围作品缩减至 5 部，最后在 10—11 月宣布最终获奖者。由于兼具专业性和亲民性，阿纳索弗特文学奖成为当下斯洛伐克最受关注和认可的文学奖项之一。

2022 年 10 月底，作家斯坦尼斯拉夫·拉库斯（Stanislav Rakús，1940— ）以小说集《遗憾》（*Ľútostivosť*，2021）最终摘得 2021 年度阿纳索弗特文学奖桂冠，这也是他第二次获奖。《遗憾》共收录了 5 篇短篇小说，故事的主角都是平凡的人，所描述的也是平凡的生活，但作者以其出色的讲故事能力和怪诞幽默的文风为每一个人可能遇到的生活场景赋予了神奇的魔力。令人着迷的角色包括一个每天晚上都用望远镜观察周围世界的怪人，一个回到自己童年时的街道回忆起一切却找不到人分享的 78 岁老人，一个为了拖延时间等儿子送票而喋喋不休和检票员聊天、被赶下车之后还在继续自说自话的父亲等。这部作品中充满了死亡、疾病、衰老、孤独和离别等主题。获得读者奖的作品是记者卢卡什·翁德尔查宁（Lukáš Onderčanin，1990— ）的纪实类长篇小说《列宁花园里的乌托邦》（*Utópia v Leninovej záhrade*，2021），这部小说主要讲述了 1925—1932 年间捷克人和斯洛伐克人乘坐火车来到中亚吉尔吉斯斯坦建立生产合作社的真实历史。

2023年3月初，第18届阿纳索弗特文学奖专家评审团在2022年出版的123部作品中评选出了10部入围作品，如雅娜·博德纳罗娃的小说《白色拼布》、雅库布·尤哈兹（Jakub Juhász，1990— ）带有传记色彩的游记文学《PS》（*PS*, 2022）、多米尼卡·莫拉夫奇科娃（Dominika Moravčíková，1992— ）的短篇小说集《鹿屋》（*Dom pre jeleňa*，2022）、米哈埃拉·罗索娃（Michaela Rosová，1984— ）的短篇小说集《不安分的睡眠者》（*Nepokojní spáči*，2022）、雅库布·斯佩瓦克（Jakub Spevák，1996— ）的中篇小说《葬礼过后》（*Po funuse*，2022）等。这些作品主题丰富、形式多样，既有成名已久的作家的作品也有初出茅庐的作家的新作。而且正如评审团所评价的那样，其中既包括易于读者理解的作品，也有对读者有着更高要求的作品，特别是短篇小说中不乏抽象化的语言表达和难解、跳脱的内容。但同时这些作品也具有相似的特点，如将背景置于斯洛伐克本土乡村，表达对家庭关系的思考等，而且几位女作家的作品不约而同地采用了女性视角。

前文提及的知名女作家雅娜·博德纳罗娃的中篇小说《白色拼布》延续了她一贯的"文学视觉化"风格，全书围绕着女性叙述者也是女主角奥塔展开。正如书名一样，故事的情节是由20世纪下半叶捷克斯洛伐克人民不同的故事、生活片段拼接起来的。奥塔和丈夫领养了一对双胞胎，这对双胞胎是生母受辱后孕育的苦果，还不幸患有白化病。患病的孩子在社会中格格不入，饱受欺凌并且引发了一系列健康和心理问题。奥塔自己也经历了重重磨难：婚变，父亲去世，母亲严重酗酒，新伴侣患病死亡，最后她和孩子们寄身的房子也被洪水冲走……令人绝望和不幸的经历凸显了奥塔作为女性内在的强大、坚定力量，而小说中最大的亮点是她身份的转变和面对孩子时矛盾的心理状态描写。

青年作家雅库布·尤哈兹 2016 年的处女作《新年攀登赛尼那峰》(*Novoročný výstup na Jaseninu*)不仅入围阿纳索弗特文学奖，也帮助他获得了当年的扬·约翰尼德斯青年作家奖（Cena Jána Johanidesa）。他的第二部作品《PS》也是一部将地理和人文思考相结合的趣味盎然的作品，历史典故、地方怪谈交错其中，是自传、名人传记和游记的结合体。书名"PS"既是裴多菲（Petőfi Sándor）名字的缩写，也是个人陈述（personal statement）和地理上斯洛伐克南方的代表。作者回到了自己的家乡——大诗人裴多菲曾生活过的南方地区，透过建筑古迹、河流山川寻找裴多菲的足迹以及自己的成长经历，从中传达出关于人的归属以及身份认同的思考。

（三）扬·霍利翻译奖（Cena Jána Hollého）

扬·霍利翻译奖是斯洛伐克艺术翻译领域的最高奖项，创办于 1967 年，主办方为文学基金会。该奖项旨在表彰将世界上优秀的文学作品介绍到斯洛伐克的译者，主要分为韵文类（诗歌、诗剧等）和散文类（小说、散文、戏剧）。2022 年 9 月公布的散文类获奖者是译者苏珊娜·德姆娅诺娃（Zuzana Demjánová，出生年份不详），韵文类获奖者是扬·扎博尔（Ján Zambor，1947—　）。苏珊娜·德姆娅诺娃翻译了瑞士德语作家马克斯·弗里施（Max Frisch，1911—1991）的日记《日记 1946—1949》(*Tagebuch 1946—1949*，1940)，斯洛伐克语译名为 *Denníky (1946—1949)*。这本以日记为名的作品为弗里施的其他日记体文学研究提供了重要的认识基础。扎博尔是诗人和作家，出版了多部诗集以及文学理论相关著作。他还是一位经验丰富的翻译家，主要译介俄语、西班牙语文学作品，共四次获得扬·霍利翻译奖。他翻译的《西班牙诗歌选》(*Kniha španielskej poézie*，2021)

是一部综合性的大部头诗集，涵盖了从中世纪、文艺复兴时期直到当代的西班牙诗歌作品。译者还为诗歌做了大量注释、说明和评论，使之更易于读者接受并建立对西班牙诗歌史的系统性认知。

二、国际动向

2022 年，斯洛伐克作家理查德·普帕拉（Richard Pupala，1972— ）凭借短篇小说集《女人和男人，动物》（*Ženy aj muži, zvieratá*，2020）被提名欧盟文学奖，成为 14 名来自不同国家的入围者之一。这部作品收录了 13 篇短篇小说，其中 6 篇是男性视角，6 篇是女性视角，还有一篇是二者的结合；主人公通常都是社会上不被关注的边缘人物，如老人、失去孩子的母亲、破碎家庭的孩子等，每个人都有埋藏在心底的创伤并努力寻求与之和解。动物出现在每一个故事中，扮演了推动者、见证者和符号等复杂的角色。小说语言简练，充满隐喻和象征，情节发展和结局总是出人意料，给人以巨大的想象空间。

2023 年 3 月，斯洛伐克作家伊万娜·多布拉科娃（Ivaná Dobrakovová，1982— ）的小说《母亲和卡车司机》（*Matky a kamionisti*，2018）的英译本获得了 2022 年 EBRD（欧洲复兴开发银行）文学奖的提名。EBRD 文学奖的主办方是欧洲复兴开发银行，旨在推广该银行设有办事处的国家的文学作品，凡是被翻译为英文在欧洲出版的文学作品均有机会参选。根据历年的提名范围可以看出，中东欧地区、巴尔干地区、阿拉伯地区以及中亚地区的作品备受青睐。多布拉科娃此前已凭借此书获得 2019 年欧盟文学奖提名，并在 2022 年参加了 EUNIC（欧盟国家文化机构协会）组织的相关文学活动。《母亲与卡车司机》是一部小说合集，讲述了生活在斯洛伐克首都布拉迪斯拉发和意大利都灵的 5 位女性的故事，其中第一篇以《父亲》为题，其余 4 篇都以女性主角的名字命名。这些故事既可以单独阅读，彼此之间也有着千丝万缕的联系。作者借助 5 位女主角第一视角叙述的心理独白探索当下女性处于妻子、女儿、母亲、前妻、青少年等不同身份下的心理状态。不负责任的父亲、徒有其表的或破裂的婚姻、心理障碍、药物依赖、社交网络上和“卡车司机”的虚拟恋爱、控制欲极强的母亲等，这些女性困境中的普遍性问题让这本小说集具有极强的真实性和感染力。但也有评论认为小说中人物的故事具有较高的同质性而显得有些单调。

2022 年 3 月，作家莫妮卡·孔帕尼科娃（Monika Kompaníková，1979— ）的长篇小说《第五条船》（*Piata loď*，2010）在 2021 年被翻译为英文后同样入围了 EBRD 文学奖。这本小说的灵感来源于真实事件，讲述了一个长期缺乏家庭关爱的 10 岁小女孩在外祖母去世、母亲也不告而别后带着被遗弃的两个婴儿和朋友进入了一个废弃的花园，扮演起“母亲”的故事。这部小说出版后在斯洛伐克大获成功，后被改编为同名电影于 2017 年上映，获得柏林电影节儿童电影水晶熊奖并入围丝路电影节。电影的成功让小说的影响力进一步扩大，目前此书已被翻译为 13 种语言，成为近年来斯洛伐克文学在世界范围内获得关注的作品。

2022 年 11 月，斯洛伐克青年女作家伊万娜·吉博娃（Ivana Gibová，1985— ）受邀作为欧洲代表作家参加了第 14 届欧洲文学节（Europäische Literaturtage）。本届文学节的主题为“漫画与危机”，吉博娃 2020 年出版的漫画和文学相结合的小说《折中主义混蛋》（*Eklektik Bastard*）完美地契合了这个主题，小说通过讽刺、自嘲、幽默等手法讲述了斯洛伐克“80 后”30 岁以后的生活。

2022 年 9 月，埃贡・艾尔温・基希奖（Cena Egona Erwina Kische）颁发。该奖项创办于 1992 年，以捷克记者、报告文学集《秘密的中国》（*Chinageheim*，1933）的作者埃贡・艾尔温・基希命名，旨在鼓励捷克和斯洛伐克的非虚构文学。埃贡・艾尔温・基希还是世界报告文学的先驱，《秘密的中国》对世界认识中国以及中国报告文学的发展具有重大意义。评委会将斯洛伐克主奖授予了作家米哈尔・克希尼亚恩（Michal Kšiňan，1983—　）的传记《米兰・拉斯基斯拉夫・什杰凡尼克——与星星交谈的男人》（*Milan Rastislav Štefánik. Muž, ktorý sa rozprával s hviezdami*，2021）。作者搜集了 9 个国家的相关资料并经过长期的梳理研究最终完成此书，因此这本书也被称为第一本关于军事家兼天文学家什杰凡尼克的科学性传记。

三、文坛资讯

2022 年 5 月，在反法西斯胜利纪念日这一天，斯洛伐克总统苏珊娜・恰普托娃（Zuzana Čaputová，1973—　）将普利比诺夫二等十字勋章授予了瑞士籍斯洛伐克裔作家伊蕾娜・布雷日娜（Irena Brežná，1950—　），以表彰她为斯洛伐克文化传播做出的杰出贡献。布雷日娜主要以德语写作并多次荣获瑞士文学奖等荣誉，以创作移民文学、女性主义文学著称。

除了各类文学奖项，斯洛伐克还举办了一系列文学活动。2022 年 9 月，斯洛伐克举办了欧盟倡导的第 14 届“文学之夜”活动，被翻译为斯洛伐克语的 18 国文学作品在国内不同的地方被公开朗读。一些斯洛伐克作家也带着自己被翻译的作品去参加其他国家的“文学之夜”活动。

2023 年 4 月，斯洛伐克文化部公布了 2022 年“斯洛伐克最美图书”（Najkrajšie knihy Slovenska）的获奖名录。不同于一般的文学奖项，最美图书是从书的形式以及形式和内容的适配度方面来评选从视觉上带来美的体验的书籍，旨在鼓励和提高斯洛伐克的图书出版水平。获奖作品中有一部名为《我的中国 10 年——一个在中国长大的男孩的故事》（*Moja čínska dekáda. Príbeh chlapca, ktorý dospel v Číne*，2022）的传记作品，作者是长期在上海生活的斯洛伐克人帕维尔·德沃夏克（Pavel Dvořák）。他在书中讲述了在中国的生活经历，以及因为文化差异导致的有喜有悲的趣事，书中配以大量由他本人拍摄的精美照片。

结语

新冠疫情和战争给斯洛伐克文学蒙上了灰色的阴影，死亡，疾病，离别，人类之间亦亲亦疏、复杂多变的关系等成为频繁出现的文学主题。相比于体量巨大的长篇小说，篇幅更短的中短篇小说更受作家和读者的青睐。作家们取材于日常生活并试图表现日常生活，通过精心设计的个体叙事来治愈有着相同境遇的人们。越来越多的女性作家和青年作家受到关注，他们关于女性主义、新世代的心理危机等问题的思考和表达让人印象深刻。

参考文献：

"Cena ministerky kultúry Slovenskej republiky za rok 2021 pozná svojich laureátov a laureátky." 7 Sept. 2022. Web. 2 Jun. 2023. <https://www.culture.gov.sk/ministerstvo/medialny-servis/aktuality-ministerstva-kultury/cena-ministerky-kultury-slovenskej-republiky-za-rok-2021-pozna-svojich-laureatov-a-laureatky/>.

Dvořáková, Helena. "Ľútostivosť dokáže aj rozveseliť." *Pravda*. 16 Jan. 2022. Web. 21 Apr. 2023. <https://kultura.pravda.sk/kniha/clanok/613520-lutostivost-dokaze-aj-rozveselit/>.

Heller, M. Jan. "Dost na román i na život." 4 Apr. 2023. Web. 20 Apr. 2023. <https://www.iliteratura.cz/clanek/46306-bodnarova-jana-patchwork-v-bielej>.

"Ivana Dobrakovová." Web. 9 Jun. 2023. <https://euprizeliterature.eu/author/ivana-dobrakovova>.

"Ivana Gibová na festivale Európske dni literatúry 2022." 16 Nov. 2022. Web. 13 Jun. 2023. <https://www.litcentrum.sk/clanok/ivana-gibova-na-festivale-europske-dni-literatury-2022>.

Jurišová, Alexandra. "Víťazom literárnej ceny Anasoft litera 2022 je Stanislav Rakús." 27 Oct. 2022. Web. 20 Apr. 2023. <https://www.litcentrum.sk/clanok/vitazom-literarnej-ceny-anasoft-litera-2022-je-stanislav-rakus>.

Labudová, Katarína. "Sýkorky, mačky, hmyz a korytnačka ako svedkovia." 20 Aug. 2021. Web. 14 Jun. 2023. <https://www.iliteratura.cz/clanek/44645-pupala-richard-zeny-aj-muzi-zvierata>.

"Medzinárodná cena Egona Erwina Kischa PAVLOVI DINKOVI." 19 Sept. 2022. Web. 13 Jun. 2023. <https://www.spolok-slovenskych-spisovatelov.sk/news/medzinarodna-cena-e-e-kischa-p-dinkovi/>.

Mukner, Daniel. "Matky, kamióňáci a Pier Paolo Pasolini." 8 Jun. 2022. Web. 9 Jun. 2023. <https://www.iliteratura.cz/clanek/43067-dobrakovova-ivana-matky-a-kamionaci>.

"Najkrajšie knihy Slovenska za rok 2022 sú známe." 9 Apr. 2023. Web. 14 Jun. 2023. <https://www.culture.gov.sk/ministerstvo/medialny-servis/aktuality-ministerstva-kultury/najkrajsie-knihy-slovenska-za-rok-2022-su-zname/>.

Petríková, Martina. "Jana Bodnárová: Komplexná charakteristika." Web. 4 Jun. 2023. <https://www.litcentrum.sk/autor/jana-bodnarova/komplexna-charakteristika-tvorby>.

Petrili, Vladimír. "Moderná slovenská kultúra Materiály z vedeckého seminára konaného pri príležitosti 75. narodenín Prof. PhDr. Milana Hamadu, DrSc." *Slovenská literatúra*, 55, 2008: 3-5.

"Piata loď v zozname Literárnej ceny EBOR." 23 Mar. 2022. Web. 11 Jun. 2023. <https://www.litcentrum.sk/clanok/piata-lod-v-zozname-literarnej-ceny-ebor>.

"Predstavujeme vám 10-tku Anasoft litera 2023." 7 Mar. 2023. Web. 20 Apr. 2023. <https://www.anasoftlitera.sk/home/novinky/10-tka-anasoftlitera2023>.

Rakúsová, Gabriela. "Z toľkej lásky..." 8 Jul. 2022. Web. 10 Jun. 2023. <https://www.litcentrum.sk/clanok/z-tolkej-lasky>.

"Richard Pupala." Web. 14 Jun. 2023. <https://euprizeliterature.eu/author/richard-pupala>.

"Slovenský kandidát na európsku cenu za literatúru je Richard Pupala." *Pravda*. 28 Feb. 2022. Web. 14 Jun. 2023. <https://kultura.pravda.sk/kniha/clanok/618443-richard-pupala-kandiduje-na-europsku-cenu-za-literaturu/>.

作者单位：北京外国语大学欧洲语言文化学院

2022 年泰国文学概览

尚颖颖

内容提要：于苦难中发现希望，于绝境中寻找出路，这是 2022 年泰国文学最鲜明的主题，也反映了后疫情时代人们的共同心态。本年度泰国文坛一改疫情时的低迷，迅速回温。重要传统奖项如期评选不仅带动了阅读和评论的热潮，不同职业背景的“新人”作家也在文坛崭露头角，为泰国文坛输入了新鲜血液。此外，新兴奖项对创作与评论群体年轻化的激励，文学评论新媒介的发展，文学的国际化趋势等，都使得泰国文坛呈现出欣欣向荣的景象。

2022 年对于泰国文学来说是丰盈的一年。就东盟文学奖（รางวัลซีไรต์）来看，共有 75 部诗集参加评选，而同为诗歌评选年的 2019 年则仅有 66 部。2022 年也是泰国曾经颇受瞩目的文学奖民意奖（มติชนอวอร์ด）[1] 的回归之年，这一奖项吸引了 200 多篇诗歌与 400 多篇短篇小说参与评选。此外，国家优秀图书奖（รางวัลหนังสือดีเด่น）、潘万珐奖（รางวัลพานแว่นฟ้า）、正大集团 7 图书奖（เซเว่นบุ๊คอวอร์ด）等具有

1　该奖项由泰国著名的民意出版社于 2012 年设立，每年评选优秀短篇小说与诗歌，并在 2013 年增加了科幻短篇小说奖的评选，2016 年后该奖项中止评选。

广泛认可度的文学奖项均如期评选，各奖项线下颁奖仪式也得以恢复。早在 5 月 5 日泰国作家日之际，泰国作家协会便为三个重量级的作家奖项举办了颁奖典礼，颁发了本年度西巫拉帕奖（รางวัลศรีบูรพา）[1]，并补发 2020、2021 年的纳拉缇奖（รางวัลนราธิปพงศ์ประพันธ์）[2] 和 2021 年的湄公河文学奖。这一切都昭示着泰国文坛正从疫情的冲击中复苏。人们开始走出疫情的阴霾，回顾与希望因此成为本年度文学作品的主要基调，其中既有对疫情引发的个人与社会灾难的痛定思痛，又有后疫情时代浴火重生的满心憧憬。此外，俄乌冲突的爆发，持续的“新冷战”，泰国“民主困境”下人民内部旷日持久的政治对立，加之疫情留给人们的“社会距离”，使得国与国、人与人之间的隔阂被反复强化。文学家们关注并在作品中反映这种种隔阂，同时也迸发出一种热望，希望通过文学重建人们的心灵，使社会恢复应有的温度。本文将对本年度获得重要奖项的诗歌与小说进行分类介绍与评述，并简要介绍其他文学奖项的获奖情况与重要文学事件，以期梳理并概述 2022 年泰国文学的整体发展情况。

一、诗歌：现代语言与古典格律融合，于晦暗中满怀热望

诗歌是 2022 年泰国文坛当仁不让的主角。2 月 18 日，泰国基础教育委员会公布了本年度国家优秀图书奖的评选结果，加林·赛颂南（จักริน สร้อยสูงเนิน，出生年份不详）的《图纹上的伤痛》（ความเจ็บปวดบนลวดลาย，2021）获诗集类优秀奖，阿披察·搭滴

1 1988 年，为纪念泰国著名民主人士、作家和报业人西巫拉帕（ศรีบูรพา，1905—1974）先生，西巫拉帕基金委员会设立了该奖项，并于每年 5 月 5 日在泰国作家协会举办的作家日大会上颁奖。该奖项颁给创作生涯达 30 年以上并且至今仍在创作的艺术家、思想家、作家和媒体人。2022 年的获奖者为报业人士、专栏作家巴吉·利萨衮（ประกิต หลิมสกุล，1945—　）

2 该奖项由泰国作家协会于 2001 年设立，至今已有 17 届，奖项主要颁发给 80 岁以上的有重要影响力的作家和主编。

（อภิชาติ ดำดี，1960— ）的《诗歌不死》（กวีนิพนธ์ไม่เคยตาย，2022）、素巴尼·帕通（สุปาณี พัดทอง，出生年份不详）的《五韵荟[1]：于前进之路上》（กวีวัจนะ บนเส้นทางที่ย่างก้าว，出版时间不详）和差亚叻·翁坚喀尊（ชัยรัตน์ วงศ์เกียรติ์ขจร，出生年份不详）的《诗歌：梦之结晶，生之奖赏》（กวีนิพนธ์ ผลึกฝันรางวัลชีวิต，2021）获得诗集类鼓励奖。同样在 2 月，东盟文学奖评审委员会发布了诗集征集启事，至 12 月评选活动结束，这期间无论是 8 月公布首轮入选的 16 部诗集，9 月公布最终入围的 7 部诗集，还是 12 月奖项得主的揭晓，都引发了人们对诗歌作品的持续关注。芭丽达·蓬巴达佩（ปาลิตา ผลประดับเพ็ชร์，1986— ）的《直到世界将我们拥抱》（จนกว่าโลกจะโอบกอดเราเอาไว้，2022）最终折桂，其余 6 部入围作品隆·庄勒威（ลอง จ้องรวี，出生年份不详）的《旧河两岸》（สองฝั่งแม่น้ำเก่า，2019）、朗西曼·尊拉理（รังสิมันต์ จุลหริก，出生年份不详）的《非常态下的怒放》（สะพรั่งบานในสถานการณ์ไม่ปกติ，2021）、披叻迪·盖蒙昆（ภิรเดช แก้วมงคล，出生年份不详）的《太阳睡着了，我生火唤醒月亮》（เมื่อพระอาทิตย์หลับ ฉันก่อไฟปลุกพระจันทร์，2022）、希里万·盖甘（ศิริวร แก้วกาญจน์，1968— ）的《迷宫及其他语境下的国家》（ประเทศในเขาวงกต และบริบทอื่นๆ，2022）、希瓦甘·巴通素（ศิวกานท์ ปทุมสูติ，1953— ）的《戏剧说》（นาฏกรรมจำนรรจ์，2022）和林萨塔·甘加纳瓦迪（รินศรัทธา กาญจนวดี，1991— ）的《诗人的眼睛》（ดวงตากวี，2022）等，也同样引发热议。此外，9 月第 19 届正大集团 7 图书奖评选结果的公布也增加了由诗歌引发的热度，芭丽达·蓬巴达佩的《直到世界将我们拥抱》获特等奖，希瓦甘·巴通素的《戏剧说》获一等奖，林萨塔·甘加纳瓦迪的《诗人的眼睛》获二等奖。

---

1 指诗人接续使用克龙（โคลง）、禅（ฉันท์）、伽（กาพย์）、格伦（กลอน）和莱（ร่าย）等五种泰国古代格律诗形式创作的作品。

从以上三个奖项的评选结果来看，已拥有 50 年历史的国家优秀图书奖评选出的诗集类获奖作品在评论界与读者中都未能引起太多关注，其四部作品在网络中的检索结果极为有限，甚至头奖作品《图纹上的伤痛》在泰国各大图书销售机构的在线平台上也难寻踪迹。东盟文学奖依然是泰国文学界最受瞩目的奖项，加之正大集团 7 图书奖的评选结果与之有较高的重合度，获得双料奖项的作品因此备受关注。获奖作品受欢迎程度上的差异，不仅反映出民间或学界对各奖项认可度的不同，也反映出疫情前后泰国文学图书市场的冷热悬殊。

以东盟文学奖入围作品为例，2022 年的诗作表现出一些共同的特点。一、以格律诗为主。与往年相比，今年的格律诗远远多于自由诗，尽管这些诗作沿袭了古典诗歌格律，但语言平易、自然流畅，充满了现代感。二、在情感的表达上显得不同以往。有经验的诗人在字里行间表现出一种智识上的成熟，新诗人则以与众不同的视角大胆挑战读者的固有认知，发人深省。三、技巧的多元化。这些诗歌有的优美温婉，有的犀利幽默，有的善用讽喻，有的想象独特，有的技法新颖，有的于文字游戏中将情绪巧妙抽离，于音韵、用词与断句中彰显语言的力量。四、表现时代的不同面向。诗歌中既有关于过去泰国的记忆、宁静的大自然、尘埃未定的政治与社会乱象，亦有疫情带来的伤痛、国家的救治、彼此隔离的压抑、面对经济萧条底层人民的奋力求生，同时也有充溢着地方风情的乡村图景、针对不同事件的女性观点、自然美景下隐藏的残酷现实等。五、表达希望重于披露现实。新冠疫情期间人生百态尽显，为诗人们提供了多元的切入视角，他们没有一味地从残酷、绝望的角度予以反映，而是表现出乱世中仍有希望和幸福可分享。在压抑了许久后，诗人们迫切地在诗歌中表达希望，并试图探讨当下社会的出路。

获得东盟文学奖和正大集团7图书奖双料头奖的芭丽达·蓬巴达佩及她的作品《直到世界将我们拥抱》，无疑是2022年最受关注的诗人与诗集。芭丽达·蓬巴达佩是泰国东盟文学奖历史上第二位获奖的女诗人，她本科毕业于泰国国立法政大学政治学系，研究生毕业于朱拉隆功大学文学院泰语专业，曾是武里南皇家大学泰语专业的助理教授，后成为全职作家。《直到世界将我们拥抱》是她的第一部诗集，此前她曾凭借不同的单篇作品获得多个奖项，如2018、2019年的乌切尼文学奖，2018、2019和2020年的潘万珐奖等。《直到世界将我们拥抱》分4个章节——“瘟疫：繁衍的时代”“罗曼蒂克化：我们把一切变得浪漫”“直到世界将我们拥抱”“去往永恒的怀抱”。诗集反映了在疫情导致的社会动荡时期人们的生活面貌，从普通人的生活与行为切入，反映了诸多社会问题。各章节之间彼此相关，浪漫与现实交织，适时的讽刺口吻恰到好处地激起了读者共鸣，引发读者思考。语言简洁而内涵丰富，易懂却不失美感，传达出深刻的意义和情感。诗人通过诗集传递出的思想兼具时代性和普遍性，尽管在生活中不得不面对残酷、暴力、变化和崩溃，但她希望人们能够善待彼此，以理解与同情拥抱彼此。古典诗体素帕格伦（กลอนสุภาพ）[1]的运用让现代语言不仅没有因为格律的限制而显得拘谨，反而使其更显灵动。如诗人巧用文字游戏进行讽刺：

“入不敷出症”“前途渺茫症”正在出售。

1 素帕格伦是泰国的原创诗体，兴于阿瑜陀耶王朝时期，曼谷王朝拉玛二世时期发展至顶峰。在格律方面，这种诗体不仅对押韵有特定的要求，而且对包含某种声调符号的单词在诗句中的位置也有要求。

“抑郁沮丧症”“政府救济病”交易便捷。
“我们不一样病”传播快，促销点遍布。
“分化症晚期”售价低，“麻木不仁病”处处有售。

尽管作者反映了当下社会的种种不堪，但并没有愤懑和绝望。她以“母亲”的口吻作诗，尽管意识到了“孩子”成长的世界有多么残酷，但仍安抚“孩子”要怀有希望：

孩子啊……这就是生活，不要只盯着创伤。
一次次折腰——软弱，落锁囚禁所有的希望。
你去借那婴童之心，让它跳动于煎熬的胸腔。
你去借少年的明眸，“喜爱”或正于“厌恶”中沉睡。

二、小说：书写苦难的与被忽略的，新手小说家厚积薄发

在本年度的国家优秀图书奖评选中，共有四部长篇小说脱颖而出。素玛顿·普莱邀（สุมาตร ภูลายยาว，出生年份不详）的《驶自三佛塔镇的最后一班火车》（รถไฟเที่ยวสุดท้ายจากพญาตองซู，2021）获得优秀奖，希里翁·盖甘的《大凡》[1]、乌迪猜·吉萨纳巴冈吉（วุฒิชัย กฤษณะประกรกิจ，1973— ）的《失重一秒》（วินาทีไร้น้ำหนัก，2021）和芭（ปราปต์，1986— ）的《无忧树鬼》（อโศกสาง，2021）获鼓励奖。短篇小说优秀奖空缺，本勒·维贤布瑞查（บุญเลิศ วิเศษปรีชา，出生年份不详）的《回不去的家》（บ้านที่กลับไม่ได้，2021）、札隆·方春拉吉（จำลอง ฝั่งชลจิตร，1954— ）的《你讲的事》（เรื่องคุณเล่า，2021）和阿

1 《大凡》为 2021 年东盟文学奖获奖作品，具体介绍参见《外国文学通览：2021》。

提瓦·蓬素叻（อธิวัฒน์ พงษ์สุระ，出生年份不详）的《虎爷》（เสือเทพเจ้า，出版时间不详）获鼓励奖。正大集团7图书奖的长篇小说类奖项中，《驶自三佛塔镇的最后一班火车》获得特等奖，《大凡》获一等奖，《失重一秒》获二等奖；短篇小说类中，叻蒙·伽蒙纳温（รมณ กมลนาวิน，出生年份不详）的《斯佩罗奏鸣曲：希望的旋律》（สเปโร โซนาตา ท่วงทำนองแห่งความหวัง，2020）获特等奖，那日蓬·叻瓦纳依（นริศพงศ์ รักวัฒนานนท์，出生年份不详）的《家庭第一，以爱与腐朽》（Family Comes First ด้วยรักและผุพัง，2021）获一等奖，《回不去的家》获二等奖。在上述获奖作品中，《驶自三佛塔镇的最后一班火车》和《失重一秒》是最受关注的两部长篇小说，而《斯佩罗奏鸣曲：希望的旋律》和《回不去的家》这两部短篇小说集同样引发大量评论。这四部作品几乎全部出自“新人”作家之手——这种“新”不是年龄与阅历上的，而是对于小说创作而言，他们带着对某种人生经验的深厚积累，为泰国小说带来了一股清新之风。苦难与边缘，绝望与希望，在这一年的小说中被反复诉说。

获得国家优秀图书奖和正大集团7图书奖双料头奖的《驶自三佛塔镇的最后一班火车》是一部历史小说。全书共分13章，讲述了太平洋战争期间人们的悲苦与创伤以及泰缅铁路即“死亡铁路”的修建，而三佛塔镇正是这条铁路在缅甸境内的终点站。整部作品像一幅拼图，读者在阅读中渐渐了解到如今这座落后的边境小镇曾一度是战时的人间地狱。作品半是史实，半是虚构，既写到了历史上的真实人物、地点和事件，又以在三佛塔镇进行实地考察的一个泰国籍和一个日本籍的历史学者的视角来讲述，他们每到一处，就通过当地百姓的讲述收集新的信息。除了触目惊心的史实，作者还将梦境与想象穿插其中，在现代事件与二战历史间自如地切换，运用富于想象力的语言，拼接出了这段人们避而不谈的历史，仿佛揭开了陈创旧伤，引发现代人的共情。无论是家园被肆意入侵、遭到残害的百姓，还是战败后沮丧茫然、一心赴死或盼归故土的侵略者们，人间满是苦楚。最后一班驶离三佛塔镇的列车，到底驶向了哪里？谁被带走了，谁又被永远地留下了？尽管那时的人都已经不在了，但痛苦的记忆依然在人间传递，被后人感知。《驶自三佛塔镇的最后一班火车》是素玛顿·普莱邀创作的第一部长篇小说，前后花费三年时间，他通过田野调查、查阅资料等方式，在深入了解地方史的基础上，最终以小说的形式对这段战争史进行了不同以往的呈现。作品出版后即获得大量关注，当年便再版。素玛顿·普莱邀曾是社会学田野调查的志愿者，协助过调研湄公河流域建坝地区的受影响情况，并进行过边缘群体研究，有丰富的实地考察经验，这使他更能够从个体的经验、权益与感受去看待和反映人类的宏大历史。良好的学术基础以及真实史料在作品中的使用，极大地增强了小说的可信度，使战争中的人间惨剧更显悲怆，读来令人倍感震撼。任何一种历史的书写都带有以史为鉴的意味，正像小说中转述的一位前日本士兵的感受：唯愿战争的创伤从每一个人的记忆中褪去，战争中除了受害者别无他人。作者借此表达出鲜明的反战思想。

《失重一秒》是一部独特的长篇小说，讲述了故事主人公威萨努经历城市重大交通事故的一瞬间，用 356 页的文字、22 个章节串联起形形色色的人与事。威萨努亦不同于其他小说的主角，他的故事仅是作者呈现的人间万象的一角，他更像是串起书中诸多人物的线绳。在事故发生的那一秒，所有被牵连其中的人都回想起了自己落寞的人生和散落的梦想。工薪族、餐厅服务员、建筑师、雇佣司机、收银员、学生等，不同的职业、不同的年龄、不同的生活，看似毫不相关，事实上却彼此相联。这些虽然显示了作者构思上的刻意，但并不妨碍整部作品的引人入胜。威萨努是一个彻头彻尾的失败者：家庭破裂，本人下岗，拼尽最后的积蓄追逐作家梦却一败涂地。独居的老妇丈夫去世，女儿失踪，靠着在面包车接驳站卖水勉强度日，只为有朝一日能等到女儿回来。年轻的餐厅女服员下定决心和已经有家室的爱人维持地下恋情，但随着时间的推移她开始怀疑这段复杂的情感是否有未来。年轻有为的建筑师为了两个孩子与妻子维持着名存实亡的婚姻，同时为了自己的幸福秘密组建了新的家庭，却由此引发了种种问题……小说反映了大城市生活的不同面向和人们相似的无奈。社会总是逼迫人们选择一些并放弃另一些，让人们面对毫无选择的抉择。而人们忍受眼下的种种疲惫与失意，正是为着一种希望，希望自己能够在这残酷的社会中生存下来。对于刚刚经历过疫情和正在经历经济大萧条的人们来说，书中的一切都似曾相识。作者并不仅仅想要呈现这样的现世，而是希望通过作品唤起人们对自身或个人价值的重视与尊重，也希望能传递这样一种思想：人生的每一个瞬间都非常重要，我们做出的选择决定着我们的未来，我们应该回归自己的心灵，寻找光明与希望。在车祸发生的一瞬间，人们想起了过往的种种不堪，重新确立了人生的方向。作者乌迪猜·吉萨纳巴冈吉是泰国资深的媒体人、专栏作家、杂志主编和翻译家，《失重一秒》是他的第一部长篇小说，从构思到完成共经历了 15 年时间。这是与作者亲身感受同步的一部小说，起意于人生倍感疲惫之时，完成于重生希望之际，易使读者产生共鸣。

《斯佩罗奏鸣曲：希望的旋律》包含 12 篇短篇小说，收录了作者叻蒙·伽蒙纳温 2012—2021 年间创作并发表于各刊物的主要作品，其中一些曾在单篇作品奖项中获奖。尽管创作时间跨度长达近 10 年，但整部小说集有一种共同的基调，呈现了残酷的社会中个体的毁灭，而这种绝望的处境仿佛永无尽头。作品集反映了人性的种种面向，讲述了边缘人、外来人、无亲无故的穷苦人的人生以及人类的种种困苦。作者通过充满力量的语言表现社会的暴力与裂痕，如家庭中的心理问题、山地民族的种族问题、外来劳工问题等，并以卢旺达内战来隐喻仇恨与派别对立正是泰国政治纷争的根源。作品最突出的主题是家庭问题。在《少女与读纪伯伦生命哲学的老先生》（หญิงสาวกับชายชราผู้อ่านปรัชญาชีวิตของยิบราน）一文中，冲突源自少女对家庭生活的失望。少女曾经放弃进入大学学习的机会，因为想去更广阔的世界中探索生命。她遇到了一位迷人而博学的老先生，他总是给她讲解纪伯伦的诗歌。她嫁给了老人，和他有了孩子，但很快被拘囿于“母亲”和“妻子”这两个角色之中，而在男权社会中这一切又显得那么天经地义。她的世界里只剩下让她喘不过气的家，她理解不了老先生给她讲的诗歌，因为背负枷锁的她到不了那么深邃和广阔的世界。曾经令她着迷的老先生的卓越才华，此时成了辱骂与奚落她的资本。在《悲伤电影》（“Sad Movie”）一文中，女主角的丈夫在失去了全部积蓄后陷入绝望并一心求死，她因此必须承受丈夫的所有情绪。在家庭中，个人的负面情绪会传染给家庭中的每一个成员，使整个家庭始终笼罩在阴郁之中。作者善于设计多维的故事情节，以巧妙的方式展开叙述，语言优美而深刻，对个体苦难的表现始终萦绕着悲伤，读者不由自主地被人物命运吸引与牵动。而正如作品集的题目所示，于这种种绝望之中作者真正想要唤起的还是人们心中“希望的旋律”。

短篇小说集《回不去的家》包含 9 篇带有人类学性质的作品，讲述了不同性别、不同年龄、不同民族的人的 8 种人生。8 个人因为不同的原因成了菲律宾首都马尼拉街头的流浪者。他们有的沿街生活，有的游荡于公园，还有的寄身于排楼的屋檐下。他们有时会去领教堂的救济餐，有一些教堂允许流浪者每周日去清洗衣物，这些人因此得以相遇。作者本勒·维贤布瑞查是泰国知名的人类学家，流浪者是其主要研究对象。他以亲身体验式的研究方法而为人熟知，他的学术著作从不仅仅呈现枯燥的人类学研究成果，而是具有相当高的可读性。此次他选择以短篇小说的形式呈现真实的人类学调研结果，不仅使读者深入了解了流浪者的人生，还使读者读到了一个人类学家的真实感受与思考。这部非常规的短篇小说集因为呈现了无比鲜活的人生而令人印象深刻，同时也使人们意识到作为社会边缘人的流浪者同样也是具有独特生命体验的个体。

三、其他重要奖项

除东盟文学奖、国家优秀图书奖、正大集团7图书奖等有一定历史的奖项外，还有一些权威性较高的单篇作品奖项、特色奖项同样值得关注。重新回归的诗歌与短篇小说奖项民意奖、女性作家作品奖项春玛娜奖（รางวัลชมนาด）、政治题材短篇小说与诗歌奖项潘万珐奖、由泰国国家科学馆联合多方设立的短篇科幻小说奖（รางวัลโครงการประกวดเรื่องสั้นแนววิทยาศาสตร์）、由大型图书零售机构奈茵书店举办的以读者为主导的奈茵书店读者最喜爱的图书奖（รางวัลสุดยอดหนังสือแห่งปี NAIIN READERS’ AWARDS 2022），以及由蒙銮本勒·帖帕亚素万基金会主办的优秀电影、戏剧评论奖（การประกวดบทวิจารณ์ภาพยนตร์ ละคร และศิลปะการแสดงดีเด่น ประจำปี ๒๕๖๕）等，使这一年的泰国文坛高潮迭起。

回归的民意奖以“添创作，促阅读”为主题，为获奖者提供了总计20万泰铢的奖励资金。民意奖于5月1日—6月30日征稿，7月1日—12月2日评审委员会选出部分作品刊登于《民意周刊》及刊物网站上，12 月 4 日颁奖。最终获奖结果如下：诗歌类，诺勒潘洛·巴努诺勒潘（นรพัลลภ ประณุทนรพาล，出生年份不详）的《世界不乐意》（โลกไม่ยอม，2022）获得一等奖，丰乔·焦卜蓝（เฟืองเขียว เกี้ยวบุหลัน，出生年份不详）的《在一只龟的悲剧中干涸》（แห้งผากไปในโศกนาฏกรรมของเต่าตัวหนึ่ง，2022）获得二等奖，提瓦（ทิวา，出生年份不详）的《无尽的呼吸》（ลมหายใจไม่รู้จบ，2022）获得三等奖；短篇小说类，纳叻朋·素萨瓦（นฤพนธ์ สุดสวาท，出生年份不详）的《化蝶》（กลายเป็นผีเสื้อ，2022）获得一等奖，般察·安迪（บัญชา อ่อนดี，1962—　）的《巴莱宗派》（ประลัยจุมพ่าย，2022）获得二等奖，查芒柴（ฉมังฉาย，出生年份不详）的《腌尸国》（ประเทศดองศพ，2022）获得三等奖。

第 11 届春玛娜奖由盘古银行总部与巴潘杉出版有限公司共同举办，共有 30 部作品参加评选，10 月 4 日公布评选结果并颁奖，最终选出特等奖 1 部、一等奖 2 部、二等奖 1 部。萨希维蒙·娜缇·素叻滴差蒙坤（ศศิวิมล นทธี สุระเดชชะมงคล，出生年份不详）凭借长篇小说《患有现实解体障碍的教堂》（วิหารความจริงวิปลาส，2022）荣获特等奖，除 10 万泰铢的奖金外，作品将会出版并翻译为英文向海外推广。小说中几人因参加葬礼在教堂相遇，并因暴风雨滞留在此。无所事事的他们玩起了“我讲你猜”的游戏，大家轮流讲故事，由听者来判断所言是否真实。作品将惊悚、悬疑、超自然、信仰等元素与各种各样的心理问题有机融合，表现出人物不同的心理病症，传递出与爱、羁绊相关的价值观，反映了家庭关系对个体人格的塑造。作者曾经是心理医生，在作品中善用心理学来解释人物的种种异常。她在接受采访时表示，自己最大的心愿是让这部作品走向国际，因为其中反映的是人类共同的心理体验，任何文化背景的读者都会与之产生共鸣，人们可以通过这部作品理解心理疾病和人格障碍表征下由思维方式、信仰、宗教观和家庭关系等造成的人与人之间的差异。颁奖典礼后，组委会还举办了“持续推动女性作家作品走向国际”(เสวนาหัวข้อ“จะร่วมกันผลักดันงานเขียนสตรีสู่นานาชาติชนิดยั่งยืนอย่างไรกัน) 的研讨会。

2022 年潘万玹奖共征集作品 844 篇，其中短篇小说 331 篇、诗歌 513 篇，并于 8 月公布了评选结果：短篇小说类温温（วิญวิญญ์，出生年份不详）的《41,057 公里的光明》(ความกระจ่างที่ระยะทาง 41,057 กิโลเมตร，2022）获特等奖，乌廷·彭丹（อุเทน พรมแดง，出生年份不详）的《一人站，他人坐》(คนหนึ่งยืน คนอื่นนั่ง，2022）和尹通·奥叻潘（อินทร อรพัน，出生年份不详）的《蚯蚓粪有机肥》(มูลไส้เดือน，2022）获优秀奖；诗歌类阿勒·尹普（อร่าม อินพุ่ม，出生年份不详）的《占卜板》(ผีถ้วยแก้ว，2022）获特等奖，齐达·巴叻鞑亚（คีตา บารัตดายา，出生年份不详）的《花茶——生命园中的国家代码》(ชาดอกไม้-รหัสประเทศในสวนชีวิต，2022）和阿披察·搭滴的《你和我称为我们》(เธอกับฉันนั้นคือเรา，2022）获优秀奖。另有短篇小说和诗歌各 10 篇获得鼓励奖。

泰国国家科学馆联合玛希隆大学、泰国作家协会、泰国科学协会和 GDH559 电影公司举办了第 7 届短篇科幻小说奖评选及颁奖活动。本次评选共征集作品 196 篇，最终获奖的 16 篇作品将以《预言的最终之谜》(ปริศนาสุดท้ายของคำทำนาย）为题结集为短篇科幻小说集，由泰国南美书局出版发行。在青少年作家组中，奥詹（โอบจันทร์，出生年份不详）的《在芬芳四溢的记忆中拥抱你》(โอบกอดคุณไว้ในทรงจำอันอวลหอม，2022）获特等奖，此外还有一等奖 2 篇、二等奖 1 篇、三等奖 2 篇；在全年龄作家组中，犹乌·耀桑（ยศวุฒิ เอียดสังข์，出生年份不详）的《谜一般的作家和会隐身的飞鱼》(นักเขียนปริศนา กับปลาบินล่องหน，2022)

获特等奖，此外还有一等奖 1 篇、二等奖 1 篇、三等奖 2 篇；在适合 12—18 岁少年阅读的短篇科幻小说组，叻迪·叻狄通（รตี รติธรณ，出生年份不详）的《某人被遗落在后》（ใครบางคนถูกทิ้งไว้เบื้องหลัง，2022）获特等奖，此外还有一等奖 1 篇、二等奖 1 篇、三等奖 2 篇。

第四届奈茵书店读者最喜爱的图书奖也如期评选，读者们积极响应，通过奈茵书店官网投出 3 万多张选票，最终评出 9 个类别的年度最佳，其中文学类的获奖图书如下。巴差空·鲁纳猜（ประชาคม ลุนาชัย，1959— ）的《让书店为爱引路》（ให้ร้านหนังสือนำทางรัก，2022）被评为年度最佳泰国小说，由八小时（8 hours，出生年份不详）翻译的韩国作家辛雄（sing N song）的无限流小说《全知读者视角》（ชุด มุมมองนักอ่านพระเจ้า，2022）被评为年度最佳亚洲翻译小说，由媞达·宗尼勒麦萨提（ธิดา จงนิรามัยสถิต，出生年份不详）翻译的托尔金（John Ronald Reuel Tolkien）的《努门诺尔与中洲之未完的传说》（เกร็ดตำนานที่จารมิจบแห่งนูเมนอร์ และมิดเดิ้ลเอิร์ธ，2022）被评为年度最佳西方翻译小说，由薰衣草（ลาเวนเดอร์，出生年份不详）翻译的墨香铜臭的《天官赐福 4》（สวรรค์ประทานพร เล่ม 4，2022）被评为年度最佳耽美文学。读者期待的爱情与奇幻题材依然是当下泰国通俗文学图书市场的主流。

由致力于扶持文学创作、文学评论、表演艺术、泰语和英语教学及师范教育事业的蒙銮本勒·帖帕亚素万基金会所设立的评论奖是泰国历史最长、最具影响力的评论类奖项之一。1992 年，在泰国著名作家、学者、文学评论家蒙銮本勒·帖帕亚素万逝世 10 周年之际，基金会设立了优秀文学评论奖，1994 年又增设了优秀电影、戏剧评论奖，两个奖项逐年交替评选。2022 年 12 月，该基金奖评选出了 2022 年优秀电影、戏剧评论奖：优秀奖空缺；帕塔那蓬·孔萨（พัฒนพงศ์ คงศักดิ์，出生年份不详）凭借作品《〈75 岁方案〉：电影的关怀》（Plan 75 ภาพยนตร์มีห่วง，2022）获得鼓励奖。

四、重要文学事件

1. 年轻的创作与评论力量

已经举办了六届的乌切尼文学奖（รางวัลวรรณศิลป์อุชเชนี）和已经举办了三届的“心灵评论”当代文学评论奖（รางวัลการประกวดบทวิจารณ์วรรณกรรมร่วมสมัยดีเด่น “ดวงใจวิจารณ์”）均设立了学生组奖项，以期为泰国文坛发掘与积蓄稳定的创作与评论力量。

10 月 10 日，为了纪念泰国作家、翻译家乌切尼（อุชเชนี，1919—2016）[1] 而设立的乌切尼文学奖颁奖典礼在曼谷举行。本届评选活动由泰国天主教媒体联合天主教研究会、查特雷斯圣保罗姐妹会、文化部文化促进司文化事务促进基金会及泰国作家协会共同主办，诗琳通公主为活动颁赠奖杯。本年度的乌切尼文学奖以“乱世坚守，直至黎明”为主题，对散文和素帕格伦诗两类作品进行评选，分学生作者组和非学生作者组。活动共征集作品 412 篇，其中素帕格伦诗 230 篇，散文 182 篇。素帕格伦诗类学生作者组的提叻瓦 · 映塔沃（ธีรวัฒน์ ยิ่งถาวร，出生年份不详）的《噢噢，别怕别怕》（ขวัญเอยขวัญมา，2022）获特等奖，非学生作者组的阿披察 · 搭滴的《你看到了吗》（เธอเห็นไหม，2022）获特等奖；散文类学生作者组的沃齐叻坦 · 萨叻般（วชิรธาร สารบัญ，出生年份不详）的《唯盼透光的黎明》（หมายเพียงหนึ่งอรุณรุ่งรางอันพร่างแสง，2022）获特等奖，非学生作者组的塔瑙 · 坤披（ถนอม ขุนเพ็ชร์，出生年份不详）的《飞跃变幻不定的生活》

1 乌切尼是芭琴 · 促塞 · 纳 · 阿育陀耶（ประคิณ ชุมสาย ณ อยุธยา）的笔名。他出生于天主教家庭，生前为朱拉隆功大学文学院教师，曾出版诗集《镶金边的天际》（ขอบฟ้าขลิบทอง，1956），1993 年获“国家艺术家”称号。2016 年，乌切尼因病去世，享年 96 岁。

（บินผ่านสภาพชีวิตแปรปรวน，2022）获特等奖。此外，在这两类奖项的两个组别中，还各有 2 篇作品获得优秀奖。

2022 年“心灵评论”当代文学评论奖要求参评作品是对 2017—2022 年首次出版的小说、诗歌和非虚构文学的评论，并且是未经发表、未获得过任何奖项的原创评论作品。奖项分 3 组，中学生作者组、大学生作者组和非学生作者组，每组各评出优秀作品 5 篇。6 月 15 日，奖项组织方公布了评选结果，共有 15 篇作品获奖。最终，获奖作品集结为《敢于评论的心》（กล้าวิจารณ์ ดวงใจวิจารณ์）的评论集出版。此外，今年“心灵评论”网站还举办了 4 场线下交流活动，主题分别为“当代文学评论如何成为社会发展的媒介”“多元批评理论视域下的当代文学”“短篇与长篇小说批评”和“非虚构文学与诗歌批评”等。另外还有 7 场线上学术活动，通过网络宣传，以线上会议的形式进行。“心灵评论”曾经是泰国著名文学评论家、作家查迈蓬 · 邦孔邦（ชมัยภร บางคมบาง，1950—　）在《宽仁》（ขวัญเรือน）杂志上的专栏名称，2017 年查迈蓬因“开发当代文学评论线上媒体”项目获泰国媒体基金会专项资助，创立了名为“心灵评论”的网站（www.duangjaivijarn.com），传播当代文学评论作品。2020 年，泰国文化部当代文化艺术办公室启动“‘心灵评论’当代文学评论写作培训”项目，并接管“心灵评论”网站。在期刊、报纸等文学评论的传统园地纷纷式微的时代，“心灵评论”网站的成立与发展为泰国文学评论开辟了新的专属园地。

2.《大世词》被列为“国家文学”

5 月 23 日，泰国文化部艺术司联合国家文学委员会宣布将《大世词》（มหาชาติคำหลวง，1482）列为“国家文学”，并召开主题为“泰国文化中的‘大世’文学”的学术研讨会。“大世”指佛祖十世轮回说中的第十世，《大世词》即讲述佛祖第十世的故事。阿瑜陀耶王朝时期，戴莱洛迦纳王（สมเด็จพระบรมไตรโลกนาถ）组织宫中才臣将《巴利三藏》（พระไตรปิฎก）中的《维先达本生故事》（เวสสันดรชาดก）翻译为泰文，并于1482年译成，即为《大世词》。全作分13章，运用了多种诗体，如莱、克龙、禅和伽等，译文优美。《大世词》堪称泰国佛教文学编译的典范，不仅具有重要的文学价值，在社会思想、文化道德、风俗礼仪方面对泰国社会也有着重要影响。

3. “泰国作家与国际市场：谁说翻译不重要”对谈会

7月28日，泰国50家出版社联合举办了图书活动Book & Beer 2022。会议期间主办方邀请了2015和2018年两度获得东盟文学奖的威拉蓬·尼迪巴帕（วีรพร นิติประภา，1962— ）及其作品的英文译者冈·叻迪（ก้อง ฤทธิ์ดี，1973— ）进行了题为“泰国作家与国际市场：谁说翻译不重要”（การพูดคุยเสวนา Book talk “นักเขียนไทยกับตลาดอินเตอร์ : ใครว่าการแปลไม่สำคัญ”）的对谈会。冈·叻迪是泰国电影博物馆的副馆长、作家、翻译家和影评家，他翻译了威拉蓬·尼迪巴帕的两部获奖长篇小说《迷宫中的盲蚯蚓》（ไส้เดือนตาบอดในเขาวงกต，2013）和《日暮时代与黑玫瑰猫咪记忆中的记忆》（พุทธศักราชอัสดงกับทรงจำของทรงจำของแมวกุหลาบดำ，2016）。两位分享了上述两部作品在海外推广的经历，认为好的翻译是泰国文学作品走向国际的第一步，之后则取决于海外的评论，必须在评论界获得一定的讨论度，作品才能被海外读者认可。除了作家、翻译家的努力外，还应由国家建立相应机制，以更加有效地推动高质量的文学翻译工作并有序向海外有影响力的文学评论媒体推送本国作品，这样才能逐渐建立起泰国文学在国际中的形象。目前很多国家对泰国文学的普遍认识

还停留在克立 · 巴莫（ม.ร.ว. คึกฤทธิ์ ปราโมช，1911—1995）的《四朝代》（สี่แผ่นดิน，1953）上，近几十年虽然有泰国作家因作品的翻译而在海外拥有了一些知名度，但都是零散且具有偶然性的，世界依然缺少对泰国文学发展的关注与了解。他们还认为，如果想要认识一个国家，往往会从阅读这个国家的文学作品开始，因为只有文学能反映民族的思想与习惯。当下国家大力提升电影等娱乐产业在海外的影响力，恰恰是失之偏颇的，因为电影根植于文学，泰国文学在海外的推广应得到和影视、音乐等相当的政府扶持。

结语

尽管大多数获奖的单篇作品还未获得评论界的及时反馈，以上介绍的情况也并不足以涵盖 2022 年泰国文学发展的全部，但不可否认，“希望”是最突出的年度关键词。首先，本年度的作品在内容上大多与现实紧密相联。作者们深入历史与现世的苦难，聚焦边缘群体及普通人的人生，意在唤醒个体价值，启迪人们在自我内心中发掘生活的希望。其次，丰富的奖项、丰厚的奖金、不间断的评选等，促进了文学创作与评论群体的年轻化，有效促进了创作群体的壮大及作品水平的提升，不同职业背景的“新人”作家也在挑战着文学的固有边界。再次，在线媒体的开发、社交网络的应用，也打破了文学创作与评论的群体界限，为之提供了更加广阔的表现空间。最后，泰国文学的国际化趋向，是对泰国政府推动软实力发展的顺应，将为泰国文学的发展带来新的希望。对泰国文学作品在海外推广的尝试以及对相关经验的探讨，将对泰国文学的创作与发展机制提出更高的要求，并增进泰国文学与其他国家文学的交流。

参考文献：

"ชีพี ออลล์ จัดงานมอบรางวัลหนังสือดีเด่น เซเว่นบุ๊คอวอร์ด ครั้งที่ 18 และ ครั้งที่ 19" มติชนสุดสัปดาห์ 8 Nov. 2022. Web. 6 Aug. 2023.
<https://www.matichonweekly.com/publicize/article_624737>.

"อวดโฉม 7 เล่มกวีนิพนธ์ เข้ารอบซีไรต์ปี 65" ไทยโพสต์ 28 Sept. 2022. Web. 6 Aug. 2023.
<https://www.thaipost.net/news-update/231092/>.

"'นักเขียนไทย' ไปไม่ถึง 'ตลาดโลก' อะไรคือจุดอ่อน" กรุงเทพธุรกิจ 1 Aug. 2022. Web. 6 Aug. 2023.
<https://www.bangkokbiznews.com/lifestyle/1018406>.

"กรมศิลป์ยกย่อง 'มหาชาติคำหลวง' เป็นวรรณคดีแห่งชาติ" กรุงเทพธุรกิจ 25 Aug. 2022. Web. 6 Aug. 2023.
<https://www.bangkokbiznews.com/lifestyle/1006357>.

"'เมล็ดพันธุ์ใหม่ ดวงใจวิจารณ์'2563" สำนักงานศิลปวัฒนธรรมร่วมสมัย กระทรวงวัฒนธรรม 2020. Web. 6 Aug. 2023.
<https://www.ocac.go.th/3d-flip-book/เมล็ดพันธ์ใหม่-ดวงใจวิจ/>.

"ประกาศรางวัล 'วรรณศิลป์อุชเชนี' ครั้งที่ 6 ปี 2565" กรุงเทพธุรกิจ 12 Oct. 2022. Web. 6 Aug. 2023.
<https://www.bangkokbiznews.com/lifestyle/entertainment/1031944>.

"รวมบทกวี จนกว่าโลกจะโอบกอดเราเอาไว้ กวีนิพนธ์จากบทสนทนาแห่งชีวิต" เซเว่นบุ๊คอวอร์ด 2022. Web. 6 Aug. 2023
<https://7book.csrcpall.com/?rcno_review=จนกว่าโลกจะโอบกอดเราเอ>.

"ตามรอยกับเรื่องย่อ 'รถไฟเที่ยวสุดท้ายจากพญาตองซู' นวนิยายเรื่องแรกในชีวิต ของ สุมาตร ภูลายยาว" ศูนย์ข้อมูลภาคตะวันตก หอสมุดพระราชวังสนามจันทร์ สำนักหอสมุดกลาง มหาวิทยาลัยศิลปากร 31 Oct. 2022. Web. 6 Aug. 2023.
<http://www.snc.lib.su.ac.th/westweb/?p=3281>.

"สเปโรโซนาตา ความร้าวราน แหลกสลาย และบทสนทนาเกี่ยววรรณกรรมไทยร่วมสมัย" The 101.World 23 Feb. 2022. Web. 6 Aug. 2023.
<https://www.the101.world/spero-sonata-the-harmony-of-hope/>.

"วินาทีไร้น้ำหนัก: นิพพานของเวลา และสภาวะสุญญากาศในสังคม" The MOMENTUM 14 Nov. 2021. Web. 6 Aug. 2023.
<https://themomentum.co/lostinthought-weightless-second/>.

"การเดินทางถึง 'บ้าน' ของหนังสือเล่มหนึ่ง" The MOMENTUM 21 Jun. 2021. Web. 6 Aug. 2023.
<https://themomentum.co/bookseller-boonlert-visetpricha/>.

作者单位：北京外国语大学亚洲学院

2022年土耳其文学概览

彭　俊

内容提要：2022年，新冠疫情的阴影逐渐消散，土耳其文坛也慢慢恢复活力。作家们创作的作品较前两年有所增加，各类文学活动也恢复线下举办。本文将以重要的文学奖项以及文学事件和文学活动为切入点，梳理、介绍2022年度土耳其文坛的基本情况。

2022年，随着疫情阴影逐渐消散，土耳其的文学活动也慢慢恢复生机。参加各大文学奖项评选的作品数量和前两年相比有较大幅度增长，曾一度停办或是改为线上举办的各类展会、文学节活动也恢复了线下举办。本文将以重要的文学奖项以及文学事件和文学活动为切入点，梳理、介绍2022年度土耳其文坛的基本情况。

一、重要文学奖项及获奖作家、作品

（一）奥尔罕·凯马尔长篇小说奖（Orhan Kemal Roman Armağanı）

2022年，共有82部长篇小说参加了第51届奥尔罕·凯马尔长篇小说奖的角逐。5月16日，由塔希尔·希尔坎（Tahir Şilkan，

1959— ）、赛拉伊·莎欣奈尔（Seray Şahiner，1984— ）、麦赫迈特·努里·君泰金（Mehmet Nuri Güntekin，1971— ）等知名作家和文学评论家组成的评委会召开会议，投票决定本届奥尔罕·凯马尔长篇小说奖的归属。最终，布尔罕·森迈兹（Burhan Sönmez，1965— ）的长篇小说《墓碑和影子》（*Taş ve Gölge*，2021）从众多参赛作品中脱颖而出，荣获这一奖项。评委会认为，“该小说融合了不同的地域元素，从移民生活、回忆和现实等多个维度入手，通过巧妙的构思、丰富的意象和生动的人物形象成功复刻了土耳其社会的真实样貌。”

森迈兹是一位库尔德裔作家，出生于安卡拉。著有《北》（*Kuzey*，2009）、《纯真》（*Masumlar*，2011）、《伊斯坦布尔，伊斯坦布尔》（*İstanbul İstanbul*，2015）和《迷宫》（*Labirent*，2018）等长篇小说。2011 年荣获赛达特·斯玛威文学奖，2017 年荣获瓦茨拉夫·哈韦尔奖，2018 年荣获欧洲复兴开发银行文学奖，2021 年 9 月当选为国际笔会主席。《墓碑和影子》是森迈兹创作的第五部长篇小说，主人公阿乌多是个孤儿，自幼孑然一身，四处漂泊。在马尔丁，阿乌多遇到了约瑟夫，并在其教导之下成为一名墓碑雕刻师。阿乌多很有天分，设计雕刻的墓碑特别契合逝者的身份地位，因此得到了不少客户的青睐。阿乌多的感情之路也颇为坎坷，心仪的爱人艾丽芙早逝，阿乌多也因她身陷囹圄。重获自由后，阿乌多心如死水，决定以墓园为家，与墓碑为伴，待到死亡来临的那一天，他便可以静静地躺在爱人艾丽芙的身旁。可没承想，女孩莱伊罕的出现彻底改变了他的生活……小说以阿乌多的经历为主线，通过还原 20 世纪 30 年代至本世纪初土耳其发生的重大历史事件，对生与死、爱情与友情、政治与屠杀、移民与归属等诸多主题进行了深入的探讨。小说中，作者塑造了许许多多的人物形象，这些人物以主人公阿乌多为中心，构成了一个复杂的关系网。作者通过人物的切换带动时间、空间进行切换，从而将发生在不同时期、不同地域的历史事件融入作品之中，构思颇为精妙。

（二）萨伊特·法伊克短篇小说奖（Sait Faik Hikaye Armağanı）

2022 年，共有 176 部短篇小说作品参加了第 68 届萨伊特·法伊克短篇小说奖的评选。最终，经由多昂·赫兹兰（Doğan Hızlan，1937— ）、希尔米·雅乌兹（Hilmi Yavuz，1936— ）、穆拉特·居尔索伊（Murat Gülsoy，1967— ）等知名作家组成的评委会投票决定，卡米尔·埃尔戴姆（Kâmil Erdem，1945— ）创作的短篇小说集《没有路人》（*Yok Yolcu*，2021）获得本届萨伊特·法伊克短篇小说奖。

卡米尔·埃尔戴姆出生于埃尔祖鲁姆，著有短篇小说集《下点雨吧》（*Şu Yağmur Bir Yağsa*，2016）和《忧伤的乐调》（*Bir Kırık Segâh*，2018）等。2018 年荣获第 30 届哈尔敦·唐奈尔短篇小说奖，2022 年荣获第 77 届尤努斯·纳迪短篇小说奖。《没有路人》是他创作的第三部短篇小说集，共收录了《寻常一夜》《迷雾之中》《死胡同》《天还会热起来》《没有路人》《深红》和《最后一面》等 10 则短篇故事。《寻常一夜》详细描写了主人公烤土豆的全过程，从削土豆开始直至土豆烤熟。主人公的回忆和遐想贯穿其中，带领读者走进他的内心世界。《天还会热起来》的主人公是一个从农村进城打工的女人，她的丈夫是个摄影师。作者用细腻的笔触、温婉的语言讲述了农村妇女进城后的生活，并透过她的视角对生活进行了诠释。《最后一面》讲述的是两位老友重逢的故事，年轻时的他们曾经为了政治理想并肩战斗。言谈中，二人仿佛又回到了那激情四射的青春岁月。小说集语言优美，极具诗意，描写生动，细致入微。作者将自己的亲身经历融入作品之中，通过一个个鲜活的人物形象阐释了自己对政治、生活以及人际关系的感悟。

（三）尤努斯·纳迪奖（Yunus Nadi Ödülleri）

2022 年，共有 106 部长篇小说、77 部短篇小说和 94 部诗歌参加了第 77 届尤努斯·纳迪奖的评选，最终评选出包括长篇小说、短篇小说和诗歌在内的四部获奖作品，具体如下。

1. 长篇小说《世界变幻，留下了色彩》（*Dünya Döner Renkler Kalır*，2021）

作者是贝尔津·博约克奥卢（Belgin Bıyıkoğlu，出生年份不详），他于 2018 年出版了首部短篇小说集《快笑一笑》（*Hadi Gülümse*，2018），著有长篇小说《时光流逝，留下了声音》（*Zaman Geçer Sesler Kalır*，2023）等。

《世界变幻，留下了色彩》是博约克奥卢创作的第一部长篇小说。小说的主人公女教授加茜黛人到中年却惨遭丈夫背叛。菲利黛是加茜黛的闺蜜，二人自中学起相识，相似的幼年经历和政治信仰让二人成为无话不谈的好友。眼见闺蜜沉浸在痛苦之中，菲利黛暗下决心要助其走出阴影。加茜黛的女儿黛琳一直和丈夫贝尔克生活在国外。二人打算回国创办有机农场，他们的回归让一块祖传的地皮重回众人的视野，同时被众人知晓的还有隐藏多年的家族秘密。小说围绕着家族秘闻和地皮归属两条主线展开叙述，除了赞美亲情、友情和爱情外，众人合力保护地皮、阻止黑心公司修建水电站的举动也凸显出城市化进程中环境保护和经济利益之间的深刻矛盾。

2. 短篇小说集《没有路人》

年近八旬的卡米尔·埃尔戴姆可谓是 2022 年土耳其文坛的幸运儿,《没有路人》在斩获萨伊特·法伊克短篇小说奖之后,再度得到评委们的青睐,荣获尤努斯·纳迪短篇小说奖。在同一年度接连斩获土耳其文坛最具分量的两个短篇小说奖项,足见《没有路人》这部短篇小说集是一部难得的佳作。

3. 诗集《从未走过的路》(*Gidilmemiş bir yol*, 2021)和《请听我对您说》(*Dinleyin Size Bir Şey Söylüyorum*, 2021)。

这两部诗集的作者分别是图鲁尔·唐约尔(Tuğrul Tanyol, 1953—)和居拉伊·厄兹(Güray Öz, 1949—)。图鲁尔·唐约尔出生于伊斯坦布尔,毕业于海峡大学社会学系。1971 年,他发表了首部诗歌作品,之后出版了《水中的凤凰》(*Sudaki Anka*, 1990)、《魔法消失》(*Büyü Bitti*, 2000)和《之前和往后》(*Öncesi ve Sonrası*, 2012)等诗集。其作品曾荣获贝赫切特·内贾提吉尔诗歌奖和麦廷·阿尔特奥克诗歌奖。《从未走过的路》是唐约尔创作的第 11 部诗集,诗集包含 3 个部分,共收录 27 首诗。诗集的第一部分以亲情为主题,在对往昔生活的回忆中作者对亲情的眷恋、对家人的热爱表露无遗;第二部分以诗歌为主题,除了表达对诗歌的理解和热爱之外,也充分表达了自己对哈希姆、内贾提吉尔等前辈诗人的敬意;和前两个部分相比,第三部分更多了几分现实感,作者通过诗句对人际关系、生活和社会进行了大胆的评价和批判。整部诗集语言优美,韵律十足,作者通过丰富的意象将诗歌的内容和蕴含的深意融为一体,在继承土耳其传统诗歌的特点之余做出了自己的创新。

居拉伊·厄兹出生于乌沙克,大学曾就读于伊斯坦布尔大学法学院。厄兹长期从事记者工作,曾先后担任德国土耳其研究中心新闻发言人、《共和国报》驻德国及欧洲代表等。他著有诗集《干枯的玫瑰树》（*Kurumuş Gül Ağacı*，1997）以及报告文学《欧洲的土耳其人》（*Avrupa Türkleri*，1999）、《周二清晨》（*Salı Sabaha Karşı*，2006）等。《请听我对您说》是厄兹创作的第二部诗集，收录了他 1996—2021 年间创作的诗歌作品，其中也包括 2017—2018 年被关押在希利夫利监狱期间创作的诗歌。诗集由“1996—2000 从前”“2000—2021 我经历的岁月”“希利夫利的牢狱生活”以及“请听我对您说”等四个部分组成。回忆是这部诗集最为重要的主题，作者通过回忆过往经历，表达了对遗忘和死亡的理解。此外，作品还表达了作者对现实社会的强烈不满，他鼓励民众同各种不公现象做斗争，希望社会能够回归公平和正义。

（四）土耳其作家协会年度作家、思想家和艺术家奖（TYB Yılın Yazar, Fikir Adamı ve Sanatçıları Ödülleri）

2023 年 1 月 1 日，土耳其作家协会召开新闻发布会，作家协会主席穆萨·卡泽姆·阿勒江（Musa Kazım Arıcan，1970— ）在会上公布了第 41 届土耳其作家协会年度作家、思想家和艺术家奖的获奖情况，其中获得文学领域奖项的作家和作品如下。

1. 伊斯玛义尔·厄增（İsmail Özen，1971— ）和他的长篇小说《雪夜时分》（*Karlı Bir Gece Vakti*，2022）

伊斯玛义尔·厄增出生于巴勒克埃希尔，大学就读于塞尔柱大学土耳其语言文学系，著有短篇小说集《日子变得好短》（*Günler Ne Kadar Kısaldı*，2013）、《父亲的歌》（*Babamın Şarkısı*，2016）等。《雪夜时分》是厄增创作的第一部长篇小说，以主人公扎希特的爱情生活为主线，围绕他对宗教和世俗生活的认知变化展开叙述。尽管父母都是虔诚的穆斯林，自幼接受的也是传统保守的宗教教育，但扎希特打心眼儿里觉得还是世俗化的生活更为幸福快乐。为了上大学，他离开伊兹密尔，来到科尼亚。在科尼亚，他结识了很多朋友，他们当中既有狂热的宗教分子，也有开明的世俗人士，他们的言谈举止无时不刻不在影响着扎希特对宗教和世俗生活的认知。一个大雪纷飞的夜晚，扎希特结识了女孩哈蒂杰。哈蒂杰的父母曾是马克思主义的追随者，她本人也是世俗生活的拥趸。哈蒂杰给扎希特带来的不只是爱情，还有生活态度和思想认知上的转变。可就在此时，土耳其爆发了军事政变，宗教分子遭到残酷镇压，扎希特身边的朋友连同他的姐姐都未能幸免，这在他心中掀起了滔天巨浪。作者通过对扎希特内心深处的矛盾和痛苦的细致刻画，将 20 世纪 90 年代土耳其穆斯林青年遭受的精神冲击以及土耳其社会长期存在的宗教和世俗之争展现得淋漓尽致。

2. 阿里 · 厄舍克（Ali Işık，1979—　）和他的短篇小说集《三日浮世的第二天》（*Üç Günlük Dünyanın İkinci Günü*，2022）

阿里 · 厄舍克出生于巴勒克埃希尔，曾就读于维也纳大学，著有短篇小说集《等候大厅》（*Bekleme Salonu*，2014）和《遥远的伤痛》（*Uzaklık Yaralar*，2019）等。《三日浮世的第二天》是厄舍克创作的第四部短篇小说集，一共收录了《终于》《昨天、今天和明天》《生日》《声音和您》《恋人咖啡馆空了》《他是伊勒雅斯吗》和《我们把尤素甫忘在了井里》等 11 则短篇故事。这些故事虽然独立成篇，但“孤独”是贯穿小说集始终的一个主题，作者用凄美朴实的语言阐释了自己对孤独的理解。除此之外，作者还通过大量细致的心理描写塑造了各式各样鲜活的人物形象，并通过他们对青春、死亡以及来世等主题进行了深入思考。

3. 阿塔坎·雅乌兹（Atakan Yavuz，1974— ）和他的诗集《落下时唱的歌》（*Düşerken Söylenecek Şarkılar*，2022）

阿塔坎·雅乌兹出生于阿马西亚，曾就读于伊斯坦布尔大学政治学院，著有诗集《视角》（*Bakış Talimi*，2014）、《他知道你会怎样》（*Tanıyor Olabileceğin Kişiler*，2019），随笔集《错误日志》（*Hata Günlüğü*，2014）、《好人从不道歉》（*İyiler Asla Özür Dilemez*，2017）等。《落下时唱的歌》是雅乌兹出版的第四部诗集，主要收录了他自2020年以来创作的诗歌。追求个性、回归本真是这部诗集最为显著的特点，作者彻底摒弃了其他诗人及诗歌流派对自己的影响，在语言和形式上都有大胆的创新。除了讴歌生活中的美好外，作者也不避讳生活中的艰辛与坎坷，用朴实的语言展现了最为真实的生活。

二、重要文学事件与文学活动

1. 土耳其裔女作家埃米娜·塞夫吉·厄兹达马尔（Emine Sevgi Özdamar，1946— ）荣获2022年度德国毕希纳文学奖

以19世纪剧作家格奥尔格·毕希纳（Georg Büchner，1813—1837）命名的毕希纳文学奖是德国最为重要的文学奖项之一，奖励为德语文学事业做出过重要贡献的作家。2022年，荣获这一奖项的是长期生活在德国的土耳其裔女作家、戏剧导演兼演员埃米娜·塞夫吉·厄兹达马尔。负责遴选毕希纳文学奖入围作品的德国语言文学院在获奖理由中写道："她以高超的文学艺术手法，将个人对不同语言、社会和文化的经验融合在作品中。作品的多维度视角与个人的内心感受共同构成了宽阔的视野，并以此展示德国与土耳其间的历史。埃米娜·塞夫吉·厄兹达马尔的戏剧及小说创作以其强大的叙述张力和出色的语言拓宽了德语文学的诗意空间。"

埃米娜·塞夫吉·厄兹达马尔出生于土耳其东部城市马拉蒂亚。1975 年，她前往西柏林，在柏林人民剧院为布莱希特的学生本诺·布列松担任助手。1979—1984 年间，厄兹达马尔在波鸿剧院出演话剧，并开始创作戏剧；1982 年，出版了第一部戏剧作品《黑眼睛卡拉格兹在德国》（*Karagöz Almanya'da*）；1990 年，出版了短篇小说集《母语》（*Annedili*），讲述因远离故土遗忘母语的人的故事；1992 年，出版了首部长篇小说《生活是一座荒漠客栈》（*Hayat Bir Kervansaray*），并一举夺得英格博格·巴赫曼奖。2021 年，在创作停滞多年之后，厄兹达马尔出版了长篇小说《幽暗天地》（*Ein von Schatten begrenzter Raum*）。这部带有自传性质的长篇小说一经出版便受到读者们的青睐，并得到德国不少作家和文学评论家的高度评价。

2. 第 14 届伊斯坦布尔国际文学节（İstanbul Uluslararası Edebiyat Festivali）在伊斯坦布尔举行

2022 年 6 月 6 日，由土耳其写作版权机构发起、写作文化协会主办的第 14 届伊斯坦布尔国际文学节在威尼斯宫拉开帷幕。土耳其文化和旅游部副部长阿赫迈特·米斯巴赫·德米尔江（Ahmet Misbah Demircan）、意大利驻土耳其大使乔治·玛拉波蒂（Giorgio Marrapodi）等出席开幕式并发表讲话。

组委会围绕本届文学节的主题“文学之爱”举办了讲座、文学沙龙和话剧表演等三十余项精彩纷呈的活动。活动中，嘉宾们不仅介绍了自己的最新作品，还分享了创作心得以及对于爱和文学的理解。本届文学节为期 5 天，来自美国、澳大利亚、加拿大、意大利、挪威和韩国等 13 个国家的知名作家和出版界人士参加了此次文学盛宴。

3. 雅乌兹·比伦特·巴基莱尔（Yavuz Bülent Bakiler，1936—　）荣获2022年度总统府文化和艺术大奖

10月29日，土耳其总统埃尔多安（Recep Tayyip Erdoğan）通过社交媒体公布了2022年度总统府文化和艺术大奖获奖名单，并对13位在文化和艺术领域做出突出贡献的人士进行了表彰。其中，文学界获得此项殊荣的是著名诗人雅乌兹·比伦特·巴基莱尔。

雅乌兹·比伦特·巴基莱尔出生于锡瓦斯的一个阿塞拜疆移民家庭，大学就读于安卡拉大学法学院，毕业后曾先后供职于土耳其广播电视台、总理府及文化和旅游部。巴基莱尔于1953年开始创作诗歌，先后出版了诗集《孤独》（*Yalnızlık*，1962）、《盖头》（*Duvak*，1971）、《和你一起》（*Seninle*，1986）和《打谷场》（*Harman*，2000）等。

4. 第39届伊斯坦布尔国际书展（Uluslararası İstanbul Kitap Fuarı）举行

2022年12月3—11日，第39届伊斯坦布尔国际书展在伊斯坦布尔图亚普会展中心举行，来自世界各地的800多家出版社和专业机构参加了此次书展。此次书展的主题是"书的魔幻世界"，主嘉宾则是土耳其文坛魔幻现实主义流派的代表作家纳兹勒·埃拉伊（Nazlı Eray，1945—　）。书展期间，埃拉伊主持了数十场研讨会，和来自世界各地的作家们畅谈创作心得，分享对文学和人生的感悟。除研讨会外，书展期间组委会还组织了读诗会、签售会和儿童创作工坊等活动。

阿塞拜疆以主宾国的身份参加了本届书展，3—6日，来自阿塞拜疆的出版商们在展台展示了近年来阿塞拜疆发行的优秀出版物。除此之外，充满阿塞拜疆风情的歌舞表演和文化活动也吸引了众多读者。

结语

2022 年，新冠疫情对土耳其文坛的消极影响正在散去，各类文学活动逐渐恢复正常，参加各大文学奖项评选的作家和作品较前两年有所增加。作家们的文学创作贴近现实，或是直接表达个人对社会现状的不满，或是通过回顾历史引导读者对深层次的社会矛盾进行反思。

参考文献：

"Alman edebiyatının en prestijli ödülü Türk yazara verildi." 10 Aug. 2022. Web. 5 Jun. 2023. <https://www.karar.com/kultur-sanat-haberleri/alman-edebiyatinin-en-prestijli-odulu-turk-yazara-verildi-1680374>.

Baki Asiltürk. "Tanyol'dan gidilmemiş yol şiirleri!" 29 Jul. 2021. Web. 20 May. 2023. <https://www.cumhuriyet.com.tr/haber/tanyoldan-gidilmemis-yol-siirleri-1856102>.

Behçet Çelik. "Yok Yolcu: Geçen yüzyıla ağıt." 14 May. 2022. Web. 12 May. 2023. <https://t24.com.tr/k24/yazi/yok-yolcu-gecen-yuzyila-agit,3702>.

Devrim Beyaz. "Yunus Nadi Ödülleri 77. Defa Sahiplerini Buldu." 22 Oct. 2022. Web. 18 May. 2023. <https://kayiprihtim.com/haberler/oduller/77-yunus-nadi-odulleri-kazananlar/>.

"Güray Öz'den 'Dinleyin Size Bir Şey Söylüyorum'." 3 Nov. 2022. Web. 25 May. 2023. <https://www.cumhuriyet.com.tr/kultur-sanat/guray-ozden-dinleyin-size-bir-sey-soyluyorum-1999003?ysclid=linuf9on45340407906>.

Hande Çiğdemoğlu. "İsimlerin Gölgesinde." 6 May. 2021. Web. 8 May. 2023. <https://www.literaedebiyat.com/post/isimlerin-golgesinde>.

Hatice Balcı. "Düşler, düşünceler, renkler, mevsimler." 1 Dec. 2022. Web. 18 May. 2023. <https://www.frmtr.com/edebiyat/8594513-dusler-dusunceler-renkler-mevsimler-hatice-balci.html>.

"İsmail Özen: Karlı Bir Gece Vakti." 16 Mar. 2022. Web. 28 May. 2023. <https://yazilimcimekani.com/2022/03/16/ismail-ozen-karli-bir-gece-vakti/>.

Murat Bjeduğ. "Burhan Sönmez'in Taş ve Gölge romanı üstüne: Önemli bir yapıt olarak roman tarihinde şimdiden yerini aldı." 7 Apr. 2021. Web. 5 May. 2023. <https://t24.com.tr/yazarlar/murat-bjedug/burhan-sonmez-tas-ve-golge-romani,30505>.

Nuket Ceylan. "Yok Yolcu: Yolu "o güzel insanlar"dan geçen öyküler." 31 Mar. 2022. Web. 12 May. 2023. <https://www.edebiyathaber.net/yok-yolcu-yolu-o-guzel-insanlardan-gecen-oykuler-nuket-ceylan/>.

Ömer Erdem. "Saf ve Sabit." 25 Oct. 2022. Web. 1 Jun. 2023. <https://www.tarihistan.org/yazarlar/omer-erdem/saf-ve-sabit/10319/>.

Özlem Söğütlü. "Sonsuzluk bakış açısıyla (sub specie aeternitatis) okunan kitap: Taş ve Gölge." 19 Jul. 2021. Web. 5 May. 2023. <https://www.literaedebiyat.com/post/burhan-sonmez-tas-ve-golge-inceleme>.

"Üç Günlük Dünyanın Öyküleri." 15 May. 2022. Web. 30 May. 2023. <https://mchaberajansi.com/uc-gunluk-dunyanin-oykuleri/>.

"14. İstanbul Uluslararası Edebiyat Festivali başladı." 7 Jun. 2022. Web. 1 Jun. 2023. <https://www.sondakika.com/haber/haber-14-istanbul-uluslararasi-edebiyat-festivali-14998785/>.

"2022 Cumhurbaşkanlığı Kültür ve Sanat Büyük Ödülleri." 30 Oct. 2022. Web. 10 Jun. 2023. <https://www.fikriyat.com/galeri/kultur-sanat/2022-cumhurbaskanligi-kultur-ve-sanat-buyuk-odulleri>.

"39. Uluslararası TÜYAP İstanbul Kitap Fuarı." 2 Dec. 2022. Web. 6 Jun. 2023. <https://www.nukteler.com/uluslararasi-istanbul-kitap-fuari/>.

"68. Sait Faik Hikâye Armağanı'nın kazananı belli oldu." 12 May. 2022. Web. 10 May. 2023. <https://bianet.org/bianet/yasam/261733-68-sait-faik-hikaye-armagani-nin-kazanani-belli-oldu>.

"77. Yunus Nadi Ödülleri'ni kazananlar açıklandı." 22 Oct. 2022. Web. 15 May. 2023. <https://artigercek.com/kultur-sanat/77-yunus-nadi-odullerini-kazananlar-aciklandi-227455h>.

作者单位：国防科技大学外国语学院

2022年西班牙语文学概览

杨　玲

内容提要：2022年，是西班牙第一部语法书的作者安东尼奥·德·内夫里哈逝世500周年、秘鲁诗人塞萨尔·巴列霍划时代的诗集《特里尔塞》出版100周年。从2022年的文学奖项看，文学依旧关注语言与文字的力量，依旧致力于用虚构书写真实，依旧观照善恶的选择、人性的复杂以及人与自然、人与世界的关系。作为个体情感和思想的个性化表达，文学注定不会死亡。

对于世界文学来说，2022年是不平凡的一年：乔伊斯（James Joyce，1882—1941）的《尤利西斯》（*Ulysses*，1922）、艾略特的《荒原》（*The Waste Land*，1922）出版100周年，普鲁斯特（Marcel Proust，1871—1922）逝世100周年；而在西语世界中，是西班牙第一部语法书的作者安东尼奥·德·内夫里哈（Antonio de Nebrija，1444—1522）逝世500周年、秘鲁诗人塞萨尔·巴列霍（César Vallejo，1892—1938）划时代的诗集《特里尔塞》（*Trilce*，1922）出版100周年。人工智能时代已经开启，文学已死又或文学将死的讨论再次成为舆论的焦点。但归根到底，文学是个体的情感和思想的表达，是个性化的表达与书写，又如何能被仅仅依靠大数据得出的规律或程式所替代？

从 2022 年的文学奖项及其评价中或许能看出西班牙文学的焦点和走向。例如，塞万提斯奖颁给了旅法委内瑞拉诗人拉法埃尔·卡德纳斯（Rafael Cadenas，1930— ），获奖理由是其“语言达到了极致，展现了文字所具有的变革性力量”。长篇小说之春奖评委对获奖作品——西班牙作家维森特·瓦莱斯（Vicente Vallés，1963— ）的小说《喀山行动》（*Operación Kazán*，2022）的评价是：“一个虚构故事，很可能是绝对的真实。”由此可见，文学依旧关注语言与文字的力量，依旧致力于用虚构书写真实，依旧观照善恶抉择、人性的复杂以及人与自然、人与世界的关系。这样的文学注定不会死亡。

一、善恶的彼岸、人性的复杂

西班牙作家哈维尔·塞尔卡斯（Javier Cercas，1962— ）的小说《铁拉阿尔塔 3：蓝胡子的城堡》（*El castillo de Barbazull: Terra Alta III*）是《铁拉阿尔塔》（*Terra Alta*，2020）、《铁拉阿尔塔 2：独立》（*Independencia: Terra Alta II*，2021）的续篇。主人公迈乔尔已经放弃了警察的工作，归隐后过着平静的生活，成为一名图书馆的管理员。小说的名字一目了然，指是的女性猎杀者“蓝胡子”的故事。这一令人毛骨悚然的故事源自法国民间传说，17 世纪作家夏尔·佩罗整理了同名童话故事《蓝胡子》，后还曾被收录在《格林童话》的最初版本中，匈牙利作曲家以此为题材创作了著名歌剧《蓝胡子公爵的城堡》。“城堡”象征着人心，城堡中一个个被锁起来的房间代表人的种种秘密，而最大的秘密则是人心的残酷。同许多黑色侦探小说一样，主人公迈乔尔富有个性，亦正亦邪，他的母亲和妻子都是风尘女子，并且都死于非命。他从小混迹在社会边缘群体之中，甚至还进过监狱，其伸张正义的手段也常常逾越法律的界限，最终他看淡世态炎凉，沉浸在书中的世界，聊以慰藉。小说一如既往地与《悲惨世界》保持着密切的互文关系。如果说在上一部中，在自我认知上，迈乔尔始终在思考自己与《悲惨世界》中法律的代言人、最终信念崩塌的沙威警长的区别，那么这一部中的女主人公珂赛特显然是《悲惨世界》中冉阿让救下的珂赛特的化身，她饱受命运的摧残却始终保持纯洁无瑕，象征着宽恕与善良的传承。珂赛特是可怜的，但也是幸运的。她自幼失去母亲，对母亲的记忆是模糊的，无论如何追问父亲都讳莫如深。她视曾经当过警察的父亲为英雄，而父亲的冷淡使她倍感孤独和失落。但父亲为她朗读睡前小说的情景让她得到安慰，感受到温暖和怜爱，也逐渐理解了母亲的离世给父亲造成的伤害。书中最耐人寻味的情节便是迈乔尔在女儿的恳求下为其朗读《悲惨世界》的情景。同一本书带给两人的感受迥然不同，在不谙世事的珂赛特看来，书中人物的悲剧是不可理解的，沙威警长对法律的执着维护是机械死板的，冉阿让的选择也是不切实际的。这无疑也传达了哈维尔·塞尔卡斯对人性的复杂和善与恶的思考。

哥伦比亚作家埃克托尔·阿瓦德·法西奥林塞（Héctor Abad Faciolince，1958— ）的小说《除了我的心，一切都好》（*Salvo mi corazón, todo está bien*）取自真实事件，探讨了健康、信仰与婚姻等主题。有一位一生行善的神父罹患了心脏病，却迟迟等不到可以移植的合适心脏。为了方便饮食起居，他搬到一位女性朋友家居住。这位朋友是刚刚离异、独自带着两个孩子的单亲妈妈，同住的还有一位同为单亲妈妈的上班族女性，三个人之间的情感发生了微妙的变化。从他们在逆境中的挣扎与倔强，我们能看到人的渺小和伟大：面对死亡的临近，仍满怀对生命的渴望；深感现代社会人与人之间的隔阂，仍抱有乐观向上的信念；体验过婚姻的不可靠，仍不失对真爱的憧憬。现代社会的种种矛盾在书中体现得淋漓尽致，尤其是对婚姻的比喻，与钱锺书先生的《围城》有异曲同工之妙。人生处处是围城，人们不断冲破藩篱，却不断陷入新的围城。

西班牙作家阿图罗·佩雷斯-雷韦德（Arturo Pérez-Reverte，1951— ）的小说《革命——一部小说》（*Revolución. Una novela*）像一部史诗电影，展现了1910—1914年间墨西哥革命的历史画卷。这是关于一个男人、三个女人、一场革命和一个宝藏的故事。1911年的某天，华雷斯城一家银行被盗，旅居墨西哥的年轻西班牙采矿工程师加勒特·奥尔蒂斯在酒店里听到一声枪响，人生从此发生改变。“我一生都在听一个故事，我曾祖父的一个朋友是一位采矿工程师，于墨西哥革命期间在那里工作。这种遥远的记忆拉近了我与冒险的关系，促使我写下这个故事。这是一部启蒙和成长的小说，在某种程度上，是我青春的传记。”作家如是说。佩雷斯-雷韦德的小说叙事技巧娴熟，节奏紧凑，一气呵成。英雄主义、反叛激愤、义气豪情，所有这些作家特有的元素，都在《革命》中体现得淋漓尽致，难怪批评界称他犹如一位“老摇滚明星”，锋芒依旧。《辩论报》对作品的评价是中肯的：“这部作品让人置身于冒险的旅程之中，也是对宏大价值观的探讨，引发人们对善恶的重新思考。”

二、人与世界、人与自然

被誉为“穿裙子的马尔克斯”的智利女作家伊莎贝尔·阿连德（Isabel Allende，1942— ）无疑是被阅读最多的拉美女作家之一。她2022年出版的新书《维奥莱塔》（*Violeta*）透过女性的视角，带领读者领略了拉美百年历史——从 1920 年的“西班牙大流感”到 2020 年的新冠疫情，历经两次世界大战、经济大萧条、女性解放运动、独裁、地震和飓风等 20 世纪跌宕起伏的历史重要时刻，讲述了一个惊心动魄的史诗般的故事，堪称一部女性的《百年孤独》。的确，一如《百年孤独》，《维奥莱塔》可被视作一部拉丁美洲乃至整个世界的历史，其中反思了人与世界、人与自然的关系。小说开篇，叙述者维奥莱塔正在给孙子卡米洛写一封长信，回忆她在一个没有道出具体名字的南美国家的一生，故事由此展开。维奥莱塔出生在 1920 年一个狂风暴雨的日子，这预示着她将经历的风云变幻。她是家中最小的孩子，也是唯一的女儿。她出生时，“西班牙大流感”传到了她所在的国家。继而，经济大萧条到来，她的家庭失去了一切，不得不放弃之前的舒适生活，迁居到一个偏僻的乡村过起俭朴拮据的日子。而后，女主人公初尝爱情，结婚生子，经历了各种悲欢离合。从 1920 年到 2020 年，维奥莱塔的人生不仅仅是一个世纪的历史，更是一段感人肺腑的情感故事。有盛极一时的浮华，也有穷困潦倒的低谷；有惨痛的失去，也有巨大的快乐；有炽热的爱情，也有幻想破灭的醒悟。与此同时，小说更是一部女性觉醒的历史。睿智且富有主见的维奥莱塔是独立女性的代表，其成长过程充分体现了女性在国家和家庭领域的双重压迫下的觉醒。阿连德借维奥莱塔之口指出，男女关系是一点一点得到改善的，有时停滞不前，有时甚至经历倒退，但无论如何，这是一场不可阻挡的革命。维奥莱塔被塑造成一个拥有旺盛生命力的顽强女性，经历了各种毁灭性悲剧，却依然顽强地活着。正如作家在接受采访时所言，“小说的主人公是一个足够强大的女人，可以独自生活”，因为“没有独立，就没有女性主义可言”。流感主题也是小说的一个亮点。而所谓的“西班牙大流感”其实并非源自西班牙。当时欧洲各国正处于一战之中，为避免军心涣散，封锁了流感的消息。作为中立国的西班牙率先报道了流感的消息，欧洲各国出于推卸责任的心理而纷纷称之为“西班牙大流感”。如果说“西班牙大流感”影响了20世纪的历史，新冠疫情无疑影响了21世纪的历史。小说从侧面反映了这两次流行病给整个世界造成的多方面影响。作家坦言，关于两次疫情的构思源自母亲的一生。阿连德的母亲去世时正值新冠疫情暴发前夕，而母亲出生在1920年，彼时“西班牙大流感”恰恰刚刚传到拉丁美洲。

无独有偶，侨居阿根廷的智利作家克里斯蒂安·阿拉尔孔（Cristian Alarcón，1970—　）的小说《第三天堂》（*El tercer paraíso*）以新冠疫情为故事背景，同样对现当代社会的问题、人与自然的关系进行了反思。该小说因深刻立意获得了西班牙旺泉小说奖。2020年，全球疫情暴发，各国纷纷采取封闭隔离措施。主人公退居到布宜诺斯艾利斯郊区的老屋，在百无聊赖之际开始种植各种植物，同时回忆起其家族曾因皮诺切特独裁而隐居于此的家族史。在这片世外桃源里，南美的自然风光一跃成为最重要的元素，与主人公的人生轨迹息息相关，影响着一代甚至几代拉美人的人生选择和生活方式。

西班牙作家何塞·玛利亚·格尔文苏（José María Guelbenzu，1944—　）的新作《植物园谋杀案》（*Asesinato en el jardín Botánico*）将历史、自然融入侦探主题之中。这是其黑色侦探小说“玛里亚娜·德马尔科系列”（*La serie de la juez Mariana de Marco*）的第十部作品。这一系列以2001年的《请勿追赶杀人犯》（*No acosen al asesino*）为开端，主人公是女法官玛里亚娜·德马尔科。作家本人曾表示，打算为这个人物献上十部佳作，至此已圆满达成心愿。此次的故事发生在地理位置得天独厚的马德里皇家植物园，这座位于市中心的植物园毗邻普拉多博物馆和风景优美的丽池公园，所在街道上伫立着“98 一代”作家皮奥·巴罗哈（Pío Baroja）的雕像。就在这样一个艺术与自然的交汇之处，一具中年女性尸体在植物园的棕榈树后被发现，旁边还放着一束乌头花和一瓶威士忌。当日，民间组织花园之友俱乐部曾到访过植物园，俱乐部的所有成员都将乌头花作为装饰。于是，焦点集中在这一富有传奇性的植物上。乌头是一种有毒的药用植物，其各个部分都有毒，能够导致窒息，古代人常以它的汁液涂在箭上制成毒箭，于是古代与现代、传统与当下巧妙地串联到一起。小说中的象征与讽刺是明显的，人与自然的失衡、经济危机引发的社会危机等都是作家探讨的问题。小说的叙事更是独具匠心，作家安排了两个叙事声音，其一是玛里亚娜本人的，另一个则是其记者男友的，以此来迫使读者参与共谋，从多角度还原真相。

三、真实与虚构、历史与当下

西班牙作家胡安·何塞·米利亚斯（Juan José Millás，1946— ）和古生物学家胡安·路易斯·阿苏亚加（Juan Luis Arsuaga，1954— ）合作撰写的非虚构作品《智人为尼安德特人讲述死亡》（*La muerte contada por un sapiens a un neandertal*）堪称一部奇书。更为有趣的是，2020 年两位作家曾经写过一部姊妹篇《智人为尼安德特人讲述生命》（*La vida contada por un sapiens a un neandertal*）。多年来，胡安·何塞·米利亚斯对于生命的起源和演变抱有浓厚兴趣，一次偶然的机会他结识了这个领域的几位学者，首屈一指的当数胡安·路易斯·阿苏亚加。两人一拍即合，于是就有了第一部作品。一位以犀利幽默著称的作家和一位古生物研究领域的顶尖学者一起阐述人类的起源：我们是谁，我们何以为人，是什么促使我们走到今天。著名媒体人大卫·布隆卡诺（David Broncano）称该作品为“一部智慧的盛宴”；《文化报》（*El cultural*）称之为“两个充满好奇心的原始人之间的苏格拉底式对话，一部集科普、风俗文学和旅行文学于一身的作品”。如果说两年前，这两位别出心裁的作家、学者为我们讲述的是生命的意义，那么2022年的这部作品则揭示了死亡的秘密。书中第一章的题目便是古罗马诗人贺拉斯的名言“Carpe diem”（意为“活在当下”），米利亚斯用他那特有的简洁而幽默的语言开宗明义：“正当阿苏亚加和我享用晚餐的第二道菜时，他问我知不知道自己的生命还有几年。”接下来的一幕更是震撼：“阿苏亚加掏出手机，点开一个应用程序，输入了四五条关于我的信息后，告诉我测算的结果是，我还有十二年零三个月的生命。‘圆满。’他带着讽刺的微笑补上一句。”继而，米利亚斯在第二章中解读了博尔赫斯的神秘故事《永生》，又在接下来的几章中相继谈论了老年与疾病、爱情与生理现象、美食与健康等问题。对于这两部作品在体裁上的原创性，批评界的评价是一致的，例如：《独立报》（*El Independiente*）称两位作家“通过科学知识的嵌入，开启了一种新的文体”；《第六频道》（*La Sexta*）则用“无法分类”来界定，“阅读米利亚斯与阿苏亚加的合著作品，意味着发现一种全新的文学流派”。

西班牙女作家露丝·加瓦斯（Luz Gabás，1968— ）的小说《远离路易斯安那》（*Lejos de Luisiana*）打破了真实与虚构的界限，获得了2022年西班牙行星文学奖（Premio Planeta）。小说以18世纪西班牙人占领北美洲路易斯安那地区为背景，讲述了一个关于爱情、死亡与战争的故事。1700年前后的北美洲，西班牙占据着今天的新墨西哥、科罗拉多、得克萨斯等区域，而法国则控制了路易斯安那，于是两国针对密西西比河流域展开竞争。1763年，法国在七年战争中战败失去了北美大部分领土，西班牙则趁机占领了路易斯安那。小说以此为背景，开篇就是两段平行叙述：一边是十四岁的印第安男孩伊斯卡特按照当地的习俗，即将被蒙上双眼独自在森林中度过一个夜晚；另一边则是法国军人和商人家庭聚会的欢快场景，大人们谈论军事和贸易，法国商人的小女儿苏赛特跟同伴们泛舟密西西比河。随着情节的推进，美貌且富有个性的苏赛特与勇敢机智的伊斯卡特有了交集。作家将爱情主题放在一个宏大的历史背景之下，法国、英国与西班牙在殖民地的较量，美国独立战争，法国大革命，一段段重要的历史给小说增加了厚重感，并且通过精心设计的叙事结构娓娓道来，不仅再现了历史，更为读者呈现了一个堪称完美的故事。

2022 年的西班牙文学界，最令人悲痛的莫过于哈维尔·马里亚斯（Javier Marías，1951—2022）的离世。其身后出版的《厨师是否能成为好人？》（*¿Será buena persona el cocinero?*）收录了作家 2019—2021 年间在《国家报》（*El País*）周日增刊上发表的 95 篇文章。在这些文章中，马里亚斯驻足思考，尖锐批判了现代社会的浮夸与健忘。“糟糕的不是多少事已成往昔，而是我们被误导，错误地认为那些事已成往昔。”作家如是说。一如马里亚斯的小说，其非虚构作品更是无意构建悬念和情节，而是试图探究人心和伦理，探究究竟是何种因素使得人在善恶美丑之间做出选择。因而，他常常采用独具一格的叙事手法，极大限度地模糊现实与虚构，将回忆、独白、评论交织在一起，使作品充满思辨的张力。

结语

综上所述，2022 年的西班牙语文学既可谓云诡波谲，又称得上万变不离其宗。从这一年文学的创作主题与表现手法可以看出，作家们继续致力于探讨善恶的界限、人性的复杂，反思人与世界、人与自然的关系，通过虚构呈现真实，运用象征与隐喻反映当代社会的危机，透过荒诞的艺术折射现实的荒诞。

参考文献：

Anónimo. La vida contada por un sapiens a un neandertal. Web. 25 Jun. 2023. <https://www.casadellibro.com/libro-la-vida-contada-por-un-sapiens-a-un-neandertal/9788420439655/11603843>.

Anónimo. Premio Primavera de Novela 2022. 18 Feb. 2022. Web. 25 Jun. 2023. <https://www.planeta.es/sites/default/files/notasdeprensa/np_fallo_.pdf#:~:text=El%20jurado%20del%20Premio%20Primavera%20de%20Novela%2C%20presidido,sea%20Operaci%C3%B3n%20Kaz%C3%A1n%2C%20cuyo%20autor%20es%20Vicente%20Vall%C3%A9s>.

Anónimo. Revolución: Arturo Pérez Reverte. Web. 20 Jun. 2023. <https://www.casadellibro.com/libro-revolucion/9788420461465/13106208>.

Cercas, Javier. El castillo de Barbazul (Terra Alta III). Barcelona: Tusquets Editores, 2022.

Gabás, Luz. Lejos de Luisiana. Barcelona: Planeta, 2022.

Millás, Juan José, and Arsuaga, Juan Luis. La muerte contada por un sapiens. Barcelona: Alfaguara, 2022.

—. La vida contada por un sapiens. Barcelona: Alfaguara, 2020.

Ors, Javier. Claves y temas de la novela. Web. 20 Jun. 2023. <https://penguinclubdelectura.com/libro/revolucion-arturo-perez-reverte/>.

作者单位：首都师范大学外国语学院

2022 年伊朗文学概览

姜　楠

内容提要：2022 年，伊朗文坛逐渐复苏，在承受巨大压力的情况下，文学图书出版量同比有较大增长，翻译类图书仍旧受到读者追捧。部分非官方文学奖项推迟颁奖，官方文学奖项评选则持续举办，历史及社会主题类图书继续受到各大奖项青睐，本土化、地域化写作成为主流创作思潮。新生代作家不断涌现，以青年人的视角反思社会问题。从整体上看，弘扬传统文化、回归经典文本在文坛及研究领域持续受到重视。

2022 年，伊朗文坛逐渐从疫情的阴霾中走出，文化活动也呈现出复苏的趋势。尽管出版业仍旧承受了巨大压力，但文学图书的出版量出现了令人欣喜的较大增长。文学创作总体上呈现出弘扬经典，提倡本土化、地域化创作的特点，同时，以反思历史及反映社会问题为主题的小说持续受到主流奖项的肯定。另外，国家通过各种奖项扶持青年作家的创作也让我们看到了伊朗文坛的传承精神和文学创作的勃勃生机。

一、文学奖项获奖情况

受到疫情及经济低迷的持续影响，本年度伊朗很多非官方文学奖项都推迟了颁奖，但值得欣慰的是，贾拉勒·阿勒阿赫玛德文学奖、伊朗国家年度图书奖等官方奖项依然坚持每年举办颁奖典礼。

1. 贾拉勒·阿勒阿赫玛德文学奖（جایزه ادبی جلال آل احمد）

贾拉勒·阿勒阿赫玛德文学奖初办于2008年，至2022年已举办了14届，该奖项已发展成为伊朗最重要的文学奖项之一。根据要求，参赛作品均应为伊朗历1399年（2020年3月20日——2021年3月20日）公开发表的首版图书。该奖项分为长篇小说组、短篇小说集组、纪实文学与文学评论组、最佳编辑组四个基本竞赛组，本届还设有一个特别组，名为“另一种目光”（نگاه دیگر）。2022年2月1日，文学奖组委会发布了获奖名单。

在长篇小说组，塞耶德梅萨姆·穆苏扬（سیدمیثم موسویان, 1983—　）的《父亲的缺席》（بی نام پدر，2021）和礼萨·朱拉伊（رضا جولایی, 1950—　）的《伤心的月亮，红色的月亮》（ماه غمگین، ماه سرخ，2021）这两部历史小说共同获得了最佳长篇小说奖。

《父亲的缺席》以巴列维王朝为历史背景，讲述了一个负责打击伊朗境内贩毒活动的军官的故事。该军官在被派往地方执行公务期间，与当地的库尔德女子结婚生子，但孩子并不知道父亲的存在。小说作者正是希望通过记录这对父子各自的遭遇创作出一个现代鲁斯塔姆与苏赫拉布的故事[1]。该小说还获得了2021年举办的第19届伊朗金笔奖最佳小说的殊荣。作者塞耶德梅萨姆·穆苏扬出生于哈马丹，大学期间主攻心理学，青年时期进行过诗歌创作，后过渡到小

1　鲁斯塔姆与苏赫拉布的故事出自伊朗古代著名史诗《列王纪》，作者是菲尔多西。

说创作。他的其他作品包括长篇小说《成熟的果实》(میوه های رسیده, 2011)、《乌鸦羽毛上的白》(سفیدی پر کلاغ 2012)、《别迟到了，孩子们》(بچه‌ها دیرتون نشه, 2015) 等，短篇小说集《最后一个站着的男人》(آخرین مرد ایستاده, 2012)、《亲眼所见》(شهید خودم, 2012)、《这里是牌号 267》(اینجا پلاک، 267, 2012)、《彩色的水蒸气》(بخارهای رنگی, 2016)、《朋友秘密的守护者》(پرده‌داران راز دوست, 2016) 等，其中的很多作品都获得了伊朗国内地区或国家级奖项。

《伤心的月亮，红色的月亮》从 1924 年 7 月 4 日伊朗立宪运动时期知名诗人米尔扎德・艾师吉 (میرزاده عشقی, 1894—1924) 的死写起，记录了这位追求自由的诗人度过的最后时光。作者在小说中引述了真实的历史资料，使作品具有较高的纪实性，并以此带领读者重温了主人公经历的那段历史。作者礼萨・朱拉伊在青少年时期就开始了文学创作，代表作品有短篇小说集《粉色的野蔷薇》(نسترن های صورتی, 1998)、长篇小说《水银与生命的炼金药》(سیماب وکیمیای جان, 2002) 等，后者曾为他赢得了伊斯法罕文学奖、梅赫尔甘文学奖优秀小说奖等殊荣。

在短篇小说集组，穆罕默德・伊斯玛仪・哈吉・欧里扬 (محمداسماعیل حاجی‌علیان, 1980—) 的短篇小说集《摆动的时钟》(ساعت دَنگی, 2000) 与阿赫玛德礼萨・阿米里・萨曼尼 (احمدرضا امیری سامانی, 1980—) 的短篇小说集《疯狂的圣徒》(قدیس دیوانه, 2000) 共同获奖。

《摆动的时钟》共收录了 9 篇短篇小说，如《无赖，别放手，使劲》(بی غیرت شل نکن فشار بده)、《奥斯塔拉卡》(اوستاراکا)、《柳叶女士》(بی بی برگ بید)、《提亚玛特》(تیامات) 和《摆动的时钟》(ساعت دنگی) 等。这些小说都描写了现实社会中女性群体的不同遭遇，个别小说还涉及叙利亚等战乱之地的女性生存环境。作者希望通过展现这些女性的个体遭遇，带领读者深刻体会女性群体面临的共性问题。在这些痛苦与折磨之中，作者又善意地赋予人们以希望。用他自己的话说，小说的标题“摆动的时钟”代表着一刹那、瞬间和改变，即时间昭示着改变，而有时我们却忽略了它的存在。穆罕默德·伊斯玛仪·哈吉·欧里扬是一位大学教师，已出版的小说有《四个女人》（چهار زن, 2016）、《男人的歌剧》（اپرای مردان, 2017）和《坟墓的等级》（مقام گورخانه, 2016）等。作为男性作家，他盛赞女性在历史及当今社会中发挥的作用，他的很多作品都以探讨女性问题为主。

《疯狂的圣徒》共包括14篇短篇小说，如《25号处决》（اعدامی شماره‌ی ۲۵）、《世界的另一端，那个世界》（آن‌ور دنیا، آن دنیا）、《以劳动者的方式致敬》（ادای احترام به روش رنجبر）、《已故的人》（زنده یاد）、《在世界尽头的门口》（پای دروازه‌ی آخر دنیا）、《一个基于真实事件的故事》（داستانی بر اساس واقعیت）、《青青草》（سبزه‌ی نامزبله）、《爱人》（محبوبه）和《疯狂的圣徒》（قدیس دیوانه）等。作品意欲展现人们面对选择及随之而来的不尽如人意的后果时的懊悔与迷茫，即任何人都终将成为过往的俘虏，无法逃脱也无力改变，对过往的懊悔成为全书表达的一个重要主题。作者认为人们总是在生死之间挣扎，在过往与现在之间徘徊，他着重表现了人们内心深处的那些懊悔、仓皇与焦灼之情。阿赫玛德礼萨·阿米里·萨曼尼曾在《信任报》等知名媒体任职，具有较强的写作功底，该小说是他出版的处女作。

在纪实文学与文学评论组，米萨姆·阿米里（میثم امیری, 1986— ）的《迷人的烙印》（داغ دلربا）与赫达亚特拉·贝赫布迪（هدایت‌الله بهبودی, 1964— ）的《从礼萨到礼萨汗》（رضانام تا رضاخان）共同获得纪实文学奖。穆罕默德礼萨·法尔希扬（محمدرضا فارسیان,

1970— ）与法蒂玛・高德里（فاطمه قادری，1992— ）合著的《阿尔伯特・加缪在伊朗》（آلبر کامو در ایران）获得了文学评论类作品奖。

在“另一种目光”特别竞赛组，阿里艾斯噶尔・埃扎提帕克（علی‌اصغر عزتی‌پاک，1974— ）的《荣誉》（تشریف）、蕾拉・娜扎里・吉兰黛（لیلا نظری گیلانده，1985— ）的《哈吉贾拉勒》（حاج‌جلال）、萨义德・塔沙库里・巴格道尔（سعید تشکری باغدار，1963—2021）的《蓝绿色》（سبز—آبی）、巴赫纳姆・宝格里（بهنام باقری，出生年份不详）的《春天的蜂巢》（سلول‌های بهاری）、古勒阿里・巴巴依（گلعلی بابایی，1960— ）的《火的山区》（کوهستان آتش）获得了此项殊荣。该奖项的设立旨在奖励那些从道德劝喻及特殊视角进行观察创作的优秀作品。

2. 伊朗伊斯兰共和国年度图书奖（جایزه کتاب سال جمهوری اسلامی ایران）

2022 年 3 月，第 39 届伊朗伊斯兰共和国年度图书奖获奖名单揭晓，按规定所有参赛作品均为伊朗历 1399 年首版发行的图书。本届年度图书奖小说组的获奖情况与上文提到的第 14 届贾拉勒文学奖获奖名单完全一致：塞耶德梅萨姆・穆苏扬《父亲的缺席》与礼萨・朱拉伊的《伤心的月亮，红色的月亮》获得了最佳长篇小说奖，穆罕默德・伊斯玛仪・哈吉・欧里扬的短篇小说集《摆动的时钟》与阿赫玛德礼萨・阿米里・萨曼尼《疯狂的圣徒》共同获得了最佳短篇小说集奖。在文学批评组中，穆罕默德礼萨・法尔希扬与法蒂玛・高德里合著的《阿尔伯特・加缪在伊朗》获得了最佳原创图书奖，而由伊赫亚・阿玛勒・萨勒赫（احیاء عمل‌صالح）与玛尼热・阿卜杜伊拉希（عبدالهی）合作翻译的《其他人的话：当东方学面对西方学》（حدیث دیگران: شرق‌شناسی در برابر غرب‌شناسی）获得了最佳译著奖。

特别值得一提的是，伊朗第 29 届国际图书奖评奖委员会从 1600 多本有关伊斯兰研究和伊朗研究的书籍中进行遴选，于 2022 年 3 月

15日公布了5本获奖图书。北京大学外国语学院西亚系沈一鸣老师的译著《春园》名列其中。《春园》是15世纪伊朗著名诗人贾米的代表作之一，该译著于2019年由商务印书馆出版。评奖委员会在对《春园》译著的评价中写道：该书是波斯苏非贾米《春园》的第一部中文全译本。尽管早在17至18世纪，贾米的其他几部作品已被译为中文，但内容仅限于苏非哲学和语法，因此《春园》的翻译也是第一次将贾米的文学作品介绍给中国读者。[1]

3. 紫荆花短篇小说奖（جایزه داستان نوسی ارغوان）

紫荆花短篇小说奖创立于2018年，旨在鼓励青年作家的创作，因此规定所有参赛作家的年龄不超过30岁。2021年12月，组委会发布了第5届紫荆花短篇小说奖征稿启事，本届大赛确定的创作主题为“谎言”（دروغ）。2022年6月，组委会公布了获奖名单，共评选出十位优秀青年作家，其中获得前三名的分别是诺亚德·阿兹米（نوید عظیمی，出生年份不详）、阿尔曼·奥贝迪扬（آرمان عابدیان，出生年份不详）及帕尔迪斯·哈拉吉（پردیس خلجی，出生年份不详）。本届大赛还设立了特别组“胜者中的胜者”（برنده برندگان），即在以往的获奖者中选出十位优秀青年作家，获得前三名的分别是法尔纳兹·古尔邦尼（فرناز قربانی，出生年份不详）、盖扎勒·穆罕默迪（غزل محمدی，出生年份不详）和扎赫拉·古德雷兹（زهرا گودرزی，出生年份不详）。本届获奖的优秀作品选集已由伊朗中央出版社出版。

4. 萨迪格·赫达雅特文学奖（جایزه ادبی صادق هدایت）

萨迪格·赫达雅特（1903—1951）是伊朗现代著名小说家，被称为伊朗的卡夫卡。赫达雅特中心与言语网站共同创立了萨迪格·赫达

1 参见《西亚系沈一鸣老师译著〈春园〉荣获伊朗第29届国际图书奖》。<https://sfl.pku.edu.cn/fwdh/ztrd/xzdt/136529.htm>.

雅特文学奖，后由赫达雅特中心独家举办。赫达雅特文学奖面向世界征集未发表的原创短篇小说作品，所有使用波斯语创作的作家不论国籍、年龄均可参赛，参赛作品要求不少于 1000 字，不多于 4000 字。经过初选和终选，组委会将选出 4 篇短篇小说予以嘉奖。2021 年 5 月，第 20 届萨迪格·赫达雅特文学奖组委会发布了征稿启事，2022 年 2 月公布了获奖名单。本次大赛共收到 1050 篇来自伊朗、阿富汗、美国、塔吉克斯坦、澳大利亚等国的波斯语短篇小说作品。最终艾克拉姆·穆拉瓦尔迪（اکرم مولاوردی，出生年份不详）的《闹钟》（ساعت شماطه‌دار）获得了第一名，穆罕默德迈赫迪·萨达尔·法拉提（محمدمهدی صدرفراتی，出生年份不详）的《第四次混乱》（دغدغه چهارم）、法尔哈德·沙尔吉（فرهاد شرقی，出生年份不详）的《黑色的笔记》（مکتوب سیاه）、沙赫尔巴努·沙吉巴蒙什（شهربانو شکیبامنش，出生年份不详）的《火中的易卜拉欣》（ابراهیم در آتش）分获第二、三、四名。

5. 其他小说奖项情况

梅赫尔甘文学奖（جایزه ادبی مهرگان）创办于 1999 年，一般在伊朗历每年的 7 月（梅赫尔月）举办颁奖典礼。从 2007 年开始，该奖改为每两年举办一次，经过多年的发展，它已成为伊朗最受作家及读者群体认可的非官方重要文学奖项之一。第 21、22 届梅赫尔甘文学奖于 2020 年 9 月发布了征稿启事，参赛作品应为伊朗历 1398 至 1399 年（即 2019 年 3 月 21 日至 2021 年 3 月 20 日）之间在伊朗首版的图书。2022 年 6 月，梅赫尔甘文学奖组委会历时近 16 个月从 1527 部波斯语参赛作品中选出 14 部长篇小说及 14 部短篇小说集入围最终候选名单，但直到 2023 年 11 月才公布了最终获奖名单。值得一提的是，第 21、22 届梅赫尔甘文学奖还特别为作家用母语（即非波斯语）创作且后被译为波斯语出版的关于伊朗文化、地理内容的长篇小说及短篇小说集设立了单独奖项。2022 年 3 月，组委会从 25 部候选作品中选出了作家用土耳其语、阿拉伯语、库尔德语等语言创作的获奖图书。

七境域文学奖（جایزه ادبی هفت اقلیم）由以奥亚特·杜拉特沙（آیت دولتشاه，1982— ）等几位独立作家于 2010 年共同创立，近年来受到越来越多的关注。第 11 届七境域文学奖于 2021 年 11 月公布了征稿启事，评选伊朗历 1399 年出版的作品。组委会于 2022 年 6 月公布了入围的 12 部作品，但至今尚未评选出最终获胜者。

6. 曙光旬国际诗歌节（جشنواره بین المللی شعر فجر）

2022 年 2 月，第 16届曙光旬国际诗歌节公布了获奖名单。本届比赛共设五个竞赛单元，分别为成人诗歌（包括古典诗歌、新诗、口头诗歌）、儿童及青少年诗歌和诗歌研究优秀作品。在成人组，奥里耶·梅赫拉比（عالیه مهرابی，1980— ）的《阿尼玛赫》（آنی ماه）与阿里礼萨·拉贾伯阿里扎德·卡尚尼（علیرضا رجبعلی زاده کاشانی，1980— ）的《流散中的节日》（عید در تبعید）获得古典诗歌奖；拉赫马特·哈基普尔（رحمت حقی‌پور，1961— ）的《船长，旅行愉快》（سفر بخیر ناخدا）获得最佳新诗奖；塞耶德·迈赫迪·纳格巴伊（سیدمهدی نقبایی，出生年份不详）的四行诗诗集《被解开的锁链的痕迹》（رد زنجیرهای بازشده）获得口头诗歌组最佳作品奖。在儿童及青少年诗歌组，迈赫迪·穆尔达尼（مهدی مردانی，1978— ）的《用母语保持沉默》（سکوت به‌زبان مادری）获奖。在诗歌研究组，瓦希德·埃德高赫·土尔盖贝伊（وحید عیدگاه طرقبه‌ای，1984— ）的《波斯古代诗歌的发音》（تلفظ در شعر کهن فارسی）与萨贾德·奥伊丹鲁（سجاد آیدنلو，1980— ）的《阿塞拜疆与列王纪》（آذربایجان و شاهنامه）共同获奖。在本届设立的特别竞赛单元中，阿斯贾尔·哈吉姆（عسگر حکیم，出生年份不详）的《风与雨的曲调》（آهنگ باد و باران）、穆罕默德沙里夫・萨义迪（محمدشریف سعیدی，1969— ）的《终审日的旋转舞》（سماع محشر）和迈赫迪・宝格尔哈尼（مهدی باقرخان，出生年份不详）的《印度的设拉子》（شیراز هند）作为其他国家的优秀波斯语诗歌作品获奖。

二、文坛动态

1. 创作趋势

近年来，伊朗文坛十分推崇作家的本土化创作，强调在文学中突出伊朗身份，在传统文化中获得创作养分，重新建构民族身份认同。例如，在第 13 届贾拉勒文学奖最佳长篇小说《午后的祷告》（اوراد نیمروز，2019）中，作者曼苏尔・阿里・莫拉迪（منصور علی مرادی，1977— ）就试图通过主人公在历史与现代中的穿梭重新建构伊朗人的身份，该小说被称为“一部民族的小说”。在小说中重构民族身份的创作主旨也同时被很多青年作家所认可。2022 年，青年作家苏兰・凯里姆（سورن کریم）在访谈中呼吁作家们书写伊朗和自己的身份。[1] 这位青年作家 2001 年出生于伊朗南部的班达尔阿巴斯市，他的作品以南部地区为主要背景，将主人公抽离至另一个城市去反观家乡。他曾表示：“如果我不写伊朗，不写伊朗人，不写我们自己的身份，我就不将其称之为写作，那就只是文字游戏而已。”

2022 年，青年女作家穆吉黛・萨拉尔基扬（مژده سالارکیا，1987— ）出版的小说《没有教养》（بی پدر）讲述了一个现代家庭不断解决内部矛盾和外部挑战的故事。小说的创作灵感来源于伊朗古典文学中的著名史诗《列王纪》。作者认为，每当阅读《列王纪》的时候都觉得书

---

1 باید از ایران وهویت خودمان بنویسیم ؛باقی واژه بازی واداست، Web. 21 Sept. 2022 <https://www.ibna.ir/fa/longint/326511/A>.

中的故事在今天的生活和文化中还在一遍遍上演。[1] 除了提倡本土化写作，突出伊朗人身份之外，近年来伊朗文坛也十分注重具有地域特色的文学创作，例如，伊朗南部作家群、伊斯法罕地区作家群等在文学创作上都已具有较为明显的群体性创作特色。他们的创作多以南部地区为背景，较多地使用方言及俚语，更加贴近读者。2022年，首版于20世纪60年代的地域文学代表作品之一《乌鸦的乡村设计》（طرح‌های روستایی کلاغ ها）再版。作为一位深耕地域文学数十年的作家，该小说的作者马赫穆德・塔亚里（محمود طیاری，1939— ）认为，地域文学作家们不断地从自己作品的内部和外部获得创造力和养分，并将感受、想象、形象和思想传递至青年人的心灵磁场。[2] 在文学研究领域，传统文化也持续受到推崇。2022年，季刊《伊朗叙事》（روایت ایرانی）正式创刊，主要目的就是引导读者再次回归《列王纪》《玛斯纳维》《长老传》和《百鸟朝凤》等古代经典文学文本，引导青年读者从传统文化艺术与传统叙事中汲取养分。因此从总体上可以看出，伊朗现当代文坛在面对西方文化文学的进入以及与之交融的过程中，也在努力复兴与重振传统文化的力量。

2. 出版动态

根据伊朗图书协会发布的数据，伊朗历1401年（2022年3月21日至2023年3月20日）伊朗共出版图书98,909种，其中71,368种为原创图书，占比72.16%；其余27,541种图书为翻译类图书，占比27.84%。在全部图书中，首版图书有61,304种，其余为再版图书。

---

1 بی پدر، داستانی برای خاک وخون است، Web. 5 Sept. 2022 <https://www.ibna.ir/fa/longint/325431/>.

2 نویسنده ادبیات اقلیمی همواره در حال ابداع و تخیل است، Web. 11 Sept. 2022 <https://www.ibna.ir/fa/shortint/325981/>.

图书总数比伊朗历1400年有所减少，平均价格约上涨45%。从图书内容类别的角度看，文学及青少年读物的出版量在各类图书中处于领先地位。文学类图书共出版原创类12,753种，翻译类图书5520种，其中12,217种为首版图书，6056种为再版图书。本年度文学类图书的平均价格比前一年约上涨52%。出版行业仍旧主要集中在首都德黑兰，今年德黑兰的出版商共出版图书12,297种。单从数据上看，尽管相较于去年翻译类图书的出版种数有明显下降，但读者对翻译类作品仍有较高的热情。根据伊朗知名图书信息网Ibna.com对德黑兰、库姆、马什哈德、伊斯法罕、大不里士、设拉子等10个地区代表性城市的14家知名书店进行的调研，在70本畅销书中约有60%为译著。

总体上看，伊朗文坛及翻译界对欧美奖项的关注远远大于对亚洲等国奖项的关注，伊朗市场对引进欧美著作的反应也十分迅速。2021年11月，南非作家、剧作家达蒙·加尔格特（Damon Galgut，1963—　）的小说《诺言》（*The Promise*）获得了当年的布克奖。2022年，伊朗即由古雅出版社出版了波斯语译本。专家出版社还出版了2021年诺贝尔文学奖得主阿卜杜勒–拉扎克·古尔纳（Abdulrazak Gurnah，1948—　）的作品《赞美沉默》（ضیافت سکوت）。英国畅销书作家马特·黑格（Matt Haig，1975—　）于2020年出版的《午夜图书馆》（*The Midnight Library*）也在2022年期间成为一些伊朗电子图书网站的畅销书。除了英美文学作品外，韩国、日本小说，土耳其语、阿拉伯语小说等也多被翻译为波斯语出版。值得一提的是，部分中国文坛的获奖作品，如麦家的小说《暗算》《解密》等也在伊朗翻译出版。另外，西方女性主义文学也受到伊朗翻译界的持续关注。2022年，伊朗出版了弗吉尼亚·伍尔夫（Virginia Woolf，

1882—1941）的小说《弗雷希：诗人的狗》（فلاش: سگ شاعر）的波斯语译本。

三、文坛重要事件

1. 纪念内扎米·甘哲维（نظامی گنجوی，1141—1209）

伊朗被称为“诗歌的国度”，有着深厚的诗歌文化底蕴。不论国家层面，还是普通百姓，都十分重视和喜爱诗歌。伊朗每年都会在特定时间举行系列活动纪念菲尔多西、海亚姆、哈菲兹等大诗人。2022年特别值得一提的是内扎米·甘哲维的相关纪念活动。伊朗将每年的3月12日定为内扎米·甘哲维日。内扎米·甘哲维是12世纪的大诗人，代表作品有《五卷诗》，包括《秘密宝库》《霍斯鲁与希琳》《蕾莉与马杰农》《七美人》和《亚历山大书》等。这些作品给内扎米带来了巨大声誉，在其之后掀起了一阵“五卷诗”创作模仿的热潮，有百余人模仿过内扎米“五卷诗”的内容、形式和格律。评论家认为内扎米的诗歌强调了伊朗的文化身份，符合伊朗文坛近些年回归经典、重构身份的整体审美趋势，更有学者将其称为伊朗的第二个菲尔多西。2022年，在伊朗各地以及部分伊朗驻外使领馆也举办了相应的纪念活动。伊朗马利克国家博物馆还展出了内扎米诗集的精美手稿。2022年3月10日，伊朗联合国教科文组织全国委员会举办了第1届内扎米·甘哲维国际奖颁奖典礼。该奖项主要奖励在文学、内扎米研究、书法、绘画、戏剧艺术、大众文化和音乐等七个领域做出突出贡献和有突出成就的人。本届共有10人获得了联合国教科文组织颁发的高级奖章，其中在文学及内扎米研究领域获得殊荣的有穆罕默德·陆珊达施提（محمد روشن‌دشتی）、迈赫迪·穆哈巴提（مهدی محبتی）、萨义德·沙菲云（سعید شفیعیون）、居鲁士·阿萨德普尔（کوروش اسدپور）、阿卜杜马吉德·阿尔法伊（عبدالمجید ارفعی）等人。

2. 其他重要事件

2022 年 10 月 16 日，伊朗笔会对主席团进行了改选。伊朗笔会成立于 1999 年 5 月 27 日，目前已拥有 200 余名成员。根据匿名投票结果，塞耶德·阿赫玛德·米尔扎德（سیداحمد میرزاده）、拉希姆·玛赫杜米（رحیم مخدومی）等七人当选为主要成员，穆斯塔法·穆哈德斯·霍拉桑尼（مصطفی محدثی‌خراسانی）等三人当选为主席团高级成员。

2022 年 6 月 15 日，第 11 届文学文本研究全国大会在德黑兰举行，本次会议的主题为神秘主义文学，主办方为伊朗艺术研究协会。该大会每年举办一次，每次一个主题，如第 10 届大会的主题为大众文化、艺术与文学。

第 33 届德黑兰国际书展于 2022 年 5 月以线上、线下相结合的方式成功举办。德黑兰国际书展始办于 1987 年，目前已经发展为伊朗乃至中东地区重要的文化活动之一，深受政府及普通百姓的重视。受疫情影响，德黑兰书展已停办两年。第 33 届书展灵活地采用了线上、线下相结合的举办形式，同样收到了良好的效果。据报道，本届书展的主宾国为卡塔尔，共有 2800 位出版商参展，其中 1700 位展商以线下形式参加，1100 位展商以线上形式参加。

3. 2022 年离世的文坛名人

阿巴斯·马阿鲁菲（عباس معروفی，1957—2022）于 2022 年 9 月 1 日因病在德国去世，享年 65 岁。他是伊朗现当代最著名的现代派风格代表作家之一，同时身兼诗人、出版家、剧作家和记者等多个角色。马阿鲁菲出生于德黑兰，于德黑兰大学艺术学院戏剧文学系毕业后，曾在中学任教多年。他是一位多才多艺且成名较早的作家，23 岁出版了短篇小说集，30 岁担任交响乐团负责人、杂志主编，32 岁出版了奠定他在伊朗当代文坛地位的长篇小说《亡者交响曲》（سمفونی مردگان），33 岁创建了文学期刊《苍穹》（گرون）及同名出版社。他的其他代表作还包括长篇小说《骚乱之年》（سال بلوا, 1992）、《法尔哈德的身躯》（پیکر فرهاد，2002）、《费里东有三个儿子》（فریدون سه پسر داشت，2003）等，短篇小说集《最后的杰出一代》（آخرین نسل برتر, 1986）、《茉莉花香水》（عطر یاس, 1992），以及诗集《情书》（نامه های عاشقانه，2011）等 20 余部著作，并获得过伊朗国内外多个奖项。马阿鲁菲的创作手法新颖多变，想象力丰富。代表作《亡者交响曲》被誉为伊朗的《喧哗与骚动》，曾再版 34 次，销量近 20 万册，并于 2001 年获得苏尔冈普哲学文学出版社基金年度小说奖[1]。该小说的中译本于 2019 年由我国著名伊朗学学者穆宏燕教授翻译出版。

伊朗现代著名诗人胡尚格·埃卜提哈吉（هوشنگ ابتهاج，1928—2022）于 2022 年 8 月 10 日去世，享年 94 岁。埃卜提哈吉是伊朗最成功的现代诗人之一，尤以抒情诗见长，甚至有学者将他的抒情诗与伊朗古代大诗人哈菲兹的抒情诗相比较。代表作品有《幻景》（سراب, 1951）、《直到冬至夜的清晨》（تا صبح شب یلدا，1981）、《忧伤》（تاسیان, 2006）和《大地》（زمین，1955）等。总统莱希（سید ابراهیم رئیسی, 1960— ）在唁电中写道：这位抒情诗诗人、文学学者为波斯语抒情诗书写了值得纪念的篇章。他创作了大量关于社会、史诗等主题的文学作品，作品中爱的柔美传播了自由与批判的精神。他的诗歌在传承波斯语文学、传播伊朗文化方面具有积极作用，他的名字将被文学艺术史所铭记。[2]

1 参见阿巴斯·马阿鲁菲：《亡者交响曲》，穆宏燕译，北京：五洲传播出版社，2019 年。

2 پیام رئیس جمهوری به مناسبت درگذشت ابتهاج ، Web. 10 Aug. 2022 <https://www.hamshahrionline.ir/news/>.

知名波斯语言文化学者、作家哈桑·祖法高里（حسن ذوالفقاری, 1966—2022）于 2022 年 7 月离世。祖法高里出生于伊朗达姆甘，曾在伊朗师范学院任教，并担任波斯语言文学系主任。代表作有《波斯语言语大辞典》（فرهنگ بزرگ ضرب‌المثل‌های فارسی, 2009）、《伊朗民间信仰》（باورهای عامیانه مردم ایران, 2016）、《波斯语故事大辞典》（فرهنگنامه داستان‌های متون فارسی, 2022）等。哈桑·祖法高里教授在去世前几年曾被派往上海外国语大学波斯语系担任外国专家，为中伊文化及学术交流做出了重要贡献。

结语

2022 年，疫情的阴霾依然没有完全散去，它带给人们的不仅是对病痛、死亡的恐惧，还有对生命、人生更多的思考。当生活按下暂停键，或许我们有了更多的时间去阅读，去审视，去调整。伊朗文坛通过举行知名作家荐书活动，试图帮助人们度过艰难的岁月，让文学在特殊时期发挥自己的作用，而对这段时光的文学记录或许也正在每个热爱文学、热爱写作的人心中酝酿。作家们希望再次从传统文化和经典文本中获取力量，带领人民走出现代性的迷雾，重新建构伊朗人的文化身份。当我们越走近伊朗，越了解伊朗，就越会发现这是一个充满文化底蕴的国家，尽管身处国际关系的纷扰与现代生活的浮躁之中，但当你走入伊朗人的生活，就会发现在很多人的心中仍旧保有平静优雅的专属于文学世界的一方净土。

参考文献：

"برگزیدگان چهاردهمین دوره جایزه ادبی جلال آل احمد معرفی شدند"، خبرگزاری مهر، ۱۲ بهمن ۱۴۰۰، Web. 1 Feb. 2022. <https://www.mehrnews.com/news/5414766/>.

"برگزیدگان جایزه کتاب سال معرفی شدند"،
خبرگزاری دانشجویان ایران (ایسنا)، ۲۴ اسفند ۱۴۰۰،
Web. 15 Mar. 2022.
<https://www.isna.ir/news/1400122419016/>.

"برگزیدگان شعر فجر معرفی شدند"،
خبرگزاری دانشجویان ایران (ایسنا)، ۴ اسفند ۱۴۰۰،
Web. 21 Feb. 2022.
<https://www.isna.ir/news/1400120403654/>.

"عباس معروفی درگذشت"،
ایبنا، ۱۰ شهریور ۱۴۰۱،
Web. 1. Sept. 2022.
<https://www.ibna.ir/fa/naghli/325843/>.

"نهاد کتابخانه های عمومی کشور درگذشت حسن ذوالفقاری را تسلیت گفت"،
ایبنا، ۲۰ تیر ۱۴۰۱،
Web. 11 Feb. 2022.
<https://www.ibna.ir/fa/naghli/323830/>.
Web. 21 Mar. 2023.

جایزه ی ارغوان،
<http://www.jayezeharghavan.ir/>.

"معرفی برگزیدگان جایزه ادبی «صادق هدایت»"،
خبرگزاری دانشجویان ایران (ایسنا)، ۲۵ بهمن ۱۴۰۰،
Web. 11 Feb. 2022.
<https://www.isna.ir/news/1400112519737/>.

"مراسم افتتاحیه نمایشگاه کتاب تهران برگزار شد"،
خبرگزاری دانشجویان ایران (ایسنا)، ۲۰ اردیبهشت ۱۴۰۱،
Web. 20 May. 2022.
<https://www.isna.ir/news/1401022013343/>.

"گزارش تسنیم از وضعیت انتشار کتاب در سال ۱۴۰۱؛ کتاب ۴۵ درصد گران‌تر شد"،
خبرگزاری تسنیم، ۰۱ فروردین ۱۴۰۲،
Web. 21 Mar. 2023.
<https://www.tasnimnews.com/fa/news/1402/01/01/2867580/>.

"پرفروش های ادبیات بزرگسال در سالی که گذشت"،
ایبنا، ۴ فروردین ۱۴۰۲،
Web. 24 Mar. 2023.
<https://www.ibna.ir/fa/report/334209/>.

"داستان» روایت ایرانی«"،
ایبنا، ۵ آبان ۱۴۰۱،
Web. 27 Oct. 2022.
<https://www.ibna.ir/fa/longint/327689/>.

"خستین جایزه حکیم نظامی ۱۹ اسفند برگزار می‌شود"،
خبرگزاری صدا وسیما، ۰۸ اسفند ۱۴۰۰،
Web. 27 Feb. 2022.
<https://www.iribnews.ir/fa/news/3373421/>.

"نشان یونسکو به برگزیدگان جایزه حکیم نظامی اهدا شد"،
قطره، ۱۴۰۰-۱۲-۲۰،
Web. 11 Mar. 2022.
<https://www.ghatreh.com/news/nn63007375/>.

"هیات مدیره جدید انجمن قلم ایران انتخاب شدند"،
ایبنا، ۲۵ مهر ۱۴۰۱،
Web. 17 Oct. 2022.
<https://www.ibna.ir/news/327381/>.

作者单位：对外经济贸易大学外语学院

2022年意大利文学概览

文　铮　赵楚烨

内容提要：2022年意大利的文学创作开始回归正轨，在作品体裁种类、数量以及影响力等方面都逐渐恢复甚至超过疫情之前，作家群体也更加壮大。本文聚焦于本年度出版的优秀长篇小说，尤其是获得意大利重要文学奖项（或被提名）的作品，根据所选作品的题材或内容，以“回归初处”“何以思乡”“来路艰辛”和“倔强成长”四个主题分类评述，分别涉及寻根文学、移民文学、历史题材小说和成长小说等话题，旨在以管窥豹，为读者展示意大利当代文学的风采。

作为文化强国的意大利，文学传统悠久而辉煌。时至今日，意大利文学的创作和出版规模仍然保持着很高的水平，各类文学奖项也比比皆是。然而，由于历史传统、创作理念、审美倾向和写作语言等因素的影响，当代意大利文学在世界范围内已失去了往昔的优势。但就意大利国内而言，本土文学仍然具有强大的生命力和广泛的群众基础，特别是叙事文学，意大利人有着自己喜欢的口味和方式，就像他们对待比萨饼和咖啡的态度一样，保守而富有格调，不会轻易附和时尚或随境而迁。

2022 年是意大利后疫情时代元年，文学创作逐渐回归正轨，诸多文学作品在体裁种类、数量以及影响力等方面都逐渐恢复甚至超过疫情之前的几年，作家群体也因新人的加入而更加壮大。本文聚焦于这一年出版的优秀长篇小说，尤其是获得重要文学奖项（或被提名）的作品，按照文中膺选作品的题材或内容，分为四个主题来概述。

一、回归初处

近年来，“回归”成为意大利文学的核心词。文学批评导向和读者阅读趣味明显趋同，现实主义题材、历史题材、女性题材、成长题材和反思文学又重新回到了文学创作的中心位置，回归故乡、回归家庭、回归初心、回归童年或青春岁月一时成为老中青三代作家的共同追求。仿佛在荡尽激情、历尽艰辛之后，在这个后疫情时代里，意大利人已不再关注光怪陆离的世界，只想听凭内心的指引回归生活本初的样子。

斯特雷加奖（Premio Strega）是意大利最具影响力的文学奖项，自 1947 年创立以来，一直代表着意大利语文学创作的最高水平和发展趋势，也反映了意大利文学界的品味和态度。2022 年，青年作家马里奥·德西亚蒂（Mario Desiati，1977—　）凭借小说《背井离乡》（*Spatriati*，2021）获得该奖。小说讲述了在这个扭曲的时代，两位年轻的主人公对自我的寻找。男主人公弗兰切斯科和女主人公克劳蒂娅的性格截然不同，克劳蒂娅始终走在逃离现实和追求新奇的路上，而弗兰切斯科却怯懦而保守，始终停留在原地，守候着那位“逃离”家乡，想成为“欧洲公民”的暗恋女友。小说以弗兰切斯科“他者”的视角讲述克劳蒂娅的人生，这个角度也是弗兰切斯科守望她的角度。他们彼此远离却又在相互寻找，是一对典型的“友情有余而爱情不足”的异性朋友。最终，克劳蒂娅还是回到了自己的故乡。

德西亚蒂笔下的人物在意大利南方相对落后的普利亚大区的土地上生活、成长、挣扎，这些出身于农民家庭的“小镇青年”身上交织着由浪漫冲动和性欲引发的不安与激情，他们眷恋故土，却又非常渴望逃离小镇生活，奔赴能实现自己抱负的彼岸世界。这就是为什么在德西亚蒂笔下总是有着各种矛盾和纠结：抒情与尖厉、感伤与残酷、静止与躁动……为了建构这些矛盾冲突，作者采用跳跃的语言风格，雅俗结合，甚至借用各种方言来烘托气氛，以加强感官的冲击力，例如书中的一些场面，在这种混搭语言的渲染下显得异常真实，貌似荒诞的笔法，却让读者有凝重的回思。

无独有偶，与《背井离乡》一同进入2022年斯特雷加奖最后一轮角逐的小说《流浪者》(*Randagi*，2021）也描写了当代意大利年轻人离开自己出生的小城镇，到更广阔的世界寻求出路的故事，即使那里的生活也充满艰辛与痛苦，甚至导致了他们在未来的回归。在小城比萨，与举世闻名的斜塔毗邻的一座公寓中，主人公皮耶罗·贝纳蒂正等待着自己出走的那一刻。据他母亲讲，他们贝纳蒂家族受到了一个无法破解的诅咒：家族中的所有男性成员迟早都会离家出走，与家人相忘于江湖，即便是皮耶罗这个没什么出息的窝囊废也不会例外。无论他在音乐、学业和与女孩交往中付出多大努力，无论他如何改换生活的城市和国家，也无论他怎样努力与出轨的父亲和患有臆想症的母亲进行情感切割，他的生活中仍然充斥着接连不断的、难以预料的失败和失落。幸好他遇到了两个同是天涯沦落人的朋友洛朗和朵拉。洛朗是一个喜欢夜泳和酗酒的男妓，而朵拉则是一个恐怖片影迷，他们都因人生际遇而感到痛苦和迷茫，只是原因和诉求可能与皮耶罗截然不同。与他们为伍，皮耶罗终于有所感悟。

《流浪者》是一部很受青年读者青睐的小说，情节跌宕起伏，人物形象感人至深，语言和风格焕然一新，却又不失传统的温情；故事讲得令人目眩神迷，诠释了年轻人与社会之间因偶然而产生的脆弱联系，但在这种联系中也蕴藏着改变他们生活的力量。翻开小说俨然是展开了一幅描绘当代小镇青年矛盾复杂心态的画卷：自卑、创痛、失望、背井离乡，而又不愿放弃。

小说作者马可·阿梅里吉（Marco Amerighi，1982—　）是今年崭露头角的一位优秀青年作家。《流浪者》是他文学创作的新高度，从小说第一页开始，人物坎坷的命运和细腻的笔触就深深吸引着读者。意大利的文学评论家认为，阿梅里吉的文笔是这部小说成功的关键因素之一，也许是他托斯卡纳人地缘身份的缘故，使他能像但丁及其一脉相承的现当代托斯卡纳作家一样，熟练运用语言、声音、色彩、纹理、光线等文学元素让自己叙说的故事产生难以抗拒的吸引力。

为了激励更多年轻人走上文学创作的道路，斯特雷加文学奖还专门设立了“青年奖”，主要是奖掖那些初登文坛的年轻人。女作家维罗妮卡·拉伊莫（Veronica Raimo，1978—　）的小说《纯属虚构》（*Niente di vero*，2022）成为本届青年奖的宠儿。这部小说从内容到形式都显得过于传统，唯一能显现出年轻状态的是作品中充斥的新兴词语以及放荡的语言风格。表面上看，这是一个关于家庭成长的故事，是一部包含着偏执、性与家庭成员之间纠葛的家庭喜剧，但这又何尝不是骨子里极其注重亲情的意大利人想要回归的真实生活呢？作者坦言这部小说带有自传性质，小说中的兄妹与母亲是三个并列的主角，母亲的过度保护为孩子带来了寂寥和窘迫的童年生活，但在作者笔下这些困扰被写得妙趣横生，使读者对她那些出格的行为和离谱的选择报以共情的微笑。

作者笔下的主人公并不完美，甚至有着“不可原谅”的毛病，但正因如此才形成了独特的人格魅力，成为鲜明的文学形象。比如主人公以“睡过头”为借口缺席了文学节的活动，而作者借此表达的观点却是：“重要的从来不是可信度，而是自我暗示。我最终说服自己，我没有说谎，在我的另一生中，我真的患有瘫痪性嗜睡症。”“自我暗示”这一概念完美诠释了主人公对说谎（虚构）不予置否的态度，在作者看来，说谎是自我建构过程中具有创造性和解放性的重要元素。

二、何以思乡

意大利处在欧洲最南端和地中海中央，相对宽松的移民政策使得大批中东欧、北非和西亚的移民不断涌入亚平宁半岛，多元的移民文化与古老的意大利文化碰撞、交融，为意大利当代文学创作提供了新的主体或主题。近年来，以移民生活为主题的小说在意大利文坛成为新常态，一些母语非意大利语的移民作家也成为意大利文学的中坚力量，他们用意大利语创作和发表作品，并越来越受到社会的关注，逐渐从文坛边缘走向中心位置。2022 年斯特雷加奖入围决赛的作品中就出现了两部移民题材的作品：《天鹅绒式离婚》（*Divorzio di velluto*，2022）和《我们终将得救》（*E poi saremo salvi*，2021）。

《天鹅绒式离婚》的作者是斯洛伐克裔作家雅娜·卡尔萨约娃（Jana Karšaiová，1978—　）。小说主人公生长在分裂之后的斯洛伐克，后来为了追求更加自由的生活而来到意大利。伴随着那场“天鹅绒革命”[1]，这位年轻女性的生活面临着巨大的变化和挑战，父母与子女之

1 “天鹅绒革命”一般是指捷克斯洛伐克共和国于 1989 年 11 月瓦解，分离为捷克与斯洛伐克两个独立国家的历史事件。所谓“天鹅绒革命”是与暴力革命相对而言的，指没有经过大规模的暴力冲突就实现了政治制度的更迭，就像天鹅绒般平和柔滑。

间、夫妻之间、捷克与斯洛伐克之间、人生理想与人生际遇之间出现了裂痕、摩擦和矛盾。小说的标题一语双关，一方面影射了导致捷克和斯洛伐克分离的那场革命，另一方面也指代了一场以和平方式分手的婚姻。

小说将读者带回到那个柏林墙刚刚倒掉、捷克和斯洛伐克一分为二的时代，呈现了父母和子女两代人在这一社会政治背景下的挣扎与选择。这其中的痛苦是不言而喻的，尤其是对于父母那一代人来说，他们在之前的政治体制下生活了 40 年，却突然要面对一个完全向西方开放的社会，以及子女与他们水火不容的观念和追求。面对这种局面，母亲怒火中烧，难以平复，于是就发泄在了儿女身上；无奈的丈夫选择了隐忍和迁就，但心中意气难平，觉得妻子越发陌生，仿佛他们从来就没有在一起生活过一样。家中的两个女儿同样有难以言表的创痛，家庭成员的离散似乎是注定的命运。作为主人公的二女儿先是与离家出走的姐姐分离，又步姐姐的后尘，离开了原生家庭和朋友，后来又因为丈夫出轨而选择离婚。与此同时，她与丈夫的分离也预示着与祖国的分离，因为二人成了两个不同国家的公民，过着两种截然不同的生活。作家选择用意大利语创作，也是因为与母语相比，意大利语可以为她提供一个抵御记忆与历史的盾牌，因为在揭开那段历史与个人经历的伤疤时，这种外语可以让她拥有母语所不能给予的间离感与驱动力。

《我们终将得救》的主人公在 6 岁时随一家人逃离波黑战争的杀戮，来到意大利，开始融入欧洲的社会生活，后来她又被一个意大利家庭收养，斩断了与故国的联系。然而，正当她要成为一名医生的时候，她的弟弟却因为父母教育和照顾的缺失而患上了精神分裂症，最终跳楼身亡。几年之后，主人公已成为一名真正的医生，然而一天深夜，她患病的母亲却仿佛听到儿子的召唤，于是走出家门四处找寻，后来在森林中不幸死去。

战争的残酷与祖母老年丧子之后的坚强，在面对社会悲剧时父母的茫然无措与女儿的果断决绝，主人公在连续失去家人后的自责心理与努力融入新生活的坚韧态度，所有这一切，都赋予作品巨大的张力。小说作者阿莱桑德拉·卡拉蒂（Alessandra Carati，1975— ）虽是意大利人，但曾有长期与波黑族裔交往的经历，也曾到当地体验生活。因此，小说对细节的刻画与人物情感的阐述，以及对经历战争离乱的波黑族裔的思想状态的把握都非常到位。

类似题材的作品还有安德烈亚·西米奥内尔（Andreea Simionel，1996— ）的小说《东之恶》(*Male a est*，2022)，这是一个关于罗马尼亚移民的故事。主人公安德莉娅·帕瓦尔 10 岁之前和母亲、姐姐一起在罗马尼亚生活，而父亲则长期在意大利打工，定期给她们寄钱。她们通过电视对意大利这个“美丽的国度”有了一些印象，知道在亚得里亚海那边的这个国家“肥皂剧里的女人都是黑头发，每个人说话都快得要命”。一年后，安德莉娅跟随母亲和姐姐来到都灵和父亲团聚。然而，在这里她要适应一个全新的环境，忘掉自己的母语，学习一种全新的语言。就这样，融入与寻根之间的冲突成了困扰她一生的难题。

三、来路艰辛

近现代史是意大利当代作家钟爱的创作题材，特别是 19 世纪中叶意大利成为统一的民族国家以来的历史，这与意大利人深厚的历史情结有关。在近年出版的文学作品中，历史题材占有很大比例，无论是宏观还是微观，也无论是上帝视角还是个人亲历，当代作家一直以史为鉴，揽镜自照，为时代添加注脚。

安东尼奥·斯库拉蒂（Antonio Scurati，1969— ）是当代知名的意大利历史小说家，特别是在 2019 年以小说《M. 世纪之子》（*M. Il figlio del secolo*，2018）斩获斯特雷加奖之后，声名鹊起。此书在意大利的销量超过 50 万册，并已被翻译成 40 余种语言。熟悉意大利历史的人都知道，“M.”是墨索里尼名字的缩写。

《M. 欧洲的最后几日》（*M. Gli ultimi giorni dell'Europa*，2022）是斯库拉蒂墨索里尼历史系列小说的第三部，讲述的是 1938—1940 年间意大利那个黑暗沉重的历史时期：种族法案的颁布，与纳粹德国之间邪恶而又疯狂的联盟，墨索里尼的机会主义思想等，致使法西斯党将意大利一步一步地拖向深渊。1940 年 6 月 10 日的黄昏，这个法西斯政权的独裁者向英法宣战，标志着意大利又一次翻开了历史血腥的篇章。这部小说旨在唤起当代读者反思战争爆发的原因，以及意大利当下存在的政治与社会危机。无论昨天还是今天，一旦战争爆发，谁都不会成为真正意义上的战胜者，而只会是受害者，甚至成为无辜的亡魂。

安东尼奥·斯库拉蒂以文学式的叙述来还原和分析独裁者墨索里尼的形象，探究其性格的复杂性和多重性，为读者层层展示这个置身于政治与情感纠缠之中的历史人物。作者将史实与叙述、评论与虚构巧妙地交织在一起，并且使用了具有重大历史价值的档案、机密文件、报刊资料、日记、私人信件、手稿和警方报告等，因此小说能够凭借清晰的事实和公正的叙述来还原历史，让历史在细节中变得丰满而可信。安东尼奥·斯库拉蒂的历史小说之所以具有如此之大的吸引力，是因为读者可以从中嗅到第二次世界大战一触即发的气味，感受到战争带来的恐惧与窒息，在不知不觉中借助历史舞台上每个特定演员的观点，对整个国家的历史进行反思，从而理性而深刻地对待当下的生活。

入围本年度斯特雷加奖的《墨西哥铁路》（*Ferrovie del Messico*，2022）也是一部历史小说，却与《M. 欧洲的最后几日》截然不同。故事发生在 1943—1945 年之间，主人公弗朗切斯科·马盖蒂在意大利共和国国民铁路警卫队工作。这天他接到任务，需要绘制一幅墨西哥铁路的地图。为了完成这一任务，他开启了一场奇幻的冒险之旅，并在旅途中结识了形形色色的古怪人物，有神秘的图书馆管理员，有挖墓的老头，还有两个游击队员。

这是一本超越日常生活的探险小说，作者以丰富的想象力将几个毫不相关的主题串联在一起，赋予它们新的意义，充分展现了叙事的可能性。在作者吉安·马可·格里非（Gian Marco Griffi，1976— ）看来，文学可以开辟无穷的新世界，然而那些既往的文本并不会消失，而是与新的语言交融在一起，共同构筑出一个全新的文学世界。小说中，主人公渴望摆脱法西斯和战争的压迫，这与作者想要借助寥寥数语创造出无限的叙事奇迹并以此来抵御日常生活的乏味与无聊的初衷如出一辙。

安德里亚·波梅拉（Andrea Pomella，1973— ）的小说《手无寸铁的神明》（*Il dio disarmato*，2022）也是一部无法简单定义的历史题材作品，它既有历史的真实记录，又具有哲学和政治的思考，同时还有诗性的抒情。

1978 年，意大利极左翼恐怖组织红色旅绑架并杀害了前总理阿尔多·莫罗，这成为意大利历史上最严重的政治、社会分裂事件之一。《手无寸铁的神明》讲述了这一历史事件。其实，当时的恐怖袭击只持续了很短的时间，却成了四十多年来无数人研究和重现的对象，其中也包括以文学的方式。安德里亚·波梅拉采取了现实主义创伤叙事的创作手法，为探寻个人和集体记忆中难以捕捉的真相，反复复盘和推演当时残酷的场景：目击者、红色旅头目、政治家、安保人员乃至几个世纪前的历史人物都在叙事中轮番登场。此外，每一次的打斗、逃亡、引爆炸弹等过程都成为作者转换叙事视角的节点，从而让读者以不同的视角反复审视同一事件的经过。然而读过小说我们会发现，作者的用意并不只是还原惊心动魄的历史真相，而是在于探讨个人的选择与命运的安排、人的生存空间以及时间的本质。

同样以 20 世纪六七年代红色旅和"铅色年代"[1] 为历史背景创作的小说还有《咬了就跑》(*Mordi e fuggi*，2022)。书名"咬了就跑"是意大利的一句俗语，被红色旅成员用作行动口号，意思是突袭之后迅速撤离。小说以早期的红色旅组织创建的工人社区为背景，主人公是两个组织缔造者中的一人。作者以第一人称的叙事方式，描述这个社区工人的生活，进而深入人物的内心世界，探究这些当年 20 出头的年轻人在令人震惊的米兰丰塔纳广场爆炸案后，选择走上武装暴力道路的心路历程。

作者亚历山德罗·贝尔坦特（Alessandro Bertante，1969—　）的初衷是为今天的年轻人补上总被历史课本忽略的这一课，他以近乎亲历者的叙述完成了一次社会历史与个人际遇的交汇。这本小说也入围了斯特雷加奖。

四、倔强成长

在近年意大利各大文学奖的评选过程中，成长小说总是受到关注

1　铅色年代，或称沉重年代，指意大利从 20 世纪 60 年代末到 80 年代后期的社会政治动荡时期，其特点是极左翼和极右翼恐怖主义事件频发，通常被认为始于 1969 年的"热秋运动"。

和优待，特别是关于青少年和女性成长的题材，一直被作者和读者津津乐道。

2022年坎皮耶罗文学奖青年奖（Campiello Giovani）得主贝尔纳尔多·扎诺尼（Bernardo Zannoni，1995— ）的作品《我愚蠢的意图》（*I miei stupidi intenti*，2021）是一部以丛林为背景的寓言小说，但小说中时时处处显露的对社会和人生的隐喻，让读者很容易识别出其成长小说的实质。主人公是一只名叫阿奇的小貂，其他角色也全部都是动物，但故事里发生的却是和人类世界一样残酷的事件：消灭弱者、嫉妒、奴役、剥削和欺骗。少年时期的阿奇从树上摔下来后跛了脚，被母亲以一只半母鸡的价格卖给了放高利贷的狐狸所罗门。经历最初阶段的考验之后，阿奇获得了主人的信任，从仆人变成了学徒，还跟着主人学会了读书和写字。最初看上去狡猾而又残忍的老狐狸，逐渐向小貂袒露出他由于衰老而日渐柔软的内心，最后把饱含愧疚和悔悟的自传留给了他。所罗门死后，阿奇与一只美丽的小黄鼠狼相爱并结合，然而冬天、饥饿以及所罗门的宿敌，一直威胁着他们的生命。阿奇也学着所罗门的样子，书写自己非常戏剧化的传记。幼年的时候，即使饥饿难耐，小貂阿奇也没有想过要杀害自己孱弱的兄弟。但为了生存，他在狐狸的教导下逐渐变得残忍与狡猾。尽管如此，老狐狸的自传充满了对以往过错的悔恨，在它身边长大的阿奇把神圣的文字继承下来，并连同自己的良知和传记一起，传给了一只碰巧结识的温顺的豪猪。

《我愚蠢的意图》也是一部关于文字力量的小说。主人公所生活的丛林与人类世界一样邪恶，温情与光亮往往转瞬即逝。然而，生命仿佛借助文字而获得新生，因为文字可以给我们一种幻想，那就是有些事情会比我们自己更加持久。

除了文字以外，音乐恐怕也是伴随和慰藉很多人成长焦虑的重要因素。入围 2022 年弗拉亚诺文学奖（Premio Flaiano）和第 49 届斯拉奖（Premio Sila）的小说《灵迹》（*Le tracce fantasma*，2022）就是一部关于音乐与成长的作品。

小说的主人公瓦莱里·奥斯科迪亚是一名失意的音乐人，他一事无成，性格冲动而又为人刻薄，常常穿梭在米兰的街头巷尾，总是设法消除心中郁积已久的挫败感。他的旧爱安娜生了个女儿，这让他无比沮丧，他还嫉妒昔日好友音乐事业上的成功。但他与生活和解的方式却非常简单——音乐和美酒就能带他回到美好的过去。作者尼古拉·H. 科森蒂诺（Nicola H. Cosentino，1991— ）通过小说为我们复现出艺术与现实生活之间消弭的边界，然而我们的悲喜往往就源自这种混沌。

进入贝尔加莫叙事文学奖（Premio Bergamo）最后阶段评选的小说《古列尔莫·斯普塔基埃拉的性生活》（*La vita sessuale di Guglielmo Sputacchiera*，2022）讲述了一个成长与性的故事。古列尔莫·斯普塔基埃拉在 8 月的一个早晨醒来，惊恐地发现自己变成了一个女人。他不善交际且有性功能障碍，但未曾料到有一天会变成自己最不擅长对付的物种——女人。他百思不得其解，不知是因为自己沉迷色情，还是由于全球气候变暖之类的环境问题，或是上帝和他开了一个玩笑。绝望的他就此离开了父母家，踏上了一段荒诞而真实的旅程。沿途他遇到了形形色色的人和事：卡托纳齐村的怪人、可恨的家长、虔诚的圣母玛利亚信徒……小说以一幕幕荒诞的场景犀利地揭露了当代意大利的种种社会问题，诸如生活和性的数字化、代沟和世代矛盾、新无产阶级的经济困境等。

这部小说是阿尔贝托·拉瓦西奥（Alberto Ravasio，1990— ）

的处女作，他用荒诞的文学表现了荒诞却又无比真实的社会现实。主人公是新一代“躺平”青年的代表，30 岁还没有工作，更谈不上爱情和家庭，只能寄居在父母家中，靠啃老为生。他在社交和性爱上毫无能力，与小镇生活格格不入，他读过的书比谁都多，但口袋里却比谁都干净。他找不准自己的社会定位，只能沉溺于色情的虚幻世界。小说前半部分，古列尔莫把性当作一种认知活动、一种对内心世界的探索，但他最终迷失了自我。性对他来说，不是一种自由或反抗，而是一种对认知的麻痹，因为他缺乏与现实世界的沟通，更没有与他人的碰撞和冲突。

瓦尼·桑托尼（Vanni Santoni，1978— ）的《万物真相》（*La verità su tutto*，2022）讲述了一位唯物主义社会学家如何走上神秘主义道路的故事，此作入围了 2022 年维亚雷焦文学奖（Premio Viareggio）和斯特雷加奖。

主人公克利奥帕特拉·曼奇尼是一名年轻女性，过着平凡而幸福的生活，拥有甜蜜的爱情、成功的事业和舒适的房子。但有一天，她无意中看到了一个内容低俗淫乱的视频，这让她错愕不已，生活就此发生改变。该视频的主人公正是被她抛弃的前女友艾玛。强烈的负疚感让克利奥帕特拉开始把目光投向一个鲜为人知的、神奇的精神世界：国际黑天觉悟会、小妖精、绿宝石、泽泽修士……于是，她与过去的生活渐行渐远，最终中断了与所有人的联系，独自走向亚平宁山中的一个神秘团体。

这不是一部宣扬宗教的小说，“寻找自我”才是小说的真正主题，所有的人物都在追寻一种无形的东西，从而让生活变得更加美好，但不是所有失落的东西都能被找回，他们一直都在路上寻寻觅觅。在作者看来，这或许也是文学的价值所在，尽管一部文学作品不能有什么实际的用途，却能帮助人们观察现实生活，体会自己内心感受，在精神世界中寻找存在的意义。

结语

2022 年意大利文学中具有一定影响力的叙事文学作品，以及不易引人注意的作家和他们刚刚问世的作品也许在世界文学的视域中不会留下太多的痕迹，更像是静静淌过的河水，即便有各种文学奖项的加持，也很难成为波澜壮阔的伟大作品。但是，以世界主义的视角，跨越语言、民族、地域和思想的界限，观察不同的生活，听取更多的心声，理解更多的诉求，是人们与世界交往的前提，也是人们反观自己的参照。

参考文献：

Amerighi, Marco. *Randagi*. Torino: Bollati Boringhieri, 2021.

Bertante, Alessandro. *Mordi e fuggi*. Milano: Baldini + Castoldi, 2022.

Carati, Alessandra. *E poi saremo salvi*. Milano: Mondadori, 2021.

Cosentino, H. Nicola. *Le tracce fantasma*. Roma: Minimum Fax, 2022.

Desiati, Mario. *Spatriati*. Torino: Einaudi, 2021.

Griffi, Gian Marco. *Ferrovie del Messico*. Milano: Laurana Editore, 2022.

Karsaiová, Jana. *Divorzio di velluto*. Milano: Feltrinelli, 2022.

"«La vita sessuale di Guglielmo Sputacchiera»: storia di un Samsa 'pornonautico'." 10 Jun. 2022. Web. 16 Jul. 2023. <https://www.magmamag.it/alberto-ravasio-vita-sessuale-guglielmo-sputacchiera-recensione/>.

"*Le tracce fantasma* di Nicola H. Cosentino, un intreccio di pensieri, musica e sentimenti." 16 Sept. 2022. Web. 15 Jul. 2023. <https://www.illibraio.it/news/narrativa/le-tracce-fantasma-di-nicola-h-cosentino-1426057/>.

"Niente di vero di Veronica Raimo: un romanzo onestamente disonesto. Recensione." 15 Apr. 2022. Web. 18 Jul. 2023. <https://www.rivistablam.it/libri/recensioni/niente-di-vero-di-veronica-trama-recensione/>

Pomella, Andrea. *Il dio disarmato*. Torino: Einaudi, 2022.

Raimo, Veronica. *Niente di vero*. Torino: Einaudi, 2022.

Ravasio, Alberto. *La vita sessuale di Guglielmo Sputacchiera*. Macerata: Quodlibet, 2022.

Santoni, Vanni. *La verità su tutto*. Milano: Mondadori, 2022.

Scurati, Antonio. *M. Il figlio del secolo*. Milano: Bompiani, 2018.

—. *M. Gli ultimi giorni dell'Europa*. Milano: Bompiani, 2022.

Simionel, Andreea. *Male a est*. Roma: Italo Svevo, 2022.

"Vanni Santoni: «La verità su tutto esiste, ma non si può dire»." 4 Apr. 2022. Web. 17 Jul. 2023. <https://www.esquire.com/it/cultura/libri/a39609734/vanni-santoni-intervista-la-verita-su-tutto-libro/>.

Zannoni, Bernardo. *I miei stupidi intenti*. Palermo: Sellerio Editore Palermo, 2021.

作者单位：北京外国语大学欧洲语言文化学院

2022年印度尼西亚文学概览

李昊朗　汉迪（Hendy Yuniarto）

内容提要：本文聚焦于2022年印度尼西亚最具影响力的文学作品、文学奖项及文学事件，展现该年度印度尼西亚文学的发展情况。这一年里，印度尼西亚的作家们依然保持了对社会现实的关切，重点关注后疫情时代社会生活中存在的诸多问题。从历史与文化的角度观之，该年度发表的小说、短篇故事和相关研究成果生动地反映了印度尼西亚人民的真实经历和独特的生命体验。印度尼西亚作家、出版商、媒体、教育文化与研究技术部、各大高校以及文学爱好者团体等参与或举办了文学奖评选、文学节日纪念、图书展会、文艺表演等各类活动，发挥了助力印度尼西亚文学发展的重要作用。与此同时，以地方语言创作的作家亦产出了不少优秀作品，这表明印度尼西亚地方语言及文学在社会中仍然保持了生机与活力，且具有重要地位。

一、2022年最具影响力的文学作品

1. 布雷·雷达纳（Bre Redana，1957—　）的小说《安贾姆毗亚尼赞歌》（*Kidung Anjampiani*，2022）

布雷·雷达纳的《安贾姆毗亚尼赞歌》出版于2022年，并于当年的10月28日，即印度尼西亚青年宣誓节，获得印度尼西亚教育文

化与研究技术部文学奖。布雷·雷达纳更为人所熟知的身份是记者，他拥有在印度尼西亚主流媒体《罗盘报》(*Kompas*) 供职的资深媒体工作经历，在新闻界颇有名气，此前出版的作品有《千禧年的满者伯夷》(*Majapahit Milenia*，2019) 和《她叫歌雅特丽》(*Dia Gayatri*，2020) 等。布雷·雷达纳为满者伯夷王朝所倾倒，在《千禧年的满者伯夷》中力图展现其恢宏的历史，对于满者伯夷时期的社会、民族、宗教、技术和政治体制等均有所涉及。

《安贾姆毗亚尼赞歌》的主人公库达·安贾姆毗亚尼巧妙呼应了满者伯夷时期的历史与文学。在古爪哇文学中，他的父亲朗格拉威正是满者伯夷王朝的创立者罗登·韦查耶的追随者，在辅佐其统治的过程中做出了重要贡献。小说中呈现的满者伯夷域内的政治危机、冲突和战争均可追考至古代文献以及爪哇社会中流传的故事、传说。安贾姆毗亚尼在其中被描绘成思想者的形象，他虽不喜政治，但人生轨迹却终究无法摆脱政治的影响。

除了内容关涉政治及战争等社会历史元素外，这部小说还有着细腻的感情线，讲述了安贾姆毗亚尼与美丽动人的黛薇·塞卡尔达吉·阿斯玛拉之间的爱情故事。这一角色的名字令人想起努山塔拉群岛口头文学传统中流传甚广的两个女性形象，即班吉故事中的黛薇·塞卡尔达吉与达玛尔乌兰故事中的黛薇·安贾斯玛拉。小说中还可以窥见其他民间故事的影子，例如，虎面孔雀羽冠舞的起源故事可追考至民间故事《温格尔王国的传说》(*Dongeng dari Wengker*)。

2. 特雷·利叶 (Tere Liye，1979 —) 的小说《明日》(*Sesuk*，2022)

"不要议论，不要深究，也不要去打扰它们，如此它们便也不会来打扰我们。"这句话出自特雷·利叶的小说《明日》。或许读者能够从这句话中领会到这样的思想：万物各适其性，各得其所，理应和谐共处。然而，这部小说中所描写的氛围并不和谐。在创作了一系列小说以后，特雷·利叶创作了自己的首部恐怖小说《明日》。通过这部 300 多页的小说，作者意图呈现出与此前的创作相比有着别样视角的恐怖故事。

《明日》讲述了由城市迁居到农村的一家人的生活故事。这家人决意搬到位于山区的老宅中居住，希望更多地享受一家人共处的时光，而此前在他们位于城中的家里，曾发生过一起几乎夺走某位家庭成员性命的事故，而这起事故恰恰是由于父母在看护孩子的过程中的疏忽所致。

这部小说传达出一种伦理反思与吁求：不论生活环境与自理能力如何，所有的孩子都需要父母在生活中的陪伴。为人父母应当全情投入，在孩子的生活中在场并给予关爱，因为父母才是做出生育决策的一方，孩子并不曾要求降生到这个世上。因此，不要等到孩子因无人照管、缺少关爱而发生了本不应发生的状况再去补救。除此以外，小说也通过人物形象的塑造向读者展现了自毁性的性格特质，即自私利己、毫无同情心、野心过度以及贪得无厌。

3. 阿塔米（Altami，出生年份不详）的小说《仿佛》（*Penaka*，2022）

“我确信每个人都有不同的人生目标和成功标准。于我而言，成功意味着看着我们这个家庭一切都好，共同成长。所有人在做出各种选择时都应该确保自己一切都好。”小说《仿佛》的故事线索常见于其他小说作品，它讲述了岌岌可危的婚姻以及刚开始为人父母时自我身份的消失。与此同时，这部小说也描绘了与爱人之间的沟通障碍以及时常发生的争执。

在《仿佛》中，作者探讨了一些已为人父母却自私自利地选择离婚的案例及其社会后果。家庭不再完整，孩子往往会感受到生活的痛苦。小说的主人公索菲亚结婚才两年，但已经想要放弃这段婚姻。她的丈夫不仅沉迷于网络游戏，而且非常邋遢。索菲亚因为不想继续受困于这段婚姻而要求离婚。她坚定地想要实现自己的梦想，不想再落后于身边的其他人。然而，在她立誓要成为单亲母亲的第二天，醒来后却发现自己变成了水壶。她感到慌乱，然而她继续变形，变成猫、狗，甚至变成了外国人。此情形已让人困惑不已，更别提她还发现了丈夫以及身边的人那些与表面的光鲜相反的真实生活。邻家园更绿，隔岸风景好，表面所见仅仅是伪装罢了。索菲亚的一位朋友生活奢侈，实际上却背负着几千万的信用卡债务，其丈夫甚至还在工作单位违法侵吞资金。

人在感到自身有价值并且对自身和周围环境都具有益处时，就会产生自尊自爱。如果妻子的生活里只有操持家务这一件事，她将难以产生强烈的自豪感，会感到生活停滞、毫无进步。小说中索菲亚固执地想改变生活，追梦开蛋糕房以及出国留学的情节反映出驻守家中的家庭妇女因生活稀松平常而丧失自我价值感的社会问题。索菲亚实际上和其他女性一样，需要自我实现。

4. 扎奇 · 雅玛尼（Zaky Yamani，1978 —　）的小说《阿牛的精灵列车》（*Kereta Semar Lembu*，2022）

记者扎奇 · 雅玛尼的作品《阿牛的精灵列车》是一部独特的奇幻小说。小说的故事背景设置在 20 世纪 80 年代的爪哇岛及周边地区，同时借逝者之口呈现了印度尼西亚 1865—1965 年间的历史图景。

作者在主人公阿牛的人生故事里运用了多重叙事维度，历史、神话、哇扬戏和超现实主义在这部小说中实现了有机结合。小说向读者生动展现了印度尼西亚由荷属东印度殖民地到实现独立的历史发展脉络，相继讲述了诸多历史事件，如最终让爪哇岛铁路得以建成的强迫劳役制度，荷兰在二战中战败以及日本人随后对努山塔拉群岛的入侵，印度尼西亚独立后的战争以及 1960—1965 年间发生的暴动事件等。荷兰殖民政府为修建铁路而推行的劳役政策令荷属东印度殖民地的人民生活在水深火热之中。男人们为极少的薪水不眠不休地工作，女人们沦为娼妓出卖肉体，孩子们在充满暴力的贫民窟中无人照管。暗无天日的生活使当时底层的印度尼西亚民众麻木不仁，以致日常见到死亡都感到稀松平常："到了晚上，扛着锄头的工人们或是玩牌酗酒，或是吸食大烟，或是同妓女厮混，又或是去看舞娘跳勾人的弄迎舞。工人间偶尔发生争执，便会操起锄头拼个你死我活。"

主人公阿牛是四处漂泊的穷苦大众中的一员，小说通过他的个人视角绘制了印度尼西亚的发展脉络。小说对于历史的呈现也更多强调社会大众生活中面临的问题与困境，以及大众同侵略者或政府之间的互动，而非印度尼西亚国内发生的政治事件本身。作品丰富的情节也包含了当时的大事件，如爪哇火山的数次喷发，以及 1883 年喀拉喀托火山大喷发等。

作者对相关历史时期的氛围描绘与故事描述均细致入微且脉络清晰，将读者带入荷兰殖民时期到印度尼西亚独立后不同阶段的历史之中。除历史事件和神话传说以外，作者还在小说中融入了自身对该时期社会生活的批判。其中包括对大众根深蒂固的铺张祭祀、求神拜佛心理的批判，以及对时人寄予下一代过度期望的批评。

5. 特里安托·特里维克罗摩（Triyanto Triwikromo，1964— ）的小说《德罗帕蒂的别样战争》（*Pertempuran Lain Dropadi*，2022）

德罗帕蒂虽然也出现在《摩诃婆罗多》中，但其故事仅占一小部分。实际上，她在俱卢之战的故事中始终扮演着重要角色。为弥补德罗帕蒂故事的缺失，作家兼教授特里安托·特里维克罗摩在其长达944页的小说《德罗帕蒂的别样战争》中改写了俱卢之战的故事。这部小说以德罗帕蒂为中心人物重新演绎了婆罗多族两支后裔之间的宏大战争。

特里安托在阅读《摩诃婆罗多》故事时，对于既有文本中德罗帕蒂故事的呈现不甚满意，这促使他为其创造了新的世界。在作者看来，德罗帕蒂是《摩诃婆罗多》中的重要人物，然而遗憾的是史诗对其的展现十分有限。长久以来人们无法想象德罗帕蒂怎样随军征战，更何况她双目失明，而其他文本均没有对她随军征战的讲述。因而该小说将德罗帕蒂塑造成《摩诃婆罗多》的读者此前从未设想过的模样。德罗帕蒂不再是手无缚鸡之力的弱女子，而是挑起般度族与俱卢族之间战争的强大女性。她也为捍卫自己的尊严而斗争，并最终成为俱卢之战中最重要的一环。作者认为德罗帕蒂需要一个涵盖其出生至死亡的完整人生故事的叙事空间。

作者创作这部小说意在为女性创造一个专属的叙事空间。在创作过程中，作者先以女性视角进行阅读，进而以女性视角展开写作。他将自身置于女性思维中以创作这一故事，希望能为众多寻求更多元视角的《摩诃婆罗多》故事的“发烧友”们提供一种别样的体验，即从女性视角为《摩诃婆罗多》故事提供充满女性主义元素的阐释。

6. 班吉·苏克玛（Panji Sukma，1991— ）的小说《阿马》（*Kuda*，2022）

班吉·苏克玛的小说《阿马》展现了权力下的悲剧。在这部小说中，作者讲述了一个名叫玛郁大师的克里斯短剑匠师的故事。新秩序政权通过拉拢各个领域的专业人士来稳固自身的权力，而玛郁正是被拉拢的专业人士之一，并因此名利双收。官员们经常向他订购克里斯短剑作为赠予其他官员的礼物。新秩序政权垮台后，玛郁大师也走向了破产的境地。他在新政权的更迭轮转中丧失了内在的灵魂。

小说中的众多人物订购玛郁大师锻造的克里斯短剑有三种目的：其一是讨取上级欢心，其二是建立关系纽带，其三是实现官职升迁的野心。然而，一柄家传的克里斯短剑也能用来达成超自然的愿望，包括诛杀宿敌、报仇雪恨以及施以世代流传的死亡诅咒等。小说围绕克里斯短剑的神秘性构建叙事结构，即呈现诛杀敌人和报仇雪恨过程中权力与武器之间的互动关系。

《阿马》的叙事以诅咒、仇怨、权力斗争和超自然死亡悲剧为特征。作者通过玛郁大师抚养的义子阿马的视角展现了由冲突和杀戮所驱动的权力纷争。正如《海将故事讲述》（*Laut Bercerita*，2017）的作者蕾拉·S. 楚多里（Leila S. Chudori，1962—　）一样，班吉·苏克玛选择描绘新秩序时期军人政权垮台时的社会政治背景，从玛郁大师及其义子阿马的视角讲述了新秩序政权的垮台。新秩序政权垮台后，玛郁大师失去了所有曾向他订购克里斯短剑的军方关系网，失去了从军官客户手中获取的财富，失去了铸造克里斯短剑的生活信念，也失去了作为一名克里斯短剑工匠大师的社会地位。玛郁大师这一人物形象代表了权力更迭时期转型失败的一类人。当神秘主义符号无法再令其获得权力时，玛郁大师这类人面对民主政治的氛围茫然不知所措……

7. 阿杰·扎姆扎姆·诺尔（Acep Zamzam Noor，1960—　）的诗集《回音无应》（*Gema Tanpa Sahutan*，2022）

《回音无应》是阿杰·扎姆扎姆·诺尔创作的诗集。阿杰·扎姆扎姆·诺尔出生于西爪哇省打横市，是诗人兼画家，童年和青少年时期均在伊斯兰经院学校中度过。这本书收录了 75 首诗作，分为三个部分：“不曾抵达”“遥听远音”和“回音无应”。翻开这部诗集，读者将读到短小精悍却内蕴深厚的诗作。下文摘录其诗作一篇：

回音无应

一叶扁舟
河中漂泊无名。
树生枝蔓
葱郁宁息。
一湾海口
望穿入海之门。
水流无波
回音无应。
一隔千里
西天光芒暗淡。
两壁悬崖
云雾蔽目。
一线边际
往迹全然消弭。
黄昏时分
难寻仙境。

第一部分中的诗作均为诗人 2019 年的作品，普遍抒发了人物无法传达的感情，最终他只能选择默默爱恋。阅读这些诗作时，读者能够感受到对爱的渴求，并能与埋藏自身的感情与痛苦时人的普遍感受共情。

阿杰·扎姆扎姆·诺尔的这部诗集为 2022 年印度尼西亚诗坛增色不少。他的诗歌工于用词，诗句精练且富有深意，抒情也生动可感，读之能让人久久沉浸在每一首诗作的意境中，因此受到印度尼西亚诗歌爱好者们的欢迎。

8. 高迪·乌斯纳（Gody Usnaat，1984—　）的诗集《遇见蚱蜢》（*Bertemu Belalang*，2022）

诗集《遇见蚱蜢》共收录了 130 首诗作。诗人十分善于描绘巴布亚的自然特征和社会生活，在创作时糅合了巴布亚马来语词汇；同时也创作了许多关于巴布亚以外的世界的诗歌，体现出诗人本身的流动性以及对多元主题的创作尝试。作者还从地方文化中采撷特色表达，形成了一系列令人耳目一新的比喻。

高迪·乌斯纳是巴布亚省的一名小学老师。他于 2010 年获得了哲学学士学位。教学之余，他还参加了由巴布亚地方政府支持的“阅读之窗”项目。他在巴布亚乃至全印度尼西亚举办的文学研讨会和文学节日活动中都十分活跃。2019 年，他曾作为巴布亚的代表在日惹文学节上发言，并于同一年获选参加婆罗浮屠作者文化节。

9. 马赫福德·伊卡万（Mahfud Ikhwan，1980—　）的文集《观察不写作的作者》（*Melihat Pengarang Tidak Bekerja*，2022）

“我当作家写作的意愿有多强，我找借口不动笔的意愿就有多强。”这句话出自马赫福德·伊卡万的文集《观察不写作的作者》。书中收录的 12 篇文章极具个性，回溯了作家创作时的种种细节。文章展现了印度尼西亚元老级作家生活的独特之处，包括如何靠版税为生，如何在窘迫的经济状况下进行创造性工作，如何面对他人对作家工作只需静坐沉思的偏见以及小说初次发行是身为作家无与伦比的自豪等。

进行创意性写作的过程总是坎坷难行的。普拉姆迪亚·阿南达·杜尔（Pramoedya Ananta Toer）如果没有经历所处时代的坎坷与社会危机，可能也无法成为读者心目中印度尼西亚文学界的传奇。书中对普拉姆迪亚的描绘展现了他作为一名作家所经历的外部挑战。而在当下的语境中，挑战与诱惑恰恰来自内心。当下的社会环境和平稳定，但写作仍然难以推进。对于作者而言，这并非写作媒介受限所致，而是牵扯到内心的问题：作者所面临的最大挑战恰是其自身。

阅读此书，读者将从多个角度体会到身为作者的感受，包括决定写作的理由，充斥着截稿日期将至与拖稿窘况的创作过程以及这一职业尚未在大众心中获得应得地位等。马赫福德·伊卡万是位高产作家，近年来还创作有多部作品，包括小说《乌里德》（*Ulid*，2009）、《达伍克：来自木棉村的灰色故事》（*Dawuk: Kisah Kelabu dari Rumbuk Randu*，2017）和《后卫》（*Bek*，2021）等，文集《我与印度电影对抗世界》（*Aku dan Film India Melawan Dunia*，2017）、《足球不会回来了》（*Sepakbola Tak Akan Pulang*，2019）、《故事，吹牛，真相》（*Cerita, Bualan, Kebenaran*，2020）和《炒菜容易写作难》（*Menumis Itu Gampang, Menulis Tidak*，2021）等。

二、2022 年印度尼西亚文学奖项

1. 2022 年印度尼西亚教育文化与技术研究部文学奖

印度尼西亚教育文化与技术研究部文学奖是由政府颁发给持续创作高质量文学作品的作家的奖项。自 1989 年起，该奖项由语言局颁发。2022 年，评审团分别对本年度的小说、诗歌、短篇故事、剧

本和文集等类别进行了提名并公布了获奖名单。布雷·雷达纳的小说《安贾姆毗亚尼赞歌》成功俘获评委并于印度尼西亚青年宣誓节获奖。获得小说类提名的另外 4 部作品分别是迪亚斯·诺威塔（Dias Novita，1989— ）的《世间路》（*Jalan Lahir*，2021）、妮·纽曼·阿玉·苏吉雅蒂妮（Ni Nyoman Ayu Suciartini，出生年份不详）的《雌》（*Biang*）、宾托·阿努格拉（Pinto Anugrah，1985— ）的《融进天空中的一切》（*Segala yang Diisap Langit*，2021）和乌多·Z. 卡尔兹（Udo Z. Karzi，1970— ）的《山丘背后的国家》（*Negeri di Balik Bukit*，2022）等。

短篇小说类有 3 部获奖作品，分别是阿塞夫·塞夫·安瓦尔（Asef Saeful Anwar，出生年份不详）创作的《收音机里的一曲当杜特》（*Pada Sebuah Radio Dangdut*，2021）、奇奇·苏利斯托由（Kiki Sulistyo，1978— ）创作的《外太空第一名宣礼者》（*Muazin Pertama di Luar Angkasa*，2021）和拉米亚·普特丽·达玛妍蒂（Lamia Putri Damayanti，出生年份不详）创作的《身怀秘密的女孩》（*Nona Penyimpan Rahasia*，2021）等。诗歌类有 5 部获奖作品，分别是阿达·伊姆兰（Ahda Imran，1966— ）创作的《圣人之舌》（*Lidah Orang Suci*，2021）、高迪·乌斯纳创作的《遇见蚱蜢》、伊尔达·卡尔瓦郁（Ilda Karwayu，1983— ）创作的《你身体里安静的动物》（*Binatang Kesepian dalam Tubuhmu*，2020）、朱莉亚·F. 格尔哈尼（Julia F. Gerhani，1982— ）创作的《我母亲教人怎么装填子弹》（*Ibuku Mengajari Bagaimana Mengisi Peluru*，2021）以及罗安·朱利安（Royyan Julian，1989— ）创作的《卵巢之骸》（*Korpus Ovarium*，2022）等。文集类共有 5 部获奖作品，分别是阿里夫·巴古斯·普拉塞托约（Arif Bagus Prasetyo，1971— ）的《词语见

证》（*Saksi Kata*，2021）、法德利拉（Fadlillah，出生年份不详）的《马林·昆当情结文学理论》（*Teori Sastra Malin Kundang Kompleks: Sebuah Pertimbangan*，2022）、法鲁克·H. T.（Faruk H. T.，1957— ）的《父权制的不在场证明》（*Alibi Patriarki*，2022）以及珍·哈耶（Zen Hae，1970— ）的《九五四》（*Sembilan Lima Empat*，2021）等。

2. 2022 年兰嘉格文学奖

在 2022 年，除印度尼西亚教育文化与技术研究部文学奖之外，万隆兰嘉格文化基金会也以线上形式为 6 名地方文学家颁发了兰嘉格文学奖。这一年仅有 6 个地区的文学作品满足获奖资格，即巽他文学、爪哇文学、巴厘文学、巴达克文学、班嘉尔文学和马都拉文学等。

在巽他文学出版的26本书中，苏拉克曼（Surachman，1936— ）创作的《和奥利维亚谈话》（*Basa ka Olivia*，2021）获奖。爪哇文学共有 22 本书出版，其中斯里妍蒂（Sriyanti，1969— ）创作的小说《填满时间》（*Mecaki Wektu*，2021）获奖。巴厘文学共出版 12 本书，其中维达·森嘉雅（Weda Sanjaya，出生年份不详）创作的短篇小说集《在博卡克·东布的田地里求一块盖着方格布的木头》（*Punyaan Kayu ane Masaput Poleng di Tegal Pekak Dompu*，2021》获奖。巴达克文学共有 6 部作品出版，其中兰托·纳比突布鲁（Ranto Napitupulu，出生年份不详）的小说《独生女》（*Boru Sasada*，2021）获奖。班嘉尔文学共出版 5 部作品，其中贾茂·苏尔雅纳塔（Jamal Suryanata，1966— ）的作品《神龙短剑》（*Naga Runting: Talu Buting Novelet Banjar*，2021）获奖。马特·托郁（Mat Toyu，1990— ）的短篇小说集《飘摇》（*Ngejung*，2021）从 3 部马都拉文学提名作品中脱颖而出获得奖项。

3. 2022年《时代》杂志推荐书目

《时代》杂志每年都会选择图书进行推荐。杂志社与学者和作家组成的评审团一起，从2022年出版的作品中选择诗歌和散文类各一本进行推荐。散文类获选的作品是扎奇·雅玛尼的小说《阿牛的精灵列车》，而诗歌类获选的是尼尔万·德万托（Nirwan Dewanto，1961—　）的作品《两个姓氏》（*Dua Marga*，2022）。

《时代》杂志作为印度尼西亚知名媒体，在推动和支持印度尼西亚文学发展、为文学提供发展空间方面一直扮演着重要角色。《时代》杂志通过纸媒、网站和社交媒体等多元平台提供了关于印度尼西亚文学全面且丰富多样的信息。它积极报道有天赋的作家、最新的作品以及重要的文学活动，对文学界做出贡献的相关方面给予相应的认可。《时代》杂志也通过观点专栏和文学特稿栏目为作者提供分享相反观点和反思的表达空间。另外，《时代》杂志还颁发相关文学奖项，在推动文学欣赏、建立文学意识方面贡献突出，并能进一步推动文学产业，促进未来更多高质量文学作品的创作。

三、重要文学事件

1. 2022年语言文学月

在2022年的印度尼西亚青年宣誓节这一天，教育文化与技术研究部语言局举办了2022年语言文学月纪念活动。本次活动的主题为“共同复苏”，意在呼吁印度尼西亚社会大众彼此支持帮助，共同从疫情中恢复并进一步成长。语言文学月活动也得到了多方支持，包括国际印尼语学习者（BIPA）项目的学子、国内各级学校学生以及语言文学爱好者等。

教育文化与技术研究部部长纳迪姆·安瓦尔·马卡里姆

（Nadiem Anwar Makarim）表示，印度尼西亚语的诞生旨在团结各部族、宗教、族群和团体。因此，印度尼西亚语具有开放包容的优良品质。并且，印度尼西亚语仍在持续发展，大量从地方语言和外语中吸纳词汇表达与概念。印度尼西亚语大词典不断增加的词条正反映了这一点。但是，现今印度尼西亚语也面临着愈发复杂的挑战，其中之一是快速发展的技术。因此，语言局致力于提高印度尼西亚作为科研语言表达技术发展的能力和地位。

2. 2022 年语言文化节

印度尼西亚媒体公司为庆祝语言月举办了 2022 年语言文化节。该活动延续了 2021 年语言文化节活动中媒体公司助力发展印度尼西亚语言文学的目标。印度尼西亚媒体公司虽然以《政治报》报社闻名，但其周末版刊载了丰富的文学文化文章。这个节日也旨在推动年轻一代重视印度尼西亚语在促进团结统一方面的作用。

2022 年语言文化节活动包括线上语言讲座、短篇小说比赛和诗歌朗诵活动等。发展语言和文学是媒体的责任，媒体不仅肩负着舆论导向和娱乐作用，同样也具有提供教育性信息的职能。这一节日为年轻一代提供了表达空间，使其借助文学作品提高语言能力，启迪心智并抒发情感。

3. 2022 日惹文学节

日惹市文化处于 2022 年举办了日惹文学节，年度主题为“回归”。本年度的文学节回归了线下，以更加热烈、多元的方式展开活动。文学节的系列活动在日惹王宫、马里奥波罗大街、格拉美迪亚书店、博宁哈梭传统市场和日惹书市等处开展。日惹大众能以多种形式欣赏文学作品，包括读咏诗歌、欣赏爪哇特色诗歌与短篇故事以及观看古代书稿展出等。

日惹市文化处处长表示，该年度文学节的举办意图展示多层面的文学合作，既包括爪哇文学也包括印度尼西亚文学，还容纳了多种文学视角，其中之一便是文学界中的女性。文学节期间还专门举办了文学脱口秀节目探讨女性问题、现代社会中的女性职业以及文学界中女性的地位作用等。

4. 2022 年雅加达国际文学节

除教育文化名城日惹之外，雅加达今年亦在玛尔朱吉公园重启了雅加达国际文学节活动，该年度主题为“他们世界里的我们这所城市：居民、城市化与全球化”。雅加达国际文学节由雅加达艺术委员会文学小组举办，旨在推动思想交流、文学文化外交，将雅加达打造为文学界的重点地标。共计 25 名作家和 11 个团体参与了节日期间的文学讨论、书市、作品朗读、童书欣赏、展览、戏剧表演及音乐表演等活动。

结语

本文通过分析 2022 年最具影响力的文学作品、文学奖项和文学事件，总结了印度尼西亚文学在该年度的发展特点。历史主题仍然受到印度尼西亚文学界的关注，以《安贾姆毗亚尼赞歌》《阿牛的精灵列车》和《阿马》为代表的此类作品广受欢迎亦反映出印度尼西亚读者对历史主题的喜爱。另外，有关家族、社会问题、女性主义等的小说在本年度也赢得了读者的青睐。

印度尼西亚教育文化与技术研究部和各媒体通过颁发文学奖项等为促进印度尼西亚文学可持续发展做出了重要贡献。除文学奖项外，包括雅加达和日惹在内的很多城市也通过举办文学节日活动促进文学的发展。由此可见，中央及地方政府、媒体、出版商、基金会及各个文学爱好者团体在印度尼西亚文学发展中也扮演着重要角色。

参考文献：

Ajidarma, Seno Gumira. *Dunia Jawa Semar Lembu*. 8 Jan. 2023. Web. 28 Jun. 2023. <https://majalah.tempo.co/read/laporan-khusus/167883/sastra-pilihan-tempo-2022-novel-kereta-semar-lembu-zaky-yamani>.

Aggreati, Rosa. *Kemendikbudristek Sukses Gelar Puncak Bulan Bahasa dan Sastra 2022*. 31 Oct. 2022. Web. 28 Jun. 2023. <https://www.medcom.id/pendidikan/news-pendidikan/PNgw8jLN-kemendikbudristek-sukses-gelar-puncak-bulan-bahasa-dan-sastra-2022>.

Aspahani, Hasan. *Bertemu Belalang, Penyair dari Papua Gody Usnaat Memikat Juri Sayembara Manuskrip Puisi DKJ 2021*. 18 Dec. 2021. Web. 28 Jun. 2023. <https://www.bicaranetwork.com/sastra/pr-2952183923/bertemu-belalang-penyair-dari-paua-gody-usnaat-memikat-juri-sayembara-manuskrip-puisi-dkj-2021>.

Atmoko, Hari. *"Kidung Anjampiani" Merawat Ingatan Waras*. 30 Jul. 2022. Web. 28 Jun. 2023. <https://www.antaranews.com/berita/3028837/kidung-anjampiani-merawat-ingatan-waras>.

Bardono, Setiyo. *Badan Bahasa Tetapkan Nomine Penghargaan Sastra Kemendikbudristek Tahun 2022*. 19 Oct. 2022. Web. 28 Jun. 2023. <https://www.tinemu.com/temu-serasi/pr-3175248934/badan-bahasa-tetapkan-nomine-penhargaan-sastra-kemendikbudristek-tahun-2022>.

Ervika, Devi. *Review Sesuk, Novel Horror Pertama Tere Liye*. 1 Dec. 2022. Web. 28 Jun. 2023. <https://www.kompasiana.com/deviervika/6385cfab4addee353f1f2362/review-sesuk-novel-horor-pertama-tere-liye>.

Hardiyatni, Latifah. *Menunggu Sahur dengan Membaca Buku Penyair, "Gema Tanpa Sahutan"*. 7 Apr. 2023. Web. 28 Jun. 2023. <https://thr.kompasiana.com/latifah65959/642f969c4addee100e333e62/menunggu-sahur-dngan-membaca-buku-penyair-gema-tanpa-sahutan?page=all>.

Herlambang, Cornelius Helmy. *Anugerah Sastra Rancage untuk Masa Depan Bangsa*. 1 Feb. 2022. Web. 28 Jun. 2023. <https://www.kompas.id/baca/humaniora/2022/02/01/anugerah-sastra-rancage-untuk-masa-depan-bangsa>.

Machmudi, Iqbal. *Festival Bahasa dan Sastra Media Indonesia 2022 Momentum Mempererat Persatuan*. 27 Oct. 2022. Web. 28 Jun. 2023. <https://mediaindonesia.com/humaniora/533104/festival-bahasa-dan-sastra-media-indonesi-2022-momentum-mempererat-persatuan>.

Muttholib, Muhammad. *Usung Tema 'Mulih', Festival Sastra Yogyakarta Kembali Digelar*. 4 Nov. 2022. Web. 28 Jun. 2023. <https://joglojateng.com/2022/11/04/usung-tema-mulih-festival-sastra-yogyakarta-kembali-digelar/>.

Rosmalia, Putri. *Perjalanan Kereta Semar Lembu*. 12 Nov. 2022. Web. 28 Jun. 2023. <https://mediaindonesia.com/weekend/536803/perjalanan-kereta-semar-lembu>.

Sinaga, Tatang Mulyana. *Ekspresi Mereka Mengimajinasikan Jakarta*. 20 Oct. 2022. Web. 28 Jun. 2023. <https://www.kompas.id/baca/humaniora/2022/10/20/ekspresi-mereka-mengimajinasikan-jakarta>.

Siswandi, Anwar. *Hadiah Sastra Rancage 2022 Dimenangkan Enam Sastrawan Daerah*. 31. Jan. 2022. Web. 28 Jun. 2023. <https://seleb.tempo.co/read/1555952/hadiah-sastra-rancage-2022-dimenangkan-enam-sastrawan-daerah>.

Tika. *Review Novel Penaka*. 10 Apr. 2023. Web. 28 Jun. 2023. <https://www.tikbookholic.com/2023/04/review-novel-penaka-altami-nd.html>.

Utomo, Prasetyo. *Keajaiban Transendensi Tokoh Dropadi*. 25 Sept. 2022. Web. 28 Jun. 2023. <https://www.kompas.id/baca/opini/2022/09/23/keajaiban-transendensi-tokoh-dropadi>.

作者单位：北京大学外国语学院；北京外国语大学亚洲学院

2022年印度文学概览

曾　琼　李源毓

内容提要：2022年的印度文学奖项中，小说和诗歌依然是获奖较多的文学体裁，创作主题则侧重现实和历史两个面向。对现实世界和社会的关切是2022年印度文学奖项的主要特点，创作者多从自身经验出发，书写对世界及现实社会的理解。历史类作品既有对重要历史人物的重塑，也有对小人物的挖掘，在展现印度不同地区历史图景的同时也部分映射了现实社会中的问题，其中莫卧儿时期和英殖民时期是受关注较多的两个历史时段。在语种方面，除文学院奖和文学院青年奖按规定关照到了印度宪法覆盖的所有语种作品外，其他奖项几乎被英语、印地语、泰米尔语等较大语种包揽，获奖作品和上一年相比在语种上有欠丰富。

一、主要文学奖项

（一）文学院奖（Sahitya Akademi Award）

2022年12月22日，印度文学院奖公布了24部获奖作品，其中有7部诗集、7部长篇小说、3部戏剧、2部短篇小说集、2部文学批评著作，自传散文集、散文集、文学史各 1 部。[1] 笔者从中挑选出英语、印地语、乌尔都语、孟加拉语和泰米尔语获奖作家、作品进行简要介绍。

1. 阿努拉塔·罗伊（Anuradha Roy，1967—　）

阿努拉塔·罗伊是印度小说家、记者，创立了关注南亚历史、政治和文化的独立出版社永久的黑（Permanent Black）并担任编辑。她的小说《睡在木星上》（*Sleeping on Jupiter*，2015）获 2016 年 DSC 南亚文学奖（DSC Prize for South Asian Literature），并入围 2018 年布克奖候选名单。小说《陶艺师》（*The Earthspinner*，2021）获 2022 年苏西拉·黛维文学奖（Sushila Devi Literature Award），并入围 2022 年塔塔文学节年度图书奖（Tata Literature Live! Book Of The Year Award）和泰戈尔文学奖（Rabindranath Tagore Literary Prize）。阿努拉塔·罗伊是一位非常敏锐并充满智慧的作家，其作品风格不张扬，但以细节承载有力的情感取胜。此次的获奖作品为英语长篇小说《所有我们从未生活过的生活》（*All the Lives We Never Lived*，2018）。

《所有我们从未生活过的生活》的故事主要发生在 20 世纪 30—40 年代初印度争取独立和第二次世界大战的背景下，小说并非基于真实的历史事件或人物，但作者在虚构的人物中穿插了诗人泰戈尔，歌手贝古姆·阿赫塔尔（Begum Akhtar），舞蹈家贝丽尔·德佐特（Beryl de Zoete）和德国画家、策展人沃尔特·史毕斯（Walter Spies）等历史人物。作品围绕童年创伤、分离、孤独等主题，为读者展现了一位与众不同的印度女性的人生。

园艺师梅什金·罗萨里奥的母亲贾亚特里在他九岁时抛下了家

1　除孟加拉语外的 23 个语种的获奖情况均于 2022 年 12 月 22 日公布，孟加拉语推迟到 2022 年 12 月 30 日公布。具体获奖名单可参见印度文学院官方网站。

庭、唯一的孩子和冷漠的丈夫，与德国画家沃尔特·史毕斯私奔到了巴厘岛。梅什金因此丑闻受到伤害，直到多年后，他在母亲去世后收到一沓母亲与友人的信件，才重温了关于母亲的记忆并发现了母亲的另一面。贾亚特里是自由思想家娇生惯养的女儿，热爱舞蹈和绘画，曾与父亲一起出国旅行。在20世纪30年代的印度，她对非传统的兴趣和世俗的经历使得只有想要争取印度独立的内克，也即梅什金的父亲愿意接受她为妻子。内克在外反对帝国主义，在家却表现得像个暴君，虽然他在理论上认同女性的自由，但仍贬低贾亚特里在绘画和音乐方面的天赋，认为其天赋也不过是一种兴趣爱好而已，作为妻子她应该服从自己的规则。德佐特和史毕斯在前往巴厘岛时途经印度，并在此学习当地舞蹈和文化，他们不关心传统的性别角色，成了贾亚特里的自由偶像。贾亚特里在信中表明，她离开不是因为爱上了德国艺术家，而是因为在婚姻中感到压抑。

小说中交替出现梅什金在当下的讲述和对童年的回忆，通过优美的文笔和富有技巧的写作展现了一个家庭如何破裂及其所造成的后果。但小说并非要谴责缺席的母亲，而是对母亲的选择抱有极大的同情心，同时间接指出男性将国家政治置于性别政治之上，他们私下的残忍总是因为值得嘉奖的公共行为而被忽略。小说并不直接指向“#MeToo”运动或当今印度大男子主义的民族主义，但其所描绘的权力结构是现代政治话语中的一部分。阿努拉塔·罗伊通过这部小说获得了2018年塔塔文学节年度图书奖，并入围2018年沃尔特·司各特历史小说奖（Walter Scott Prize for Historical Fiction）和2020年都柏林国际文学奖（International Dublin Literary Award）。

2. 巴德里·纳拉扬（Badri Narayan，1965—　）

巴德里·纳拉扬是一位杰出的印地语诗人，也是社会历史和文化人类学专家，曾出版诗集《暴力挖掘》（*Khudai Main Hinsa*，2016）和《多日后听到真实》（*Sach Sune Kai Din Huye*，1993）等，他的诗歌还被翻译成多种印度语言。纳拉扬在近 30 年的诗歌创作生涯中，从民间传说和历史中汲取灵感和写作因素，作品丰富多彩。此次的获奖作品为印地语诗集《蛇笛之声》（*Tumadi Ke Shabd*，2019）。

《蛇笛之声》写的是社会最后一个人的人生奋斗与希望，标题中"蛇笛"的灵感来自普通人以及诗人在旅途中看到的生命的斗争。该诗集延续了纳拉扬以往诗歌的特色，保留了鸟类、树木、乐器和故事等元素，又加入了对社会、文明和生活的关照。这本诗集中的诗歌表达了迷失、被遗弃、破碎的痛苦，在无情地批判当今时代的物质主义、剥削、不平等和暴力的同时，迫使读者审视自己的内心。诗人在诗集中对"大"和"小"做了哲学性思考，有的诗歌捕捉了生活中精微而伟大的现象，而有的短诗则描述了某件大事。例如，诗集开篇的《只有四天》（*Sirph Chaar Din*）描写了形形色色的人如何度过只有四天的生活，表达了对社会、国家和全球状况的关注。整部诗集的诗歌优美而短小，用词简洁，在与人民有关的诗歌中还使用了方言土语，并巧妙运用多种意象，以达到思想与情感的和谐表达。

3. 阿尼斯·阿什法克（Anis Ashfaq，1950—　）

阿尼斯·阿什法克是印度著名小说家、诗人、批评家。他出生在勒克瑙老城区，从受过教育的母亲那里接受了早期教育，之后又在宗教学校学习。阿尼斯·阿什法克的作品包含象征主义、现实主义、魔幻现实主义和浪漫主义等，语言直白简单。他的小说既有地域特色又有普遍性，而超越宗教、肤色、种姓来思考、感受、写作的特点又使他有别于当代其他小说家。此次获奖作品为乌尔都语小说《梦想，海市蜃楼》（*Khwab Saraab*，2017）。

小说主人公阿里·海德尔拼命寻找由米尔扎·哈迪·鲁斯瓦（Mirza Hadi Ruswa，1857—1931）创作并被改编成电影的乌尔都语著名小说《乌姆拉奥·贾恩》（*Umrao Jaan Ada*，1899）未出版的手稿。在未出版的故事版本中，乌姆拉奥·贾恩不仅是一位舞女，还是一位母亲。在小说中，死亡被赋予了特殊的意义，勒克瑙充满了死亡的寂静，哀悼和挽歌主导了整部小说的氛围。小说还有一个重要主题就是殖民制度的影响，勒克瑙的生活方式、文化和文明、特定的宗教思想都受到殖民制度的影响。作者试图通过多重聚焦来讲述这个饱受腐朽和衰落蹂躏的城市的故事，揭示20世纪勒克瑙文学和文化史中被殖民地历史学家和小说家忽略的部分。小说中的所有人物都以不同方式与主人公联系在一起，故事通过一段独白展开，所有人物都通过与旁白对话讲述自己的故事直至死去。小说的语言和风格与《乌姆拉奥·贾恩》有相似之处，既有韵律感又简洁朴素。

4. 德班·般多巴塔耶（Tapan Bandyopadhyay，1947—　）

德班·般多巴塔耶是杰出的孟加拉小说家，1947年印巴分治后与家人定居印度西孟加拉邦。他于2010年作为印度作家代表参加了第17届北京国际图书博览会。2019年，因将西塔坎特·马哈帕特拉（Sitakant Mahapatra，1937—　）的奥里亚语诗集《印度大地》（*Bharatbarsha*）翻译成孟加拉语获得印度文学院的翻译奖。德班·般多巴塔耶的作品一方面揭示了农村的状况，另一方面反映了许多隐秘的历史。此次获奖作品为孟加拉语小说《比尔巴尔》（*Birbal*，2019）。

比尔巴尔是阿克巴统治时期的“宫廷九宝”之一，他是莫卧儿皇帝阿克巴的婆罗门顾问和军队主要指挥官，与皇帝关系密切。1856年，比尔巴尔率军镇压印度次大陆西北部的叛乱，遭遇伏击被杀。19

世纪时出现了许多关于比尔巴尔与阿克巴互动的民间故事，将他塑造成极其聪明机智又直言不讳的形象。小说《比尔巴尔》讲述了比尔巴尔的传奇故事，阿克巴、“宫廷九宝”的其他瑰宝人物、音乐家、画家、作家等都是小说中涉及的人物。小说试图描绘一个真实的比尔巴尔，虽涉及四百年前的历史，但作者在一些章节中对现行的“莫卧儿王朝认知”进行了较大改写。

5. M. 拉金德兰（M. Rajendran，1959—　）

M. 拉金德兰是印度行政服务高级官员兼作家。他创作历史类书籍，以通俗易懂的语言书写历史故事，使各个层次的读者都能理解。他的小说《瓦达卡莱：一个王朝的历史》（*Vatakarai: Oru Vamcattin Varalaru*，2014）介绍了六百年前其先祖三代人的生活，入围了 2018 年文学院奖。此次获奖作品为泰米尔语小说《黑水》（*Kaala Paani*，2020）。

《黑水》是一部历史小说，基于东印度公司官员的信件和回忆录以及 K. 拉贾延（K. Rajayyan）、S. 贾亚希拉·斯蒂芬（S. Jeyaseela Stephen）等历史学家的书籍，讲述了失败和流放的故事。1801 年，西瓦甘加的统治者乌达亚纳·德瓦（Vangam Periya Udaya Thevar，？—1802）在卡拉亚尔科战役中被英国人击败后被流放到槟城，小说记录了他与他的战士们的英勇事迹和所遭受的磨难。作者亲自探访了与小说有关的历史遗迹，丰富了小说的内容。小说中还力图还原当时泰米尔纳德邦的生活状况、英国人的行为等。

（二）文学院青年奖（Sahitya Akademi Yuva Puraskar）

2022 年 8 月 24 日，印度文学院公布了青年奖 24 部获奖作品的信息，其中包括 11 部诗集、6 部短篇小说集、3 部长篇小说，游记、传记、散文集、讽刺作品各 1 部。[1] 笔者从中挑选出英语、印地语、乌尔都语、孟加拉语和泰米尔语获奖作家、作品进行简要介绍。

1. 米希尔 · 瓦斯塔（Mihir Vasta，1991— ）

米希尔 · 库马尔 · 查（Mihir Kumar Jha）笔名为米希尔 · 瓦斯塔，印度诗人、作家。他拥有德里大学英语文学学士和硕士学位，现在印度理工学院攻读博士学位。米希尔 · 瓦斯塔从 2007 年开始写作，2013 年获得室利尼瓦斯 · 罗伊普罗尔诗歌奖（Srinivas Rayaprol Poetry Prize），2014 年出版了第一本诗集《把那个红圈涂成白色》（*Painting That Red Circle White*，2014），还曾为一些印度和国际文学杂志撰稿。他的诗歌曾被收入《折中主义杂志最佳诗歌》（*Eclectica Magazine Best Poetry*，2016）和《40 岁及以下：后全球化诗歌选集》（*40 Under 40: An Anthology of Post-Globalisation Poetry*，2016）等书中。此次获奖作品为英语游记《哈扎里巴格的故事：焦达讷格布尔高原的亲密探索》（*Tales of Hazaribagh: An Intimate Exploration of Chhotanagpur Plateau*，2021）。

2017 年 1 月，瓦斯塔在与抑郁症做斗争的过程中放弃了大城市的生活，搬回位于贾坎德邦小镇的家中修养。那里新鲜的空气和郁郁葱葱的植被让他恢复了活力，在接下来的三年里，他探索了当地的地标及其迷人的历史，以及高原上深邃奇妙的悬崖、隐密的瀑布和蜿蜒的河流。在此期间，瓦斯塔思考了自然之美与语言的关系，以及政府治理对自然的影响，挖掘了这里过去的居民档案和自己的记忆，最终在《哈扎里巴格的故事》中将自然、生活、历史和旅行凝结成一幅令人难忘的地方画。

1 除马拉提语外的 23 个语种的获奖情况均于 2022 年 8 月 24 日公布，马拉提语推迟到 2022 年 12 月 5 日公布。具体获奖名单可参见印度文学院官方网站。

2. 巴格万特 · 安默尔（Bhagwant Anmol，1992—　）

巴格万特 · 安默尔的本名是巴格万特 · 迪瓦里（Bhagwant Tiwari），著名印地语青年作家，生于北方邦。他拥有计算机科学学士学位，同时是一名语言治疗师。安默尔于 2012 年开始写作，曾出版以跨性别生活为主题的小说《一半对一半的生活》（*Zindagi 50-50*，2017）。这部小说为他赢得了巴尔克里希纳 · 萨尔曼 · 纳文奖（Balkrishna Sharma Naveen Puraskar），并被列入卡纳塔克邦大学硕士课程大纲。此次获奖作品为印地语小说《普罗梅》（*Pramey*，2021）。

《普罗梅》是一部将科幻、哲学和意识形态完美结合的小说，讲述了一个在宗教环境中长大、正在学习技术的年轻人普罗梅的故事。一方面技术告诉他宇宙中没有上帝，另一方面从小家人就教导他世界上的一切都是上帝的恩赐。普罗梅对如何处理这种二元对立犹豫不决。他在学习期间爱上了信仰其他宗教的女孩，由于宗教偏见，这对年轻人不得不面对诸多困难，其中发生的一些事情改变了主人公的思维方式。作者试图用科学、灵性和宗教来解释宇宙和上帝的概念，巧妙地呈现了科学和宗教的权力斗争，表达了对宗教和科学的看法。

3. 马克苏德 · 阿法克（Maqsoof Aafaque，1988—　）

马克苏德 · 阿法克，乌尔都语诗人，出生于马哈拉施特拉邦，通晓印地语、英语、马拉提语，现为教师。阿法克于 2010 年开始写作，出版了诗集《信任》（*Aitebaar*）和《哭泣》（*Giryah*），还为网剧写歌词，曾获马哈拉施特拉邦文学院奖。

《哭泣》是一部挽歌集，主要关注社会问题、人类价值以及关于现代世界的幻觉等。该书中的诗歌主题广泛，洞察人生变迁。诗人使用了传统与现代相结合的诗歌形式，诗作中充满奇妙的意象，试图建立梦想与现实之间的深刻联系。另外，诗人通过诗歌将自身的悲痛变成了普遍的悲痛，将从诗人舌尖发出的“哭泣”变成了所有人的“哭泣”，诗集因此得名。

4. 苏曼·帕塔里（Suman Patari，1992— ）

苏曼·帕塔里，孟加拉语诗人，除孟加拉语外还通晓英语和印地语。他于2012年开始写作，曾获特里普拉出版商协会的圣蒂舒塔纪念文学奖（Shantisudha Smriti Sahitya Samman）。此次获奖作品为孟加拉语诗集《写作也没什么》（*Likhe Kichu Hoy Na*）。

《写作也没什么》体现了诗人充满希望的世界观，其中的诗歌以平衡的方式表达了人类的几种情感。简单的措辞、罕见又巧妙的隐喻以及深刻的情感使得诗歌十分出彩。

5. P. 卡利穆图（P. Kalimuthu，1997— ）

P. 卡利穆图，泰米尔语诗人，出生于泰米尔纳德邦，拥有计算机科学学士学位，除泰米尔语外还通晓英语。卡利穆图从2014年起开始写作，曾获坦贾乌尔·普拉加什纪念奖青年作家奖（Thanjvur Prakash Memorial Award for Young Writer）。此次获奖作品为泰米尔语诗集《孤独者的午后》（*Thanithirukkum Aralikalin Mathiyam*，2020）。

《孤独者的午后》是一部展现了作者经历的诗集。在诗中，文字就像种子，每首诗都孕育出无数意涵，散发出朴实的魅力和人间的温暖。这些诗有着迷人的意象，措辞和思想有节奏地交织在一起。

（三）萨拉斯瓦蒂奖（Saraswati Samman）

泰米尔语作家希瓦桑卡里（Sivasankari，1942— ）凭借回忆录《太阳家族》（*Survya Vamsam*，2019）获得2022年度萨拉斯瓦蒂奖。

希瓦桑卡里，泰米尔语作家、活动家，出生于泰米尔纳德邦的马德拉斯。她的作品反映了对社会问题的认识，能够引发人们的思考。

希瓦桑卡里出版了多部小说、游记和传记，部分作品已被翻译成多种印度语言以及英语、日语和乌克兰语。她有 8 部小说被拍成电影，多由著名导演执导。希瓦桑卡里关于药物滥用、酗酒和老年问题的小说曾引起巨大反响。此外，她还一直关注重大事件，多次深入采访各行各业的要人，并据此进行创作。希瓦桑卡里是印度第一位通过视频和录音带讲述自己故事的作家，她做了众多具有建设性和启发性的电视节目，内容涉及诸多社会话题。她还主持了大型项目“通过文学编织印度”（Knit India Through Literature），搜集、研究和翻译了 18 种印度语言文学作品，通过文化和文学向世界介绍不同文化背景的印度人。

回忆录《太阳家族》的题名来自希瓦桑卡里对父亲苏利耶纳拉扬（Suryanarayanan）的致敬。[1] 作者希望通过这本书与读者分享生命中令她激动、哭泣、愤怒、思考并给她带来启发的诸多人和事，为读者带来“正能量”。该书讲述了作者从童年到青少年时期的经历，以及恋爱、婚姻和与名人的友谊等，以插叙的方式熟练、轻松地编织着美好的回忆。回忆录开篇就出现了希瓦桑卡里的家人，书中使用泰米尔家庭常见的称呼以及家庭内部的昵称，给读者一种慵懒亲切地听长辈讲她生活故事的感觉。该书是一份有关马德拉斯过去 70 年生活的“档案”，通过作者的回忆，读者得以一窥这座城市的变迁及人们在那里的生活方式。

（四）毗耶娑奖（Vysa Samman）

印地语作家格扬·查度尔维迪（Gyan Chaturvedi，1952—　）凭借讽刺小说《疯人院》（*Pagalkhana*，2018）获得第 32 届毗耶娑奖。

1　苏利耶纳拉扬名字中的“苏利耶”是“太阳 / 太阳神”的意思，该书英译本的书名为 *The Family of the Sun*，故本文中翻译为“太阳家族”。

格扬·查度尔维迪，印地语讽刺作家，出生于北方邦，曾是中央邦资深心脏病专家。查度尔维迪于20世纪70年代开始写作，代表作讽刺小说《地狱之路》（*Narak Yatra*，2015）讲述了印度医学教育系统的故事，一出版就获得了印地语读者的欢迎。此外他还创作了《海市蜃楼》（*Marichika*，2007）、《长春花》（*Baramasi*，2009）、《我们不会死》（*Ham Na Marab*，2014）等作品。他还是《今日印度》的专栏作家，曾获中央邦政府颁发的萨拉特·乔希奖（Sharad Joshi Samman）、德里文学院奖（Delhi Academy Award）、萨尔曼文学奖（Indu Sharma Literary Award），2015年获授莲花士勋章（Padma Shri）。

《疯人院》描绘了社会逐渐陷入市场主义不良影响的滑稽又可怕的画面。在小说描绘的世界中，人分为两部分，一部分是已经成为市场组成部分的疯人院中的人，另一部分是试图逃离市场的人；双方都视对方为疯子，最后他们认识到了市场主义的恶劣影响，联合起来反对并摧毁了市场。作者从讽刺的角度探讨了市场经济如何完全吞噬了人们的生活，以及将我们自己与市场分开是多么困难。

二、其他重要文学奖项

2022年塔塔文学节年度图书奖（虚构类）获奖作品为历史小说《地图和剪刀》（*The Map and the Scissors*，2022），作者是阿米特·马兹穆达（Amit Majmudar，1979—　）。

阿米特·马兹穆达，印度裔美国小说家、诗人。他在东北俄亥俄医学大学获得医学博士学位，是俄亥俄州哥伦布市一名放射诊断医师。他的诗歌曾刊载在《安条克评论》（*The Antioch Review*）、《诗歌》（*Poetry*）、《纽约客》（*The New Yorker*）等杂志上。他曾出版小说《分治》(*Partitions*, 2011)、《丰富》(*The Abundance: A Novel*, 2013)、《悉多衍那》(*Sitayana*, 2019)等，2015 年被评为俄亥俄州首位桂冠诗人。

《地图和剪刀》是一部关于现代南亚的奇幻史诗般的历史小说，描绘了甘地和真纳这两位在伦敦接受教育的律师在印度的自由和分裂中发挥的重要作用。小说中，甘地和真纳互为镜像，他们因为有着相同的梦想走到一起，又因理念不同而逐渐分开，伟大的灵魂和伟大的领袖为自由而战，却无可挽回地撕裂了一片土地，分隔了生活在其上的人民。小说文字优美，富有诗意，真挚感人，生动刻画了甘地和真纳的生活，其中细致的细节描写被认为几乎准确再现了历史事实。

三、重要文学事件

2022 年 5 月 26 日，由印地语作家吉丹贾丽 · 斯里（Geetanjali Shree，1957— ）创作、黛西 · 罗克韦尔（Daisy Rockwell，1969— ）翻译的长篇小说《沙墓》(*Ret Sammadhi*，2018，英译本书名为 *Tomb of Sand*）获得 2022 年布克国际奖，成为第一部获得该奖项的印地语翻译小说。小说追溯了一位 80 岁妇女的转变之旅，她在丈夫去世后感到沮丧，于是开始寻找自我。她决定前往巴基斯坦看望一位密友，直面十几岁在分治混乱局面下幸存而留下的创伤。颁奖词评价《沙墓》"是一部迷人、有趣且极富原创性的小说，同时也是一声急切而及时的反抗，反抗那些横亘于宗教、国家、性别之间的界限和壁垒的破坏性影响。"[1]

2022 年罗宾德拉奖（Rabindra Puraskar）授予了希尔什都 · 穆克巴塔耶（Shirshendu Mukhopadhyay，1935— ）、比卡什 · 辛哈

1 有关吉丹贾丽 · 斯里对《沙墓》的解读和创作灵感等内容可参考贾岩、杨天琦:《2022 年国际布克奖得主印地语作家吉丹贾丽 · 斯里专访》，载《南亚学》，2022 年第 1 辑。

（Bikash Sinha，1945—　）和弗朗斯·巴塔查利耶（France Bhattacharya，1933—　），以表彰他们的整体贡献。罗宾德拉奖是印度西孟加拉邦颁发的文化奖最高荣誉。该奖项以印度著名诗人罗宾德拉纳特·泰戈尔的名字命名，由该邦政府在西孟加拉邦孟加拉学院的支持下管理。该奖项授予创意文学、非虚构类作品以及孟加拉语和其他语言的关于孟加拉语的书籍。

希尔什都·穆克巴塔耶，印度孟加拉作家，出生于现孟加拉国迈门辛，印巴分治期间随家人迁到加尔各答。他创作了多部小说和系列惊悚故事，以创造了虚构侦探角色戈文达·博洛达乔兰和绍博尔·达斯古普塔而闻名。他的儿童小说《马诺杰家的惊悚屋》（*Manojder Adbhut Bari*，1978）和《戈尔珊花园的鬼》（*Golshaibaganer Bhoot*，1979）也广受欢迎，有多部作品被改编成漫画和电影。1985 年，他因对儿童文学的贡献获维达萨迦尔奖（Vidyasagar Award），1989 年因小说《人民之地》（*Manobzamin*，1988）获印度文学院奖。2021 年，穆克巴塔耶获印度文学院在世作家最高荣誉——文学院院士身份。

比卡什·辛格，印度物理学家，活跃于核物理和高能物理领域。2012 年比卡什·辛格出版了孟加拉语书籍《创造与培养》（*Sristi O Kristi Bandhanhin Granthi*，2012），里面包含了他关于科学、哲学、教育和文学的诸多文章。

弗朗斯·巴塔查利耶，法国人，2001 年退休前在巴黎东方语言文化学院教授孟加拉语和前殖民时期的文学文化。她是孟加拉作家洛格纳特·巴塔查利耶（Lokenath Bhattacharya，1927—2001）的妻子，在印度生活了 22 年，出版了多部古代和现代孟加拉作家作品的法语译本。她被罗宾德拉印度大学授予荣誉博士学位，还曾获孟加拉国学院颁发的赛义德·瓦利乌拉奖（Saiyed Waliullah Prize）。

结语

在 2022 年的印度文学奖项中，小说和诗歌依然是获奖较多的文学体裁，创作主题则侧重现实和历史两个面向。现实类作品多从自身经验出发，传达出作者对世界及所处社会的理解。历史类作品主要关注莫卧儿和英殖民时期，既有对历史上重要人物的重塑，也有对小人物的挖掘，为读者展现了印度不同地区的历史图景，同时也部分映射了现实社会的问题。对于现实世界和社会的关切是 2022 年印度文学奖获奖作品的主要特点。然而，除文学院奖和文学院青年奖关照到了印度宪法所列各个语种的作品外，其他奖项几乎为英语、印地语、泰米尔语等较大语种包揽，获奖作品较上一年缺乏语种上的丰富性。

参考文献：

Adbimiras. “خواب سراب: پرشکوہ اسلوب میں مابعدجدید تکنیک کا حسین امتزاج – ڈاکٹر نورین علی حق.” 22 Dec. 2022. Web. 16 Feb. 2023. <https://adbimiras.com/khawab-saraab-purshikoh-usloob-mein-mabad-jadeed-technic-ka-haseen-imtezaj-by-dr-noorain-ali-haq/>.

Ashok, Ranjitha. “Thus Speaks Sivasankari.” Jul. 2022. Web. 27 May. 2023. <https://www.thebookreviewindia.org/thus-speaks-sivasankari/>.

Charles, Ron. “Decades After His Mother’S Disappearance, a Man Searches the Past for Clues.” 10 Dec. 2018. Web. 16 Feb. 2023. <https://www.washingtonpost.com/entertainment/books/decades-after-his-mothers-disappearance-a-man-searches-the-past-for-clues/2018/12/10/15a3e1c2-fc84-11e8-862a-b6a6f3ce8199_story.html>.

Desikan, Shubashree. “‘No One’S Life Is Full of Rose Petals’, Says Writer Sivasankari Whose Memoir ‘Suryavamsam’ Is Now Available in English.” 22 Dec. 2021. Web. 27 May. 2023. <https://www.thehindu.com/society/history-and-culture/writer-sivasankaris-memoirs-released-in-english/article38012838.ece>.

Din. “காலா பாணி.” 11 Jan. 2021. Web. 17 Feb. 2023. <https://www.dinamani.com/specials/nool-aragam/2021/jan/11/%E0%AE%95%E0%AE%BE%E0%AE%B2%E0%AE%BE-%E0%AE%AA%E0%AE%BE%E0%AE%A3%E0%AE%BF-3542068.html>.

Franqui, Leah. "A Family Splinters in 'All the Lives We Never Lived'." 21 Dec. 2018. Web. 16 Feb. 2023. <https://www.nytimes.com/2018/12/21/books/review/anuradha-roy-all-the-lives-we-never-lived.html>.

Kolappan, B. "M. Rajendran's 'Kala Pani' Bags 2022 Sahitya Akademi Award." 22 Dec. 2020. Web. 17 Feb. 2023. <https://www.thehindu.com/books/m-rajendrans-kala-pani-bags-2022-sahitya-akademi-award/article66292693.ece>.

—. "The Tale of the First King to Be Exiled by the British." 15 Aug. 2020. Web. 17 Feb. 2023. <https://www.thehindu.com/news/cities/chennai/the-tale-of-the-first-king-to-be-exiled-by-the-british/article32364845.ece>.

Majumdar, Saikat. "Scars of a Surgery on Paper: Review of Amit Majmudar's 'The Map and the Scissors'." 2 Aug. 2022. Web. 17 Feb. 2023. <https://www.thehindu.com/books/book-review-amit-majmudar-the-map-and-the-scissors-muhammad-ali-jinnah-mahatma-gandhi-partition/article65680780.ece>.

Mukherjee, Uddalak. "Quiet trail." 18 May. 2022. Web. 17 Feb. 2023. <https://www.telegraphindia.com/culture/books/quiet-trail-tales-of-hazaribagh-an-intimate-exploration-of-chhotanagpur-plateau-by-mihir-vatsa/cid/1856450>.

Patrika, Samay. "बाज़ारवाद के पागलपन की हकीकत है ज्ञान चतुवेर्दी का 'पागलखाना'." 14 Jun. 2018. Web. 27 May. 2023. <https://www.samaypatrika.com/2018/06/pagalkhana-gyan-chaturvedi-rajkamal-prakashan.html>.

Shamsie, Kamila. "All the Lives We Never Lived by Anuradha Roy Review – Compelling Tale of History and Family." 9 Jun. 2018. Web. 16 Feb. 2023. <https://www.theguardian.com/books/2018/jun/09/all-lives-we-never-lived-anuradha-roy-review>.

सदाशिव शर्ोतिर्य (Shrotriya, Sadashiv). "परख: तुमड़ी के शब्द (बदर्ी नारायण): सदाशिव शर्ोतिर्य." 7 Jan. 2020. Web. 16 Feb. 2023. <https://samalochan.blogspot.com/2020/01/blog-post_7.html>.

उज्ज्वल शुक्ला (Shukla, Ujjval). "तुमड़ी के शब्द: बदर्ी नारायण. हिन्दीनामा." Web. 16 Feb. 2023. <https://hindinama.in/%E0%A4%A4%E0%A5%81%E0%A4%AE%E0%A5%9C%E0%A5%80-%E0%A4%95%E0%A5%87-%E0%A4%B6%E0%A4%AC%E0%A5%8D%E0%A4%A6-%E0%A4%AC%E0%A4%A6%E0%A5%8D%E0%A4%B0%E0%A5%80-%E0%A4%A8%E0%A4%BE%E0%A4%B0%E0%A4%BE%E0%A4%AF>.

Sinha, Neha. "Tales of Hazaribagh' Review: In search of Hazaribagh." 29 Jan. 2022. Web. 17 Feb. 2023. <https://www.thehindu.com/books/books-reviews/tales-of-hazaribagh-review-in-search-of-hazaribagh/article38338359.ece>.

Singh, Sankalpita. "All the Lives We Never Lived | Anuradha Roy | Book Review." 28 Nov. 2018. Web. 16 Feb. 2023. <https://www.bookgeeks.in/all-the-lives-we-never-lived-anuradha-roy-book-review/>.

作者单位：北京外国语大学亚洲学院

2022 年英国文学概览

邵雪萍

内容提要：2022 年，新冠疫情后的社会状况、脱欧、政局动荡等带来的生活成本升高和经济低迷影响了英国人的购书欲望，但并未扼杀作家们的创作热情。本年度脱颖而出的文学作品关注自我，审视人在亲情、友情、爱情、婚姻中与他人的联结，也探索了个人与种族、民族、国家、历史的融通关系，并深入到伦理道德层面，探讨人与科技、社会、自然的密切联系，为自我探索如何建立和巩固内外部联结的路径提供了多样化的表述。

引语

新冠疫情后的影响及变异毒株的快速蔓延使 2022 年的英国经济复苏面临重重挑战，不断恶化的通胀环境对消费者的购买力造成巨大打击。此外，脱欧增加了英国与其他国家的贸易摩擦，也增加了本土企业供应链的运营成本。因英国国力持续下滑，近年来苏格兰独立运动高涨。执政的约翰逊政府在应对疫情、通胀、脱欧等问题上饱受质疑，民意支持率下滑。政局的不稳定制约了社会经济的恢复速度。虽然也有经济学家表示“只要人们相信疫情最严重时期已经过去，强劲需求就会使经济基本面朝着正确方向发展”，但从 2022 年作家行业收入和图书消费市场的状况看，这种看法过于乐观。

一、文学作品

2022 年的英国文学在新冠疫情反复、政局动荡、供应链遇到瓶颈、劳工短缺、能源价格飙升等一系列因素的干扰下继续发展，译者可与作者分享奖金的重要文学奖项让更多其他国家的优秀文学作品得以进入英语读者的视野。2022 年获奖的文学作品主要关注以下几个主题。

（一）自我

自我的方方面面都得到了作家的关注，回忆童年、溯源心理问题、内省冥思等都被用作深度感受自我和探查自我的方式。获 2022 年创意非小说奖（Creative Non-Fiction Award）的《回家的旅程：边缘生活笔记》（*The Journey Is Home: Notes from a Life on the Edge*，2022）就是这方面的好例子。这本由约翰·山姆·琼斯（John Sam Jones，1956— ）撰写的回忆录从琼斯在威尔士海边度过的童年写到造成其心理创伤的大学时期，再现了加州大学伯克利分校的奖学金给他的生活带来的改变，也写到了艾滋病因何开始流行以及他回利物浦和北威尔士后从事的牧师、教育和性健康方面的工作，他在威尔士一时冲动成为彩虹族权利活动家的经历和在巴茅斯经营招待所时的冒险也可见诸此书。

荣获 2022 年威尔士语威尔士年度诗歌奖［Welsh-language Wales Book of the Year Award (Poetry Calegory)］的诗集《湖上少女》（*Merch y Llyn*，2022）是来自英国达夫林南泰尔村的研究者格鲁格·缪斯

（Grug Muse，1993— ）的作品。这部诗集里的诗表达了坚毅与柔情，诗中的水域代表了威胁和逃避主义，地质层则象征着自我的多个层次，内心的痛苦与快乐之间并无明显的界限。缪斯曾于 2013 年赢得了国家诗歌大赛奖（National Eisteddfod），她的作品已被译为德语、希腊语和拉脱维亚语等。

获得 2022 年女性小说奖（Women's Prize for Fiction）的《形与空之书》（*The Book of Form and Emptiness*，2021）融合了令人难忘的人物、引人入胜的情节，以及悲伤、失去、成长、气候变化、爵士乐和恋物癖等主题来书写人对自我的意识。露丝·尾关（Ruth Ozeki，1956— ）创作这部小说的灵感来自她的童年："小时候，我和物品联系在一起，好像它们是半有意识的，直到现在，我还会想，只要物品能说话，它们就会讲故事。物品（树、鹅卵石、烤面包机和核反应堆等）会说话吗？能教我们如何生活吗？……答案是肯定的，只要我们学会倾听。"

（二）女性

女性的生理体验和权力协商在当下的女性作家作品中得到了多元的反映，男权社会中男性对女性的消费、由来已久的"厌女症"和机械的性属角色分配在近现代和现代的表征是被抨击的对象。女性在缺乏家庭支持的情况下如何确保生活质量也是作家们关注的热点话题。

2022 年 5 月 24 日，英国国家图书奖（British Book Award）的探索类图书奖授予了杰德·LB（Jade LB，出生年份不详）的《荡妇凯莎》（*Keisha the Sket*，2021）。小说描述了 17 岁的伦敦黑人女孩凯莎的第一次性接触。杰德一直对自己的作者身份保密，因为她觉得描写女性的性欲有违常理，后来她在心理咨询师的帮助下探究了自己隐瞒与《荡妇凯莎》的关系的原因，并准备好了面向大众。在过去十年里，杰德获得了两个学位，在伦敦一所大学兼职教授非洲政治，并与面临性剥削风险的年轻女性合作，致力于讲述“边缘社区”的故事。(Grant，2021)

2022 年 10 月 4 日，萨巴·萨姆斯（Saba Sams，1996— ）获得第 17 届 BBC 国家短篇小说奖（BBC National Short Story Award），获奖作品是《蓝色四伊娃》(*Blue 4eva*，2022)。萨姆斯来自布莱顿，拥有曼彻斯特大学创意写作学士学位和伦敦大学伯克贝克分校创意写作硕士学位。《蓝色四伊娃》描写了 12 岁的斯特拉如何巧妙地与有偷窥癖的继父、18 岁的继姐茉莉及其友人布鲁进行权力斗争的故事，作家不仅出色地捕捉到了混合家庭的内部动态，也赋予了年轻女性可信和值得称赞的能动性和能量。评委们对“作品的真实性”和斯特拉的形象尤其着迷，认为她的温暖、能动性和性格魅力既令人耳目一新又充满力量。(Bbcshortstory，2022)

2022 年 11 月 28 日，前瞻奖诗歌奖（Forward Prizes for Poetry）的颁奖仪式在曼彻斯特举行，金·摩尔（Kim Moore，1981— ）的《所有我从未嫁过的男人》(*All the Men I Never Married*，2022）被评为最佳诗集。诗集中的 48 首诗记录了诗人从童年到成年在操场上、俱乐部里、泳池中、梦中、床上与男性的互动，刻画了日常生活中遭遇的性别歧视。她将男性气质最令人尴尬、同情和最粗暴的表现形式拼贴在一起，使之产生了超现实的效果。摩尔精确又无情地解剖了男性消费女性身体的行为中隐藏的脆弱性。诗中的叙事者和男人都被描绘成蜡烛、门、船只等平行的物体，它们虽靠向对方却被固定在各自的本体中，从未真正相遇。(申璐，2022a)

克莱尔·阿斯丘（Claire Askew，1986— ）的《如何烧死一个女人》(*How to Burn a Woman*，2021) 获2022年圣安得鲁十字协会年度诗集奖（Saltire Society Book of the Year）。阿斯丘在苏格兰边境的农村长大，拥有爱丁堡大学创意写作和当代女性诗歌博士学位。《如何烧死一个女人》的中心主题是16世纪以来对女巫的迫害，诗集中的诗将过去与现在联系起来，调查了压迫性体制的权力及其对体制内民众的控制，也写出了民众的韧性和人心的力量。除此之外，阿斯丘还不乏诗意地探索了两性之间紧张关系的解决方案。

梅格·梅森（Meg Mason，出生年份不详）的《悲伤与幸福》(*Sorrow and Bliss*，2021) 获2022年国家图书奖的小说奖。《悲伤与幸福》的女主人公玛莎·弗里尔刚满40岁，在《时尚》(*Vogue*) 杂志社工作，却打算写小说。她住在牛津的一个封闭社区，既没有博士学位，也没有孩子，曾经深爱她的丈夫帕特里克因无法忍受她的心理问题刚刚离开。玛莎17岁时就出现了心理问题，无尽的治疗和药物都不能让她理解为何她会几天无法起床，或是用残忍的话语刺伤陌生人和她爱的人。她无处可去，只好回到童年的家，和酒鬼母亲同住，但因无法与满口脏话的妹妹和谐共处，而迫切需要为自己重写更好的人生。

（三）男性

在对男性的书写上，作家们主要关注的是历史文化名人和现当代名人，讲述他们的生平经历以及在公共领域的成就。同时，普通男性的生活、情感、思维方式及其行动产生的影响也得到了刻画，表达了作家对普通人在社会生活中的作用的认可。

2022年11月17日，学者凯瑟琳·伦德尔（Katherine Rundell，1987— ）的《超级无限——约翰·多恩的转变》(*Super-Infinite:*

The Transformations of John Donne，2022，以下简称《超级无限》）获 2022 年贝利·吉福德非虚构作品奖（Baillie Gifford Prize for Non-Fiction）。《超级无限》为约翰·多恩这位善于吟咏爱、性和死亡的诗人提供了极为现代的传记。伦德尔笔下的多恩有时是宗教局外人，有时是著名传教士，有时是当权派的宠儿，有时是法律学者和海上冒险家，还有时是英语史上最伟大的爱情诗人。他经常生病，饱尝艰辛，却令人惊叹地用诗表达了爱情给他的印象，“为后人提供了诸多继续相信诗歌以及艺术本身意义之非凡的理由”。

2022 年英国国家图书奖的非小说有声书奖授予了英国国宝级喜剧演员比利·康诺利（Billy Connolly, 1942—　）的自传《乱蓬蓬的，真有趣！》（*Windswept & Interesting*，2018）。这部自传由康诺利创作并朗读，它告诉读者四岁就成为孤儿的康诺利是如何通过艰难的摸索成为民间音乐家，并在编故事、讲笑话和把握观众等心理方面表现出很高的天赋的。他的脱口秀表演抨击伪善不遗余力，但也充满了温暖、谦逊和傻气，受到观众的好评。康诺利说他过去并不知道自己有趣，直到一位朋友对一头长发、蓄着胡须、穿着电光蓝裙四处走动的他说：“看看你——乱蓬蓬的，真有趣！”自那以后，他就努力保持这种形象了。

克莱尔·吉根（Claire Keegan，1968—　）的中篇小说《像这样的小事》（*Small Things Like These*，2021）获 2022 年奥威尔政治小说奖（Orwell Prize for Political Fiction），它再现了 20 世纪 80 年代的爱尔兰，也勾勒出了一个好人及其平凡的生活，展示了他做的决定如何揭示了社会关怀、女性生活和集体道德等重大的现实问题，还描绘了一幅关于爱与家庭的非凡图画。

（四）家庭

疫情期间的封锁使很多人被迫与家人分离，这种分离有时可能带来令人叹惋的生离死别。回忆中的和当下的代际关系成为家庭书写中的重点，作家对长辈因为丧偶、患病、残疾带来的脆弱并未讳言，但“秉笔直书”也并未冲淡对他们的真情实感，温暖和谐的代际关系的疗愈作用和对人生的积极影响在多部作品中得到了体现，而不完整的家庭给人带来的心理创伤一经作家的描写也更加突出。

为尼克·莱尔德（Nick Laird，1975— ）摘得前瞻奖最佳单首诗歌奖的《熬夜》（“Up Late”，2021）其实是写给父亲的挽歌——其父于2021年3月新冠疫情期间离世。莱尔德称：“正是因为新冠疫情，我不能和垂死的亲人在一起，才有了这首诗。”评委会称赞此诗“真诚地回应了死亡、悲伤，以及（新冠）疫情期间那些私人记忆和集体记忆，读者会从中体会到喷涌而出的情感，从而被深深打动。”（申璐，2022a）

英国/特立尼达诗人安东尼·约瑟夫（Anthony Joseph，1966— ）凭借“风格明快的”自传体诗集《致阿尔伯特的十四行诗》（*Sonnets for Albert*，2021）获2022年的艾略特奖（T. S. Eliot Prize）。约瑟夫由祖父母抚养长大，自幼便开始写作，影响其写作的主要有爵士乐、超现实主义、源于西印度群岛的现代主题的歌曲、祖父母参加的精神浸信会活动以及加勒比地区人的说话节奏。诗集中带有即兴小调风格的十四行诗具有鲜明的抒情性和惊人的情感深度。在这部诗集中，约瑟夫回到他在早期诗集《鸟头儿子》（*Bird Head Son*，2009）中提及的生平经历，推究了父亲长期缺席对儿子的影响。尽管这些诗在情感的重压下时刻有崩溃的危险，但总像它们描绘的时髦男子那样巧妙保持着平衡。

2022 年 5 月 26 日，印度小说家吉丹贾丽·斯里（Geetanjali Shree，1957— ）撰写、美国翻译家黛西·罗克韦尔（Daisy Rockwell，1969— ）翻译的《沙墓》（*Tomb of Sand*，2018，亦译为《沙之墓》）获得了 2022 年的布克国际文学奖（International Booker Prize）。斯里生于印度的迈恩布里，现居新德里，其作品曾入围多个奖项，已被译为英语、法语、德语、塞尔维亚语和韩语等。《沙墓》是她在英国出版的第一本书，也是首部获得布克国际文学奖的印地语作品，还是首部获得该奖项的印地语英译小说。此书以印巴分治的历史环境为背景，讲述了印度北部一位老妇获得新生的故事。80 岁的“老妈”丧偶后情绪极差，任家人百般劝说也不肯下床。她最喜欢的孙子希德试图用吉他逗她开心也无济于事，直到希德的侄子——一个不会笑的病态青年——给了她一根闪闪发光、栖满蝴蝶的金藤，她才离开床榻，抛开笨重的纱丽，开始了一系列冒险，从而彻底改变了家人对她的看法。《沙墓》深受印地语及其他南亚语言文学传统的影响，“将青春和年龄、男性和女性、家庭和国家编织成一个万花筒般的整体”，令人耳目一新。

（五）家乡

含义丰富的“家乡”一词包蕴了地理、社会、哲学和宗教等各方面的内容，它的种种内涵只有在历史及文化空间的关系网中方能展开。社会的现代化和城市化发展容易破坏家乡作为归属感、稳定感、安全感来源的印象，文学作品对家乡的刻画时常折射出新旧思想观念的激烈冲突。讴歌家乡传统的作家容易沉陷在被记忆美化的乡土风情里，社会和政治的发展不符合他们的期许，是一种令人不快的干扰。

他们也在努力寻找社会和经济失衡的原因，希望通过文学创作确立新的精神支柱。

大卫·安纳德（David Annand，出生年份不详）凭小说处女作《彼得唐》（*Peterdown*，2021）获得2022年英国作家协会奖的麦基特里克奖（McKitterick Prize）。彼得唐曾是英国首个拥有最先进子弹头列车的地区。“高速+”项目向小镇承诺了一个繁荣的未来，但为了给新车站让路必须拆除当地的一些地标级建筑，其中就有重要的现代主义杰作飞燕草住宅区以及镇上橄榄球队心爱的主场教堂。当地的体育记者科林不顾一切地想要拯救教堂，他的建筑师搭档埃莉则决心拯救飞燕草住宅区，他们很快发现自己成为一场越来越激烈的抵制拆除运动的领导者。《彼得唐》使陷入困境的街景跃然纸上，并描写了街景中隐现的机器破坏者、前卫主义者等有趣的反主流文化者。

2022年舞台首秀奖颁奖仪式于9月18日在伦敦诺森伯兰大道8号举行，由索尼娅·弗里德曼制作公司赞助的最佳剧作家奖授予了2022年2月在伦敦布什剧院上演的《红色足球场》（*Red Pitch*）的作者蒂勒尔·威廉姆斯（Tyrell Williams，1992—　）。（Dillon，2022）在伦敦南部红色的足球场上，奥姆兹、比拉尔和乔伊三个好友正在踢球。足球场外，商店正陆续关闭，旧公寓已拆除，新公寓拔地而起，一些居民挣扎着留下来，另一些则匆匆离去。足球场是三个好朋友玩耍、奋斗和建立友谊的地方，当它受到威胁时他们会怎么做？威廉姆斯的这部措辞犀利的快节奏剧作表现了不断寻找归属感的成长过程，也反映了无情的中产阶级化对伦敦社区的影响。

（六）友情

友情能给人以情感寄托，促进人的自我发展，深化其对社会的认识，一直以来都是英国文学的重要母题之一。作家们既写出了滋生友情的际遇、友情给人的温暖，也写出了缺乏友情者的孤独。因为社会生活的复杂性，作家们还注意到了不同类型的友情给人带来的不同影响，既用跨阶层、跨年龄、跨种族交往作为真正友情的试金石，体现友情的博大无私，也写出了被犯罪、感情勒索异化的友情给生活带来的波澜。

希拉·诺顿（Sheila Norton，出生年份不详）的《崖末小屋的冬天》（*Winter at Cliff's End Cottage*，2021）获得圣诞 / 节日浪漫小说奖（Christmas/Festive Holiday Romantic Novel Award）。坐落于南德文郡海岸的崖末小屋是当地的地标，它的花园已慢慢塌进海里，但年迈固执的主人斯特拉仍拒绝迁居。努力维持生计的年轻记者、单身母亲霍莉想采访斯特拉了解她的生活，开始时受了冷遇，但在蛋糕和猫咪的帮助下，她与斯特拉建立了一种试探性的友谊。斯特拉和霍莉过着不同的生活，但在寒冷的冬夜，斯特拉开始讲述她的故事时，她们的许多共同点便逐步显现。崖末小屋已时日无多，但她们或可一同闯出生活的新路。

英语教师劳拉·莫里斯（Laura Morris，出生年份不详）获 2022 年里斯·戴维斯短篇小说奖（Rhys Davies Short Story Competition）。她的获奖作品《克里》（“Cree”，2022）讲述了 55 岁的教师梅丽尔·威廉姆斯和学生本之间不同寻常的友谊。为了迎接学校的检查，梅丽尔和本在教室里制作了一台时光机，希望给视察者留下好印象。梅丽尔时常觉得生命就像“沙漏里的沙”一样逐渐流逝，但本的善良给了她一个安全之所。（Newman，2022）《克里》已被收进《2022 年里斯·戴维斯短篇小说奖选集》（*Rhys Davies Short Story Award Anthology 2022*），于 2022 年 10 月由帕提亚出版社出版。

英国作家克莱尔·钱伯斯（Clare Chambers，1966— ）的《小乐趣》（*Small Pleasures*，2021）获2022年国家图书奖的畅销书奖。这部作品塑造了1957年时伦敦一家报社的特稿作家琼·斯威尼的形象。琼年近四十，很是聪慧，但工作机会有限，还需照顾为人苛刻的寡母，生活缺少乐趣。年轻女子格雷琴·蒂尔伯里联系报社称她以处女之身生下了女儿。琼立即着手调查她到底是奇迹创造者还是骗子。调查得越深，琼的生活就越是怪异地与蒂尔伯里一家交织在一起。格雷琴的丈夫霍华德深信妻子的说辞，他们古怪迷人的女儿玛格丽特几乎成了琼的义女，格雷琴也成了琼不可或缺的朋友。琼认为他们为她开启了幸福之门，孰料她的调查让格雷琴的生活产生了黑暗的涟漪和难以想象的后果。

（七）爱情

爱情题材自中世纪起就在英国文学史中扮演了一个非常重要的角色，在21世纪的英国文坛，它依然备受青睐。失去爱情的痛苦、获得爱情的喜悦、爱情给人的生活带来的诗意都是作家们精心描绘的对象，作家们还梳理了阻挠人们获得爱情的种族、民族等多种内外部因素，通过虚构或现实的“解密”展现了昔日爱情的独特魅力。

2022年6月21日，《零族与十字族》（*Noughts & Crosses*，2001）系列小说作者玛洛丽·布莱克曼（Malorie Blackman，1962— ）成为首位获得英国笔会品特奖（PEN Pinter Prize）的儿童和青少年文学作家。（Shaffi，2022b）布莱克曼曾是2013—2015年间的儿童文学桂冠诗人，为儿童和青少年撰写了70多本书。《零族与十字族》是系列故事，设定在一个由黑皮肤的十字族人掌权的世界，在那里白皮肤的零族人必须为十字族服务。美丽的十字族姑娘塞菲享有特权，却时时感到孤独，也对周遭充斥的不公感到义愤填膺。白皮肤的卡勒姆是无足轻重、遭人鄙视的穷小伙，他和塞菲从小就是好友，但他们都知道零族和十字族注定是死敌，社会不容许他们相爱，但他们还是选择了彼此，结果为此身处险境，并对后代产生了可怕影响。

2022 年 9 月 11 日，在苏格兰的皮特洛赫里节日剧院上演的《与化妆者的冒险》（*Adventures with the Painted People*，2020）荣获苏格兰戏剧评论家奖（CATS）的最佳新剧奖。此剧由大卫·格雷格（David Greig，1969—　）创作，讲述了苏格兰女巫艾恩与罗马军官卢修斯之间曲折的爱情故事。卢修斯享用地暖和进口橄榄，注重便利、舒适，过着奢华的生活，可以说是古代版高科技消费主义的代言人，但他的诗平淡无奇，格斗也软弱无力。艾恩则机智而不羁，代表着自然、本能和自发性，她的酒神能量使卢修斯那种受日神精神主导的自我克制蒙羞。两人都对自己的命运不太满意：卢修斯歌颂罗马的通信网络，但也哀叹自己只是无足轻重的小官；艾恩颂扬其文化的阳刚之气，但她必须费心保护自己免受部落同胞的伤害。她与卢修斯的关系是城乡之间的相互迁就，他们的结合来之不易，也令人信服。（Fisher，2021）

朱莉娅·帕里（Julia Parry，1964—　）的《暗影般的第三者：爱情、信件和伊丽莎白·鲍恩》（*The Shadowy Third: Love, Letters, and Elizabeth Bowen*，2021）获 2022 年英国皇家文学学会克里斯托弗·布兰德奖（Christopher Bland Prize）。帕里因家人的突然去世继承了一箱陈旧的情书，这些情书揭示了著名的爱尔兰小说家伊丽莎白·鲍恩和帕里的祖父——学者汉弗莱·豪斯之间的情事。帕里开始追踪这桩情事的始末，这一行为对祖母等家人产生了深远影响。帕里写出的故事以社会历史为背景，开启了一个失落的世界，一个对爱与性、工作与家庭、责任与抱负以及写作本身态度复杂的世界，作品中还以赛亚·伯林和弗吉尼亚·伍尔夫等著名人物作配角。因为鲍恩痴迷于地点和记忆，帕里走遍了信中提到的加尔各答、剑桥、爱尔兰、得克萨斯等所有地方，用现代故事、历史叙事和文学探索编织出了一个引人入胜的故事。

（八）自然

新冠疫情可以视为对人与自然关系的反映。在疫情引起的震荡中，作家们继续思考人与自然的问题，提醒人类不要依赖高度发展的科学技术对自然巧取豪夺，否则必定招致自然的报复，给人类带来灭顶之灾。人类必须珍惜生物多样性，营造让自然生物能正常完成生命周期的环境，与自然和谐共处。

琳达·弗朗斯（Linda France，1958—　）的《羊趾骨地板》（*The Knucklebone Floor*，2022）和史蒂夫·伊利（Steve Ely，出生年份不详）的《欧洲鳗鱼》（*The European Eel*，2021）分别获得2022年年度自然与生态诗歌奖桂冠奖的一、二等奖。琳达·弗朗斯已出版了九本诗集，包括《高大者的温柔》（*The Gentleness of the Very Tall*，1994）和入围首届桂冠诗歌奖（Laurel Prize）的《读花》（*Reading the Flowers*，2016），还曾获得2013年诗歌协会全国诗歌比赛的冠军、英国作家协会的乔蒙德利奖（Cholmondeley Award）等，目前是新北方写作网站和纽卡斯尔大学的常驻气候作家。《羊趾骨地板》部分是苏珊·戴维森（Susan Davidson，1796—1877）的诗歌传记，苏珊花了30年时间开发诺森伯兰郡艾伦班克斯的土地，养护那里的林地，并修建了小路、桥梁和带羊趾骨地板的避暑别墅等，美化了那里的自然和人文景观。《羊趾骨地板》是一本关于边界与荒野、过去与现在、人类世界与自然世界的书，在全球分裂和生态危机的时代为读者提供了一个关于历史、身份和生态的集体视角。该书还获得了2021年的桂冠诗歌奖。伊利在此次获奖之前已出版了《奥斯瓦尔德岁时书》(*Oswald's Book of Hours*，2013)、《英格兰之地》(*Englaland*，2015)、《嗞嗞沓沓沓——柳雀之歌》(*Zi-Zi Taah Taah Taah: The Song of the Willow Tit*，2018) 等作品。他之前当过奶牛场老板、工人、叉车司机和中学老师，自2015年以来在哈德斯菲尔德大学讲授创意写作，同时也担任泰德·休斯网站的主任。因为欧洲鳗鱼的数量在过去50年里出现了灾难性的下降，伊利用令人痛苦的长诗描述了欧洲鳗鱼作为一个物种面临的威胁，但他也为欧洲鳗鱼的海洋迁徙提供了富有浪漫色彩的描述，让公众意识到应该保护河流，为鱼类度过完整的生命周期创造适宜环境。

(九) 殖民

英国是个有着黑暗殖民史和奴隶贸易史的国家，奴隶制不仅给奴隶们带来深重的苦难，也给他们的后代造成了无法抚平的创伤。最令人发指的是即使在21世纪的今天，英国仍有10万名失去人身自由、被他人任意驱使的人。这些现代奴隶受帮派控制，被迫进行性交易和福利欺诈，或是在血汗工厂劳作。(路一斯，2020) 在这种时代背景下，反思奴隶制的反人性和灾难性后果具有现实意义。

2022年英国国家图书奖的非小说类叙事作品奖授予了桑盛姆·桑赫拉(Sathnam Sanghera，1976—) 的《帝国土地》(*Empireland*，2021)。桑赫拉出生于西米德兰兹郡的旁遮普人家庭，在成为作家之前，他曾在纽约的汉堡连锁店、医院洗衣店、市场研究公司、缝纫工厂和扫盲项目组工作过。《帝国土地》通过揭示隐藏的文化遗产和大英帝国的现代现实，使读者看到今日的英国在多大程度上植根于其殖民历史。

2022 年 3 月 16 日，伊丽莎白二世向圭亚那诗人格蕾丝·尼科尔斯（Grace Nichols，1950— ）颁发了 2021 年的女王诗歌金质奖章（Queen’s Gold Medal for Poetry）。27 岁时才移居英国的尼科尔斯曾凭首部诗集《我系（是）个难忘的女人》（*I Is a Long-Memoried Woman*，1983）获 1983 年的英联邦诗歌奖（Commonwealth Poetry Prize）。这部诗集共分五部分，塑造了一位不知名的非裔加勒比妇女形象，揭露了教科书无法尽述的奴隶制对女奴的伤害。尼科尔斯的诗极具音乐性，通过重复某些诗节来使诗行具有如歌的流动性。诗集中最有音乐性的诗篇出现在刻画奴隶遭受虐待的沉郁诗篇之后，让人看到叙事者心中奋争的火焰，也表达了尼科尔斯对非洲文化遗产的深情。

（十）种族

奴隶贸易滋长的种族主义是英国人在经济利益和道德良心之间取得某种平衡的文化政治策略，18 世纪兴起的废奴运动只是名义上解放了黑人奴隶，却无法赋予他们和白人一样的人格尊严和平等地位，名义上的身体解放无法终止黑人在主流意识形态中的沦落，废奴主义者在种族意识上与种族主义者实则相去无几。种族主义依然是影响黑人等有色人种生存境遇的现实问题。2022 年脱颖而出的反种族主义杰作是《开放水域》（*Open Water*，2021）和《幸运之人》（*The Fortune Men*，2021）。

英裔加纳作家、摄影师凯莱布·阿祖玛·纳尔逊（Caleb Azumah Nelson，1958— ）的《开放水域》获 2022 年萨默塞特·毛姆奖（Somerset Maugham Award）以及国家图书奖的处女作小说奖。纳尔逊住在伦敦东南部，幼时随父母来到英国，是学校的明星曲棍球球员，还曾入选 16 岁以下年龄段的国家篮球队，但这些荣誉并未使他免于被警察截停和搜查的命运。在《开放水域》出版后，他仍避不开制度性种族主义的侵害。《开放水域》主要描述了年轻的男摄影师和女舞者之间的爱情，他们的感情不时为男方的某种情感障碍所扰，因为他无法很好地管理自己在见到周遭的不公和暴力之事后产生的愤怒情绪。《开放水域》试图弄清在充满威胁的社会中，年轻黑人男性要置身何处才能享有做自己的自由。纳尔逊坦言："我没亲眼见过被害致死者或施暴者本人，但我知道一直有人在经历这些。"他认为这种暴力"直接受到国家暴力的引导，……那个受了侮辱的人不知该如何安放自己的愤怒，转而去伤害他们身边的人"（张璟萱，2022）。

纳迪法·穆罕默德（Nadifa Mohamed，1981— ）的《幸运之人》获得 2022 年威尔士年度英语图书总冠军奖（Literature Wales，2022）。此书讲述了 1952 年发生在威尔士卡迪夫的故事：年轻的索马里水手马哈茂德·马坦被控杀害了老虎湾的店主维奥莉特·沃拉奇。马哈茂德坚信英国的正义，但不人道的法律制度和无处不在的种族主义都对他不利。在绞索的阴影下，马哈茂德觉察到即使发现了真相也不足以让他活命。《幸运之人》让读者因人类社会的黑暗角落不寒而栗。

（十一）移民

移民话题在 2022 年的英国热度未消，2018 年闹得沸沸扬扬的"疾风世代"丑闻使许多在英国生活了半辈子的加勒比人丧失了医疗、住房和劳动等权利，英国政府对欧盟区公民在英国再无居留优待的规定同样加重了恐慌情绪。移民问题迄今已是不少英国人的心结，移民背井离乡的历史原因、在新环境中勉力求存的辛酸、在新移民政策拨弄下的巨大焦虑都成了作家们解剖人性和英国社会问题的切入口。

2022 年 5 月 26 日因癌症去世的牙买加裔英国编剧斯蒂芬·S. 汤普森（Stephen S. Thompson，1966—2022）曾凭《前途未卜》（*Sitting in Limbo*，2020）获英国电影和电视学院奖。他有《玩具士兵》（*Toy Soldiers*，2000）、《失踪的乔》（*Missing Joe*，2012）等小说行世。《前途未卜》“从一个层面上讲写的是我的哥哥安东尼·布莱恩，他 1965 年就到了英国，如今却遭到英国内政部非法拘留，还受到要将他驱逐到牙买加的威胁，他有 50 多年没回牙买加了。我写这个故事是为了再现他受到的不公待遇，并向所有在‘疾风世代’丑闻中遭受苦难的人致意。”（Thompson，2020）

萨莉·海登（Sally Hayden，1989— ）的《我的第四次，我们溺亡了》（*My Fourth Time, We Drowned*，2022，以下简称《我的第四次》）获 2022 年奥威尔政治写作奖（Orwell Prize for Political Writing）。海登曾在家中收到脸书上传来的求救消息。发消息者自称是厄立特里亚难民，已被关押在利比亚拘留中心数月，只剩联系她求救这唯一的希望。海登从这条信息入手，通过开创性的调查工作对北非的移民危机做了惊人的描述。《我的第四次》也描写了难民和移民如何在被囚多年的情况下坠入爱河，在最艰难的时刻相互支持，并采取力所能及的抵抗行动在希望他们沉默和消失的制度威压下继续生存，表现出了人性中的坚韧和勇气。

（十二）战争

作家通过对不同形式的战争带来的混乱、对生命的戕害、对人性的考验，以及走出杀戮梦魇之难的刻画，表达了对出于私欲引燃战火者的强烈不满和对战争受难者的同情。作品中对命悬一线的战时生活和共同命运感造就的战时情意有感人的描写，在他们笔下，真正能让人走出战争阴影的不是一时一地的个人英雄主义，而是为了拯救他人无私无我的奉献和对真相及正义矢志不渝的追求。

荣获 2022 年浪漫传奇奖（Romantic Saga Award）的《母亲节俱乐部》（*The Mother's Day Club*，2020）讲述了一群孕妇的战时生活。罗西·亨德利（Rosie Hendry，出生年份不详）在这部作品中以 1939 年的英格兰为背景谱写了颂扬勇气和奉献的人性之歌。当时诺福克郡大普卢姆斯特德村的村民正准备欢迎被疏散的孩子们回家，但他们精心制订的计划被一列满载孕妇的火车打乱了。有些村民担心他们的社区会失去宁静，但普鲁和西娅姐妹等人都张开双臂欢迎她们。准妈妈玛丽安·阿彻也很快在巢屋安身，可她若是暴露了孩子父亲的身份，是否会失去安全的新家和朋友？大普卢姆斯特德社区成员和被疏散的孕妇都有自己需要克服的困难，但他们放下分歧，互相支持，为大后方的“战争”贡献了自己的力量。

2022 年英国图书奖的儿童小说奖（British Book Award for Children's Fiction Book of the Year）授予了菲尔·厄尔（Phil Earle，1974— ）的《天崩之时》（*When the Sky Falls*，2021）。《天崩之时》讲的是二战时期发生的故事。愤怒的男孩约瑟夫被疏散到常遭空袭的城市，和不喜欢孩子的粗暴女人 F 太太住在一起。但约瑟夫很快就发现她是唯一一个坚持在非常时期检查动物园的动物是否安好的人。有许多动物逃跑了或是饿死了，但巨大的银背大猩猩阿多尼斯依然强壮凶猛，如果炸弹破坏了它的栅栏，那它对整个城市来说都很危险。约瑟夫在新学校过得并不快乐，常常流连于动物园，意外地与阿多尼斯成了好友，这段奇特而纯真的友情帮助约瑟夫撑过了最黑暗的岁月。

2022年10月17日，斯里兰卡最重要的作家之一谢汉·卡鲁纳蒂拉卡（Shehan Karunatilaka，1975— ）凭《马里·阿尔梅达的七个月亮》（*The Seven Moons of Maali Almeida*，2015，以下简称《马里》）摘得了2022年度布克奖（Booker Prize）。卡鲁纳蒂拉卡生于斯里兰卡的加勒，在科伦坡长大。除了写小说，他还写过广告文案、摇滚歌曲、剧本和游记等。他的第二部小说《马里》讲述了摄影师马里·阿尔梅达的故事。他于1990年醒来时发现自己死在一个像是天堂签证办公室的地方，因为不知是谁杀了他，所以他有七个月的时间来联系他爱的人，引导他们找到隐藏的反映内战暴行的照片，而这些照片将震撼斯里兰卡。

（十三）民族

文学是民族文化的结晶，不同体裁的文学作品都可通过叙述民族神话、民族故事来弘扬民族精神和民族文化，亦可通过表征民族文化和民族历史来传承民族认同。（吴庆军 130）对个人和当下生活的反思常被作家们织入此类作品之中，让读者看到个人与民族、过去与当下之间的密切联系。

2022年詹姆斯·泰特·布莱克奖传记奖（James Tait Black Prize for Biography）由《寻找拉格：印度音乐的即兴创作》（*Finding the Raga: An Improvisation on Indian Music*，2021，以下简称《寻找拉格》）的作者阿米特·乔杜里（Amit Chaudhuri，1962— ）获得。小说家、评论家、散文家乔杜里还是接受过印度古典声乐传统训练的音乐家、吉他手和民乐歌手，有大量实验作品在多国演出。《寻找拉格》对印度音乐做了高度个人化的介绍，也反思了印度和西方音乐在艺术创作上的差异以及它们在现代主义中的融合方式，结合了实践、回忆录、文化批评及哲学反思，用风格独特、具有挑战性的文字展示了乔杜里的个性和天赋。

（十四）生活方式

汹涌的商业化大潮使文化本身成了可循环的资本，社会各微观结构中流通的商品即是消费符码。消费社会以极大丰富的物质改变了人的社会角色定位和价值认同，看到其危害性的作家由此积极探讨摆脱物质信仰、获得精彩人生的途径，同时结合他人经历阐明他们对“理想生活”的向往。

2022 年 8 月 12 日，《无法呼吸》（*Breathless*，2022）一剧获得了 2022 年爱丁堡艺术节第一周的艺穗第一奖（Fringe First）。（Putnam，2022）《无法呼吸》是劳拉·霍顿（Laura Horton，出生年份不详）根据她的囤衣经历创作的。剧中的苏菲购物时只看买二手高定服装比买新的便宜多少，而不看购物本身的花销，和她这样有强迫症倾向的复杂人物一起购物让人既兴奋又恐惧。“我们是不是买的太多了？”对我们中的大多数人而言，答案是肯定的。总是怀疑自我的苏菲竭力维持“一切正常”的幻觉，但这种幻觉正在分崩离析。讽刺的是，她只有在失控时才觉得自己能掌控一切。

2022 年 9 月 29 日问世的《热情——生活艺术散文集》（*Zest: Essays on the Art of Living*）是伊恩·班福斯（Iain Bamforth，1959—　）的作品，它深入研究了体力劳动和无所事事的感受、古老的本土工艺传统、现代的数据储备方式等社会生活中不那么显著却很重要的方面，通过作家、艺术家、哲学家、旅行者、摄影师和音乐家等品味各异的人带领读者进入“热情”的世界，让读者知道寻找“热情”的方式和“热情”对人的影响。

（十五）犯罪

聚焦犯罪事件的小说在社会秩序不尽如人意的时代拥有庞大的读者群，杰出的侦探和时势造就的“平民英雄”就会成为读者心中匡扶正义的偶像。这些小说也反映了守法公民与罪犯之间、文明与野蛮之间并非绝对泾渭分明，当人们绕开不尽如人意的法律，用简单粗暴的方式对抗不义，就容易滑向犯罪的深渊。2022 年涌现出的优秀犯罪小说通过对罪行环节的故事建构和对侦探形象的塑造批判了国家执法机关运行机制中的漏洞，还通过揭示罪行及其背后原因批判了人性弱点和社会缺陷，正视了传统小说有意忽视的社会问题。

威廉·麦尔文尼（William McIlvanney，1936— ）与伊恩·兰金（Ian Rankin，1960— ）合著的《黑暗遗骸》（*The Dark Remains*，2021）获 2022 年国家图书奖的犯罪与惊悚小说奖。《黑暗遗骸》中的鲍比·卡特律师为不法分子做了很多事。当他的尸体出现在一家酒吧后面的小巷时，数月以来让格拉斯哥保持相对安全的脆弱平衡被打破了。除了悲痛欲绝的家人和许多有权有势的朋友，卡特还有不少敌人。侦探杰克·莱德劳的上司将卡特的死归咎于帮派竞争，但莱德劳知道事情没有那么简单。两个格拉斯哥帮派即将开战，他需要在整个城市爆炸前找出真凶……

2022 年 6 月 16 日，杰森·雷诺兹（Jason Reynolds，1982— ）创作、丹妮卡·诺夫戈洛夫（Danica Novgorodoff，1980— ）绘制插图的《漫漫下坡路》（*Long Way Down*，2017）为诺夫戈洛夫赢得了凯特·格林纳威奖（Kate Greenaway Medal）。书中的威尔因兄长肖

恩中枪而死感到无尽的悲伤，在他生活的社区里有这样的规矩，遇到这种情况一不准哭泣，二不准告密，但允许复仇。尽管子弹会打偏，人可能是错杀，但总有人知道守规矩的重要性。《漫漫下坡路》收入了诺夫戈洛夫的数百幅水彩画，强大的沉浸式插图将“残酷的现实与水彩画的细腻结合为一种令人惊讶和激动的艺术手段”（Shaffi, 2022a）。

（十六）科技与未来

在科技高度发达的现代社会，越来越多的机器人进入生产和生活领域，人类应当纯粹将它们视为工具还是与它们建立一种较为平等的合作伙伴关系？目前的科技伦理还无法给出令人满意的回答。基于太空技术的科幻小说则为读者描画了未来世界的乌托邦，展现了失控的高科技是如何成为灾难之源的。

尼诺·西普瑞（Nino Cipri，出生年份不详）的《有缺陷者》（*Defekt*，2021）获得了 2022 年英国奇幻文学奖（British Fantasy Award）的最佳中篇小说奖。德里克是一家名叫小世界的商店里最忠诚的员工。从他在停车场边上的一个集装箱里醒来，到 18 个小时后打卡下班的那一刻，他与这份工作已浑然一体。但在他初次请病假后，经理对他的忠诚提出了质疑：像德里克这样在小世界商店工作的优秀员工是不需要休息的。为了测试他对工作的投入，德里克被分配到一个特殊的库存班次，负责找出店中有缺陷的商品，诸如带钳子和眼柄的玩具箱、可移动的卧铺沙发、变种杀手马桶等。帮助他的是四个长相和声音几乎和他一模一样的陌生“人”。五个德里克的“通力合作”是否就能取得让人类经理满意的业绩？《有缺陷者》反映了一个科技发达却科技伦理缺位的社会的悲哀。

威尔·麦卡锡（Wil McCarthy，1966—　）的科幻小说《富人的天空》（*Rich Man's Sky*，2021）获得了自由主义未来人协会设立的普罗米修斯奖（Prometheus Awards）最佳小说奖。它讲述了这样一个故事：在太空已成为大亨们的游乐场的时代，少数亿万富翁的梦想决定着人类的未来。四骑士集团凌驾于地球法律之上，拥有太阳系内部的巨大资源，可以随心所欲。地球上的政府为此组建了一支由精英女军人组成的国际团队，让她们潜入敌方并摧毁人类历史上最大、最危险的项目。不过由于天空已被富人掌控，事情不会那么简单。2022年自由主义未来人协会的名人堂奖（Hall of Fame）授予了罗伯特·海因莱因（Robert Heinlein，1907—1988）的《星系公民》（*Citizen of the Galaxy*，1957年首次出版）。这部小说描写了在一个由被殖民的行星组成的遥远星系中存在的奴隶制暴行。衣衫褴褛的小索尔比是个被拍卖的孤儿，他的新主人巴斯利姆是伪装成残疾乞丐的废奴主义间谍，巴斯利姆对索尔比视如已出，同时也积极投身于无情的战斗。当当局威胁到巴斯利姆的安全时，索尔比必须在充满敌意的星系中找到自己的出路。他加入了自由贸易商联盟，打算从社会的最底层开始奋斗，孰料意外发现的真实身份永久改变了他的命运。

二、文学大事记

虽然存在种种不景气和低迷的状况，但英国政府解除新冠疫情防控措施在一定程度上刺激了文学活动的复苏。2022年英国最重要的文学文化活动如下。

（一）《尤利西斯》出版百周年纪念

2022年2月2日，英国国家广播公司（BBC）播报了庆祝小说家詹姆斯·乔伊斯经典小说《尤利西斯》出版 100 周年的新闻。如今《尤利西斯》已被誉为世界上最具影响力的作品之一。(Kelpie, 2022) 为纪念 2022 年布鲁姆日（6 月 16 日）和《尤利西斯》出版 100 周年，爱尔兰外交部、爱尔兰全球使领馆官方网站和全球合作伙伴一同举办了布鲁姆日庆祝活动，活动范围包括但不限于文学，如电影、视觉艺术、表演艺术和爱尔兰研究等。6 月 22 日，剑桥大学出版社出版了《剑桥〈尤利西斯〉百年纪念——1922 年文本及随笔和笔记》(*The Cambridge Centenary* Ulysses: *The 1922 Text with Essays and Notes*) 一书来帮助读者理解这部不朽之作。

（二）童书作家休斯、皮耶科夫斯基谢世

2022 年 2 月 19 日，雪莉·休斯（Shirley Hughes，1927—2022）去世，她生前著有 50 多本儿童书籍，还有 200 多本插画书行世，全球销量超过 1100 万册。她能通过细致入微的观察，特别是对学龄前儿童的观察，创造出充满温情的独特童年视觉形象，60 多年来征服了众多读者的心。同日还有波兰裔英国童书作家、插画家和幼儿立体书设计师简·皮耶科夫斯基（Jan Pieńkowski，1936—2022）辞世。皮耶科夫斯基的名作是 20 世纪 70 年代出版的《梅格和莫格》(“Meg and Mog”) 系列绘本。书中的女巫梅格和她的猫莫格及一只猫头鹰一起生活，梅格喜用符咒和魔法解决麻烦，却时常引发更多的问题，让莫格和猫头鹰饱受其苦。

（三）艾尔郡举行世界上唯一的传记节

世界上唯一的传记节苏格兰博斯韦尔图书节（Boswell Book Festival Scotland）于 2022 年 5 月 13—15 日在艾尔郡奥金莱克庄园附

近的邓弗里斯屋举行。克莱尔·亨特（Clare Hunter，1956— ）的《绣出她的真容》（*Embroidering Her Truth*，2022）和丹尼斯·米娜（Denise Mina，1966— ）的《里吉奥》（*Rizzio*，2021）等书为理解苏格兰玛丽女王及其秘书里吉奥等名人的生平提供了全新视角。在16世纪的欧洲，女性的声音受到压制，即使像玛丽这样的女王，其首要职责也是生儿育女。在一个纺织品代表权力的时代，玛丽利用它们来强调她的女性身份，推进政治议程，肯定她的王室血统，讲述她自己的故事。《里吉奥》则戏剧性地还原了1566年3月9日晚苏格兰女王玛丽的私人秘书大卫·里吉奥遭一群刺客刺杀之事，揭示了男女两性在追逐爱与权力的过程中表现出的差异。（Knox，2022）

（四）诗人肯沃德去世

2022年6月22日，诗人简·肯沃德（Jean Kenward，1920—2022）去世。她的诗表达了对自然世界的热爱，也带有恶作剧式的幽默，时常接近于胡说八道。她那些更严肃的作品揭示了一个神秘的中心，关注生死和变化的奥秘，以及人际关系的价值。她的儿童诗很注重节奏和押韵，而且往往包含隐义。简还写过《布娃娃安娜》（*Ragdolly Anna*，1979—1987）系列儿童故事，该系列曾在20世纪80年代被改编为电视连续剧。

（五）著名小说家埃文斯辞世

2022年8月9日，记者出身的英国作家尼古拉斯·埃文斯（Nicholas Evans，1950—2022）在伦敦的家中去世。他的小说《马语者》（*The Horse Whisperer*，1995）出版后赢得了广大读者的喜爱，在20多个国家畅销，改编的电影于1998年上映后也广受好评。

（六）拉金百年诞辰纪念

2022 年 8 月 9 日，拉金百年诞辰纪念活动委员会与赫尔市议会、赫尔市历史中心、赫尔大学共同举办了纪念菲利普·拉金（Philip Larkin，1922—1985）的系列活动。（Simon，2022）活动由作家兼广播员马修·斯威特（Matthew Sweet，1964— ）在赫尔卡车剧院主持的以“寻找家园”为主题的诗歌朗诵、舞蹈和音乐节目拉开序幕。国际知名诗人、菲利普·拉金协会名誉副主席伊姆蒂亚兹·达尔克（Imtiaz Dharker，1954— ）在活动中分享了一首受菲利普·拉金协会委托创作的关于拉金的新诗。另外，詹姆斯·奥温（James Orwin，1957— ）的《震惊砖砌建筑物：菲利普·拉金作品配乐》（*Astonishing the Brickwork – Philip Larkin Set to Music*）也于 8 月 9 日出版。此书收录了“世界各地作曲家试图证明他们的作品能与菲利普·拉金的诗歌相得益彰的成果”，对研究拉金诗作中的音乐性尤有帮助。8 月 11 日，贝弗利的帕克维电影院放映了克拉提耶·奎里金斯（Klaartje Quirijns，1967— ）的《你的爸妈：一个毁灭性的真相》（*Your Mum and Dad: A Devastating Truth*，2022）。拉金在这部电影中短暂露面，再次表达了他最常被引用的诗歌中的情感。除了赫尔市和东约克郡，全国各地也举行了形式多样的拉金纪念活动。

（七）科幻、奇幻文学界重要批评家、作家、编辑斯佩勒去世

2022 年 9 月 18 日，科幻与奇幻小说论坛的重要评论家莫琳·金凯德·斯佩勒（Maureen Kincaid Speller，1959—2022）因病去世。斯佩勒是 2022 年英国奇幻文学奖的卡尔·爱德华·瓦格纳奖（Karl Edward Wagner Award）得主，也是《奇异视界》（*Strange Horizons*）杂志的资深编辑和《基础：国际科幻作品评论》（*Foundation: The*

International Review of Science Fiction）的顾问编辑。作为英国科幻协会的核心人物，斯佩勒在20世纪80年代后期编辑了该协会的出版物《矩阵》（*Matrix*），在90年代担任了《矢量》（*Vector*）杂志的评论编辑，为这两份杂志撰写了大量评论文章。斯佩勒生前多次担任亚瑟·C. 克拉克奖（Arthur C. Clarke Award）、另类奖（Otherwise Award）和罗斯勒奖（Rotsler Award）的评委，并为2017年和2018年克拉克奖的“影子”评委团提供了评审意见。

（八）历史小说家曼特尔爵士逝世

2022年9月23日，希拉里·曼特尔爵士（Dame Hilary Mantel，1952—2022）去世。她的历史小说三部曲的前两卷《狼厅》（*Wolf Hall*，2009）和《提堂》（*Bring Up the Bodies*，2012）都获得了布克奖，经曼特尔本人改编的舞台剧于2014年由皇家莎士比亚剧团上演。英国广播公司还将这两部小说改编成广受好评的电视剧，于2015年播出。三部曲的高潮是讲述托马斯·克伦威尔之死的《镜与光》（*The Mirror & the Light*），此书于2020年问世。这些用现在时叙事的小说为读者带来了令人惊叹的沉浸式阅读体验，是当代小说中的里程碑。

结语

2022年的疫情、政局和社会经济状况给英国作家的生存和发展带来了挑战，但这些并未阻挡他们以文学为武器，在不利局势下展现文学的力量，在为历史“留痕”的同时展现了人类命运与周遭变化的密切关系。各种极端情境为文学探索人性的深度与广度提供了难得的实验场，也在一定程度上填补了人们精神世界的空缺。同时，使英国社会蒙受重大损失的不利时局也为文学的新探索提供了契机，为文学重构人与自我、他人、世界的紧密联结创造了新的空间。应对不利局势造成的精神创伤、满足人类个体与社会的需要，为更本质的人性问题、人类社会发展问题以及人与自然的关系问题推究答案已成为后疫情时代优秀作家肩上的重任。

参考文献：

Almond, David. "David Almond: About Me." *David Almond*. 15 May. 2022. Web. 26 Dec. 2022. <https://davidalmond.com/about/>.

Bbcshortstory. "Saba Sams Wins 17th BBC National Short Story Award for Debut Story Celebrating the Power and Agency of Youth." 4 Oct. 2022. Web. 18 Jun. 2023. <https://www.english.cam.ac.uk/bbcshortstory/2022/10/04/national-short-story-awards-2022-winner-announced-saba-sams/>.

Dillon, Luke. "The Stage Debut Awards 2022 Winners Announced." 18 Sept. 2022. Web. 26 Dec. 2022. <https://www.westendtheatre.com/133924/news/awards/the-stage-debut-awards-2022-winners-announced/>.

Doyle, Martin. "Claire Keegan and Martina Evans Win Listowel Writers Week Novel and Poetry Prizes." *The Irish Times*. 2 Jun. 2022. Web. 22 Jun. 2023. <https://www.irishtimes.com/culture/books/2022/06/02/claire-keegan-and-martina-evans-win-listowel-writers-week-novel-and-poetry-prizes/>.

EBRD. "The Orphanage Wins EBRD Literature Prize 2022." *The Literature Curry*. 15 Jun. 2022. Web.17 Jun. 2023. <https://literaturecurry.com/news-details/1183/the-orphanage-wins-ebrd-literature-prize-2022#: ~ :text=THE%20ORPHANAGE%20WINS%20EBRD%20LITERATURE%20PRIZE%202022%201,fiction%20from%20the%20EBRD%E-2%80%99s%20regions%20translated%20into%20English>.

Fisher, Mark. "*Adventures with the Painted People* Review – Romantic Revenge on a Roamin' Roman." *The Guardian*. 13 Jun. 2021. Web. 18 Jun. 2023. <https://www.theguardian.com/stage/2021/jun/14/adventures-with-the-painted-people-review-romantic-revenge-on-a-roamin-roman>.

Grant, Kirsty. "*Keisha the Sket* Author Says She Felt Shame at Her Viral Story." *BBC*. 14 Oct. 2021. Web. 14 Jun. 2023. <https://www.bbc.com/news/newsbeat-58872982>.

Ibeh, Chukwuebuka. "eSwatini Author Ntsika Kota Wins The 2022 Commonwealth Short Story Prize." *brittle paper*. 21 Jun. 2022. Web. 26 Dec. 2022. <https://brittlepaper.com/2022/06/eswatini-author-ntsika-kota-wins-the-2022-commonwealth-short-story-prize/>.

Kelpie, Colm. "*Ulysses*: Celebrating 100 Years of a Literary Masterpiece." *BBC News*. 2 Feb. 2022. Web. 25 Dec. 2022. <https://www.bbc.com/news/world-europe-60080683>.

Knox, Caroline. "Boswell Book Festival: Pick of the Best Events at the World's only Biography Festival." *Herald Scotland*. 10 May. 2022. Web. 22 Dec. 2022. <https://www.heraldscotland.com/news/20127622.boswell-book-festival-pick-best-events-worlds-biography-festival/>.

Literature Wales. "Nadifa Mohamed's *The Fortune Men* is the 2022 Wales Book of the Year." *Llenyddiaeth Cymru Literature Wales*. 29 Jul. 2022. Web. 22 Jun. 2023. <https://www.literaturewales.org/lw-news/nadifa-mohameds-the-fortune-men-is-the-2022-wales-book-of-the-year/#: ~ :text=We%20are%20delighted%20to%20announce%20that%20the%20winner,many%20genres%20and%20in%20both%20English%20and%20Welsh>.

Newman, Catrin. "English Teacher Wins Rhys Davies Short Story Competition 2022." 30 Sept. 2022. Web. 11 Jan. 2023. <https://www.swansea.ac.uk/press-office/news-events/news/2022/09/english-teacher-wins-rhys-davies-short-story-competition-2022.php>.

Parker-Chan, Shelley. "Our Books, Our Shelves: Stop Explaining Everything." *The Mary Sue*. 20 Jul. 2021. Web. 15 Jun. 2023. <https://www.themarysue.com/stop-explaining-everything-shelley-parker-chan/#: ~ :text=Shelley%20Parker-Chan%20is%20an%20Australian%20by%20way%20of,addicted%20to%20epic%20East%20Asian%20historical%20TV%20dramas>.

Putnam, Leah. "These Shows Won Big Awards at This Year's Edinburgh Festival Fringe." *PLAYBILL*. 1 Sept. 2022. Web. 20 Nov. 2023. <https://www.playbill.com/article/these-shows-won-big-awards-at-this-years-edinburgh-festival-fringe>.

Shaffi, Sarah. "Danica Novgorodoff Wins Kate Greenaway Medal for Graphic Novel *Long Way Down*." *The Guardian*. 16 Jun. 2022a. Web. 20 Dec. 2022. <https://www.theguardian.com/books/2022/jun/16/danica-novgorodoff-wins-kate-greenaway-medal-for-graphic-novel-long-way-down>.

—. "Malorie Blackman's 'Dynamic Imaginary Worlds' Win Her the PEN Pinter Prize." *The Guardian*. 21 Jun. 2022b. Web. 21 Dec. 2022. <https://www.theguardian.com/books/2022/jun/21/malorie-blackman-wins-pen-pinter-prize>.

—. “Olivia Douglass Wins 4th Write Prize for ‘Gripping’ Short Story Ink.” *The Guardian*. 16 Nov. 2022c. Web. 17 Jun. 2023. <https://www.theguardian.com/books/2022/nov/16/olivia-douglass-wins-4thwrite-prize-for-gripping-short-story-ink>.

Simon, Bristow. “LARKIN100: Hull the Focus of National Celebrations – plus Wider Programme Revealed.” *The Hull Story*. 9 Aug. 2022. Web. 24 Dec. 2022. <https://www.thehullstory.com/allarticles/larkin-100-hull-focus-national-celebrations>.

Thompson, Stephen. “I Wrote *Sitting in Limbo* to Tell My Brother’s Story – and Honour the Windrush Victims.” *The Guardian*. 22 Jun. 2020. Web. 28 Jun. 2023. <https://www.theguardian.com/commentisfree/2020/jun/22/sitting-in-limbo-windrush-victims-stephen-thompson>.

White, Susie. “Country Diary: A Place Where the Past is Close to the Surface.” *The Guardian*. 9 Jan. 2023. Web. 18 Jun. 2023. <https://www.theguardian.com/environment/2023/jan/09/country-diary-a-place-where-the-past-is-close-to-the-surface>.

路一斯．奴隶制废除 200 年后，英国仍有 10 万奴隶，在工厂和桃色场所讨生计．百度．(2020-07-13). [2023-06-29]. <https://baijiahao.baidu.com/s?id=1672089802814095937&wfr=spider&for=pc>.

申璐．全职作者收入持续下降，“英国作协”最新报告引发担忧．新京报．(2022a-12-09). [2023-01-11]. <https://www.bjnews.com.cn/detail/1670557616169208.html>.

—. 2022 年“前瞻诗歌奖”揭晓，最高奖作品聚焦日常生活中的性别歧视．新京报书评周刊．(2022c-12-02). [2023-06-17]. <https://baijiahao.baidu.com/s?id=1751114411938113888&wfr=spider&for=pc>.

吴庆军．英国文学叙事中的民族认同建构．上海大学学报（社会科学版）．2021 (2)：129—140.

徐永倩编译．尼尔森发布英国 2022 年度图书消费市场数据．出版商务周报．(2023-05-05). [2023-06-28]. <http://www.cptoday.cn/news/detail/15420>.

张璟萱译．从苹果店员到科斯塔小说奖得主．新浪财经头条．(2022-02-05). [2023-06-14]. <https://cj.sina.com.cn/articles/view/6192937794/17120bb4202001rbo2>.

作者单位：北京外国语大学英语学院

2022 年越南文学概览

卢锦缨

内容提要：2022 年越南的政治稳定，经济复苏，外交多元化，这给文坛营造了十分良好的外部环境。为增进全国人民的团结和共识，建设和促进新时期越南的国家价值观、文化价值观、家庭价值观和人类标准，以及为国家快速可持续发展做出贡献，越南中央各部门、地方和组织积极主动地将文化融入经济、政治和社会活动中，也因此取得了丰硕的创作成果。越南作家协会、河内作家协会和胡志明市作家协会等越南官方作家组织的一系列文学奖陆续揭晓。其中，越南作家协会的青年作家奖和优秀女作家奖、河内作家协会的终身文学成就奖和胡志明市作家协会的儿童文学奖备受关注。

一、重要文学奖项及获奖作品

1. 越南作家协会奖

2022 年 2 月 15 日，越南作家协会给该年度的优秀作品颁发了奖项。在参评的 161 部作品中，有 50 篇散文、61 首诗歌、14 部理论批评、19 部翻译文学作品以及 17 部儿童文学作品。

2022 越南作家协会文学奖获奖情况如下：李兰（Lý Lan，1957— ）的《宝山奇香》（*Bửu Sơn Kỳ Hương*，2022）获散文奖，陈黎庆（Trần Lê Khánh，1971— ）的诗集《别样的千首诗》（*Ngàn bài thơ khác*，2022）和阮宝珍（Nguyễn Bảo Chân，1969— ）的诗集《思想的影子》（*Bóng của ý nghĩ*，2022）获诗歌奖。阮友勇（Nguyễn Hữu Dũng，1948— ）翻译波兰作家亨利克·显克维奇（Henryk Sienkiewicz，1846—1916）的小说《十字军骑士》（*Hiệp sĩ thánh chiến*，1900）获翻译文学奖。忠仕（Trung Sỹ，1960— ）的长篇叙事小说《同响山谷》（*Thung lũng Đồng Vang*，2022）荣获儿童文学奖。获青年作家奖的是短篇叙事小说《银色御衣》（*Bạc màu áo ngự*，2022）的作者黎武长江（Lê Vũ Trường Giang，1988— ）、诗集《去寻觅那些倩影》（*Đi tìm những bóng người*，2022）的作者伟夏（Vĩ Hạ，2005— ）和《九支黄肤》（*Chín nhánh da vàng*，2022）的作者陈德信（Trần Đức Tín，1989— ）。优秀女作家奖授予了翻译家阮碧兰（Nguyễn Bích Lan，1976— ）和作家阮氏金和（Nguyễn Thị Kim Hòa，1984— ）。

李兰出生在平阳省土龙木市，母亲是越南人，父亲是中国广东人。她曾在隆安省芹约中学、雄王中学、红枫中学和文郎大学任教，1997 年正式退休。1978 年，李兰在《青年》（*Tuổi Trẻ*）报上发表了她的第一部作品——长篇小说《男艺术家》（*Chàng nghệ sĩ*）。1983 年，她出版了第一本短篇小说集《草儿歌唱》（*Cỏ Hát*），该书是与作家陈水梅（Trần Thủy Mai，1954— ）合著。1984 年她出版了《草丛中的房子》（*Ngôi nhà trong cỏ*，1984）等儿童故事集，后获得越南作家协会颁发的儿童文学奖。2005 年出版的诗集《是我》（*Là mình*，2005）获得胡志明市作家协会诗歌奖。

《宝山奇香》带领读者一同追寻越南西南地区华人家庭四代人的足迹。作品的时间线是从 19 世纪到 20 世纪，其中虚构人物的故事与真实历史人物的剪影交织在一起。故事从同奈省边和市一直延伸至胡志明市、安江省朱笃市，展现了越南南方的历史浮沉。在那里，每个人的命运都岌岌可危，就像在汹涌的时代被旋风卷走的一片树叶。福春堂药房的黄氏家族四代人正是社会兴衰浮沉的见证人。作品的内容涵盖历史变迁、经商故事、爱情故事、日常生活和起义运动，融合了七山地区的神奇色彩，也是佛师将修行与救度众生、济世爱国、抵抗外敌相结合的入世精神的坚实体现。个人、家庭或家族的经历是这部小说的核心，由此将读者引向历史、时代、地域、土地、信仰和宗教等领域的故事，而不是让读者置身于时代作品中经常出现的史诗性宏大叙事中。这部小说从日常生活中的个人经历出发，从个人和家庭展望过去的时代，放弃了史诗型叙事手法，转而建立底层视角。从微叙事、微历史和世俗化、民间化精神出发，这正是《宝山奇香》与之前一些成功作品的共同之处，如保宁（Bảo Ninh，1952—　）的《战争哀歌》（*Nỗi buồn chiến tranh*，1987）、阮春庆（Nguyễn Xuân Khánh，1933—2021）的《去寺庙求稻》（*Đội gạo lên chùa*，2011）。《宝山奇香》吸引人的地方还在于情节内容的设置，小说围绕山人佛师这个人物身上的层层谜团营造玄妙氛围，起到了激发读者好奇心的作用，使故事的层次得以展开。

诗人陈黎庆生于 1971 年，是一名高级金融顾问，在胡志明市生活和工作。他从事诗歌创作已有 10 年，在《别样的千首诗》之前已出版了许多作品，如《六八舞》（*Lục bát múa*，2016）、《不急的河》（*Dòng sông không vội*，2017）、《如叶日》（*Ngày như chiếc lá*，2018）、《洒满阳光的雨滴》（*Giọt nắng tràn ly*，2019）、《故乡-云朵的颤动》（*Xứ – Rung một ngọn mây*，2020）等。2021 年，他的诗集《水的开始》（*Sự bắt đầu của nước*，2021）在美国以双语形式出版。

诗集《别样的千余首诗》里收录了一千首诗歌，分为三个部分："人类之路""燕子飞得比春天慢"和"清醒的整洁"。这一千首诗遵循着几乎完全相同的框架，即越南现代和当代诗歌中不属于主流诗歌形式的极简主义，很少有浓缩的句子。每首诗通常只有三四个句子，至多五个句子，每个句子通常只有几个词。简约诗是陈黎庆诗歌创作的一种倾向，就像他自己写的《最后一首诗》（Bài thơ cuối）一样："我用脚站 / 在地球表面 / 那时我 / 不知道去哪里"。

阮宝珍 1994 年出版了《燃烧的河流》（Dòng sông cháy）一书。她对诗歌的研究主要发表在《人民》（*Nhân dân*）电子报、《警察杂志》（*Tạp chí Cảnh sát*）和《香江杂志》（*Tạp chí Sông Hương*）等电子杂志上。

《思想的影子》是阮宝珍的第四本诗集。她的诗歌基本上是无韵的，继承了抗法早期阮廷诗（Nguyễn Đình Thi，1924—2003）的非押韵诗歌，通过节奏而非韵脚让诗意流动，情感表达凝练且直接。诗句通常只有四五个字，或者只有两三个字。这些诗句，如同诗集的名字，正是阮宝珍"思想的影子"。

翻译家阮友勇生于越南广南省，动力学博士、副教授，长期在越南水产大学讲授内燃机专业课程。从渔业总局退休后，阮友勇担任了越南海洋养殖协会主席。除了渔业科学研究之外，阮友勇对波兰文学非常着迷，最喜欢的作家是亨利克·显克维奇。他表示："也许亨利克·显克维奇的作品与内燃机相似，是在我和越南读者中间燃烧的内燃机。"正是显克维奇的《你往何处去》（*Quo vadis*，1896）和《在荒原和沙漠中》（*Trên sa mạc và trong rừng thẳm*，1912）这两部作品让阮友勇出现在了 1987 年的越南作家协会颁奖典礼上。他不仅努力向越南公众展示显克维奇的作品，如小说《哈尼娅》（*Hania*，1976）和

《在明亮的海岸上》(*Trên bờ biển sáng*，1989)，还于1990—2020年这30年间全力翻译历史小说《十字军骑士》，最终完成了这部经典著作的翻译工作。

忠仕原名春松（Xuân Tùng），出生于河内的一个公务员家庭。《稻田山谷回音》这篇长篇小说是作者为儿童书写的一次转折点。该书文风清新，语句简洁，对学生、教师和家长们都非常有益。阅读《稻田山谷回音》是帮助儿童与他们所生活的地区建立联系的一种方式，更是一种怀揣梦想的方式。

《稻田山谷回音》讲述了阿瑞、阿草、阿翊、阿玲、阿张、阿鸾等一群学生的故事，他们既调皮又机灵，体验了许多大大小小、幽默十足的“任务”。故事中还有来自河内的城市人——热情洋溢的阿轼和阿薇两位教师，他们主动请缨，深入高山地区教书育人，这群十几岁的学生和年轻老师们，让山里的乡村学校充满了欢声笑语，趣味非凡。故事在独特、极尽细致、极具画面感的语言描述下展开，像一首富有感染力、歌颂幸福的歌曲。作者的写作风趣幽默、扎实，该书还配有生动的插图，在越南儿童文学中掀起了一股新风。

黎武长江出生于承天顺化省香水市社，目前是顺化大学下属科学大学历史系的博士和讲师。他对文学和历史有着极大热情，在创作中尊重历史事实，深入文化脉络，将引导性写作与沉思融为一体，自创出一种有趣且引人入胜的风格。黎武长江共有七部作品出版，包括短篇小说、笔记和随笔，如《重山之眠》(*Ngủ giữa trùng sơn*，2013)、《凋零编年记》(*Nở tàn biên niên ký*，2018)、《沙上的风琴曲》(*Khúc phong cầm trên cát*，2010)、《雨地的身份证》(*Căn cước xứ mưa*，2019）和《银色御衣》等。他的小说《从彼岸》(*Từ bờ bên kia*，2021）和《盘桓人影间》(*Quẩn mãi bóng người*，2018）获得了

《军队文艺》杂志创办的短篇小说大赛（2018—2019 年）“薪火”三等奖。

短篇小说集《银色御衣》由 13 篇与历史紧密相连的短篇小说组成，既讲述了咸宜帝时期反对法国殖民者的起义，也书写了 1968 年春节顺化市区顺化战役的壮烈历史。故事时空跨度很大，作者通过激烈的战争场面描写衍生出关于人类命运等的感触，追溯历史王朝，试图找寻这片土地上的遗迹。

青年作家伟夏目前刚上大学，诗集《去寻觅那些倩影》获得越南作家协会 2022 年青年作家奖，并由越南作家协会出版社出版，这加强了他在诗歌道路上的自信。集中的诗作体现了诗人的青春热情以及兴奋、胆怯和困惑。作者带着这些情绪离开了熟悉的家乡，进入了一个广阔而充满挑战的世界，正如作者所说：“我选择了一个夜晚被允许说话 / 当意识到别空泛 / 微笑也根本不知道。”

青年诗人陈德信出生于金瓯市，2020 年成为胡志明市作家协会会员，2022 年成为越南作家协会会员，出版有诗集《我们也逐渐远去》（*Rồi mình cũng xa lạ nhau*，2018）、《我们相依为命》（*Mình mắc cạn vào nhau*，2020）和《相守》（*Ở đậu trong nhau*，2021）等。他于 2021 年获得胡志明市作家协会颁发的青年作家奖以及《文艺报》《奥黛》杂志颁发的奖项，被认为是越南青年文学界充满活力和前途大好的作家之一。

诗集《九支黄肤》共有 35 首诗，分为上下两篇。第一部分为“九龙江炊烟”，第二部为“黄皮肤的梦想”。两部分的思想似乎是离散的，但它们融合在一起形成了强烈的情绪。诗集讲述了原住民的困境，还表达了强烈的家乡归属感和对家乡的深切思念，并延续到爱国情怀，把对祖国的热爱与对家乡的热爱紧密相连。

阮碧兰出生于太平省红河区，13 岁时，她被诊断为肌肉萎缩症。一次偶然的机会，她听到弟弟读英语，于是开始通过教科书、磁带和广播、新闻等自学这门语言，并达到了开班授课的水平。之后，她因肌萎缩侧索硬化继发于心脏而卧床，正是在这段时间里，她接触到了电脑和互联网，开始了翻译之路。2002 年，她完成了第一本译著，即澳大利亚作家黛西·汤普森（Daisy Thompson）的《不要怀疑你的爱》（*Đừng nghi ngờ tình yêu của anh*，2002）。目前，阮碧兰仍在与肌肉萎缩症做斗争，但没有放弃文字工作。

作家阮氏金和出生于宁顺，2009 年开始创作。她努力克服逆境，坚持文学创作，获得了 2022 年越南作家协会颁发的印象深刻的女作家奖。阮氏金和著有十多部作品，包括短篇小说、儿童故事、长篇小说、散文等，写作风格温和。代表作品有《姐妹手足》（*Tay chị tay em*，2013）、《烟雾的顶峰》（*Đỉnh khói*，2015）、《东窗》（*Cửa sổ phía đông*，2018）和《梅树的故事》（*Chuyện kể ở Lớp Cây Me*，2019）等。

2. 河内作家协会奖

2022 年 12 月 28 日，河内作家协会对 2022 年河内的文学工作进行了总结，并颁发了文学奖项，接纳了新会员。范唯义（Phạm Duy Nghĩa，1973— ）的短篇小说集《在蓝色微风中飞翔的人》（Người bay trong gió xanh，2022）获得年度奖项，终身文学成就奖授予了已故作家阮辉涉（Nguyễn Huy Thiệp，1950—2021）。

范唯义是文学博士，越南作家协会会员，短篇小说家。除了以散文为主要创作领域，他还创作诗歌，并撰写文学批评文章。除此以外，他还在几所大学里任教。自 2010 年以来，他一直是越南文学理论批评的带头人。他的短篇小说《白李子花瓣雨》（*Cơn mưa hoa mận trắng*，2006）在 2003—2004 年越南作家协会《文艺报》短篇小说比赛中获得一等奖。2022 年,《在蓝色微风中飞翔的人》出版,被认为是 2022 年最杰出的小说集之一。这是一部具有北方山区风格之美的作品,同时也开启了对文化价值问题、世事问题的思考。该小说集里有 12 个故事,每个故事的内容都非常丰满。其中最令人印象深刻的是《柴熟》(*Sài Thục*)和《蓝风》(*Gió xanh*)。《柴熟》主要讲述了一个家庭努力传承一道传统菜肴作为家庭吉祥物的故事,读者通过食物、家庭、农业传统、家庭的位置、父母和孩子在家庭中扮演的角色等,能从中体会到不同的含义。

阮辉涉的创作涉及小说、诗歌、散文、戏剧等多种类型。其中最著名的是关于乡村主题的短篇小说,包括《流水》(*Chảy đi sông ơi*, 1985)、《乡村课程》(*Những bài học nông thôn*, 1988)、《怀念乡村》(*Thương nhớ đồng quê*, 1992)、《割草水牛毯》(*Chăn trâu cắt cỏ*, 1996)、《我的叔叔》(*Chú Hoạt tôi*, 2001)等。此外,基于在西北地区几十年的教学经历,他写了许多关于山区森林的重要作品,如《华塔风》(*Những ngọn gió Hua Tát*, 1971—1986)、《森林的盐》(Muối của rừng, 1986)、《伐木工》(*Những người thợ xẻ*, 1988)等。另外,关于市民生活的作品有《传奇街坊》(*Huyền thoại phố phường*, 1983)、《退休将军》(*Tướng về hưu*, 1986)、《没有国王》(*Không có vua*, 1987)等。

3. 胡志明市作家协会奖

2022 年 12 月 12 日上午,胡志明市作家协会宣布将 2022 年文学奖授予诗人裴番草(Bùi Phan Thảo, 1963—)的作品《天空中的烟》(*Những ngọn khói về trời*, 2022)。2022 年的贡献奖授予了诗人阮宇潜(Nguyễn Vũ Tiềm, 1940—2022)。作家武秋香(Võ Thu Hương, 1983—)凭借短篇小说《樱桃树下的奇迹》(*Điều kỳ diệu dưới những gốc anh đào*，2022）获得了儿童文学奖。此外，胡志明市作家协会还颁发了诗歌奖、小说奖等奖项，获奖作品有明丹（*Minh Đan*, 1979— ）的《加班时间》（*Phút bù giờ*, 2022）、胡氏玉怀（*Hồ Thị Ngọc Hoài*，1972— ）的小说《边远》（*Dòng biên viễn*，2022）、阮红岚（Nguyễn Hồng Lam，1964— ）的故事集《曲调情歌》（*Bản tình ca khúc khuỷu*，2022）等 8 部作品。

裴番草出生于广治省，1985 年毕业于胡志明市大学，后在胡志明市《劳动人民报》工作，他还是越南作家协会会员、胡志明市作家协会会员、越南记者协会会员等。

《天空中的烟》内容丰富，多有人文信息和抒情的表达。全书共十章十个主题，内容完整、连贯、真实，顺畅得就像一条溪流，能够引发读者对生活思考。如："明知生死一线，却依旧刺痛着报纸上的数字 / 我静静地坐在新闻报道前，每个晚上都有雷暴 / 风雨呼啸 / 泪水干涸如同大海 / 海浪冲过繁星。" 裴番草以其真诚的话语、坚定的表达技巧赋予了《天空中的烟》独特的面貌，整部诗集就像一部诗歌小说。

武秋香的短篇小说《樱桃树下的奇迹》包括 22 个可爱、甜蜜、温暖的友谊故事。每一个故事都有助于培养小朋友友爱的品格和坚韧的毅力。这些小故事能滋养孩子的心灵，帮助孩子们掌握更多的词汇、了解生活的本质，是一个美好的情感宝库。《最美的家乡》（*Quê mình đẹp nhất*）是其中的一篇，故事中阿阮和阿草做梦随着云朵飘向天空，认为那是最美丽的天堂。那里，人们可以在雨后触摸彩虹，在夜幕下触摸星星和月亮，但孩子们意识到在那个仙境里这些并不有趣。那里没有人听他们说话，人与人之间也没有温暖可言。两个玩得很开心的孩子意识到，只有在地球上才能闻到稻田里飘来的稻香，那里有歌唱和奔跑着的河流，有可爱的山丘，特别是还有母亲。武秋香认为，“毕竟，童年最甜蜜、最平静的回忆将被保存下来。我感谢我童年的温暖，在河边，在山上，在我的家人和我的朋友之间。我一直想告诉你们我和我的许多小朋友所得到的爱。因为我相信爱是有感染力的。对孩子来说，这些都是最美好的”。

4. 2022 年度优秀短篇小说奖

2022 年 4 月 15 日，胡志明市作家协会和《胡志明市文艺杂志》社颁发了 2022 年优秀短篇小说奖。本次共有 12 人获奖，一等奖空缺。获二等奖的作品分别是高战（Cao Chiến，1948— ）的《月亮上的小木屋》（*Ngôi nhà rường bản Trăng*，2022）和黎恒（Lệ Hằng，1988— ）的《百万播放量的代价》（*Triệu view giá bao nhiêu*，2022）。获三等奖的作品分别是陈泰兴（Trần Thái Hưng，1990— ）的短篇小说《摄像头》（*Camera*，2022）、武灯科（Võ Đăng Khoa，2000— ）的短篇小说《镜子》（*Cái gương*，2022）和黎光状（Lê Quang Trạng，1996— ）的短篇小说《女孩的涅盘》（*Niết bàn của nàng*，2022）。另外，有两位中学生获得了青年作家奖，分别是《伤痕背后》（*Phía sau vết cắt*，2022）的作者黄燕（Hoàng Yến，2007— ）和《墙壁坍塌的地方》（*Nơi bức vách bị dở*，2022）的作者杨家欣（Dương Gia Hân，2008— ）。

高战出生于河内东英，生活在胡志明市，从事司法工作。他是胡志明市作家协会会员，在国内报纸和杂志上发表了许多诗歌和文章，代表作有《河流》（*Dòng sông*）、《西贡，夜与记忆》（*Sài Gòn, Đêm và Ký ức*）、《青草丛》（*Đồng cỏ xanh*）等。此外还著有《盲人笛声》（*Tiếng sáo mù*，1992）、《菩提夜》（*Đêm bồ đề*，1997）、《八次隐身》（*Tám Tàng Hình*，2005）、《拼接的碎片》（*Những mảnh ghép*，2011）、

《霜雾愁绪》（*Nỗi buồn sương khói*，2015）、《午后穿越田野》（*Buổi chiều đi qua cánh đồng*，2019）等。他的作品经常探讨越南的社会和政治，以及人类存在的意义和价值等哲学问题，曾多次获得越南文学奖和国际文学奖。他的作品还被翻译成多种语言，在世界各地出版。其作品风格独特，以诗性、哲学性著称，内容涵盖战争、爱情、家庭、社会和文化等主题，充满生活的哲思和深刻的思考，通常以浓缩的语言和富有诗意的表达来呈现。

黎恒，全名黎氏乐恒，英语教师，居住在岘港市莲沼郡。黎恒对文学创作充满热情，生活只围绕着写作和绘画这两件事进行，擅长创作诗歌、短篇小说和评论。《百万播放量的代价》中的主人公 Jackie 是某网站惊悚频道的创始人，他沉迷于网络频道，通过拍摄视频来赚取高额的费用。但是利欲熏心，他的频道越做越大却还远不满足，不顾一切地选择黑暗内容，去拍摄那些所谓博取大众眼球的视频。到了和女友的纪念日，Jackie 仍然沉迷于视频制作，为此两人大吵一架，女友摔门离去。Jackie 出门寻找女友时目睹了一场车祸，当他习惯性地举起手中的拍摄设备在平台上发起直播时，却发现出车祸的正是自己的女友。黎恒认为："作为一个作家，唯一能说的就是，我在用自身对生活的观察、反思和共情力来写作，并且这种生活我参与其中。"他的创作理念只有一个，即每一部作品都能够让自己和读者有机会深入审视生活，也有机会深入审视自己的内心，去看到那些一直存在却被忽略的东西。

黎光状很少出现在社交网络上，但他所有的文学作品都受到读者的高度赞赏和喜爱。他是安江人，曾多次获得文学奖项，出版作品有短篇小说集《河流不漂流》（*Dòng sông không trôi*，2016）、诗集《耳朵伏地》（*Áp tai vào đất*，2017）、儿童长篇故事《青铜鸭的领袖》

（*Thủ lĩnh băng vịt đồng*，2018）等。短篇小说集《尘埃的光迹》（*Vệt sáng của bụi*，2022）参加了第七届 20 岁文学奖。这是入围的作品中为数不多的书写越南西南部人民的作品，也是黎光状通过文学来挖掘和传播喔呋（Óc Eo）文化的一次尝试。

《女孩的涅槃》讲述了女主人公鸢尾的不幸人生经历。鸢尾的母亲离世后，悲伤不已的父亲出游四方，走访了许多禅师、哲人，不断寻求化解心中痛苦的方法，不久后却因一场意外也追随母亲而去。鸢尾继承了父亲留下来的公司和财产，然而她的丈夫是一名虔诚的佛教徒，对经营公司不感兴趣，总是将许多与佛教有关的东西带回家，夫妻二人为此矛盾不断。不久后，鸢尾患病，公司也走向破产。

黄燕是胡志明市九年级的中学生，其《伤痕背后》通过直接叙述的方式，在开头部分就直指校园暴力问题。胡志明市作家协会主席碧银（Bích Ngân，1960— ）表示，“正是这篇短篇小说使我震惊并激励我同其他作家一道采取行动，用自己的作品，为唤醒我们对校园暴力所构成的危险的意识做出贡献。我们几乎每天都能在新闻和社交媒体上看到令人心痛的消息和画面”。碧银还说：“2007 年出生的黄燕，一个普通中学生，以短篇小说《伤痕背后》展现了被校园暴力后遗症深深伤害并努力将其克服的内心力量。她创作出了一部警醒世人的文学作品，震撼了读者，唤醒了他们对生活和人类命运的责任感。”

5. 湄公河文学奖

作家阮北山（Nguyễn Bắc Sơn，1953— ）的小说《坦克兵》（*Lính tang*，2019）和程光富（Trình Quang Phú，1940— ）的小说《人类纪事》（*Ký sự xứ người*，2019）获 2022 年湄公河文学奖。

阮北山，军官，政治家，越南人民军上校军衔，曾任越南新闻和通讯部部长等职。

《坦克兵》是一首关于抗美战争题材的史诗，以 1969 年至 1975 年在老挝前线发生的历史事件为基础，塑造了 195 坦克营集体形象，表达了爱国主义、甘于奉献、团结勤奋、勇于斗争等主题。作品中的许多句子都是士兵常说的谚语、成语以及对话，富有生活哲学。

程光富，富安人，现居胡志明市富润郡，东方研究院院长，越南作家协会、胡志明市作家协会会员。

《人类纪事》的内容涉及 24 个国家，讲述纷繁复杂的世界中的点点滴滴——从参观阿尔及利亚、新加坡、柬埔寨，到参观天才音乐家莫扎特故居，再到秋天的俄罗斯等。敏锐的感受力、丰富的生活经验，使得程光富笔下的陌生国度充满了文化和历史魅力，突出了这些国家的发展特征。这部作品还记载了越南各民族的精华以及作者涉足的每一个国家的独特风景，体现了要将越南建设成先进国家的美好愿望。

二、其他重要小说作品

黎文义（Lê Văn Nghĩa，1953—2021），生于胡志明市，越南作家协会会员。他青年时期曾参加学生爱国游行，之后被捕，遭到监禁，关押在昆岛监狱。职业生涯初期，黎文义曾担任记者，被许多同行认为是当代越南新闻和文学界的重要讽刺作家。

黎文义将书写视为缓解生活压力的方式，也是重温美好童年的一种方式——那时候听收音机还很少见，孩子们通过游戏聚在一起。他曾说，“如果你们谁花钱买我的书，读起来太无聊了，那么老实说出来，只要看到我，我会用你们花的钱给你们买书。我认为需要对读者采取公平的态度。”

《最后的小学季》（*Mùa tiểu học cuối cùng*，2020）于 2022 年 1 月获得胡志明市作家协会 2021 年度贡献奖。这是黎文义的最后一部儿童文学作品。该小说以十岁孩子明亮、清晰和感人的视角讲述了一群朋友在贫穷的打工村——其实是作者曾经就读的平西小学——长大的故事，全书就像一部慢镜头的纪录片，带领读者穿越到 20 世纪 60 年代的西贡，感受那里关于友情、师生情谊和日常生活的故事。《最后的小学季》总的来说是一个关于越南南部西贡人民慷慨大方和深情厚谊的故事，黎文义将年轻时代所有的爱带到《最后的小学季》中，带领每一代读者回到童年，使他们更多地了解西贡过去的文化。除了作为讽刺作家的实力使作品风格始终保持幽默诙谐外，该书独树一帜的优势还在于黎文义是一个地道的西贡人，只有真正了解这片土地过去“文化”的人才能使读者从每一句话、每一个细节中勾勒出那个年代一个城市的灵魂。

何香山（Hà Hương Sơn，1987—　）真名何维省（Hà Duy Tỉnh），籍贯广义，目前是河内文化大学写作-新闻学院文学专业的学生。他是最近越南传播媒介文学版上最热门的年轻作家，曾获 2019—2020 年度《文艺报》诗歌比赛鼓励奖，河内市文化中心“国家色彩守护者”比赛三等奖。主要作品有诗集《梦想朝圣路上》（*Cuộc hành hương của giấc mơ*，2021）、小说《15 年》（*15 năm*，2021）和短篇小说集《暴风骤雨季节的河流》（*Dòng sông mùa giông bão*，2022）等。《暴风骤雨季节的河流》讲述了主人公克服骄傲走向更大目标的旅程。书中包括 16 个整体上相互关联的故事，主要通过描写年轻人的错误，展现社会发展过程中社会关系的破裂。故事中的每个角色都有一个共同的特点，就是在生活中都遇到了“暴风雨”。有些人选择努力克服，有些人选择认命。最后，努力的人获得成功，逃避的人只能以失败告终。但无论他们如何选择，他们都做了最真实的自己。作家与读者分享的核心问题是，能否度过人生风暴是由自己选择的。

阮克银薇（Nguyễn Khắc Ngân Vi，1989—　），青年作家，记者，曾在越南《青年报》任职。主要作品有《虚幻女人》（*Đàn bà hư ảo*，2016）、《给一个人的福音》（*Phúc âm cho một người*，2018）和《万色虚无》（*Vạn sắc hư vô*，2022）等。

《万色虚无》是关于渴望救赎的孤独者的故事。小说围绕着阿娴——一个像其他人一样的普通女人，以及她那有些奇怪的社会关系展开。小说中的人物坚强却缺乏选择的勇气，以失败为消遣，以理想崩塌为借口，在平凡的世界里悲观地生活。阮克银薇以冷峻的态度、犀利的语言和大胆的思考，将作品的角色置于两难境地。《万色虚无》虽初露锋芒，但已具史诗感，它是现实生活中信仰和理想遭遇危机之时，滚滚流动的另一种生活史诗。

三、文坛重要事件

1. 首届胡志明国家大学青年文学比赛举行

此次比赛由越南国家大学主办，胡志明市人文与社会科学大学、《胡志明市文艺杂志》社、胡志明市作家协会出版社、胡志明市作家协会共同协办。这是一场围绕文学创业主题进行文学创作的全国性大赛。

2. 作家松典（Tùng Điển，1947—2022）逝世

越南作家协会会长松典于2022年7月10日逝世，享年75岁。

松典真名陈光典，河内清池人。大学毕业后，他参过军，做过胡志明共产主义青年团中央青年出版社的编辑。他曾担任过许多管理职务，如越南作家协会《新作品》杂志社副总编、越南文艺创作扶助基金会会长、越南文艺界联合会全国委员会副主席等。

松典出版了许多著名作品，如《棕色的隔门》（*Những ô cửa màu nâu*，1975）、《暗脉》（*Mạch ngầm*，1976）、《城市里的孩子》（*Những đứa con thành phố*，1979）、《空隙》（*Khoảng trống*，1983）、《素描》（*Bức ký hoạ*，1985）、《红柿子般的灯》（Ngọn *đèn như quả hồng chín*，1987）和《无人的沙滩》（*Bãi vắng*，2002）等。其中，小说《暗脉》获 1976 年河内文艺界联合会奖，短篇故事集《棕色的隔门》获 1976 年工人文学奖，短篇故事集《棕色的隔门》获 1980 年首届河内文学奖，小说《空隙》获 1983 年河内文艺界联合会一等奖。他还获得了 2017 年第四届越南国家文学艺术奖。

3. 作家陈辉光（Trần Huy Quang，1943—2022）逝世

陈辉光生于义安省琼瑠县琼明乡，毕业于河内综合大学历史系，退伍军人、记者、编辑和作家。他是革新时期越南文学杰出作家之一，曾荣获《军队文艺杂志》、《文艺报》、越南之声、越南作家协会、越南记者协会等颁发的多个文学和新闻奖。

陈辉光留下了很多小说作品，如《困难已经过去》（*Sự trắc trở đã qua truyện ngắn*，1984）、《明天》（*Ngày mai*，1985）、《烟雾》（*Ngọn khói*，1986）、《证人》（*Người làm chứng*，1988）、《从良曲》（*Khúc hoàn lương*，1995）和《那些同禄女郎》（*Những cô gái Đồng Lộc*，1998）等。

陈辉光不仅在小说方面颇有建树，其报告文学作品《轮胎大王的故事》（*Câu chuyện về ông vua Lốp*）和《被告人的证词》（Lời khai của một bị can）也因主题新颖、富有吸引力而引起轰动。其中，《轮胎大王的故事》在 1986 年举行的越南《文艺报》比赛和越南之声比赛中夺冠。1987 年，随笔《证人》获得越南作家协会奖。

4. 越南作家协会向已故作家黎文义颁奖

2022 年 2 月 21 日上午，越南作家协会常务委员会与胡志明市地区会员在胡志明市作家协会举行见面会。会上，诗人阮光韶代表越南作家协会向已故作家黎文义家属代表颁发了 2021 年儿童文学奖，获奖作品为《最后的小学季》。阮光韶表示，十多年来，儿童文学奖一直是越南作家协会缺席的奖项，此次颁奖也是对越南儿童文学持续发展的一种期待。

5. 越南第十届全国青年作家大会

2022 年 6 月 18 日，第十届全国青年作家大会在越南岘港举行，来自各地的 138 名代表出席。大会由越南作家协会主办，以"我们为什么要写？"为主题，旨在使越南青年作家有机会与前辈作家交流、学习、探讨，并鼓励其继续创作。相关政府官员和越南作家协会成员等出席了会议，此外，还有获得国家奖和胡志明奖的作家，特别是有一大批代表越南各地、各民族的青年作家也参加了此次会议。

第十届全国青年作家大会是近十年来越南作家协会举办的会议中参会人数最多的一次。各代表来自不同地方、不同行业，体现了越南青年写作人才队伍的多样性。大会期间还举办了研讨会、实地考察、诗歌晚会等活动。

四、结语

2022 年的越南文学，散文、诗歌和小说数量较多，尤其是诗歌的数量仍像往年一样庞大，且风格多样，内容充满哲学思考。短篇小说仍然是许多作家喜爱和选择的体裁，而且小说中出现了很多新元素，作品数量多、题材多样、地域跨度大，其中还不乏在国外生活工作的作家。由于新冠疫情的影响，越南各作家协会并没有真正开展大规模的文学活动，但每次重大的文学颁奖典礼，都得到了政府和重要民间文学团体的高度重视，它们对作家们寄予厚望，希望他们能继续努力创造，汇集智慧和才能，创作出高质量的文学作品，更好地为越南文学的发展做出贡献。越南作家协会主席阮光韶认为，当前的年轻作家和上一代作家相比接触到的文学和文化更为丰富多样，能够获得更多的信息，同时也获得了更多的出版机会。作家写作的每一页都应包含他的人民和人民的知识，这才是作家所追求的艺术。2022 年是越南实施“2022—2025 年文学创作、理论与批评能力提升工程”的第一年，同时也是 2021 年 11 月提出的“至 2030 年文化发展战略”目标的第一年。总的来说，2022 年越南文学所取得的成果已经向越南人民交出了一份满意的答卷。

参考文献：

Hàm Đan. “*5 tác phẩm giành Giải thưởng Văn học Hội Nhà văn Việt Nam năm 2022.*” Báo Quân đội nhân dân. 3 Jan. 2023. Web. 15 Jul. 2023. <https://www.qdnd.vn/van-hoa/van-hoc-nghe-thuat/5-tac-pham-gianh-giai-thuong-van-hoc-hoi-nha-van-viet-nam-nam-2022-715602>.

Mai Lữ. “*Người bay trong gió xanh đoạt Giải thưởng Hội Nhà văn Hà Nội năm 2022.*” Báo Nhân dân. 28 Dec. 2022. Web. 15 Jul. 2023. <https://nhandan.vn/nguoi-bay-trong-gio-xanh-doat-giai-thuong-hoi-nha-van-ha-noi-nam-2022-post732112.html>.

Minh Giang. “*Hội Nhà văn TPHCM công bố giải thưởng văn học năm 2022.*” Trang Thành phố Hồ Chí Minh. 13 Dec. 2022. Web. 15 Jul. 2023. <https://tphcm.chinhphu.vn/hoi-nha-van-tphcm-cong-bo-giai-thuong-van-hoc-nam-2022-101221213014446108.htm>.

Nguyễn Hà. "*Cận cảnh Giải thưởng Hội Nhà văn Việt Nam năm 2022: Qua một mùa hoa trái*." Vovworld.vn/vi-VN.vov. 16 Feb. 2023. Web. 15 Jul. 2023. <https://vovworld.vn/vi-VN/tap-chi-van-nghe/can-canh-giai-thuong-hoi-nha-van-viet-nam-nam-2022-qua-mot-mua-hoa-trai-1176417.vov>.

Trúc Anh. "*Trao giải thưởng Hội Nhà văn 2022*." Đảng Bộ Thành Phố Hồ Chí Minh. 15 Feb. 2023. Web. 15 Jul. 2023. <https://www.hcmcpv.org.vn/tin-tuc/trao-giai-thuong-hoi-nha-van-2022-1491904864>.

作者单位：广西大学外国语学院